KB275582

내면기행

내면기행

초　판 1쇄 발행일 ㅣ 2009년 10월 1일
초　판 4쇄 발행일 ㅣ 2010년　1월 1일

지은이 ㅣ 심경호
펴낸이 ㅣ 이숙경

펴낸곳　　　이가서
주소　　　　서울시 마포구 서교동 469-5 정서빌딩 2F
전화·팩스　02-336-3502~3　02-336-3009
홈페이지　　www.leegaseo.com
등록번호　　제10-2539호

ISBN　978-89-5864-271-8　03810

이 책에 실린 도판에 저작권이 발생할 경우 저작료를 지불하겠습니다.

벼면기행

선인들, 스스로 묘비명을 쓰다

심경호 지음

이가서

1.

나의 가장 외부에 있으면서 내 존재의 의미를 완결시키는 것이 나의 죽음이다. 죽음 뒤에 나는 모욕도 칭송도 들을 길 없이 그저 흙으로 돌아가고 서서히 나의 존재는 잊히고 말 것이다. 어쩌면 죽음 자체는 내 외부의 것이기에 두려워할 필요가 없을 듯하다. 하지만 죽음에 의해 일단 완결된 내 존재의 의미를 내가 알 수 없을 것이기에 그 점이 두렵다.

《노자》는 삶과 죽음을 하나로 보고 그 둘을 전관全觀함으로써 두려움을 이겨내라고 말했다. 《장자》는 죽음이란 영원한 고향으로 회귀하는 것이기에 그것이야말로 '참 진眞'이라고 했다. '眞'이란 글자가 부릅뜬 눈과 발로 이루어져 있고 머리에 '화할 화化'가 놓여 있는 것은 우연이 아니다.

하지만 노자와 장자가 말한 정신경계로 나아가기란 결코 쉽지 않다.

옛사람들은 죽음이 가져올 내 존재의 무화無化를 극복하려면, 영원히 썩지 않을 세 가지를 이루라고 했다. 덕德과 공功과 언言, 그 셋 가운데 어느 하나라도 이루어야 이름이 영원히 잊히지 않으리라고 했다. 이것도 어찌 쉬운 일이겠는가. 태어날 때는 몸이 빛났건만, 갖은 실패와 좌절을 겪으면서 몸의 정기를 잃고, 인간은 살아 있으면서 죽어가기 마련이다. 세상의 부조리를 참지 못하는 사람들에게 삶은 더욱 고통스럽다. 그러나 어쩔 것인가, 죽은 뒤에야 그만둘 수밖에 없는 것이 우리의 숙명이 아닌가.

옛사람들은 죽음이 가져올 내 존재의 무화를 극복하는 한 가지 방식으로 살아 있으면서 자기의 묘표墓表와 묘지墓誌를 적고 자기를 애도하는 만시輓詩, 挽詩를 지었다. 본래 후한 때부터 생전에 자신이 들어갈 무덤을 만드는 풍습이 있었다. 그런 무덤을 수장壽藏이라 하고, 그 무덤에 묻을 묘지명을 살아 있을 때 작성한 것을 생지生誌라 한다. 송나라 때 정향程珦은 스스로 묘지명을 지었고, 대학자로 칭송받는 주자도 수장을 만들었다. 우리나라에도 이러한 풍습이 적어도 고려 때부터 있었다.

옛사람들은 자기의 묘표와 묘지를 적고 자기의 만시를 지으면서 이만하면 됐다고 스스로 위로하기도 하고, 부조리에 대한 격한 감정을 간결한 언어로 응축시켜 남기기도 했으며, 인간의 조건을 그대로 받아들이고 너털웃음을 웃기도 하고, 말래야 말 수 없는 자기 양심을 발로하기도 했다. 묘표에 운문이 첨가되면 묘비명墓碑銘, 묘지에 운문이 첨가되면 묘지명墓誌銘이라 했다. 그러한 기록들을 통틀어 편의상 자찬묘지명이나 자찬묘비라고 부를 수 있을 것이다.

2.

이 책은 이미 2003년도에, 《한시기행》《산문기행》에 이어지는 '기행' 4부작의 세번째 권으로 구상하고 집필하기 시작했다. 2004년도의 한 세미나에서 일부 내용을 발표했을 때, 동양의 현자들은 죽음의 문제를 심각하게 여기지 않고 달관하지 않았느냐는 지적이 있었다.

동양의 현자들이 죽음의 공포를 느끼지 않았다는 것은 사실일 듯하다. 그들은 사후 세계를 믿지 않았고, 죽음 뒤의 구원을 생각하지 않았다. 하지만 그렇다고 그들이 죽음의 문제를 심각하게 여기지 않은 것은 아니다. 오히려 죽음의 문제를 깊이 성찰하였기 때문에 달관할 수가 있었다.

도연명은 스스로의 죽음을 애도하는 〈자만自挽〉 시를 지어, "세상에 살아 있을 때 무엇이 한스러운가, 술 마신 것이 흡족하지 못했음이라네但恨在世時, 飮酒不得足"라고 했다. 이 말을 보고 과연 그가 죽음의 문제로부터 초연했다고 간단히 말할 수 있겠는가. 명나라 말의 원굉도가 지적했듯이, 달관한 듯 보이는 옛사람들도 생사의 문제에서 느끼는 바가 있었기에, 혹은 높은 곳에 오르거나 물가에 임하여 산과 골짜기도 오래가지 못하리라 슬퍼하고, 혹은 꽃이 핀 아침과 달이 뜬 저녁에 이슬과 번개가 쉬 사라지는 것을 서글퍼했던 것이 아니랴.

죽음이 나의 삶에 아무런 파장을 일으키지 않는다면, 신라 출신의 밀교 승려 혜초가 나가라다나 절에서 입적한 어느 이름 모를 승려를 애도하여 "신령스런 그대 영혼은 어디로 갔는가, 옥 같은 용모가 재가 되다니. 생각하면 슬픈 마음 간절하거니, 그대 소원 못 이룸이 못내 섧구나"라고 했겠는가. 그리고, 그 끝에 "누가 고향 가는 길을 알리오. 돌아가는 흰 구름만 부질없이 바라본다"라고 존재의 불안을 토로하는 말을 했겠는가.

죽음은 나의 가장 외부에 있는 것이다. 하지만 죽음은 다른 어디에서가 아니라 바로 나의 내부에서 여러 모습으로 나타난다. 때로는 감기나 복통이나 눈 따가움과 같은 작은 신호로, 때로는 물기를 묻혀도 뽀송뽀송해지지 않는 주름진 얼굴로 나타난다. 때로는 게으름이라는 형태로 나를 안에서부터 갉아먹는다. 그런데도 인간은 타인의 죽음을 물끄러미 바라보면서, 죽음의 순간이 가져올 섭섭함과 서글픔을 애써 외면한다. 그러다가, 북송의 선사 대혜종고가 말했듯이, 지금의 시각이 세밑이라는 것을 자각하는 순간, 나는 스스로 묻지 않을 수 없다. "나는 무엇인가, 나는 필경 어디로 가는 걸까." 그러나 "오는 곳 징험하고 가는 곳 따져도 갑작스레 답을 얻지 못한다."

《장자》에 보면 "골짜기 속에 배를 숨겨두고는 안전하다고 여기지만 한밤중에 힘센 자가 등에 지고 달아나는데도 어리석은 사람은 알아채지 못한다"고 했다. 삶의 의미를 고민하지 않는 사람은 죽음이 나와 아무 관계없다고 여기지만, 죽음은 어느새 코앞에 다가와 있는 것이다.

죽음에 대한 사색은 곧 삶에 대한 사색이자, 내 안의 숭고함을 되찾는 일이다. 사마천司馬遷은 《사기》에서 "죽음에 대처하기 어렵다處死者難"는 주제를 반복해서 말한 바 있다. '의미 있는 삶을 살아나가야 한다' 는 점을 거꾸로 말한 것이다.

선인들은 죽음에 대처하면서 삶의 의미를 생각하고 자신의 본래성을 추구했다. 죽음이 가져다줄 통절한 아픔과 슬픔을 가상으로 체험함으로써 죽음의 보편성을 배우고, 고독 속에서 홀로 겪게 될 죽음의 순간에 느낄 슬픔을 극복할 수 있었다. 또 죽음의 절박함을 알았기에 삶속에서 진정한 희열을 맛보고자 했다.

선인들은 자신의 학문과 활동이 이 세상에 무언가 가치 있는 결과를 가져오기를 염원하였기에, 인생의 어느 순간에 대한大限, 죽음을 의식하고 이제까지의 삶을 되돌아보면서 스스로를 혁신할 기획을 세웠다. 《맹자》의 주석가로 저명한 조기趙岐가 쉰여섯이 되었을 때 자명自銘을 쓴 것은 그 한 예이다. 우리 선인들도 영원한 것의 표상에 도달하려 애쓰지만 거기에 도달하지 못한다는 사실을 깨닫고 번민하지 않을 수 없었으나, 그들은 바로 그 어둠 속에서 자기 자신을 되돌아보는 빛을 찾아내어 죽음으로부터 살아 돌아왔다. 슬픔 같은 것이 저며오는 때도 있었지만, 끝내 음울함 속에서 죽어가지는 않았다. 그렇기에 선인들이 자기의 죽음을 예상하면서 쓴 묘표묘비명, 묘지묘지명와 만시 속에는 우리의 마음을 흔들어놓을 것들이 담겨 있는 것이다.

선인들이 묘도墓道, 혼령이 다닌다고 여기는 무덤 앞의 길에 세우는 묘비와 광중壙中, 무덤의 구덩이 속에 묻는 묘지를 스스로 지은 것은 죽은 뒤의 잘못된 평가를 막고 스스로의 일생을 개괄해서 자취를 남기기 위해서였다. 퇴계 이황이 강조했듯이, 묘도에 사용하는 글인 묘도문자墓道文字야말로 울림 없는 개인의 독백으로 그치지 않고 영구히 전하여 객관적 비평의 자료가 될 공기公器, 공적인 그릇라고 인식했기 때문이기도 하다. 스스로의 죽음을 애도하는 자찬의 만시는 묘도문자와 달리 일생을 개괄한 자서전적 글쓰기의 비중이 적다. 그러나 그것 또한 죽음에 대처하는 내면의식을 가장 진실하게 드러낸다는 점에서 자찬의 묘도문자와 성격이 같다.

3.

불퇴전不退轉을 결심한 사람과도 같은 심경으로 나는 이 책을 엮었다. 나는 선인들이 죽음을 의식하면서 거기서부터 소생해왔던 삶의 태도야말로 이 시대의 우리가 배워야 할 자세라고 굳게 믿는다.

죽음의 문제에 대한 연구로는 필립 아리에스Philippe Ariès의 《죽음 앞의 인간》과 김열규 님의 《메멘토모리, 죽음을 기억하라》가 저명하다. 필립 아리에스는 익명의 사람들의 집합적 역사를 다루는 방법론에 따라, 저술가나 성직자들의 비균질적 자료를 분석해서 죽음에 관한 집합적 감성이 표출되어 있는 방식에 주목했다. 김열규 님은 우리의 민속과 고전문학의 자료를 풍부하게 인용하여 한국인의 '죽음론'을 개괄하고 죽음의 문화적·신화적 형상에 주목했다.

나는 이러한 선행 업적들에 주목하면서, 익명의 사람이 아니라 역사적 인물들이 일회적 삶을 살면서 그 삶에서 보편의 문제를 제기했던 개인사個人史에 주목하고, 묘비를 세우고 지석을 묻을 수 있었던 지식인 계층의 죽음론을 전문적으로 다루었다. 개인의 특수성과 계층의 한계성에도 불구하고, 50여 남짓의 선인들이 스스로 남긴 묘표와 묘지, 그리고 만시에는 한국인이 죽음에 대해 지녀왔던 보편 관념의 한 국면이 드러나 있으며, 그것은 그대로 오늘날 우리 자신이 스스로 삶과 죽음을 바라보는 때에 참조 준거로 활용할 수 있다고 본다.

곧, 이 책은 선인들이 남긴 자찬의 묘표, 묘지, 만시를 되읽으면서 그들의 내면세계를 탐방했으므로 문헌 고증과 개괄이 불가피했다. 하지만 삶과 죽음의 문제를 성찰하려는 본래의 목표를 늘 시야 속에 두었다. 타인의 삶과 타인의 죽음이 아니라 나 자신의 삶과 나 자신의 죽음을 성찰하는 일을, 이제 더 이상 미루어둘 수 없기 때문이다.

이 책을 이룰 때 나는 여러분들로부터 직접적이거나 간접적인 도움을 많이 받았다.

한국의 근대 이전에 작성된 묘도문자에 대한 종합적인 조사는 역사학계의 허흥식, 김용선 님 등에 의해 이루어졌다. 최근에는 각 지방 자치단체와 연구기관에서 탁본과 관련보고서, 연구논저들을 속속 간행하고 있다. 한편 자찬묘표와 묘지의 문학성에 대해서는 이종호, 김성언, 정민, 안대회, 이승수, 최윤정, 임완혁, 박동욱 님 등이 정채 있는 논저들을 발표했고, 그밖에 많은 연구자들이 작가론의 범주에서 관련 자료들을 다루었다.

나는 그 논저들을 공부하면서 선인들이 죽음에 대처하고 삶을 성찰하였던 내면의 풍경을 정면에서 그려 보이려고 기획했을 따름이다. 원문의 대부분은 처음 번역하거나 기존 번역을 참고로 새롭게 번역했다.

따라서 원고를 작성하면서 기왕의 연구성과들을 참조하고 그 사실을 각 글의 참고문헌에서 밝혔다. 하지만 부주의하게도, 중요한 연구논저를 참조하지 않았거나 참조하고도 미처 명시하지 못한 예가 있을 것이다. 다만《조선왕조실록》등 편년역사서의 기록을 인용할 때는 한국고전번역원이 제공하는 한국고전종합 데이터베이스를 주로 이용했다. 일부 윤문한 예가 있기는 하다.◈ 기왕의 관련 논저를 집필하신 연구자들과 한국고전번역원 측에 감사의 말씀을 드린다.

원고정리와 교정의 때에 연구실의 송호빈, 권진옥, 김현정, 노요한, 이영준, 이현주, 오보라, 권은지 군 등이 여러모로 도움을 주었다. 편집 등 출판준비는 허주영 님이 책임을 맡아주셨다. 여러분들에게 모두 감사드린다.

전체 구성은 5부로 나누었다. 제1부 '이 사람을 보라', 제2부 '이것으로 만족이다', 제3부 '나 죽은 뒤에 큰 비석을 세우지 말라', 제4부 '웃어나 보련다', 제5부 '죽은 뒤에나 그만두련다'로 작은 제목을 붙였다. 이렇게 글들을 나누어본 것은 선인들이 현실의 폭압성 때문에 좌절을 겪으면서도 외부의 것에 분노하기보다는 모든 것을 천명에 맡겨 마음을 편안히

◈ 한국고전번역원이 그 전신인 민족문화추진회부터 영인·표점하여 간직해온 한국문집총간을 인용할 때는 그 총간의 책차冊次와 최초의 영인년도를 밝히되, 간행주체는 한국고전번역원으로 명시했다. 한편 민족문화추진회 시기의 번역서를 인용할 때는 그 번역 주체를 민족문화추진회로 명시했다. 그리고 《조선왕조실록》의 번역문은 한국고전번역원 한국고전종합 데이터베이스를 활용하였으나, 그 사실은 번다함을 피해 일일이 밝히지 않았다. 윤문을 가한 경우도 별도로 주기하지 않았다.

지녔으며, 비록 지금이 종결의 시간이라 해도 죽은 뒤에나 그만두겠다는 의지를 다졌다는 사실을 더 잘 드러내기 위해서였다.

각 글의 마지막에는 딸아이 규영이가 우리집 단풍나무에서 떨어진 가지에 단풍나무 잎을 전각한 도장을 눌러두기로 했다. 나뭇가지는 죽어서 떨어졌지만 그 몸뚱이에 또렷한 나뭇잎을 새겨 가지게 되었으니, 이 또한 새로운 생명으로 태어났다고 할 수 있지 않겠는가.

이 책의 서문을, 더블린의 성모 호스피스Our Lady's Hospice 입구에 쓰여 있다는 'Light up a Life' 라는 말로 맺고자 한다.

새벽 하늘을 보면서 가슴속이 문득 저며오는 것을 느끼는 분들에게 이 책을 바치고 싶다.

2009년 8월 1일 뇌우가 치는 날
회기동 작은 마당 집에서
심경호

차례

제2부   **이것으로 만족이다**

제3부   나 죽은 뒤에 큰 비석을 세우지 말라

제4부　웃어나 보련다

제5부　죽은 뒤에나 그만두련다

여적(餘滴)

"나를 그린 것은 혼자일 때가 많았기 때문이고,
내가 가장 잘 아는 소재가 나이기 때문이다."

— 헤이든 헤레라, 《프리다 칼로》, 김정아 옮김, 민음사, 2003.

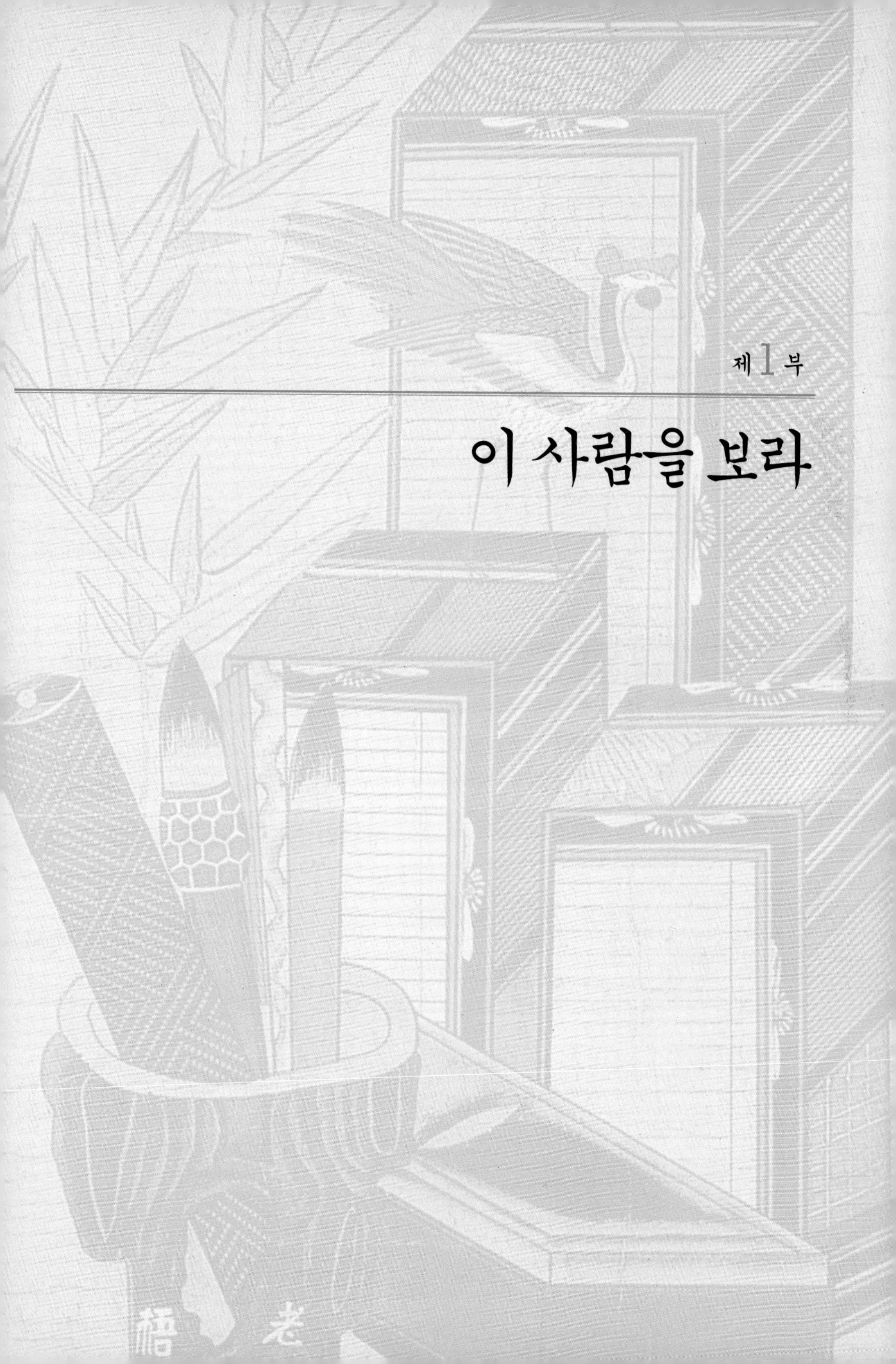

이 사람을 보라

同知中樞府事 崔宗信 誌石 동지충추부사 최종신 지석
1726년, 170×170×72, 온양민속박물관

시신을 소달구지에 싣고
고향에 가져가 묻어다오

성혼成渾, 〈묘지墓誌〉

혼渾은 약관에 병을 앓은 뒤로 몸이 허약하고 정신이 어두웠으며, 그렇게 일생을 마쳤다. 어려서 가정에서 공부하면서, 옛사람이 수신하고 학문한 이야기를 들을 때마다 개연히 흠모하는 마음을 일으켜 책을 읽고 이치를 연구하여 은미한 뜻을 깊이 찾으려고 애썼으나 끝내 터득하지는 못했다. 마음을 잡아 지키고 함양하여 허물과 죄악을 면하고자 애썼지만 결국 잡아 지키지 못한 채 병 때문에 중도에 스러져 뜻을 조금도 이루지 못했다. 아아, 슬프다!

타고난 성품이 가벼워서 착실하지 못했으며, 굳건하고 독실하게 실천하는 것을 미덕으로 여기기는 했으나 그런 경지에 다가가지 못했다. 그러니 기질이 탁하고 외물에 어지럽혀진 점은 새삼 말할 것도 없다. 또 남의 잘못을 자주 지적했으므로 이 때문에 사람들이 대부분 꺼리고 싫어했다.

서른 살에 천거로 참봉에 제수되고, 다음해 다시 천거로 6품직에 올랐으며,

몇 년 후 다시 천거로 대관臺官이 되었으나, 모두 질병 때문에 취직하지 않았다. 경진년1580, 선조13 겨울에 성상께서 특별히 소명을 내리셨는데, 말씀이 융숭하고 간절했으므로 황공하여 사양하다가 더 어찌할 수 없어 수레를 타고 서울로 갔다. 신사년1581 2월에 사정전思政殿에서 뵙자 성상께서 대도大道의 요체를 여쭈시기에 물러나와 만언萬言의 봉사封事를 올리니, 경연에 나오라고 명하셨다. 이때 조정의 대우가 아주 융숭했는데, 일 만들기 좋아하는 자들이 모두 현자 우대의 예모를 베풀라고 건의해서 성상의 예우가 너무 특별해서, 더욱 놀라고 두려워했고 사람들도 속으로 비웃었다. 얼마 뒤 사직하고 돌아왔다.

계미년1583 여름에 병조참지로 부름을 받고, 다섯 번 소장을 올려 사양했으나 허락받지 못했으므로 다시 서울에 이르러 군직軍職으로 옮겼다. 또 이조참의에 제수되고 서반의 직책으로 보내진 것이 모두 다섯 차례였는데, 사양했으나 허락을 받지 못했다. 왕명을 받들고 숙배한 며칠 뒤 삼사三司, 홍문관·사헌부·사간원에서 병조판서 이이李珥가 국정을 전횡하고 교만방자해서 상감께 불경하다고 탄핵했다. 이에 글을 올려 "이이가 충성을 다하거늘 삼사의 관원들이 붕당을 지어 모함합니다" 했더니, 삼사에서 "성 아무개가 선비들을 일망타진하려 한다"고 탄핵하므로, 급히 집으로 돌아왔다.

이해 가을에 다시 이조참의로 부름을 받고 굳이 사양했지만 허락을 받지 못했다. 그래서 대궐에 나아가 네 번 사양했으나 또 허락을 받지 못하여 부득이 봉직했다. 반 달 만에 이조참판으로 승진되어, 다시 다섯 번 사양했으나 윤허를 받지 못했으므로 병을 무릅쓰고 사은숙배했다. 결국 돌아가신 부모에게도 그에 따라 관직이 추증되었다. 봉직한 지 한 달 만에 사직소를 올려 동지중추부사로 옮겼다. 갑신년1584 7월에 집으로 돌아왔다.

그후 조정 신하들이 성 아무개가 외척의 간당奸黨으로 조정을 어지럽혀 국사를 그르친다고 탄핵하자 조야에서 소인이라 지목했다. 그러나 소인이 아니라고 말하는 이도 있었다. 이것이 벼슬로 나아가고 벼슬에서 물러난 대략이다.

성 아무개가 젊어서 병 때문에 과거에 응시하지 않자 사람들은 말하길 "과거를 일삼지 않는다" 했고, 몸이 약해서 벼슬하지 않자 사람들은 말하길 "영화로운 벼슬을 사모하지 않는다" 했으며, 파산坡山, 파주에 있는 선조 대대로의 집을 지키자 사람들은 말하기를 "은둔하며 지조를 지킨다" 했다. 그래서 조정 신하들이 교대로 천거하여 전전해서 요행으로 높은 벼슬에 이르렀으나 실제로는 한 가지 재덕도 지닌 것이 없고 한 가지 직임도 제대로 맡은 적이 없었다. 이는 모두 다른 사람들 때문에 억지로 이름이 붙은 것이어서, 끝내 이 때문에 세상의 화를 부르고 말았다.

언젠가 아들에게 "나는 평소 명예를 훔쳐 나라의 은혜를 저버리고 말았다. 예로부터 신하로서 국가의 은혜를 저버린 것이 나보다 더한 자가 누가 있겠느냐. 내 죄가 크므로 죽어도 눈을 감지 못할 것이다. 너는 내 유언을 따라 부의와 치제 같은 예우를 사양하고 묘 앞에 '창녕 성모아무개 묘' 라는 다섯 글자만 비석에 새겨 자손들로 하여금 내 무덤이 있는 곳을 알게 해라. 옛사람 가운데도 묘 앞에 자기 관직을 쓰지 말라고 한 자가 있기는 했지만 그 뜻이 다른 데 있었다. 나로 말하면 죄가 있기 때문에 스스로 깎아내려 이름만 쓰게 하는 것이므로, 일은 같으나 실상은 다르기에 옛사람과 같다고 보아서는 안 된다. 시신에 삼베옷을 입히고 종이이불로 염습하여 소달구지에 싣고 고향에 돌아가 묻어서 나의 뜻을 어기지 말라"고 말했다.

을미년1535, 중종30에 출생하여 아무 해에 죽었으니, 향년은 약간이다. 청송 선생성수침의 묘 아래에 묻었다. 성 아무개는 스스로 이 글을 적어 광중에 넣어 묘지墓誌로 삼게 하는 바이다.

53세의 성혼成渾, 1535~1598은 사위 윤황尹煌과 강진승姜晉昇, 아들 문준
文濬에게, 묘 앞에 작은 돌을 세워 '창녕 성모 묘' 다섯 글자를 새기고 뒷면
에는 본관과 가계, 죽어 장례한 날짜와 자손의 이름만 간략히 써서 새기라
고 당부했다. 그리고 스스로 지은 이 묘지墓誌를 문생 오윤겸吳允謙과 황신
黃愼에게 보였다. 1587년선조 20의 일이다.

두 해 전인 1585년선조 18에 그는 세 번이나 동지중추부사에 제수되었
으나 모두 사양했다. 지식인들이 서로 반목하던 터라, 위기감을 느꼈기 때
문이다.

당시 문관의 인사를 담당하는 이조좌랑을 누가 맡느냐를 놓고 당파의
대립이 일어났다. 이조좌랑의 인사권을 이조 전형의 권한이라고 한다. 심
의겸과 김효원이 그 권한을 둘러싸고 대립하자 선배와 후배들도 틈이 벌
어졌다. 율곡 이이는 두 사람을 외지로 내보내도록 했으나, 사태는 진정되
지 않았다. 젊은 사람들은 인순대비의 아우 심의겸을 외척이라고 지목해
서 배척했다. 그러나 선배들은 심의겸이 명종 때 사림을 보호한 공이 있고
선조가 즉위한 뒤 원로대신과 어진 사람을 불러오도록 청한 점을 높이 평
기해서, "권력을 행사하지 않았으므로 배척해서는 안 된다"고 했다. 성혼
은 선배들의 평가를 공론이라 여겼다. 그러자 후배들은 그도 함께 탄핵했
다. 성혼은 연달아 상소하여 자신의 죄를 스스로 탄핵하고, 유서라고 할
자찬묘지를 적어 아들에게 남긴 것이다.

성혼의 부친 성수침成守琛은 조광조의 문인으로, 성삼문의 후손이다.
성삼문이 단종의 복위를 도모하다가 고문을 받고 죽은 뒤, 성삼문의 재종
인 성담수成聃壽도 김해로 유배되었다가 풀려나와 파주에 은거했으니, 생
육신의 한 사람이다. 그 아들 성수침도 16세기 초의 기묘사화와 을사사화

를 거치면서 파주에 그대로 은둔했다.

성혼은 욕망이 들끓는 함정에서부터 벗어나, 자기의 내면을 다스리고 인격을 높이는 공부를 하여, 종일 조각상처럼 엄숙히 앉아 있고는 했다. 그런데 동당과 서당의 인물들은 묘하게도 두 쪽 모두 성혼을 외척의 간당이라 지목하여 함께 비난했다. 성혼은 자신의 숭고한 뜻을 이해받고 싶었다. 하지만 고난의 수렁은 깊고 넓었다.

1589년선조 22 겨울에 정여립의 역모사건이 일어나자. 선조는 성혼을 불러 이조참판에 제수했다. 성혼은 자신이 전에 정여립과 교분이 있었다는 이유로 사직하고, 파주로 물러나 처분을 기다렸다. 그런데 1592년에 왜적이 쳐들어오자 선조는 의주로 피신했다. 나중에야 그 사실을 알고 성혼은 통곡하며 산중으로 들어가 난리를 피했다. 동궁이 국사를 대리하면서 빈사로 불렀지만 사양했다. 그해 겨울, 성혼은 의주의 행재소로 달려가다가 도중에서 우참찬에 제수되었다. 이듬해 선조를 호종해서 영유에 이르러, 선릉과 정릉을 살피고 오라는 임무를 수행하고서 해주에서 복명했다. 며칠 후 어가가 환도했으나, 병이 나 있던 성혼은 해주의 석담에 머물렀다. 1594년 봄, 호서에서 역모사건이 일어나자, 궁궐로 위로차 들어갔다가 참찬에 제수되었다.

이때 왜적들이 경상도 연변의 13개 고을에서 노략질을 자행하고 있었다. 그렇거늘 명나라 유정劉綎 총병은 군대를 거두어 돌아갔다. 명나라 시랑 고양겸顧養謙은 중국병사들이 지쳐 있으므로 왜적의 화의를 들어주어야 하겠다며, 사정을 적어 명나라 조정에 아뢰라고 공문을 보내왔다. 선조가 신하들의 의견을 물었을 때 성혼은 고양겸의 글을 인용하여 명나라에 우리 뜻을 알리면 대의에 어긋나지 않으리라고 대답했다.

왜적이 심유경沈惟敬을 통해서도 강화를 청하자, 전라감사 이정암李廷馣은 강화를 주장하는 글을 올렸다. 성혼이 그를 옹호하자 선조는 크게 노했다. 이정귀李廷龜와 유성룡柳成龍은 선조에게 결단을 내릴 것을 청했지만, 유영경柳永慶은 반대했다. 마침내 성혼은 스스로를 탄핵하는 글을 올렸다.

신은 소견이 밝지 못하고 이해利害를 두려워하여 명나라 정승과 장수들의 마음을 거스르지 않고자 했으며 또 망언으로 이정암을 논변하여 구원했으니, 신이 비록 스스로 주화主和에 마음을 두지 않았다 하지만 어찌 죄를 피할 수 있겠습니까.

가을에 이르러 벼슬이 갈리자, 당일로 배를 빌려 서쪽 바닷가에 거처하다가 다음해 파산 옛집으로 돌아왔다.

1598년선조 31 정월, 병이 심해졌다. 성혼은 글을 적어, 자손들에게 집안의 전통을 실추시키지 말 것과 장례의식은 간소하게 할 것을 지시했다. 또 송익필宋翼弼에게는 이런 서찰을 보냈다.

나는 운수가 다해 죽게 되었으니, 곤궁하고 낭패함은 이치로 보나 형세로 보나 당연합니다. 정월의 큰바람이 불 때 옆집에 불이 나서 집에 전하던 책이 모두 화염 속으로 들어갔고 살던 집도 불타 없어졌으며, 허리와 척추의 병이 이미 4개월이 되었습니다. 원기가 꺾이고 쇠잔하여 자리에 누워 일어나지 못하니, 형세상 오래 버티지 못할 것입니다. 율곡 같은 대현大賢은 열흘 정도 누웠다가 곧바로 서거했는데, 나처럼 못난 사람은 병으로 오랫동안 고생하니, 이 모두가 천명입니다. 천운에 맡기고 분수를 편안히 여기며 스스로 힘쓰지 않을 수 없습니다.

5월에 이의건李義健이 와서 문병하자, 성혼은 시를 지어 영결했다.

한 번 그대를 보고픈 생각이 간절했는데
무궁한 속으로 떠나가면 온갖 일 공허하겠지.
다만 해마다 산엣 달이 아름다워
깨끗한 빛 예전처럼 우계를 비추리라.

思君一見意凄凄 사군일견의처처　　　　去入無窮萬象虛 거입무궁만상허
惟想年年山月好 유상년년산월호　　　　清光依舊照牛溪 청광의구조우계

성혼은 6월에 파산의 우계에서 별세하고, 8월에 향양리 산에 묻혔다. 아들 성문준은 부친의 뜻을 따르려 했지만 황신과 오윤겸이 반대했으므로 바깥 널을 사용했다. 그리고 〈선고자지문후서先考自誌文後敍〉를 지어, 1587년 이후 부친의 12년간 족적을 덧붙였다.

생전에 쓴 자서전류의 글은 한 인간의 삶을 완결해서 보여주지는 못한다. 글을 쓰는 어느 누구도 바로 그 시점에서부터 이어질 자기 앞의 삶을 결코 명료하고도 온전하게 파악할 수가 없기 때문이다. 그 글쓰기 이후에 허여된 시간이 아무리 짧다고 해도, 그 허여된 시간의 삶을 자서전적 글쓰기는 결코 '미리' 정지시켜 두지 못한다. 삶은 이토록 드라마틱하다.

더구나 죽은 이후의 평가는 또 어떻게 미리 예측할 수 있겠는가?

광해군 원년인 1608년에 이르러, 앞서 임진왜란 때 성혼이 몽진하는 선조를 즉각 알현하지 않은 사실을 규탄하는 비판이 일어났다. 이때 성균관 유생 이목李楘 등 150여 명이 상소해서 가까스로 그를 구제했다.

생전에도 사후에도 성혼은 반대당의 극렬한 비판을 받았다. 그렇지만 그는 제자를 많이 거두었다. 윤황과 황신 외에 조헌·김상용·신흠·이귀·정엽·안방준·김덕령·강항·최기남 등이 문하에서 나왔다. 사위이자 문도였던 윤황의 뒤로는 아들 윤선거와 손자 윤증이 가학을 이었다.

그의 정신이 이렇게 계승되었으니, 생전의 불운함이 사후에나마 보상받았다고 해야 할까? 🍁

참고문헌

- 성혼成渾, 〈묘지墓誌〉, 《우계집牛溪集》, 한국고전번역원 한국문집총간 43, 1988. ; 〈다시 올리려 한 스스로 탄핵한 소〉, 《우계집》 제3권 장소章疏 2. 한국고전번역원 한국문집총간 43, 1988.
- 성혼, 《국역 우계집》, 민족문화추진회, 2000~4.
- 성문준成文濬, 〈선고자지문후서先考自誌文後敍〉, 《창랑선생문집滄浪先生文集》 권4 잡저, 한국고전번역원 한국문집총간 64, 1988.
- 황의동, 〈우계학의 전승과 그 학풍〉, 《범한철학》 28, 범한철학회, 2003.

2

황천길에 무궁한 원한을 품으리라

이정암 李廷馣, 〈자만 自挽〉 2수

첫째

효행도 충성도 모두가 무능하여
하늘의 재앙과 귀신의 앙화가 다투어 닥쳤거늘
헛된 이름은 누가 금관자 초미관 쓰게 했나
말로에는 그저 질병만 몸뚱이에 엉겼다.
나그네 베개에 누워 천일의 숙취를 깨지 못하고
여관 창 아래 등잔 심지 하나를 죄다 돋웠다.
황천길에 무궁한 원한을 품으리니
동해가 능곡으로 변함을 보지 못했기에.

爲孝爲忠百不能 위효위충백불능　天殀鬼禍競相乘 천앙귀화경상승
浮名誰使金貂貴 부명수사금초귀　末路都成疾病仍 말로도성질병잉
羈枕未醒千日醉 기침미성천일취　客窓挑盡一釭燈 객창도진일강등
只應泉路無窮恨 지응천로무궁한　不見扶桑海作陵 불견부상해작릉

둘째

외모는 왜소하지만 정신은 살아 있어
육십 년 세월 동안 남에게 아첨하지 않았도다.
강물 같은 인생은 승려이면서 머리 기른 존재
뜬구름 세간사는 시루에 먼지가 낀 격.
시시비비를 예로부터 누가 정하랴
즐거움과 기쁨도 그 자취가 진부하기만 하다.
갈 길이 감로사에 가깝기에 웃으며 가리키나니
절 앞 강물의 달이 나의 전신前身이로다.

形容短小只精神 형용단소지정신　六十年來不佞人 육십년래불녕인
流水生涯僧有髮 유수생애승유발　浮雲世事甑埋塵 부운세사증매진
是非從古誰能定 시비종고수능정　憂樂如今跡已陳 우락여금적이진
笑指歸程甘露近 소지귀정감로근　寺前江月是前身 사전강월시전신

임진왜란 때 연안 전투에서 승리를 거둔 이정암李廷馣, 1541~1600은 1600년에 병이 위독하자 몸을 깨끗이 씻은 뒤 자기 명정에 적을 두 편의 시를 지었다. 일생을 겸허하게 되돌아보고 왜적에 대한 적개심을 드러낸 내용이다. 그해 9월 10일에 60세를 일기로 세상을 떠서, 개성 전포錢浦 밖 선영에 묻혔다.

이정암은 관모에 금초장식을 할 수 있는 고관의 직에 올랐다. 한나라 중 상시 벼슬은 황금당에 매미를 붙이고 초미貂尾로 관모를 장식했다. 그래서 금초金貂라고 하면 고위관직을 상징한다. 그렇게 고관의 지위에 올랐지만, 육십 평생을 돌이켜보면 내게는 소순기蔬筍氣가 있다고 했다. 채소와 죽순만 먹어서 지나치게 맑고 심하게 소박한 기운이 있다는 말이다.

이정암은 자신은, 머리를 기르고 살아온 유발승有髮僧이었다고 말했다. 사실 그는 물질에 큰 관심을 두지 않았다. 벼슬을 살더라도 마치 내무萊蕪 수령이었던 범단范丹이 가마솥에 먼지가 뽀얗게 앉아 있을 정도였던 것과 같이 자기 자신도 맑았다고 자부했다.

삶의 즐거움과 기쁨은 한때의 자취일 뿐이다. 내게 남은 시간이 있다면 묵은 자취는 떨어버리고 또렷한 의식으로 새 삶을 살고 싶다. 개성 오봉봉 의 감로사 곁 선영으로 가는 길이 멀지 않으니 차라리 웃으려고 한다. 삶이 이슬처럼 스러지는 것을 달게 여기고, 절 앞 강물에 비친 달이 나의 전신이라고 생각하면서 등등騰騰하리라고, 스스로를 위로했다.

등등이란 느긋하게 즐겨서 멍청한 듯한 모습을 말한다. 《석문문자선》에 이런 말이 있다. "본시 이슬처럼 소멸함을 달갑게 여기거늘 허랑하게 무구無咎, 허물이 없음라고 여기다니! 온갖 구속받는 것을 알거든 정좌하여 나를 죄는 잣대와 규범의 틀을 홀시하라. 바다에서는 구레나룻 드리운 부처요, 군중에서는 머리카락 둔 승려로구나. 일생이 무엇과 같은가, 유한한 삶이 등등과 같도다."

그런데 돌이켜보면 효도 충도 온전히 이루지 못했기에 아쉽기만 하다. 아득한 옛날 염제의 딸이 동해에 빠져죽어 그 원혼이 변했다고 하는 정위精衛 새처럼, 나도 원혼으로 남으리라. 정위는 바다에 빠진 억울함을 씻으려고 서산의 나무와 돌을 물어다가 바다에 넣어 동해를 몽땅 메우려고 했다. 이정암도 동해바다가 능곡으로 변하여 왜구의 소굴인 저 일본이 없어지는 것을 보고 싶다고 말한 것이다.

임진왜란 때 이정암은 아우 이정형李廷馨과 함께 동궁의 명으로 초토사가 되어 황해도 일대의 주민을 이끌고 연안의 성으로 들어가 수호했다. 그 사실은 《국조보감》에 상세하게 나온다.

도요토미 나가마사豊臣長政는 해주·평산의 왜군들을 모아 연안을 공격했다. 어떤 이는 초토사라면 성을 수호하라는 명령을 받은 것이 아니므로 일단 예봉을 피하는 것이 옳다고 권했다. 하지만 이정암은 말했다. "나는 경연의 자리에 참여했던 신하이거늘 행재소로 군주를 따라가지 못했다. 이제 왕세자로부터 초토의 명을 받았으므로 성 하나의 수비라도 맡아서 목숨을 바치는 것이 마땅하거늘 어떻게 구차하게 살려고만 하겠는가? 주민을 이끌고 성으로 들어오게 했다가 적이 왔다는 기별을 듣고 주민을 버리는 짓을 내가 어찌 차마 하겠는가? 같이 죽고 싶지 않은 자는 마음대로 빠져나가라."

이정암은 노복을 시켜 섶을 쌓고 횃불을 들고 기다리게 하고는, 적이 성을 올라오거든 즉시 불을 살라서 적의 손에 몸이 더럽혀지지 않도록 하라고 지시했다. 종사관 우준민禹俊民이 군중에게 거듭 약속을 밝히자 군중이 일제히 외쳤다. "대장이 죽기로 결단하는 판에 우리가 어찌 살기를 도모하랴!" 왜적이 드디어 성을 포위했다. 그런데 한 왜장이 흰 깃발을 등에 지고 백마를 타고 성 주위를 돌다가 돌풍에 깃발이 넘어졌다. 그러자 한 무사가 기회를 놓치지 않고 활을 쏘아 왜장의 가슴을 꿰뚫었다. 왜적은 수천 개 조총을 일제히 쏘아대며, 밤낮으로 공격했다. 이정암은 사람들을 시켜 경솔하게 활을 쏘지 말고 적이 성에 기어오르거든 쏘아 죽이도록 했다. 그리고 늙은이·어린이·부녀자들까지 동원해서, 문짝이나 다락을 뜯어 방패로 삼고 쌓아둔 풀을 묶어 횃불을 만들고 가마솥을 벌여두고 물을 끓이게 했다. 적이 시초를 참호에 채우고 올라오면 이쪽에서는 횃불을 던져 태우고, 적이 긴 사다리로 성에 오르거나 판자를 지고 성을 망가뜨리면 이쪽에서는 나무와 돌로 부수고 끓는 물을 퍼부었다. 그러자 적은 남쪽 산에다 높은 다락을 세워 판자벽에 구멍을 내고 내려다보며 총을 쏘았다. 성안에서는 흙담을 쌓아 막았다. 적은 또 밤안개를 틈타 서쪽 성으로 기어올랐다. 성가퀴를 지키는 군사들이 횃불로 40여 명을 태워 죽였다. 이렇게 나흘간 공방을 하니, 적도 탄환이 떨어졌다. 성안에서 환호하며 쇠북을 쳐대자, 적군은 시체를 모아 불을 지르고 퇴각했다. 이정암은 군사를 출동시켜 수급을 베어오게 했다.

이정암은 이 공적으로 가선대부 동지중추부사에 제수되었다. 이항복은 그의 공적을 기려 〈초토사이공연안비招討使李公延安碑〉를 적었다.

이정암은 스스로의 명정에 적으라 남긴 만시에서 연안대첩의 공적을 조금도 과시하지 않았다. 일생 사업을 아직 끝내지 못했다고 여겼기 때문일 것이다.

그런데 이정암이 만시에서까지 적개심을 표출해야 했던 진짜 이유는 무엇일까?

그것은 그가 1594년선조 27 봄, 전라감사로 있을 때 주화를 주장하여 무고와 비난을 받았으므로 스스로를 변호하고자 한 듯하다. 1594년에 왜적이 심유경을 통해 강화를 청했을 때 전라감사로 있던 그는 심유경의 말에 따르자고 청했다. 당시 주화는 주류가 아니었다. 그렇기에 성혼은 "이정암이 절개를 지켜 의義에 죽을 마음이 없다면 이런 논의를 하지 못할 것입니다"고 공조했다. 하지만 조목趙穆 등은 이정암을 탄핵했다. 성혼이 구제해서 중한 형벌만은 면했다.

이정암은 1600년에 죽은 뒤 1604년선조 37에 이르러 선무공신 2등으로 월천부원군에 봉해지고 연안 현충사에 모셔졌다. 시호는 충목忠穆이다.

뒷날 정약용은 〈연안성을 지나며過延安城〉 시에서 이정암을 추모했다.

연안성 고작 두 장丈의 높이

위에 망루도 없고 아래에 참호도 없었으니

바퀴에 기름칠한 적의 수레들을 판자문으로 어찌 막으랴

보루에는 예전처럼 다북쑥이 나 있었지.

더구나 북산이 성을 누르고 솟아나

마구와 외양간까지 다 셀 수 있을 정도.

그때 장수 이정암은

학사라서 활과 칼에 익숙지 못했다만

화살 껴안고 문 두드린 것은 신녀가 아니고

쌀 붓기를 물처럼 한 것은 애들 짓이었으니

왜놈 삼천이 한 날에 죽어

지금도 희생 잡아 혈식을 올린다네.

아, 신각申恪의 공은 누가 알 것인가

성 쌓아 남에게 큰 공 세우게 하고

승첩보 올리고 몸은 죽어 보속받지 못했기에

양주 들바람이 성내어 운다네.

延安城纔二丈高 연안성재이장고　　上無懸眼下無壕 상무현안하무호

板扉何能抵膏葦 판비하능지고위　　土壘如今生野蒿 토루여금생야호

況復北山壓城起 황부북산압성기　　細數牛囤與馬槽 세수우돈여마조

當時將帥李廷馣 당시장수이정암　　學士不閑持弓刀 학사불한지궁도

抱箭叩門非神女 포전고문비신녀　　注米像水眞兒曹 주미상수진아조

漆齒三千同日死 칠치삼천동일사　　至今血食陳牲牢 지금혈식진생뢰

嗚呼申恪竟誰識 오호신각경수식　　築城與人成勳勞 축성여인성훈로

捷奏身殲人莫贖 첩주신섬인막속　　楊州野曠風怒號 양주야광풍노호

　이정암은 병법에 익숙한 무장이 아니라 학사 출신이었다. 하지만 화살을 쟁여 성문으로 몰려드는 자들은 반갑게 맞을 신녀神女가 아니라 왜적이었기에, 그들을 퇴치하느라 진력했다. 이를테면 성벽에 올라오는 적을 물리치려고 물을 쏟아부었다. 그것은 저 당나라 강사도姜師度가 섬주자사로 있으면서 높은 곳에 곳간을 만들어 쌀을 배로 쏟아붓게 하여 세납미의 운반을 편하게 했던 일과 전혀 다른 웅대한 공적이었다.

　이정암의 일은 신각申恪의 일과 비교된다. 신각은 왜란 때 도원수 김명

원金命元 휘하의 부원수로서 한강을 지키다가 패하자, 유도대장 이양원李
陽元을 따라 양주로 가서 병력을 규합해서 해유령에서 왜군을 대파했다.
그러나 한강에서 패전하고 임진에 피해 있던 김명원이 그를 무고하는 장
계를 올렸으므로 참형을 당했다. 형이 집행되던 날 오후에 양주의 첩보가
도착했는데, 그 첩보를 받은 선조는 급히 선전관을 양주로 보내 형 집행을
정지하도록 했으나 선전관이 이르렀을 때는 형이 집행된 뒤였다.

　이정암은 연안대첩의 장계를 올릴 때, 어느 날에 성이 포위당하고 어느
날에 적이 포위를 풀고 떠났다고만 적었다. 공적을 자랑하지 않은 것이다.
조정 신하들은 "전쟁에 이기는 것도 쉽지 않지만 공적을 자랑하지 않는 것
은 더욱 어렵다"고 했다. 그는 스스로 지은 만시에서도 결코 자기 공적을
자랑하지 않았다. 집에는 쌀 항아리가 비어 있었고, 옷은 고작 한 벌뿐이
었다. ❧

참고문헌

● 이정암李廷馣, 〈자만自挽〉 2수, 《사류재집四留齋集》 권4, 한국고전번역원 한국문집총간
　51, 1988.

● 《국역 국조보감國朝寶鑑》 제31권 선조조 8 25년임진, 민족문화추진회, 2006.

● 정약용丁若鏞, 〈연안성을 지나며過延安城〉, 《여유당전서與猶堂全書》 다산시문집 제3권,
　한국고전번역원 한국문집총간 281~6, 2002.

뜻은 원대하지만
명이 짧으니 운명이로다

금각琴恪, 〈자지自誌〉

봉성鳳城 사람 금각琴恪은 자가 언공彦恭이다.

일곱 살에 공부를 하기 시작해서 열여덟에 죽었다.

뜻은 원대하지만 명이 짧으니 운명이로다.

鳳城人琴恪, 字彦恭. 봉성인금각 자언공

七歲而學, 十八而沒. 칠세이학 십팔이몰

志遠年夭, 命矣也夫! 지원년요 명의야부

묘지치고는 너무 짧다. 열여덟에 죽었다니, 삶도 너무 짧다. 후대 사람들에게 운명의 야박함을 고발하려 했나보다. 금각琴恪, 1569~1586이 폐결핵으로 죽어가면서 남긴 글이다. 금각은 금난수琴蘭秀의 막내아들로, 고려 때 학사 금의琴儀의 후손이다.

금각은 부친 금난수가 35세 때인 1564년명종 19에 일동日洞 가송협佳松峽 벼랑 아래에 지은 고산정 곧 일동정사에서 폐결핵을 치료했다. 그러다가 8월 25일에 죽어, 9월에 예안 백운동에 장사지내졌다.

금각은 또 이런 만사挽詞, 만장에 적는 글를 지어, 부모를 영결했다.

아버님 어머님
저 때문에 울지 마세요

父兮母兮 부 혜 모 혜   莫我哭兮 막 아 곡 혜

부모님보다 먼저 세상을 하직하게 된 불효를 씻을 길 없어 이런 만사를 남겼을 것이다. 확실히 애절하다.

하지만 금각이 자찬묘지를 남긴 것은 오로지 부모에 대한 미안한 감정을 토로한 것에 그치지 않는다. 그런 해석은 그의 내면을 협소하게 그려내는 것이 아니랴!

허균은 18세 되던 1586년선조 19, 처남 김확金穫과 함께 백운산으로 가서 형 허봉으로부터 고문을 배웠다. 이때 금각도 함께 했다. 허균은 다시 그 해 여름에 봉은사 아래에서 사명당을 만났고, 유성룡에게서 문장을, 이달에게서 시를 배웠다.

금각도 허균만큼 열심히 공부했고, 또 저술도 많이 했다. 〈주류천하기 周流天下記〉〈풍창낭화風窓浪話〉〈일동록日洞錄〉〈전의독서문專意讀書文〉 등 과 시문집으로 《조대집釣臺集》 2권이 전한다. 〈일동록〉은 일동동사 부근의 경치를 상세히 묘사한 글이다.

젊은 나이의 금각은 늘 국촉한 공간을 벗어나 동서남북인東西南北人이 되고 싶어 했다. 17세 때는 배삼익裵三益을 위해 〈배상공의 사신 행차를 송 별하며送裵相公朝天〉 시를 지어, 병으로 동행하지 못하는 아쉬움을 토로했 다. 그뒤 〈주류천하기〉를 지어 환상 속의 여행을 즐겼다.

〈주류천하기〉는 대관자大觀子가 천하를 유람한 기록이다. 대관자는 《주 역》 관괘觀卦에 나오는 대관大觀의 개념을 차용하여, 사물·세계를 총체적 으로 인식하려 했던 《장자》의 인식론을 반영한 이름이다. 금각은 일상의 삶과 협애한 지식에 불만을 품어, 환상 속에서 사마천과 두보의 길을 따라 천하의 명산대천을 유람하고는 천상세계까지 편력한 것이다.

금각이 죽은 지 14년 되는 1610년광해군 2 봄에 이르러 금각의 형 금개瑮 愷가 묘지명을 부탁하자, 허균은 눈물을 쏟으면서 말했다. "백운사에 있을 때 우리 세 사람은 금군을 우러러 보기를 쑥대가 높은 소나무 쳐다보듯 하 였소. 그가 살아 있었다면 반드시 문장의 맹주가 되어 나라의 보배가 되었 을 것이오. 그렇다면 내가 어찌 감히 문장으로 세상에 이름을 날렸겠소. 불행히 먼저 갔으니 뒷사람에게 알리는 책임은 실로 내게 있소이다. 어찌 글재주가 모자란다는 핑계를 대어 금군과의 두터운 우의를 나 몰라라 하 겠소."

허균은 〈금군언공 묘지명瑮君彦恭墓誌名〉에서 금각의 포부가 남달랐다 는 점, 자신의 형 허봉이 특별한 기대를 두었던 점을 부각시켰다.

사람됨이 재기가 뛰어나고 호탕하며 생김새는 옥을 세운 듯하여 바라보면 신선 같았다. 그의 아버지 봉화공奉化公, 금난수은 각별히 그를 사랑했다. 다섯 살 때 여막에서 글을 배울 때 벽에 붙여놓은 《주역》의 괘상을 보고 바로 외우는데 차례를 하나도 틀리지 않았다. 또 산소에서 재실창고를 짓느라 일꾼이 많았는데 그 이름을 모두 기억했다. 글 읽기에 열중한 나머지, 어머니를 뵈러 갔다가도 꼭 기한에 돌아왔다. 아홉 살 때 아버지를 따라 제릉齊陵, 신의왕후 릉에 가서 옛 서울의 산수를 보았으며, 아버지가 집경전으로 전보되자 동경경주의 옛 자취를 둘러보았다. 어려서부터 이렇게 유별난 뜻이 있었다.

계미년1583, 선조16에 그의 아버지가 서울에서 벼슬하게 되자 금군은 아버지를 모시고 올라와, 송미로宋眉老, 宋世珩에게 소동파 시를 배웠다. 열다섯이 되어 처음으로 나의 중형에게 고문과 시를 배웠다. 문장이 날로 진보해서 읽으면 바로 그 법을 터득했고, 논평하는 바가 쇄락해서 보통의 생각을 벗어났다. 그래서 중형은 사랑하고 탄복하여, 그의 아버지에게 이런 서찰을 보냈다.

"댁의 아드님이 멀리서 왔기에 그 말을 듣고 그 조촐한 마음을 살펴보니 총명하고 영특해서 같은 또래보다 이만저만 뛰어난 게 아닙니다. 참으로 저의 스승이라 해야 하지, 제가 그의 스승은 될 수 없습니다."

그가 지은 〈주류천하기〉〈풍창낭화〉〈일동록〉〈전의독서문〉 등의 글은 당시 문예를 논하는 사람이 모두 좋아하여 서로 외우고 베꼈으므로 서울의 종이값이 갑자기 오를 정도였다. 중형은 크게 칭찬하고 추켜세워, 함부로 평할 수 없을 정도로 옛 대가의 풍모를 지니고 있다고 여겼다.

금각의 생애는 짧았지만 그 삶은 학문을 따라 나아가는 노정이었다. 허균은 이렇게 회고했다.

금균은 마음이 편안하고 욕심이 없으며 행동에 법도가 있었다. 글짓기를 좋아했지만, 유학자의 할 일이 말 잘하는 데 있지 않음을 알아, 항상 정성으로 사리를 철저히 밝히는 것을 목표로 했다. 육경·사서와 염계주돈이·낙정호·정이·관장재·민주희의 책들을 두루 연구하고 항상 성현과 같아지기를 스스로 기대했다. 고금의 서적을 두루 읽어 치란 흥망의 원인과 현사賢邪, 어진 사람과 간사한 이의 구분을 논함에 있어 득실과 가부가 명백하고 통쾌하여 듣는 사람이 지루해하지 않았다. 또한 국가의 고사에도 밝아 마치 직접 경험한 사람 같았다. 이렇게 문학이 높고 깊었으며 뜻이 원대했다.

금각은 날로 쇠약해져갔다. 기운이 다하여 중도에 스러져 그만둘지언정 자기완성을 위한 공부를 스스로 포기하지는 않았다. 허균은 생전의 금각이 죽음과 싸우는 고투의 과정을 되새겨보고, 그 모습을 매우 상세하게 묘사했다.

병술년1586, 선조19 가을에 폐결핵에 걸려 날로 쇠약해졌으나 손에 책을 들고 부지런히 읽었다. 부형들은 병이 더할까 걱정하여 이를 말렸으나 순종하지 않고, "아침에 도를 들으면 저녁에 죽어도 좋다고 했습니다. 내가 기호하는 바이기에 힘들다고 느끼지 않는데 왜 몸이 상합니까?" 했다. 그러고는 사마온공사마광의 《자치통감》과 주희의 《통감강목》 및 여러 의학서를 읽고 나서, "하늘이 내게 몇 년을 빌려주어 아직 보지 못한 책들을 모조리 읽는다면 내 소원은 다 이룬 것입니다" 했다. 병이 아주 심해졌는데도 정신은 말짱하여 쓸데없는 기도를 금지하면서, "죽는 것은 운명인데 기도한다고 무슨 보탬이 되겠습니까. 저는 장상長殤, 16세에서 18세 사이의 죽음이므로 신주를 세우지 않아도 됩니다. 하물며 몸과 혼백이 땅으로 돌아가면 혼기魂氣는 어디에나 있을 것이므로, 저를 이곳에 장사지내도 좋습니다. 어찌 반드시 선영으로 반장할 필요가 있겠습니까? 고향길이 험하고 멀므로 부모님께 걱정을 더 끼칠까 두려울 따름입니다" 했다. 그리고 병중에 스스로 묘지문을 지었다.

허균은 금각의 묘지명을 적게 된 경위를 적고, 그 뒤에 명銘을 붙였다. "공의 글은 옛글보다 뛰어나고, 공의 학문은 미세한 데까지 이르렀으니, 예림문단에 붉은 깃발 꽂을 이는 바로 공이 아니고 누구였겠소." 아쉬움의 말이다.

몸이 쇠약한데도 손에 책을 들고 부지런히 읽었다는 금각의 모습을 떠올려보면, 허균의 평가는 무척 사실에 가까운 듯하다.

병석에 누워 있을 때 금각은 "죽는 것은 운명인데 기도한다고 무슨 보탬이 되겠는가?" 했다고 한다. 이 말은 《논어》〈술이〉편에서 공자가 위중해지자 제자 자로가 기도를 드리겠다고 했을 때 "나는 기도한 지 오래되었다丘之禱久矣"라고 하면서 거부했던 일을 연상시킨다. 괴력난신怪力亂神을 말하지 않은 공자이지만 초월적 존재를 상상하지 않은 것이 아니다. 다만 평소의 삶이 신명의 뜻과 부합했기에 기도를 일삼을 필요가 없다고 거부한 것이다.

"아침에 도를 들으면 저녁에 죽어도 좋다고 했습니다. 내가 기호하는 바이기에 힘들다고 느끼지 않는데 왜 몸이 상합니까?" 금각의 말이 귓가에 맴돌지 않는가!

참고문헌

- 허균許筠, 〈금군언공 묘지명琴君彦恭墓誌銘〉, 《국역 성소부부고惺所覆瓿稿》 권17 문부文部 14 묘지墓誌, 민족문화추진회, 1981 초판.

- 허균許筠, 〈학산초담鶴山樵談〉, 《성소부부고》 권26 부록 1, 한국고전번역원 한국문집총간74, 1988.

- 허경진, 《허균평전》, 돌베개, 2002.

- 정학성, 〈우언·패러디·여행기 형식에 의한 고소설〉, 《인하어문연구》 1, 1994. ; 〈주유천하기론〉, 《택민김광순선생 정년기념논총》, 새문사, 2004.

선영 아닌 딴 곳에 장사지낸다면
눈을 감지 못하리라

김주신金柱臣, 〈수장자지壽葬自誌〉

전하는 말에, 묏자리를 정하여 안치할 때, 만일 장사지내고도 혼백이 묏자리에서 편치 못하게 한다면 이는 장사지내지 않은 것과 같다고 했다. 지금 나는 불행히도 어렸을 때에 부모님을 여의어, 부르짖으며 그리워한들 어찌할 수 없으므로, 오직 선롱先壠, 先塋에 뼈를 묻어 길이 송백松柏의 산림에 의탁하는 것이 실로 내가 아침저녁으로 기도하는 것이다. 내가 죽은 뒤에, 비록 비단옷과 석관으로 싸고 명당자리에 무덤을 세우더라도 대자산大慈山에 장사지내지 않는다면, 망자의 슬픔은 《맹자》〈등문공·상〉에서 말했듯이 파리 떼가 부모님의 시신에 우글거리는 것을 보는 것과 다름 없을 것이다. 이에 비해 명주 주머니와 오동나무 관으로 싸서 개미구멍 같은 곳에 두고 흙을 덮더라도 대자산에 장사지낸다면 이곳에 묻힌 것이 즐거울 것이니, 이는 진실로 부모님께서 가까이 계시기 때문이다. 더구나 이곳은 북쪽을 등지고 남쪽을 향하며,

높고 평평하며 단단하고 곧으므로, 움푹 파이고 우둘투둘하며 기울어지고 비루한 땅에 비할 바가 아니다.

다만 이 12년 사이에 영락하고 나이 삼십에 자식이 없는 것을 생각하면, 구학溝壑에 뒹굴지 않고 유언에 어김이 없게 되기를 훗날에 바라기 어려우니, 어찌 서글프지 않겠는가. 혹시 방안에서 죽고 묏자리 잡아줄 사람이 있다 하더라도, 도리어 풍수설에 미혹하여 유언을 생각지 않아서 나를 선영에 장사하지 않고 다른 산에 장사지낸다면, 장차 눈을 감지 못할 것이니, 혼백이 어찌 편안하겠는가. 조상이 편안하면 자손도 편안하다는 정이程頤의 말씀으로 헤아려보면, 영원히 떠난 혼백이 그 무덤에서 편안하지 못하거늘, 그 자손이 어찌 홀로 편안할 수 있겠는가.

그리하여 화대化臺, 묘지의 명銘을 본떠서 선영의 곁에 표標를 묻는다. 후손들은 반드시 나를 이곳에 묻고 그 머리맡에 '아무개의 장지葬地'라고 적도록 하라. 그리고 이것으로 지誌를 삼으라.

경오년 팔월 중순에 쓰노라.

김주신金柱臣, 1661~1721은 30세 되던 1690년숙종 16, 경오에 이 글을 지어 부모의 묘역 곁에 묻었다.

생전에 자신의 무덤을 미리 만들어둔 것을 수장壽藏이라고 한다. 그 무덤에 살아 있을 때 미리 묘지명을 작성하기도 했는데 그것을 생지生誌라고 한다. 수장의 주인이 특히 스스로 생지를 작성하였을 때 그것을 자지自誌라고 한다. 《당서》에 의하면, 요욱姚勖이라는 사람은 손수 수장을 만안산萬安山에 만들어놓고 광중을 '적거혈寂居穴'이라 하고 봉분을 '복진당復眞堂'이라 하였다. 또한 그는 흙을 깎아 상牀을 만들고 '화대化臺'라 일컬었는가 하면 돌에 글을 새겨서 후세에 알렸다고 한다. 김주신은 그것을 본뜬 것이다.

그렇기는 해도 서른 살에 자기 묘지를 짓다니!

이 글은 유언장의 성격이 짙다. 특히 이 글에서 김주신은 죽은 뒤의 장사 문제를 강조했다. 정이程頤는 "할아버지, 아버지와 자식, 손자는 동기同氣이므로 조상이 편안하면 자손도 편안하다"고 했다. 김주신은 그 말을 금과옥조로 여겨, 죽은 뒤 선영의 아래에 제사지내라고 당부했다.

김주신은 본관이 경주로, 호는 수곡壽谷 혹은 세심재洗心齋이다. 서울 장통방 집에서 태어났다. 5세 때 부친상을 당했고, 24세 때는 모친상을 당했다. 부모를 일찍 여의었으므로 부모를 그리는 심정이 각별했다. 그래서 부모의 묘역에 묘비를 세우고, 농부나 나무꾼이라도 알아볼 수 있도록 열 줄의 한글로 비명을 써서 선영의 남쪽에 묻었다. 그때 김주신은 〈선묘지명후첨록先墓誌銘後添錄〉이라는 글을 지었다.

아! 천하에 어찌 부모가 없는 사람이 있겠으며, 또한 사람으로서 부모를 사랑하는 마음이 어찌 고금에 차이가 있으랴! 만대 이후에 나의 묘지墓誌를 보는 자가 과연 어질고 효성스러운 군자라면, 누군들 서글퍼하고 애섧워해서 자신의 부모를 사랑하는 마음을 미루어 남의 부모를 사랑하지 않을 수 있으랴! 그런데 만일 불행히도 농사꾼이나 목동이 이 돌을 얻어 이 명銘이 무엇을 뜻하는지 알지 못한다면, 이 명을 수장한 까닭은 헤아려보지도 않은 채 이 명을 버리고 봉분을 훼손하지 않을 이가 몇이나 되겠는가?

그리하여 다시 10행의 언문을 덧붙여 기록해서 함께 묻어 우부愚夫와 우부愚婦라도 보고서 이해하여 수긍垂矜하고 외피畏避하게 하려 하니, 이 또한 용극

지도用極之道가 아닐 수 없다. 아! 내가 듣기로 필부가 비명횡사하면 그 혼은 여전히 다른 사람에 빙의하여 여귀가 된다고 한다. 지금 나는 살아생전에 이미 원한을 품은 죄인이 되었기에 땅속에 들어가면 응당 한을 품은 여귀가 되리니, 그때의 빙의가 어찌 횡사한 사람에 비할 정도이랴! 임종하는 날에 나는 반드시 후손들에게 나를 선친의 묘 옆에 장사지내라 할 것이다.

나의 정백精魄은 그곳에서 이리저리 배회하며 선친의 묘를 범하는 살아있는 자와 죽어서라도 싸움을 벌이리니, 사람이 귀신을 이길지 귀신이 사람을 이길지는 두고 볼 일이다. 후대 사람들은 죽은 자는 지각이 없다고 무심코 말하며 이 봉분을 업신여기지 말라!

고애자 주신柱臣은 두 번 절하고 눈물을 훔치며 쓴다.

김주신이 부모의 묘역에 묻은 한글 비명은 아직 발견되지 않았다. 옛날에는 농사꾼이나 목동들이 알아볼 수 있도록 한글로 묘비를 적는 일도 있었다. 서울 수유리에 있는 한글 영비靈碑는 그 한 예이다. 이 모두 우리 부모에게 효를 다하고 조상을 추모하는 정성이 만들어낸 실용적 비명묘표라고 하겠다.

김주신은 24세 때 모친상을 당한 이후 박세당의 문하에서 수학했다. 1696년숙종 22 겨울, 36세가 되어서야 생원시에 합격하고, 귀후서 별제, 순안현령 등을 지냈다. 42세 되던 1702년 9월, 둘째딸이 숙종의 둘째계비 인원왕후가 되자, 통정대부의 품계에 올라 돈녕부도정이 되고, 다시 보국숭록대부에 올라 영돈녕부사가 되었으며, 경은부원군에 봉해졌다. 이후 오위도총관을 겸하고, 상의원 제조를 겸했으며, 호위대장·장악원 제조 등의 직을 맡았다.

1721년경종 원년 7월 24일, 수진방 집에서 죽었을 때 향년 61세였다. 1722년에 효간孝簡의 시호가 내리고, 영의정에 증직되었다. 1734년영조 10에 이르러 최규서崔奎瑞가 묘표를 지었다. 시문 12권 5책은 운각인서체 활자로 간행되었다. 운각의 활자로 간행된 것은 왕대비의 부친이었기 때문일 것이다.

김주신은 23세 때인 1683년숙종 9 겨울, 한정리閒靜里에 거처하고 있었는데, 그때 월越 · 촉蜀 · 구강九江의 세 가지 이야기를 듣고, 그것들을 소재로 〈세 가지 악三惡〉이라는 글을 지었다. 당시 속인들의 세 가지 병폐를 꼬집으려는 의도에서였다. 세 가지 악이란, 초학의 선비가 남의 말만을 근거로 조정의 시비를 논하는 일, 자기 몸을 다잡는다는 유학자가 말과 얼굴빛만 꾸며서 세상의 존경을 받는 일, 벼슬살이하는 관리가 부끄러운 줄도 모르고 이익만 추구하는 일을 말한다.

월 땅 백성越氓의 이야기는 자기가 체득하지 않은 지식을 자랑하는 속악을 풍자했다. 곧, 귀로 들은 것을 입으로 옮길 뿐이고 참지식을 체득하지 못하는 구이지학口耳之學을 배격한 것이다.

월 땅의 어느 백성이 마을 모임에 가서 서울과 도읍의 아름다움과 성문과 궁궐의 웅장함에 대해 성대하게 말했다. 그 마을 사람이 흔연히 한 번 보려고 하여, "도읍의 면배面背, 앉음새와 규모가 어떠한가?" 따져 물었다. 월 땅 백성은 "나는 비록 못 보았지만, 형님이 일찍이 내게 말했소"라고 했다. 마을 사람이 "형님도 보지 못한 것이 아니냐?" 하자, 월 땅 사람은 성을 내면서 "형님은 일찍이 형님의 친구에게서 들었고, 형님의 친구는 일찍이 연 땅에서 태어나 초 땅에서 자랐는데, 지금은 죽었소. 그러니 내가 어떻게 도읍의 면배를 알겠소?"라고 했다. 마을 사람이 귀를 막고 웃으면서 "그만두게, 더 말하지 말게. 그대의 서울 자랑이, 성성이가 《시》《서》를 외우는 것과 무어 다르겠소?"라고 했다. 마을 장로들치고 껄껄 웃지 않는 사람이 없었다. 월 땅 백성은 부끄러워 얼굴이 달아올라 아무것도 먹지 못했다. 그뒤로는 마을의 모임에 가지 않았다.

촉 땅 상인蜀賈人 이야기는, 식견이 옅은 자가 정확하지 않은 지식을 어쩌다 우연히 팔 수는 있지만 그 때문에 우쭐해서 결국 제대로 된 지식을 쌓을 수 없어 세상에서 버림받게 된다는 사실을 경고한 내용이다.

촉 땅 상인이 칡베를 가지고 조나라 수도 한단으로 갔다. 한단에서는 무늬를 놓은 수를 고귀하게 쳤으므로, 마침내 칡베에 자수를 놓아 무늬를 새겼다. 그리고는 대代 땅 변방의 백성을 만나서 세 배나 되는 가격을 받고 팔 수 있었다. 마침내 말에 채찍질을 하여 촉 땅으로 돌아와서는 칡을 심어서 칡베를 만들고 자수 놓기를 7년 동안 했다. 그리고 수레를 열 대나 동원하여, 옛 길을 더듬어 조 땅으로 갔으나, 대 땅 변방의 백성은 이미 떠난 뒤였다. 한단에서 삼 년 동안 떠돌았으나 팔 수가 없자, 수레를 끌고 돌아가다가 등창이 나서 길에서 죽었다.

구강의 도적九江盜은 간특한 자들이 누가 자신의 진정한 적인지도 모르고 음험한 계략에 몸을 내맡기는 어리석음을 풍자했다.

구강에 떼도둑 십여 명이 있었다. 그들은 한밤에 큰 부잣집으로 들어가 집의 벽을 뚫었으나, 크게 만들 수가 없었다. 그래서 몸이 마른 사람을 골라서 먼저 들어가 문을 열도록 시켰다. 마른 사람은 엉금엉금 기어서 거꾸로 들어갔다. 그런데 그가 몸을 구멍에 반도 들여넣기 전에 주인이 사실을 알고는 그 발을 붙잡아서 잡아당겼다. 마른 사람은 두 손으로 땅에 버티고 고개를 쳐들어 그 무리를 불렀다. 무리는 서로 돌아보면서, "우리가 맞버텨서 저 몸을 빼앗아내려 한다 해도 저쪽에서 어찌 선뜻 놓아주겠는가? 차라리 그 머리를 베어서 입을 봉하는 것이 낫겠다"라고 했다. 마른 사람이 바람결에 듣고는 벽쪽을 돌아보면서 크게 외쳐, "주인장, 나를 빨리 잡아당겨주시오"라고 했다. 주인은 그가 간계를 쓰는 줄 알고는 그의 왼쪽 엄지발가락을 자르고는 그를 놓아주었다. 마른 사람은 마침내 벗어날 수 있었다.

그 마른 사람은 삼십 리나 질주한 뒤 앉아 쉬려고 하다가 비로소 피가 흐르는 것을 보았다. 그래서 그 무리에게 성을 내며, "너희가 끝내 내 엄지발가락을 잘랐구나" 했다. 그러자 도적 무리는 겅중겅중 뛰면서 크게 웃으며 "네 머리에 혀가 있으므로 자르려고 했다. 네 엄지발가락에도 혀가 있더냐? 네 엄지발가락은 주인의 벽 안에 있다. 만일 아까 우리가 네 머리를 자를 생각을 하지 않았더라면 너는 주인을 부르지 않았을 것이고 주인도 의심하지 않아서 끝내 너를 반드시 끌어당겼을 것이다. 그렇다면 너는 네 머리를 잃어버렸을 것이야!" 했다.

그 마른 사람은 발을 매만지면서 탄식하고, 한참을 생각하다가 "그렇구나. 아까 너희가 내 머리를 자르려고 꾀하지 않았더라면 나는 위태로울 뻔했구나. 주인이 내 엄지발가락을 자르지 않고 그저 내 발을 잡아당겼더라도 나는 역시 위태로울 뻔했다" 하고는 마침내 눈물을 쏟으면서 그 무리에게 사례했다. 그러고서 비척비척 가다가 다시 주인집을 찾아가서는, 감히 들어가지는 못하고 멀리서 집 어귀를 바라보면서 머리를 조아린 뒤에 떠나갔다.

젊은 시절의 김주신은 민간의 이야기에 관심을 둘 만큼 정신세계와 문학실천이 남달랐다. 또한 그는 진정한 학문에 뜻을 두고, 교만을 버리고 세간의 음험함으로부터 멀리 벗어나 자기 나름의 정신세계를 구축하고자 했다. 그가 〈수장자지〉를 작성한 것은 바로 젊은 웅지를 다지고자 했던 한 가지 기획이었던 셈이다. 비록 이후의 그의 삶이 젊은 시절의 그 기획과 다른 방향으로 흘러갔다 하더라도 어쩔 것인가. 한나 아렌트가 말했듯이, 인간의 삶이란 거대한 풍랑이 이는 바다에 돛 하나를 내걸고 그 바다를 가로질러 가려고 하는 작은 배와 같은 것을. 🍁

참고문헌

- 김주신金柱臣, 〈수장자지壽葬自誌〉, 《수곡집壽谷集》 권5 묘지명, 한국고전번역원 한국문집총간 176, 1996. ; 〈선묘지명후첨록先墓誌銘後添錄〉 동매우영남同埋于塋南, 《수곡집》 권5. ; 〈삼악三惡〉, 《수곡집》 권12 별고別稿 잡저.
- 조태억趙泰億, 〈영돈녕부사경은부원군김공시장領敦寧府事慶恩府院君金公諡狀〉, 《겸재집謙齋集》 권37 시장諡狀, 한국고전번역원 한국문집총간 189~190, 1997.

5

입조한 삼십 년 동안
좌우에서 돕는 자가 없었다

이의현李宜顯, 〈자지自誌〉

경종께서 처음 즉위하셨을 때1720년 예조참판으로서 관상감 제조를 겸했고, 동지정사에 차임差任되었으며, 자헌대부의 품계로 승급되어 판윤에 제수되고 승문원 제조를 겸했다가, 형조판서로 전직하고 동지성균관사를 겸했다. 이때 유생 윤지술尹志述이 희빈 장씨의 죄상을 직접 가리켜 비판한 일로 귀양을 가자, 일을 같이한 성균관 유생들이 이 때문에 편안히 나다니지 못했다. 성균관 관원의 권유가 있기에 내가 아뢰기를 "만약 윤지술을 용서하지 않는다면 성균관 유생들이 이치로 보아 돌아오지 않을 것입니다" 하자, 주상께서 마침내 윤지술을 용서하도록 명하셨다.

겨울에 의정부 우참찬으로서 연경에 다녀왔고, 체직되어 지중추부사에 제수되었다. 이듬해1721년 다시 예조판서에 제수되고 실록청 당상을 겸했으며, 이조판서로 옮겨 제수되었다가, 형조와 예조 양조의 판서로 체직되고 예문제학과 동지춘추관사와 장악원·사복시·내의원의 제조를 겸했다. 맹동에 흉악한 무리들이 정권을 훔쳐 선비들을 일망타진하자, 노론의 네 대신이 제일 먼저 화액을 당했고, 나도 대신들과 동조했다 하여 삭탈당했다.

임인년1722 봄에 적신 이진유李眞儒 등이, 내가 유생 윤지술을 용서하도록 아뢴 일로 죄를 씌워 귀양 보낼 것을 청했으나, 다섯 달이 지나도 끝내 윤허하지 않자 그만두었다. 하지만 적신 이사상李師尙이 상소하여 탄핵을 중지한 대관臺官을 배척해서 선친까지 연루시키니, 모함과 날조가 매우 참혹했다. 이윽고 역적 박필몽朴弼夢과 함께 먼 변방으로 귀양 보낼 것을 아뢰면서 선친의 이름을 들며 배척했다. 그 말과 의도가 흉패하여 그들과 같은 당파의 사람까지도 너무 지나치지 않은가 의심하자, 말을 일부 취소하고 법률을 최소로 적용하여, 멀리 귀양 보내도록 윤허를 받았으므로, 나는 운산군에 유배되었다.

경종 4년 을사년1725은 성상이 즉위한 원년이다. 죄를 받아 귀양 간 여러 신료들과 함께 방면할 것을 청하는 상소가 있어, 마침내 서반西班에 서용되어 지춘추관사·동지경연사·선공감·사역원의 제조를 겸했고, 형조판서에 제수되어 예문관제학을 겸했으며, 이조판서로 옮겨 제수되어 실록청 당상에 차임差任되고 승문원 제조·비국유사당상·남한수어사·지경연사를 겸했다. 춘궁동궁의 죽책책봉문을 지어 올려 정헌대부의 품계가 더해졌다. 사국史局의 일 때문에 지경연사의 직에서 체직되었고, 판의금부사로 승진되어 세자우빈객을 겸했으며, 문형대제학의 수천首薦, 삼망 중 첫째로 의망됨을 받아 홍문관·예문관 양관의 대제학에 제수되어 지성균관사·교서관 제조를 겸했고, 또 전생서 제조를 겸했으며, 판의금부사의 직에서 체직되어 세자좌빈객에 승진되었다.

병오년1726에 다시 지경연사를 겸했고, 힘써 전부이조에서 해임되도록 사양하여 좌참찬에 제수되고 판의금부사를 겸했다. 죄인의 배소를 정하는 일로 편치 않은 하교가 있어서 여러 번 위패違牌, 違召하자 파직하라시는 엄지가 내렸다. 얼마 안 되어 특별히 서용되어 장임將任을 제수받고 다시 사국史局과 주사籌司, 비변사를 겸했으며, 두 번 예조판서와 삼재三宰, 좌참찬가 되어 사역원·장원서·사복시·관상감·승문원의 제조와 지춘추관사를 겸하고 두 번 홍문관제학을 겸했으며, 다시 대제학에 제수되었다. 대비를 추존하는 옥책을 지어 올려 숭록대부의 품계에 올랐다.

정미년1727에 좌부빈객을 겸하고, 세자 입학의 예식을 거행할 때 박사로서 참예했다. 5월에 우의정에 제수되어 실록총재관을 겸했으므로 문형에서 체직되었다. 7월 초하루에 주상께서 조정의 신료를 다 내쫓고 신축년1721에 노론 네 대신을 배척했던 흉당을 불러들여 토역討逆하신다면서 죄를 주어 파직을 명하셨다. 그래서 도성을 나와 양주 도산陶山의 선묘 아래에 띠집을 짓고 거처했다.

이듬해1728 봄에 박필몽朴弼夢과 이진유李眞儒 등이 반역무신난, 이인좌 난을 꾀했는데, 서신으로 소식을 듣고 창황 중에 난을 구하러 달려갔다. 국권을 쥔 사람이 거빈去邠, 파천할 것을 청하고, 본병本兵, 병조의 장長을 시켜 연하서울의 친병을 거느려 적에 맞서도록 하며, 또 장수들이 연이어 출병하여 위기가 급박하다는 소식을 듣고는, 마침내 죄를 무릅쓰고 그 계획을 파기시키도록 글을 올려 아뢰니 그자들의 실정이 발각되어 마침내 그만두었다. 이때 죄적罪籍에 올랐던 여러 사람을 거두어 서용함에, 판중추부사에 제수되어, 궁에 들어가 사례한 뒤 국문에 참여하고, 역도가 머리를 바치자 비로소 돌아왔다. 이후 3, 4년간 국가에 연달아 변고가 있었는데, 매번 위문하러 달려갔다가 일이 안정되면 즉시 돌아왔다.

경술년1730에 연경으로 가는 사신에 차임되었는데, 세 번 상소하여 체직되었다. 임자년1732에 사은의 뜻을 표하는 사신을 파견하려 했는데, 당시의 재상이 수행하려 하지 않자, 주상께서 그 뜻을 따라주시어 나에게 가도록 명하시니, 고사할 수가 없었다. 사신의 일을 마치고 물러나 도산으로 돌아왔다. 전후로 조정에 머물도록 권면하셔서, 심지어 손을 잡고 선친을 언급하실 정도로 간절히 설득하시기까지 했으나, 끝내 감히 받들지 않았다.

계축년1733에 주상께서 여러 신료가 물러나 있는 것을 비난하시고, 특히 미천한 이 신하를 엄히 꾸짖으시므로, 어쩔 수 없이 잠시 조정에 들어가 사옹원 도제조를 겸했다. 하지만 휴가를 받아 도산으로 돌아오려 하다가, 갑자기 병이 나서 거의 죽게 되니, 이 때문에 침상에서 꼼짝을 못하게 되었다.

을묘년1735 봄에 원자께서 탄생하셨기에, 억지로 일어나 입궐하여 하례를 드리고, 인하여 등대登對해서 노론 네 대신의 억울함을 풀어주시기를 청하고, 또 상소하는 말이 더욱 간절했으나, 주상의 뜻이 용납하지 않으셨다. 하지만 영의정에 제수되었으므로 놀라고 두려워 병을 무릅쓰고 도산으로 돌아왔다. 얼마 있어 주상의 말씀이 궁내의 일에 미쳐, 말씀하시는 뜻이 예사롭지 않고, 대각이 종용했으므로, 일의 기틀이 어찌 될지 헤아릴 수가 없었다. 몸이 대신의 반열에 있는지라 의리상 침묵하는 것이 용납되지 않기에 마침내 상소문 속에서 세세히 경계를 아뢰자, 주상께서 진노하여 특별히 삭탈하도록 명하셨다. 마침 원자의 홍역이 바로 나았으므로 주상께서 매우 기뻐하셔서 여러 죄인을 용서해주시고 이어서 판중추부사에 서용했다. 하지만 주상의 뜻이 좋아하지 않아 다시 부르지 않으셨다. 이력의 본말은 여기에서 그친다.

거사는 사람됨이 하중下中의 수준으로, 스스로 세상에 필요한 인재가 되기에 부족함을 알았기에, 다만 자취를 거두고 한가로이 지내면서 고금의 문자를 연구하여 꽉 막힌 것을 소통하게 하려 생각했다. 젊었을 때 농암김창협 선생에게서 강정講定한 것이 또한 이와 같았거늘, 세상의 길로 잘못 나가 여러 번 상전벽해를 겪으며 시세가 점점 위태로운 지경에 이르는 것을 보니 더욱 진취하려는 생각이 없게 되었다. 관직에 있게 되면 억지로 힘써 종사하고, 쉬게 되면 방안에 틀어박혀 있으면서, 스스로 본성이 질박하다고 여겨 본연에 맡기고 꾸밈이 없었는데, 세상이 좇고 높이는 것은 이와 다름이 있었다. 마침내 오로지 내면을 닦는 데에 뜻을 두고 전혀 붕당을 좇지 않았으며, 출입하며 논의함에 명의名義가 높았고, 상거래와 통역이나 잡술을 가지고 간교한 짓을 하는 시정의 무리는 더욱 배척하여 일체 관계하지 않았다. 음관과 무관으로 팔리기를 구하는 자들에 이르러서는 또한 교제하지 않았고, 또 억지로 순응하거나 간청하지 않았으며 중외에 서찰을 내지도 않았다. 이 때문에 세상도 그리 친하게 여기지 않아 존중하지를 않아서 매번 공청公廳에서 물러나 집에 있으면 집안이 고요했다.

비록 가문의 덕을 입어 현달하고 중요한 지위의 반열에 끼었으나, 여러 번 해치고 저지함을 당하고 때때로 헐뜯고 의론함에 지쳐서, 입조한 삼십 년 동안 끝내 좌우에서 돕는 자가 없었으니, 외로운 형적을 여기에서 볼 수 있다. 만년에 참벌斬伐을 당한 후로도, 조정에 적임의 인물이 턱없이 구간苟簡하고 관직이나 품계의 절차節次 때문에 밀어 올려서 분수에 맞지 않은 직분을 두루 역임하고 재능 없이 문병대제학 직책을 맡았으며 태부의정부에 빈자리나 채웠으니 너무도 외람되다.

내가 스스로 힘쓰는 것은 일심을 결백하고도 순정하게 지녀 집안 대대의 깨끗하고 소박한 가풍을 실추하지 않는 것인데, 용렬하고 어리석어서 도모하고 생각을 내더라도 터럭만큼의 도움도 된 적이 없으니, 근심과 부끄러움만 마음에 쌓이고, 물러나기를 구했으나 뜻대로 되지 않았다. 오직 스스로 한청

역사책 편찬의 일에 의탁하여 영고선왕의 두터운 은혜에 보답하려 해서, 어진 인물을 표창하고 사악한 자를 폄하하는 역사기록의 대법大法을 정하는 일로 삼 년간 매진하여 마음과 힘을 다 쏟아 거의 완성하게 되었거늘, 배척당해 쫓겨 났으니 할 말이 없도다.

무신년1728 이후로 시사가 더욱 변하여 조정에서는 탕평을 내걸고, 선비들은 조집操執, 절제를 지키는 태도와 마음을 잃었다. 못난 나 자신은 그들과 함께 헤아리 기에는 부족하지만, 그래도 수오羞惡의 일단 수오지심이 흘러나오는 의지에 있어서 는 온전히 잃어버리는 정도에 이르지는 않았으니, 그저 분수를 지켜 스스로 편안히 하여, 만년의 절개를 보전하여, 돌아가 선조를 뵙고자 한다.

끄트머리의 망언으로 말하면 전적으로 고심 끝에 나온 것이지만 깊은 속내 를 믿어주지 않아 견책이 뒤따라서 농막에서 대죄하게 되었으니, 역시 우악 스러운 은총을 입어 행운이라고 할 수 있다. 오직 밤낮으로 관대히 용서해주 신 크나큰 은혜에 감사해할 뿐이다.

여기에는 숙종 말부터 경종·영조 연간을 거치면서 당쟁의 한가운데서 노론의 당론을 이끌기도 하고 남인과 소론의 당화를 입기도 했던 인물의 평생 사적이 상세하게 기록되어 있다. 수많은 관직의 제수와 체직, 전직 사실과 파직·삭직의 이력이 매우 자세해서, 마치 승경도놀이를 하면서 판 을 짜는 것과 같다. 어지러울 정도로 말판을 빨리 쓰는 승경도놀이! 근대 이전의 지식인들은 정치를 담당하여야 했고, 특히 능력 있는 사람일수록 환해宦海, 벼슬살이의 바다에서의 부침이 격심했던 것이다.

이 글을 쓴 인물은 영조 때 명신이자 문장가였던 이의현李宜顯, 1669~ 1745이다. 1735년영조 11에 영의정이 되었으나 이재후李載厚의 투소로 관작을 삭탈당했을 때 이 묘지를 스스로 작성했다.

《영조실록》을 보면 이해 2월 14일을묘에 지평 이재후는 붕당의 폐단을 규탄하면서, 이익명李益命과 임상극林象極의 조카는 함부로 석방해서는 안 되고 신정모申正模의 양이量移, 귀양간 사람을 정상 참작해서 조금 나은 곳으로 옮김 명령을 거두라고 주장했다. 이익명은 노론 네 대신 가운데 한 사람인 이이명李頤命의 아우로 조카 이희지李喜之의 죄로 연좌되어 8년간 유배지에 있었는데, 노론 정권이 들어서서 그를 구해주려고 한 것이다. 신정보는 거창현감으로 있다가 영조 4년 무신년1728에 일어난 이인좌의 난 때 도망했다고 해서 군위軍威에 정배되었다가 특명으로 석방되었다. 그뒤 무고로 호남 흥량興梁에 유배되었다. 그곳의 거처를 이치재二恥齋라 짓고 스스로의 내면을 닦았다. 금산錦山에 이배되었다가 충주로 이배되어 그곳에서 1742년에 병으로 죽게 된다.

이재후의 상소는 적지 않은 파장을 불러일으켰다. 상소는 이러했다.

"기사년1689, 숙종 15에 민암閔黯과 민종도閔宗道가 사단을 빚은 이래로 갑의 반역이 을의 반역을 나오게 하고 앞서의 변란이 뒤의 변란을 일어나게 하여, 무신년의 변란에 이르러 극도에 달했습니다. 아! 타고난 품성을 지키려는 마음은 사람들이 똑같이 가지는 것이므로 역적을 토벌해야 한다는 의리를 대체로 누구인들 알지 못하겠습니까? 하지만, 200년 동안 당파의 습속을 벗어나지 못한 까닭에 죄인을 징토하는 뜻과 죄악을 방비하는 의논이 다른 당류에게는 엄하면서도 자기 동료에게는 느슨하고 반대편에게는 밝으면서도 자기편에게는 어두웠으며, 사사 당파를 보호하려는 마음은 무거우나 군부를 향하는 의리는 가볍습니다. 오늘날에 임금의 기강이 엄하지 못한 것이 어찌 조정의 붕당이 깨어지지 아니하는 데에서 비롯되지 않았겠습니까?"

2월 22일계해, 이의현은 상소하여 사직하고, 또 이재후의 상소에 대해 변명하면서 "지금 곧바로 악역惡逆, 요악한 역적으로 몰아붙이니, 만약 그의 말대로 한다면 신의 몸뚱어리는 온전하기가 어렵겠습니다"라고, 위험과 공포의 느낌을 토로했다.

이의현의 본관은 용인으로, 좌의정 이세백李世白의 아들이다. 노론 청류인 화당花黨 계열로 김창협金昌協의 문인이다. 사상계보로 보면 노론 낙론계에 속한다. 1694년숙종 20 봄에 이의현은 김창협을 찾아가 《논어》를 강독했다. 과거공부를 하지 않고 경전의 풀이를 연구하고 고전을 넓게 공부해서 내면적인 가치를 기르고자 한 것이다. 하지만 가을에 폐비 민씨가 복위하여 경과국가적 경사가 있을 때 보는 임시과거를 시행하자, 부친의 권유로 응시해서 합격했다.

숙종 때 이의현의 종적은 매우 불안했다. 부친 이세백이 대각사헌부와 사간원에 있으면서 의정부 고관들과 가부를 다투는 일이 많았으므로, 제수될 때마다 사직했고 혹시 잠시 출사하더라도 즉시 체직하고는 했다. 경종 때는 왕세제훗날 영조의 대리청정을 요구하는 노론의 입장을 취했다. 1722년경종 2 6월에는 노론 네 대신이 경종 시해를 음모했다는 목호룡의 고변이 있자, 정언 정수조鄭壽朝의 탄핵을 받고 운산군에 유배되었다.

1724년 8월 30일에 영조가 왕위에 오르고 노론정권이 탄생한 후 1725년 5월 6일에 좌의정 민진원閔鎭遠, 우의정 이관명李觀命 등 노론 대신이 정권을 장악할 때 이조판서가 되었다. 6월 21일에는 문형대제학에 임명되었다. 영조의 노론정권 탄생 후 실질적인 첫번째 문형이었다.

1727년영조 3 5월에 우의정이 되었으나, 7월에 환국으로 인해 파직당하고 도산에 은거했다. 1728년 3월에 서용되어 판중추부사가 되었다. 1732년 4월에 사은사 정사에 차임되어 7월에 북경으로 갔다가 12월에 복명했다. 1735년에 영의정이 되었으나 이재후의 투소로 관작을 삭탈당했다. 이때 이의현은 저 자찬묘지를 남겨 자신의 무덤에 쓰라고 아들에게 당부한 것이다.

기록할 만한 훌륭한 점이 조금도 없거늘 다른 사람의 허탄虛誕한 찬사를 빌린다면 혼령도 부끄러울 것이다. 그래서 내 평생을 대략 기술하니 무덤 곁에 묻도록 하라. 장례날짜만 첨가해서 적으면 된다.

이의현은 이때 무덤 앞에 세운 묘표에 사용할 글도 스스로 지었다. 그 〈자표自表〉는 7언 장편의 고시형식이다.

자표와 자찬묘지를 지은 뒤 얼마 안 있어, 1735년 4월에 판중추부사가 되었다. 1737년 정월에는 영중추부사가 되고, 9월에 군자감 도제조를 겸했다. 일흔살이 되던, 1738년 정월에, 정2품 이상의 노신을 예우하는 기로소에 들어갔다.

1742년영조 18에 벼슬에서 완전히 물러난 이의현은, 앞서 스스로 묘지를 지은 이후의 행적을 다시 첨가했다.

내가 이 묘지를 지은 지 삼 년 되는 정사년1737 봄에, 관직에 있은 햇수에 따라 영중추부사로 승진되었다. 가을에 주상께서 갑자기 예기치 않은 명령을 내리시니, 온 조정이 깜짝 놀라 마침내 창황 중에 성으로 들어갔는데, 주상께서 동궁과 함께 대전에 납시어 대소 신료들을 불러서 친히 술잔을 들고 권하시면서 동궁의 일을 부탁하셨다. 묶여 있고 매여 있는 처지와 같아서 감히 물러나오지 못했는데, 이윽고 군자감 도제조를 겸했다. 이듬해1738 나이가 되었다고 하여 기로소에 들어갔고, 또 이듬해에 봉상시 도제조를 겸했다.

경신년1740 4월에 아들 보문普文이 요절하고 후사가 없으므로, 차자를 올려 족손 학조學祚를 죽은 아들의 후사로 삼을 것을 청하자, 특별히 윤허해주셨다. 기로소에 들어간 때부터 연이어 상소를 해서 치사致仕, 70세 이상이어서 벼슬을 그만둠할 것을 구했으나 끝내 허락하지 않으셨다. 하지만 이때에 이르러 더욱 세상에 뜻이 없어 문을 닫아걸고 자취를 감추어 조정의 일에 참여하지 않았다.

임술년1742 정월에 마침 사단이 있기에 병든 몸을 추스려서 부축을 받아 어전에 나아가 뵈오니, 주상께서 내 몸이 몹시 쇠한 것을 보시고 크게 불쌍히 여기시어 특별히 이전의 청을 들어주셔서 예禮로써 물러나게 하셨다. 성은이 망극하되, 세 임금을 차례로 섬기면서 다만 총애와 영광을 훔치기만 했을 따름이기에 죄를 지음이 크도다.

이의현은 후손이 자신의 50년간 출처와 언론의 대강을 기억해주기를 바라서, 스스로 지은 묘지를 부인에게 주어 죽은 아들의 후사에게 물려주도록 당부했다. 그리고 자기가 저술한 시문집의 목록을 상세히 열거한 후, 자찬묘지와 명을 묘표에 새기고 죽은 아들의 상석과 망주석을 빨리 마련하라고 명했다.

내가 죽은 후에 남에게 만사輓詞를 요구하지 말고 비석을 세우지 말라고 한 일은 이미 죽은 아들에게 언급했다. 또 초제식草祭式, 초상 때 제문은 죽은 아들

에게 쓰게 했으니, 지금 《잡술록雜述錄》 하권에 실려 있다. 내가 지은 자지自誌
와 자명自銘은 《지과록志過錄》 속에 있으니, 이 두 글과 죽은 아들의 묘표는 마
땅히 먼저 새겨서 묻어야 할 것이다. 죽은 아들의 상석과 망주석은 더욱 지체
해서는 안 된다. 죽은 아들의 묘표는 《금석록》 속편의 네번째 권에 있다. 나
의 죽은 두 아내의 지문誌文과 죽은 아들의 지문은 내가 생전에 이미 태워 묻
었으므로, 지금 논할 것이 없다.

이의현은 학문과 문장을 자부하였기에, 유언으로 문집을 정리하여 보관
할 것을 당부했다. 그에게 있어서 글이란 정신이 가탁되어 있는 활물이었다.
이에 비해 벼슬길의 이력은 한낱 무의미한 사물이었을 따름이다. 《춘추좌
씨전》에서는 사람이 불후의 이름을 남기기 위해서는 덕德을 세우거나 공
덕을 세우거나 말言을 세우라고 했다. 그러나 나면서부터 도리를 알고 삶
이 곧 도리를 따라나가는 그런 성인이 아니고서야, 아니 성인에 버금가는
존재가 아니고서야 덕을 어떻게 세울 수 있으랴.

벼슬길에 들어서 국가 정치에 협찬하여 공을 세우거나 대장군이 되어
외적을 물리쳐 공을 세우는 일도 간단한 문제가 아니다. 설령 올바른 이념
을 지니고 정치에 협찬하고 큰 뜻을 지니고 군졸을 호령한다고 해도, 돌아
오는 것은 비방일 경우가 많다. 그렇기에 이의현은 스스로 적은 묘지에서
“입조한 삼십 년 동안 좌우에서 돕는 자가 없었다”고 한탄했다.

순수한 열정은 빛 바래고 올바른 이념은 능욕당하는 것이 정치판이다.
마지막 남은 것, 그것은 말을 세우는 일이다. 이 사실을 새삼 깨닫고 이의
현은 저술집을 후세에 전하는 일에 기대를 걸었다. 마치 그 속에 자신의
살아있는 목소리가 그대로 녹음되어 후대에까지 쩌렁쩌렁 울려나기라도

할 것처럼. 그러나 문자 표기체계가 바뀌면서 그 목소리는 점점 희미해져
서 거의 들리지 않게 되었다. 누가 그의 고고한 고문 문체 속에 담긴 목소
리를 식별하랴. 애석한 일이다. 🍁

참고문헌

● 이의현李宜顯, 〈자지自誌〉,《도곡집陶谷集》권18, 한국문집총간 221~222, 1999. ; 〈자표
自表〉,《도곡집》권20. ; 〈유지遺識〉,《도곡집》권26 잡저.

6

화합을 주장하던 내가
세상의 죄인이 되었다니

원경하元景夏 〈자표自表〉

거사는 본관이 원주다. 젊었을 때부터 명성을 떨쳤으나 세상에서 소외당하고 좌절당하는 등 온갖 고초를 겪다가 39세에 비로소 과거에 우등으로 급제한 다음, 벼슬에 진출한 지 겨우 10년 만에 정승처럼 신을 끌고 대궐을 드나들 수 있는 높은 직위에 오르게 되었다.

그런데 소인배들이 참소하여 죽이려고 하였기 때문에, 나는 결국 소인의 비방과 무함을 받는 것을 원통해 했던 《시경》 소아 〈청승〉장을 노래하고서 근교로 가서 농사짓고 누에치곤 했다. 그러나 차마 멀리 가서 은둔하지는 못했으니, 군자들은 이 심정을 슬퍼했다. 60세에 구양수의 예를 이끌어 치사致仕했고, 이내 원인 모를 병을 얻었기 때문에 복건을 쓴 채로 문을 닫고 들어앉아서 세상과 인연을 끊었다.

성품은 강직하고 기질은 호탕하며, 문장을 즐기고 담론을 좋아했다. 온갖 험난함을 겪은 나머지 항상 몸을 신중하게 갖고 충서忠恕를 힘써서 행했으며, 일에서는 한 번도 선뜻 결정짓지 못하면서 "나에 대한 어질고 간사함도 알지 못하거늘, 하물며 남에 대한 어질고 간사함을 어떻게 알겠는가? 허물없이 죽은 뒤에야 비로소 인생을 잘 마무리한 사람이 될 수 있을 것이다"라고 했다. 매번 《맹자》〈공손추·상〉의 '시인함인矢人函人' 장을 읽을 때마다 무릎을 치면서 세 번 반복했다. 자제들이 '살殺' 자에 대해 말하는 소리를 들으면 온종일 눈살을 찌푸리고 심기가 편치 않았다. 그런데 고지식한데다가 또 편협하였기 때문에 세상에 꺼리고 질시하는 자가 많았다.

13세 때 《소학》을 읽었는데, 이때에 어떤 어른이 "너의 뜻을 말해보라"고 하기에, 송나라 명신 범희문范希文, 范仲淹이 〈악양루기岳陽樓記〉에서 "걱정하는 일에 있어서는 천하의 사람들이 걱정을 하기에 앞서서 걱정을 하고, 즐거운 일에 있어서는 천하의 사람들이 다 즐거움을 누린 뒤에 즐거움을 누린다"라고 읊었던 구절을 외었다. 재상이 되어서는 일컬을 만한 공업을 세우지 못했고, 나이도 아직 높지 않았는데 참소를 피하려고 사직을 청했으니, 애석하기 그지없었다.

평생 동안 서너 명의 옛 사람을 사모했으니, 한나라에서는 병승상, 당나라에서는 이서평, 송나라에서는 범충선인데, 마음에 생각하는 일이나 출처하는 일은 모두 이들을 따를 생각을 가졌다.

전원으로 돌아와서 분개한 마음으로 말하기를 " '군신 간에 화합하라'는 것은 고요皐陶가 우 임금에게 고하던 말이었는데, '군신 간에 화합하라'고 주장하던 내가 세상의 죄인이 되었으니, 고요는 나를 속였던 것인가?" 붕당 없이 홀로 우뚝 서서 시비와 훼예를 가지고 한 번도 마음을 동요하지 않으면서 말하기를 "격동하지 않고 따르지 않으면 마음이 어찌 동요되겠는가?"라고 했다.

처음으로 벼슬하러 나가면서 진퇴에 대해 점을 쳤더니, 중부괘中孚卦가 돈괘遯卦로 변하는 것을 만났다. 그래서 시를 지어서 뜻을 보이고 스스로 호를 비와肥窩라 했으며, 치사하고는 창하거사蒼霞居士라고 일컬었다. 성상께서 신더러 우리 동방의 섭향고葉向高라고 했으니, 다시 창하라고 고친 데에는 그럴 만한 까닭이 있었던 것이다.

아, 백세 이후에 이 거사를 장차 어떠한 사람이라고 할 것인가? 양자운양웅과 소요부소옹는 그때를 만나지 못했던 분이었던가? 슬퍼할 따름이다.

이 묘표는 영조의 탕평책을 주도한 인물인 원경하元景夏, 1698~1761가 스스로 지은 글이다.

이 묘표에서 원경하는 자기 자신을 《서경》〈고요모皐陶謨〉에서 말한 '동인협공同寅協恭'을 실천했건만 부당하게 박해를 받았다고 원통해했다. 동인협공이란 조정 신하들이 함께 경연하고 공손한 자세로 화합하는 것을 말한다. 당쟁이 격화되었을 때 정권에서 소외된 사람의 분한 같은 것이 서려 있다. 다만 그는 《맹자》〈공손추·상〉의 '시인함인' 장을 읽으면서 그 뜻에 크게 공감하였다고 하니, 남을 상하게 하지 않으려고 노력했음을 짐작할 수 있다. 맹자는 '시인함인' 장에서 "화살 만드는 시인矢人이 방패 만드는 함인函人보다 어찌 어질지 않으랴마는, 시인은 오직 사람을 상하게 하지 못할까 걱정하는 데 비해 함인은 오직 사람을 상하게 할까 걱정한다"고 했다. 원경하는 맹자의 말을 되새겨, 가능한 한 사람을 상하게 하지 않으려고 애썼던 듯하다.

그는 또 자제들이 '살殺' 자에 대해 말하면 심기가 편치 않았다고 했다. 《논어》〈자로子路〉에 보면 공자가 "선한 사람들이 계속 이어져 나라를 다스리기를 백 년 정도 하게 되면 역시 잔폭殘暴한 이를 교화시켜 이기고 사람을 죽이는 사형을 제거한다는 옛말이 있는데, 과연 이 말 그대로다"라고 하였다.

원경하는 당쟁의 결과 사람을 죽이는 일을 혐오하여 공자가 인용한 옛말에서 승잔거살勝殘去殺의 의리에 깊이 동조했던 것이다.

원경하는 본관이 원주로 조부 원몽린元夢麟이 효종의 딸 숙경공주에게 장가들어 흥평군興平君이 되었으므로, 부마의 손자로 자라났다. 부친 원명구元命龜는 목사를 지냈다.

원경하는 1761년의 5월 27일에 향년 64세로 작고한 후 광주 송현리 해좌의 언덕에 장사지내졌는데, 현재 묘소는 경기도 성남시 분당구 사송동에 있다. 비는 1862년철종 13에 건립되었는데, 원경하의 첫째아들 원인손이 졸년과 관력, 가계를 추가로 기록했다. 비는 묘표라기보다 묘갈이나 신도비에 가깝다. 경기도박물관에 소장되어 있는 탁본을 보면 묘비의 전집前集은 소식蘇軾의 글자를 집자해서 새기고, 〈자지〉를 적은 후집後集은 저수량褚遂良의 글자를 집자해서 새기고, 측서側書는 원인손의 추가 기록을 그 아우 원계손元繼孫의 글씨로 새겼다.

원경하는 1721년경종 원년 진사시에 합격한 후 1736년영조 12에 세자익위사 부솔로서 문과에 급제했다. 1739년에 사간원 정언으로 있으면서 탕평책을 진언했다. 그는 노론·소론만의 소탕평에 반대하고, 영조의 뜻을 받들어 완소緩少계열과 함께 모든 붕당을 망라하는 대탕평을 주장했다. 아울러 신임사화로 화를 입게 된 조태억趙泰億·조태구趙泰耉 등의 무죄를 주장했다. 영조는 그의 탕평론에 많은 관심을 보였으며 그를 크게 신임했다.

1741년 4월에 영조는 전랑銓郞의 통청법通淸法 및 한림翰林의 회천법回薦法

을 혁파하도록 명했다. 이때 전랑의 통청과 한림의 회천으로 다툼의 단서를 서로 일으켰다. 영조는 조정의 붕당이 모두 청선淸選을 다투는 데서 일어난다고 여겨 개혁하려는 뜻을 가졌는데, 원경하와 송인명宋寅明·조현명趙顯命 등이 힘껏 찬동했다. 그러자 영조는 용단을 내려, 전랑은 통청의 권한을 주관하지 못하도록 하고, 한림은 회천을 없애고 회권會圈을 하되 송나라 조정의 관직館職 규례에 의거하여 소시召試를 보인 뒤에 부직付職하도록 했다.

1743년 청나라 건륭제의 북순北巡으로 유언비어가 돌았을 때 폐사군廢四郡을 다시 설치할 것을 진언했다. 1745년에는 부제학으로 있으면서, "호남의 큰 폐단으로는 전정田政만한 것이 없습니다. 이 전정의 문란은 오로지 은결隱結, 신고하지 않아 세금을 내지 않는 전답이 토호들에게 넘어가 아전들과 백성들이 백지징세白地徵稅를 감당하지 못하는 데 있습니다"라고 했다. 그리하여 호남 사정에 밝다고 하여 호남 진전개량사湖南陳田改量使가 되었다. 그후 예문관제학·이조참판·홍주목사 등을 역임했다. 판돈녕부사로 치사하여 봉조하가 되었고, 그가 죽자 왕이 친히 제문을 지었으며 해당 관조官曹에 명을 내려 치제하게 하고 관재棺材를 지급했다. 충문忠文의 시호가 내리고 영의정에 추증되었다.

앞서 언급했듯이 원경하는 영조의 탕평정국에서 노론이나 소론만의 탕평인 소탕평을 반대하고 동서남북을 다 포함한 대탕평을 주장했다. 뜻을 같이 한 사람들은 임정任珽·정우량鄭羽良·오광운吳光運·윤유尹游 등이다. 조정에서는 대탕평론을 탐탁하게 여기지 않았다. 옛 동료였던 이천보李天輔는 원경하에게 절교를 선언했다. 이로 인해 세상에서는 원붕元朋·이붕李朋

이라는 말이 만들어졌다. 노론들은 원경하가 탕평으로 자임하지만, 송인명宋寅明·조현명趙顯命 등에게 아부하여 경반卿班에까지 올랐고, 남모르게 남인과 소북들과 결탁하여 자기세력을 도왔다고 비난했다. 그가 스스로 지은 묘표에는 고립무원의 고독감이 짙게 배어 있다.

성대중의 《청성잡기》에 보면 원경하가 이조판서로 있을 때 김상로金尙魯의 탐욕스러움을 미워하여 천신天神과 문답하듯이 혼잣말을 한 일이 있다고 한다. 원경하는 "김상로가 저토록 뇌물을 탐하니 재물은 어디로 가는 것입니까?"라고 묻고는 제 스스로 천신인 것처럼 "반드시 돌아갈 곳이 있지" 하였다. 또 묻기를, "어디로 돌아갑니까?" 하고 답하기를, "호조로 돌아갈 것이니라" 하였다. 또 묻기를, "분명 그러합니까?" 하고 답하기를, "반드시 그러할 것이니라" 하였다. 당시에 이 말은 전해져서 우스갯거리가 되었는데, 후에 과연 그대로 되었다고 한다.

김상로는 재상의 지위에 있으면서 공공연히 돈과 뇌물을 요구해서 지탄을 받았다. 그의 아내 역시 사나워서 전실 자식을 매우 혹독하게 대하였고 며느리는 해산하였으나 먹지 못하여 죽게 했으므로 아들은 이 일로 스스로 징계하여 다시는 장가들지 않았다고 적었다. 결국 김상로는 역모사건으로 추죄追罪되어 처자가 모두 제주濟州로 유배되었다가, 아내만 풀려나 돌아오게 되었는데, 북쪽 해안에 거의 닿을 무렵 회오리바람을 만나 끝내 바다에 빠져 죽었다고 한다.

원경하는 이렇게 지위를 이용한 수뢰를 증오할 만큼 결연한 면이 있었다. 하지만 노론에 속하면서 노론의 당론이 아닌 대탕평을 주장했기에 같은 당인들로부터도 지지를 받지 못했다.

재미 있는 것은 원경하가 처음 벼슬을 하게 되었을 때 점을 쳐서 중부괘

中孚卦가 돈괘遯卦로 변하는 것을 만났다는 사실이다.

중부괘는 아래가 태兌, 위가 손巽으로, 바람이 위에 있고 못이 아래에 있는 형상이다. 괘사는 "돼지와 물고기도 길하다. 큰 내를 건너는 것이 이롭다. 마음이 곧으면 이로울 것이다豚魚吉, 利涉大川, 利貞"이다. 〈단전〉에는 "중부라는 것은 음유陰柔가 안에 있고 양강陽剛이 중中을 얻었기 때문이니, 기뻐하고 공손하기에 부신이 마침내 나라를 감화시킨다. 돼지와 물고기에 미쳐 길함은 부신孚信이 돼지와 물고기에 미친 것이요, 큰 내를 건넘이 이로움은 나무를 타고 배가 비어 있기 때문이다. 중심이 신뢰성이 있고 곧아서 이로우면 마침내 하늘에 응하리라"고 했다.

그런데 지괘변괘인 천산돈괘天山遯卦는 괘사가 "돈은 형통하니, 조금 곧음이 이롭다遯, 亨하니 小利貞하니라"이고, 〈단전〉에는 "돈은 형통하다는 것은 은둔하여 형통함을 말한다. 양강陽剛이 존위를 담당하여 응하므로 시時에 따라 행한다. 조금 곧음이 이롭다는 것은 음이 점점 자라기 때문이다. 돈이 말하는 시時의 의리가 크다"고 했다.

원경하는 돈괘 상구上九의 효사에서 "여유 있는 은둔이니 이롭지 않음이 없다肥遯이니 无不利라"고 한 것에 주목해서, 자신의 서실을 비와肥窩라고 했다. 몸은 조정에 있어도 여유 있게 은둔을 실행하고 있노라고 스스로 변명하려 했는지 모른다. 하지만 실은 중부괘의 초구·구이·육삼·육사 등 네 효가 변했으므로 점을 칠 때는 지괘변괘 가운데 변해오지 않고 본래 있었던 나머지 두 효의 효사를 살펴야 한다. 그렇거늘 그는 지괘의 상구上九의 효사에만 주목했다. 돈괘의 상구 효는 돈괘의 주효主爻도 아니다.

아무래도, 그가 벼슬 살려고 할 때 뽑았던 그 점괘는 그의 일생을 압축적으로 예견했다고 말할 수 있을 듯하다. 처음에는 신뢰를 받지만 결국

'여유 있는 은둔' 을 해야 한다고 나온 것이다. 그렇건만 그는 '여유 있는 은둔' 을 하지 않았다. 돈괘는 시기를 잘 살펴야 한다는 의리를 가르쳤건만, 그는 그 의리를 지키지 않았다. 그의 불행은 거기서 시작된 것이 아닐까?

누구에게나 예지가 있고 직관력이 있다. 그렇기에, 기이한 일이지만, 누구나 스스로 자신의 미래를 어느 정도는 미리 알 수가 있다. 그렇거늘 대부분의 사람들은 자신의 예지와 직관력이 자기 스스로에게 경계하는 것을 질끈 무시하고 탐욕과 우유부단함 때문에 미래를 변화시킬 시기를 놓치고 있는지 모른다. 아아, 두렵다. 🍁

참고문헌

- 원경하元景夏, 〈자표自表〉, 《창하선생문집蒼霞先生文集》, 경인문화사 영인 한국역대문집총서 2435~2436, 1997.

- 성대중成大中, 〈탐욕스럽던 김상로金尙魯 집안의 말로〉, 《국역 청성잡기靑城雜記》 제3권 성언醒言, 민족문화추진회, 2006.

7

어리석다는 평은 정말
말 그대로가 아니랴

임희성任希聖, 〈재간노인자명 병서在澗老人自銘 并序〉

옹의 성은 임씨로 이름은 희성希聖, 자는 자시子時, 본적은 풍천이다. 8대조 문정공文靖公 열설은 중종·명종 때에 현달했고, 대왕부고조 상원相元, 대부조부 수간守幹, 부친 광珖이 대대로 청관淸貫, 임금 모시는 시종을 역임하여 당대에 이름이 알려졌다.

옹은 사한詞翰, 문장·문학·학문의 집안에서 생장하여 어릴 적부터 독서를 좋아해서 경사백가를 두루 섭렵하여 대략 그 대의를 이해했다. 문사文辭를 지을 적에는 당시의 속된 폐단을 바로잡는 데 힘을 다 쏟아 순정을 회복하여 단아하고 충실하니 재주는 부족하지만 일컬을 만했다. 그런데 거자擧子, 과거응시생의 학업을 대단히 쌓아서 여러 번 과거시험에 응했으나 그때마다 실패했다. 나이가 노년에 접어들어서야 처음으로 음도蔭塗, 음관에 응시하여, 세 번이나 천전遷轉하여 7품의 관직에 조용調用, 관리를 골라 등용함되었다. 이는 부모의 명으로 억지로 벼슬한 것이지, 내 뜻대로 할 수가 없었다.

처 남씨는 부인의 도리를 잘 지켜, 가난 속에서 50년간을 함께 살면서, 대부인 홍씨를 잘 섬겨서 어려운 부분까지도 잘 갖추고 극진히 했다. 대부인은 옹에게 드러나지 않게 도움이 되고 몸소 권면하고 양육하시기를 아주 부지런하게 하셨다. 대부인이 돌아가시고 부인 남씨 또한 뒤따라 세상을 떠났다.

옹은 전후로 다섯 아들을 낳았다. 장남 이상履常 및 세 어린 아들은 모두 요절했고 차남 지상趾常은 집안 다른 이의 후사로 나갔다. 옹은 집이 가난해서 제대로 기르지 못했고 혈혈단신이라 의지할 데가 없었다. 종신토록 애통함을 머금어 세상을 살아갈 뜻이 없었다.

금년에 …두 글자 빠짐… 부符가 이르러와서 행차를 하게 되었으나, 전혀 미련이 남은 기색을 띠지 않았다. 오직 머리가 희도록 이름이 알려지지 못하고 조상에게 누를 끼친 것을 혼자 생각해보면 부끄러울 뿐이다. 옹은 늘 몸가짐을 엄격히 하여 조금의 구차함도 있지 않고자 했으며, 곤액에 처했을 때에는 뜻을 씀이 특히 견고하여 일정한 바에 뜻을 두어 백 사람이 흔들어도 조집操執, 지절이 변하지 않았다.

일찍이 심의와 폭건의 제도에 대하여 연구했으나 끝내 상세한 내용을 파악하지 못하고는 탄식하기를, "세상에서 이것을 예복이라 하여 관직에 있는 자도 이것을 사용해 염습을 하지만 옷을 법식대로 짓지 않으니 회보晦父, 주자께서 기이한 장식과 의복으로 치장하는 괴 풍습에 가깝다고 하신 말씀이 아주 옳다"고 했다. 스스로 옳다고 여기는 것을 따르고 세속을 따르지 않음이 대체로 이와 같았다.

옹은 젊었을 때 스스로 정수거사靜修居士라고 불렀다가, 만년에 재간옹在澗翁으로 바꾸었다. 하지만 남이 그 호로 부르면 도리어 잠잠히 있고 대답하지 않았다. 사람들이 겉으로만 순종하여 허여해줌을 미워했기 때문이다.

죽음을 앞두고 집사람들에게 유언하기를, "예전에 입던 조삼朝衫, 朝服을 가지고 간단히 염습하여 광릉廣陵의 선영 아래에 장사하여 부인 남씨와 함께 합장하라"고 했다. 옹은 평소에 마음을 알아주는 벗이 없어 스스로 일평생을 이와 같이 기술하여 이것을 무덤에 들여놓게 했다. 마침내 사辭를 지었다.

세상은 나를 어리석은 자라 의심하고,
또 시대와 어그러졌다 비웃는 이 많다만
어그러짐은 감당할 수 없겠으나,
어리석다는 평은 정말 말 그대로가 아니랴.
노씨노자는 '날 알아주는 이가 드물면 내가 이에 귀하게 된다知我者希則我斯貴'
고 했으니,
'이에' 란 '마침내' 그렇게 핀 것을 두고 하는 말이리라.

아. 금상께서 보위에 오르신 지 50년인 갑오년1774 늦가을에 62세 재간옹이 쓴다.

당색으로 보면 소북에 속한 인물이었던 임희성任希聖, 1712~1783이 62세 되는 1774년영조 50에 스스로 지은 묘지명이다. 임희성은 도연명이 〈만가시挽歌詩〉 세 수를 지어 자찬비명으로 삼은 예를 본받아서 이 묘지명을 지었다. 평소 그는 도연명의 유유자적한 삶에 공감했었기에, 이해에 도연명의 〈음주〉 20수에 하나하나 화운차운해서 〈화도옹음주和陶翁飮酒〉 20수를 짓기도 했다. 하지만 그에게는 조금은 지루한 시간이 더 남아 있었다.

1783년 1월 28일에 이르러서야 72세로 운명했고, 최만년의 삶은 여의치 못했기 때문이다. 임희성의 본관은 풍천, 호는 재간在澗이다. 재간이라는 호는 '산골 시냇가에서'라는 말인데 산림에 숨어살면서 안빈낙도하는 은사의 생활을 즐긴다는 뜻을 지닌다. 《시경》위풍衛風 〈고반考槃〉에 "고반재간考槃在澗, 석인지관碩人之寬"이라는 말이 있다. "산골 시냇가에서 한가히 소요하나니, 현인의 마음이 넉넉하다"라고 풀이한다.

부친 임광任珖은 홍문관 응교를 지냈고, 조부 임수간任守幹은 1711년과 1719년에 통신사 부사로 일본에 다녀왔으며 1721년에 우승지가 되었다. 증조는 임상원任相元으로 동지부사로 청나라에 다녀오고, 벼슬이 좌참찬에 이르렀던 명인이었다.

임희성은 1남 4녀 가운데 독자였다. 8대에 걸쳐 영광스런 벼슬에 오른 집안이었으나, 자신의 대에 이르러 자취가 비천해졌다고 여겼다. 곧 자기는 시문의 능력이 있기는 하지만 명운이 없어 불우하고, 게다가 외부의 핍박이 연속되었다고 한탄했다. 또한 후사조차 제대로 두지 못한 것도 서글퍼하지 않을 수 없었다. 살아 있어도 결코 살아 있다고 할 수 없는 존재와 같다고 여긴 그는, 스스로의 묘지명을 작성하기로 했다. 그리고 자신이 죽으면 평생 고생만 하다가 먼저 죽은 부인 남씨와 합봉하여주고, 평소에 자기 마음을 알아주는 친구가 없었으므로 스스로 지은 이 묘지명을 광중에 넣어달라고 유언했다.

임희성은 30세 되는 1741년신유에 생원시에 합격했으나, 32세 때인 1743년에 부친을 여희고 이듬해 청평산의 여막에서 거상했다. 47세 되는 1758년무인에는 견성堅城, 포천에 옮겨 살고, 1760년경진에 서울 먹골墨溪 서동에 세 들어 살았다. 58세 되는 1769년기축에 이르러서야 음보로 효릉 참봉이 되고, 사옹원 봉사, 전생서 직장 등을 거쳤다. 1772년임진 60세 때 어머니 홍씨가 세상을 뜨고 또 부인 숙인 남씨가 세상을 떴다. 부인은 일곱 살에 약혼하고 열여섯 살에 시집 왔는데, 가난한 시댁의 살림을 맡아 무척 고생을 했다. 시모상을 당한 지 한 달도 안 되어 병색이 짙어져서, 죽던 날에 갑자기 두통을 앓다가 한 마디 말도 못 하고 숨을 거두었다.

임희성의 둘째아들로서 임정任珽의 후사로 출계했던 임지상은 1784년정조 8 2월 병인에 〈부기〉를 적었다. 그리고 유언대로 부친이 지어두었던 〈자명〉을 광중에 넣었다. 임지상은 그의 큰형 이상履常이 타계하고 아우 기상紀常도 일찍 죽자, 아들 임백희任百禧로 하여금 생부 임희성의 가계를 잇게 했다. 임지상이 전하는 임희성의 임종 모습은 다음과 같다.

임종에 나에게 사후의 일을 조심스럽고 세밀하게 일러주시면서 손으로 시령의 초고를 가리키며, "나의 평생 공부가 여기에 있지만 전할 만한 것이 적어서 모두 불태우고자 한다. 다만 선대의 아름다운 덕을 전술傳述한 것은 소실되게 해서는 안 된다. 게다가 자손이 이것들을 본다면 칠분모七分貌, 초상화보다는 나을 것이다. 그러니 잠시 그대로 두거라. 편집한 시문은 십 수 권인데, 집안에 보관해라. 기타 〈경서차록經書箚錄〉, 〈국조상신열전國朝相臣列傳〉 및 잡지雜識 중에 아직 탈고하지 않은 것은 모두 불태우라"고 하셨다.

임종 때 임희성은 "세상 사람 가운데는 자신의 묘에 자명自銘을 짓는 사람이 있으나, 훗날 기記를 덧붙이는 자가 사실에서 벗어난 말을 덧붙이는 예가 많다. 이것이 어찌 자명을 짓는 뜻이겠는가"라고 했다. 자신이 죽은 뒤에 오로지 자신이 스스로 지은 묘지명을 사용하라고 유언한 것이다. 하지만 그의 아들 임지상은 선친의 문장과 행실을 드러내기 위해 조모에게서 들은 것과 집안에서 목도한 일들을 모아 명의 아래에 첨가했다. 특히 부친의 효성을 부각시켰다.

선부군은 천성이 매우 효성스러워 조모 홍 부인을 섬김에 마음과 물질의 봉양을 지극히 갖추어 좌우에서 공양하시기를, 조모께서는 마치 어린아이가 재롱을 부리듯이 하였다. 조모 홍 부인이 한번은 내게 이렇게 말씀하셨다.
"네 아비는 효자다. 네 편찮으신 조부를 모시는 삼 년간, 의원을 불러오고 약재를 마련하느라 마음을 다하여, 여러 번 대변의 달고 쓴 맛을 보았다. 병환이 위독해졌을 때는 손가락을 찢어 몇 그릇의 피를 올리니 시간이 흐르고 달이 지나면서 효력이 나타났다. 조부의 상을 당하여 상여를 옮길 때는 울부짖으며 맨발로 따르니 상여를 끌던 자가 눈물을 흘리며 '이런 효자는 보기 어렵다'고 했다."
그뒤 조모 홍 부인의 상을 당했을 때 선부군의 나이가 이미 60이 넘었으므로 예식을 차리기 어려운 근력이었지만 입관·염습·장사·제사에 모두 성심을 다해서 유감이 없게 하셨고, 삼 년을 하루같이 아침저녁으로 애통스럽게 곡하셨으며, 기일에는 매번 부르짖으며 그리워하기를 처음 상을 당했을 때와 같이 하셨다.
집이 평소 가난한 데다가 말년에 이르러서는 자기 몸을 기르는 바는 아주 비루하게 되었지만, 해진 핫옷과 닳은 솜옷을 단정히 할 뿐이지 조금도 난처하게 여기는 기색이 없으셨고, 오로지 제사를 마음에 맞게 올리지 못하는 것을 큰 통한으로 여기셨다.

임희성은 일생 몸가짐을 조심했다. 28세의 젊은 나이였던 1739년기미에 이미, 청평산靑坪山 속 정수주인靜修主人을 자처하면서 〈지일십계至日十誡〉를 지어 수양하는 공부의 바탕으로 삼았다. 그 십계는 이러했다.

1. 함부로 말하지 말라.

2. 함부로 장난하지 말라.

3. 함부로 남의 장단점을 논하지 말라.

4. 함부로 조정의 득실을 이야기 말라.

5. 함부로 유력가들과 왕래하고 교유하는 짓을 하지 말라.

6. 함부로 점을 치고 별자리 운수를 따지지 말라.

7. 함부로 남의 시를 논평하고 단정하지 말라.

8. 함부로 남의 서적을 엿보지 말라.

9. 함부로 잡박한 서책을 보지 말라.

10. 함부로 저술의 사업에 뜻을 두지 말라.

勿妄言語 물망언어	勿妄戲謔 물망희학
勿妄論人物長短 물망논인물장단	勿妄談朝廷得失 물망담조정득실
勿妄作徵逐交遊 물망작징축교유	勿妄問卜相星命 물망문복상성명
勿妄評斷人詩 물망평단인시	勿妄窺人書籍 물망규인서적
勿妄觀駁雜之書 물망관박잡지서	勿妄意著述之業 물망의저술지업

임희성은 27세, 35세, 55세의 새해 벽두면 자기 자신을 다지는 잠명箴銘을 지었다. 55세 되던 1766년 새 아침에 쓴 〈병술원조 오잠丙戌元朝 五箴〉

의 병서並序를 보면 다음과 같다.

내 나이 스물일곱 되던 무오년1738 아침에 회재 선생주자의 〈오잠五箴〉에 깊이 감복해서 입지立志·개과改過·권학勸學·신언愼言·접물接物의 잠언을 지었다. 그후 서른다섯 되던 병인년1746 정초에는 봉선이례奉先以禮·사친이성事親以誠·거가이화居家以和·처사이근處事以勤·수신이엄修身以嚴의 잠언을 지었다. 쉰다섯 되는 금년 병술년1766 정초에는 간사려簡思慮·절기욕節嗜慾·근동정謹動靜·료영욕了榮辱·일사생壹死生이라 했다. 무오년부터 30년간 애환이 엇갈리고 뜻도 이미 변하여 지금 바라는 바가 옛날의 그것과는 거의 다르다. 그간 작성했던 세 잠언을 두고 무엇이라고 할 것인가? 아아! 상전벽해 되는 일이 백 번 일어났고 만사가 기왓장 부서지듯 했으니, 사람의 수명이란 금석 같이 단단하지 못하거늘 세상을 살아갈 날이 대체 얼마이랴! 지금부터 죽는 날까지 운명에 맡기리라. 임운등등任運騰騰, 운수에 맡겨 자유자재함하면 수처수우隨處隨遇, 그때 그때 맞닥뜨리는 처지에 편안하리니, 여기에 머무르고 이것으로 만족하리라.

장자처럼 삶과 죽음을 제일齊一, 한가지로 여김의 관점에서 파악한 것이다.
임희성은 도연명을 좋아했다. 58세 되던 1769년영조 45의 정월 하순에는 〈화도연명귀거래사和陶淵明歸去來辭〉를 지었는데, 그 병서幷序에서 이렇게 말했다.

경진년1760에 셋째아들 기상紀常이 여덟 살로 요절한 이후에 온 집안이 도성으로 들어와 벌써 십 년이 되었다. 그 사이 세 번이나 이사해서 이제 묵계墨

溪, 먹골의 서쪽 마을에 세 들게 되었다. 스스로 신세가 기구하고 고단한 데다가 이는 다 빠지고 머리는 다 희어서 노쇠한 노경을 생각하면 티끌 세상에 옹송거리며 사는 것이, 항상 연못 속 물고기 같고 새장 속 새 같은 부자유를 느끼고 있었다. 최근 사엄士儼 홍사묵洪思黙과 대이大而 유중림柳重臨이 〈화도사和陶辭〉를 지어 내게 보였다. 그리하여 도연명의 〈귀거래사〉를 읽어보니 마음이 흔연해져서 마치 서로 하나로 계합하는 듯하다. 자기를 빗댄 것이자 실제 사실을 기록했다고 알려진 〈오류선생전〉에서 검루黔婁가 말한 "빈천에 서글퍼하지 않고 부귀에 급급하지 않아" "마음속에서 시비와 득실을 다 잊어버리고 문장을 지어 스스로 즐겼다"고 한 말이 정말 빈 말이 아니로다! 집도 없고 밭떼기도 없는 내 처지를 돌아보니, 지금까지 도성 안에서 비비적거리고 있는 것이 어찌 본마음에서 그러는 것이겠는가! 조만간에 마땅히 고향의 오두막집으로 귀거래하여 여생을 보내면서 밭갈이 생활에 몸을 맡겨 초야에 묻히고 말 생각이다. 드디어 붓을 들어 운자를 밟아가면서 다음과 같이 기록한다. 감히 참람한 뜻에서 고인을 모방한 것이 아니다. 대개 답답하고 울적한 마음을 쏟아내려 했을 따름이다.

앞서 말했듯이 임희성은 〈화도옹음주和陶翁飮酒〉 20수를 지었다. 단 문집에는 18수만 수록되어 있다. 그 병서幷書는 다음과 같다.

나는 평소 술을 좋아하지 않고 주량 또한 아주 적어서, 한 잔 마시면 곧바로 어지러워 쓰러지고는 한다. 이래서 집에 있는 가양주를 한 번도 술병 기울여 흠뻑 취해본 적이 없다. 하지만 최근 서너 해 동안 우환을 있는 대로 다 겪어서, 살고 죽는 문제에 대한 감회가 일어 하루하루가 대개 즐겁지 않기에, 술잔에 술을 부으면서 불평불만을 쏟아버리려고 했는데, 나라에 금주령이 내려 술을 구할 길이 없었다. 요즈음 령令이 조금 느슨해져서 내가 짐짓 친구들을 따라 때때로 술을 마셔서 취하게 되니, 답답하고 근심스러움이 그 때문에 조금 풀어졌다. 또 술도 오래 마시다 보매 주량이 조금 늘었다. 남들은 이런 나를 보고는 "새로운 성벽性癖이 생겼다"고 하는데, 어찌 정말로 그런 것이겠는가!

일찍이 도연명의 〈음주〉 시를 읽어보니, 서문에 "한가하게 있자니 기쁜 일이 없어서 마시지 않는 저녁이 없었다. 그림자를 돌아보며 홀로 다 마시다보면, 홀연 다시 취하고 만다"고 했다. 술의 취미는 도연명의 이 말이 거의 곡진하게 드러냈다고 하겠다. 마침내 한가한 날에 〈음주〉의 각 편마다 하나하나 그 운자를 사용하고 그 시의詩意에 화답했다. 시편에서 술을 언급한 것이 모두 열 두서너 편이다. 각각 은미한 뜻이 그 속에 있어서 붓 아래서 드러나지 않을 수 없었다. 보는 사람 가운데 혹 암묵리에 계합할 이도 있을 것이다.

임희성의 〈화도옹음주〉 가운데 첫 수는 다음과 같다.

생명 있으면 반드시 죽음이 있는 것은
범인이나 성인이나 한 가지.
필경 환화幻化로 돌아가나니
일만 세의 시간도 곧 순식간일 따름.
우습구나 저 어리석은 사람이여
이치가 이와 같음을 깨닫지 못하다니.
흉억胸臆을 채운 일백 일천의 꼬투리들

매순간 생각마다 모두 호의_{狐疑}러니
모든 것을 훌훌 털어버리고
한바탕 술잔을 기울여 길이 스스로를 지킴이 어떠랴.

有生必有死 유생필유사　　凡聖與同之 범성여동지
畢竟歸幻化 필경귀환화　　萬代卽瞬時 만대즉순시
笑彼至愚人 소피지우인　　不悟理若茲 불오리약자
塡胸百千端 전흉백천단　　念念盡狐疑 념념진호의
孰如都撥遺 숙여도발유　　一觴長自持 일촉장자지

매순간의 상념에서 호의_{狐疑, 지나치게 의심함}를 해소하고 길이 자기 자신을 지키는 방법은 술뿐이라고 했다.

임희성은 칠순이 넘어, 도연명의 〈영빈사_{詠貧士}〉 7수에 화운하여 〈화도영빈사_{和陶詠貧士}〉 7수를 지었다. 집은 가난해서 매년 묵은 곡식 떨어지고 햇곡식 나지 않은 보릿고개만 되면 온 집안이 부황이 들어 끼니를 잇지 못했는데, 이해에는 더욱 심했다. 우연히 시렁 위에서 도연명 시집을 뽑아서 〈영빈사〉를 읊다가 느낌이 있어서 그 시에 전부 차운한 것이다. 우리나라의 빈사로는 자기 이외에 백결_{白結}·임춘_{林椿}·서경덕_{徐敬德}·최영경_{催永慶}·임숙영_{任叔英}·이식_{李栻}을 꼽았다. 열째 수에서는 범아치구_{範我馳驅}하지 못하는 과비_{夸毗, 아첨꾼}들을 비판하고, 안빈낙도하는 동방일사를 자처했다.

동방에 한 선비 있어
햇빛 침침한 빈 구석을 지키네.

일평생 서책을 좋아하여

더러운 자취를 진흙땅에 두고는

도리어 비웃나니, 과비아첨하는 무리들이

가파른 비탈의 오솔길에서 범아치구 못함을.

쑥대문 집에서 껍질만 벗긴 현미밥을 먹어도

바로 여기서 소원은 충족되고 남도다.

어찌 목석과 더불어 동무하고

그런 후에야 편안하다 하겠는가?

東方有一士	동방유일사	晻曖守空隅	엄애수공우
窮年樂書史	궁년낙서사	穢跡處泥塗	예적처니도
顧笑夸毗群	고소과비군	仄徑失範驅	측경실범구
蓬廬脫粟飯	봉려탈속반	在此願已餘	재차원이여
何須木石伴	하수목석반	然後爲安居	연후위안거

더러운 자취를 진흙땅에 둔 삶이란, 도덕적으로 타락한 삶이라는 뜻이 아니라 세간의 관점에서 볼 때 영광스럽지 못한 삶을 뜻한다. 《장자》〈추수秋水〉에 보면, 장자가 벼슬살이의 요청을 거절할 때, 초나라의 삼천년 묵은 신령한 거북이의 예를 들어, 그 거북의 몸이 종묘에 보관되어 있지만 그렇게 죽어서 뼈가 귀하게 되기보다는 진흙 속에 꼬리를 끌지라도 목숨을 보전하는 것이 더 낫다고 한 말이 있다. 임희성도 벼슬하여 남의 속박을 받기보다 가난하고 천하더라도 향리에서 안전을 꾀하는 것이 낫다고 한 것이다.

하지만 임희성은 목석과 더불어 동무할 수는 없다고 했다. 목석과 동무한다는 말은 인간의 삶으로부터 시선을 돌려 산간에 숨어 은둔하는 것을 말한다. 곧 새·짐승과 무리를 이루어 사는 것을 가리킨다. 공자는 현실공간에 남아 인간의 삶을 응시하지 않고 조수동군鳥獸同群, 새·짐승과 무리를 이룸한다면 올바른 도를 실천할 수 없게 된다고 했다. 그 가르침을 환기하여 임희성은 조수동군하지 않겠다고 했다. 현실공간을 떠난 다른 곳에서 빛나는 광경을 보려 하지 않았으니, 정말로 참 지식인이었다고 할 만하다. 🍁

참고문헌

- 임희성任希聖, 〈재간노인자명 병서在澗老人自銘 幷序〉, 《재간집在澗集》 권3 묘지명, 한국고전번역원 한국문집총간 230, 1999.
- 남윤수, 〈한국의 화도사和陶辭 연구6〉, 《한국동방문학비교연구총서》, 한국동방문학비교연구회, 1992.
- 남윤수, 《한국의 화도사 연구》, 역락, 2004. ; 《한국의 화도사 연구속》, 수서원, 2006.

갈아도 닳지 않는 석우가 있다

오재순吳載純, 〈석우명石友銘〉

나는 성이 오씨로, 해주 사람이며, 이름은 재순載純 자는 문경文卿이다. 정미년1727에 태어나 사맹詞盟을 주도했고, 호는 순암醇庵이니 주상께서 영예롭게 내리신 것이다. 갈아도 닳지 않는 석우石友가 있어, 40년간 나는 너를 벗 삼아왔도다. 구색鉤賾, 성현의 오묘한 뜻을 캐어냄에 신음하고 호경毫畊, 筆耕에 힘써, 성언聖言, 경전의 말씀을 주석하여 깊고도 밝았다. 종정鍾鼎을 대신하여 네 몸에 새기나니, 구원九原, 저승으로 돌아갈 때도 손잡고 함께 가자꾸나.

오재순吳載純, 1727~1792이 만년인 1791년에 이르러 40년간 사용해왔던 석우石友, 곧 벼루에 새긴 명이다. 따라서 엄밀히 말해 묘지명이 아니다. 그렇지만 한문 원문 60자 속에는 벼루 주인의 성·휘·작호·생년은 물론, 학문을 연찬해온 일생 사실이 거의 모두 나타나 있다. 오재순이 이 글을 쓴 다음해에 타계하자, 아들 오희상吳熙常은 이 글을 벼루에 새긴 뒤, 관곽의 오른편에 함께 매장했다. 지석이 별도로 있었지만, 이 글을 부친의 자찬묘지로 보았던 것이다.

오재순은 석우 즉 벼루의 "갈아도 닳지 않는" 미덕을 사랑했다. 이것은 벼루의 미덕을 찬양하면서 견정堅貞을 고수하는 자신의 정신경계를 표명한 것이다. '갈아도 닳지 않는다'는 것은 《논어》〈양화陽貨〉에 나오는 말이다. 곧, 공자는 "단단하다 하지 않겠는가? 갈아도 닳지 않는도다. 희다고 하지 않겠는가? 물들여도 검어지지 않는도다不日堅乎? 磨而不磷; 不日白乎? 涅而不緇"라고 말했다.

오재순의 아들 오희상이 쓴 〈석우명후지石友銘後識〉가 별도로 전한다.

아! 이는 나의 본생가本生家 선친께서 스스로 서술하신 글이니 모두 60자다. 성·휘·작호·생년 및 경전 연찬의 공이 거의 모두 이 글에 잘 나타나 있다. 이 글이 이루어진 이듬해 임자년1792에 선친께서 갑자기 돌아가셨다. 하늘이여, 하늘이여! 서업緖業, 가문에 끼치신 업적이 날이 오래되어 인멸될까 걱정하여 지석을 들이고 나서 이 글을 벼루에 새겨 곽의 오른편에 놓는다. 아! 마음은 더더욱 슬퍼지고 그리움은 더더욱 깊어진다. 불초 종자 희상은 눈물을 훔치며 벼루 끄트머리에 삼가 쓰노라.

오재순은 정조 때 대사헌·대제학을 거쳐 판중추부사까지 오른 관리이자 《주역》과 제자백가에 두루 달통한 학자였다.

본관은 해주, 자는 문경文卿. 호는 순암醇庵, 또는 우불급재愚不及齋이니 모두 임금이 내린 사호賜號이다. 부친 오원吳瑗은 대제학을 지냈다. 모친 전주 최씨는 정랑 벼슬을 지닌 최식崔寔의 따님이다.

오재순은 음보로 등용되었으나 사퇴하고 학문에 전심하여 1772년영조 48 별시문과에 급제했다. 1783년정조 7 문안사절의 부사로 청나라에 다녀와, 이듬해 규장각 직제학이 되고 이어서 양관 대제학을 역임했다. 1790년에는 이조판서를 거쳐 판중추부사가 되었다. 이해 정조가 옛 홍문관 자리에 감인소를 설치할 때 장혼을 추천하여 사준司準이 될 수 있게 했다. 장혼은 그때 이후 국가의 각종 출판사업에서 중요한 역할을 담당하고, 순조 때 이르러서는 개인출판으로 출판문화에 크게 기여하게 된다.

한편 오희상이 본생가 부친의 일생사적을 적어 광중에 묻은 묘지는 〈문정공부군묘지〉라는 제목으로 오희상의 문집 《노주집老洲集》에 수록되어 있다. 오희상은 부친이 존심存心·신언愼言·근행謹行을 요결로 삼아 스스로를 닦고, 부귀와 영예에 대해서는 초연했다고 밝히고 다음과 같이 적었다.

처음에 음보로 관직이 주어졌으나 대부분 나가지 않으셨고 혹시 나가더라도 오래지 않아 관직을 떠나셨다. 늦게야1772 과거에 급제하시어 성주聖主의 지우知遇를 받아 전형銓衡, 이조판서의 직을 잡으시고 사맹詞盟, 양관대제학과 대사성의 직을 겸함을 주도하셨으며 항상 내각규장각의 관함을 지니셨다.
관직은 영달하셨으나 항상 궁핍한 듯이 하셨고, 저서를 남겨 도를 밝히는 일을 임무로 여기셨다. 공무의 겨를이 있으면 그때마다 문을 걸어 잠그고 종일 마음을 가다듬고 생각에 잠기셔서 수염과 머리카락이 모두 새셨다.

저서로 《주역회지周易會旨》6권, 《완역수언玩易隨言》2권, 《독서기의讀書記疑》 1권, 《성학도聖學圖》1권이 있다. 《주역》은 더욱 독실하게 공부하시어 수십 년의 공부를 쌓으셨는데, 제가의 설을 모으고 정리하여 성인의 지취를 분석해서 드러내려고 하셨다. 일찍이 "괘와 효를 세운 뜻을 해석한 나의 설은 성인께서 다시 나오더라도 내 말을 그르다 하지 않을 것이다" 하셨다. 하지만 늘 스스로의 재능을 감추어 드러내지 않으셨으므로, 절친한 벗이라 하여도 알지 못했다. 아! 천년 뒤에나 알아줄 이가 있으리라. 시문 30권이 또한 있다.

오재순은 이듬해 2월에 직산현稷山縣 대정리 을좌의 벌에 장사지내졌다. 《정조실록》에 보면 정조 16년 임자1792 12월 30일갑오에 원임 이조판서 오재순의 졸기가 있다.

원임 이조판서 오재순이 죽었다. 재순의 자字는 문경文卿으로 고 대제학 오원 吳瑗의 아들이다. 풍채가 청수하고 차분하고 말수가 적었으며 벼슬길에 나가는 것을 좋게 여기지 않았다. 영종영조 임진년에 급제하고 상정조께서 등극하자 내각에 들어와 이조·병조 판서를 지내고 대제학을 역임했는데, 상께서 그의 겸손하고 과묵함을 가상히 여겨 우불급재愚不及齋라는 호를 내리시기도 하였다. 어려서부터 경전에 마음을 기울였고 행실이 지극히 독실하였다. 시문을 빨리 짓지는 못했으나 문장이 간결하고 옛 정취가 있었다. 이때 와서 앓은 일도 없이 죽자 세상에서는 신선이 되어 갔다고들 했다.

이 졸기에 나와 있듯이, 정조는 오재순에게 우불급이라는 호를 내려주었다. 그보다 앞서 정조는 그에게 순암醇庵이라는 호를 내려준 적도 있다. 다른 물질은 전혀 섞지 않은 순수한 술과도 같은 그의 성품을 사랑했기 때문이다. 곧 정조는 즉위 9년인 1785년 음력 3월 을묘에 규장각 이문원李文院에 숙직하던 오재순에게 순암이라는 호를 내려주며 도장에 새기라고 했다.

다음해인 1786년에는 오재순을 내각內閣, 즉 규장각으로 불러 그의 초상을 하사하면서 왼쪽 위에 "미치지 못할 것은 그 어리석음이다"라는 뜻의 '不可及者其愚불가급자기우' 여섯 글자를 써주고, 호를 우불급재로 바꾸도록 명했다. 오재순은 정조 12년인 1788년 봄에 우불급재라는 편액을 서재에 걸면서 〈사호기賜號記〉를 적었다.

우불급이라는 말은 실은 영무자甯武子의 고사에서 나온 것이다. 영무자는 춘추시대 위衛나라 대부 영유甯俞로, 무武는 그의 죽은 뒤 시호다. 《논어》〈공야장公冶長〉에 보면, 공자가 말하기를 '영무자는 나라에 도가 있으면 지혜롭고 나라에 도가 없으면 어리석은 척했으니, 지혜로운 척함은 미칠 수 있으나 어리석은 척함은 미칠 수 없도다'라고 했다"고 나온다. 정조는 오재순의 과묵함을 영무자의 어리석은 척함과 동일시하면서 자신이 다스리는 나라가 도가 없기 때문에 그자가 어리석은 듯 과묵한 것 아니겠느냐고 스스로를 자책한 것이다. 참으로 제왕으로서의 넉넉한 품성을 짐작할 수 있게 하는 일화다.

정조는 오재순의 제사 때 다음 글을 영전에서 읽게 했다.

탁무卓茂는 너그러운 마음 때문에 칭송되고
주창周昌은 어눌한 말 때문에 일컬어졌나니

경에게서 그들을 보았건만

지금은 세상의 고인이로다.

행동은 표나게 하려 하지 않고

말은 시기하고 해치는 것을 끊었기에

이에 칭찬할 바가 있어

아름다운 명성이 절로 이르렀으니

저 편액을 바라보라

우불급이라 했도다.

경은 떠나길 신선처럼 하여

훤칠한 그 모습을 접하기 어렵다니!

정조는 오재순을 후한 때 탁무卓茂와 전한 때 주창周昌에 견주었다. 후한의 탁무는 법례法禮와 역산에 능숙하여 통유通儒라고 일컬어졌으며, 성품이 너그럽고 어질며 공손하고 자애로웠다. 또 전한의 주창은 과감하게 직언을 잘했는데, 고조가 태자를 폐하려고 하자 어눌한 말로 불가함을 주장했다.

오재순의 65세 때 초상이 현재 전한다. 운보문단雲寶紋緞의 문양과 쌍학흉배雙鶴胸背의 관복을 입은 모습이다. 당시 초상화가였던 화원 이명기李命基가 그린 것이라고 한다. 문형을 담당한 학자 관료의 정신이 화원의 붓끝에서 살아났다.

그림 속의 오재순은 과묵하다. 그의 무덤에 함께 묻힌 석우만큼이나. 그는 어째서 과묵했던가, 정조가 우불급이라는 호를 내려주면서 자책해야 했듯이 그가 살던 세상은 도무지 그 스스로의 지식과 경륜으로는 헤쳐

나갈 수 없을 만큼 혼란스러워서 그런 것일까? 이 부산하고 번잡한 시대에 그의 과묵함이, 석우의 과묵함을 사랑했던 그의 담백함이, 묘한 감흥을 일으킨다. 🍁

참고문헌

- 오재순吳載純, 〈사호기賜號記〉, 《순암집醇庵集》권5, 한국고전번역원 한국문집총간 242, 2000.

- 오희상吳熙常, 〈문정공부군묘지文靖公府君墓誌〉, 《노주집老洲集》권16 묘지墓誌, 한국고전번역원 한국문집총간 280, 2001.

- 정조正祖, 〈제학提學 오재순吳載純 치제문〉, 《홍재전서弘齋全書》제23권 제문 5, 한국고전번역원 한국문집총간 262~7, 2001.

9

산다는 것이 이처럼
낭비일 뿐이란 말인가

서유구徐有榘, 〈오비거사생광자표五費居士生壙自表〉

풍석자楓石子가 부인 송씨의 광중을 단주湍州, 장단 백학산 서쪽 선영의 아래
에 옮기고 난 뒤, 그 오른쪽을 비워 수장壽藏의 곳으로 삼았다. 어떤 사람이,
"옛날 사람 가운데도 그렇게 한 사람이 있었죠. 그대는 스스로 묘지를 짓지
않나요?" 하기에, 풍석자는 "아! 제가 무슨 뜻 둔 바가 있었다고 묘지를 적겠
습니까?" 했다.

그런데 전에 내가 친척 아우 붕래朋來에게 답한 서찰에서 삼비三費의 설을 말
한 것이 있다.

처음에 내가 중부 명고공明皐公, 서명응에게서 《예기》〈단궁檀弓〉과 〈고공기考
工記〉, 《당송팔가문》을 배울 때는 우람하게 유자후柳子厚, 유종원와 구양영숙歐
陽永叔, 구양수의 문장을 배울 뜻이 있었다. 얼마 있다가 《시》《서》와 《사서》를
읽게 되면서는, 또 정사농鄭司農, 정현의 명물설과 주자양朱紫陽, 주희의 성리설

을 떠들게 되었다. 바야흐로 빠져들기는 괴로울 정도로 깊이 빠져들었으면서 터득한 것은 없었으되, 도끼를 잡고 몽치를 던지는 수고를 이루 다 표현할 수 없을 정도로 했다. 하지만 얼마 있다가는 부친의 유업을 잇느라 저지당하여 뜻이 흔들렸고, 벼슬살이하느라 유혹당하여 뜻을 빼앗겨서, 지난날 배운 것을 지금은 모두 잊었다. 이것이 첫번째 낭비이다.

이름을 신하의 명부에 올린 처음에, 정묘정조께서 앞서의 악을 전부 씻어주시는 은혜를 입어 영화로 통하는 서반의 청직에 숫자나마 채우도록 반열에 끼워주셨기에, 스스로 자환씨子桓氏, 曹조의 계고稽古와 유중첩劉中壘, 劉向의 교서校書를 직분으로 삼으려고 스스로 기약했던 일을 다시 잊고 말았다. 바야흐로 이름이 관리 명부에 기록되어 온힘을 쏟아부을 때 손에 굳은살이 박이고 눈이 흐릿하게 되는 수고를 이루 다 표현할 수 없을 정도로 해나갔다. 하지만 얼마 있다가 양장구곡羊腸九曲 같은 험한 벼슬길이 눈앞에 있고 구당협 같은 험난함이 뒤에 있어, 수레의 굴대가 꺾이고 배의 키를 잃어버려, 머뭇거리기만 하고 앞으로 나아가지 못했다. 이것이 두번째 낭비이다.

무릇 그런 뒤에 폐기되어 진秦나라 동릉후東陵侯, 김平의 오이, 운경雲卿의 채소, 한漢나라 범승氾勝의 호박, 후위後魏 가사협賈思勰의 나무에 관한 농법을 고개 숙이고 묵묵히 따라 익혀, 경영하고 계산해서 날과 달을 쌓았으니, 다툼 없는 경지라고 할 수 있겠지만, 역시 사물이 인색하게 굴어 착오를 일으키고 칭칭 얽어매어, 꽃부리가 맺기를 바랐건만 마침내 동량재가 꺾이고 집이 엎어져서 일만 가지 인연이 기왓장 깨지듯 부서지고 말았다. 이것이 세번째 낭비이다.

이것이 병인년1746, 영조 22 가을과 겨울 사이에 있었던 설이다. 그 이후 다시 두 가지 낭비가 있었다.

계미년1763의 해에 명고공서명응이 섬에서부터 육지로 이배되셨다가 갑신년 1764에 유배 명부에서 이름이 영원히 씻겨 없어지시자, 나는 다시 조정의 반열에 끼게 되어, 봄빛이 아름답게 쪼이자 마른 풀뿌리가 다시 피어나듯 해서, 화려하고 후한 벼슬을 차례로 거치게 되었다. 하지만 재주가 짧고 성격이 성글고 게을러, 조정에 들어와 군주와 정치를 논해 협찬하는 행적도 없었고 벼슬살이를 하면서 군은을 보충하거나 군은에 보답하는 공적도 없었다. 그러다가 심지어 사려로 기력이 소모되어 휴가를 청했으니, 지난 자취를 회상하면 마치 물에 뜬 거품처럼 환몽과도 같다. 이것이 추가되는 첫번째 낭비이다.

남들과의 교유를 끊고 피하던 처음에는 우환 속에 있으면서 우환을 잊기 위해서 자료들을 두루 모으고 널리 채집해서 《임원경제지》를 편찬해서 부部는 16개로 나누고 국局은 120개로 나누니, 혁혁하게 단연丹鉛, 교정을 보는 데 쓰는 단사와 연분으로 교정하고 갑을甲乙로 편집하는 수고를 한 것이 앞뒤로 30여 년이나 되었다. 하지만 책이 완성되려는 참에 한 삼태기가 모자라 구인九仞의 봉우리를 이루지 못하듯 공력이 부족해서, 그것을 목판으로 새기자니 재력이 없고, 그것을 간장독이나 덮는 데 쓰도록 폐기하자니 조금 아쉬움이 있다. 이것이 또 한 가지 낭비이다.

대개 낭비한 것이 다섯 가지나 되다보니 남은 것이라고는 거의 없다. 살더라도 남에게 이익 됨이 없고 죽더라도 후세에 이름이 나지 않을 것이다. 살아간다고 하기에는 짐승이 새가 숨을 깔딱거리고 있는 것을 보는 것과 같을 따름이다. 죽었다고 하기에는 풀이 망해가되 아직 끝나지 않은 것과 같을 따름이다. 이와 같고도 이것을 두고 이루었다고 말할 수 있다면, 남들은 이미 다 이룬 셈이다. 이와 같기에 이것을 두고 이루었다고 말할 수 없다면 이룬 것 없는 자가 무슨 말을 기록으로 남겨 후세 사람들이 잊지 않도록 하겠는가?

아아, 정말로 산다는 것이 이처럼 낭비일 뿐이란 말인가? 그렇지 않다면, 역시 낭비는 잠깐이고 거둔 것이 있어 오래간단 말인가? 저 입언立言과 입공立功이 탁월해서 불후의 땅에 발을 똑바로 세운 사람들은 그 정신과 기백이 반드시 백세나 천세 이후까지 몸과 이름을 끌어안고 보호할 것이니, 이것은 하루아침에 엄습해서 가져올 수 있는 것이 아니다.

나는 젊어서는 성실하다가 장성해서는 근심이 많았고 늙어서는 어둑어둑하므로, 시원을 따져보고 끝에서 처음으로 되돌려 몸뚱이와 함께 변화해 없어지지 않을 것을 찾아본다고 해도, 끝내 그림자와 음향처럼 방불한 것을 얻을 수가 없다. 게다가 80년 세월을 죄다 낭비해버린 뒤에, 뻔뻔하게 붓을 잡고 편석片石을 빌려서 문장으로 꾸미면서, 휑하게 아무 것도 없다는 사실을 스스로 모르고 있다니, 아무래도 크게 잘못된 것이 아니겠는가?

그렇기에 손자 태순太淳에게 이렇게 말한다. "내가 죽은 뒤에는 우람한 비를 세우지 말고, 그저 작은 비석에 '오비거사五費居士 달성 서 아무개 묘'라고 써준다면 족하다."

원회元會의 운세運世는 12만 9600세인데, 내가 살아 있는 시간은 고작 1620분의 1이니, 홀홀하기 짝이 없도다! 그렇거늘 이미 70하고도 9년을 허비했으므로, 작은 구멍 앞을 매가 휙 날아 지나가는 것과 다름이 없다. 그렇다면 나머지 한 해의 날을 다 채우지 않는다면 하상下殤, 8세부터 11세까지 사이에 죽음과 구별이 되겠는가, 구별이 되지 않겠는가? 어린 아이를 묻는 옹기 관에 벽돌 광곽에 무슨 명銘을 쓸 필요가 있는가? 이 때문에 탄식하노라. 무덤의 유실幽室이 깊숙하고 넓기에, 돌아가신 조부와 돌아가진 부친을 이 언덕에서 따르리라.

우주의 한 주기를 12만 9600세라고 한다면, 80년 수명은 그 1620분의 1에 불과하다. 그러니 그 80 수명을 다 산다고 해도, 우주의 시간에서 보면 요절한 것이나 다름없다. 참으로 짧은 이 시간 동안에 우리는 무엇을 성취할 수 있을까?

이 자찬묘지의 저자인 서유구徐有榘, 1764~1845는 농법서와 백과사전을 아우른 《임원경제지林園經濟志》의 편찬자로 널리 알려져 있다. 그 해박한 학식은 현대의 관점에서 보아도 놀라울 정도다. 그럼에도 불구하고 그는 자신의 인생에서 아무 것도 이룬 것이 없고, 다섯 가지 방면에서 모두 낭비만 했다고 했다. 그렇다면 서유구보다도 현실에 쉽게 타협하고 무덤덤하게 살아간 사람들은 무어라 평가할 수 있을까? 인생을 낭비한 죄를 물어야 하지 않겠는가?

학문적으로 큰 성과를 이루었지만, 79세의 서유구는 자기 삶이 낭비일 뿐이었다고 탄식했다. 삶을 돌아보되, 연대순으로 행적을 정리하지 않고 낭비의 종류를 다섯 가지로 나열하는 방식을 택했다. 다른 사람들의 묘지명과도 다르고 자서전적 글쓰기와도 매우 다르다.

서유구가 낭비의 비費자를 핵심어로 사용한 것은 그것이 《중용》에서 말하는 넓을 비費와 모순된다는 사실을 부각시키기 위한 것이었다. 곧 《중용》에 보면 "군자의 도는 넓되 은미하다"고 했는데, 넓되 은미하다는 말의 원래 한자어가 비이은費而隱이다. 주자주희는 "비費란 용用의 광범위함이요 은隱이란 체體의 은미함이다"라고 했다. 곧 군자의 도는 그토록 쓰임이 광범위해야費 하거늘, 자신의 쓰임은 낭비費였을 뿐이라는 자괴감을 나타내기 위해 서유구는 스스로의 묘표에서 비費라는 글자를 핵심어로 사용한 것이다.

서유구의 가계는 선조 대의 명신 서성徐渻의 집안으로, 영조 때 세손훗날의 정조을 보호한 서명선徐命善이 그 선조다. 영조가 즉위 50년에 세손에게 대리청정을 시키려 하였을 때, 노론의 홍인한洪麟漢이 반대하자, 서명선은 홍인한을 탄핵해서 대리청정을 성사시켰다. 1776년 정조가 즉위하자 서명선은 우의정에 임명되고, 다음해에 좌의정, 그 다음해에 영의정에 임명되었으며, 권신 홍국영을 제거하는 데 앞장섰다.

서명선의 형 서명응徐命膺은 양관 대제학에 임명되고, 서명응의 맏아들 서호수徐浩修는 규장각 직제학을 지냈으며, 둘째아들 서형수徐瀅修는 이조 참판과 경기관찰사를 지냈다. 서호수가 곧 서유구의 부친으로, 천문학과 수학, 기하학에 정통했다. 또 서유구의 형 서유본徐有本은 문학에 뛰어났고, 형수인 빙허각 이씨憑虛閣 李氏는 여성 생활백과사전인 《규합총서》를 엮었다.

서유구는 숙부 서형수에게서 문장을 배우고, 이의준李義駿에게서 명물고증학과 성리학을 배웠다. 1790년의 문과에 합격했으나, 벼슬살이보다 학문에서 더 재미를 찾았다. 1779년에는 조부 서명응이 《본사本史》라는 농학서적을 집필하는 것을 돕고, 1781년 이후 1788년까지는 서형수를 통해서 청대의 학술과 문헌고증의 방법을 익혔다. 1792년에 규장각 대교, 예문관 검열이 되었는데, 그때 이후로 서유구는 주로 관찬 서적을 교열하거나 편찬하는 일을 맡았다. 35세 때인 1798년에 순창군수로 있을 때 정조가 널리 농서를 구하자, 도마다 농학자를 선정해서 농업기술을 보고하게 한 뒤 그것을 토대로 내각에서 전국 규모의 농서를 편찬하는 방안을 제시했다.

그런데 서유구는 농정을 맡은 관리들이 실측과 계산에 서툴러서 농지

와 농산물 측정의 권한을 무문농법舞文弄法의 아전에게 맡기는 현실을 개
탄했다. 그는 가학을 이어 농사에서 경위經緯를 중시하여, 훗날 《임원경제
지》에서 실측 농법을 주장했다.

하지만 1805년순조 5 12월에 김달순 옥사가 일어나서 서유구의 숙부 서
형수가 연좌된 까닭에 집안이 몰락하고 말았다. 서명응은 1787년, 서명선
은 1791년, 서호수는 1799년에 사망한 뒤였다. 1805년에 이르러 우의정
김달순은 과거 사도세자를 비판하는 상소를 올렸다가 정건 때 흉도로 규
탄되었던 박치원朴致遠과 윤재겸尹在兼 등을 신원할 것을 주장했다. 그러자
반대 의견이 들끓어서, 결국 김달순은 귀양 갔다가 후명을 받았다. 노론
시파는 이를 기회로 삼아 벽파를 몰아내려고 했다. 서형수는 김달순의 배
후자로 지목되고, 여러 귀양지를 떠돌다가 1823년에 전라도 임피에서 사
망했다. 서유구는 홍문관 부제학으로 있었는데, 1806년 1월 18일에 상소
를 올려 사직했다. 오랫동안 재야에 있던 그는 1824년에 이르러 친구 남
공철南公轍의 주선으로 회양부사가 되었다. 전라감사로 있던 1834년에는
《종저보》를 편찬했다. 이후 1848년에 사망할 때까지 6조의 판서와 규장각
제학·예문관 제학·대사헌 등을 지냈고, 이조판서·병조판서를 거쳐 봉조
하에 이르렀다.

서유구는 1806년부터 향촌생활과 농업기술에 관한 자료들을 정리하기
시작해서 1827년순조 27에 《임원경제지》를 완성했다. 모두 113권 52책
250여만 자에 달하는 이 책은 전체를 16부분으로 나누었으므로 《임원십
육지林園十六志》 또는 《임원경제십육지林園經濟十六志》라고도 한다. 농업기
술과 농지경영에 대해 조부 서명응, 부친 서호수와 자신이 이미 저술했던
내용을 다시 정리하고, 박세당의 《색경穡經》, 홍만선의 《증보산림경제增補

山林經濟》, 박지원의 《과농소초課農小抄》, 박제가의 《북학의北學議》《농가집 성農家集成》 등 국내의 농서와 중국의 문헌 등 800여 종의 문헌을 참조했다. '임원' 이란 전원, 곧 농촌을 말하고 '경제' 는 삶의 물질적 기반을 말한다.

《임원경제지》는 '경세經世의 서' 라는 본질을 잃지 않으면서 방법상 '탐구의 학' 을 시도한 결정結晶이며, 한거閑居의 가치를 발견한 취미교양서의 특성도 지닌다. 〈임원십육지예언林園十六志例言〉에서 서유구는 이 책의 편술 의도가 향거양지鄕居養志에 있다고 말했다.

무릇 사람이 세상에 처함에는 출出과 처處의 두 길이 있다. 나가서 벼슬하면 세상을 구제하고 백성에게 은택을 내리는 것이 그 임무이다. 재야에 거처하면 자기 근력으로 먹고 살면서 뜻을 양성하는 것도 역시 그 임무이다. 그런데 세상을 구제하는 방도는 한결같이 정치와 교화에 부응해서 필수적인 것이 아닌 것이 없으므로 갖추어 서술한 책이 정말로 많다. 그런데 향촌에 거처하면서 뜻을 양성하는 책의 경우에는 자료를 모아 엮은 예가 매우 드물어서, 우리나라에는 고작 《산림경제》 하나가 있을 뿐이다. 하지만 이 《산림경제》는 속에 쓸데없고 자잘한 내용이 많으며, 채록한 것도 또한 좁아서, 사람들이 대부분 병통으로 여기고 있다. 그래서 향촌의 삶에 적당한 일들을 대략 채록하여, 부部를 나누고 목目을 세워, 서적들로부터 자료를 수집해서 채웠다. '임원' 이라고 표제를 든 것은 벼슬 살면서 세상 구제하는 방도를 말하는 것이 아님을 분명히 한 것이다.

서유구는 자료를 모아 부部를 나누고 목目을 세웠다고 했다. 곧 이 책이 전통적인 백과사전인 유서類書의 체계를 갖추었다고 밝힌 것이다.

또한 서유구는 이 〈예언〉에서 《임원경제지》의 편찬 의도를 이렇게 밝혔다.

우리의 삶에 있어 지역이 각기 다르고 풍속이 서로 같지 않다. 그러므로 한번 일에 적용하여 시행을 할 때 과거와 현재의 간격이 있고, 안과 밖의 구별이 있게 마련이다. 따라서 중국에서 쓰는 바를 우리나라에서 그대로 시행하면 어찌 장애가 없겠는가. 이 책은 오로지 우리나라를 위해서 쓴 것이다. 그러므로 현재 적용이 될 수 있는 방도만을 수록하고, 적당치 않은 것은 취하지 않았다. 또한 좋은 제도가 있어서 지금 실시할 만하되 우리나라 사람이 아직 강구하지 않는 것이 있으면 아울러 자세히 밝혀놓아 뒤에 사람이 모방하여 시행하도록 했다.

곧, 《임원경제지》는 진리론의 관점에서 객관 지식을 집성한 것이 아니라 '우리나라를 위한다'는 목적의식에 따라 편찬한 것이라고 밝혔다.

《임원경제지》는 '농촌에 거처하는 사대부층의 이상적인 삶'을 제시했다. 그런데 사대부층의 농촌 거처가 '양지養志'에 적합하려면 향촌 사회 전체의 조건이 개선되어야 했다. 그렇기에 서유구는 향촌의 구성원 대다수에게 공통된 생활조건을 탐색하기에 이르렀다. 그는 향촌의 삶이야말로 삶을 영위하면서 스스로의 가치를 실현할 수 있는 곳이라는 점을 재확인하고 향촌 속에서 이상적인 삶을 구현할 수 있는 조건들을 고찰한 것이다.

서유구는 청년시절에 박지원·이덕무·유연·성대중·남공철 등과 교유를 하였다. 박지원의 학맥을 이은 홍길주洪吉周·박규수朴珪壽는 서유구에게서 수학하기도 했다. 그 저술 활동이나 교유 관계를 보더라도 그의 삶은 결코 낭비였다고 할 수 없으리라. 그렇지만 그는 자기 삶을 낭비라고 자책했다.

문득 영화 《빠삐용》프랑스, 1973에서 독방에 갇힌 종신수 빠삐용스티브 맥퀸 분이 가상의 법정에서 살인죄를 부인하지만 인생 낭비의 죄를 인정하고는 스스로 유죄임을 확인하는 장면이 생각난다. 이상하게도 앙리 샤리엘의 원작에는 그 장면이 없다. 앙리 샤리엘이 각본을 쓰고 프랭클린 J. 샤프너가 감독을 하면서 그 장면을 집어넣은 듯하다. 동양이나 서양이나, 옛날이나 지금이나, 인생을 낭비한 죄가 없다고 자신할 사람은 아무도 없나보다. 🍁

참고문헌

- 서유구徐有榘, 〈오비거사생광자표五費居士生壙自表〉, 《풍석전집楓石全集》 권6, 한국고전번역원 한국문학총간 288, 2002.
- 서유구, 〈의상경계책擬上經界策·상〉, 《풍석전집》 지비집知非集, 보경문화사 영인 풍석전집, 1983.
- 서유구, 〈논동국경위도論東國經緯度〉, 《임원경제지林園經濟志》 행포지杏蒲志, 보경문화사 영인 풍석전집, 1983.
- 유봉학, 〈서유구의 학문과 농업정책론〉, 규장각 9, 서울대도서관, 1985.
- 조창록, 《풍석 서유구에 대한 한 연구》, 성균관대학교 박사학위논문, 2003.
- 심경호, 〈임원경제지의 문명사적 가치〉, 《쌀과 문명》, 전북대학교, 2009.

10

나라가 망하자 사흘 동안
흰 옷을 입고 슬픔을 표했다

김택영金澤榮, 〈자지自誌〉

임오년1882, 고종 19에 서울에서 군란이 일어나자 청나라가 군대를 보냈는데, 그때 중국 남통南通에 사는 장계직張季直, 장건張謇이 그의 형 숙엄叔嚴, 장찰張詧과 함께 왔다. 다음해 참판 김윤식金允植으로부터 내 시를 얻어 보고, 이 땅에 들어와 처음 보는 시라고 하며 나를 방문했기 때문에 내 이름이 더욱 세상에 알려지게 되었다.

정해년1887, 고종 24에 어머니가 세상을 떠나셨다. 신묘년1891, 고종 28에 성균진사의 회시5月의, 증광성균회시에 응시했다. 대개 17세부터 서울과 시골에서 초시에 합격한 것만 다섯 번이었다. 시험관인 판서 조강하趙康夏가 그 사실을 듣고 애석하게 여겨 물색해서 거두어주었다.

갑오년1894, 고종 31에 국가에서 관제를 개혁할 때 사직史職을 의정부로 이관시켰다. 그때 영의정 김홍집金弘集이 내가 쓴 《숭양기구전崧陽耆舊傳》을 보고 사관史官이 될 재능이 있다 하며 편사국 주사編史局主事로 임명했다. 그 다음해 중추원 참서관 겸 내각 참서관으로 승진되었다가, 이어서 내각 기록국 사적 과장史籍課長을 겸하게 되었다. 내각은 의정부를 개칭한 이름이다.

병신년1896, 고종 33에 학부대신 신기선申箕善이 저작한 책에 서문을 써주었다. 그 책이 간행되자 서양 사람들이 그 책을 보고 기독교를 배척한 것이라 하여 화를 내며 시끄럽게 하므로, 고종께서 신기선을 사직시켜 서양 사람들에게 통고하고, 또 그 책의 서문을 쓴 사람도 그대로 둘 수 없다 하여 나를 사직하게 하셨다. 그리고는 웃으시고 주위를 돌아보시며 "식자우환識字憂患이라더니 김택영을 두고 하는 말이로다!" 하셨다.

몇 달 후 아버지 상을 당하고, 기해년1899, 고종 36, 광무 3에 탈상을 했다. 평소 알고 지내던 왕실 외척의 고관이 나를 위해 벼슬을 시켜주고자 했다. 우리나라 풍속에 권귀權貴에게 붙는 사람을 '아무개 식구'라고 불렀다. 나는 웃으며, "그 달관이 나를 식구로 삼으려는가?" 하고, 편지를 얼른 보내어 중지하게 했다. 마침 그때 신기선이 다시 학부대신이 되었으므로, 그에게 말해 편집하는 책임을 맡아 생활했다. 계묘년1903에 홍문관 찬집소에서 《문헌비고文獻備考》 속찬위원으로 정3품 통정대부로 임명되었고, 을사년1905 여름에 학부 편집위원이 되었다.

그해 봄에 국가의 일이 어려우리라 생각하고 그것을 피해 중국에 가서 살고 싶어서 장계직에게 편지를 하여 사정을 말했다. 그리고 그 가을에 가족을 데리고 인천에 이르러 사직서를 내고 배를 타고 상해에 도착해서 장계직을 만나 이렇게 말했다. "내가 구구한 학식學殖때문에 중국 성인의 초청을 받게 되었으니, 이른바 공부자공자와 통해서 망극의 은혜를 받게 된 셈입니다. 아, 내가 중국에서 태어나지 않았다고 해서 중국에 묻힐 수 없겠습니까?"

장계직이 그 말을 듣고 감탄하면서, 그의 형 숙엄과 의논해서 자신들이 경영하고 있는 서국書局에서 교정보는 일로 먹고 살게 했다.

장계직은 과거시험에서 장원급제한 지 여러 해가 되었으나, 나라에 외국 침략의 우환이 있자 벼슬길로 나가려는 뜻을 끊어버리고 신학문을 장려하여 자강自强의 방도로 삼으려고 했다. 그러자 형 숙엄도 강서성江西省의 관직을 버리고 그 일을 도왔다. 그래서 이 서국이 있게 되었다.

융희 무신년1908에 《문헌비고》가 완성되어, 작은 말 한 필을 하사받았다. 경술년1910에 나라가 망하자, 사흘 동안 흰옷을 입고 슬픔을 표했다.

신해년1911부터 십년 사이에 저작한 시문은 무진武進 도경산屠敬山, 개성開城 김윤행金允行, 달성達城 문장지文章之, 남통南通 비범구費範九, 전호재全浩哉 등이 간행해주었다. 남통에 온 이후 《한사경韓史綮》 《한국역대소사韓國歷代小史》 《교정삼국사기校正三國史記》 《중편한대숭양기구전重編韓代崧陽耆舊傳》 등을 편찬했는데, 이 책들은 본국의 인사들에 의해 간행되었다.

근세의 개성 출신 지식인으로서 중국에 망명한 김택영金澤榮, 1850~1927이 스스로 지은 묘지의 일부다.

19세기 후반의 우리나라 지식인들은 외세침략에 저항하면서 근대국가를 출발시키는 일을 역사적 과제로 의식했다. 여항 문인 강위姜瑋, 조선 양명학의 가학을 이은 정치가 이건창李建昌, 재야의 개결한 지식인 황현黃玹, 척사위정을 주장한 보수적 지식인 최익현崔益鉉, 개화를 주장한 신지식인 박규수朴珪壽, 기호 낙론을 이은 개화운동가 김윤식金允植 등이 이 시기에 활동했다. 이때 김택영은 조선과 중국에서 우리나라의 문화유산들을 정리해서 간행하는 일에 앞장섰다.

김택영은 본관이 화개이다. 호는 창강滄江 또는 소호당주인韶濩堂主人이라 했다. 화개 김씨는 시조 김인황金仁璜이 고려 때 병부상서를 지냈기 때문에 대대로 개성에 살았다. 김택영의 부친은 인삼재배업을 하다가 63세에 개성부 분감역分監役이 되었다. 이 부친의 권고로 과거공부에 전념한 김택영은 17세에 성균 진사시의 초시에 합격했으나, 과거시험을 계속 준비하기보다는 문장가로 성공하겠다고 결심했다. 그리고 이건창과 사귀면서 이름을 한양에 드러내기 시작했다. 이후 그는 다른 사람의 시문집을 편집하고 간행하는 일에 주력했다. 32세 때는 《김초암 선생 문집》과 《한재범 시집》을 편집했다.

이 무렵 청나라 이홍장李鴻章이 조선 조정에 대해 서양과 통상하여 일본 세력을 견제하라고 요구했다. 1882년에 임오군란이 일어나자, 청나라에서 오장경吳長慶을 파견했다. 김택영이 서른 셋일 때다. 이때 청나라 군사의 참모로 남통 사람으로서 한림학사였던 장건張謇이 따라왔다. 김윤식은 김택영의 시집 두 권을 장건에게 증정하고 또 김택영을 청나라 막사로 데리고 가서 장건에게 소개했다.

이 무렵 국운은 점차 쇠하기 시작했다. 일본은 1882년에 제물포조약을 강제로 체결했으며, 1883년에는 조계 설정을 요구했다. 김택영은 하루에 술 300잔을 마시면서 울분을 달랬다. 1884년에는 개성부 고덕리로 이사하고, 5월부터 고려 인물의 전기집인 《숭양기구집》을 엮기 시작해서 1년 만에 마쳤다. 1887년에는 청나라로 가는 사행의 서장관으로 차출되었으나 모친이 위독하다는 소식을 듣고 중도에 돌아왔다. 임종에 대지는 못했다. 1888년에는 고려 말 충신의 일사를 기록한 《여계충신일사전麗季忠臣逸事傳》을 엮었다.

김택영은 42세 되던 1891년 봄에야 사마시에 합격해서 성균 진사가 되었다. 1894년에 의정부에 속한 편사국 주사로 임명되었다가, 1895년 여름에 정부 체제가 바뀔 때 내각 주사가 되었다. 그 가을에 중추원 참사관 겸 내각 기록국 사적과장으로 승진했다. 7월에는 영국사람 헐버트가 세계 각국의 지리·풍토·학술 등에 관해 해설한 《사민필지士民必知》를 한문으로 번역했다. 1896년에 학부대신 신기선이 저술한 《유학경위儒學經緯》에 서문을 썼는데, 그 본문에 기독교를 배척한 문구가 있다는 이유로 서양인들이 항의하자 서문을 썼던 김택영도 사임하고 낙향했다. 이 무렵 부친상을 당했다. 이해부터 《박연암 문집朴燕巖文集》을 편찬하기 시작해서 1900년에 간행하게 된다.

1898년 정월에는 사례소 위원이며 내부대신이었던 남정철南廷哲의 초빙으로 사례소 보좌원이 되어 장지연과 함께 《예전禮典》 10편을 편찬했다. 1901년에는 승훈랑承訓郞에 오르고, 1902년에는 혜민원 주사가 되었으며, 1903년에는 홍문관 찬집소 문헌비고 속찬위원으로 통정대부의 품계에 올랐다. 당시 그는 우리나라 역사를 《통감절요》 형식으로 편찬하려고 계획해서 《동사집략東史輯略》을 펴냈다. 이해에 학부 편집위원을 겸했으나 겨울에 사직했다.

1905년에 일제가 통감부를 설치하고 우리의 외교권을 빼앗자, 김택영은 중국 망명을 결심했다. 황현도 같이 떠나겠다고 했으나, 부모 잃은 조카들이 있어서 함께 떠나지 못했다. 김택영은 장건에게 편지하여 결심을 알리고 9월 6일 세번째 부인 임씨와 아이들을 데리고 인천으로 향했다. 9월 9일 인천항을 출발하면서 〈구일에 배가 출발할 때 짓다九日發船作〉를 읊었다.

동쪽에서 온 살기가 음흉하고 간악한데

국가의 이 어려움을 누가 구제하려 꾀하랴.

낙조와 뜬구름이 천리에 아득한 이때

머리 돌려 삼각산을 몇 번이나 바라보나.

東來殺氣肆陰奸 동래살기사음간   謀國何人濟此艱 모국하인제차간

落日浮雲千里色 낙일부운천리색   幾回回首望三山 기회회수망삼산

11월 17일, 을사조약이 강제로 맺어지고, 이토 히로부미가 일본 공사로 부임했다.

이 무렵 상해의 장건은 신학문으로 중국 자강의 길을 모색하려고 했다. 그는 김택영에게 호보사扈報社의 주필이 되어달라고 했다. 하지만 김택영은 망명객이 천하의 일을 논할 수는 없다고 사양했다. 그러자 장건은 그에게 통주 한묵림서국翰墨林書局의 편집 일을 주선했다.

김택영은 1906년에 한묵림서국에서 자신이 엮은 《여한구가문초》와 자신의 문장을 합한 《여한십가문초》를 간행했다. 또 신위의 한시들을 선별한 《신자하 시집申紫霞 詩集》도 출판했다. 1908년 3월에는 조선에서 그가 편집에 간여했던 《증보문헌비고》가 출판되었다. 김택영의 나이 58세였다.

1909년 2월에는 사료를 수집하려고 귀국하여 《국조인물지國朝人物志》와 고구려 광개토왕비문 등을 구한 후 통주로 돌아갔다. 이해 안중근의 거사가 있자, 〈안중근전安重根傳〉을 지었다.

1910년, 환갑의 해에 김택영은 황현에게 문장보국文章報國의 의지를 시로 적어 보냈다. 곧 〈기황매천寄黃梅泉〉의 제3수에서 다음과 같이 말했다.

손과 몸이 시운을 어찌 못 해 부끄럽지만,
문장으로 나라 은혜를 갚고자 하노라.

愧無身手關時運 _{괴무신수관시운}　　只有文章報國恩 _{지유문장보국은}

7월 25일_{양력 8월 29일}에 일제가 조선을 병탄했다. 그 소식이 전해지자 김택영은 흰 옷을 사흘간 입었다. 그리고 〈오호부_{嗚呼賦}〉를 지었다.

아아!
오늘 만국의 관계는 혹 그전과 달라
공법을 지키자고 헤이그에서 회합했으니
만일 각 나라가 자치할 수 있으면
아무리 약하다 해도 국권은 상실하지 않을 터.
어찌 우리 어진 임금님은
우연히 그 회의에 빠지셨던가.
천명이 이러해서 그런 것인가
아니면 귀신의 장난이었던가.
동풍이 세차서
바닷물이 거세게 일어나
대륙을 넓게 잠그고
인왕산을 뽑을 기세이니
광화문의 종은
누가 저녁에 치고

기자箕子의 혼령은

어느 족속에게서 혈식하랴.

아아! 이제는 끝이다

귀신을 어찌하며 하늘을 어찌하랴.

다만 역대 임금들이 유학을 숭상해서

마지막에 의사 안중근을 얻었나니

저 생기의 늠름함이여

나라가 완전히 망했다고 누가 말하나?

부디 영령은 나를 돌아보소서

추란을 손에 들고 강가에서 기다립니다.

시국을 돌이키지 못하는 무력감이 노래 가락에 담겨 있다.

1910년 7월에 황현은 자결하면서, 시고를 김택영에게 맡기라는 유언을 남겼다. 김택영은 "달빛도 숨죽이고 북두칠성 자루가 부러졌다"고 통탄했다.

1914년에는 《한국역대소사》를 편찬하고 《동사집략東史輯略》을 개편해서 출판했다. 1916년에는 《교정삼국사기》를 간행했다.

남통에서 김택영은 정인보·안창호를 비롯해서 윤현태·이종호·이시영·박은식·박찬익·조완구·신익희·이승만 등과 교류하고, 중국의 엄복嚴復·양계초梁啓超·유월俞樾·도기屠寄 등과 친분을 쌓았다. 도기는 이미 1911년 5월에 《창강고滄江稿》 14권 6책을 간행해준 바 있다.

김택영은 1927년 3월 20일, 78세의 삶을 마감했다. 그 서너 달 전에 머리카락과 수염을 잘라 주머니에 간직해두고, 고향 부모 곁에 묻어달라고 했다. 시신은 자랑산紫狼山 자락의 낙빈왕駱賓王 묘 곁에 묻혔다. 묘비 앞면에 '한국시인김창강지묘韓國詩人金滄江之墓'라고 쓰여 있다. 고려 유민의 후손이 대한제국 유민으로서 중국 땅에 묻힌 것이다.

김택영은 자찬묘지 끝에 다음 명銘을 붙였다.

행실은 맑지도 않고 탁하지도 않았고
문장은 높지도 않고 낮지도 않았다.
일생의 힘을 다해 문장을 했다만
그 종말은 여기에서 그쳤도다.
아아, 슬프다.

其行也不淸不濁 기 행 야 불 청 불 탁　　其文也不高不卑 기 문 야 불 고 불 비
竭一生之力以爲文 갈 일 생 지 력 이 위 문　　而其終也止於斯 이 기 종 야 지 어 사
噫其悲 희 기 비

문장을 통해 조국의 은혜에 보답하고 민족의 혼을 일깨우려고 했던 사업도 이 죽음으로 끝이 나고 말 것인가. 스스로의 사업을 돌이켜보면서 김택영은 탄식했다. 중국 땅에 묻히게 되었기에, 그 스스로 자찬묘지에서 말했듯이 자부심을 느꼈을까? 그렇지 않다. 그가 장건에게 "내가 중국에서 태어나지 않았다고 해서 중국에 묻힐 수 없겠습니까?"라고 말한 것은 품은 뜻이 있었다. 빼앗긴 들을 차마 바라볼 수 없어 먼 걸음에서 흘깃흘깃 눈길을 주어야만 하는 유민의 자기 연민이 그 말 속에 담겨 있는 것이다. 🍁

참고문헌

- 김택영金澤榮, 〈자지自誌〉庚申, 《소호당문집정본韶濩堂文集定本》 권15 지갈誌碣, 아세아문화사 영인 김택영 전집, 1978. ; 〈오호부嗚呼賦〉, 《소호당문집정본韶濩堂文集定本》 권6 시집詩集.

- 오윤희, 〈창강 김택영 시문학의 연구〉, 동국대학교 박사학위논문, 1988.

- 차용주 역주, 《영원유집/해학유서/명미당집/소호당집/심재집》, 연강학술도서 한국고전문학전집 9, 고려대학교 민족문화연구소, 1993.

일본의 신민이 될 수는 없소

이건승李建昇, 〈경재거사 자지耕齋居士自誌〉

거사의 성은 이李, 이름은 건승建昇, 자字는 보경保卿이다. 본디 한국 강화 사람인데, 조상이 전주에서 나왔으므로, 그것을 본관으로 삼았다.

우리 정종의 별자이신 덕천군 휘 후생厚生이 시조다. 7대 뒤에 휘 경직景稷은 호조판서를 지내시고 시호는 효민孝敏인데, 이 분이 휘는 정영正英으로 보국대부 판돈녕부사를 지내시고 시호가 효간孝簡인 분을 낳았으니, 명성과 덕망이 드러났었다. 증조의 휘는 면백勉伯으로 성균 진사였는데 이조판서에 추증되었다. 조부의 휘는 시원是遠으로, 이조판서를 지내시고 영의정에 추증되었으며 시호는 충정忠貞이다. 태상황순종에게 선위한 고종 병인년1866에 양구洋寇, 프랑스 도적가 강화를 함락하자 독약을 먹고 고향에서 순의殉義해서 사적이 국사에 실려 있다.

작고하신 부친의 휘는 상학象學이니, 군수를 지냈고 이조참판에 증직되었는데, 법을 지키며 백성을 잘 다스렸다고 일컬어졌다. 돌아가신 어머니는 파평 윤씨 자구滋九의 따님으로, 지극히 효성스럽고 마음이 단단하고 깨끗했다. 아들 셋건창建昌, 건승建昇, 건면建冕을 두었는데, 거사는 그 둘째이다. 철종 무오년1858 동짓달 스무여드레에 강화 사기리沙器里에서 태어났다. 동래정씨로 도정都政을 지낸 기만基晩의 따님에게 장가들었는데, 아들이 없어 집안 형 건회建繪의 막내아들인 석하錫夏를 양자로 삼았으나, 자라지 못하고 일찍 죽었다. 다시 형의 아들 범하範夏를 아들로 삼아 우상愚商이 뒤를 이었다.

거사는 태상황 신묘년고종 28, 1891에 진사가 되었다. 갑오년1894에 재상이 정부의 주사로 불렀으나, 그때 나랏일이 날로 그릇되어가고 역적이 권세를 휘둘렀으므로, 거사는 취직하지 않았다. 이때부터 세상에 뜻이 없어 형님인 영재공寧齋公, 건창建昌과 함께 숨어 살면서 글 읽으며 농사에 힘썼으므로 스스로 경재耕齋라고 호를 했다.

을사년1905에 일본이 우리 국권을 빼앗자, 거사는 참판 정원하鄭元夏와 함께 죽기로 약속했으나, 죽지를 못하자 문을 잠그고 사람을 만나지 않았다. 얼마 안 있어 한숨지으면서 "내 아무리 방안에서 말라 죽은들 무슨 도움이 되랴?" 라 하고는, 재산을 모두 기울여 학교를 세워 가르치는 일을 자기 책임으로 삼았다. "내 어찌 정위精衛 새가 자갈을 물어다 바다를 메우려 하는 일이 헛수고라서 성공하지 못하리란 것을 모르겠는가마는 그런대로 내 마음을 다하려 하는 것뿐이다"라고 했다.

경술년1910. 음7. 25. 나라가 망하자 집을 버리고 중국 만주로 향했다. 떠나려 할 때 참판 홍승헌洪承憲에게 서찰을 부쳐, "내 이미 을사년1905에 죽지 않고 이제 또 구차하게 살아 차마 일본 신민이 될 수는 없소. 난 지금 떠날 뿐이오" 라고 했다. 개성군에 이르니, 홍승헌도 역시 도착해서10. 1. 함께 차로 곧바로 만주의 회인현懷仁縣 항도촌恒道村으로 갔다. 이에 앞서 홍승헌와 정원하 두 사람은 모두 강화에 임시로 부쳐 살고 있었으므로 거사와 함께 난리에 맞닥뜨리고 변고에 대처할 도리를 강구했다. 이에 정원하가 먼저 항도촌으로 향했고 두 사람은 나중에 가서 정원하에게 의지해 살았다.

한 해 남짓 지나서 이범하李範夏가 식구를 거느리고 따라 와서는, "어떻게 작은 아버지를 길에서 돌아가시게 하겠습니까?"라고 했다. 항도촌에서 두어 해 살았는데, 우리 교민이 대부분 수토병을 앓다가 죽었으므로, 우리 집과 홍승헌, 정원하의 세 집이 안동현安東縣으로 옮겼다. 홍승헌은 얼마 안 있어 세상을 떴다.

거사가 접리촌接梨村 집에 임시로 살 때, 벼 심고 약을 팔아 살아갔는데, 일본 순사가 와서 거사에게 민단에 들라고 권했다. 민단이란 일본인이 우리 교민을 부서로 나누어 인원수를 갖추어 호적을 일본에 예속시킨 것이었다. 거사는 거절하고 따르지 않았다. 두 번, 세 번 강권하기를 더욱 심하게 하자, 거사는 이렇게 말했다.

"내가 나라를 떠나 이리 온 것은 일본 놈이 되지 않기 위해서였다. 이른바 민단이란 것이 무엇 하는 것이냐?"

그러자 순사는 땅을 그어 좌우를 만들더니, "왼쪽은 민단에 들지 않아 죽고, 바른쪽은 민단에 들어 사는 것이다. 장차 어떤 쪽이 되겠는가?"

거사가 몸을 일으켜 왼쪽으로 옮겨가면서, "여기는 내 땅이다" 하자, 순사가 눈을 부릅뜨고, "당신 빈 말이라고 우습게 여기는가? 내일 총부리가 당신을 향해도 역시 다시 그럴 텐가?" 했다.

거사는 가슴을 헤치며 "무엇 하러 내일을 기다리랴? 이제도 좋다. 하필 총살이랴? 자네가 차고 있는 칼도 좋으니 해보아라"라고 했다. 순사는 한숨을 쉬더니 가면서, "교화시키기 어렵구만" 하더니, 마침내 다시는 민적民籍의 일을 따지지 않았다.

그래서 이웃 마을의 중국인은 거사를 '호적 없는 이씨 늙은이'라 부른다고 한다.

거사는 늘 시름겨워하고 답답해하여 멀리 가버릴 생각을 하더니, 마침내 늙고 병들어 집에서 죽었다. 시문 몇 권이 있다.

아무 해 아무 달 아무 날에 죽어 아무 달 아무 날에 아무 벌에 묻었다.

명銘은 다음과 같다.

나는 죽을 책임은 없으니

죽지 않은들 누가 비난하리오?

죽는다 해놓고 죽지 않는다면

이는 누구를 속이는 건가?

마침내 늙어 바라지 밑에서 죽으니

아! 슬퍼라!

我無死責 아 무 사 책 　　　不死誰其非之 불 사 수 기 비 지

曰死而不死 왈 사 이 불 사 　　　是誰欺 시 수 기

卒以老斃牖下 졸 이 노 폐 유 하 　　　吁其悲 우 기 비

1918년무오에 이건승李建昇, 1858~1924이 만주에서 스스로 지은 묘지다. 강화도 사기리에서 태어난 그는 양산군수를 지낸 이상학李象學의 세 아들 가운데 둘째로, 형은 서슬퍼런 암행어사로 유명한 이건창李建昌, 아우는 학자 이건면李建冕이다. 할아버지는 1866년 병인양요 때 여귀가 되어 적을 무찌르겠다고 자결한 전 이조판서 이시원李是遠이다.

이건승의 집안은 소론의 명문가이지만, 1755년 을해옥사 때 식은 재가 되었다. 하지만 정제두 이래의 조선양명학을 이어서 문학과 학문에서 높은 업적을 이루었다. 이건승은 동래정씨 정기만鄭基晩의 따님에게 장가들었으나 아들이 없자 집안 형 이건회李建繪의 아들 이석하李錫夏를 양자로 삼았다. 이석하가 스무 살에 죽자, 형 이건창의 아들 이범하李範夏를 아들로 삼았다.

이건승은 1891년에 진사가 되었는데, 1894년 갑오개혁 때 정부에서 주사로 불렀으나 가지 않았다. 1905년의 을사늑약이 있자, 정제두의 6세손 정원하鄭元夏와 함께 죽으려다가 뜻을 이루지 못했다. 이듬해 재산을 기울여 강화도에 계명의숙啓明義塾을 열었다. 설립 취지서에서 이건승은 국민개학國民皆學·무실務實·심즉사心卽事·실심실사實心實事·개광지식開廣知識 다섯 가지 슬로건을 내세웠다. 나라가 치욕을 당한 것은 강토가 작거나 백성의 지혜가 낮아서가 아니라, 백성을 교육하지 않은 결과라고 보았다.

아아, 나라에 독립권이 없으면 인민에 어찌 자유自由하는 힘이 있겠소. 생각이 이에 미치니 뜨거운 피가 솟구치거늘, 아직도 구습을 굳게 지키고 혼암을 감수한다면 이것은 병이 위독해도 약을 구하지 않고 죽게 되었어도 살기를 구하지 않음과 다름 없도다. 아아, 위태하여라. 하·은·주 삼대의 경법經法은 너무 오래 전 일이라서 징험할 수 없으나, 잃어버린 나라를 부흥하여 독립권을 부식扶植한 권도權道는 미리견美利堅, 아메리카과 보로사普魯士, 프러시아에서 이미 좋은 방도를 징험할 수 있으니, 오직 학교 교육일 따름이다.

이건승은 "실심이 없으면 어찌 실사가 있겠으며 실사가 없다면 어찌 실효를 바랄 것인가"라고 반문하고, "오직 우리 동지는 실심으로 실사를 구하여, 각기 일심으로 만물의 리를 궁구하려 하고 각기 한쪽 어깨로 한 나라의 중책을 담당하려 하라"고 했다. 그러면서 개인의 마음은 미미하므로 뭇사람의 심지心智를 합할 필요가 있다고 역설했다. "지식을 개광開廣하면 의무가 자생하게 된다. 의무가 생기면 단체가 스스로 이루어지게 되니, 그것은 마치 흰 칼날이 몸에 다다르면 좌우 양손이 함께 방어하여 오직 몸을 위할 생각만 하고 손을 스스로 구하지 않는 것과 같다."

학교를 세워 후진을 양성하는 것만으로는 대세를 되돌릴 수는 없음을 그는 잘 알았다. 그것은 염제의 딸이 동해에 빠져 죽어 정위精衛 새가 되어서는 원한을 씻으려고 자갈을 물어다가 동해바다를 메우려 하는 것과 같아 이룰 수 없는 일이었는지 모른다. 이건승은 말래야 말 수 없는 자기의 마음을 다하고자 했다.

하지만 1910년 8월 29일에 강제 합병이 있자 이건승은 망명을 결심했다. 9월 24일, 사당에 하직하고 개성으로 향했는데, 10월 1일, 홍승원이 개성으로 왔고, 사촌 아우 이건방과 양자 이범하도 와서 모였다. 거기서 이건방과 이범하의 전송을 받으면서 10월 2일 기차로 길을 떠났다.

이건승은 개성에서 이건방과 함께 각각 한 장씩 사진을 찍었다. 그리고 자신의 사진에 〈사진자찬寫眞自贊〉을 남겼다.

저 헌칠하고 여윈 게

나와 다르지 않다만,

우둘투둘하고 꼬불꼬불하지 않으니

어디서 참 나를 보랴?

彼頎而癯 피기이구　　與吾不殊 여오불수

不磈磳而輪囷 불외뢰이륜균　　於何見吾 어하견오

이건승과 홍승원은 그해 12월 7일에 만주 회인현 서쪽 40리 흥도촌興道村에 도착했다. 정원하가 먼저 와서 한 달 남짓 흥도촌 북산에 붙여 살고 있었다. 이건승은 정원하의 집에 얹혀살다가, 1911년 3월 22일에 강구촌康溝村에 전방 하나를 사서, 약을 팔고 농사를 지으며 연명했다. 1914년에는 접리촌으로 이사했다. 일본 순사가 민단에 가입하라고 종용했지만 거부했다.

교리 벼슬을 했던 안효제安孝濟도 1914년 여름부터 3년간 접리촌에서 이건승의 이웃에서 살았다. 안효제는 경술국변에 대한제국의 원로와 고관들에게 일본이 생색내어 주는 은사금이란 것을 물리친 바람에 창녕의 감옥에 갇혔다 풀려나서는, "내 어찌 이 땅에 살면서 일본민이 되랴?" 싶어 압록강을 건넜다.

이건승은 박은식의 《동명왕실기사론》과 《통사》, 양기하의 《고구려고적기》 등을 읽고 독후기를 남겼다. 또 황종희黃宗羲의 《명이대방록》의 사상에 공감했다. 그리고 애국심을 고취시키려고 안중근安重根·이재명李在明·김정익金貞益의 전傳을 지었으며, 여성들의 삶을 제문과 묘지명 등을 통해서 후대에 전해주었다.

이건승의 만주 망명과 독립운동은 결실을 맺었다고 할 수 있을까? 이건승은 환갑의 날을 기념하여 계명의숙 시절 열두 명의 제자가 보내온 은잔과 수저를 앞에 두고 눈물을 흘렸다.

이건승은 세 수의 시를 지어 제자들에게 보냈다. 시의 제목은 〈내가 일찍이 병오1906년에 사립계명의숙을 세웠다. 졸업한 열두 명이 은잔과 수저로써 멀리 환갑을 축수하니 그 뜻이 느꺼워 시로써 고마워한다余嘗於丙午歲 建私立啓明義塾 卒業十二人 以銀盃及匙箸 爲弧辰之壽 其意可感 以詩謝之〉이다. 정양완 선생님의 번역을 소개하면 다음과 같다.

가엾어라. 정위 새여 작디작은 몸
바다를 메우려는 뜻 이루지 못한 채 원통하게 괴로움만.
어찌 뜻했으리 그 당시 처음 발원이
이제 와서 겨우 열 사람의 은잔 은수저를 받게 될 줄이야!

可憐精衛眇然身 가련정위묘연신   塡海無成枉苦辛 전해무성왕고신
豈意當年初發願 기의당년초발원   如今只得十家銀 여금지득십가은

망상妄想만 어수선터니 나라는 망하여 서글픈데
뜻이 큰 영재들 모조리 서로 헤어졌네.
세상의 변고 이 눈으로 보니 누군들 변치 않으랴만
오직 자네들 마음만은 옛날과 똑같구려.

甕算紛紜甕破悲 옹산분운옹파비　　英才落落盡相離 영재락락진상리
眼看滄海誰無變 안간창해수무변　　惟有君心似舊時 유유군심사구시

계명이라 아로새긴 글자 획도 새롭고
은빛만 번쩍번쩍 환갑을 느껍게 하네.
어쩌자고 온갖 생각 모두가 재처럼 사윈 이때
다시금 이 늙은 영감의 눈물이 수건을 적시게 하는가!

刻鏤啓明字畵新 각루계명자획신　　銀光燁燁動弧辰 은광엽엽동호신
如何萬念俱灰日 여하만념구회일　　復使衰翁淚濺巾 부사쇠옹루천건

이날 스승이 흘린 눈물의 의미를 열두 명의 제자들은 멀리서 잘 알고 있었을 것이다.

만주로 망명을 했던 홍승헌은 1914년에, 이건승은 1924년에, 정원하는 1925년에 이승을 떴다. 이건승의 시신은 국내로 운구되어 와, 우리 땅에 묻혔으나 지금 그 묘역은 알 수가 없다. 왠지 '호적 없는 이씨 늙은이'의 혼이 여전히 만주 정리촌에 떠돌고 있는 것만 같다. 정인보가 해방 이후 정국을 우려하며 노래했듯이, 분단의 이 땅에서 우리는 지금도 떠돌고 있는 것이나 마찬가지이기 때문에 더욱 그렇다. 🍁

참고문헌

● 이건승李建昇, 〈경재거사 자지耕齋居士自誌〉, 《해경당수초海耕堂收草》, 한국학중앙연구

원, 1992.

● 이건방李建芳, 〈경재종상일 차영재곡수경종상운耕齋終祥日 次寧齋哭垂卿終祥韻〉,《난곡존고蘭谷存稿》, 청구문화사 영인, 1971.

● 이건승, 〈계명의숙취지서啓明義塾趣旨書 및 신용하愼鏞夏 해제〉,《한국학보》6, 일지사, 1977.

● 정양완, 〈난곡 이건방〉,《한문학산고》, 2009. ; 〈경재 이건승 선생의 '해경당수초'에 대하여〉, 정양완 · 정인재 등《한국양명학회 학술대회 논문집》, 한국양명학회, 2008.

● 민영규, 〈강화학 최후의 광경〉,《강화학 최후의 광경》, 우반, 1994.

그녀는 자신을 이해하려는 노력을 포기하고, 밤길로 접어드는 자들의 대열에 합류했다. 그 군대는 심장도 두뇌도 따르지 않고, 그저 구호에 맞추어 운명을 향해 행군해가는 대열이었다. 그곳에는 유쾌하고 경건한 사람들이 가득했다. 하지만 그들은 유일하게 중요한 적에게 굴복한 상태였으니, 그것은 바로 내면의 적이었다. 열정을 거스르고 진실을 거스른 죄의 대가로 그들이 추구하는 미덕은 실패가 예정되어 있다. 시간이 지나면 그들은 비난받는다. 유쾌함과 경건함에 금이 간다. 재치는 냉소가 되고 이타심은 위선이 된다.

— E.M. 포스터, 《전망 좋은 방》, 고정아 옮김, 열린책들, 2005.

이것으로 만족이다

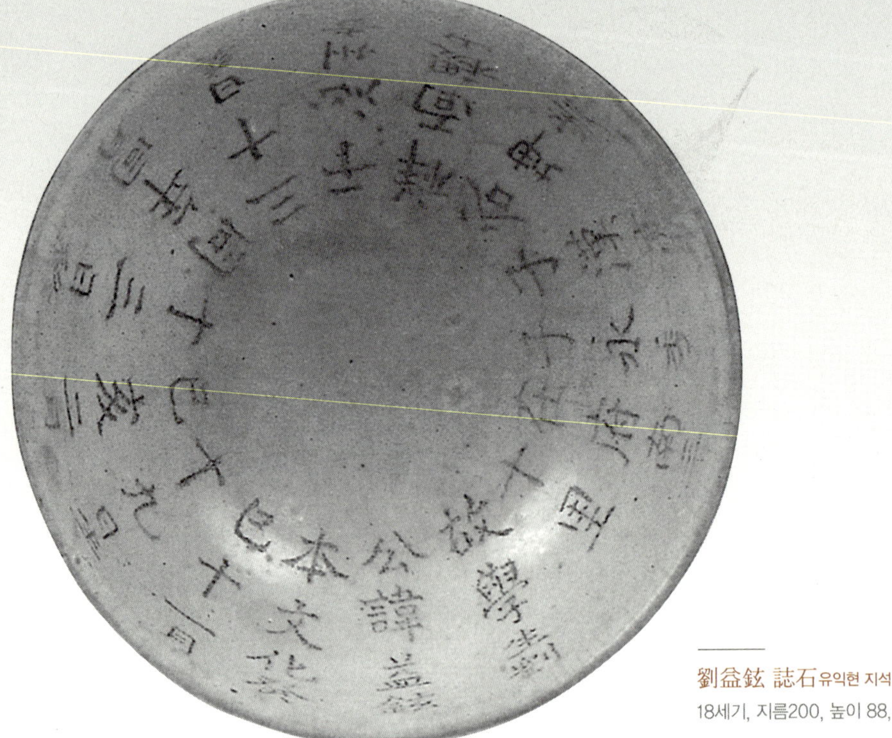

劉益鉉 誌石 유익현 지석
18세기, 지름200, 높이 88, 전남대박물관

현달하지 않은 것도 아니고
오래 살았다고도 할 만하다

김훤金晅, 〈자찬묘지自撰墓誌〉

잔약한 몸뚱이를 돌아보라

하늘 아래 군더더기.

본질은 미약하고

성격은 우직하다.

학업을 이루지 못하고도

억지로 유학자라 해서

조정 반열에 외람되이 끼어

붉은 인끈을 얻었구나.

오랫동안 연고演誥, 군주의 詔令 등를 맡았다가

추요樞要, 핵심요직의 직에 올라

가까스로 단창斷窓을 면하고

조정에서 손가락 적셨고

정당문학에 초배되었다가

배척 받자 늙음을 이유로 사직했나니

현달하지 않은 것도 아니고

오래 살았다고도 할 만하다.

바탕 삼은 것을 따져보면

하나의 어리석은 몸뚱이

이것이 무슨 물건인가

필경 어디로 가는 걸까.

오는 곳 징험하고 가는 곳 따져도

갑작스레 답을 못 얻기에

스스로 시말을 적어서

자식에게 유언한다.

천지건곤의 변화를

어느 초목인들 사양하랴만

졸렬함 기르고 완고함 키워주어

조물주는 내게 각별한 사랑 주었네.

딸 하나 아들 둘로

적지도 않고 많지도 않아라.

복숭아와 배가 문에 가득하니

이 또한 위로가 되어라.

스스로의 몸뚱이를 돌아보면서 이 사람은 자기가 하늘 아래 땅에 가까스로 붙어 사는 군더더기 같은 존재가 아닐까 생각해본다. 스스로의 일생을 돌이켜보면, 타고난 자질이 미약하고 성격은 우직한데다가, 학업을 제대로 이루지 못하고 그저 유학을 했다는 이름만 가지고 조정 반열에 들었다는 자괴감이 들기 때문이다.

사람의 생명을 몸뚱아리에 붙은 췌우贅疣, 즉 쓸모없는 혹으로 여기는 관념은 실은 삶과 죽음을 동일하게 보고자 한 《장자》에서 비롯된 것이다. 《장자》〈대종사〉편에 이런 이야기가 있다.

춘추시대에 자상호子桑戶·맹자반孟子反·자금장子琴張은 매우 막역한 사이였는데, 자상호가 죽자 친구들이 노래를 불렀다. 이때 조문을 갔던 자공子貢이 그들에게 노래를 하는 것은 실례가 아니냐고 묻자, 그들이 자공에게 "그대가 예의 본뜻을 어찌 알겠는가?"라고 반문했다. 자공이 돌아와 공자에게 이 사실을 말하자, 공자는 "그들은 삶을 붙어 있는 혹으로 여기고, 죽는 것은 바로 그 혹을 터뜨려버리는 것決疣으로 여긴다"고 했다고 한다.

하지만 이 사람은 자기 삶을 쓸모없는 혹으로 여긴 것만은 아니다. 그 이후로 그는 왕의 명령을 글로 다듬는 일을 오랫동안 맡아 하다가 요직에 올랐고 정당문학이라는 명예직에까지 나아갔다. 늙음을 이유로 사직했지만 따져보면 현달하지 않은 것도 아니고 수명이 짧았다고 할 수도 없다.

그러나 만년에 이른 이 사람은 문득 인생의 세밑이 가까웠음을 깨닫고 나의 존재는 과연 어디에서 와서 필경 어디로 가는 것인가 생각해보았다. 하지만 대답을 얻을 수가 없었다. "건곤의 변화를 어느 초목인들 어이 사양하랴” 이 말은 살아 있는 모든 것은 죽어간다는 사실을 깨달은 자의 말이다.

이 글은 자기 자신이 자신의 일생을 개괄하여 무덤 속에 시신과 함께 묻어달라고 남긴 자찬의 묘지의 명銘이다. 이 명의 저자는 고려 때 광정대부 정당문학 보문각대학사 동수국사라는 벼슬을 나이 들어 그만둔 김훤金晅, 1258~1305이다.

명은 모두 네 장으로 이루어져 있고, 각 장은 4언의 구이다. 각 장의 끝에는 같은 발음으로 끝나는 글자들을 놓아 음악적 리듬감을 살렸다. 이것을 두고 운자를 놓았다고 한다.

이 묘지에는 ‘대덕 9년 을사 2월 30일’의 일자와 ‘도첨의 찬성사 김훤 자찬묘지都簽議贊成事金晅自撰墓誌’라는 제액이 있다. 대덕은 원나라 성종1294~1306 재위의 연호이다. 대덕 9년은 고려 충렬왕 31년으로, 서기 1305년에 해당한다. 고려가 원나라의 간섭을 받고 있었던 때이므로 원나라 연호를 쓴 것이다. 묘지의 앞면에는 김훤이 적은 묘지와 명이 있고, 묘지의 뒷면에는 이진李瑱이 김훤의 행적을 추가로 적은 글이 새겨져 있다. 글씨는 김훤이 고시관일 때 급제하여 문생의 관계가 된 고문계高門啓가 썼다. 김훤의 자찬묘지는 현재까지 알려진 자찬묘지 가운데 가장 이른 시기의 것이다.

김훤은 자신을 하늘 아래 땅의 군더더기에 불과하며, 본질은 미약하고 성격은 우직하다고 겸손하게 말했다. 그러나 자신의 삶을 개괄하면서 그는 자족의 마음을 드러냈다.

곧, “현달하지 않은 것도 아니고 오래 살았다고 할 만도 하다”라고 하여 그럭저럭 요직에 있으면서 또 오래 살기도 했던 자기 삶을 개괄하고, "딸 하나 아들 둘로, 적지도 않고 많지도 않아라"라고 하여 자식복을 자랑했으며, "복숭아와 배가 문에 가득하니, 이 또한 위로가 되어라"고 하여 제자복을 자부했다. 벼슬살이하면서 배척을 받은 일도 있지만 대개 나의 졸렬함과 완고함을 잘 지켜 큰 허물이 없는 삶을 살았다고 하는 안도의 감정이 실려 있다. 그렇기에 "졸렬함 기르고 완고함 키워주어, 조물주는 내게 각별한 사랑 주었네"라고 운명에 순응하면서 살아온 삶을 반추한 것이다.

김훤은 경북 의성 사람으로, 자字는 용회用晦이다. 아버지는 비서랑을 지낸 김굉金閎이다. 스무 살에 사판仕板에 이름이 오르고, 무안 감무를 거쳐 1260년원종 원년에 중부 녹사가 되었으며, 그해 9월에 실시된 문과에 을과로 급제했다. 1269년에 임연이 왕을 폐위시키고 안경공 창淐을 세우자, 원나라는 연경에 있던 세자 심諶, 충렬왕을 동안공으로 봉하고, 군사를 보내 임연 일당을 토벌하려 했다. 김훤은 성절사 서장관으로 원나라에 가서, 세자를 동안공에 책봉하면 고려의 민심이 임연에게 기울어진다고 경고해서 원나라의 내정 간섭을 중지시켰다. 이듬해 1270년에 돌아와 금주방어사로 있을 때는 방보가 난을 일으켜 진도의 삼별초와 호응하려 하자, 경주판관 엄수안, 안렴사 이숙진과 함께 토벌했다. 1275년충렬왕 원년가을에 전라주도부부사全羅州道部夫使로 부임하다가 전라도 안찰사 노경륜盧景綸의 미움을 받아 양주襄州부사로 좌천되었다. 1년 뒤 국자사업이 되어 서울개성로 돌아왔다. 1278년충렬왕 4에 전라도 찰방사가 되었으나 충렬왕의 뜻을 거슬러 파직되었다. 또 말에서 떨어져 병을 얻었으므로, 이후 8년간 산직散職에 있어야 했다. 1286년에 영월감무로 임명되자 마지못해 종복 한 명만 데리고 부임했다. 조정에서 그곳의 안집별감으로 삼았으나, 이웃 고을의 관리를 방문하는 척하며 말을 타고 떠나 그대로 서울로 돌아왔다. 1288년에 이전 관직으로 복직한 후, 여러 청요직淸要職을 거쳤다. 이로부터 대각臺閣을 떠나지 않으면서 연고演誥를 맡았다.

1293년충렬왕 19에 조의대부 좌간의대부 한림시강학사 지제고朝議大夫 左諫議大夫 翰林侍講學士 知制誥로서 하정사賀正使가 되어 원나라 조정에 들어갔다. 마침 전왕인 충선왕이 세자로서 궁궐에 들어와 인명대후仁明大后를 모시고 있었는데, 원나라의 조정에서 김훤에게 조칙을 내려 세자를 수종하게 하였다. 1295년에 성균시成均試를 맡게 되어 2월에 귀국해서 9월에 시험을 관장하였다. 그 달에 봉익대부 밀직학사 국자감대사성 문한학사奉翊大夫 密直學士 國子監大司成 文翰學士로 뛰어올랐다. 그해 12월에 다시 세자를 호종하여 원나라 조정에 들어가 춘궁시독의 직임을 맡았다. 1296년에 연경燕京에 있으면서 광정대부 정당문학 보문각대학사 동수국사匡靖大夫 政堂文學 寶文閣大學士 同修國史에 임명되었다. 1297년 2월에 귀국하여서 병을 구실로 근무하지 않다가, 1298년에 본관本官으로 물러나 은퇴하였다.

김훤의 자찬묘지는 관력官歷에 관해서는 여기까지 밝히되, 관직의 제수와 사직, 체직, 좌천의 사실만 밝히고 관직에서의 구체적인 업적은 일체 언급하지 않았다. 그가 원나라에서 귀국한 후 병을 구실로 은퇴한 것은, 원나라에 있을 때 무고를 당했기 때문인 듯하다. 하지만 자찬묘지에서는 그 사실을 밝히지 않았다. 뒤에 찬성사가 되기도 했으나, 정치에는 더 이상 간여하지 않았다.

김훤은 자찬묘지에서 자신의 성품과 처자식의 사항을 말하고, 묘지를 스스로 짓는 이유를 밝혔다.

훤은 사람됨이 어리석고 못나서 나라에 도움을 준 것이 없으나 벼슬과 수명이 이런 정도에 이르도록 끝내 재난이나 화가 없었던 것은 반드시 남모르는 가호가 있었기 때문일 것이다. 일찍이 사는 곳의 이름을 따서 호를 둔촌鈍村이라 하고, 또 족헌거사足軒居士라고 부르기도 하였다. 경자년충렬 26, 1300 4월에 아내 이씨가 먼저 세상을 떠났다. 딸 한 명과 아들 두 명을 두었는데 분수에 따르면서 효도로 봉양하고 있다. 평생의 행적을 적지 않을 수가 없으므로, 생애의 대강을 스스로 적어 두 아들에게 남겨주어 보도록 하였다. 세상을 떠난 날짜와 묻힐 곳은 마땅히 뒤따라 적어서 무덤에 지誌로 남기도록 하라.

자족의 삶은 안일의 삶이 아니다. 김훤의 일생 이력을 보면 그가 결코 안일하지 않았음을 알 수 있다. 원나라의 내정 간섭을 저지한 일이나, 삼별초 난을 토벌한 일이나당시에는 삼별초의 봉기를 난으로 규정했으므로 관리로서 토벌에 나선 일은 왕명에 따른 공적 활동이었다, 충선왕을 원나라에서 시종한 일 등, 이 모든 사적은 그가 얼마나 부지런하게 살았는지를 잘 말해준다. 그렇기에 그는 일생을 돌아보면서 안도감을 느꼈다. 안도감은 게으른 자가 지니는 안일의 감정이 아니다.

김훤이 원나라의 내정간섭을 저지한 일과 금주에서 방보의 난을 막은 일에 대해서는 그의 문도를 자처한 이진李瑱이 지은 묘표 음기에 자세하게 나와 있다. 이 음기는 1305년충렬왕 31에 지은 듯하다. 문생으로 급제한 고문계高門啓가 그해 2월 29일에 글씨를 썼다. 김용선 님의 번역을 참조하여 그 글의 일부를 옮겨둔다.

기사년1269, 원종 10에 나라에 권세를 가진 신하가 마음대로 임금을 폐위시키거나 즉위시켰다. 그때 지금의 임금충렬왕이 원나라에 들어가 있었는데, 원나라 조정에서 논의하여 충렬왕을 동안공東安公으로 봉하고 대군大軍과 함께 보내려고 하였다. 이 일이 만일 이루어졌다면 권신은 이에 사람들의 기대를 꾀어 말하기를 "임금의 호칭이 없어졌는데 나라의 이름이 있겠는가"라고 하면서 반드시 한 마음으로 거역하였을 것이다. 공이 서장관으로 임금의 명을 받들어, 나라만 생각하고 집은 잊은 채 자신의 목숨을 돌보지 않고 곧 계啓를 써서 도당都堂에 바친 뒤에야 논의가 가라앉아 앞서 원나라 조정의 계획이 행해지지 않게 되었다. 임금이 조칙을 내려 공신이라 칭하고 특별한 포상을 더하여주었다. 그 글이 지금까지 여전히 이곳에 있으니, 실로 삼한이 영원히 의지할 것이다.

금주金州에 부임하였을 때, 이웃 고을 퇴화군推火郡에서 나라를 배반하고 난을 일으켜 관리를 함부로 죽이며 사방에서 크게 들고 일어나자, 부락部落에서 병사를 이끌고 그들에게로 갔다. 공이 이에 많지 않은 정예병과 죽음을 무릅쓴 사람들을 급히 훈련시켜 적을 향해 바로 나가니 흉악한 무리들이 무너졌다. 또 도적이 탄 배 세 척이 고을의 남쪽에 크게 이르자 공이 앞장서서 성에 올라 죽음으로 지켜 막았으므로, 도적이 일이 그르친 줄 알고 물러갔다. 아, 한낱 유관儒冠으로 용감하게 남녘을 막아서 능히 온 도道가 모두 의지하게 하고 나라에 근심을 끼치지 않게 하였으니, 그 지략과 용기와 뛰어난 공훈은 무엇과 같을 수 있겠는가. 이와 같이 크고 아름다운 일은 공이 모두 겸손하게 적지 않았으니 하물며 작은 일에 있어서이겠는가.

김훤은 이러한 공적에 대해 자찬묘지에서 언급하지 않았다. 이진이 그를 위한 묘지명에서 말했듯이, "수많은 공로는 적지 않고 오직 벼슬 옮긴 것만 써놓았으니, 그 겸양과 그 지혜를 여기에서도 알 수 있다."

한편, 김훤의 만년 생활과 내면의 심사에 대해서, 이진은 다음과 같이 적었다.

만년에는 가까운 사람들을 불러 모아 항상 좋은 술과 맛있는 음식으로 자주 잔치를 베풀어 때로는 글을 지으면서 즐기고, 때로는 거문고를 타면서 노래 하는 소리가 해가 지고 밤이 밝은 뒤에야 끝났으니, 대개 애오라지 다시 회포 를 풀었을 뿐이다. 대덕大德 7년1303, 충렬왕 29에 문지文地의 재추宰樞가 상서 하여 이전의 녹봉을 회복시켜줄 것을 청하니, 12월 29일에 비답을 내려 광정 대부 도첨의찬성사 연영전대사학 판판도사사匡靖大夫 都僉議贊成事 延英殿大 司學 判版圖司事가 되어 물러나 은퇴하도록 하였다.
대덕 8년1304, 충렬왕 30 정월에 글을 올려 사면해줄 것을 청하였다. 8월에 갑 자기 풍질風疾을 얻게 되자 음양가의 말을 따라 좌경리左京里에 있는 친척집 으로 방위를 피하였다. 대덕 9년1305, 충렬왕 31 정월 14일에 세상을 떠나니, 빈소를 집으로 옮기고, 2월 30일 구룡산九龍山의 동쪽 기슭에 장례지냈다.

중국의 백거이는 서른 살에도 자족하고 마흔에도 자족하고 쉰에도 자 족하고 예순에도 자족하고 일흔에도 자족했다. 그는 번번이 자신이 물질 의 면에서나 관력의 면에서나 기타 생활의 면에서나 모두 자족할 만하다 는 사실을 환기했다. 김훤의 경우는 시기마다 그런 자족의 감정을 느끼지 는 못했다. 일흔의 나이가 되면 벼슬에서 물러나야 하는 관례에 따라 벼슬 에서 물러난 뒤 비로소 자신의 일생을 되돌아보면서 자족의 감정을 느낀 것이다. 이만하면 괜찮다! 🍁

참고문헌

- 김훤金晅, 〈도첨의찬성사 김훤 자찬묘지都僉議贊成事金晅自撰墓誌〉, 이우태 교수 소장, 국립문화재연구소, 한국금석문종합영상정보 시스템, http://gsm.nricp.go.kr에서 인용.

- 허흥식, 《한국금석전문(중세·하)》, 아세아문화사, 1984.

- 김용선, 《고려묘지명집성》, 한림대학교 아시아문화연구소, 2001, 제3판.

- 김용선, 《역주 고려묘지명집성(하)》, 한림대학교 아시아문화연구소, 2001.

2

〈감군은感君恩〉한 곡조를 타다가
천수를 마쳤노라

상진尙震, 〈자명自銘〉

시골구석에서 일어나

세 번 재상의 관부에 들었고

늘그막엔 거문고를 배워

〈감군은感君恩〉한 곡조를 늘 타다가

천수를 마쳤노라

起自草萊 기자초래   三入相府 삼입삼부

晩而學琴 만이학금   常彈感君恩一曲 상탄감군은일곡

以終天年 이종천년

부족함이 없는 삶, 풍파를 겪지 않는 안정된 삶, 그래서 죽음에 임해서도 여한이 없는 삶, 아마도 누구나 그런 삶을 바랄 것이다.

16년간 대신으로서 여러 왕들을 보좌하면서 조야朝野의 신망이 두터웠던 상진尙震, 1493~1564은 〈자명〉을 지어, 바로 그렇게 부족할 것 없던 삶을 되돌아보았다. 그는 집안에 미관말직을 지낸 어른도 없었는데 문과에 급제하고 청요직을 고루 지냈으며 마침내 영의정에 이르렀다. 성호 이익은 정승으로서의 그의 업적이 황희나 허조에게 버금간다고 평가했다.

상진의 〈자명〉은 북송의 진요좌陳堯佐란 인물이 여든둘의 나이에 자찬 묘지를 지은 것과 유사하다. 진요좌는 여든이 넘어 같은 연령대의 여러 사람과 함께 어울리면서, 스스로 묘지를 지어 "나이가 여든둘이니 요절이 아니고, 경대부와 정승으로 봉록을 받았으니 욕되지 않다年八十二不爲夭, 卿相納祿不爲辱"고 했다. 상진의 묘표도 그와 같은 의식을 담고 있다.

상진은 숭례문 밖 상동현재 중구 남대문로 3가에 거주하여 솔고개의 이름을 호에 사용해서 송현松峴이라 했다. 그 근처를 '상정승골'로 부르다가 뒤에 상동으로 부르게 되었다. 묘는 서울 서초구 상문고등학교 구내에 있다. 신도비는 1566년명종 21에 세워졌다.

상진은 본관이 목천이다. 고려 태조가 백제 지역 사람들에게 동물 글자로 성을 주어 욕을 보일 때 그 가계는 코끼리 상象을 성으로 얻었다가 뒤에 상尙으로 고쳤다. 아버지 상보尙甫는 늙도록 아들이 없자 성주산聖住山에서 기도를 드려 이듬해 그를 얻었다. 하지만 상진은 다섯 살에 어머니를 잃고 여덟 살에 또 아버지를 잃어, 매부 하산군 성몽정成夢井 집에서 자라야 했다. 열다섯 살이 되도록 공부에 뜻을 두지 않고 말달리고 활쏘기만 하다가 동년배에게 업신여김을 당한 후 학업에 분발하니, 열 달 만에 문리에 통했다.

성몽정이 과거를 통하지 말고 음사로 벼슬을 살라고 권하자, "대장부라면 글을 읽어 공업을 세워야 합니다"라고 거부했다. 생원시와 겨울의 문과 별시에서 급제한 후, 여러 내직을 거치고 경기도 관찰사로 나갔다.

1539년중종 34에 중종의 특명으로 가선대부에 올라 형조판서에 봉해졌다. 전례가 없다고 사간원이 탄핵했으므로 6월에 한성부 우윤으로 체직되었다가 다시 한성부 좌윤이 되었다. 이해 대사헌으로 있으면서, 중국의 형옥 비화집인 《당음비사棠陰比事》를 간행할 것을 청했다. 1541년 9월에 한성부 판윤이 되고, 공조·병조·형조의 판서를 지냈다. 1544년에 중종이 별세한 후 인종 때는 판의금부사로서 지경연사를 겸했고, 지중추부사를 지냈다. 이어 1545년에 명종이 즉위한 후 병조판서에 중용되고, 숭정대부에 올라 우찬성이 되었다. 그후 이조판서를 거쳐 우의정에 올랐다. 수렴청정을 하던 문정황후가 전교하기를, "선왕께서 경을 크게 쓸 만하다 하여 이름을 병풍에 써서 표시해 두고서도 등용하지 못했소. 지금 경을 등용하는 것은 곧 선왕의 뜻을 따르는 것이오"라고 했다. 1551년명종 6에는 좌의정에 올랐다.

1554년에는 사복시 제조를 겸하면서 마장동 목장 근처의 살곶이에 돌을 쌓아 제방을 만들고 냇물이 흐르는 곳에는 쇠줄을 쳐서 여닫게 했다. 그 동안 목장 34리 둘레에는 목책을 쳐 두었으므로 해마다 그 개수 때문에 백성들이 고통을 겪어왔다. 상진의 건의로 개수한 이후 폐단이 없어졌다.

1558년명종 13에는 영의정이 되어 5년간 국정을 총괄했다. 1559년에 황해도 평산에서 봉기한 임꺽정을 평정했다. 1563년에 벼슬을 그만두게 해달라고 청했으나 허락받지 못하고, 영중추부사로 전임된 후 기로소에 들어갔다. 이해 윤원형이 영의정이 되어 권력을 행사하는 데도 막지 못하자,

깊은 밤 마루에 자리를 펴고 누워, "이 늙은이의 이번 행차는 매우 어중간했구나"라고 한탄했다. 1564년 윤 2월 24일에 돌아갔다.

상진은 생계에 관심을 두지 않았다. 종들이 무너진 창고를 수리하려 하자, "고친들 무엇으로 채우겠느냐?" 했다고 한다. 임종 때 자제들에게 "내가 죽은 뒤 시장諡狀에 업적이 이렇다 저렇다 적을 것 없이 '공이 만년에 거문고 타기를 좋아하여 얼큰히 취하면 〈감군은〉 한 곡조를 타면서 스스로 즐겼다' 하면 될 것이다" 했다. 그것이 위의 〈자명〉이다.

상진은 후덕했다. 이익은 《성호사설》에 많은 일화를 실어 두었다.

하루는 어떤 손님이 와서 "아무는 한 쪽 다리가 짧습니다"라고 하자, 상진은 "부득이 말해야 한다면 한 쪽 다리가 길다고 하는 것이 좋지 않겠는가?" 했다. 짧다는 사실을 차마 이야기할 수 없다고 여겨 그런 것이다.

찬성 벼슬을 지낸 오상吳祥이 "희황의 좋은 풍속 지금은 쓸어버린 듯한데, 다만 봄바람 술잔 사이에 있을 뿐이로다羲皇樂俗今如掃, 只在春風盃酒間"라는 시구를 지었다. 상진이 몇 글자를 고쳐 "희황의 좋은 풍속 지금도 남았으니, 봄바람에 술잔 사이에서 보아라羲皇樂俗今猶在, 看取春風盃酒間"고 했다.

당시에는 무과에 응시하는 자들이 허위가 많으므로, 조정 관료로 하여금 보거保擧, 신원 보증인가 되게 했다. 상진이 아직 영의정이 아닐 때 무과 응시자들이 다투어 찾아와서 보거가 되어달라고 청하자 모두 허락해주었다. 그 중에는 상진의 서명과 수결을 가짜로 해온 자가 많았다. 고시관이 상진에게 서신을 보내어서 묻자, "혹은 취중에 써주고 혹은 졸면서 써주었으며, 혹은 누워서 써주었으므로 필적이 같지 않다"고 대답했다. 사람들이 그의 도량에 탄복했다. 그후 벼슬이 영의정에 이르렀다. 당시의 점술가 홍계관洪啓寬은 "음덕을 쌓아서 그 도움을 입었다"고 했다.

상진은 뜰에서 벌레나 짐승을 보면 볼거리로 삼지 않고 놓아주면서, "마음대로 먹고 마시고 싶은 것은 너나 나나 같은 마음이다" 했고, 요리가 되려는 짐승들은 반드시 살릴 방도를 찾아 "어찌 산 것을 대하여 먹을 걸 생각할 수 있겠는가" 했다. 또 상진은 외아들을 여의자, 울며 말하기를 "내 일찍이 남을 해칠 마음은 갖지 않았다만, 평양 감사로 있을 때 백성에게 파리 잡는 것을 일과로 삼게 하여 저자에 파리를 파는 자까지 있었다. 이것이 그 앙갚음이 아니겠는가?" 했다. 그만큼 생물을 사랑했다.

점술가 홍계관이 점을 쳐서 상진이 죽을 해를 예견해주자, 상진은 그해가 되어 죽을 준비를 했다. 이때 홍계관은 마침 호남에 있었는데, 서울 사람을 만나면 상진의 안부를 물었다. 하지만 그해가 지나도록 부음이 들리지 않자, 홍계관은 서울에 오자마자 상진을 찾아갔다. "대감의 운수를 보면 제 예견이 어긋나지 않을 터이지만, 대감께서는 필시 음덕을 끼친 일이 있었을 것입니다." 상진은 "내가 무슨 음덕을 끼친 일이 있겠는가?"라 하고는 젊은 시절 수찬으로 있을 때의 일이 생각나서 말했다. "어느 날 퇴근하는 길에 붉은 보자기가 있기에 주워보니 순금 잔 한 쌍이더군. 그걸 보관해두고 대궐 앞에 방을 붙여, '아무 날 물건을 잃은 자는 나를 찾아오라' 했더니, 이튿날 대전 수라간 별감이 찾아와, '조카의 혼례에 쓰려고 몰래 주방의 금잔을 빌려 내왔다가 잃어버렸습니다. 이미 죽을죄를 범했으니 후일 탄로가 나면 반드시 죽을 것입니다. 대감께서 얻으신 것이 그 물건이 아닌지요?'라 하였소. 그래서 내가 그것을 내어준 적이 있소." 홍계관은 "대감의 수명이 연장된 것은 반드시 그 일 때문입니다"라고 했다. 홍계관이 처음 점 치고 나서 15년 후에 상진이 죽었다.

상진은 악보를 보고 거문고를 타서 신묘한 솜씨를 발휘하고는 했다. 그가 남긴 〈감군은感君恩〉은 조선조 관료 지식인들이 삶의 모든 것을 '역군은亦君恩이다'라고 감개에 젖어 노래하던 관습을 반영한다. 가사를 보면 이러하다.

사해 바다 깁희난, 닷줄로 자히리어니와, 님의 덕택 깁희난, 어나 줄로 자히링잇고. 향복무강享福無疆하사, 만세를 누리소서. 향복무강하사, 만세를 누리소서. 일간명월一竿明月이, 역군은亦君恩이샷다.

태산이 놉다컨만난, 하날히 못밋쳐거니와, 님의 은과 덕과난, 하날갓치 놉흐샷다. 향복무강하사, 만세를 누리소서. 향복무강하사, 만세를 누리소서. 일간명월이, 역군은이샷다.

사해가 넙다컨만난, 한 주즙舟楫이면 건너리어니와, 님의 넙은 은택은, 차생의 갑사오리잇고. 향복무강하사, 만세를 누리소서. 향복무강하사, 만세를 누리소서. 일간명월이, 역군은이샷다.

일편단심騙을, 하날하 아라소서. 백골이 미분靡粉인들, 단심잇단 가시링잇가. 향복무강하사, 만세를 누리소서. 향복무강하사, 만세를 누리소서. 일간명월이, 역군은이샷다.

님의 은혜와 덕은 하늘 같이 높아, 저 태산이 아무리 높다 해도 그 하늘에 못 미치듯이, 어떠한 보답으로도 미칠 수가 없다. 하지만 백골이 가루가 되기까지 일편단심을 지니고 살아온 이 삶을 하늘이여 알아주소서. 상진은 이렇게 하소했다.

　상진이 타던 거문고는 그가 죽은 후 부실 김씨가 보관했다. 김씨는 상진의 의복과 거문고를 아침저녁으로 벌려놓고 30년간 제사를 올렸다. 김씨가 죽은 뒤로 거문고는 행방을 모르게 되었다. 그런데 김씨가 죽어 거문고가 분실된 지 30여년 되는 1628년에 상진의 외증손 이후기李厚基가 어떤 사람의 집에서 거문고를 다시 찾게 되었다. 그는 거문고를 상象이란 명인에게 수리하게 했더니, 상은 그것이 자기 아버지가 깎아 만든 것임을 알아보았다. 이식李植은 그 기이한 인연을 〈상성안尙成安의 거문고를 두고 지은 명, 짧은 서문을 함께 붙이다〉라는 글로 적어 남겼다. 🍁

참고문헌

● 상진尙震, 〈자명自銘〉, 《범허정집泛虛亭集》 권5 명銘, 한국고전번역원 한국문집총간 26, 1988.

● 상진, 〈감군은곡感君恩曲 4장〉, 《범허정집》 권5 금조琴操, 한국고전번역원 한국문집총간 26, 1988.

● 이긍익李肯翊, 〈상진〉, 《국역 연려실기술燃藜室記述》 제11권 명종조 고사본말, 명종조의 상신, 민족문화추진회, 1967.

● 기대승奇大升, 〈영부사 상공尙公 만장〉, 《고봉집高峯集》 제1권 시詩, 한국고전번역원 한국문집총간 40, 1988. ; 민족문화추진회 국역, 1988~9.

● 이식李植, 〈상성안금명尙成安琴銘 병幷 소인小引〉, 《택당집澤堂集》 별집 권12 명銘, 한국고전번역원 한국문집총간 88, 1988. ; 민족문화추진회 국역, 1996~2002.

- 이익李瀷, 〈상진尚震〉, 《성호사설星湖僿說》 제10권 인사문人事門, 민족문화추진회 국역, 1977~9. ; 〈상상尚相〉, 《성호사설》 제15권 인사문. ; 〈대생사식對生思食〉, 《성호사설》 제7권 인사문. ; 〈살구포승殺彀捕蠅〉, 《성호사설》 제9권 인사문.
- 상동규, 《상진의 생애와 사상》, 오늘의문학사, 2004.

3

느긋하고 편안하게 내 명대로 살았다

홍가신洪可臣, 〈자명自銘〉

맑은 시절에 우습구나, 만년에 지절을 온전히 한다는 늙은이야

관직이 상서에 이르고 작위가 훈신에 이르렀다니.

옹의 이름은 가신可臣, 자는 흥도興道로

나자마마 어머니 여의고 유모에게 양육되고

열서넛에 처음 부친의 훈도를 입었는데

또랑또랑 말소리로 〈주남〉 〈소남〉을 욀 줄 알았네.

자라서는 다행히 가정의 가르침을 실추하지 않고

다섯 번이나 대성臺省에 들어가고 여섯 번이나 고을을 맡았다.

임진년 병란과 계사·갑오의 기근에

홍양洪陽으로 가서 허기 달랬는데 새 무덤들이 뭉긋뭉긋했지.

역신이 고을로 멧돼지처럼 쳐들어왔으나

사직이 암묵리에 도와 괴수가 목을 바치매

하늘에서 포상이 내리고 군은이 각별해서

기린각 훈신으로 뽑히다니 분수에 어이 감당하랴.

쇠하고 병들었어도 군주에게 보답하려는 마음으로

영광도 그치고 봉록도 사절하여 지친 새가 숲으로 돌아가듯 했다네.

초가 두 칸이 선영 아래 있어

매화와 대나무가 창에 비끼고 시냇물은 집을 감싸 안았다.

산업도 이익도 경영하지 않고 다만 편안하게 거처하니

화로에선 전서체 같은 향 연기 일어나고 책상에는 《시》와 《서》가 놓여 있다.

지난 잘못을 줄이려고 하지만 줄이지 못하고

발 하나가 되려 웅덩이에 빠진 듯해라.

외진 곳 전야에서 스스로를 지키면서

집일은 잊고 나라 근심에 흰머리로 단심을 바치노라.

일흔 살이면 벼슬을 그만둠이 예법이거늘

갓끈 묶고 인끈 드리운 채 공무를 맡아보다니!

평이한 흉금과 탄탄한 심회 지녀

평소의 분노와 미움은 간사한 무리에 대해서만 지녔노라.

아들이 다섯에 딸이 둘로

아들은 혼인하고 딸은 시집가서 자손이 떨치니

인생 백년이 당돌한지라 방종하지 않았고

오동나무에 명월이요 버드나무에 청풍 같도다.

느긋하고 편안하게 내 명대로 살았으니

맑은 시절에 얼마나 다행이냐 만전옹아.

한 구 일곱 자와 여덟 자로 이루어진 구들을 교대로 사용하여 고풍 한시로 엮은 〈자명自銘〉이다. 당호를 '만전晩全'이라 했던 홍가신洪可臣, 1541~1615이 1608년에 지었다. '만전'이란 만년에 이르러 더욱 절개를 온전히 한다는 뜻이다. 홍가신은 선조 때 이몽학 난을 평정한 공으로 청난공신 1등에 오르고 영원군에 봉해졌던 인물이다.

홍가신은 충남 아산 출생이다. 증조부 홍한洪瀚은 이조참의를 지냈는데, 연산군 때 무오사화에 희생되었다. 홍가신은 문과 출신은 아니지만 학문과 행검으로 추천을 통해 출사했다. 그의 손자가 곧, 태백산이 낳은 다섯 어진 사람 가운데 한 사람이라고 일컬어지는 홍우정洪宇定이다. 홍가신은 허균의 부친 허엽許曄과 민순閔純에게 배우고, 이황에게도 수학했다. 유성룡의 벗이자 이순신의 사돈이다. 홍가신의 넷째아들이 한백겸의 딸을 초취初娶로 삼았으나, 후사가 없자 이순신의 딸을 계실繼室로 맞았으므로, 홍가신은 이순신과 사돈 관계가 된 것이다.

27살에 진사가 되고 벼슬길에 들어선 뒤로는 붕당정치에 깊숙이 간여했다. 1578년선조 11에 정철을 탄핵한 일은 그가 동인의 맹장으로 나서기 시작한 처음 일에 해당한다. 당시 진도군수 이수李銖의 뇌물수수사건으로 옥사가 벌어져 정철이 이수를 두둔하자 홍가신은 정철을 탄핵했다. 이 때문에 정철은 면직되어 담양 창평에 내려가 3년 동안 있어야 했다.

34세 때인 1574년선조 7에는 부여현감으로 부임해서 의열사를 건립했다. 사당은 고종 때 훼철되었다가 이후에 복원되었고, 1971년에는 부여읍 동남리 남령공원으로 옮겨졌다.

45세 되던 1585년선조 18에 수원부사가 되었으나, 1589년 12월에 정여립과 우의가 있다는 이유로 대간의 탄핵을 받아 파직되었다. 52세 때인

1592년에 임진왜란이 일어나자, 가을에 남양으로 돌아와 의병을 규합해 왜적을 토벌했다. 그 공으로 이듬해 파주목사가 되고, 1594년 1월에는 홍주목사가 되었다.

1596년선조 29 7월 8일에 이몽학이 난을 일으켜 7월 9일에 홍주를 침범하자, 홍가신은 민병을 모아 평정했다. 그 공으로 당상관으로 승진하면서 홍주목사의 직은 그대로 지녔다. 당시의 일은 《갑진만록》에 상세하다.

이몽학은 왕족 출신의 서얼인데, 7월 9일에 홍주를 공략했다. 관속인 이희수李希壽와 신씨申氏가 거짓으로 반란군에 항복하여 대흥으로 가서 이몽학을 만나보고 그들을 머물게 한 후, 홍가신에게 저쪽의 형편을 알렸다. 홍가신은 무장 박명현朴名賢과 함께 무사를 많이 모았다. 체찰사의 종사관 신경행辛敬行은 내포에 왔다가 변을 듣고 달려오고, 수사水使 최호崔湖도 군사를 거느리고 왔다. 이몽학은 다음날 늦게 출동해서 고을에서 2, 3리 되는 곳에 각기 천 명씩 다섯 진으로 벌려 주둔했다. 이때 박명현이 무사들을 시켜 마을 어귀에서 적의 선봉을 붙잡았다. 저녁에 이몽학의 장수 서너 명이 성 아래로 와서 성안 사람들에게 호응하라고 종용했다. 밤에 성중에서 화포와 불화살을 쏘아 동문 밖 성 근처의 인가를 태워 화염으로 하늘을 밝혔다. 이때 병마절도사 이시언李時彦은 예산의 무한성에 이르렀고, 어사 이시발李時發은 유구역에 진을 치고 홍주로 향하려 했으며, 중군 이간李侃은 청양에서 홍주로 향하려 했다. 7월 11일 새벽에 이몽학의 군사가 무너지자 박명현은 청양까지 추격했고, 곧이어 최호와 여러 장수의 군사들이 당도했다. 마침내 이몽학의 휘하 세 사람이 이몽학의 머리를 베어 바쳤다.

홍가신은 1599년선조 32에 홍주목사의 임기를 마치고 남양에 우거했다.

1600년에는 해주목사가 되었으나 12월에 사직했다. 63세 때인 1603년에는 특진관으로 경연에 입시했다. 1604년 6월 25일, 임진왜란 이래의 공신들을 세 부류로 나누어 포상할 때 청난공신 1등에 올라, 분충출기합모적의奮忠出氣合謀迪毅의 호가 내렸다. 이때부터 만전이라는 호를 썼다. 1605년 3월에는 형조판서가 되었다. 1606년 8월, 영원군에 봉해졌으나, 1607년 여름에 벼슬을 그만두고 아산에 거처했다.

1608년에 광해군이 즉위하자, 7월에 시무를 논하는 상소를 올렸다. 이무렵 유영경柳永慶의 옥사가 일어났다. 유영경은 선조 말에 영창대군을 세자로 옹립하려 했다는 죄로 이이첨의 탄핵을 받아, 경흥에 유배되었다가 사약을 받았다. 이때 이조판서 성영成泳이 유영경의 당으로 지목되어 파직되자, 광해군은 왕비의 외숙 정창연鄭昌衍을 이조판서에 앉히려고 해서, 영의정 이원익에게 망望을 올리라고 했다. 정경세가 그 명을 취하하도록 간하자, 임연任兖은 정경세가 정창연을 쫓아낼 계책을 꾸몄다고 했다. 광해군은 조정에 정경세의 문제를 논하도록 명해서 결국 그를 파직시켰다. 그러자 홍가신은 상소를 올려 "임연이 임금의 비위를 맞추고 어진 이를 질시했다"고 따졌다.

이 무렵에 홍가신은 이 〈자명〉을 지어, 당시를 맑은 시절이라고 하고 이런 맑은 시절에 당호를 '만전'이라고 하는 것은 우습지 않느냐는 말로 시작했다.

지식인은 세상에 나가 이념을 실천하거나 물러나 은둔하면서 자신의 지절을 지키는 것이 중용에 부합해야 한다. 그것을 출처행장出處行藏의 도리라고 한다. 세상에서 물러나 은둔하는 것은 '당시의 세상이 올바른 도가 행해지지 않고 있다'는 것을 전제로 해야 한다. 그렇다면 홍가신이 지절을 지키겠다고 하면서 당시를 맑은 시절로 규정한 것은 모순이 아닌가? 홍가신은 그 질문에 답하는 형태로 글을 시작했다. 이러한 글쓰기를 통해서 실은 홍가신은 간사한 무리에 대한 분노와 미움을 간접적으로 드러낸 것이다.

그런데 그는 이몽학 난의 평정에 대해서는 "역신이 고을로 멧돼지처럼 쳐들어왔으나, 사직이 암묵리에 도와서 괴수가 목을 바쳤다"고 적고, "하늘에서 포상이 내리고 군은이 각별해서, 기린각 훈신으로 뽑히다니 분수에 어이 감당하랴"고만 적었다. 공적을 자랑하지 않는 겸손한 태도에서 그렇게 적은 것이다.

홍가신은 1615년광해군 7에 75세를 일기로 세상을 떠나 이듬해 6월에 아산 남면 대동大洞에 장사지내졌다. 동문수학했던 심희수沈喜壽는 "근세 사대부 가운데 명절을 보전해서 시종 흠이 없는 이로는 마땅히 공을 으뜸으로 삼아야 한다"고 했다.

홍성읍 서쪽의 백월산 정상 부근에 목상을 입은 산신이 안치되어 있는데 이것은 홍가신의 신령을 모신 것이라고 전한다. 또 홍성읍 대교리 가대로변에는 홍가신청난비와 비각이 있다. 종택 마을에는 홍가신의 묘소와 신도비가 있는데, 신도비는 조경趙絅이 지었다.

홍가신 자신은 후대인의 추모를 바라지 않았다. 〈비명〉에서 그는 말했다. "인생 백년이 당돌한지라 실컷 방종하지 않았고, 오동나무에 명월이요 버드나무에 청풍 같도다." 자신의 삶에 대한 명확한 평결이었던 듯하다. 🍁

참고문헌

- 홍가신洪可臣, 〈자명自銘〉戊申, 《만전집晚全集》 권1 칠언고풍七言古風, 한국고전번역원 한국문집총간 51, 1988.

- 윤국형尹國馨, 《갑진만록甲辰漫錄》, 국학자료원 영인, 《세이가도본 대동패림靜嘉堂本大東稗林》, 1991.

- 박을수, 《만전당 홍가신 연구》, 글익는들, 2006. 3.

4

담백하고 고요하게 지조를 지켰노라

김상용金尚容, 〈자술묘명自述墓銘〉

공의 성은 김씨이고 이름은 상용尚容이며, 자는 경택景擇이고 호는 계옹溪翁이다. 본계는 안동에서 나왔고, 시조는 선평宣平이다. 고려에서부터 조선에 이르기까지 대대로 고관을 지냈다.

증조의 휘는 번璠으로 평양 소윤을 지냈다. 대부는 생해生海로 신천군수를 지냈다. 황고 극효克孝는 돈녕부도정을 지냈는데, 공 때문에 품질이 올라서 영의정에 추증되었다. 비妣는 동래정씨로, 그 부친은 정승 유길惟吉이다.

공은 신유년1561, 명종 16에 태어나 권씨를 배필로 삼았다. 임오년1582, 선조 15에 진사가 되고 경인년1590에 문과에 급제했다.

한림원과 이조의 여러 벼슬을 거쳐 옥서玉署, 홍문관와 난파鸞坡, 승정원에서 직임을 맡았으며, 두 번이나 수부帥府, 군부에서 보좌역종사관을 지냈다. 한 번 중국 천자의 조정에 축하사절로 갔고, 국학성균관의 좨주로 있었으며, 병조와 형조의 시랑참의을 지냈다. 간성諫省, 사간원의 장대사간으로 있게 되면서 궁궐 안이 엄숙하지 않은 문제를 함부로 논해서, 한마디 말로 역린을 거슬려, 세 벌의 비단옷을 만들어 지방관을 지냈다.

지신知申, 도승지·도헌都憲, 사헌부·경윤京尹, 한성부 판윤·사구司寇, 형조판서로서, 괄낭括囊, 입을 싸매어 침묵함하여 구차하게 목숨만 부지했으며, 이정履貞, 올곧음을 실천함하여 무구無咎, 허물이 없음했다.

시절이 마침 비운否運에 해당하고, 세상이 긴 밤의 시간에 들어갔으나, 뜻을 지켜 궤수詭隨하지 않고서 거친 들로 비둔肥遯했다.

나라의 천명이 새로워져서인조반정 폐지되었던 것을 일으키고 억울한 것을 펴매, 종백예조판서으로서 참찬參贊하고 이조와 병조의 장이 되고, 다시 금오의 금부의 직을 겸했으며, 경연의 빈객으로서, 외람되이 삼사三事, 議政의 직위에 올랐으나, 부끄럽게도 함유일덕咸有一德, 순일한 덕이 부족하다.

본성이 졸렬하고 말수가 적으며, 염정恬靜하여 자신의 본분을 지켰다. 관직은 정내鼎鼐, 정승의 지위에 있으나, 산업은 옛날과 마찬가지였다. 늘그막에 청풍계淸楓溪에 집터를 골랐는데, 수석이 대단히 맑았다. 언덕과 골짜기에서 배회하면서 본분을 즐겨 주리고 목마름도 잊었다.

향년 약간 년에 마치니, 남자 자식은 넷, 여자 자식은 일곱이다. 광형光炯, 환煥, 현炫이 그 아들들이고, 소燻는 서자이다. 여러 손자와 사위가 너무 많으므로 일일이 기록하지 않는다.

아무 해에 이곳에 묻었다. 공이 스스로 비명을 지었다.

김상용金尙容, 1561~1637이 스스로 지은 묘지로, 절제된 언어 속에 깊은 뜻을 담았다. 각종 관서 및 관직의 이름을 고어나 대용어로 사용하고, 상황 설명에서 《주역》과 《상서》의 어휘를 사용한 점에서, 그 간결함이 두드러진다. 관서 및 관직의 이름을 보면 이러하다.

한림원교서관, 옥서홍문관, 난파승정원, 수부군부, 국학성균관, 시랑참의, 간성사간원, 지신도승지, 도헌사헌부, 경윤한성부 판윤, 사구형조판서, 종백예조판서, 금오의금부, 빈객지경연사, 삼사의정, 정내정승.

또 《주역》과 《서경》의 어휘를 사용한 예는 이러하다.

● 괄낭括囊하여 구차하게 목숨만 부지했으며, 이정履貞하여 무구無咎했다
곤괘坤卦 육사六四의 효사에 '괄낭括囊, 무구无咎'라고 했다. 괄낭은 주머니 주둥이를 묶는 것이다. '괄낭무구'란 곧 자기의 지식을 속에 넣어두고 말하지 않는다면 허물이 없다는 뜻이다.

● 거친 들로 비둔肥遯했다
비둔은 세상을 피해 은둔하여 마음에 아무런 의심과 두려움이 없는 상태를 말한다. 둔괘遯卦의 상구효上九爻에, "비둔하니 불리함이 없다肥遯, 無不利"라고 했다. 비肥는 여유餘裕이다. 상구효는 외괘의 극점에 있고 내괘에 응효가 없다. 따라서 마음에 아무런 의심과 두려움이 없어서 둔 가운데 가장 뛰어나므로 비둔이라고 한다.

◉함유일덕咸有一德이 부족하다

《서경》에 〈함유일덕〉의 편이 있는데, 옛 서문에 의하면 이윤伊尹이 이 편을 지었다고 하며, 옛 해설에 따르면 군주와 신하에게 모두 순일한 덕이 있어야 한다고 이윤이 태갑에게 경계한 내용이라고 한다. 자기 자신에게 순일한 덕이 없다고 자책한 것이다.

김상용은 1636년인조 14 병자호란 때 순국한 인물이다. 그는 호란이 일어나자 종묘사직의 신주를 봉안하려고 먼저 강화도로 들어갔다가 이듬해 1637년 1월 22일, 강화성이 함락되자 성 남문루에서 화약에 불을 질러 순절했다. 당시 77세였다. 손자 한 명과 노복 한 명이 따라 죽었다.

김상용은 본관이 안동인데, 서울 수진방의 외가에서 태어났다. 성혼의 문하에서 수학하다가, 1582년선조 15의 진사시에 합격하고 성균관에서 수학했다. 1589년에 황해도관찰사 한준 등이 정여립의 모반 사실을 고발하면서, 정여립을 규탄하는 상소를 올릴 때 소두疏頭, 상소문의 맨 처음에 이름을 올리는 사람로 추대되었다. 1590년 증광문과에 급제하여 검열이 되었으나, 상피로 곧 체직되었다. 임진왜란 때는 강화 선원촌에 거처하면서 선원이란 호를 사용했다. 1592년 10월의 환도 뒤 지제교가 되었다. 1596년 2월에는 도원수 권율의 종사관을 지냈고, 1598년 4월에 성절사로 중국에 갔다가 12월에 복명했다. 42세 되던 1601년선조34 2월에 대사간으로서 궁궐 안의 기강을 엄숙하게 해야 한다고 건의했다.

자찬묘지명에서 김상용은 수학의 연원과 성균관에서의 규탄하는 활동은 언급하지 않고, 벼슬길에 들어서서 요직을 역임한 사실에 대해서만 간결하게 적었다. 다만 1601년 2월에 대사간으로서 궁궐 안의 기강을 엄숙하게 해야 한다고 건의한 사실은 특별히 적어 두었다. 그 일에 대해 뒷날 장유張維는 다음과 같이 부연했다.

상이 목소리를 돋우어 힐문하기를, "지금 지적한 것은 어떤 일을 말하는가?" 하자, 공이 답변하길, "외간에서 모두 말하기를 '누구는 앞으로 어떤 관직을 차지할 것이다'라고 하기도 하고 또 '누구는 죄를 졌지만 석방될 것이다'라고도 하는데, 시간이 지나고 보면 모두 그 말대로 되고 있습니다. 신이 말씀드린 것은 바로 이런 일입니다" 했다. 이때 재상 심희수沈喜壽가 앞으로 나아가 아뢰기를, "김 아무개가 이런 말까지 할 수 있으니, 정말 '봉명조양鳳鳴朝陽'이라고 말해도 좋겠습니다" 하자, 상이 노여움을 풀면서 부드러운 내용으로 답해주었다.

'봉명조양' 이란 태평시대의 상서로운 조짐을 의미한다. 《시경》 대아 〈권아卷阿〉에 "저 높은 산봉우리 봉황이 울고, 동쪽 산등성이 오동나무 서 있구나"라고 했다. 봉황이나 봉황이 깃드는 오동나무는 모두 태평시대에만 출현한다고 한다. 심희수는 상감이 훌륭해서 태평시대를 이루었기 때문에 극언하는 신하가 나올 수 있었다고 변론한 것이다.

다음해 1602년 봄에 정주목사로 나갔다가 임기를 채우고 돌아왔다. 하지만 내직에 있지 못하고 상주와 안변의 수령으로 나가야 했다. 김상용은 자찬묘지명에서 "한마디 말로 역린을 거슬러, 세 벌의 비단옷을 만들어 지방관을 지냈다"고 표현했다. 비단옷을 만든다는 말은 고을을 다스린다는 의미이다. 《춘추좌씨전》에서 "그대에게 아름다운 비단이 있으면 초보자에게 옷을 만들도록 하지는 않을 것이다. 큰 관직이나 큰 고을은 백성의 몸을 감싸주는 것인데 초보자에게 다스리게 한단 말인가. 그 비중으로 말하면 아름다운 비단보다도 더하지 않겠는가"라고 한 데에서 유래했다.

1608년선조 41에 도승지가 된 후 서울 청풍계에 별장을 지었다. 1609년광해군 원년에 한성부 판윤이 된 이후 여러 벼슬을 지냈다. 하지만 1613년광해군 5에 계축옥사가 일어났을 때 신흠申欽·황신黃愼·이정귀李廷龜 등과 함께 체포되었다가 곧바로 석방되었다. 1616년에 대북파가 백관들로 하여금 인목대비의 폐위를 정청廷請하게 했다. 김상용은 끝까지 참여하지 않았다. 양사가 유배를 청했으나 광해군은 덮어두도록 했다. 1618년에 부친상을 당해 원주에 우거했고, 1621년 탈상 후에는 서울 서강에 우거하다가 모친상을 당했다. 김상헌은 자찬묘지명에서 이 시기를 회고해서 "시절이 마침 비운否運에 해당하고, 세상이 긴 밤의 시간에 들어갔으나, 뜻을 지켜 궤수詭隨하지 않고서 거친 들로 비둔肥遯했다"라고 했다.

'궤수'란 자신의 이념이나 절개를 버리고 남에게 영합하는 것을 말한다, 《맹자》에 나오는 궤우詭遇라는 말과 같다. 맹자의 제자는 맹자가 제후들을 만나 설득하지 않는다고 불만이었으므로, '한 자를 굽혀 여덟 자를 곧게 편다枉尺直尋'는 것도 필요하다고 했다. 하지만 맹자는 그것은 이익의 관점에서 말하는 것이므로 용납할 수 없다고 비판하고, 옛날 진晉나라 대부 조간자趙簡子의 수레몰이 왕량王良의 일을 예화로 들었다.

조간자가 왕량을 시켜서 폐해嬖奚, '해'라는 이름의 총애자의 수레를 몰아주게 했는데, 왕량이 모는 수레를 타고 나간 폐해는 날이 저물도록 새 한 마리도 잡지 못했다. 그러자 폐해는 왕량은 천하에 몹쓸 수레몰이라고 비난했다. 어떤 사람이 그 말을 전하자, 왕량은 다시 몰아보겠다고 청했다. 이번에는 아침나절에 새 열 마리를 잡았다. 사냥에서 돌아온 폐해가 왕량을 뛰어난 수레몰이라고 평하는 것을 보고, 조간자는 왕량에게 폐해의 수레를 몰도록 시키려고 했다. 하지만 왕량은 조간자의 명령을 거부하며 이렇게 말했다. "제가 평소 수레 모는 법도대로 수레를 몰았더니 날이 저물도록 새 한 마리도 잡지 못했고, 그를 위해 바르지 않은 방법으로 새를 만나게 했더니 아침나절에 열 마리를 잡았습니다. 저는 저 사람의 수레를 몰아주는 데 익숙하지 않으므로 사양하겠습니다." 나의 수레 모는 법도대로 수레를 몬다는 것을 범아치구範我馳驅라고 한다. 맹자는 범아치구라는 말을 통해서, 설령 이상을 실현시키지 못한다고 하여도 거취를 경솔히 해서는 안 된다고 했다. 김상용도 자신의 처신을 궤우하지 않는 삶이었다고 회고했다.

인조반정 후 김상용은 크게 등용되었다. 1627년인조 5에 호란이 일어나서 인조가 강화도로 피난하자 유도대장이 되었다. 인조 5년1627 2월 11일무신의 《인조실록》에는 "유도대장 김상용이 적병이 임진강을 건넜다는 소식을 듣고 성을 버리고 달아났으므로, 도성이 크게 혼란하여 선혜청과 호조가 도적이 지른 불에 타버렸다"라는 언급이 있기는 하다.

그뒤 이조와 병조의 장관을 차례로 맡고, 1630년인조 8 기로소에 들어가 판돈녕부사가 되었다가 영돈녕부사에 이르렀다. 1632년 봄에는 정승이 되었으나 한 해 만에 병으로 사직했다. 1634년에 다시 의정부에 들어갔다가 이듬해 사직하여 체차되었다.

이 무렵에 김상용은 자제들에게 "내가 죽으면 다른 사람에게 글을 지어달라고 구걸하지 마라"고 하고, 스스로 묘지명을 지었다. 병자호란 때 순절한 뒤 1637년 4월에 자제들이 그 유의遺衣를 받들어 양주 도혈리 선영 아래에 장사 지낼 때 자찬묘지명을 상자 속에서 찾아냈다.

강화도에서 순절한 날인 인조 15년₁₆₃₇ 1월 22일_{임술}의 《실록》에 김상용의 졸기_{사망기록}가 실려 있다.

김상용의 자는 경택景擇이고 호는 선원으로 김상헌金尙憲의 형이다. 사람됨이 중후하고 근신했으며 선묘선조를 섬겨 청직과 화직을 두루 역임했는데, 해야 할 일을 만나면 임금이 싫어해도 극언했다. 광해군 때 폐모론에 참여하지 않아 화가 박두했는데도 두려워하지 않았다. 상이 반정을 하자 더욱 중하게 은총을 받아 지위가 정축鼎軸에 이르렀지만, 항상 몸을 단속하여 물러날 것을 생각하며 한결같게 바른 지조를 지켰으니, 정승으로서 칭송할 만한 업적은 없다 하더라도 한 시대의 모범이 되기에는 충분했다. 그러다가 국가가 위망에 처하자 먼저 의리를 위하여 목숨을 바쳤으므로 강도江都, 강화도의 인사들이 그의 충렬에 감복하여 사우祠宇를 세워 제사지냈다.

장유는 김상용의 삶과 성품을 다음과 같이 논평했다.

공은 선천적으로 강건하고 방정하며 단아하고 확고한 자질을 타고났다. 그래서 일단 뜻을 정하고 나면, 진秦나라 무왕 때 역사力士인 맹분孟賁과 하육夏育이라 해도 그의 의지를 바꾸게 할 수 없었다. 그리고 공의 청렴결백한 몸가짐은 보통사람의 정도를 완전히 벗어나서, 평소 한 번도 생업에 대해서 물어본 적이 없었다. 50년 동안 조정에 있으면서 지위가 삼공에까지 이르렀음에도 불구하고 쌀독이 비기 일쑤여서 그때마다 집사람이 꾸어다가 굶주림을 면할 수 있었다. 의복도 문채가 없었음은 물론, 식사할 때에도 고기반찬을 한 가지 이상 놓지 않았다. 제사에 진설하는 제수의 경우에는 경제 사정을 참작하도록 했고, 이를 자손들에게 따르도록 시켰다.

자찬묘지명에서 김상용은 "늘그막에 청풍계에 집터를 골랐는데, 수석이 대단히 맑았다. 언덕과 골짜기에서 배회하면서 본분을 즐겨 주리고 목마름도 잊었다"라고 적었다. 그는 자신의 순절을 결코 예견할 수 없었다. 사후에 자신이 미화되는 것을 꺼려해서 매우 건조한 문체의 글을 남겼을 따름이다. 🍁

참고문헌

- 김상용金尙容, 〈유명 조선국 대광보국숭록대부 의정부우의정 겸 영경연사 감춘추관사 선원거사 자술묘명有明朝鮮國大匡輔國崇祿大夫議政府右議政兼領經筵事監春秋館事仙源居士自述墓銘〉, 《선원유고仙源遺稿》 하下 잡저, 한국고전번역원 한국문집총간 65, 1986.
- 신익성申翊聖, 〈선원거사유고서仚源先生遺稿序〉, 《낙전당집樂全堂集》 권6, 한국고전번역원 한국문집총간 93, 1988.
- 장유張維, 〈고 우의정 풍계 김공이 직접 지은 묘지명 뒤에 씀故右議政楓溪金公自撰墓銘後敍〉, 《계곡집谿谷集》 제7권 서序, 한국고전번역원 한국문집총간 93, 1988. ; 《국역 계곡집》, 민족문화추진회, 1995~2002.
- 김현일, 〈선원 김상용의 삶과 시〉, 《안동한문학논집》 6, 안동한문학회, 1997. pp.285~308.

5

슬픔과 탄식 없이 편안한 삶을 누렸도다

한명욱韓明勗, 〈묘갈墓碣〉

청주한씨의 후예로 이름을 명욱明勗이라고 하고 자字를 욱재勗哉라고 하는 사람이 있어, 광릉廣陵 선영 아래에 있는 율리栗里라는 마을에 가서 살면서 스스로 율헌栗軒이라 호칭했다. 늘그막에 이르러서 묘도의 글을 서술하기를 다음과 같이 했다.

아버지는 참판을 지냈고 좌찬성에 추증된 술述인데, 서평군西平君에 봉해지고 시호는 문정공文靖公인 계희繼禧의 5대손이다. 어머니는 정경부인 이씨로 태종대왕의 8대손이다.

명욱은 본디 재주와 지식이 부족하지만 얼추 가업을 익혀 늦게나마 소과와 대과에 합격했다. 처음에는 문음으로 벼슬하다가 중간에 대성臺省, 사간원과 사헌부을 거쳐 주군州郡, 고을을 맡았고 재상의 품계에 올랐다. 모두 분수의 극한에 이른 것이되, 돌아보면 칭찬할 만한 자취가 아무것도 없다. 또 여러 번 나라를 걱정하는 상소를 올렸으나 조정에서 채택한 적이 없고, 더러 사람들이 비방을 하기도 했다. 이것이 바로 내 일생의 대략이다.

평소 음률을 좋아하고 복서卜筮를 보았으나 모두 그 묘리를 깊이 궁구하지는 못했고, 단지 옛 법식에 의거해서 몇 편의 책만 저술했을 뿐이다. 일찍이 활 쏘기를 좋아해서 게을리 하지 않았고, 기어코 술을 마련해서 마시되, 한두 잔에 불과하여도 마음에 드는 만큼만 마셨다. 취하면 피리 불 줄 아는 노복과 거문고 탈 줄 아는 아이를 불러다가 날마다 번갈아 연주를 시키고, 때로는 스스로 노래하고 읊조려서 그에 화답했다.

나이가 90세를 바라보니 장수를 한 것이고, 지위가 지중추부사에 올랐으니 높은 벼슬을 한 것이다. 벼슬에서 물러나 선영이 있는 곳에 거처하여 젊은이와 노인네를 맞아 바둑을 두기도 하고 장기를 두기도 하며 혹은 시를 읊조리며 매화나무 정원과 대나무 숲을 배회하면서 나의 생을 마칠 생각이다.

전후로 고령박씨와 동래정씨에게 장가들었는데, 이들 두 성씨는 다 이름난 문벌이다. 후처에게서 자녀를 두어 딸은 사인 이운배李雲培에게 출가했고, 아들 항은 좌랑을 지낸 이유李柚의 딸에게 장가들었다. 소실에게서 아들 세 명과 딸 한 명을 낳아 모두 출가시키니 자녀가 10여 명에 이른다.

옛날 당나라의 두목杜牧과 송나라의 요부堯夫는 스스로 자신들의 묘지문을 지었다. 나 또한 대략 서술하여 후손에게 보이고, 장원급제한 참판 이관해李觀海, 이민구 공에게 명을 지어달라고 청했다.

명은 다음과 같다.

오복 중에 첫째가는 것은 수壽보다 앞선 것이 없으며
자리는 팔좌에 연했으니 조정의 우열右列에 처했도다.

달존達尊 세 가지를 갖추고, 자녀가 모두 있으며

몸은 건강하고 마음은 편안하니, 영원히 허물이 없으리로다.

대질로서 노래 부르고 일생을 즐겁게 보냈으며

높은 식견으로 슬픔과 탄식 없이 편안한 삶을 누렸도다.

그 누가 스스로 묘지문을 지었던고, 서원의 한 대부이었네.

그 누가 명을 새겼던고, 동주 이민구李敏求에게 물어서 하였도다.

한명욱韓明勖, 1567~1652이 1646년인조 24에 기로소에 들어가면서 스스로 비문을 지었다. 명銘은 이민구李敏求에게 부탁했다. 7년 뒤 1652년효종 3 10월 초 4일에 광릉 율리의 정사에서 작고하니, 그해 11월 24일에 영장산 서쪽 기슭 자좌 오향의 자리에 장사를 지냈다. 현재 한명욱의 무덤은 경기도 성남시 분당구 율동 산6-2번지에 있다. 한명욱은 86세의 수를 누렸다. 전부인은 합장하고, 후부인은 위쪽에 부장했다.

비는 1743년영조 19 8월에 세웠다. 경기도박물관에 소장되어 있는 탁본에 따르면, 전면에 '사헌대부지돈녕부사한공명욱지묘司憲大夫知敦寧府事韓公明勖之墓 정부인고령박씨지묘貞夫人高靈朴氏之墓 정부인동래정씨지묘貞夫人東萊鄭氏之墓'라 새겨져 있고, 후면에는 자찬묘비가 '자헌대부지돈녕부사한공묘갈명資憲大夫知敦寧府事韓公墓碣銘'이라는 제목으로 새겨져 있다.

비를 세울 때 이유李釉는 한명욱의 글과 이민구의 명에 이어, 한명욱의 사망과 장례의 사실과 가족관계를 첨가했다. 이유는 "당대의 이름난 군자에게 행장을 청하지 않은 것은 공의 유언을 따른 것이다"라고 유언을 다시 천명했다.

한명욱은 본관이 청주고, 자는 욱재勖哉, 호는 율촌栗村 혹은 율헌栗軒이다. 음보로 관직에 나아가 현감 벼슬을 하다가 그만두고 정철과 성혼의 문하에서 수학했다. 뒤늦게 1606년선조 39 사마시에 합격, 진사가 되어 성균관에 들어갔다. 성균관 장의掌議일 때는 장유와 더불어 성혼과 이이의 무함을 풀어주기 위해 상소를 올렸다. 1612년광해군 4 증광시 문과에 병과로 급제하고 사과司果에 제수되어 기사관으로서 《선조실록》 편찬에 참여했다.

1615년광해군 7에 세자시강원 사서에 제수되고 이어 사간원 정언, 사헌부 지평을 거쳐 사헌부 장령에 올랐다. 1618년 군기시 정이 되었다가 다시 사헌부 장령으로 옮기고, 군자감 정을 거쳐 봉상시 정을 역임하고, 이듬해 또다시 사헌부 장령이 되었다. 1630년인조 8 동지 겸 성절사로 중국에 다녀오고 1634년에 재차 문안사로 명나라에 다녀왔다. 1642년 행호군을 겸하고, 1646년 자헌대부에 올라 지돈녕부사가 되어 기로소에 들어갔다.

기로소에 들어간 때인 1646년에 한명욱은 율리에 정착하여 호를 율헌이라 하고, 스스로 묘지를 지었다. 일생 관력을 대략 보면, 한명욱은 크게 현달했다고도 하기 어렵고, 정치사업에서도 뚜렷한 족적을 남겼다고도 하기 어렵다. 스스로의 묘표에서 "돌아보면 칭찬할 만한 자취가 아무것도 없다"고 한 말이 겸사라 하기만도 어렵다.

한명욱은 젊어서 지평으로 있을 때 허균 일당의 흉역을 적발하여 결과적으로 허균을 참형에 처하게 만든 장본인이라고 할 수 있다. 김시양金時讓의 〈하담파적록荷潭破寂錄〉에 그와 관련된 일화가 실려 있다. 그 내용은 이러하다.

허균은 초당草堂 허엽許曄의 아들로, 문장이 당시에 독보적이었다. 그러나 경박하고 조행이 없어 선비들에게 버림을 받아 하급 관직에 침체되어 있었다.

광해군의 정치가 문란할 때에 이이첨에게 아부하고 궁금宮禁에 서캐처럼 매달려서 갑자기 차례를 뛰어넘어 참찬의 지위에 오르자 드디어 만족할 줄 모르는 마음이 생겼다. 무오년1618, 광해군 10 무렵에 오랑캐의 경보警報가 처음 일어나니 천하의 군사가 동원되었는데, 우리나라는 건주建州와 가까이 있었기 때문에 인심이 어수선하였다. 허균이 거짓으로 고급서告急書를 조작하고, 또 익명서匿名書를 지어서, "어느 곳에 역적이 있으니 어느 날이면 마땅히 일어날 것이다" 하여 성중 사람들의 마음을 동요시키고, 한편으론 밤마다 사람을 시켜 산에 올라가 부르짖기를, "성안 사람이 나가서 피난하면 못 속의 물고기와 같은 재앙을 면할 수 있을 것이다"라고 하게 하였다. 그러자 인심이 놀라고 두려워하여 잠시도 안정하지 못하니, 서울 안의 민가가 열에 여덟, 아홉 채는 비게 되었다.

허균은 그의 무리인 하인준河仁俊을 시켜서 새벽에 지평 한명욱을 찾아보고 말하기를, "익명서가 숭례문에 붙여져 있으니 필시 흉적이 있어서 틈을 엿보고 있을 것입니다"라고 말하게 하였다. 그때는 하늘이 아직 밝지 않아 글자를 알아보기 어려운 때였다. 한명욱은 마음속으로 매우 의심하여 하늘이 밝은 뒤에 숭례문에 가서 벽서壁書를 보니, 과연 하인준이 말한 것과 같았다. 한명욱은 하인준을 국문해야 한다고 주청했다. 하인준과 그의 일당 현응민玄應旻이 일일이 죄를 자복하여 허균과 그의 일당이 모두 옥에 갇혔다. 이이첨은 허균을 국문하면 진술이 자기에게 관련될 것을 두려워하여, "하인준 등이 이미 다 죄를 자복하였으니, 허균은 다시 문초할 것도 없습니다" 하고는, 곧장 저자에서 참형하기를 청하였다. 김개金闓는 장형을 맞다 죽고, 원종元悰·이강李茳 등은 멀리 귀양갔는데, 계해년 인조의 반정 후에 원종과 이강 등은 다 저자에서 참형되었다.

한명욱은 자표에서 이러한 사실에 대해서는 일체 언급하지 않았다.

한명욱은 스스로 묘표를 짓던 1646년에 이민구 외에 이경석에게도 생지生誌를 부탁했다.

이경석은 스스로 묘지를 짓거나 스스로 만사를 짓는 전례는 있지만 객습客習의 열에 있는 사람이 미리 명을 지어주는 것은 예에도 맞지 않고 의리상 그럴 수도 없다고 하면서, 다만 장단구 형태의 사詞를 지어 거문고로 연주하고 가객이 노래 불러 즐길 수 있도록 한다고 했다.

나서 자라길 문학이 있는 가정에서 했고

훈도 입기를 선배의 문하에서 했으며,

고관의 길에 오르기까지 내직과 외직을 두루 거쳤고

거듭 비판하는 상소를 올려 강직한 언론을 많이 했도다.

고령을 넘은 나이거늘 정신은 왕성하여

관작도 높아지고 덕도 또한 높았다.

광주 고향 산마을에

봉록과 지위를 사양하고 고향으로 돌아가,

선영에 의지해 작은 집을 열었으니

도연명의 율리를 흠모해서 율헌이라 이름 했다.

뜰에는 매화와 대나무를 심고 방에는 도서를 배열해서

왼쪽에는 거문고, 오른쪽에는 술동이를 두었지.

나이 적든 많든 관계없이 함께 즐겨

담소가 깊어져도 얼굴색은 온화했네.

때로는 강물에서 고기 낚고 때로는 산에서 나물 캐어

봄에도 가을에도 그러하고 아침에도 저녁에도 그러해서,

흥이 나면 시 짓고 때로는 홀로 노래 불러

적성대로 살아가니 가슴속에 번잡함이 없어라.

한가로운 흥취를 실컷 즐기고 천명에 맡겨서

이 즐거움 누리며 영구히 잊지 않네.

한명욱의 전처 고령박씨는 병자호란 때 심양으로 볼모로 갔다. 그 사실은 《속잡록》에 나와 있거늘, 한명욱은 그 사실에 대해 침묵했다. 비록 합장하기는 했지만 말하기 어려운 사정이 있었던 것일까?

앞서 보았듯이 한명욱은 광해군 시절의 혼란기에 허균 일당을 토벌하게 한 장본인이면서도 그 사실에 대해 〈자표〉에서 일체 언급하지 않았다. 아무리 글을 짧게 짓는다고 해도 그 일이 공적으로 여길 만한 일이었다면 어떤 식으로든 언급했을 것이다. 한명욱이 광해군 때만이 아니라 인조반정 이후에도 국가정치와 반외세 저항의 일에서 공로를 세운 사실을 부정할 수는 없다. 하지만 그의 〈자표〉는 무언가 해야 할 말을 고의로 하고 있지 않는 듯한 인상을 준다.

하긴 누구든 자기 일생을 회고하여 개괄해서 남의 눈에 띄는 글로 남기려 할 때, 자기가 행한 언동의 구석구석까지 모두 드러낼 수는 없을 것이다. 더구나 시비가 분명하지 않거나, 설령 당시에는 시비가 분명했다 해도 뒷날 물의를 일으킬 사안 등에 대해서까지 밝히지는 않는다. 대체 삶에 대한 자기 고백은 얼마만큼 충실할 수 있을까? 아니, 얼마만큼 충실해야 할 것인가? 🍁

참고문헌

● 이경석李景奭, 〈율헌사栗軒詞〉 율촌일호栗村一號, 《백헌집白軒集》 권14 시고詩稿 사부詞附, 한국고전번역원 한국문집총간 95~96, 1988.

● 〈한명욱묘갈韓明勖墓碣〉, 경기도, 《경기금석대관京畿金石大觀》 5, 1992.

● 성남시사편찬위원회, 《성남시사城南市史》, 1993.

● 성남문화원, 《성남금석문대관》, 성남문화원, 2003.

● 김우림, 〈조선시대 신도비 연구〉, 고려대학교 석사논문, 1998.

몸이 한가롭기에 일 또한 한가롭다

이신하李紳夏, 〈자지문自誌文〉

공의 이름은 신하紳夏, 자는 중주仲周, 성은 이씨, 본관은 덕수다. 우의정 용재容齋 선생 휘 행荇의 오대손이고 이조판서 겸 양관 대제학 증 영의정 택당澤堂 선생 휘 식植의 차남이다. 선비先妣는 청송심씨인데 영의정으로 추증되신 청천부원군 행 옥과현감 휘 엄㤿의 따님이다.

명나라 천계 2년에 해당하는 계해년1623, 인조 원년 9월 1일에 공을 낳았다. 공은 태어난 지 몇 달 안 되어 혀의 병을 자주 앓아 여러 번 침을 맞았다. 성장하여 책을 읽을 때는 평측을 구분하지 못했고 기질이 어둡고 못나며 나약했다. 형제들은 모두 총명하고 조숙하여 일찍 과거장에서 이름을 날렸는데 공만 유독 문예에 소질이 없었다. 스스로 세상 사람들과 경쟁할 수 없음을 알고 또 집안이 대대로 지나치게 융성한 것을 두려워해서, 영춘산永春山 속 도담島潭 상류에 집터를 잡고 영원히 떠날 계획을 했었는데, 불행히 거듭 가화家禍를 만났다. 큰형님이 뜻밖에 돌아가신 뒤로는 모친께서 몸 맡길 곳이 없어져서, 주저하고 불안해하며 서울과 고향을 왕래해야 했으므로, 공의 마음과 크게 어긋나서 끝내 과거에 응시하지 않았다.

나이 서른에 영릉참봉에 제수되고 돈녕부봉사로 이직했다가 모친상을 당해 관직을 떠났다. 나이 마흔에 다시 서빙고 별검에 제수되고 장흥고 주부로 승진했으며, 지방으로 나가 제천현감에 보임되었다가 용인현감으로 이직했다. 5년 후에 병 때문에 파직되어 돌아왔다가, 이듬해에 서용되어 은진현감으로 복귀했다. 3년 후에 또 병 때문에 관직을 버리고 돌아왔다가 세자익위사 익위에 제수되었고 한성부 서윤으로 승진했다. 다시 지방으로 나가 배천白川 군수에 제수되었지만, 술로 인한 실수로 어사가 파직하라고 청하는 장계를 올렸으니, 바로 금상께서 즉위한 이듬해 을묘년1675, 숙종 원년이었다.

이때 시의時議가 크게 변하여 우재尤齋 상공宋時烈도 위리안치 당했다. 공은 즉시 식솔을 이끌고 고향으로 내려가 서울의 집을 팔고 여주에 집을 마련하여 강가에서 농사를 지어 자급자족하며 노년을 마칠 계획을 했다. 그래서 사족 육호四足六好의 뜻으로 당의 이름을 편액하고 절구 열 수를 지어 심회를 부쳤다. 이윽고 군자감 판관, 한산군수에 제수되었으나 모두 왕명에 숙배肅拜만 하고 즉시 돌아왔다. 경신년1680의 경화更化, 남인이 실각한 경신대출척 뒤에 다시 장악원 첨정에 제수되었다.

공이 스스로 생각하기를, 나이가 예순이 다 되어서는 비록 녹사祿仕라고 할지라도 구차하다고 여겨 사은숙배謝恩肅拜하고 즉시 돌아가려 했는데 마침 인경왕후의 상을 만나 감히 병을 핑계대지 못했다. 이어서 한성 서윤으로 교체되었다가 졸곡을 마치고서야 돌아왔다. 그뒤 청송부사에 제수되었으나 나아가지 않았다.

공이 일찍이 인질이 되어 연경으로 갈 때 요동과 심양을 경유하여 산해관에 이르렀는데, 청나라 사람이 인질을 풀어준다는 말을 듣고 장성의 옛 터와 망해루望海樓 등을 구경하고 돌아와서 아무 해 아무 월일에 죽었다. 향년 몇 세였다. 아무 월일에 아무 땅 아무 좌의 들에 장사했다.

(중략)

공은 천성이 교유를 좋아하지 않고 명예를 구하지 않아, 대한大閑, 큰 한계은 비록 지극히 엄하게 지켜 넘지 않았으나 소덕小德은 대체로 방과放過했다. 관직에 있으면서 일을 처리할 때 오로지 마음을 속이지 않는 것으로 주장했고 세속의 명사들의 외양을 매우 미워했으며 겉으로만 검속하는 척하는 것을 부끄러워했다. 말이 때론 비속하고 잡스러운 것을 가리지 않아 집안사람이 만류하기도 했으나 듣지 않을 뿐만 아니라 또한 일부러 그렇게 말했다. 술을 아주 좋아했는데 집이 가난하여 계속 술을 마실 수 없자 시를 지어 답답한 회포를 펼쳐내기도 했으나 초고는 남겨두지 않았다.

일찍이 시를 지어 "지경이 고요하기에 마음도 따라서 고요하고, 몸이 한가롭기에 일 또한 한가롭다"고 했다. 여기에서 공이 어떤 마음이었는지 알 수 있다.

이신하李紳夏, 1623~1690가 스스로 지은 묘지문의 일부다. 그는 스스로 장자의 육호六好를 흠모해서 당호에 끌어다 썼다. 육호란 무엇인가? 장자는 여섯 부류의 각 선비마다 좋아하는 것이 다르다고 했다. 그 여섯 가지는 자기에게 걸려 있는 것이되 역시 시절에도 걸려 있다.

곧, 《장자》 외편의 하나인 〈각의刻意〉편에 보면 다음과 같은 말이 있다.

마음을 다잡아서 행동을 고상하게 하며, 세간과 떨어져 세속과 다르게 살아가면서, 고답적인 이론으로 세상을 원망하고 자신의 불우를 원망하는 것은 높은 자세로 처신하려고 그러는 것이다. 이것은 산골에 숨어사는 선비나 세상을 비난하는 사람이 하는 짓이니, 바싹 마른 몸으로 연못에 투신하는 사람들이 좋아하는 일이다.

인과 의와 충과 신을 말하며, 공손하고 검약하며 남을 앞세우고 겸양하는 것은 자기 몸을 닦으려고 그러는 것이다. 이것은 세상에 평화를 가져오려는 선비와 사람들을 가르치려는 사람들의 짓이니, 재야에 있으면서 이리저리 돌아다니는 학자들이 좋아하는 일이다.

거대한 공로를 말하고 위대한 명성을 세우며, 임금과 신하의 예를 밝히고 위아래의 질서를 바로잡는 것은 세상을 다스리려고 그러는 것이다. 이것은 조정에 나가 벼슬을 하는 선비와 임금을 높이고 나라를 강하게 하려는 사람들이 하는 짓이니, 공적을 세우고 다른 나라를 병합시키려는 사람들이 좋아하는 일이다.

풀과 나무가 우거진 택지로 가서 드넓은 곳에 살면서 조용한 곳에서 고기를 낚으며 지내는 것은 무위無爲로 지내려고 그러는 것이다. 이것은 강이나 바다에 노니는 선비와 세상을 피하려는 사람들이 하는 짓이니, 한가하게 사는 사람들이 좋아하는 것이다.

냉기를 들이마시고 낡은 기를 내뿜고 따뜻한 기를 토하고 신선한 기운을 빨아들이며, 곰이 나무에 매달리고 새가 날면서 발을 뻗치는 듯한 체조를 하는 것은 수명을 연장하려고 그러는 것이다. 이것은 심호흡으로 기운을 끌어들이는 선비와 몸을 보양하는 사람이 하는 짓이니, 팽조 같이 오래 사는 사람들이 좋아하는 것이다.

뜻을 높이지 않아도 고상해지고, 어짊과 의로움이 없어도 몸이 닦여지고, 공로와 명성이 없어도 다스려지고, 강과 바다에 노닐지 않아도 한가로워지고, 기운을 끌어들이지 않아도 오래 사는 사람은, 잊지 않은 것도 없고 갖추고 있지 않은 것도 없는 사람이다. 담담히 마음은 끝이 없지만 모든 미덕은 그에게로 모이게 되니, 이것이 하늘과 땅의 도이며 성인의 덕이다. 그러므로 담담하고 고요하며 허무하고 무위한 것은 하늘과 땅의 올바른 도리이며 도덕의 본질이라고 말한 것이다.

이신하는 장자가 위에서 말한 다섯 가지 유형의 선비들을 부정하고 성인의 경지를 따르겠다고 한 것이다. 곧, 육호는 여섯 가지 좋아함이 아니라, 실은 여섯번째의 좋아함을 뜻했다. 장자는 이렇게 말했다.

그래서 성인은 쉬면서 편히 지내어 평이하다. 평이하면 담담하게 되고, 평이하여 담담하다면 근심걱정이 끼어들 수가 없고 사악한 기운이 침입할 수가 없다. 그러므로 그의 덕은 완전하고 그의 정신에는 결함이 없는 것이다.

곧, 이신하는 스스로 성인을 자처한 것이 아니라, 세간 일에 분잡하지 않고 편안히 쉼으로써 평이하여 담담해서, 근심걱정과 사악한 기운이 침입하지 않는 정신경계를 유지하려고 했던 것이다.

그러면서도 이신하는 스스로의 성품과 덕행을 논평해서 큰 한계는 엄하게 지켰으니 작은 덕은 대수롭지 않게 여겼다고 했다. 이는 《논어》〈자장子張〉에서 자하子夏가 "큰 덕이 한계를 넘지 않으면 작은 덕은 드나듦이 있어도 괜찮다大德不踰閑, 小德出入, 可也"라고 한 말을 끌어온 것이다. 인의仁義

의 큰 덕에 관계된 것은 엄하게 지키되 세간의 세세한 예절은 조금 소홀히 했다는 뜻이다.

이신하는 이 자찬묘지에서 "인질이 되어 연경으로 갈 때 요동과 심양을 경유하여 산해관에 이르렀는데, 청나라 사람이 인질을 풀어준다는 말을 듣고 장성의 옛 터와 망해루 등을 구경하고 돌아왔다"고 했다. 이것은 사실이 아니다. 궁벽한 곳에서 일생을 답답하게 살아왔던 것을 아쉬워해서 먼 곳으로의 여행을 하고 싶다는 뜻을 그렇게 표현한 것이다.

덕수이씨의 16대 손, 이기진李箕鎭의 손자, 이식李植의 아들, 그가 이신하다. 5대조인 이행李荇은 문장과 글씨에 뛰어나 대제학을 거쳐 좌의정을 지냈다. 이행의 종숙 이안눌李安訥은 홍문관과 예문관의 제학을 지낸 문장가다. 덕수이씨 12세손이 충무공 이순신이요, 13대손이 율곡 이이이다. 이렇게 보면 이식과 이신하의 집안은 명문인 듯하지만, 그 선조들을 보면 이식의 증조부 이원상이 도총부도사를 지낸 것을 빼고는 조부 이섭李涉과 부친 이안성李安性은 과거에 합격하지 못했다. 이식 때에 이르러서야 과거를 통해 벼슬길에 들어섰다. 그 이식이 슬하에 삼 형제를 두었는데, 장남은 이면하李冕夏, 차남은 이신하李紳夏, 삼남은 이단하李端夏이다. 이단하는 송시열의 문하에서 학문을 익혔으며, 아버지를 이어 홍문관 제학과 예문관 대제학을 역임했다. 하지만 이면하와 이신하는 현달하지 못했다.

부친이 각고해서 영광을 얻은 것에 비해 나 자신은 아무것도 이룬 것이 없다고 생각될 때 우리는 어떻게 하늘과 땅을 바라볼 수 있을까? 이신하의 자찬묘지에는 그런 자괴감이 담겨 있다. 그러면서도, 아니 그럴수록 자신의 삶을 무無라고 과감하게 말할 수가 없다. 그것이야말로 돌아가신 부친을 욕되게 하는 것일지 모른다. 그런 처절한 자부심이 그의 자찬묘지에는 담겨 있다. 아아, 차라리 무無로 태어났으면 좋았을 것을! 이 모순된 감정을 그의 자찬묘지는 숨기고 있다.

이신하는 영월신씨寧越辛氏에게 장가들었는데, 교관 신후원辛後元의 따님이었다. 3남 2녀를 낳았다. 세 아들은 이번李蕃·이여李畬·이당李簹이다. 이 가운데 이여는 1680년숙종 6 춘당대문과에 병과로 급제, 검열로 벼슬길에 들어 인현왕후 복위 때 형조참판으로 발탁되어 〈중궁복위 교명문中宮復位敎命文〉을 지었다. 대사헌·한성부 판윤·경기감사·이조판서 등을 지냈고, 1701년에 의금부판사로 신사옥사를 처결했다. 1703년 좌의정, 1710년 영의정에 올랐다. 이렇게 현달함으로써 이여는 부친 이신하의 허무를 채워줄 수 있었다.

하지만 이신하 자신은 과거시험을 보지 않았다. 나이 24세에 영춘에 은둔하려고 결심했을 때 마침 부친상을 당했으므로 과거에 응시하지 않았다. 그 후 음보로 벼슬을 살기는 했지만, 봉록과 명예에는 큰 뜻을 두지 않았다. 스스로의 경력을 두고 이신하는 "몸이 한가롭다"고 했고, 몸이 한가로웠기에 마음도 한가로웠다고 스스로 위안을 했다.

이신하는 1675년숙종 원년, 을묘에 고향으로 돌아온 후 다시는 벼슬길에 나아가지 않았다. 제수의 명령이 있으면 의리상 사은숙배할 따름이었다. 1683년숙종 9, 계해에 청송부사에 제수되었으나 사은숙배하고는 병을 이기지 못해 "나는 이제 그만두어야겠다" 하고, 마침내 스스로 이 묘지를 작성해서 상자에 보관했다.

이신하의 세 아들은 이신하의 자찬묘지 뒤에, 부친이 묘지를 스스로 짓고 자제들에게 당부한 내용을 자세히 적어두었다.

부군께서는 이렇게 당부하셨다. "말세의 비지碑誌는 대체로 모두 일사溢辭이다. 문장이 아름답다 해도 그 사람에게 무슨 도움이 있겠는가. 내가 스스로 나의 묘에 쓸 비지를 짓고자 해서 이미 초고를 두었으나 미처 윤문하지 못했고 또 아직 명銘도 짓지 못했다. 그래서 이것을 당장은 너희에게 주지 못했다."

얼마 안 되어 부군이 병환이 드셔서 괴로운 기색이 심해지시자 식구들에게 말씀하셨다. "나의 마음이 태연하여 조금도 슬퍼하지 않았는데 병이 갑자기 이와 같으니, 어찌 운명이 아니겠는가!" 조정에서 마침 예빈시정을 제수했는데 자제들의 강권으로 정묘년1687, 숙종 13 3월에 억지로 왕명에 응하고 아울러 의약을 썼지만 그것은 부군의 뜻이 아니었다.

가을에 병환이 아직 낫지 않았는데 다시 말씀하시기를 "삶과 죽음은 하늘에 달려있으므로, 나의 집으로 돌아가 수명이 다하기를 기다리는 것이 마땅할 것이다. 어찌 분주하고 불안하게 지내겠는가?" 하시고 바로 강가의 집으로 돌아오셨다. 이로부터 약을 복용하여 병환을 치료하려 하지 않으셨다. 병환이 오래되시자 더욱 완강히 물리치시고 치료를 받지 않으시다가 마침내 경오년1690, 숙종 16 6월 11일에 침실에서 자식들을 버리고 별세하셨으니 향년 68세셨다.

병환이 위독하실 때에 행동이 평소와 변함이 없으셨고 판헌板軒에서 자리를 옮겨 방으로 들어가 의연하여 마치 잠드시는 것과 같았으니, 아! 애통하다. 부군의 두터운 덕으로 큰 복을 향유하지 못하시고 말년에 편안하게 지내셔야 할 때 갑자기 이상한 병에 걸리셨는데 처방이 제대로 병환을 치료하지 못했다. 우리의 불효의 죄가 마침내 이러한 지경에 이르렀으니 하늘이여, 하늘이여!

1691년숙종 17 4월에 세 아들은 이신하가 남긴 초고에 명銘이 빠져 있지만 글이 대체로 완성되어 있다고 보고, 자손의 혼인·경력·출산의 사실을 덧붙이고 묘지를 가려 쓴 사실을 덧붙여서 무덤 앞에 묻었다.

무덤은 처음 유언에 따라 여주 정토리에 묏자리를 마련해 관棺을 두어 때를 기다렸는데 점술가가 길지가 아니라고 하므로 이해 11월 4일에 지평현 동목곡東木谷 좌갑坐甲의 언덕에 이장했다. 남쪽으로 백아곡白鵝谷의 선산과는 5리쯤 떨어진 거리다.

집이 가난하면 부모를 봉양한다든가 가족의 생계를 돌보기 위해 낮은 벼슬을 사는 것은 선비의 도리다. 그것을 녹사祿仕라고 한다. 이신하는 바로 녹사의 선비였다. 그런데 그는 직책이 비록 낮더라도 읍을 다스리는 것을 삼갈 것을 생각하였지, 시절이 어렵다고 산림에서 나가지 않고 남다른 자취만 드러내려는 일은 하지를 않았다. 일부 지식인들은 조정의 명에 따르지 않고 산림에 머무는 것을 고고한 체 꾸미기도 했지만, 그는 굳이 자신이 남들과 다르다는 것을 표명하지 않았다. 거꾸로 정국이 바뀌자 자신과 같은 당파의 많은 지식인이 다투어 벼슬에 나아갔지만, 그는 처음 뜻을 그대로 지켰다. 사람들이 어째서 벼슬에 나가지 않느냐 물으면 "나이가 늙었다"라고만 대답했다.

세 자제분은 이신하의 귀향 이후 삶에 대해 "고향에 돌아온 지 16년 동안 항상 유쾌하게 스스로 즐거워하셨고 담박한 것을 편안히 여기셔서 전혀 자잘한 영위가 없었다"고 추억했다. 🍁

참고문헌

● 이여李畬, 〈선부군자지문속록先府君自誌文續錄〉, 《수곡선생집睡谷先生集》 권11 묘지墓誌,

민족문화추진회 한국문집총간 153, 1995.

이처럼 살다가 이처럼 죽었다

박필주朴弼周, 〈자지自誌〉

우리 박씨가 반남에 적을 둔 것은 나의 대까지 17대가 되었다. 선인들의 명덕名德은 국사와 가승에 갖추어져 있으므로 여기에서는 다시 적지 않는다.

자字 상보尙甫는 태어난 날 저녁에 바로 자부인慈夫人을 여의어서 유모에게 길러졌다. 열흘 중에 9일은 병이 들어 겨우 실낱같은 목숨을 보전했다. 조금 성장하여 글을 지을 줄 알아, 일찍이 그것을 모아 《죽헌선생집竹軒先生集》이라고 이름 했는데 선인께서 보고 웃으시며 논평해주셨다.

어려서 수학했던 증서조曾庶祖 두봉공斗峯公께서 작고하신 이후에 더욱 병약해져서 사람들이 때로 병암病菴이라고 일컬으나, 감히 성경誠敬의 글자를 명목 삼아 이름으로 내걸 수가 없었다. 스스로 일신이 대대로 기구한 사실에 상심하여 요계蓼溪라고 자호自號하려 했으나 오로지 주장하지는 않았다. 대개 거처하는 바를 따라 그 칭호를 다르게 하여 때론 우대雨臺라고 칭하고 때론

신문晨門이라고 칭하고 때론 여호黎湖라고 칭했다.

성품이 본디 졸렬하여 달리 좋아하는 것이 없고 오직 슬프고 담박한 가운데에서 때로 옛 사람들의 조박糟粕을 엿보기를 잘했다. 반생의 종적이 대부분 암자나 산사에 있었고 매일 날이 저물고 사람들이 조용한 때에 스스로 책 읽기를 힘써 그 소리가 저녁 종소리와 견주었다. 스스로 천하의 지극한 즐거움이 이와 바꿀 수 없다고 생각했으나 또한 실제로 얻은 것이 있음을 체험하지 못하여 끝내 또한 부실하여 잃어버렸다.

지금 거의 70이 다 되었는데도 여전히 오똑하게 한낱 용렬한 사람일 뿐이기에 옛날을 생각함에 고개를 숙이고 고개를 쳐드는 중에 부끄러워진다. 함께 교유한 사람은 동년배나 아랫사람은 거의 없고, 선배와 장로들이 항렬을 무시하고 권위를 침탈당해도 각별한 사랑을 쏟아주셨으니 대체로 감히 감당하지 못할 정도였다.

20세 이후의 때에 명성을 날린 일이 많았는데, 극력 주장하여 추천 명단에 이름이 올라간 것은 상서尙書 송상기宋相琦로 말미암았다고 한다. 숙종 때 영평의 태수가 되었고 열흘이 안 되어 사헌부 직에 제수되었다. 당저今上 때가 되어 은총과 예우가 매우 진지하여 일찍이 찬선贊善으로서 여러 날 조정에 나아갔다. 후에 상장上章을 통해 '존주尊周'의 주周 자를 고쳐서는 안 됨을 간쟁했다. 그뒤에는 이조판서로서 겨우 4, 5일 조정에 있다가 그만두었다.

한번은 야대夜對를 기회로 차자箚子를 소매 속에 넣고 가서 상감께 올려서 우리나라가 입은 모함을 해명하지 않아서는 안 됨을 극렬히 논하여, 군주에게 고할 제일의第一義로 삼았다. 말이 매우 간절하고 솔직했으나 뜻밖에도 도리어 해치려는 자가 있어서 거의 큰 화를 불러 일으킬 뻔했다. 마침내 낭패하여 국도國都를 떠났다. 비로소 제갈공諸葛公의 '다스리기 어려운 것이 일難平者事'

이라는 말이 참으로 귀신을 울게 만드는 말이라는 사실을 알았다.

평소에 독서할 때 차의箚疑를 적었는데, 중년 이후에는 말이 많은 것을 꺼려져 모두 그만두었다. 지위가 높아짐에 이르러서는 선배들이 인사치레의 서찰들을 번거롭게 많이 내는 것에 질려서 사찰辭札에서 친구와 지인들에게 답장하거나 사례하는 서찰을 내는 일을 일체 하지 않았다. 남들이 혹 비난하기도 했으나 그때도 간단히 하고 줄이고 했다.

일찍이 몇 권의 책을 찬정撰定하여 후세의 평가를 기대하려고 했으나, 병이 들어 차질이 생겨 지금은 그만두었다. 이것이 마땅히 천고의 유감이 되지만 그렇다고 다시 어찌하겠는가. 어려서부터 보통사람의 인정에 거슬리는 일이 자주 있었는데, 만년에 이르러 또한 까닭 없이 비방 얻음을 면하지 못했으나, 모두 놓아두고 따지지 않았다. 처음에는 비록 남들을 근심했으나 끝내 또한 스스로 안정했다.

배필 이숙인李淑人은 자식을 낳지 못하고 먼저 죽었으며 후사後嗣로 들인 사근師近은 현재 전생서典牲暑의 봉사奉事이다. 손자 두 명이 있다. 첩에게도 또한 자녀가 있다.

지금 내가 크게 병들어 거의 죽게 됨에 스스로 묘지墓誌를 조목조목 엮는다. 다른 사람에게 묘도문자墓道文字를 구하지 말고 안장安葬도 또한 검소하게 해서, 절대 화려하고 사치스러운 물건을 넣지 말아서, 조금이나마 숙통宿痛을 보상해주기 바란다.

아아, 사근師近아, 부디 기억하여라.

다음과 같이 명銘을 짓는다.

험흔險釁과 상난喪難

질병과 슬픔을

누가 알아주리오

오직 귀신이 있을 뿐.

이처럼 살다가

이처럼 죽어

태허로 돌아가니

다시 무슨 누累가 있으랴.

노론 낙론계 학자이자 정치가인 박필주朴弼周, 1665~1748가 만년에 병이 깊어지자 스스로 지은 묘지명이다.

박필주는 인조 때 학자 박지계朴知誡의 후손이다. 아버지 박태두朴泰斗는 고양군수를 지냈으나, 1696년숙종 22 정월에 작고했다. 박필주는 부친을 안산에 장사지낸 후 분암墳菴에서 독서했다. 이해 한산이씨와 혼인했으며, 겨울에는 서울 장경사長慶寺에서 글을 읽었다. 1701년에는 서울 남문 안에 우거하면서 호를 신문晨門이라고 했다. 이후 과천의 청계사靑溪寺, 광주의 백운산 석굴암, 파주의 우랑동牛浪洞 민씨분암閔氏墳菴, 도봉서원, 노호鷺湖의 육신서원, 대구의 동화사桐華寺, 과천의 불성암佛聖庵 등에서 글을 읽었다.

37세 되던 1716년숙종 42 11월, 돈녕부참봉에 제수되었으나 곧 벼슬이 갈렸다. 이듬해 대사성 송상기宋相琦가 그의 학행을 전해 듣고 산림인사로 추천해서 세자시강원에 의망되었다. 다시 그 이듬해 2월에는 자의대부의 품계를 받고 종부시 주부가 되었다. 1719년 12월에는 영평현령이 되고,

1720년 2월에는 지평에 제수되었으나, 숙배만 했지 취임하지 않았다.

1722년경종 2에는 경기도 구리의 석실石室로 가서 김창흡金昌翕의 장례에 참석했다. 1723년에는 부인 한산이씨의 상을 당하여, 광주 쌍제리에 장사지냈다. 1725년영조 원년 2월, 경연에서 시강하라는 별유別諭가 내렸으나 사양했다.

1729년 정월에 효장세자가 졸한 뒤, 2월에 이세진李世璡이 박필주가 분곡奔哭하지 않았다고 논핵하자 스스로 탄핵하는 소를 올렸다. 1735년 12월에 원자 보양관에 제수되고, 이듬해 1736년에 진선에 제수되었다.

1736년영조 12 7월에 〈회니문답懷尼問答〉을 저술하고 1739년 4월에는 윤선거尹宣擧를 비난한 〈대윤시어변大尹詩語辨〉을 지어, 노론의 의리론을 주도했다. 1743년 3월에 경극당敬極堂에 입대한 후, 선정전에 입시하여 주강晝講에 참여했다. 이때 이재李縡와 한원진韓元震을 기용할 것을 청했다. 4월에는 동궁의 서연에 참여하고 송시열을 묘정廟庭에 추향할 것을 청했다. 대사헌에 제수되었지만 사직소를 올렸다.

1746년영조 22 2월, 이조판서에 제수되었다. 5월에 숭문당崇文堂에 입대하면서 소매 속에 차자를 가져가 올렸는데, 이 때문에 우의정 조현명趙顯命과 박문수朴文秀의 논척을 받았다. 1748년 4월에 우찬성 겸 세자이사가 되고, 5월에 성균관 좨주가 되었다.

박필주는 산림학자로서 여러 차례 관직을 제수 받았으나, 실제로 벼슬을 살았던 적은 거의 없다. 일생 강학과 저술에 몰두하면서, 노론의 여론을 주도했다.

1748년에 병이 깊어지자 스스로 묘지를 작성했다. 윤7월 8일에 작고하고서, 9월에 문경文敬의 시호가 내렸으며, 광주 쌍제리에 장사지내졌다.

저서로는 《독서수차讀書隨箚》, 《주자왕복휘편朱子往復彙編》, 《춘추유례春秋類例》 등이 있다. 하지만 저작물 중 간행된 것은 하나도 없다. 1831년에 증손 박종숙朴宗塾이 홍직필洪直弼에게 행장을 부탁하면서 문집의 재편집을 의논했지만 그의 문집은 끝내 간행되지 않았다.

박필주는 하루의 일과를 〈일간자술日間自述〉이란 제목으로 꼼꼼하게 기록했다.

매일 계명 전후에 잠에서 깨어 이불을 안고 일어나 앉아 한참동안 정신을 집중하여 힘을 헤아려 글을 외는데 적게는 네다섯 번, 많아도 열 번을 넘지 않았다. 이때에는 야기夜氣가 막 두텁고 군동羣動이 아직 일어나지 않아 고요하고 적막하여 인심이 그와 함께 고요하다. 함양하여 그 허명한 체단을 잃지 않을 수 있으면 수응酬應하는 곳마다 힘이 있다. 하루의 기반이 진실로 여기에 있으므로 가장 소홀히 해서는 안 된다. 조금 있다가 다시 잠에 든다. 퇴계 선생도 이와 같이 하셨다.

새벽녘에 일어나 침구를 개고 기물을 정돈하는데, 그것들을 놓는 위치가 각각 일정하다. 방안을 고루 쓸고 세수하고 빗질하며 의관을 차린 뒤 다시 몇 경 동안 조용히 앉아 횟수에 구애받지 않고 책을 읽되, 소홀히 하지도 않고 또 급절急切하게 하지도 않는다. 다만 평소 홀로 있는 가운데 성심실의誠心實意로 시종 책을 가까이 하면 책 속의 의리가 자연히 체첩體貼하고 분명하게 된다. 또한 할 수 있는 만큼에 맞추어 그쳐서, 분수를 넘어 쉽게 피곤하고 권태로움이 생기는 것을 꺼려야 한다. 책을 보는 것도 또한 그러하다.

밥 먹을 때에는 조용하고 일정함이 있어야 하지, 급급하여 거동을 잃어서는 안 된다. 《예기》에 이른바 "밥알을 날리지 말고 구운 고기를 욕심내지 말고 큰 입으로 밥을 먹거나 탕을 마시지 말아야 한다" 등의 항목을 모두 하나하나 마음속에 기억한다.

밥을 먹은 후에는 지팡이를 짚고 뜰 사이나 문밖을 산보한다. 이와 같이 하면 정신이 열리고 마음과 눈이 씻기면서, 아울러 먹은 것이 소화되고 다리의 기운이 뭉치지 않아 병에 걸리지 않게 한다.

이윽고 다시 서책에 나아가 뜻에 맞게 보기도 하고 소리 내어 읽기도 한다. 글을 저술할 때에는 굳이 마음 쓰고 고심할 필요가 없고 또한 평이하고 여유로워 마치 일이 없는 듯이 하여 부지불각不知不覺한 참된 생각이 홀연히 서로 당착撞着하여 종이 위에 적어 내려가면 거의 패연沛然하다. 다만 주지主旨를 밝히는 데 힘을 들이고 지엽적인 것은 간략히 하고 절제하여 사람들의 안목을 어지럽혀서는 안 된다.

손님이 오면 강등降等 외에는 모두 당에서 내려가 맞이하여 삼읍三揖을 갖추고 올라가 절을 하여 오래되거나 새로 알게 된 것은 물론하고 한결같이 공경함으로 대우했다. 한훤안부을 묻고 친구를 말하는 것 외에는 시사를 묻고 기휘忌諱를 범하지 않는 경우에는 또한 간략히 응답했다. 도의의 무리가 아니면 냉담하게 대했으니 할 만한 말이 없기 때문이었다. 손님이 물러가면 또한 뜰에 내려가 전송했고 친인척의 경우에는 더욱 마땅히 정성스럽게 마음을 다하여 예우했다. 부당父黨은 팽택령 도연명이 친척들의 정화情話를 기뻐한 것을 용납하지 않았으니 모두 성대하게 인륜을 도타이 하려는 뜻이 있으니 생각하지 않아서는 안 된다. 그러나 모든 일이 절도가 있어 조금도 넘어서는 안 되므로, 혹 마땅함을 지나쳤음을 깨달으면 즉시 수습收拾하고 돌이켜 거의 유탕流蕩함에 이르지 않아야 한다.

일에 응할 때에는 반드시 주재하는 마음이 정밀하고 밝아 다만 저 물物의 이

치의 미세함을 인식해 나가 만에 하나도 잃지 않도록 한다. 그래서 비록 매우 처리하기 어려운 것도 곧 아무 일 없게 된다. 그러나 매번 급박한 데에 이르면 그 때문에 변화하여 마음이 이미 동요되어 희로喜怒가 완전히 뒤얽히고 만다. 평소의 병통이 모두 여기에 있다고 스스로 살펴, 지금 이후로 진실로 맹렬하게 살펴 반드시 고쳐야 할 것이다. 하지만 그렇다고 크게 기력을 소비할 필요는 없다. 다만 세밀하고 절실하게 자세히 살펴서 《시경》 대아 〈황의皇矣〉에서 이른바 "나는 명덕을 좋아해서 소리와 안색을 크게 하지 않는다予懷明德, 不大聲以色"고 한 것과 같이 하여, 일체의 수응酬應에서 모두 그 사물에 의거하여 공평히 대처하고, 나는 사사로운 마음을 거기에 들이밀지 않는 것이 옳다.

대체로 하루의 인사人事가 이 몇 가지에 지나지 않으므로, 비록 병들고 게을러 체당體當할 수 없더라도, 오직 분수에 따라 힘을 쓰고 대처함을 따라 뜻을 더하여 유영游泳하고 교도敎導하며 묵묵하게 보존한다면 나의 몸이 또한 거의 도道와 함께 서로 주선할 것이다.

저녁을 먹은 후에 다시 문밖에 나가 거닐다가 날이 어두우면 들어와 쉬어 '향회嚮晦'의 뜻을 체행하여 인정人定이 된 후에 잠이 든다. 그러나 무왕武王이 불이 꺼져도 용모를 닦았던 것을 생각해야 하지, 방사放肆하고 만이慢易하여 어두운 방이라고 속여서는 안 된다.

인용이 길어졌다. 도학을 추구한 학자로서 매일 경敬 공부에 힘쓰고 신독愼獨의 자세를 지켰던 그의 일상생활을 다시 살펴보기 위해서였다. 분잡한 일과 속에 정신없이 시간을 낭비하는 현대인들로서는 도저히 지킬 수도 없는 세세한 일들이 이 기록 속에 제시되어 있다. 그러나 구차하게 남을 비난하지는 말자. 군자는 자기가 모르는 일에 대해서는 침묵하라고 《논어》는 가르치지 않았던가. 궐여闕如의 태도를 짓지 못하는 것은 스스로의 결함을 인정하지 않으려는 술책일 따름이다. 보라, 이른 새벽에 일어나 맑은 정신일 때 글을 외고, 다시 잠시 누웠다가 다시 일어나서는 이불을 개고 기물을 정돈하는 이 사람의 하루 시작을. 매순간의 의미 규정을 한없이 뒤로뒤로 미루어두는 차연差延이 대단한 사업인 양 생각하는 현대인에게 이러한 방정方正과 균제均制와 자기통어의 순간은 찾아오지 않는 법이다. "이처럼 살다가 이처럼 죽었다"고 자찬묘지에서 선언할 수 있는 것은 자기통어의 삶을 살아 본 사람이나 할 수 있는 말이다. 차연의 방식으로 삶을 낭비한 사람은 그런 말을 할 수 없으리라. ✤

참고문헌

● 박필주朴弼周, 〈자지自誌〉, 《여호집黎湖集》 권28 묘지墓誌, 한국고전번역원 한국문집총간 196~7, 1997.

● 박필주朴弼周, 〈일간자술日間自述〉, 《여호집》 권18 잡저.

8

슬픈 일이 반이고 웃을 일이 반이다

권섭權燮, 〈자술묘명自述墓銘〉

나는 정재문鄭載文과 약속하기를, 번갈아 서로 전傳을 지어주고 나중에 죽는
사람이 먼저 죽은 사람의 묘지명을 써주기로 했다.
내가 이미 정재문의 묘지명을 써주었으니, 내가 죽은 후에 나를 알아줄 사람
이 또 누가 있을까?
그래서 이 두 개의 묘지명을 돌에 새겨 하나는 무덤길에 세우고 하나는 도자
기로 구워 산소 구덩이에 묻는 것이 좋겠다.
너희는 기억하라.

거사 그 사람은, 거처를 일정하게 하지 않고
성도 모르고, 또 이름과 자字도 없으며
〈백설가〉를 노래하고, 청운을 일컬어서

풍진 속이든 수석 사이든, 주리지도 않고 배부르지도 않아

슬픔과 기쁨은 도외시하여, 둥실둥실 빈 배 같았도다.

거사의 성품은 곧고, 기질은 맑고 마음은 한가로워

배움에 뜻을 두고 문장을 연마하니, 옛 풍모에 긴 옷학창의을 입고서

늘그막에 초복初服, 초지을 닦고, 성글고 허름한 초가에서 지내매

거의 십 년간 명성이 나질 않다가, 아아 이제 그가 죽었도다.

거사에게는 벗이 있어, 그는 날 알고 나는 그를 알았다만

아, 그 사람이 죽었으니, 그 누가 거사 네 뜻을 밝혀주랴

네 무덤의 네 글을, 어찌 함부로 적으랴

돌에 새기고 광중에 묻어, 문드러지게 하지 말라.

거사가 누워 있는 울창한 이 언덕에

동심同心의 사람이 한 구덩이에 묻혔나니, 예로 맞이한 어진 배필이요

혁혁한 선조의 혼령은, 흡사 강림하신 듯하도다.

거사의 즐거움은, 완연히 생전과 같아

일천 봉우리가 늘어서 있고, 한 줄기 물이 유유히 흘러가네.

아, 만고토록, 거사의 큰소리가 남으리라.

깊이 몸뚱이와 함께 묻어둘 만하다. 찬도 함께 묻어도 좋다.

또 짓는다.

꿈속에서 점지 받아 천지의 비밀을 드러냈으니 얼마나 기이한가

내 부친 덕에 선영의 솔·잣나무 그림자와 이어지니 얼마나 다행한가

동심의 현숙하고 아름다운 아내와 천년을 함께 하니 얼마나 편안한가

산이 푸르게 우뚝 솟고 물이 맑게 물살 일으키니 거사에게 어울리도다.
묘표에 새길 만하다.
숭정 후 모년 모월 모일에 옥소거사가 스스로 쓰다.

1998년 4월 13일에, 1724년경종 4에 도화서 화원 이태가 그린 권섭이란
분의 영정이 경상북도문화재자료 제349호로 지정되었다. 비단에 담채로
그린 팔분면흉상八分面胸像이다. 찬贊은 권섭 자신이 지었고, 글은 동생 권
형權瑩이 썼다. 이태는 인조대왕의 영정을 그린 이름난 화원이다.
　위의 글은 바로 권섭權燮, 1671~1759이 54세 되던 1724년영조 즉위년, 갑진
7월에 쓴 자찬묘지명과 자표이다. 이때 그는 운문체 자서전인 〈술회시서
述懷詩序〉도 지었다.
　권섭은 무덤을 단양 구담의 옥소산 선영 아래에 묻도록 자제들에게 당
부하고, 묘표의 음기를 별도로 적었다. 이 음기에서 그는 자신의 호를 백
취옹百趣翁이라고 했다. 잡박하게 이것저것 취향을 지녔던 자라는 뜻이다.

백취옹百趣翁은 두 부인과 함께 단양 구담의 옥소산 위 자좌子坐 언덕에 묻혔
다. 옹은 앞에 있고 두 부인은 뒤에 있으며, 구덩이는 셋이지만 봉분은 하나
이며, 봉분은 마치 도끼날처럼 아래는 넓고 위가 좁다말갈기 같은 馬鬣封. 좌측에
돌을 하나 세우고, 앞 가운데에 '백취옹지총百趣翁之塚' 이라 쓰고 우측에 '월
성이씨月城李氏' 라 적고, 좌측에 '가림조씨嘉林趙氏' 라 적었다. 뒷면에는 다만
내가 스스로 서술한 작은 비명을 적었을 뿐이니, 보잘것없고 미천한 내 성명
때문에 붓 잡아 글 쓰는 군자들에게 누를 끼치고 싶지 않아서 그런 것이다.
그 아래에 이 글을 실어서 장소를 표지할 것이며, 중방仲房의 아들 덕성德性과

별방別房의 아들 도성道性 등 손자들과 여러 형제의 자질들은 한결같이 내 뜻을 따라서 어기지 말라. 이씨의 곁에는 별도로 짧은 묘표를 세웠으니, 농암農巖 김공김창협의 글이 있다. 이씨는 글씨를 잘 썼다.

옹이 스스로 서술하고 아우 형瑩으로 하여금 쓰게 했다. 앞면의 큰 글씨는 안노공顔魯公, 노국공 顔眞卿의 글자를 집자했다.

권섭은 안동이 본관인데, 서울에서 출생했다. 할아버지는 집의執義 권격權格, 아버지는 증 이조참판 권상명權尙明, 어머니는 용인이씨로 좌의정 이세백李世白의 딸이다. 아우는 대사간 권형權瑩이다. 큰아버지는 학자 권상하權尙夏, 작은아버지는 이조판서 권상유權尙遊다. 큰아버지 권상하는 송시열 학파의 적통이다. 그의 문하에서 한원진韓元震과 이간李柬이 학술적 논쟁을 하여 호론과 낙론으로 대립하게 되었다. 권상하의 설은 주로 호론에 의해 계승되었다.

권섭은 자신의 사주가 신해辛亥의 년, 임진壬辰의 달, 임자壬子의 날, 신해辛亥의 때이며, 대정大定은 일삼칠구一三七九, 운은 이이태二二泰에 해당한다고 밝혔다. 어떤 이는 점을 쳐서 "눈 위의 푸른 소나무 마음"이라 하고, 어떤 이는 "뜻을 고상하게 가져 벼슬길에 나가려 하지 않을 것"이라 했으며, 또 어떤 이는 "품성이 소활하여 일 없이 비방을 들을 것"이라 했다. 하지만 어떤 이는 "조상의 업적을 바탕 삼지 않아도 입신하고 육친에게 의지하지 않아도 밥을 먹을 것이다. 입고 먹는 것이 봄풀과 같아서 뿌리지 않아도 저절로 생길 것이다" 했다. 그의 일생을 평결할 수 있는 현재의 관점에서 본다면, 앞의 세 사람이 친 점이 맞은 듯하다.

권섭은 16세 때인 1687년숙종 13에 경주이씨 이조참판 이세필李世弼의 둘째따님과 혼인했다. 그 집안은 효종의 셋째공주인 숙명공주淑明公主, 넷째인 숙휘공주淑徽公主와 가까웠으므로, 권섭은 어려서 두 공주의 사랑을 받았다. 효종은 여섯 공주와 한 사람의 옹주를 두었다. 첫째 숙신공주는 일찍 죽었다. 둘째 숙안공주는 익평위益平尉 홍득기洪得箕에게 하가下嫁하여 아들 치상致祥을 낳았고, 셋째 숙명공주는 청평위靑平尉 심익현沈益顯에게 하가하여 아들 정보廷輔·정협廷協을 낳았으며, 넷째 숙휘공주는 인평위寅平尉 정제현鄭齊賢에게 하가하여 아들 태일台一을 낳았다. 다섯째 숙정공주는 동평위東平尉 정재륜鄭載崙에게 하가하여 아들 인선仁先과 딸 하나를 낳았고, 여섯째 숙경공주는 흥평위興平尉 원몽린元夢麟에게 하가하여 딸 하나를 두었다. 한편 숙녕옹주는 금평위錦平尉 박필성朴弼成의 아내가 되어 딸 하나를 두었다. 권섭은 14세에 아버지를 여의고 큰아버지의 훈도를 받으며 수학하는 한편, 외숙인 영의정 이의현李宜顯, 처남인 좌의정 이태좌李台佐 등과 함께 면학했다. 처가는 18세기 초반 소론의 대표적인 가문이었으나, 권섭은 노론이었다.

1695년숙종 21 25세에 부인 이씨가 병사하자, 1697년숙종 23 권섭은 현감을 지낸 임천조씨 조경창趙景昌의 여식을 다시 부인으로 맞았다. 조경창은 조식曹植의 문인이었던 조원趙瑗의 증손자로서 조희일趙希逸을 조부, 조석형趙錫馨을 부친으로 했다. 조희일은 장유張維·이경전李慶全·이경석李景奭과 함께 왕명으로 삼전도 비문을 작성한 인물이다. 조경창은 학자 조성기趙聖期와 재종형제 사이였다. 조경창의 외손녀는 숙종의 계비 인원왕후가 되었다.

권섭은 19세 되는 1689년숙종 15에 기사환국이 일어났을 때 소두疏頭가 되어 상소를 하는 등, 현실에 적극적으로 참여했다. 하지만 송시열이 사사되는 등 주변 인물들이 실각하자, 관계에 진출하려는 뜻을 포기했다. 24세 되던 1694년에 다시 과거공부를 시작하려다가, "우리 할아버지는 깨끗한 이름과 곧은 절개로 한때 이름을 드러냈는데, 내가 만약 출신하여 조정에서 서서 볼 만한 절개가 없으면 선조를 크게 욕되게 할 것이다. 만약 한결같이 우리 할아버지가 한 바를 따른다면 이러한 세상에서는 죽음을 면하기 어려울 것이다"라고 생각하고는 벼슬길에 나아가려던 뜻을 완전히 끊었다.

권섭은 백부 권상하를 현창하고, 노론의 도통을 확립하는 일에 몰두했다. 82세 되던 1752년영조 28에 〈황강구곡가黃江九曲歌〉를 지어, 퇴계 학맥의 계보를 논했다. 황강은 현 충청북도 제천시 한수면寒水面을 말하는데, 곧 권상하가 한수재寒水齋를 짓고 거처하던 곳이다. 권섭은 이 노래에서 이이에서 송시열·권상하·한원진으로 이어지는 도통을 명료하게 정리했다. 그는 퇴계 이황 이후 학맥을 모두 다섯 갈래로 나누어, 이황-이이-김장생-송시열-권상하의 도통 이외에, 김장생-송준길, 송시열-김창협, 이황-박세채, 이황-정구의 계보가 전한다고 했다. 또한 근래에는 이재가 이황을 계승했다고 말했다.

권섭은 54세 되던 해 10월에 선영이 있는 제천 문암동 안쪽 골짜기의 영수암永邃菴에 묵어, 편년체 자서전인 〈연기年紀〉를 적었다. 태어나 1723년53세까지의 행적 가운데서는 과거를 포기한 일만을 적었고, 또 글의 끝부분에서는 자신이 일생 접한 죽음·질병·재액 그리고 교유 사실들을 총괄했다. 그 서문에서 그는 "젊은 날에는 세상에 제법 이름이 있었는데, 지금은 산 북쪽 물가에서 쓸쓸하고 외롭게 지낸다. 젊었을 때의 호기로운 기상이 늙어 다 떨어지니 홀로 지내며 탄식하고 남을 대함에 얼굴이 부끄러워진다. 무명옹의 연기年紀를 이루매, 슬픈 일이 반이고 웃을 일이 반이다"라고 했다.

아아! 어려서는 두 공주의 집에서 즐겁게 뛰놀고, 자라서는 내외 부형의 읍에서 즐기고, 횡상黌庠, 학교를 말하는데 성균관을 가리킴의 논의에서 겨루고, 선생과 어른에게서 가르침을 받고, 훌륭한 문장과 고전에 침잠하였고, 강과 바다, 산과 수풀에서 노닐고, 유랑과 환난에 괴로움을 겪고, 동서남북으로 바쁘게 돌아다녔다. 세상을 살아온 54년 동안 굶주림과 배부름, 추움과 따뜻함, 슬픔과 기쁨, 궁함과 통함의 형세가 수시로 이른 것에 대해 지금 다시 말할 것이 없다. 만약 내가 세상 사람들과 뒤섞여 무리의 뒤를 좇아다니느라 뜻을 굽히고 머리를 조아렸다면, 어찌 남보다 못하다고 해서 기구한 횡액과 참혹한 독을 자초함이 이런 지경에까지야 이르렀겠는가? 누워서 계부의 말씀을 생각하며 후회한들 어찌 미치리오마는 하늘이 정해준 분수를 내가 어찌하겠는가!

권섭은 〈자술연기〉의 뒤에, 자신이 스스로 묘지명과 묘표를 짓고나서 또 이렇게 〈자술연기〉까지 적는 이유와 스스로의 일생에 대한 자평을 다음과 같이 덧붙였다.

무명옹이 말한다.
내가 무덤에 올라 내 묘표와 묘갈을 읽어보니, 공자와 주자의 묘갈도 아니고 백이伯夷와 전금展禽의 묘갈도 아니다. 천하가 공평하지 않은 지 오래되었으니, 누가 그것을 믿겠는가? 오직 도연명의 뇌사誄辭가 천년이 지나도록 비할 나위 없는 명문으로, 그 사람됨을 알 수 있으니, 이는 그 말에 과장이 없기 때문이다. 다른 사람이 쓴 글의 과장됨보다는 차라리 자신이 하는 말의 미더움을 취하는 것이 낫다. 내가 그런 까닭에 두 편의 명銘을 스스로 지어, 하나는 무덤 앞에 세우고 다른 하나는 무덤에 묻도록 하였다. 또 평생의 말과 행동을 열거하여, 처음 태어났을 때부터 지금에 이르기까지 기억나는 것만 남기고 잊어버린 것은 빼고, 큰 일만 쓰고 작은 일은 생략하여, 아이들로 하여금 늙은이의 본말과 장단을 알게 하고자 할 뿐이니, 어찌 감히 도연명의 뇌사를 지은 현명함에 비하고자 하겠는가? 자손에게 보이는 것은 속일 수가 없기에, 어리석고 망령됨을 피하지 않고 그 실질을 따라서 솔직하게 씀으로써, 당세의 글 짓는 이들에게 누를 끼치지 않고자 할 따름이다. 씨와 본관, 생시, 세덕世德의 상세한 사실은 〈술회시서〉를 보면 된다.

운수와 천명은 피할 수 없는 것이다. 먼 곳으로 집을 옮긴 것이 여덟 번이나 되고 큰 바다에 배를 띄운 것이 세 번이므로, 윤공의 말이 그대로 맞았다. 또 뜻밖의 재난에 상하고 많은 비방에 희롱을 당했으니, 과연 하늘의 뜻이 어떻다고 하겠는가? 점치는 자가 일찍이, "아무 일 없이도 비방을 들을 것이다'라고 했다. 운수와 천명은 과연 피할 수 없는 것이다.

권섭은 그간에 어린아이의 죽음을 열세 번이나 보아왔고, 자기 자신은 여섯 번 큰 병을 앓았고, 세 번 이상한 짐승을 만났으며, 네 번 험한 물결을 만났다. 이러한 것들은 모두 운수와 천명에 따라 정해져 있는 것인지 모른다고 생각했다. 더구나 집을 먼 곳으로 여덟 번 옮긴 것과 큰 바다에 세 번 배를 띄운 것은 외조부의 청으로 윤계尹堦가 점을 쳐서 "여덟 번 귀양 갈 것이고 세 번 큰 바다를 건널 것이다. 세상에 나가지 않으면 그렇지 않을 것이다"라고 했던 것과 일치한다. 실은, 윤계가 그의 수명을 팽조彭祖와 같을 것이라고 점친 것도 들어맞았다. 권섭은 54세에 스스로 묘지명과 묘표를 짓고 이 〈자술연기〉까지 지었지만, 그가 세상을 뜬 것은 1759년영조35, 기묘 2월 6일이다. 향년 89세였으므로 천수를 누렸다고 할 만하다.

87세 때 그는 자신의 묘표에 음기陰記를 다시 적었으나 묘표에 새기게 하지는 않았다. 그 음기도 하나의 자서전이다.

옹은 어려서부터 귀주貴主, 공주의 집과 재상의 집에서 자라 대부분 몸이 번화한 환경에 놓여 있었으나 담박한 마음을 바꾸지 않았다. 유년시절에 시를 지을 줄 알아 기동奇童이니 재동才童이니 하며 칭찬을 받았다. 조금 성장해서는 수많은 선비와 벗 사이에서 헛된 명성을 훔치기도 했다. 날마다 백부權相夏를 곁에 모시고 천인성명天人性命에 관한 말씀을 대충 듣기도 했으나 스승과 제자라는 명분을 세우지는 않았다. 선생들과 어른들의 문하에서 한가로이 규격을 따르는 글은 익히지 않았고, 과거에 응시하지 않은 것은 봉록을 추구하는 것을 부끄럽게 여겨 싫어했기 때문이다. 외방에서 노닐기를 좋아해서 70년 동안 전국 7도의 산천을 두루 구경했고, 큰 바다에 배를 띄워 노닌 것이 세 번이었으며, 방외의 선비라는 호칭을 마다하지 않았다.

손자는 수십 명이나 되었으나, 이미 태반이나 죽어 산에 묻었는데도, 사람들은 나의 눈과 귀, 그리고 정신이 멀쩡하다고 하여 지상선地上仙이라 지칭하고 있으니, 우습도다, 인간 세상에 어찌 체읍선涕泣仙, 훌쩍훌쩍 우는 신선이 있을 수 있으랴. 스님도 아니고 속인도 아니며, 어중간한 위치에 멈추고 있으니, 이처럼 살다가 이처럼 죽는다면 내 죽은 다음에 누가 다시 나를 알아주랴?

그래서 작은 묘표석에 백취옹이라고만 쓰고 성명은 드러내지 않는 것이다. 이미 동생의 글씨로 짧은 묘지명과 서문을 써두었고, 또 스스로 그 아래에다 이렇게 쓰는 것은, 이후에 태어날 많은 자손으로 하여금 옹이 어떤 사람이었는지 알게 하기 위함이다.

87세에 더 쓰다.

사람들은 고령임에도 정신이 말짱한 자신을 두고 지상을 다니는 신선
이라고 말한다. 하지만 권섭은 군이 자신을 신선에 빗댄다면 훌쩍훌쩍 우
는 신선이라고 했다. 삶의 온갖 고통을 겪은 사람이 할 수 있는 말이기에
묘하게 무게가 느껴진다. 🍁

참고문헌

- 권섭權燮, 〈자술묘명自述墓銘〉, 《옥소고玉所稿》, 석인본石印本 13권 7책, 연세대학교 중앙
  도서관 소장.

- 권섭, 문경새재박물관 역, 《유행록》, 민속원, 2008.

- 이창희 역주, 《내 사는 곳이 마치 그림 같은데》, 문경새재박물관, 2003.

- 박이정, 〈18세기 예술사 및 사상사의 흐름과 권섭權燮의 황강구곡가黃江九曲歌〉, 《관악
  어문연구》 27, 2002, pp.283~304.

- 안계복, 〈옥소 권섭의 꿈의 세계에 나타난 경관 특징〉, 《한국전통조경학회지》 22~3,
  2004, pp.45~55.

- 조성산, 〈옥소 권섭의 학풍과 현실관〉, 《동양학》 41, 단국대학교 동양학연구소, 2007.
  pp.125~147.

- 신경숙 외, 《18세기 예술·사회사와 옥소 권섭》, 다운샘, 2007.

- 신경숙 외, 《옥소 권섭과 18세기 조선 문화》, 다운샘, 2009.

9

재주 있음과 없음 사이에서 노닐었다

남유용南有容, 〈자지自誌〉

군은 집에서는 특별한 행동을 하지 않았고, 조정에 서서도 기이한 절개라 할 만한 것이 없다. 글 읽기를 좋아했으며, 공리功利와 기수機數에 대한 말만은 좋아하지 않았다. 그러므로 그의 학문은 정도經는 알았으되 변법變은 알지 못했으며, 멀리 보는 것을 귀하게 여겼지만 가까운 공적은 대수롭지 않게 보았다.

누군가 그의 어리석음을 비웃었지만 그는 어리석은 것을 가지고 스스로 기뻐했다. 사람들이 기리고 헐뜯고 아끼고 욕보이거나 거기에 마음을 두지 않았다.

마음을 망령되이 쓰지 않았고 발로는 아무 데나 가지 않았으며 사물을 함부로 취하지 않았다. 자신을 낮추고 그칠 데서 그칠 줄 알았기 때문에, 험한 길을 갔으되 실수를 하거나 상처를 입지 않았다. 70세에 상서대학사尙書大學士

로 벼슬을 그만두고 물러났다.

초상화에 "도는 맛없는 것을 맛있게 먹는 데 두었고, 몸은 재주 있음과 없음 사이에서 노닐었다道在味其無味處, 身遊才與不才間"고 적었다. 그리고 사람들에게 이렇게 말했다. "후세에 나를 찾는 자가 있다면 나는 여기에 있을 것이다."

남유용南有容, 1698~1773은 140자밖에 안 되는 이 짧은 자찬묘지에서, 자신의 삶이 대단히 흡족했다고 회고했다.

남유용은 노론 경화거족의 인물로 이재李縡의 문인이었으며, 정조가 세손일 때 보양관輔養官이었다. 곧 영조는 세손이 세 살 되던 1754년 8월에 보양청을 두고, 영의정 이천보李天輔의 청으로 민우수閔遇洙와 남유용을 보양관으로 삼았다. 남유용은 정조의 원손 시절 사부로 발탁되어 보도하는 공을 세웠고, 국가사업에 협찬한 공이 컸기 때문에, 영조가 만년에 죽자 정조는 등극한 지 얼마 안 되어 운각芸閣에 명하여 그의 문집을 간행해주도록 했다.

남유용은 명문장가였다. 그는 이천보李天輔·오원吳瑗·황경원黃景源과 함께 동촌에 거주했다. 세간에서는 그들 넷을 한문 4대로 꼽고, 또 동촌파라고도 불렀다.

또한 남유용의 아들 남공철南公轍도 정조 때 관각문인으로서 명성을 떨쳤다. 남공철은 1760년 남유용이 63세의 늦은 나이에 셋째부인 안동금씨와의 사이에서 낳은 아들이다. 정조 때의 재야 문인 유한준은 남유용의 문인으로서 고문가의 명성이 있었다.

묘는 현재 경기도 성남 율동에 있다. 묘 앞에는 아들 남공철이 1805년에 지은 비문을 새긴 신도비가 세워져 있다.

남유용은 1698년숙종 24 11월 23일, 서울 서부 사직동의 외가에서 태어났다. 1721년경종 원년의 진사시에 합격하고, 1736년영조 12 정월에는 세자익위사 시직이 되었으며, 1740년 8월에 문묘 친시에서 병과로 급제했다.

1741년영조 17 10월, 정언으로 있으면서 상소하여 신유대훈辛酉大訓을 논한 일 때문에 해남으로 유배갔다. 대훈이란 신임옥사 때 축출되어 사사되었던 노론의 네 대신 가운데 김창집과 이이명을 경신년 즉 영조 16년 1740에 최종적으로 신원하는 처분을 영조가 내린 뒤, 이때에 이르러 신임옥사를 최종적으로 무옥誣獄이라고 규정한 것을 말한다. 이해가 신유년 1741, 영조 17이었으므로, 영조의 이 대훈을 흔히 신유대훈이라고 부른다. 당시 남유용은 유배당하기는 했으나, 신유대훈 이후로 노론 중심의 탕평정치가 시작되었다.

이듬해 정월에 석방되고, 12월에 직첩이 환급되었다. 1744년 5월, 도당록都堂錄에 수의首擬되었으나 대훈을 범한 일이 있었다는 이유로 도당록에서 이름이 삭제되었다. 그해 8월에 이조정랑이 되었으나 사직하여 체차되었다.

1748년 정월에 숙묘어진모사도감肅廟御眞模寫都監의 도청都廳으로서 일을 마쳐, 그 공으로 통정대부의 품계에 올랐다. 4월에 우부승지로 있으면서 이광좌李光佐를 신구伸救한 이종성李宗城을 배척하는 계를 올렸고, 그 때문에 8월에 곡산부사로 나갔다. 1752년 3월, 의소세손 애책문懿昭世孫哀册文을 필사하여 올리고, 그 공으로 가선대부의 품계에 올랐다. 1754년 8월, 안악군수가 되었으나 부임에 앞서 민우수閔遇洙와 함께 원손 보양관이 되었다. 11월에는 병조참판이 되었다.

1755년 5월에 《천의소감闡義昭鑑》을 찬수하게 되자, 그 당상관으로서 일을 지휘했다. 1757년 정월에는 원손의 사부가 되었다. 1758년 10월에 공조참판이 되었으나, 11월에 영조가 의중에 두었던 정휘량鄭翬良 대신 이존중李存中을 문형으로 천거한 일로 울산부사로 보외되었다. 1759년 정월에 예문관 제학이 되었다. 3월의 식년 회시에 시관으로 부름을 받았으나 사양하였고, 그 때문에 철원부에 유배되었다가 6월에 석방되었다. 1765년 7월에 세손을 보도한 공으로 지중추부사·형조판서가 되었다. 1766년 귀후서 제조를 겸하고, 대사헌이 되었다. 8월에는 다시 세손을 보도했던 공으로 정헌대부의 품계에 올랐으며 승문원 제조가 되었다. 1767년 1월에 기영사耆英社에 들었는데, 상소하여 치사致仕를 허락받았다.

치사한 이 해에 남유용은 다시 다음과 같은 〈자서自敍〉를 지었다. 자찬묘지만으로는 자기 자신을 온전히 이해시키기에는 부족하다고 여긴 듯하다.

거사는 성이 남씨이니, 의령현 사람이다. 이름은 유용有容이고, 자字는 덕재德哉이다. 공자께서 남용南容을 일러 말씀하시기를 "덕을 숭상하는도다, 이 사람이여"라고 하셨으니, 부친께서 명명하신 이유이다. 부친은 휘가 한기漢紀이니 동지돈녕부사를 지내시고 의정부좌찬성에 추증되셨으며, 모친은 청송심씨로, 정경부인에 추증되셨다. 태학사 문헌공 휘 용익龍翼 어른과 영남관찰사를 지내시고, 이조판서에 추증되신 휘 정중正重 어른이 증조부와 조부이다.

숙종 24년 무인년1698에 태어나, 경종 신축년1721에 진사가 되고, 금상영조 즉위 초에 세 번 벼슬을 제수받고 두 번 사직했으며, 이어 세자 시직이 되었다가, 세 번 자리를 옮겨 영춘현감이 되었다. 경신년1740, 영조 16 가을에 주상께서 몸소 문묘에서 선비들을 선발하셨는데, 거사가 병과에 급제했다.

조정에선 28년간 거쳤던 자리가 모두 선직選職이었으니, 그 지망地望이 맑고 고귀함은 동렬들이라 해도 혹 나란히 할 수 없었다. 그러나 간혹 주상께서 관직을 삭탈하고 귀양 보냄을 당해, 곤액이 권귀權貴의 신분에까지 미쳐서, 조정에서 편안히 지내지 못한 것이 반이었다.

무진년1748, 영조 24에 선왕숙종의 어진御眞이 완성되자 도청都廳을 맡았던 노고로 통정대부의 품계에 올랐다. 임신년1752, 영조 28에는 의소세손 애책문懿昭世孫哀冊文을 필사하여 올려, 그 공으로 가선대부의 품계에 올랐으며, 을유년1765, 영조 41에는 문형대제학을 오래 맡은 공으로 자헌대부의 품계에 올랐고, 병술년1766, 영조 42에 세손 보도의 공으로 정헌대부의 품계에 올랐으며, 정해년1767, 영조 43에 치사致仕하자 또 숭정대부의 품계가 더해졌다.

거사는 성정性情이 우활하고 옛것을 믿어, 성인의 말씀은 고금을 막론하고 모두 행할 만하니, 이것을 벗어나 다스림을 말하는 자는 거짓되다고 생각했다. 그러므로 임금을 섬김에 스스로 호오好惡·시비是非·용사用舍·사명詞命을 모두 바름에 한결같이 하고 사사로움이 없고자 했으며, 조정의 사람들과 사귐에는 윗사람에게는 아첨하지 않고, 아랫사람에게는 우쭐대지 않았으며, 추한 것에 대해서도 꺼리지 않아, 모두 한결같이 공정하고 청렴한 길을 따르고자 했다. 말과 문장에 드러내는 것은 자못 유술儒術로써 스스로 보완했다. 그러나 윗사람은 나의 마음은 믿되 활용함에는 의심하고, 아랫사람은 나의 다름을 싫어하여 따라서 비방하니, 거사가 끝내 그 법도를 바꿔 세상이 좋아하는 것으로 달려가지 않고, 유유由由, 스스로 만족하는 모양히 거하고, 담담澹澹, 마음이 흔들리지 않는 모양히 머물렀다.

중년의 벼슬길이 대부분 유학과 사림에 있어, 자주 주부州府를 맡기를 구했으나, 또한 오래 있었던 적이 없었다. 69세 되던 해 섣달에, 상소上疏하여 치사致仕하기를 구하고, 이듬해 봄에 은혜를 입어 휴가를 윤허받아, 마침내 그 당堂에 영로榮老라 편액扁額하고, 문을 닫아걸고는 세상일을 묻지 않고 문장을 지으며 혼자서 즐겼다.

남유용이 지은 시 〈삼전도를 지나며過三田渡有作〉를 보면, 그가 대의명분을 매우 중시한 사실을 잘 알 수 있다.

돌로 나거든 굳고 높기를 바라지 말지니
삼전도 어구의 비석을 보라.
사람으로 나거든 재주 있고 글 잘하기 바라지 말지니
삼전도 비석 위의 글귀를 읽어보라.
삼전도의 물이 밤낮으로 넘실넘실 흘러
동강 물가에 바로 이어지기에
훗날 동강을 들른다면
나의 소에게 그 강물을 마시지 않게 하리라.

石生不願堅以穹 석생불원견이궁　　試看三田渡口碑 시간삼전도구비
人生不願才且文 인생불원재차문　　試讀三田碑上辭 시독삼전비상사
三田日夜流沄沄 삼전일야류운운　　下流直接東江涘 하류직접동강사
他年若過東江去 타년약과동강거　　莫以吾牛飮江水 막이오우음강수

1772년영조 48 정월에 《명서정강明書正綱》에 직서한 일이 문제되어, 남

유용은 파직되고 서용하지 말라는 처분을 받았다. 하지만 1773년 정월에 숭록대부의 품계에 올랐다.

이해 7월 13일, 서울 초동 본가에서 운명하여, 9월에 광주 석마향石馬鄕 율리栗里에 장사지냈다. 정조 2년인 1778년의 9월에 정조가 운각芸閣으로 하여금 그의 문집을 간행해주도록 명하고, 승지를 보내어 치제致祭했다. 이듬해 1779년정조 3 12월, 문청文淸의 시호가 내렸다.

남유용은 〈오백옥에게 주는 서신與吳伯玉〉에서 구양수가 여섯 가지를 좋아해서 육일거사라 한 것을 두고 욕심이 너무 많았다고 비판했다.

구양수는 자기 집에 책이 1만 권, 조부 때부터 금석문을 모은 첩이 1천 권, 거문고 하나, 바둑판 하나, 술병 하나가 있어서 자기를 포함하여 여섯 가지의 '하나'가 있다고 해서 육일거사라 한다고 했다. 그래서 스스로의 전傳인 〈육일거사전〉을 지어 이렇게 말했다.

"무릇 선비로서 젊어서는 벼슬하고 늙어서는 물러나 쉬어서 나이 칠십을 기다리지 않고도 그런 사람들이 있다. 나는 평소 그런 사람들을 사모했다. 이것이 내가 마땅히 벼슬길에서 떠나야 할 첫번째 조건이다. 또 나는 일찍이 세상에 쓰였지만 여태 아무런 칭송할 만한 것이 없다. 이것이 내가 마땅히 벼슬길에서 떠나야 할 두번째 조건이다. 그리고 나는 장성했을 때도 이랬는데 지금 이미 늙고 병들었음에도 불구하고 강인하게 버틸 수 없는 노쇠한 몸뚱이로 분수에 넘친 부귀영화를 탐낸다면, 이것은 장차 내 본뜻을 저버리고 스스로 자기 말을 실천하지 못하게 될 것이다. 이것이 내가 마땅히 벼슬길에서 떠나야 할 세번째 조건이다. 내가 이 세 가지 떠나야 할 조건들을 짊어졌으므로 비록 저 다섯 가지 물건이 없더라도 떠나가는 것이 마땅하니, 다시 무슨 말을 하랴!"

구양수는 그러한 후에, 자신의 물욕을 버리고 향리로 돌아가 조상 대대로의 거처를 지키면서 소박한 삶을 살겠다고 밝힌 것이다.

남유용은 그 뜻에 공감하면서도 구양수에 대해 욕심이 많았다고 조금은 해학적으로 말했다. 그러면서 자신은 당호를 삼일三一이라 한다고 했다. 그것은 곧, "책 1만 권에 술 한 병을 둔다면, 진실로 한 번 술 따르고 한 번 읊고 하여 기분 좋게 스스로 즐길 수가 있어서, 작게는 득실을 한 가지로 동일하게 보아 영광과 모욕을 가슴속에서 잊어버리고, 크게는 형체와 육신을 바깥으로 돌려 삶과 죽음을 하나로 볼 수 있다"는 뜻에서였다.

기욕을 줄이고 간소한 삶을 살아가겠다는 뜻을 '삼일'이란 말 속에 압축해 드러낸 것이다. 🍁

참고 문헌

- 남유용南有容, 〈자지自誌〉, 《뇌연집雷淵集》 권22 묘지墓誌. ; 〈자서自叙〉, 《뇌연집》 권22 묘지, 한국고전번역원 한국문집총간 218, 1998.
- 남유용, 〈오백옥에게 주는 서신與吳伯玉〉. 《뇌연집》 권15 서書.
- 임유경, 《영조조 사가四家의 문학론 연구》, 이화여자대학교 박사논문, 1991.

10

이것이 섭섭할 따름이다

윤기尹愭, 〈자작뇌문自作誄文〉

무명자無名子는 나이가 아흔에 이르렀으니, 요절이 아니며

관직이 붉은 비단옷을 입고 옥관자를 띠므로, 작지 않았다.

얼고 굶주려 구렁과 골짝에 뒹굴게 되는 걸 면했으므로, 가난하지 않으며

태평시대에 나서 태평시대에 늙고 태평시대에 죽으니, 일진이 나쁘지 않았다.

그 사람됨은 겉으로는 부드러워도 안으로는 굳세되, 오로지 임진任眞, 천진에

내맡김을 분수로 여겨

세상과 겨루는 바가 없고, 남에게 구하는 바가 없었다.

오로지 성인의 말씀 이것을 믿고, 오로지 일념의 잘못 이것을 미워했으며

이리저리 돌아보지 않고 홀로 행하여, 시류에 뇌동하거나 더러운 이와 부합

함을 부끄러워했다.

삶과 죽음의 이치는, 궁극에까지 알고

이 몸이 죽은 이후의 일은, 묵묵히 헤아려 알기에

병들어도 상하의 신명에게 기도하지 않고, 죽어도 친우들에게 만사와 뇌사를 구하지 않았다.

유계遺戒는 무익한 공언을 짓지 말라는 것이며, 산지무덤는 망령스럽게 곧바로 옮기는 것을 허락하지 않는다.

이에 인간세상을 헌신 벗듯 벗어던지고, 크고 넓은 우주의 근원으로 호탕하게 돌아갔으니

평생을 돌이켜보아, 부디 낯부끄러워함을 면하기 바란다.

다시 미련이 없으니, 어찌 유쾌하고 즐겁지 아니하랴

그러나 차마 곧바로 영결하지 못하는 것은, 천지의 큼, 해와 달의 빛, 산천의 밝고 수려함을, 다시는 볼 수가 없기 때문이요

사당과 선영에 무릎 꿇고 절하는 예절을, 다시는 펼 수가 없기 때문이다.

성인의 경經과 현인의 전傳 및 세간의 만 권 서적 가운데, 평생 사랑하고 즐겨서 손에서 놓지 않았던 것들을 다시는 맛볼 수 없기 때문이기도 하니

이것이 섭섭할 따름이다.

무명자無名子는 병들어도 상하의 신명에게 기도하지 않고, 죽어도 친우들에게 만사와 뇌사를 구하지 않고, 안심입명安心立命의 뜻을 담은 뇌문을 스스로 지었다. '뇌誄'는 죽은 이를 애도하는 조사弔辭나 만사輓詞다. 공적을 서술하여 기도하는 글이라고도 한다. 그가 상하의 신명에게 기도하지 않은 것은 공자가 위독했을 때 상하의 신명에게 기도하기를 거부한 것과 같은 태도이다.

공자가 위독해지자 제자 자로子路가 기도하기를 청했으나, 공자는 병나

면 기도하는 일이 예법에 나오느냐고 물었다. 자로가 "있습니다. 뇌誄에 보면 상하 신명에게 기도한다고 했습니다"고 하자, 공자는 "내가 기도해온 것이 오래되었다"고 하였다. 금각의 자찬묘표를 읽으면서 언급했듯이 공자는 평소의 삶이 신명神明의 뜻과 부합했기에 기도를 일삼을 필요가 없다고 거부한 것이다. 무명자는 그 뜻을 따르겠다고 했다.

그런데 《주역》 대유大有괘의 상구上九 효사에 보면 "하늘이 도우면 길하여 이롭지 않음이 없다"고 했다. 하늘이 무조건 도와준다는 뜻이 아니라, 신실한 삶을 살면서 명命에 순종해야 하늘이 도와준다는 말이다. 군자라면 생명의 한계인 대한大限을 망각하고 욕심 부리는 것을 부끄럽게 여겨야 할 것이다. 무명자는 그런 군자의 태도를 견지하려고 했다.

무명자는 누구인가?

영락한 가문의 남인 학자였던 윤기尹愭, 1741~1826가 그다. 본관은 파평이며, 이익李瀷의 문인이다. 그는 78세 되는 1818년 무렵에 스스로 뇌문을 지었다. 그는 스스로 〈무명자전〉을 지었으며, 또 스스로 묘지문도 지으려고 마음먹었다. 다만 자손들이 장지를 제대로 마련할지 몰라 묘지문을 짓지는 않고, 그 대신에 이 뇌문을 스스로 지어 자신의 삶을 스스로 평가했다.

1741년영조 17 6월 16일에 서울 냉천동에서 태어나, 일곱 살 때인 1747년에 부친상을 당했다. 18세 때인 1758년에 영산신씨 신광필辛光弼의 따님에게 장가들었다.

20세 때 이익을 배알하고 《소학》을 배웠다. 학문에 정진하는 한편으로 과거에 대비해서 과문科文을 연습하기도 했다. 그러나 소과 생원시에 합격한 1773년 이후로 20년간 성균관 유생으로 지냈다. 52세가 된 1792년정조 16 3월에야 대과에 합격했다. 대과 합격 이후로도 미관말직을 전전해야 했다. 당시에는 권문세도가의 자제여야만 과거에 합격한 후 청현직淸顯職에 임용될 수가 있었다. 1793년정조 17 승문원 권지정자가 되고, 승육陞六하여 사과司果가 되었으며, 성균관 전적을 거쳐 종부시 주부가 되었다. 1794년 예조좌랑, 강원도도사가 되었다. 1795년 12월에 사헌부 지평, 1796년에 이조좌랑이 되었다. 1797년 봄에 이조낭관으로서 송간宋侃의 시호를 내리기 위해 고흥에 다녀왔다. 그뒤 남포현감이 되었는데, 8월에 남포 유생들이 금령을 어기고 사원을 지은 일로 인해 파직되어 12일간 감옥에 갇혔다. 1798년에 사헌부 장령, 1799년에 통례원 우통례가 되었다. 1800년 황산도 찰방이 되었는데 1801년순조 원년겨울의 전최殿最에서 중고中考를 받고 파직되었다. 1803년 8월에 《정조실록》 편수관이 되었다. 1805년 군자감 정, 1806년에는 우통례가 되었다. 1807년 7월에 좌통례를 거쳐 헌납이 되었으나, 토역에 참여하지 않았다는 이유로 간삭刊削의 처벌을 받았다. 1815년에 처가의 고향인 양근으로 이주했다. 1820년에 호조참의가 되었다. 1822년부터 1824년까지 《자치통감강목》을 손수 베꼈다. 1826년순조 26 8월 18일에 작고했다. 향년 86세였다.

윤기는 언젠가 거울에 얼굴을 비춰보면서 이런 찬贊을 지었다.

낯빛은 온화하고 눈은 밝으니

외유내강한 자가 아니겠는가.

입으론 말을 내지 않는 듯하고 귀는 희고 수염은 성그니

말은 눌변이면서 행실은 방정한 자가 아니겠는가.

강하면서 방정한 자는 하지 말 것豤을 결코 하지 않으니

광견狂獧한 자의 부류가 아니겠는가.

하지만 성인에게 재결을 얻지 못했으니

나는 향원鄕愿의 근심을 면하지 못한 것이 아닌가.

향원으로 전락하지 않고 차라리 광견의 인물이고자 하는 마음가짐이 이 찬에 잘 나타나 있다. 《맹자》〈진심·하〉에 보면 덕을 해치는 존재인 향원은 뜻 높은 광견狂獧의 사람들을 두고 "행하는 것이 어이 그리 쓸쓸하고 고독하단 말인가. 이 세상에 태어난 바에는 이 세상 사람들과 살면서 사람 좋다고 인정받으면 되는 것이 아닌가?"라고 말한다고 나온다. 윤기는 그러한 유혹을 단호하게 거절했다.

윤기는 80세 때 본관과 이름, 자인 '파평윤기경부坡平尹愭敬夫'를 이용해 수수께끼 시를 지어, 자신의 정신경계를 드러낸 일이 있다. 여덟 글자가 하나의 글자를 풀이하는 방식으로 된 수수께끼이다.

무심하고자 뜻을 두어, 치우치게 되면 말을 하지 않는다

　　志以無心 詖則不言 ～ 坡　지이무심 피즉불언 ～파

하나에서 먼저 얻어서, 이에 팔십이로다

　　先得乎一 八十於焉 ～ 平　선득호일 팔십이어 ～평

옛날에는 이윤이 있었더니, 지금은 그 사람이 누구인가

　　昔有曰伊 今誰其人 ～尹　석유왈이 금수기인 ～윤

심겨지길 꼿꼿이 하고 점을 양쪽에 끼고 있으면서, 늙어갈수록 나날이 새로워진다

　　樹直夾點 老而日新 ～ 愭　수직협점 노이일신 ～기

구차함은 스스로 전공 삼지 않으며, 반드시 문으로써 보필한다

　　苟不自專 必輔以文 ～ 敬　구불자전 필보이문 ～경

다리로 밟고 소고 머리는 우뚝 솟아, 위로 하늘에 달한다

脚踏頭竦 上達于天 ~ 夫 _{각답두송 상달우천 ~부}

윤기는 일생 동안 지독하게 가난했다. 젊어서 그는 속히 결과_{決科, 과거 합격}하지 못하고 오랫동안 시일을 허비한 것을 두고 '오입_{誤入}' 즉 잘못 들어간 일이라 했고, 늦은 나이에 관직에 가까스로 나갔지만 우선 당장의 편안함만 생각하느라 선산을 미처 제대로 가꾸지 못한 것도 오입이라고 했다. 1817년 11월에 부인을 잃고 여든의 홀아비로 지내면서 곤궁을 곱씹어야 했던 어느 날, 그는 자기 삶에서 오입한 일들을 하나하나 헤아리고 있었다.

무명자가 가난하고 구차함 속에서 태어나, 성장해서도 서너 서까래의 집도, 한 치의 땅도 없어서, 마침내 남의 행랑 아래에서 더부살이가 되거나 혹은 빈 집을 빌려서 살았다. 하도 궁해서 죽으려고 하면서도 김매고 북돋는 일을 배우지 않고, 굶주림을 참으며 옛 서적을 읽고 좀먹은 책을 베끼며 공령_{功令}의 업_{과거업}으로 삼아서, 때때로 태학_{성균관}에 유학하기도 했지만 대개 이미 잘못 들어간 것이었다.

쉰 살에 비로소 석갈_{釋褐, 과거합격}하고 예순에 우승_{郵丞}의 직_{황산도 찰방}을 얻었기에, 마침내 작은 집을 사서, 이에 집을 지니게 되고, 또 밭 서너 이랑을 사서 이에 곡식을 심게 되었다. 자식이 하나 있어서 부형의 뒤를 잇게 하고_{장남 尹翼培, 1807년 생원시에 합격함}, 또 한 자식이 있었으나 일찍 죽었으므로_{차남 尹心培, 1794년에 요절함} 재종제의 아들을 자식으로 삼게 했으니, 이에 자식이 있게 되었다.

선산이 통진의 장단에 있었지만 두 대에 걸쳐 모두 따로따로 장례를 했었는

데, 선인부터 이장하여 합장하려고 했으나 힘이 달려서 미처 하지 못했다. 또 부모의 분묘가 통진에 있지만 묘전墓田이 없었으므로, 선뜻 누가 묘지기가 되어 벌목과 방목을 금하려고 하지 않았다. 이 두 가지는 정말로 급선무이지만, 가난에 손상을 입었던 까닭에 먼저 몸뚱이를 가리고 밥을 구할 계책을 세워야 했다. 게다가 "다행히 월급이 있으니 마땅히 차차 행하자"라고 생각하며, 관리의 일은 경각의 시각도 보존할 수가 없다는 사실을 아예 몰랐으니, 이것도 역시 잘못 들어간 것이었다. 오래지 않아 폄출되어 돌아오게 되었으니, 그 이후에 다시 어찌 외직에 임명될 바람이 있겠는가? 얼마 되지 않아 집을 팔고 낙향을 하고, 밭을 야금야금 먹어치워 마침내 죄다 팔아치운 다음에야 그쳤다. 그리고 본생 계보에서 나와 후사가 되어준 자식이 부친이 굶주리고 곤궁한 것을 보고는 맞아들여서 조석 끼니를 대어주었다. 이때 나이가 이미 팔십에 육박한 데다가 홀아비가 되었으니1817년 11월에 부인 靈山辛氏가 죽었음, 홀홀하게 홀로 앉아 홀로 말하면서, 지난날의 허물과 재앙을 하나하나 헤아리며 자책하고 있었다.

꿈속에 하늘나라로 끌려간 윤기는 옥황상제로부터 다음과 같이 꾸지람을 듣는다. 이것은 곧 그 자신의 내면에서 우러나는 소리였다.

네가 과거를 통해 벼슬을 얻은 것은 곧 스스로 먹고 조상에게 은혜 갚을 이치였다만, 그것이 어찌 네 힘으로 얻을 수 있었겠느냐? 남의 자손이 된 사람이라면 스스로 진력해야 할 바였다. 오로지 분묘의 경우에는 다행이 행할 수 있는 때를 만났거늘, 급선무의 의리를 헤아리지 못하고는 마침내 스스로 편안할 계책만 했으므로 선인이 어찌 '내게 후손이 있다'고 여기겠느냐? 이것은 너의 죄이다. 너의 일 행하는 것이 이와 같으므로, 이른바 스스로 행했다는 것들이 곧바로 탕진되어버렸으니, 이것은 남이라면 능히 할 바가 아니었다. 만일 네가 그 마땅히 해야 할 바를 먼저 하였더라면 외직의 보임이 반드시 곧바로 체직되지는 않았을 것이고, 그렇다면 반드시 이 지경에 그치지는 않았을 것이며, 집과 땅도 반드시 모두 없어지지는 않았을 것이다. 지금 비록 가련하기는 하지만 네가 스스로 취한 것이거늘 감히 억울하다 하겠느냐?

더구나 네게 자식이 있었으나 요절한 것은 하늘이 끊어버린 것이다. 다행히 장남이 있어서 비록 종가를 이으러 갔지만 그는 곧 네 자식이다. 너를 먹여주고 너를 거두어줄 책임을 어찌 사양하겠느냐? 너는 마땅히 이렇게 스스로 결정해야 했거늘, 별도로 명령양자을 구해서 그로써 후사가 있게 하고자 했으니, 이것은 하늘을 어긴 것이다. 그래서 필경 그 취양就養, 자식의 봉양을 받음은 곧 그 본생의 자식에게 달려 있는 법이다. 그렇다면 너의 사사로운 뜻은 하나도 제대로 효과를 보지 못하고, 죄다 다른 본분으로 돌아가고 말아서, 터럭 하나만큼의 차이도 나이 않았으니, 천기天機의 오묘한 운행이요 인간사의 호환好還이 이와 같은 것이다. 너는 알았느냐?

윤기는 꿈속에서 자신의 죄를 인정하고 깨어나, 평소 스스로 후회하고 스스로 꾸짖는 마음이 속마음에 쌓여 있어서 몽매간에 드러난 것이 아니겠는가 생각했다.

윤기는 당시 지식인들이 염치를 모르고 이익만 추구하는 행태를 보고 개탄했다. 1826년순조 26, 병술 5월 21일부터 병으로 누워 있었지만, 8월 7일에 똥 푸는 사람의 일을 소재로 〈서측자설抒厠者說〉을 지어 그러한 뜻을 우의적으로 드러냈다.

똥 퍼내는 사람은 종일 일을 해서 한 지게 분량을 농부에게 주면, 농부는 돈으로 보답하니, 그 이익은 족히 처자식에게까지 미친다. 언젠가 저녁에 돌아가다가 깊은 산가의 옅은 흙들무덤 속으로 들어가게 되었다. 그런데 평소 알던 한 사람이 쇠몽치를 휘둘러 그 속에 넣고는 온힘을 다 뻗쳐서 일을 하고 있었다. 똥 푸는 사람이 웃으면서 그를 욕보이며 “아니 자네가 이런 일을 한단 말인가? 위험하지 않은가? 그대는 남들이 차마 하지 못하는 일을 차마 하고 있으면서 아전의 매서운 눈초리를 벗어나서 몰래 하고 있으니, 앙화가 작지 않을 거야”라고 했다. 그러자 그 사람이 똑바로 노려보면서, “자네는 자네 하는 일이나 해. 어찌 남이 이익 볼까 꺼리면서 이것을 두려워한단 말인가? 나도 처음에는 부끄러운 마음이 없지 않았지. 지금은 그런 마음이 다 없어졌어. 나는 내 몽치를 조종해서 그 속에 넣어서는 아주 쉽게 연 다음에 아주 재빠르게 벗겨내어서는 그걸 얻어가지고 돌아가, 소주에 적셔두고 맑은 샘물로 씻어두면 마치 새 옷과 같아지지. 그걸 시장에 팔면 이익이 혹 곱절이야. 어찌 자네처럼 날마다 똥구덩이 속에서 정신없이 일하겠어?” 똥 장군 지는 사람은 묵묵히 그 말이 옳다고 여겼다.

윤기는 세상을 이별하는 〈사세사謝世辭〉를 남겼다.

동몽이 나를 찾아야 하지, 내가 찾는 것이 아니건만
나는 찾을 것이 없으니, 누구를 또 따라 노닐 것인가.
나는 남을 찾으려 하지만, 남은 모두 수치스러워하고
스스로를 앎도 밝고, 남을 앎도 주도하기에
차라리 문을 닫고, 졸拙로써 자기를 닦는 것이 낫도다.

이응李膺의 문에는 다투어 오르려 하지만, 두보의 마을은 홀로 그윽하고

배도裵度의 빈객은 저자를 이루지만, 사안謝安의 음주에는 동무가 없었다.

심휴문沈休文의 계단에는 푸른 동전이끼이 가득하고, 왕휘지王徽之의 섬계剡溪

에는 밤배가 적적하며

사령운謝靈運은 뜰의 지당池塘에 난 풀로 봄을 알고, 도연명 집에서는 울타리

국화가 가을을 알렸다.

후한 때 장중울張仲蔚의 거처에는 쑥대머리가 웃자라 있고, 당나라 두보는 하

릴 없이 흰 머리를 긁었으며

후한의 원안袁安은 큰 눈 내리자 밖에 나가지 않으니, 누가 청안靑眼을 씻을

것인가?

문에는 두드리는 사람 없고, 시는 깊은 시름을 쏟아내는데

물은 노한 듯이 시끄럽고, 산은 감옥같이 에워싸고 있도다.

향원鄕原이 원망하지 않는다면, 무엇이 해치랴 짐짓 그만두자꾸나.

새해를 맞고 전송함을 이미 끊었으나, 세월마저 저절로 없어지누나.

어느 곳에서 척모刺毛하랴, 불의로 얻는 부귀는 내게 뜬 구름과 같도다.

의義가 있고 명命이 있거늘, 무엇을 원망하고 무엇을 탓하랴

다만 해소하기 어려운 것은, 칠실漆室의 근심이로다.

윤기는 자신의 삶을 두보·사안·심휴문·왕휘지·사영운·도연명·장중
울·원안 등의 삶에 견주어보았다. 특히 그는 자신이 장중울이나 원안의
처지와 같다고 했다.

장중울은 평릉平陵 사람인데, 같은 군의 위경경魏景卿과 함께 도덕을 닦
으면서, 몸을 숨겨 벼슬을 살지 않았다. 거처하는 곳은 쑥대머리가 사람의

키보다 더 컸다. 문을 닫아걸고 품성을 양성했으며 영화로운 이름을 추구하지 않았다. 황보밀의 《고사전高士傳》에 나온다.

원안은 후한 때 은둔자다. 낙양에 대설이 내렸을 때 낙양령洛陽令이 순행하다가 그의 문 앞에 이르러 사람이 다닌 흔적이 없음을 보고는 원안이 죽은 줄 알고 눈을 치우고 들어가 보니 원안이 누워 있었다. 어째서 나오지 않고 누웠느냐고 묻자 원안은 "대설이 내려 사람들이 모두 굶주리는 판이니, 남을 간섭하는 것은 타당하지 않다"고 말했다고 한다. 《후한서》〈원안전〉에 나온다.

윤기는 은둔의 삶에 만족했지만 "해소하기 어려운 것은, 칠실의 근심이다"라고 했다. 칠실은 원래 중국 노나라의 지명인데, 칠실에 사는 노처녀가 나라의 장래를 걱정하는 깊은 근심을 했다는 고사가 《열녀전》에 나온다. 노나라 걱정은 조정대신이나 해야 마땅하지 않느냐고 옆집사람이 의아해하자, 그녀는 말했다.

"전에 저희 집에 이웃나라의 망명객이 묵었을 때, 그가 타고온 말이 고삐가 풀려 날뛰는 바람에 온 식구가 아욱을 먹지 못했습니다. 지금 우리나라는 임금이 늙고 태자는 어리므로 이웃나라가 침략해올 위험이 있으니, 전쟁이 나면 남자들만 고통을 겪겠습니까?"

칠실 여인의 탄식은 어찌 보면 분수에 맞지 않는 걱정이라고 할 수도 있다. 실제로 이 칠실지탄漆室之嘆의 고사를 이런 시각에서 인용한 선인들도 많다. 하지만 시골의 한 여인도 걱정해야 할 정도로 조정 대신들이 먼 계책을 세우지 못하고 있다면 외우내환의 위험이 없을 수 없다. 기대승奇大升은 이 관점에서 칠실지탄의 고사를 끌어와 나라의 편안함과 위태로움은 대신에게 달려있다고 환기시킨 일이 있다.

윤기는 칠실 여인의 탄식을 비유로 들어, 재야의 자기가 종묘사직에 대한 근심을 잊지 않고 지냈다는 것을 말한 동시에, 현재의 조정대신들이 올바른 정치를 담당할 수 없음을 넌지시 비판했다. 비록 그는 스스로 지은 〈뇌문〉에서 "태평시대에 나서 태평시대에 늙고 태평시대에 죽는다"고 했지만, 시절의 어려움을 염려하는 우환의식을 잠재울 수는 없었을 것이다. 🍁

참고문헌

● 윤기尹愭, 〈자작뇌문自作誄文〉, 《무명자집無名子集》 문고文稿 책14, 한국고전번역원 한국문집총간 256, 2000. ; 〈기몽記夢〉, 《무명자집》 문고 책13. ; 〈사세사謝世辭〉, 《무명자집》 문고 책11. ; 〈내가 전에 이름 수수께끼를 지어 4언으로 이름 한 글자씩 풀이한 적이 있으나, 끝내 마음에 차지 않았으므로, 마침내 8언으로 한 글자씩 풀이한다余前有名字謎, 四言解一字, 終不厭于心, 乃以八言解一字〉, 《무명자집》 문고 책4. ; 〈거울에 비추어보며 스스로 찬한다照鏡自贊〉, 《무명자집》 문고 책 4. ; 〈서측자설抒廁者說〉 병술팔월초칠일丙戌八月初七日, 자오월이십일일침질自五月二十一日寢疾, 《무명자집》 문고 책14.

● 윤기 지음, 임완혁 옮김, 《윤기 산문선 : 차라리 벙어리로 살리라》, 태학사, 2009.

11

올해의 운運이 가버렸구나

서기수徐淇修, 〈자표自表〉

옛사람 중에 자신의 묘에 직접 지誌를 지은 사람이 있다. 이는 후대인이 과장하여 찬미하는 것을 부끄럽게 여겼기 때문이었다. 옹이 직접 자신의 지誌를 짓는 것도 같은 뜻에서다.

옹은 성이 서徐, 이름은 기수淇修이며, 자는 비연斐然이며, 아호雅號는 소재篠齋로 달성 사람이다. 증조부는 휘 문유文裕로 문과에 급제하고 예조판서이셨으며 시호는 정간貞簡이다. 조부의 휘는 종벽宗璧, 선친의 휘는 명민命敏이다. 두 대가 음서를 통해 관로에 나아갔으며, 두 분 모두 황주黃州목사를 지내셨다. 불초한 나의 작위 때문에 국가 전례에 따라 이조참판과 참의로 추증되셨다. 선비先妣는 증 정부인 온양정씨로, 이조판서에 추증된 군수 휘 창유昌兪의 따님이시다.

옹은 영종영조 신묘년1771, 영조 47 5월 20일 생인데, 정종정조 임자년1792, 정조 16

의 진사시에 합격했다. 금상순조께서 즉위하신 원년인 신유년1801의 증광시에서 갑과 제3인으로 뽑혀, 한원翰苑, 예문관에 들어가 기거주起居注의 직에 임명되었다. 얼마 지나지 않아 유언비어 때문에 갑산부로 귀양갔다. 그곳은 경사서울와 천여 리나 떨어져 있고, 봄에는 식물이 나거나 자라지 못하고 가을에는 수확할 벼가 없었으며 추운 날씨에도 옷을 지어 입을 솜이 없었고 병이 들어도 약이 없었다. 그러나 옹은 제집처럼 편안히 거처하여, 사는 집에 ‘목석거木石居’라 적어놓고 책을 읽어서 스스로 즐거워했다.

5년이 지난 뒤에 상께서 사정의 잘못된 점을 통촉하시고 특지를 내려 용서하시니 서울로 돌아오게 되었다. 돌아올 즈음에 백두산에 올라 천지를 내려다보면서, ‘드넓은 우주에 마음껏 노닐려는 마음’을 느꼈다.

옹은 천성이 솔직하고 평소 남을 따르지 않아서 생활을 할 때에 홀로 쓸쓸히 하여 세상과의 어울림이 적었고 또한 구차하게 영합하려고도 하지 않았다.

중년 이후로 벼슬살이를 했으나 항상 마음은 구학邱壑, 언덕과 골짝, 곧 은둔처 사이에 있었다. 비록 청환淸宦과 현직顯職을 지냈지만 이는 옹의 뜻이 아니었다. 사물에 대해 딱히 좋아하는 것이 없었으나 오로지 시 짓기만은 좋아했다. 고시에서는 사강락謝康樂, 사령운을 좋아했고, 근체시에서는 맹양양孟襄陽, 맹교·두소릉杜少陵, 두보을 좋아했다. 또 고문사古文辭를 좋아하여, 윗 시대로 거슬러 올라가 진秦·한漢 시대 박사들의 글을 본받았다. 하지만 만년에 한숨을 쉬고 탄식하면서, “도연명은 자기에 대한 만사輓詞를 직접 지어 세상에 살아 있을 때 마음껏 술을 마시지 못한 것을 한스럽게 여겼다만, 나는 고문의 정수를 아직 다 통달하지 못한 것이 한스럽다”고 말했다.

아내 해평윤씨는 이조참판에 추증된 석동晳東의 여식으로 기축년1769, 영조 45에 태어나 임신년1812, 순조 12에 몰했는데, 옹의 작위에 맞추어 정부인으로 추봉되었다. 장단부 송남면 금릉리金陵里 신좌辛坐의 벌에 안장되었으니 선조先 兆, 선영를 따른 것이다. 그 왼편을 비워 옹의 수장壽藏, 살아있을 때 만들어두는 묘광 으로 삼았다. 옹은 네 아들을 두었다.

아아! 올해의 시운이 가버렸구나. 얼마 못 되어 여기에 묻힐 것이니 스스로를 표시하지 않는다면 후대사람들이 어찌 옹의 옹 됨을 알겠는가?

마침내 이를 적어 유교有喬 등에게 주며 다음과 같이 말했다.

"내가 죽은 뒤 이것을 가지고 묘도에 새겨 걸면 될 것이다. 부디 세상에서 일 컫는 태사씨太史氏의 글이라는 것을 요청하지 말라. 죽은 이의 묘에 아첨하는 글은 옛 사람들이 부끄럽게 여겼으니, 나도 이를 부끄럽게 여기노라. 그 관직 과 품계, 경력, 졸하고 장례 치른 해와 달에 대해서는 송나라 유학자 정백온程 伯溫, 程珦이 그랬듯 결자缺字를 쓰지 않는다. 네가 마땅히 추가로 기록해줄 것 이기 때문이다."

명銘은 다음과 같다.

네 본성은 존엄했거늘
어찌하여 맑은 조정에서 내침을 당했는가?
네 몸은 현달했는데
어찌하여 구학邱壑을 그리워하는가?
도道를 곧게 하여 용납되지 못함은 옛적에도 그러한 사람들이 있었으나
몸이 현달하여 쓰임에 어눌한 것은 누구의 허물인가?
아하! 자취가 마음과 어긋나고 명命이 때와 맞섬은 지사志士들이 함께 슬퍼 하는 바이니
아마도 후대의 사람들이 네 마음을 알고 너의 때에 대해서 논하리라.

백두산에 올라 천지를 내려다보면서 '드넓은 우주에 마음껏 노닐려는 마음'을 느낀 후 지난 삶이 우스워졌다. 《열자》와 《장자》에 보면 지극한 도의 경지에 이를 지인至人은 휘척팔극揮斥八極한다고 했다. 이 글에서는 휘척팔황揮斥八荒이라고 했다. 팔극이나 팔황이나 드넓은 우주를 가리킨다. 휘척은 방종放縱이니, 내 뜻대로 한껏 멋대로 노닌다는 뜻이다. 이렇게 팔극·팔황에서 내 한껏 멋대로 노닐려는 의지를 느낀다면, 지금부터의 나는 바로 조금 전까지의 내가 아니다. 이제까지 명예와 부귀를 추구해서 벼슬길을 간다는 것은 아득히 높은 뾰족한 곳에서 간신히 발을 붙이고 있는 것과 같았다. 앞으로도 나아갈 수 없고 뒤로 물러설 수 없을 그런 곳에서 심연의 아득함 때문에 얼마나 자주 현기증을 느꼈던가! 과연 《장자》가 말한 대로 삶이란 측족側足이라고, 발을 조심조심 내딛는 일이라고 해야 하리라. 그러나 이제 나는 그 두려움에서 벗어나련다. 아아, 올해의 시운이 가버렸구나. 이제 얼마 못 되어 나는 여기 이 당에 묻힐 것이다.

서기수徐淇修, 1771~1834는 스스로 지은 묘표에 이렇게 혼잣말을 옮겨적었다.

마지막 부분의 명은 다음이 달리 적어보기도 했다.

네 수레는 이미 끌려나왔는데

어찌하여 문을 나섰으면서도 머뭇거리는가?

네 패옥은 귀인이 차는 총형蔥珩인데

어찌하여 은자처럼 구원됴園을 그리워하는가?

나를 따르는 것은 나이고

나를 따르지 않는 것은 때이니

흰 학 깃든 옛 산고향, 납가새처럼 **빽빽**한 일만 그루 나무가 있는 그곳에서
네 아비와 조부를 따름이 타당하고 또 그래야 편안하리라.

서기수의 본관은 달성, 자는 비연斐然, 호는 소재篠齋다. 황주목사 서명민徐命敏의 아들 서낙수徐洛修와 서로수徐潞修의 아우이다.

비연이라는 자字는 《논어》〈공야장〉에 나오는 말을 딴 것이다. 공자는 천하를 떠돌다가 진陳나라에서 고통받고 있을 때 "우리 무리의 제자들은 뜻은 크지만 일에는 소략하여 찬란히 문장을 이루었을 뿐 그것들을 마름질할 줄은 모른다. 곧 여기서 말한 비연성장斐然成章은 외양도 실질도 뛰어나 찬란하다는 뜻이다. 그 자를 어른들이 붙여준 것은 그의 본래 이름이 기수淇修이기 때문이다. 곧 기수 가의 대나무가 자기 본성을 잘 닦아서 우람하게 자라나듯 성장하라는 뜻을 그 이름이 지니고 있으므로, 앞으로 더욱 절차탁마해서 찬란히 문장을 이루라고 축원한 것이었다.

하지만 그의 삶은 저 관례를 올릴 때 비연의 자를 붙여주었던 어른들의 기대에 부합했다고는 할 수 없다. 오히려 그 자신은, 저 《논어》에서 말했듯이 '뜻은 크지만 일에는 소략하여' 문장외적 형식을 '마름질할 줄 몰랐다'는 사실을 깊이 깨닫지 않았을까? 서기수는 이때만 해도 벼슬길을 따라 나가 찬란히 문장을 이룰 듯했다. 하지만 1792년의 사마시에 합격한 후 1801년순조 원년 증광문과에 갑과로 급제했으나, 1806년순조 6년 예문관 기거주로 있을 때 서유순徐有恂의 사주를 받아 경연의 설을 고치려 했다는 탄핵을 받고 함경도 갑산에 유배되었다.

이 유배 이후 서기수는 자신이 찬란한 문장을 이루기는커녕 험한 세상에 발을 가까스로 붙이고 살아갈 것이 아니라 세상에서 물러나 삼태기를

지고 농사일이나 하면서 지내야겠다고 생각했다. 그래서 스스로의 거처를 소재라고 이름 지었다. 소재의 '소'는 《논어》에 나오는 하소장인荷篠丈人의 사실에서 따왔다.

《논어》〈미자微子〉에 보면, 일행보다 뒤쳐진 자로子路가 스승 공자의 행방을 몰라 하던 차에 삼태기를 메고 김매는 사람을 만나 일행을 못 보았느냐고 물었다. 그러자 그 사람은, 자네가 스승으로 섬긴다는 중니공자라고 하면 곡식의 이름들도 분간하지 못하는 사람이 아니냐고 조롱했다. 그러고는 지팡이를 땅에 꽂고서는 계속 김을 맸다. 그는 세상을 변혁시키려는 의지를 꺾고 논과 밭에서 무지렁이처럼 몸을 숨기고 살아가는 은둔자였다. 1806년의 유배 이후론 서기수는 거대담론을 포기하고 세간과 거리를 두고 은둔하려고 생각했던 것이다.

서기수가 유배간 것은 김달순의 옥사와 관련이 있다. 노론 벽파였던 김달순은, 박치원朴致遠 등을 포상하라고 아뢰었다가 조득영趙得永 등 시파로부터 정조의 유지에 위배된다는 공격을 받고 유배되었다가 사사되었다. 그런데 김달순이 연석에서 아뢴 것은 서형수徐瀅修의 사주를 받은 것이라는 설이 있다. 순조 6년1806, 병인의 실록 기록에 보면, 정언 임업任燁은 연본筵本을 고치려 도모한 서형수 등을 원찬시킬 것을 청하였다. 임업은 서형수가 조카 서유순徐有恂을 사주해서 서기수를 시켜 경연의 설을 고치려고 도모했다고 주장했다.

임업의 상소가 발단이 되어, 서기수는 유배의 길에 올랐다. 5년의 유배 기간 동안 그는 거처를 '목석거木石居'라 부르고 일절 세간사에 관심을 보이지 않고 독서에 전념했다. 유배에서 풀려났을 때 백두산을 유람하고 〈유백두산기遊白頭山記〉를 지었다.

서기수는 갑산에서 운총보, 오시천, 신동인보, 혜수령, 자포수, 허항령, 삼비, 연지봉연지동, 백두산 정상대택, 삼지, 강산의 노정을 따라나갔다. 이때 그는 족조부 서명응이 〈백두산 등반기〉를 모범으로 삼아, 〈유백두산기〉에서 행정을 표제어로 삼아 분절하는 방식을 도입했다.

대택 즉 천지를 보고난 뒤의 감흥을 그는 이렇게 표현했다.

기굴하고 우뚝한 것이 두터운 대지로부터 뽑혀나와 있는 것이 도대체 몇 천 인仞이나 되는지 알 수 없으니, 아스라한 산악의 꼭대기에 비록 소나 말의 발굽에 고인 물이 쪼르르 똑똑 떨어진다고 해도 어루만지며 기이함을 감탄해서 소리 지를 판이거늘, 하물며 이 거대한 물고임이 넘실거리고 거대한 언덕이 가파르게 솟아 하늘에 닿아 있으니, 흐르는 물과 우뚝 대치하는 산에 대해 조물주가 정신을 쏠이는 것이 역시 신비스럽고 교묘해서 백 가지로 변환한다는 사실을 깨달았으니, 작은 우물 속에서 앙감질하는 개구리가 하늘을 보듯 하는 견식을 지닌 내가 망망하게 아득하게 망연자실하지 않을 수 있겠는가!

서기수는 그렇게 백두산 등정에서 '드넓은' 우주에 마음대로 노니는 정신세계를 경험했다. 그러나 누구나 그러하듯, 그러한 정신세계를 오래 지속시키지는 못했다.

1811년순조 11, 무인 10월 2일정묘에 서기수는 매화서옥梅花書屋에서 자다가, 도인이 꿈에 나타나 '평안할 영寧'자를 적어 보여주는 꿈을 꾸었다. 그는 〈술몽述夢〉을 지어 그 꿈의 내용을 적고, 또 꿈을 해몽했다. 그는 자신이 억울하고 후회스러운 상념이 시시각각으로 발하여, 과거상過去想과 미래상未來想이 서로 연결되어 가지와 잎처럼 얽혀 있어 거대한 고뇌장大苦惱障

속에 떨어져 있다고 했다. 그리고 도인이 꿈에 나타나 '영寧' 한 글자를 적어 보여준 것은 진공사眞空寺 승려가 명나라 선비 광자원鄺子元의 질병을 고쳐준 것과 같다고 여겼다. 진공사 승려가 광자원의 심질心疾을 고쳐준 이야기는 중국 명나라 때 하양준何良俊이 지은 《사우재총설四友齋叢說》에 나온다. 또한 허균과 홍만종은 그 이야기에 관심을 가져, 섭생의 문제를 논할 때 인용하였다.

광자원은 하양준과 함께 한림보외翰林補外가 되었으나, 10여 년이 되도록 부름을 받지 못하여 실망하다가 마침내 심질을 얻었다. 병이 발작하면 갑자기 혼궤昏憒하여 꿈꾸는 듯하며 혹은 헛소리까지 하였다. 어떤 이가 진공사의 노승은 부적이나 약을 쓰지 않고도 심질을 잘 치료한다고 일러주자, 등자원은 노승을 찾아갔다. 노승은 광자원의 병이 번뇌에서 생긴 것이고 번뇌는 망상에서 생겨났다고 지적하고, 망상은 유래에 따라 과거망상·현재망상·미래망상 셋이 있다고 했다.

과거망상은 수십 년 전의 영욕榮辱·은수恩讐와 비환悲歡·이합離合 및 부질없는 정념情念들이다. 현재망상은 일이 눈앞에 닥쳤을 때 머리와 꼬리를 두려워하여 서너 번 반복하며 망설이고 결정하지 못하는 것이다. 미래망상은 뒷날의 부귀영화가 소원대로 이루어지기를 기대하거나 성공하여 이름을 빛내고 치사致仕하고 전원으로 돌아가기를 기대하거나 자손이 등용되어 서향書香을 이어가기를 기대하는 등, 일체의 꼭 이루거나 꼭 얻지 못할 일들을 기대하는 것이다.

선불교에서는 이 세 망상이 갑자기 생겼다가 갑자기 없어지는 것을 두고 환심幻心이라 하고, 그 헛됨을 조견照見하고 마음에서 잘라버리는 것을 각심覺心이라 하는데, 마음을 태허太虛와 같이 만든다면 번뇌가 발붙일 곳이 없다고 덧붙였다.

또 노승은 외감外感의 욕欲과 내생內生의 욕欲을 떼어버리고, 문자文字를 사색하다가 침식을 잊는 이장理障과 직업에 빠져들어 피로함을 잊는 사장事障을 없애라고 조언하면서 "고해苦海가 끝이 없으나 깨달으면 바로 피안彼岸이다"라고 덧붙였다.

등자원은 그 말을 듣고, 혼자 독방에 거처하며 일만 인연을 쓸어버리고 조용히 한 달 남짓 정좌했다. 그러자 심질이 씻은 듯 없어졌다고 한다.

이것은 선불교에서 마음 다스리는 법을 말한 것이지만, 서기수는 깊이 공감하는 바가 있었던 듯하다.

서기수는 이후로 스스로의 허물을 반성하고 잘못을 깁겠다고 결심하고, '편안할 영寧'의 의의가 매우 크다고 감격하여 거처하는 방의 이름으로 삼았다.

서기수는 유배에서 풀려난 뒤, 1825년순조 25에 이르러 세자시강원이 되고, 1827년 의주부윤에 제수되었다. 1830년 성균관 대사성을 거쳐 이조참의·예조참판·좌승지 등을 역임했다. 만년 운이 피었다고 말할 수 있을지 모른다. 그러나 그가 백두산을 올라보고 느꼈던 저 '드넓은 우주에 마음대로 노닐려는 의지'는 두 번 다시 경험하지 못한 듯하다. 그렇기에 그는 백두산 등람 후 〈자표〉를 스스로의 책상자 속에 간직해두고 때때로 펼쳐 보았다. 그러다가 그 끝의 명銘을 다시 고쳐쓰기도 했지만, 지나가버린 시간, 생명의 약동 순간은 고쳐쓸 수 없었다. 🍁

참고문헌

- 서기수徐淇修, 〈자표自表〉, 《소재유고篠齋遺稿》 권4, 한국학중앙연구원 소장. ; 〈술몽述 夢〉, 《소재유고》 권4.

- 서명응徐命膺, 〈유백두산기遊白頭山記〉, 《보만재집保晚齋集》 권8 기記, 한국고전번역원 한국문집총간 233, 1999.

- 심경호, 《산문기행》, 이가서, 2007.

싱싱 속세의 베일 속에 몸을 숨기려 하노라.

애달프게 그리던 희망이 최고 소망을 향해

끈질기게 치닫다가, 그 성취의 문이

활짝 열렸음을 발견하게 되면, 이런 기분이리라.

그러나 저 영원한 밑바닥으로부터 거대한 불길이

터져나오면, 우리는 당황하여 발길을 멈추게 된다.

우린 다만 생명의 횃불을 불붙이려 했는데,

불바다가 우릴 휘감아버리니, 이 어찌된 불이란 말인가!

우릴 둘러싸고 타오르는 저 불길은 사랑일까? 증오일까?

고통과 환희가 교차하며 무시무시하게 엄습하니,

우리는 다시금 지상으로 눈길을 돌려,

싱싱한 속세의 베일 속에 몸을 숨기려 하노라.

— 요한 괴테, 《파우스트》, 이인웅 옮김, 문학동네, 2006.

제3부

나 죽은 뒤에
큰 비석을 세우지 말라

上輔國東寧尉 金賢根 誌石
상보국동년위 김현근 지석
1870년, 지름 216, 두께 15, 전남대박물관

1

청풍명월을 술잔으로 삼아 장사지냈다

조운흘趙云仡, 〈자명自銘〉

조운흘은 본관이 풍양豊壤이며, 고려 태조의 신하인 평장사 조맹趙孟의 30대 손이다. 공민왕 때 흥안군 이인복李仁復의 문하에서 과거급제한 뒤 중외의 관직을 역임했으며, 다섯 고을의 인印을 찼고 네 도道의 풍속을 관찰했다. 비록 큰 치적은 없었으나 시속의 비루함도 없었다.

73세에 병 때문에 광주의 고원성古垣城에서 삶을 마쳤다. 후사가 없다.

해와 달을 옥구슬로 삼고 청풍명월을 술잔으로 삼아 옛 양주 고을의 아차산 남쪽에 장사지냈다. 마가야摩訶耶.

공자는 행단 위에 계셨고
석가는 쌍수 아래 계셨네.
고금의 성인과 현인 가운데

그 어찌 독존한 분 있었나.

쯧쯧

내 인생 끝이로구나.

孔子杏亶上 공자행단상　　釋迦雙樹下 석가쌍수하
古今聖賢人 고금성현인　　豈有獨存者 기유독존자
咄咄 돌돌　　　　　　　人生事畢 인생사필

말을 억제하는 고통스런 모습이 눈에 훤하다.

본관이 무엇이고 누구의 후손이며 언제 과거에 급제하고 어떤 벼슬을 거쳤으며 어느 때에 삶을 마쳤는지 간단하게 기록하고, 그 끝에 어디에 장사지냈다고 적었다. 관직생활에 대해서는 "비록 큰 치적은 없었으나 시속의 비루함도 없었다"라고 간단히 평했으며, 죽음에 대해서도 '73세에 병으로 인해' 삶을 마쳤다고 적었을 따름이다. 큰 명예도 없고 큰 잘못 없이 한세상을 보냈다고 말한 것이다. 그러나 과연 그의 삶이 평탄하였을까? 마음이 평온하였을까?

조운흘趙云仡, 1332~1404은 풍양현 사람이다. 공민왕 6년인 1357년에 급제하고 안동서기로 뽑혔으며, 여러 차례 벼슬을 옮겨 합문사인이 되었다. 형부원외랑으로 있을 때 홍건적의 난이 일어났는데, 공민왕이 복주, 즉 지금의 안동으로 파천하자 그때 시종했다. 그후 국자감 직강으로 옮겼고 전라도·서해도·양광도 3도의 안렴사를 역임했다.

공민왕 23년1374, 전법총랑으로 있던 조운흘은 상주의 노음산 아래로 물러나 있으면서 스스로 석간서하옹石澗棲霞翁이라 하고는 바깥을 드나들 때

소를 타고 다녔다. 자은사慈恩寺 승려 종림宗林과 방외方外의 교제를 맺었다.

우왕 3년인 1377년에 좌간의대부에 제수되어서는, 서연書筵을 다시 열어 왕세자에게 독서궁리讀書窮理, 성의정심誠意正心의 학문을 하도록 종용하라고 상소했다. 그후 여러 벼슬을 거쳐 판전교시사에 이르렀으나, 우왕 6년인 1380년에 사직을 청해서 광주 고원강촌古垣江村에 거처했다. 그리고 종래 있었던 판교원과 사평원을 경영해서 원주를 자칭하고는, 떨어진 옷과 짚신을 신고서 부역하는 사람들과 노고를 같이했다. 그리고 날마다 소를 타고 정금鄭金과 함께 판교원과 사평원을 다니면서 행려자를 구제했다. "누런 소를 타고 청산 옆에 있으니, 추하고 추한 몸뚱이가 비단 한 필 값도 안 되네"라는 노래를 부르기도 했다.

우왕 14년인 1388년에 다시 전리판서가 되고 밀직제학으로 옮겼다. 당시 지방 정치를 다스리기 위해 명망 있는 사람을 도관찰출척사로 선발해야 한다는 의론이 있어, 조운흘이 서해도관찰사가 되었다. 그는 왕에게 글을 올려, 대청·소청·교동·강화·진도·절영도·남해·거제 등 20여 개 큰 섬을 군관들에게 식읍으로 주어서 왜적을 방비하고 옥토와 어염의 이익을 발굴하게 해야 한다고 주장했다.

조운흘은 나무랄 데 없는 치적을 쌓았다. 하지만 서해도관찰사가 되어 있을 때 그는 매양 아미타불을 불렀다. 그때 친구가 수령으로 있었는데, 조운흘의 창밖에 와서 "조운흘! 조운흘!" 하고 불렀다. "너는 어째서 내 이름을 부르느냐?" 하자, 그 수령은 "공은 부처가 되려고 염불을 하니, 내가 공을 부르는 것도 또한 공처럼 되려고 하는 것이오" 했다. 둘은 서로 보고 크게 웃었다. 세상이 어지러워지리라 예견하고 도회韜晦, 자기 자신의 덕을 숨김하려고 했던 것이다.

이해1388 임견미林堅味가 이인임李仁任·지윤池奫 등과 함께 권력을 휘두르
다가 최영·이성계에게 살해되는 사건이 일어났다. 임견미는 1361년 홍건
적의 난 때 나주도병마사로 있으면서 공민왕을 호종했고, 1370년에는 부원
수로 원나라 동녕부 토벌에 참여했으며, 1374년에는 부원수로서 제주 목호
牧胡의 난을 평정했다. 우왕 때도 왜구 토벌에서 공을 세우고, 1384년에 문
하시중에 올랐다. 이렇게 공적을 세우고 권력을 쥐게 되었지만 임견미는 최
영과 이성계와 뜻을 달리하다가 결국 살해된 것이다. 임견미의 사람들이 벼
슬에서 쫓겨나 유배가는 모습을 보고 조운흘은 이런 시를 읊었다.

　　한낮에 사람 불러 사립문 열고

　　숲속 정자로 걸어나가 이끼 돌에 앉으니

　　어젯밤 산중의 비바람이 거칠더니

　　개울 가득 흐르는 물에 꽃잎이 떠오네

柴門日午喚人開 시 문 일 오 환 인 개　　步出林亭坐石苔 보 출 림 정 좌 석 태

昨夜山中風雨惡 작 야 산 중 풍 우 악　　滿溪流水泛花來 만 계 류 수 범 화 래

개울물에 떠오는 꽃잎이란 무엇인가? 버려진 인재들, 소진된 생명력이
다. 떨어졌기에 애처롭고 더욱 아름다운 생명인 것이다.

고려 말의 정계는 평온하지 않았다. 누구나 혁명파인지 구왕파인지 선택
해야만 했다. 그는 구왕파에 속했지만 세상이 어지러워지리라 짐작하고 미
친 체하고 지냈다. 또 겉보기에 멀쩡하지만 앞을 볼 수 없는 상태인 청맹靑盲
이 되었다 하고는 벼슬을 살지 않았다. 그러다가 난이 평정된 뒤 눈을 문지

르면서, 내 병이 다 나았다고 했다. 창왕이 즉위한 후 징소되어 첨서밀직사사에 제수되었다가 동지밀직사사에 올랐다. 하지만 공양왕이 즉위한 뒤 2년 되는 1390년에는 내직에서 견디지 못하고 계림부윤이 되었다.

마침내 새 왕조가 섰다.

조의생과 임선미 등 70여 명은 두문동으로 들어가 절의를 지켰다. 차원부는 평산 수운암동에 은거했는데, 하륜이 사사로운 감정으로 모함하여 정도전·함부림·조영규와 더불어 그를 때려 죽였다. 이양중은 은둔하여 살다가, 차원부의 죽음을 분하게 여겨 타어회打魚會에서 막걸리 담은 병을 깨부수었다. 사람들이 그를 파료옹破醪翁, 막걸리 병을 깬 노인이란 뜻이라 불렀다. 길재는 등잔을 던졌고, 조운흘은 책상을 치며 분개했다.

이씨 왕조는 조운흘에게 강릉대도호부사의 직을 주었다. 조운흘은 잠시 그 벼슬에 있었으나, 곧바로 병을 이유로 사직하고 광주의 별서로 돌아갔다.

강릉에 있을 때 구산역이라는 작은 역에서 지은 시가 있다. 제목이 〈구산역丘山驛〉이다.

구슬 눈물 방울방울 술잔에 지고
양관곡 불러 사람을 전송하네.
태산이 평지 되고 동해가 마를 때에야
비로소 구산역 슬픈 이별 끊어지리.

珠淚雙雙落玉巵 주루쌍쌍락옥치　　陽關三疊送人時 양관삼첩송인시
太山作地東溟渴 태산작지동명갈　　始斷丘山泣別離 시단구산읍별리

양관곡은 위성곡이라고도 한다. 양관은 중국 감숙성 돈황에 있는 관문이
다. 당나라 시인 왕유王維의 〈원이가 안서 절도사로 나가는 것을 전송하면서
送元二 使安西〉 시에 "위성 아침 비가 가벼운 티끌을 촉촉하게 적셨는데, 객사
에는 퍼렇게 버들 빛이 새롭구나. 그대에게 권하여 다시 한 잔 술 올리노니,
서쪽으로 양관을 나가면 친구가 없을 걸세渭城朝雨浥輕塵, 客舍靑靑柳色新. 勸君
更進一杯酒, 西出陽關無故人"라고 했다. 이 노래가 송별곡이 되어 뒷부분을 세
번 반복해서 부르는 것을 '양관삼첩' 이라고 한다.

〈구산역〉 시는 한 세상의 종언을 애도한 이별가와도 같다.

이씨 왕조는 조운흘에게 검교 정당문학의 벼슬을 주었다. 검교의 벼슬이
라면 관례에 따라 녹봉을 받게 되어 있었지만, 그는 사절했다. 광주 고원촌
으로 좌의정 김사형金士衡이 찾아와서 벼슬살이를 권했어도, 소매 넓은 베
적삼에 삿갓 쓰고 나와 길게 읍하였을 뿐, 한 마디도 하지 않았다. 김사형은
"뻣뻣한 이 늙은이의 태도는 지금 어찌할 수가 없구나!" 하고 돌아갔다.

조운흘은 묘지명에서 마가야란 말을 사용했다. 마가야나제파摩訶耶那提婆
라고 하면 대승천大乘天을 말한다.

묘지명의 마지막에 붙인 운문의 명문에서 조운흘은 자신을 공자나 석가
의 경우에 견주어보았다. 교만해서 그런 것이 결코 아니다. 공자는 행단 위
에서 제자들에게 강론하였다고 전한다. 행단은 현재 산동성에 있는 공자의
사당 앞에 있는 단이다. 한편 석가는 쌍수 아래서 제자들에게 불법을 전하고
열반에 들었다고 한다. 쌍수는 인도의 발제하跋提河 가에 있던 두 그루의 사
라娑羅 나무이다. 두 분의 삶과 죽음을 보면 성인이라도 홀로 자족적이지는
않았다. 그 분들은 제자들을 둘 수 있었다. 사람들은 유아독존唯我獨存이라
는 말을 쉽게 하고 특립독행特立獨行, 홀로 서서 우뚝히 나아감이란 격언을 자주 내

뱉는다. 하지만 옛 성인들을 보라. 그들도 결코 홀로 자족적이지 않았던 것이다.

이렇게 비교하면서 조운흘은 자기의 삶을 돌아보았다. 내 삶은 특립독행이라 할 수 있는가? 유아독존이라 할 수 있는가? 제자를 둘 수조차 없었던 나는 고독한 존재일 뿐이다. 새 왕조의 감시 아래서 교육도 자유롭지 못했기에 고독한 늙은이로 살아갈 따름이다.

내게 남은 것은 죽음이다. 그 죽음이 화려할 리 없지만 그렇다고 흉凶 없지도 않을 것이다. 새 조정에서 내리는 제수를 차리고 멋진 석상을 무덤 앞에 세울 것이 아니라, 해와 달을 옥구슬로 삼고 청풍명월을 술잔으로 삼을 것이기에.

사람들은 조운흘을 두고 품격이 높고 구애됨이 없는 선비라고 일컬었다. 하지만 그의 내면은 결코 평온하지 않았을 것이다. 시사에 대해 전혀 언급하지 않은 그의 묘지명을 보면, 그 사실을 거꾸로 짐작할 수 있다. 불만의 감정을 삭이면서 일흔셋의 나이를 살아간다는 것은 무척이나 고통스러웠으리라. 조선왕조는 《고려사》에 조운흘의 자찬묘지명을 실어둠으로써 그의 개결한 정신을 높이 평가했다. 이것이 그의 위로가 될 것인가? 🍁

참고문헌

- 동아대학교 석당학술원 역, 《국역 고려사高麗史》 권112 열전 25 '조운흘趙云仡', 경인문화사, 2008.
- 《국역 해동역사海東繹史》 제68권 인물고人物考 2 고려 '조운흘', 민족문화추진회, 1996~2004.

2

나는 망명하여 도피한 사람이다

조상치曺尚治, 〈자표自表〉

노산조 부제학 포인逋人 조상치 묘

노산조라고 쓴 것은 오늘의 신하가 아님을 밝힌 것이고
벼슬 품계를 쓰지 않은 것은 임금을 구제하지 못한 죄를 드러낸 것이며
부제학이라 쓴 것은 사실을 없애지 않기 위해서이고
포인도망자이라 쓴 것은 망명하여 도피한 사람임을 말한 것이다.

수양대군의 왕위 찬탈에 울분을 느낀 조상치曺尚治는 경상도 영천의 창수
滄水 마을인 마단麻丹에 숨어 살았다. 그는 큰 돌 하나를 구해서 쪼지도 않고
꾸미지도 않고서 그 표면에 새기기를 '노산조 부제학 포인 조상치 묘魯山朝
副提學逋人曺尚治之墓'라고 했다. 그리고 소서小序를 붙여서, 벼슬 품계를 쓰

지 않은 까닭, 부제학이라 쓴 이유, 포인이라 쓴 이유를 밝혔다.

포인이란 포신逋臣이란 말과 같되, 앞서의 조정에서 벼슬을 살지 않았음을 드러낸다. 포신은 죄짓고 도망간 신하라는 뜻인데, 송나라가 원나라에 의해 멸망될 때 학자 사방득謝枋得이 포신을 자처한 일이 있다. 대개는 이민족에 의해 국가가 멸망할 때 절의를 지키는 지식인들이 포신이나 포인을 자처했다. 그런데 조상치는 수양대군의 등극을 국가 가치의 소멸로 보았기에, 스스로 포인을 자처한 것이다.

조상치는 아들에게 "내가 죽거든 이 돌을 무덤 앞에 세우라"고 했다. 임종 때는 평소의 시문을 모두 태웠다.

조상치는 길재吉再의 문인인데, 세종·문종 두 조정의 지우를 입어 오래도록 관직에 있다가 부모의 공양에 편리하도록 자청하여 합천·함양 두 고을의 수령을 지냈다. 단종 3년인 1455년에 집현전 부제학으로 뽑혔다. 그런데 1455년에 세조가 선위를 받자 문을 닫고 병을 일컬어 하례하는 반열에 참여하지 않았다. 예조참판을 제수했으나 다리에 병이 났다는 것을 이유로 들어 사은숙배하지 않았다.

은퇴할 나이가 아닌데도 벼슬에서 은퇴하겠다고 청하여, "세 아들이 조정 벼슬에 올라 복이 너무 과하므로 마땅히 물러가야 하겠습니다"라고 둘러댔다. 세조가 그의 속뜻을 알고 허락했다. 세조가 백관을 시켜 동대문에서 전송하게 하니, 사흘 만에 비로소 벗어나 돌아갔다. 논평하는 자들이 말하기를, "엄자릉嚴子陵의 절조가 아니면 후한의 광무제에게 용납될 수 없고, 광무제의 성스러운 덕이 아니면 엄자릉의 높은 절조를 온존하게 지켜줄 수가 없다" 했다. 엄릉은 후한을 일으킨 광무제와 지난날 친구였으므로 광무제가 즉위한 후 불렀으나, 친구로서 하룻밤을 같이 지냈을 뿐 그대로 돌아가버렸던 인물이다. 당시의 논자들은 조상치에게 엄릉처럼 벼슬에 뜻을 두지 않는 지절이 있다고 인정하면서도, 세조를 광무제에게 견주어 세조가 조상 치의 지절을 지켜준 것을 더 예찬한 것이다. 그러한 논평이 조상치에게 타당 하다고는 할 수 없으리라.

조상치는 김화金化의 초막동에 은퇴하여 있던 박계손朴季孫과 자규사子規詞 를 주고받으면서 울분을 토로했다. 그들의 자규사는 단종이 영월에 있으면 서 지은 시에서 촉발되었다고 전한다. 단종의 자규사는 이러하다.

달 밝은 밤 두견새 슬피 울 때
근심을 머금고 다락에 올랐네.
너 슬피 울면 나는 괴롭기에
네 소리 없으면 내 근심 없으리라.
세상에 애타는 사람에게 말하노니
부디 춘삼월 자규 우는 누대에는 오르지 마오.

月白夜蜀魄啾 월백야촉백추　　含愁情倚樓頭 함수정의루두
爾啼悲我聞苦 이제비아문고　　無爾聲無我愁 무이성무아수
寄語世上勞苦人 기어세상로고인　　愼莫登春三月子規樓 신막등춘삼월자규루

조상치의 자규사는 〈단종의 자규사에 삼가 화운함奉和端宗子規詞〉이란 제 목으로 알려져 있다. 하지만 단종이 지었다고 전하는 자규사의 차운시는 아 니다.

접동 접동 접동새 소리

달 뜬 빈산에 무엇을 하소하느냐.

돌아감만 못 하리 돌아감만 못 하리

떠나온 파촉 땅을 날아서 건너리라.

뭇 새는 깃을 찾아 고요히 잠드는데

너만 홀로 피 토하여 꽃잎을 물들이니

형체도 그림자도 고단하고 그 모습 초췌하다

존숭도 안 하는데, 뉘라서 널 돌아보리.

아아, 인간 세상에 원한 맺힌 이가 어찌 너뿐이랴

충신의사가 강개와 불평을 격하게 함은

이루 다 손꼽아 세지 못하리라.

子規啼子規啼 자 규 제 자 규 제　　夜月空山何所訴 야 월 공 산 하 소 소

不如歸不如歸 불 여 귀 불 여 귀　　望裡巴岑飛欲度 망 리 파 잠 비 욕 도

看他衆鳥摠安巢 간 타 중 조 총 안 소　　獨向花枝血謾吐 독 향 화 지 혈 만 토

形單影孤貌樵悴 형 단 영 고 모 초 췌　　不肯尊崇誰爾顧 불 긍 존 숭 수 이 고

嗚呼人間冤恨豈獨爾 오 호 인 간 원 한 기 독 이

義士忠臣增慷慨激不平 의 사 충 신 증 강 개 격 불 평

屈指難盡數 굴 지 난 진 수

1458년 봄, 조상치는 김시습과 함께 동학사에서 영월에서 죽은 단종의
초혼례를 거행했다. 이때 전 참판 이축, 전 정랑 정지산, 전 동지중추부사
송간, 진사 조려, 전 교리 성희 및 승려 명선·월잠·운파 등도 동서남북에

서 모였다. 그들은 함께 과실과 어물 등을 갖추어 상왕단종을 제사지냈다. 축
문은 조상치가 지었다. 제사가 끝난 뒤 조상치는 영천으로 향하면서 김시습
에게 이러한 시를 주었다.

새 울고 꽃 지고 봄이 저물어 가누나
무한한 충정을 풀잎에나 적어보네.
이별에 임하여 두 손 맞잡아 묵묵할 뿐.
구름 따라 물 따라 동으로 서로 가야 하기에.

鳥啼花落春將暮 조제화락춘장모　　無限衷情草葉題 무한충정초엽제
握手臨岐還黙黙 악수임기환묵묵　　隨雲隨水各東西 수운수수각동서

정조 15년 2월 21일병인에 장릉의 배식단에 추향할 사람을 정할 때, 내각
은 임영林泳이 새로 지은 조상치의 묘지墓誌를 인용하여, "세조가 왕위를 물
려받자 경상도 영천에 물러가 살면서 일생 동안 서쪽을 향해 앉지 않았다"
고 했다.

수양대군의 정난, 사육신의 죽음, 단종의 폐위, 세조의 즉위는 새 권력층
에 포섭되지 못한 지식인들을 불안하게 만들었을 것이다. 하지만 일부 지식
인은 절의의 뜻을 굳힘으로써 오히려 마음의 평온을 얻을 수 있었다. 그런
지식인은 도망자를 자처했으며, 스스로 자기 묘지명이나 비갈을 지어 결연
한 의지를 표명하기도 했다.

단종 원년1453의 계유정란 때 '도망자'를 자처한 사람은 조상치만이 아니
었다. 정지산鄭之産도 도망자를 자처했다. 정지산은 본관이 진주로, 홍주목

사 정효안鄭孝安의 아들이다. 벼슬이 호조정랑에 이르렀으나 우의정 정분鄭苯이 계유정난 때 사사되자 그의 양자로 들어간 후 벼슬을 버리고 공주로 내려가 포신逋臣이라 자호하고 여생을 마쳤다. 후손 정익현鄭益鉉이 1912년에 이르러 그의 시문과 관련 글들을 수집해서 《포옹선생실기逋翁先生實記》를 간행했다.

스스로의 비갈을 지은 인물로는 김효종金孝宗도 있다. 본관이 광산인 김효종은 학행으로 천거되어 사복시정의 벼슬에 이르렀다. 하지만 1455년에 수양대군이 왕위에 오르자, 세조의 정권에서 봉급을 받지 않으려고 사퇴하고는 부여 홍산으로 숨었다. 그후 영월에서 단종이 승하하자 서운산栖雲山에 들어가 초가집을 짓고 해가 뜨면 매일같이 궁검대弓劒臺에 올라가 영월을 바라보며 피눈물로 통곡하면서 3년을 지냈다. 매월당 김시습과 도의로 사귀었고 평생 검소한 옷과 음식으로 끝까지 절의를 지켰다. 그는 스스로의 무덤에 쓸 〈자갈自碣〉을 지었다. 부여 구룡면 상곡에는 1621년광해군 13에 김시습과 함께 김효종의 넋을 기리기 위한 창일사가 세워졌다.

한편 단종 때 병조판서였던 박계손朴季孫도 수양대군의 찬탈에 울분을 느껴 강화도 김화의 초막동으로 숨어들었다. 그리고 다시 함경도 문천의 운림산 수한동으로 일가를 이끌고가서 살면서 포신을 자처했다. 61세 때 그곳에서 삶을 마감해서 문천의 초한사草閒社 산이동酸梨洞에 무덤을 썼는데, 생전에 스스로 묘지명을 지었다. 그는 그 묘지명을 김시습에게 한 통 베껴서 보냈다. 묘지명은 전하지 않지만, 김시습은 그의 자찬묘지명을 다 읽기도 전에 눈물이 볼을 적셨다고 〈병조판서 박공 행장〉에서 밝혔다.

공이 조정에 있을 때의 휘諱는 계손이고, 입산한 뒤의 휘는 숙손이며, 자字는 자현子賢이다. 단종 때 벼슬이 병조판서에 이르렀으며, 경태 6년세조 원년, 1455 김화金化의 초막동에 은퇴하여 정재靜齋 조상치와 자규사子規詞를 주고받았는데, 그 내용이 아주 애처로웠다. 당시에 조정에서 자주 불렀지만, 깊이 은퇴하여 자취를 감출 계획으로 부형을 모시고 문천의 운림산 수한동으로 들어가 스스로 '포신'이라 호하고 스스로 묘지명을 지어 나에게 보여주었다. 나는 그 묘지명을 다 읽기 전에 눈물이 볼을 적셨다. 아아! 억센 풀이 질 풍을 만나고 우뚝한 기둥이 파도에 시달렸구나. 위대하다 공이여! 공은 이 세 상에서 부끄러움이 없으리라.

조상치의 자표, 김효종의 자갈, 박계손의 자찬묘지는 부조리한 현실과 단절하려는 의지를 드러낸 '기호'였다.

그것은 마치 1960년대 말 혼란스러움의 도가니였던 미국에서 필 옥스가 앨범 〈은퇴를 위한 리허설Rehearsals for Retirement〉 표지에 "필 옥스 미국인, 텍 사스 엘패소에서 태어나 일리노이 주 시카고에서 죽다"라는 비문을 새겨넣 었던 일을 연상시킨다. 시카고 경찰이 반전 시위대들을 탄압하는 사건을 목 도한 뒤 옥스는 "시카고는 당시 활기를 불어넣고 있었는데, 그 활기는 비애 위에 있다. 왜냐하면 매우 특별한 무엇인가가 거기서 침몰해버렸는데, 바로 그것이 미국이기 때문이다"라고 술회했다고 한다.

조상치는 세조의 등극과 더불어 새로운 활기가 일어나는 것을 보았다. 그 활기는 비애 위에서 이루어졌다. 왜냐하면 매우 특별한 무엇인가가 거 기서 침몰해버렸는데, 그것은 바로 그가 믿었던 유학의 정신이었기 때문 이다. 🍁

참고문헌

● 김시습金時習, 〈병조판서 박공 행장兵曹判書朴公行狀〉. 《매월당집》속집 권1, 성균관대학
  교 대동문화연구원 영인, 1973.

● 이긍익李肯翊, '정난靖難에 죽은 여러 신하'《연려실기술》제4권 단종조 고사본말端宗朝故
  事本末, 민족문화추진회 국역, 1966~7.

● 성해응成海應, 〈장릉병의제신전莊陵秉義諸臣傳〉, 《연경재전집研經齋全集》권59 난실사과
  蘭室史科 2, 한국 고전번역원 한국문집총간 273~9, 2001.

● 〈자제갈문自製碣文〉, 《우옹실기迃翁實紀》, 한국학중앙연구원 소장.

● 심경호, 《김시습 평전》, 돌베개, 2003.

3

시끌시끌한 일일랑 도무지 긴치 않다

박영朴英, 〈묘표墓表〉

공은 밀양 사람이다. 이름은 영英, 자字는 자실子實, 성은 박씨이며, 호는 송재松齋이다. 성화 신묘년조선 성종 2년, 1471, 경사서울에서 태어났다. 증조 휘 호문好問은 숭정대부로, 의정부좌찬성을 지냈다. 증조비 정경부인은 광릉이씨로, 일직一直의 손녀이다. 조부 휘 철손哲孫은 통정대부로, 안동대도호부사를 지냈다. 조비 숙부인은 계림이씨이다. 부 휘 수종壽宗은 가선대부로 이조참판을 지냈다. 비는 정부인 이씨이다. 외조는 양녕대군 휘 제褆이고, 외조비는 김씨이다.

을미년1475, 성종 6에 아버지가 돌아가시고, 정유년1477, 성종 8에 어머니가 돌아가셨으며, 경자1480, 성종 11에 조모가 돌아가시고, 임인년1482, 성종 13에 다시 조부의 상을 당했으므로, 비로소 여막살이를 했다. 정미년1487, 성종 18 겨울에 상존시사上尊諡使 이세필李世弼의 막하로 명나라 수도에 갔다가, 무신년

1488. 성종 19 봄에 본국으로 돌아왔다. 신해년1491, 성종 22 7월, 도원수 이극균
李克均의 막하로서 서정西征, 건주위 토벌에 종군하고, 임자년1492, 성종 23 봄에
서울로 돌아왔다. 7월에 가겸사복假兼司僕에 제수되고, 9월에 무과에 합격하
여 정팔품의 품자를 제수받아 사복司僕에 제수되었다.

갑인년1494에 성묘성종가 승하하자, 이때부터 서울에 남아 있으려 하지 않았
다. 병진년1496, 연산군 2 봄에 병으로 사직하고 선산부에 와서 우거하면서 낙
동강 북쪽태조산 기슭에 집을 짓고 살았다. 경신년1500, 연산군 6, 정운정鄭雲程,
정붕鄭鵬 씨, 박백우朴伯牛, 박경朴耕 씨가 서너 달 동안 송재松齋에 머물면서 나
란히 마주해서 옛일을 논했으니 별도의 한 건곤이 흉중에 있었다.

기사년1509, 중종 4 여름에 선전관에 제수되었다. 8월에 성묘의 말미를 얻어
집에 왔는데, 병으로 시한을 넘겨 파직되었다. 경오년1510, 중종 5 4월, 왜적이
난리를 치자 창원부 조병장에 제수되었고삼포왜란을 토벌하다, 11월에 조방의 일
이 끝나 집으로 돌아왔다. 신미년1511, 중종 6에 선전관에 제수되었으나 병으
로 부임하지 않았다. 갑술년1514, 중종 9 여름, 황간 현감에 제수되었다. 병자
년1516, 중종 11 여름에 상으로 첫 품계가 더해졌으니, 고을의 정치가 간솔했
기 때문이다. 마침내 강계부사에 제수되었고, 여섯 등급을 뛰어 조산대부가
되었다. 무인년1518, 중종 13 9월, 의주목사에 제수되고 여섯 등급을 뛰어 통
정대부가 되었다. 의주에 이르기 전에 승정원 동부승지에 제수되었다. 11월
에 우부승지에 제수되고, 12월에 좌부승지에 제수되었다. 기묘년1519, 중종 14
에 가선대부에 제수되고 병조참판이 되었다. 5월에 성절사聖節使에 제수되었
다. 7월 초3일, 병조의 업무가 번극하므로 사행에 임해 면직해줄 것을 청하
자 윤허를 받고 동지중추부사에 제수되었다. 상께서 친히 표表에 절하신 후,
명나라 수도로 출발했다. 9월에 명나라 수도로 들어갔다가 11월에 명나라

수도를 출발해서 12월 17일에 본국으로 돌아와 대궐에 들어가 복명했다.

당시 사헌부가 탄핵해서기묘사화로 인한 탄핵 한 등급 낮출 것을 주장하여, 통정대부에 제수되고 첨지중추부사가 되었다. 경진년1520, 중종 15 2월, 김해부사에 제수되고, 신사년1521, 중종 16 8월에 직첩을 빼앗기고, 집으로 돌아왔다. 11월 초하루, 서울로 체포되어 갔다가경주부윤 유인숙柳仁淑의 신사무옥에 연좌, 초5일에 취조를 받고 방면되었다. 임오년1522, 중종 17 정월에 서울을 떠나 견여에 실려 고향으로 돌아왔다.

스스로 읊기를 "시끌시끌한 일일랑 도무지 긴치 않아, 호접몽이요 남가몽이라네紛紅都不緊, 蝴蝶與南柯"라고 했다.

경북 선산군 선산읍 신기리에 묻혀 있는 박영朴英, 1471~1540의 묘표다. 기묘사화로 탄핵을 받아 낙향한 뒤 스스로 작성했다.

박영은 양녕대군의 외손자다. 처음에 궁마술을 익혀 무예에 뛰어나 무과에 급제했으나 나중에는 유학을 공부했다. 지식인들의 사랑을 받아서, 일화가 여러 책에 전한다. 성호 이익도 문관과 무관을 구애하지 말고 재능대로 임용하여야 한다는 '문무무구文武無拘'의 주장을 하면서, 무관이면서 유종儒宗으로 이름이 높았던 선배로 이 박영을 손꼽았다.

《동패낙송東稗洛誦》이라는 야담집에는 박영의 어릴 적 일화가 전한다.

박영은 어려서 개구쟁이 짓을 많이 했다. 여덟 살 때 남의 집에 들어가서 남겨둔 음식을 다 먹고 뜰에 가득 똥을 누었으며 가축들을 놀라게 만들었다. 이조참판이었던 아버지 박수종朴壽宗은 그 사실을 알고 화가 나서 매질을 하려고 했다. 박영은 알몸으로 달아났다. 마침 경상감사경상도관찰사가 순행중이

었는데 박영은 알몸으로 달려가서 아버지를 만류해달라고 청했다. 경상감사
는 박영을 자세히 살피고는, 그 아버지를 불러 "이 아이의 기상을 보니 지금
은 함부로 굴지만 반드시 크게 될 것이니, 잘 가르치기 바라오"라고 했다. 그
리고 관아의 쌀 십여 석을 보내 아이의 학자금으로 쓰도록 했다.

박영은 다섯 살 때 부친상을 당했으므로 이 일화는 사실이라 하기 어렵
다. 다만, 박영이 어려서 지나칠 정도로 활달하다가 뒤에 스스로를 다잡아
무신이면서도 유학으로 명성을 날릴 수 있게 되었다는 사실을 잘 반영하는
일화다.

박영은 성종 때 건주위의 야인을 토벌하고 1506년 중종반정 뒤에는 조방
장으로서 창원에 가서 삼포의 왜적을 토벌했다. 1487년 겨울에는 상존시사
이세필李世弼의 막하로 명나라 수도에 갔다가 이듬해 돌아왔고, 뒷날 1519
년 9월부터 12월까지 성절사로 명나라에 다녀오기도 했다. 언젠가 흰 말이
버들가지에 매여 있는 것을 보고 시를 지어 임금에게 바치자, 임금이 특별히
그 백마를 하사하였다 한다. 그 시는 이러하다.

백마는 울며 버들가지에 매여 있는데
장군은 일이 없어 칼을 칼집에 감추도다.
나라 은혜 갚지 못하고 몸이 먼저 늙으니
꿈길에 밟는 관산에는 눈이 아직 녹지 않았네.

白馬寒嘶繫柳梢 백마한시계류초　　將軍無事劍藏鞘 장군무사검장초
國恩未報身先老 국은미보신선로　　夢踏關山雪未消 몽답관산설미소

하지만 박영은 유학자가 되고자 했다. 그래서 1494년 성종이 승하하고 연산군이 즉위하자 가솔들을 거느리고 고향으로 갔다. 박동량의 《기재잡기》는 박영이 낙향하게 된 일화를 다음과 같이 전한다.

박영은 양녕대군의 외손으로서, 천품이 뛰어났고, 집안이 또한 큰 부자였다. 나이 열일곱에 직접 요동까지 가서 비둘기와 할미새를 사오기도 하는 등, 하는 일이 활달하고 자잘한 일에 구애되지 않았다. 성종이 불러들여 훈계하자 곧 무술을 배웠고 급제하여 선전관에 임명되었다. 어느 날 좋은 말을 타고 화려한 의복으로 땅거미 질 무렵에 남소문 어귀를 지나는데, 아주 아리따운 여인이 손짓하여 부르므로 공이 말에서 내려 하인더러 내일 일찍 오라 일러두고, 드디어 그 여인을 따라갔다. 그 집이 으슥하고 외떨어진 곳에 있었는데, 공이 당도했을 때는 날이 이미 컴컴했다. 여인이 공을 대하여 갑자기 주르르 눈물을 흘리므로 공이 그 까닭을 물었더니, 바로 손을 들어 말리면서 귓속말로, "공의 풍채를 보건대, 필시 보통 사람이 아닌데, 나로 말미암아 잘못 죽게 되었다"고 했다. 공이 놀라며 다시 묻자 여자는 이렇게 말했다. "도적의 무리가 나를 미끼로 사람들을 유인하여다가 죽이고 그 옷과 말이며 안장들을 나누어온 지가 몇 해가 되었습니다. 제가 이곳에서 벗어날 것을 매일같이 생각해왔으나 도적의 무리가 너무도 많으므로 잡혀서 죽을까봐 꾀를 내지 못하고 있으니, 공은 저를 살릴 수가 있겠습니까?" 박영은 즉시 칼을 빼어 들고 벽 위의 네 모퉁이를 살피면서 자지 않고 앉아 있었다. 밤중이 되자 방 위 다락에서 여인을 부르더니 큰 밧줄을 내렸다. 공은 몸을 날려 벽을 차고 급히 그 여인을 업고 벽의 구멍으로 나와 몇 겹의 담을 뛰어넘느라고 소매를 끊고 달려 나왔다. 이튿날 벼슬을 그만두고 선산으로 돌아와 무인 노릇을 버리고 성현들의 글을 읽고 기질을 변화시켜 당대의 순화된 선비가 되었다. 평생 자리 옆에 소매가 잘려진 옷을 놓아두고 자제들에게 보이면서 경계로 삼았던 것이다.

《명신록名臣錄》과 《오산설림五山說林》은 연산군이 선왕인 성종이 기르던 새끼 사슴을 쏘아 그 사슴이 화살을 꽂은 채 피를 흘리면서 나오자 박영이 그것을 보고는 그날로 병을 핑계하고 시골로 돌아갔다고 적었다. 곧, 일찍이 성종이 사향 사슴 한 마리를 길렀는데 길이 잘 들어서 항상 곁을 떠나지 않았다. 어느 날 연산군이 곁에서 성종을 모시고 있었는데 그 사슴이 와서 연산군을 핥았다. 연산군이 발로 그 사슴을 차니 성종이 불쾌히 여기면서, "짐승이 사람을 따르는데 어찌 그리 잔인스러우냐" 했다. 뒤에 성종이 세상을 떠나고 연산군이 왕위에 오르자 그날 손수 그 사슴을 쏘아 죽였다는 것이다.

《병진정사록》은 박영의 일화를 달리 전하고 있다.

처사 조광보趙廣輔는 식견이 고명했으나 거짓으로 미친 체하여 스스로를 감추었다. 연산군 때 임사홍이 정권을 농단하자, 조정이 어지러워져서 구할 수 없게 되었다. 하루는 분노하여 박영에게, "너는 무부武夫로서 이런 놈을 목 베어 죽이지 못하느냐. 죽이지 않으면 내가 너를 죽이겠다" 했다. 박영은 "역적을 하나 목 베어서 나라의 근심을 푼다면 달게 여기겠지만 후세 역사에 임사홍을 도살盜殺했다고 쓰면 어떻게 하겠는가?" 했다. 처사는 웃고 말았다.

어찌됐든 박영은 연산군 때의 정치에 불만을 품고 낙향한 것이 분명하다. 그는 낙동강 가에 집을 짓고 송당松堂이라 편액을 하고, 정붕鄭鵬·박경朴耕 등을 사우師友로 삼아 《대학》을 깊이 공부했다.

사우 정붕은 본관이 해주海州이다. 연산군 때 홍문관 교리로서 일을 논란하다가 곤장을 맞고 유배되었으며, 중종반정 후에 여러 번 소명이 있었으나 나가지 않았다. 결국 청송부사에 제수되자, 부임하여 정사를 간편하게 잘 다스렸다. 젊었을 때부터 친했던 성희안成希顔이 영의정으로 있으면서 편지를 보내 잣과 꿀을 부탁하자, "잣은 높은 산꼭대기에 있고, 꿀은 민간 벌통 속에 있는데, 고을 원 된 자가 어디서 구하겠소?"라고 거절하는 답장을 보낸 것으로 유명하다. 그뒤 고향을 그리워하다가 돌아와서 벼슬하지 않고 죽었다.

박영은 1514년 황간현감, 1516년 강계부사, 1518년 의주목사를 거쳐 동부승지·내의원제조를 역임했다. 그때 도승지 권벌權橃이 진계하기를, "《경국대전》에 따르면 내의원 제조는 승지가 겸한다고만 되어 있으므로, 도승지가 으레 겸임하는 것은 법의 본뜻이 아닙니다. 지금 승지 박영은 의약에 정통하므로 겸임시켜서 어약御藥 조제하는 것을 감독케 하기를 청합니다" 했다. 공은 굳이 사퇴했는데, 당시 논의는 두 사람을 모두 아름답게 여겼다.

1519년에는 병조참판에 임명되었다. 하지만 1519년에 발생한 기묘사화는 그를 불안하게 만들었다. 이듬해 김해부사가 되었지만 선산에서 물길을 거쳐 부임하는 중에, 고을 백성 김억제金億齊가 송사訟事에 진 것을 소리치면서 박영을 원망하여, 경주부윤 유인숙柳仁淑과 함께 집권자를 제거하려고 모의했다고 얽어 무고했다. 유인숙은 1515년에 박상朴祥 등이 단경왕후 신씨의 복위를 주장하다가 유배될 때 사림파를 대표하여 박상 등의 치죄를 극력 반대했다. 도승지로 있을 때 기묘사화에 연루되어 구속되었다. 뒷날 명종 즉위년에 일어난 을사사화 때 무장으로 귀양가던 도중 진위 갈원에서 사사된다.

박영은 사림파의 핵심 인물이 아니었지만 사림파와 훈구파의 대립에서

늘 사림파의 일원으로 의심을 받았고, 그 때문에 정치적 입지가 불안했다. 결국 유인숙에게 연좌되어 옥에 잡혀 와서 혹독한 형신을 받았다. 결국 김억 제는 무고 사실이 드러나 반좌反坐되었다. 박영은 다리뼈가 부서지고 꺾였 으나 죽음만은 면하고 견여에 실려 고향 선산으로 돌아가서 여러 가지 방문 方文으로 치료했으나 낫지 않았다. 1521년 가을에는 관작을 삭탈당하고 말 았다. 그는 세상일이란 호접몽이나 남가일몽과 같다고 넋두리했다. 박영은 항상 아이 종을 시켜 약재를 채취해 두고 인명을 구제했다. 또 16년간 학문 에 전념했는데, 후학들은 그를 '송당선생' 이라 불렀다.

1537년중종 32, 정유에 직첩을 받아 다시 서용되고, 1538년에 경상좌도병 마절도사에 제수되었다. 1540년 3월 21일에 내상內廂에서 졸하니, 향년 70 세였다. 이해 선산부 북면 관동官洞 곤좌坤坐 간향艮向의 벌에 장사지냈다.

후대인이 박영의 자찬묘표 뒤에 그 이후의 경력과 사망, 장례의 사실을 기록하고 가족 관계를 더 적었다.

박영은 선조 때 신원되고 복관되었다. 문집으로《송당집松堂集》을 남겼을 뿐만 아니라《경험방經驗方》《활인신방活人新方》《백록동규해白鹿洞規解》라는 책도 남겼다. 박영은 무인 출신으로서 문목文穆이란 시호를 받았다. 조선후 기의 이규경은 무과 출신에게 '문' 자를 내려준 것은 폄하의 뜻이라고 했지 만, 반드시 그런 것 같지는 않다.

《기묘록》의 보유에 박영의 전기가 실려 있는데, 기록자는 박영의 생애와 인품을 이렇게 서술했다.

박영은 젊었을 때 쾌활해서 구속을 받으려 하지 않았다. 무과에 올라 선전관 이 되었으나, 하루아침에 문득 벼슬을 사면하고 고향에 돌아왔다. 평소에 지향하던 것을 바꾸고 글을 읽으니, 정운정鄭雲程, 정붕 선생이 성리학 책을 가르쳤고, 늙은 뒤에는 아주 상득相得하여 서로 돕는 즐거움이 있었다. 덕행 높은 모습이 순후하고 원만했으며, 후학을 가르치는 데에는 스스로 깨닫는 것을 우선했다. 저술한 시와 문이 모두 학문을 깨쳐서 나온 것이었다. 또 의약에도 마음을 써서 인명을 구제한 것이 매우 많았으니 대개 사마공司馬公의 뜻이었다.

박영은 무인이었지만 학문과 시문으로 이름을 남겼다. 정조대왕은 박영을 이렇게 평가했다.

송당 박영은 무인으로서 발심하여 기미를 보고 일어난 사람이다. 낙동강 가에서 독서했고 마침내 기질을 변화시켜 당대의 큰 유학자가 되었다. 이 문순공이황이 비록 선가禪家의 기미를 띠고 있다고 기롱했지만 예로부터 무신 중에 송당만한 자가 있다는 말을 듣지 못했으니 어찌 기특하지 않은가. 또 야천冶川, 박소朴紹이나 석계石溪 등 많은 사람이 모두 송당의 문하에서 배출되었으니 후학을 성취시킨 공로가 어찌 적다하겠는가.

사람들은 대개 출생의 당시에 이미 결정되어 있는 여러 가지 분한分限을 묵묵히 받아들이면서 스스로 금을 긋고劃 살아간다. 하지만, 박영은 선을 긋지 않고 스스로를 변혁시켜나간 대표적인 인물인 것이다. 🍁

참고문헌

- 박영朴英, 〈묘표墓表〉, 《송당집松堂集》 권1 묘지墓誌, 한국고전번역원 한국문집총간 18, 1988.

- 이익李瀷, 〈문무무구文武無拘〉, 《국역 성호사설星湖僿說》 제8권 인사문人事門, 민족문화 추진회, 1977~8.

- 박동량朴東亮, 《기재잡기寄齋雜記》1, 역조구문歷朝舊聞 1, 민족문화추진회 《국역 대동야 승》 수록.

- 임보신任輔臣, 《병진정사록丙辰丁巳錄》, 민족문화추진회 《국역 대동야승》 수록.

- 김정국金正國, 〈박영전朴英傳〉《기묘록己卯錄》 보유補遺 상권, 민족문화추진회 《국역 대 동야승》 수록.

- 권별權鼈, 〈박영〉, 《해동잡록海東雜錄》1 본조本朝, 민족문화추진회 《국역 대동야승》 수록.

- 이구의, 〈송당 박영 시에 나타난 정신세계〉, 《한국사상과 문화》 33, 한국사상문화학회, 2006.1, pp.7~40.

4

대부가 직분을 유기했다면
장사지낼 때 사士의 예로 한다

이식李植, 〈택구거사 자서澤癯居士自敍〉

얼마 지나지 않아서 문형文衡의 수천首薦, 삼망三望 중 첫째로 의망됨을 받고 특별히 가선대부의 품계로 오르고, 용양위 부호군으로서 수守 홍문관대제학·예문관대제학·지성균관사를 겸하게 되었다. 이에 잇따라 상소하여 간절히 사양하면서 품계를 더한 것까지 개정해줄 것을 청하였다. 그러나 윤허하지 않으시고, 전시殿試의 대독관對讀官으로 임명해서 부르셨으므로, 이에 명을 받들고 탁호拆號, 급제자 명단을 발표함하기에 이르렀다.

얼마 안 되어서 오랑캐의 기병이 졸지에 침입했으므로, 어가를 따라 남한산성으로 들어갔다. 자주 대신과 논쟁을 벌였으나 의견이 합치하지 않았고, 당시에 지은 격서檄書 들도 모두 서식이 맞지 않는다는 이유로 채택되지 않았다.

상이 산성을 나가신 뒤에도 계속 남아 있는 백관 가운데에 속해 있다가, 관동 지방이 크게 도륙을 당하고 노략질 당했다는 소식을 듣고는, 대부인모친이 목숨을 보전하지 못하실까 염려되어, 즉시 방백에게 서신으로 알리고 그대로 돌아가 대부인을 뵙고 안후를 여쭙고자 했다. 이윽고 영춘永春의 산속에 이르러 노모와 자식들이 모두 무사할 수 있었다. 그런데 대신이, 도망쳤다고 위에 아룀에 따라, 양사兩司가 논핵하여 찬출竄黜시키려 하였다. 마침내 경성에 돌아와서 대죄待罪하였는데, 마침 변호하며 구해준 이가 있어서, 탄핵하는 논의가 결국 중지되고 말았다.

한참 지난 뒤에 동지춘추관사와 동지경연사의 명을 받았고, 또 호종한 사람에게 의례적으로 주는 상을 받고 가의대부에 가자加資되었으므로, 잇따라 상소하여 스스로 탄핵하면서 개정해줄 것을 청했으나, 윤허하지 않으셨다. 또 으뜸가는 사람을 다시 써서 정형政刑을 새롭게 할 것을 청했으나, 윤허하지 않으셨다. 곧이어 대사헌에 임명되었으나, 피혐하여 체직되었다.

6월에 대부인께서 병환이 나셨다는 소식을 듣고는 제천堤川의 임시 거처로 달려갔다. 7월에 대부인이 끝내 별세하였으므로 선영으로 모셔 장례를 치르고, 그대로 묘소 아래에서 여묘살이를 했다. 포위된 성안에 있을 때부터 우수와 불만으로 병이 들었는데, 이때에 이르러 더욱 심해졌다. 이에 죽을 날이 얼마 남지 않았다는 것을 스스로 알아, 선영의 좌측 산기슭에서 20보쯤 떨어진 가까운 곳에 자신이 묻힐 터를 잡았다.

그리고 자제들에게 유계遺戒를 내려, 상제喪制를 행할 때 검약을 위주로 하여, 석회를 쌓거나 석물을 세우지 못하게 했다. 이것은 비단 가난한 살림에 맞게 하려고 한 것일 뿐만 아니다. 《예기》에서 "대부가 자기의 직분을 유기했다면 죽어서 장사를 지낼 때에 사士의 예로 한다"고 했으니, 이에 역시 스스로 폄하하는 뜻에서 그런 것이다.

거사는 기질이 우둔하고 나약해서, 장성한 뒤에도 여전히 인사人事조차 제대로 살피지 못했다. 중년에는 몹쓸 병까지 걸려 하릴 없게 되어, 여러 책과 역사를 열람해서 이취理趣를 자못 알기는 했다. 그러나 번번이 시비와 득실을 함부로 이야기하곤 하였으므로, 더더욱 세속을 놀라게 만들었다. 광해조 때에는 하마터면 함정에 빠질 뻔한 적이 있었으므로, 오직 자신을 깊이 감추어 몸을 보존하려고 했다.

그러다가 새로운 정치를 맞게 되어, 과거에 절개를 지킨 것이 상을 받을 만하다고 인정을 받고는 등급을 뛰어넘어 청반淸班에 오르게 되었다. 거사는 자신의 분수에 걸맞지 않다고 크게 두려워했다. 또 인접한 오랑캐가 바야흐로 세력을 떨치고 있는 때에 나라의 정사가 제대로 행해지지 않는 것을 보고는, 변통하여 바꾸려는 현안이 있으면 모두 논의를 하였는데, 그러면 번번이 신하의 뜻과는 괴리되고 상감의 뜻은 거스르게 되었다.

그래서 항상 높은 지위는 사양하고 낮은 자리에 처하면서 자주 외직에 보임되기를 구하였으며, 교유를 끊고 당목黨目을 피하면서 홀로 서서 자신의 신념만 지켰다. 이로써 크게 사론의 의심을 받아, 오활하고 어리석고 부박하고 허탄하다는 지목을 받게 되었다. 심지어는 언론이 피험詖險하고 지조를 이랬다 저랬다 한다고 배척을 당하기까지 하였다. 이것은 분조分朝할 때에 이르러서 극에 달했다.

다행히 성상께서 넓은 도량으로 포용해주시고, 조정의 의론에도 완전히 버리려 하지 않는 의론이 혹 있기도 했다. 그래서 탄핵을 당할 때마다 반드시 문예가 뛰어나다고 먼저 치켜세워주고나서 폄하하고 억제하고는 했다. 그렇기 때문에 비록 허물이 날이 갈수록 드러나게 되었지만, 문장도 날이 갈수록 유명해져서 심지어는 문형文衡의 빈자리를 참월하게 이어받고 육경의 반열에 외람되게 끼이게 되었다. 이것은 모두가 형세의 추이가 그렇게 만든 것이

지, 실은 문장을 그 장처로 하는 것도 아니었고, 또 그 스스로 편안히 여긴 것도 아니었다. 아, 이것이 어찌 명命이 아니겠는가.

종사宗社, 사직社稷가 전복되고 군부가 치욕을 당했는데도, 일을 당하지 않도록 미리 극력 말씀을 올리지 못한 데다가, 기미를 살펴 결단을 하여 일찌감치 물러나지도 못한 채, 간언을 해야 하나 침묵해야 하나, 벼슬길에 나아가야 하나 초야에 버려진 채 있어야 하나, 결정해야 할 기로에서 우물쭈물하기만 하였을 뿐, 끝내 어지러운 세상에서 자신의 뜻을 드러내지 못하고 말았다. 이것이 바로 거사가 스스로 죄인으로 자처하는 까닭이다.

거사는 서울이든 근교든 거처할 집이 없었으므로 일찍이 터를 잡으려고 점을 친 결과 택풍澤風 대과大過의 상象을 얻었다. 그래서 선영 근처에 서재를 짓고 택풍이라는 편액을 내걸었다. 이때부터 사람들이 택당이라고 불렀다. 스스로 당초 그런 이름으로 일컬은 것은 아니다. 만년에는 다시 택구거사澤癯居士라고 스스로 호를 했다. 이에 대해서는 스스로 지은 〈택풍지澤風志〉에 상세하다.

이 글은 벼슬길의 험난함을 헤쳐나왔던 삶의 기록이다.

벼슬길의 험난함이란 바다의 풍파와 같다고 하지 않는가. 그렇기에 환해宦海란 말이 있다. 당나라 안진경이 18, 9세쯤 되었을 적에 한 도사가 그의 집에 들러 북산군北山君이라 자칭하면서 그에게 이르기를 "자네의 청간淸簡하다는 이름이 이미 금대金臺에 기록되어 있어, 장차 속세를 초탈하여 선관仙官이 되어 올라가게 될 것이니, 스스로 명환名宦의 바다에 빠져서는 안 된다"고 했다고 한다. 그러나 글 읽어 이념을 실천해야 한다는 책무의식을 통감하고 있는 사람으로서 어느 누구인들 명환의 바다에 빠지지 않을 수 있겠는가? 나는 그 바다에서 빗겨나 있었다고 내 삶을 규정할 수가 없다. 그렇게 규정하는 것은 허위의식이 아니랴?

이토록 환해에서의 부유의 기록을 상세하게 남긴 사람은 이식李植, 1584~1647이다. 그는 이 본편만으로 자기 삶을 다 개괄할 수 없자 속편까지 썼다.

본관은 덕수德水이고, 당호는 택당澤堂이며, 호가 택구거사澤癯居士이다. 조선전기의 명신이자 문인이었던 이행李荇의 4대손이고, 광해군 때 명신 이안눌李安訥의 재종이다. 1610년광해군 2 별시문과에 급제하고, 1613년 설서를 거쳐 1616년 북도병마평사가 되었으며, 이듬해 선전관을 지냈다. 하지만 1618년에 폐모론이 일어나자 여주 북쪽 강구촌康丘村 집에 머물렀다.

이식은 여강에 당인黨人의 화가 한창이었으므로 그 화가 자신에게도 미칠세라 멀리 떠나려 하여 점을 쳐보니 불길했다. 선영이 있는 경기도 지평砥平, 지금의 양평군 양동면으로 가서 머물면 어떨까 하고 점을 쳐보니, 대과大過 괘가 나왔는데, 구이九二효가 변효였으므로 지괘之卦는 택산澤山 함咸 괘였다. 변효가 하나일 때에는 본괘의 그 효사를 가지고 점을 치게 되어 있으므로, 택풍 대과괘의 구이효사가 점사가 되었다. 그 효사는 "말라죽은 버드나무에 새잎이 돋아나듯, 늙은이가 나이 어린 아내를 얻으니, 이롭지 않음이 없다"이다. 쓰러진 나무에서 다시 움이 나온다는 말이므로, 선단善端이 싹틀 조짐이라고 판단할 수 있다. 그 대상전大象傳을 보면 "홀로 서 있으면서도 두려워하지 않으며, 세상을 피해 살면서도 고민하는 일이 없다獨立不懼, 遯世無悶"고 하였다. 이식은 현재의 상황이 그렇다는 것을 신명神明이 일러주는 것일지 모른다고 생각하였다. 그래서 '두려워하지 않고 고민하지 않는다不懼無悶'는 뜻이 《논어》에 나오는 "천명을 두려워하고 대인을 두려워하고 성인의 말씀을 두려워해야 한다"고 했던 공자의 말과 연결된다고 풀이했다.

더구나 그 뜻은 자기 이름의 식植 자나 자字의 '여고汝固'와도 통했다. 이식의 부친은 아들의 이름을 지을 때 나무 목木 변의 여러 글자를 사당의 향탁에 놓고 아들로 하여금 뽑으라 했다. 이식은 심을 식植 자를 뽑았는데, 심을 식 자는 꿋꿋하게 심겨져 있다는 뜻이다. 또 자를 지을 때 부친은 '너는 굳세어야 한다'는 뜻에서 여고汝固라고 지어주었다. 이 이름과 자는 모두 택풍괘澤風卦의 상象과 같은 것이다.

이식은 이 우연한 일치에 감격해서 퇴패頹敗한 도를 만회시키는 것을 일생의 과업으로 삼기로 했다. 그리고 우선 선영이 있는 지평으로 낙향해서 작은 집을 짓고 그 당호를 '택풍'으로 삼았다. 줄여서 택당이라고 했다.

1623년 인조반정이 일어난 뒤, 이식은 정계에 복귀했다. 왕가와 인척이라는 이유로 지방 수령의 직을 청했으나 받아들여지지 않았다. 1632년까지 대사간을 세 차례 역임했다. 1633년에 부제학, 1636년에 대사성·이조참의·양관 대제학·성균관지사가 되었으며, 겨울의 병자호란 때는 산성으로 인조를 호종했다.

1637년인조 15, 산성에서 나온 직후, 관동의 영춘永春으로 피난한 노모의 안위가 염려되어 방백方伯에게 서장을 올린 뒤 성문省問하러 갔으나 도망했다고 탄핵한 사람이 있었으므로 서울로 돌아와 대죄했다. 마침 억울함을 풀어준 사람이 있어서, 동지춘추경연의 명을 받고 호종의 상으로 가의대부에 올라갔다. 1637년 윤4월에 대사헌이 되었으나, 피혐하여 체직되었다. 6월에 노모가 병이 나서 제천으로 돌아갔는데, 7월에 상을 당했다.

이식은 지평砥平으로 반장하고 거기에 토실을 짓고 살았다. 이때 스스

로 택구거사라 호를 했다. 택구거사란 산택구유山澤癯儒 즉 '산택 사이에
은거하는 수척한 학사' 나, 산택구선山澤癯仙 즉 '산택 사이에 은거하는 수
척한 신선'을 자처한 것이다. 원나라 도사 장우張雨가 '산택구자山澤癯者'
라고 스스로 호를 한 일도 참고가 되었다. 산택구자란 번잡한 세간을 떠나
산과 못에서 은거하는 수척한 자라는 뜻이다.

1637년의 겨울에 '자분필사自分必死'의 생각에서 행적의 대략을 적어
〈택구거사 자서〉를 엮었다.

이 〈자서〉에서 이식은 병자호란 뒤 영춘으로 노모를 살피러 갔다가 도
망의 죄로 탄핵당했으나 신원된 사실을 가장 부각시켰다. 그래서 그는
"대부가 자기의 직분을 유기했을 경우에는 죽어서 장사를 지낼 때에 사의
예로 한다"라는 《예기》의 말을 인용해서 검소한 장례를 유언하였다. 이식
은 지나온 행적의 대강을 직접 적어 묘지墓誌에 갈음하려고 생각했다.

이듬해 여름에 병세가 조금 호전되었다. 다만 1640년인조 18 가을에 모
친상을 벗을 때까지 완전히 정상을 되찾지는 못했다.

1640년 9월에 상복을 벗고, 이조참판이 되었으나 사직하고 하향했다.
또 대제학·예조판서·대사헌에 제수되었으나 모두 부임하지 않다. 1641
년인조 19에 다시 대사헌에 제수되었는데, 동료들이 이조판서 남이웅南以雄
을 탄핵했다. 이식은 그 의론을 따르지도 않았고 또 남이웅의 단점을 변호
해주려고도 하지 않았다. 이 때문에 양쪽 당파로부터 번갈아 질책을 당했
으므로, 즉시 사직했다. 1641년에는 계해년1623, 인조원년의 교명敎命에 의
거해《선조실록》을 수보修補할 것에 대하여 차자를 올려 윤허를 입었다.

이식의 업적 가운데 가장 주목받는 것이 《선조실록》을 개수한 일이다.
반정을 통해 왕위에 오른 인조는 《광해군일기》를 편찬하여 광해군 대의

역사를 기록으로 남겼다. 그러나 이괄의 난과 정묘·병자의 호란을 겪으면서 선조 때의 역사를 새 관점에서 바로잡을 기회를 미처 갖지 못했다. 그렇기에 1641년에 이식은 이런 상소를 올렸다.

역사기록은 한 시대의 전장典章이며 만세의 귀감입니다. 이는 하늘이 내린 질서가 깃든 바요, 인심과 사론士論이 매인 바이니, 나라에 사기史記, 정통의 역사기록가 없다면 나라가 아니요, 사기가 공정하지 못하면 사기가 아닌 것입니다. (……) 그러나 불행하게도 광해군 때 간신이 정권을 마음대로 하여 기자헌奇自獻이 총재가 되고 이이첨李爾瞻과 박건朴楗 등이 찬수의 일을 전담하여 옛 기록들은 몰래 삭제하고 멋대로 무필誣筆을 가하였기 때문에 시비와 명실이 완전히 뒤죽박죽이 되고 말았습니다.

이식은 사대부 집안에 소장된 기록과 민간에서 보관하고 있는 사료들도 광범위하게 수집해서 대신들이 모여 시비와 명실에 잘못이 없는 것을 골라 편집하자고 건의했다. 조정에서는 춘추관에서 절목을 만들어 개수하자고 했으나, 최명길의 건의로 이식이 책임을 전담하게 되었다.

그런데 역관 정명수鄭命壽가 심양의 질관質館, 볼모의 거처. 심양의 세자 관소에 와서, 이식이 김상헌과 뜻을 합쳐 계획적으로 화의和議를 결렬시켰다는 이유로 이식을 잡아다가 처치하려 한다고 전했다. 그 소식은 즉시 조선 조정에 전해졌다. 이식은 자신의 탄핵을 받았던 집안의 자제가 중상을 했기 때문이라고 생각했지만 비밀 차자를 올려 사직했다. 문형만 체차되었으나, 병을 핑계로 계속 사직을 청하여, 결국 국정에서 물러났다.

1642년인조 20 7월에 예조참판이 되고 비국당상을 겸했지만, 숙환이 갈

수록 악화되어 병상에서 여름을 보냈다. 이때 심양에서 또 말썽이 일어나서, 10월에 요동의 봉황성으로 갔다가 다시 용만의주으로 돌아와 구금되었다. 연말에 빠져나와 돌아왔다.

61세가 되던 1644년 가을에 예조판서, 겨울에 이조판서가 되었다. 이때 고관대신은 모두 자기 자식을 심양에 인질로 보낸 까닭에 오래도록 자기 자리를 지켜야 했다. 인질로 붙잡혀갔던 사람들이 겨울에 풀려나 돌아왔으므로, 이식은 이조판서의 직을 사양했다. 아홉 차례나 상소를 하면서 체직의 허락을 받은 뒤에야 그만두었다.

1645년 여름에 다시 예조판서에 임명되었다. 소현세자의 상을 당하여 능묘에 배행하고 세자의 책봉 및 입학 의식을 거행한 다음에 병으로 면직되었다. 겨울에 다시 이조판서에 임명되었는데, 간원諫院에서 이조참판 한흥일韓興一을 탄핵하면서 이식을 연좌시켰다. 한흥일은 궁가宮家의 청탁을 받고 수령을 제수했다는 의심을 받고 있었다. 이식은 죄상이 드러나지 않았으므로 고신告身, 직첩만 삭제되었으므로, 1646년에 지평으로 돌아왔다. 여름에 사면령이 내려 서용되어 동지춘추관사에 복귀했다. 가을에 또 예조판서와 문형에 임명되었으나 병을 이유로 사직했는데, 예조판서만 갈렸다. 다시 사국史局에 들어가게 되었으나, 며칠 후 시원試院의 출제를 잘못한 죄를 따지라는 특지特旨가 내려왔다. 결국 역적을 비호했다고 논죄되고, 감형을 받아 삭출의 처벌을 받고 시골로 돌아갔다.

그해 겨울이 끝나갈 무렵, 숙환이 악화되었다. 64세 되던 1647년인조 25 3월에 이질이 재발하자 지난날 자신이 지었던 〈자지〉의 속편을 적어 묘비를 대신하라고 했다.

이식은 이 속편에서, 《선조실록》을 개수하려 했으나 "공의公議가 이미

어긋나 있었을 뿐만이 아니라 전갈이 다시 독침을 쏘아대는 가운데 나를
저지하고 무너뜨리려는 자들이 태반"인 상황을 아쉬워하고, 결국 과거시
험의 부정에 연루되어 관직을 그만두게 됨으로써 중도에 그치게 된 사실
을 가장 크게 부각시켰다. 그래서 〈자지〉를 쓴 이후의 생활과 경력에 대해
다음처럼 개괄했다.

대개 계해년1623부터 정묘년1627까지로 말하면, 위로 성상의 은총이 일방적
으로 쏟아져서 아래에서 의심과 비방이 쌓였다. 정묘년 이후로는 성상께서
실제로 신이 쓸모가 없다는 것을 아셨으므로, 질책하는 성지를 빈번히 받아
항상 한질閑秩에 머물렀다. 그러나 모친의 연세가 이미 팔순에 이르러 다른
데로 이사하기도 어려웠으므로 봉양할 목적으로 녹봉을 받아 서너 해 동안
그대로 눌러 있었고, 또 물러나오더라도 나라에 사변事變이 많았기에 감히
완전히 떠나지도 못했다. 따라서 식자들이 나의 거취에 대해 의심했던 것도
당연하다.

병자년1636과 정축년1637의 난리를 겪은 뒤로는 조정에 인물이 부족했기에
주의注擬가 빈번하게 이어졌는데, 문형의 경우에는 대체할 사람을 찾기가 더
욱 어려웠다. 그래서 상하上下에 벗이 없거늘 명위名位가 바뀌지 않았으므로,
마음속으로 걱정하고 부끄러워했다. 물러나려고 하기에는 적절한 시기가 아
니었으므로, 그저 분수 넘치는 자리만은 피하고 실록을 편찬하는 일에 자신
을 의탁하여, 한 시대의 왜곡된 역사서를 깎아없애 불후의 대업을 이루어보
려고 했다.

불행히도 공의公議가 이미 어긋났을 뿐만 아니라 전갈의 독침 꼬리가 쏘아대
듯이 저지하고 무너뜨리려는 자들이 태반이었다. 친척들이 모두 그만두라

충고했으나 내가 귀 기울이지 않은 것은, 대개 위에서 밝힌 뜻이 있어서였다. 그런데 매년 봄과 가을이면 성상의 건강이 좋지 못해서 재신宰臣들이 항상 합문閤門에서 기거했고, 나의 경우는 겨울과 여름이면 한열증寒熱症이 문득 악화되곤 했으므로, 그 사이에 나 혼자서 실록을 편찬하였을 뿐 동료의 도움은 거의 없었다. 거의 완성할 무렵에 이런 화를 당하고 말았으니, 평소 어리석고 망령되었던 나의 행적이 이런 극한에 이르고 말았다.
전번에 스스로 묘지를 지어 유계遺戒하기를 자신을 폄박하는 뜻에서 검소하게 장사지내도록 한 바 있다. 지금 처음 뜻한 대로 벼슬을 그만두고 전원에 돌아오니, 흡사 본분을 이룬 듯해서 나의 마음이 편안하다. 의당 이전에 유계를 내린 대로 장사 때 사서士庶의 예법으로 하여 나의 평소 뜻에 부응해야 하지, 죽은 자가 전혀 알지 못한다고 생각해서는 안된다.

이식은 인조반정 뒤 최명길의 추천으로 조정 벼슬을 얻었고, 병자호란 뒤에도 문학지사文學之士로서 천거되었으나, 최명길과는 그가 경세의 일에서 도행역시倒行逆施하였고 사상적으로 신괴神怪에 현혹되었다고 하여 거리를 두었다. 또한 장유에 대해서도, 그가 비록 겉으로는 큰 학자인 것처럼 보이지만 양명학에 물들고 노장과 불학을 인정하였다고 비난하였다. 그러면서 이식은 스스로 이단을 공척攻斥하는 임무를 자임하였다. 하지만 이식은 〈자지〉 정편과 속편에서 이와 같은 자임에 대해서는 언급하지 않았다. 할 말과 하지 않을 말을 가린 것이다.
이식은 병자호란 이후 청론에 가담하였으나, 그것은 부형의 눈치를 본 결과라는 비판이 있었다. 훗날 김만중은 《서포만필》에서 이렇게 부분적으로 옹호해주었다.

이식은 속으로는 척화가 옳지 않음을 알았지만 부형이 견제하여 다른 의견을 낼 수 없었다. 남한산성의 치욕을 보고는 종신토록 마음이 괴로워 돗자리를 깔고 집에서 지내다가 죽으면 장례를 간단히 지내라고 하며 죄인을 자처하였으니 그 또한 공거심孔距心 같은 부류의 사람이 아니겠는가?

김만중은 이식을 공거심과 같은 부류의 사람이라고 단죄했다. 공거심은 《맹자》에 나오는 인물이다. 맹자가 평륙에 가서 그 대부였던 공거심에게 "지금 남의 소와 양을 받아다가 그를 위하여 기르는 자가 있으면 반드시 그를 위하여 목장과 꼴을 구할 것이니, 목장과 꼴을 구하다가 얻지 못하면 그 주인에게 되돌려주어야 하겠는가? 아니면 서서 그 죽어가는 것을 보아야 하겠는가?"라고 물었다. 공거심이 "이는 저의 잘못입니다"라고 하였다. 다른 날 맹자는 왕을 만나 "왕의 도읍을 다스리는 자를 신이 다섯 사람 알고 있는데, 그 죄를 알고 있는 자는 오직 공거심 뿐입니다"라고 하였다. 김만중은 이식이 공거심과 마찬가지로 자책할 줄 아는 사람이라고 인정한 것이다. 다만 이식은 〈자지〉 정편과 속편에서 이 사실을 드러내놓고 말하지는 않았다.

이식은 장례를 검소하게 치를 것과 유집문집을 간행하지 말 것을 유언했다.

장사葬事에 석회石灰를 쓰지 말라.

제사에 유과油果를 쓰지 말라.

만사挽詞를 요구하지 말라.

비표碑表를 세우지 말라.

무사巫事나 불사佛事를 하지 말라.

관棺에는 비단 의금衣衾을 넣지 말고, 염殮에는 심의深衣를 사용하라.

장사의 준비물은 집안 형편대로 마련해서 예식만 갖춰지면 그로써 그만둘 일이지, 절대로 구차하게 분수 밖의 재물을 구하여, 남에게 재물을 청하지 말라.

먼 데 있는 사람에게는 장삿날을 알리지 않아도 좋다.

이식은 스스로 재주와 품질이 천박한 데다가 병 때문에 공부할 시기를 잃었다고 자책하고 다음과 같이 세 자제들에게 말했다.

살아서 높은 직위와 화려한 직함을 도둑질한 것은 전적으로 문文文학 때문이었기에, 국가의 공기公器가 나로 말미암아 남용된 것이니, 이는 나의 죄이다. 죽은 뒤에 혹 고을을 소란하게 하고 침해하여 문집을 목판에 새겨 발행한다면 죄가 더욱 크게 된다. 모든 난고亂稿는 평일에 정돈하지 못하여 완전한 편질을 이룬 것이 적으므로, 모두 다 소각하고 싶으나 공연한 참소와 비방만 야기하여 너희에게 누를 끼칠까 두렵다. 다만 상자에 꼭꼭 넣어두고 너희가 사모하는 마음을 붙일 대상으로 삼으라. 비록 후세의 자손이 부귀하게 되더라도 절대로 판목에 새기지 말아서 내 스스로 겸손해 하고 억제하는 뜻을 저버리지 않으면 좋겠다. 정자程子가 말하기를 '있어도 아무 보탬이 없고 없어도 아무 아쉬움이 없다' 했으니, 나의 글이 세상에 전한들 무엇을 취할 바가 있겠느냐. 이것으로 이름을 남기려 하는 것은 정말 어리석은 자의 소견이다. 나의 흉중은 담담하여 티끌 하나도 없다. 이 생각을 너희는 알아두거라.

병세가 악화되어 기동할 수 없었다가 단오일에 창포를 물에 끓이게 해

서 머리를 감고 부축을 받아 일어나서 선영을 향해 절을 했다. 5월 19일에
다음 칠언율시를 입으로 불러주었다.

지금 나이 예순넷
사내로서의 생애는 괴로움이 끝없었다.
글 잘한다는 헛 이름이 끝내 화를 불렀고
청직에서 무위도식하여 부끄러웠다.
천지의 무궁한 일들을 보니
군주와 백성에 대한 근심이 그치지 않는구나.
죽어가면 아무 생각도 없으리니
산은 영원하고 물은 동으로 흐르리라.

行年六十四春秋 행년육십사춘추　　弧矢生涯苦未休 호시생애고미휴
文字虛名終速禍 문자허명종속화　　淸班素廩每包羞 청반소름매포수
眼看天地無窮事 안간천지무궁사　　心抱君民不盡愁 심포군민불진수
便入九原無一念 변입구원무일념　　碧山長在水東流 벽산장재수동류

병세가 더욱 위독해져서 하루에 한두 잔의 물만 마셨다. 그렇게 20여
일이나 지났으나 정신은 흐트러지지 않았다. 6월 9일에 스스로 맥을 짚어
보고 "이 맥이 이미 끊어졌다"고 말하고, 머리를 동쪽으로 두게 해달라고
명했다. 6월 11일 계명에 택풍당에서 별세하고, 8월 15일에 지평 선영 옆
에 안장되었다.
　생전의 이식은 키가 장대하고 귀가 크며 얼굴이 우람한데다가 수염이 많

았다고 한다. 농담을 잘했지만 농담 속에 풍자의 뜻을 붙이고는 했다고도
한다. 🍁

참고문헌

● 이식李植, 〈택구거사 자서澤癯居士自敍〉, 《택당집澤堂集》 별집 제16권 잡저雜著, 한국고전
번역원 한국문집총간 88, 1988. ; 〈자지自誌 속편續篇〉, 《택당집》 별집 제16권 잡저雜著.
; 〈시아대필示兒代筆〉, 《택당집》 권15 잡저.

● 이식李植, 《국역 택당집》, 민족문화추진회, 1996~2002.

● 송시열宋時烈, 〈택당澤堂 이공李公 시장諡狀〉, 《송자대전宋子大全》 권203 시장諡狀, 한국
고전번역원 한국문집총간 108~116, 1988. ; 《국역 송자대전》, 민족문화추진회,
1980~8.

● 권진옥, 〈택당澤堂 이식李植의 변문·고문 연찬과 산문 창작의 실제〉, 고려대학교 대학
원 석사학위 논문, 2007.

● 이상배, 〈택당 이식의 삶과 현실인식〉, 《백산학보》 83, 백산학회, 2009.

5

서른을 넘긴 뒤로는
다시는 점을 치지 않았다

박미朴瀰, 〈자지自誌〉

분서옹이란 누구를 말하는가? 박미朴瀰가 그 이름이고, 중연仲淵이 그 자字이다.
열두 살에 의빈儀賓, 부마으로 선발되었으니, 그 배위는 정안옹주貞安翁主로,
옹보다 두 살 많다. 이보다 앞서 옹의 작은할머니가 선조대왕의 원비 의인왕
후懿仁王后였는데, 의인왕후는 자식을 낳지 못했다. 선조대왕이 조용히 의인
왕후에게 말씀하길, "왕후의 집안과 혼인관계를 맺어서 왕후와의 옛 즐거움
을 계속 이어나가고 싶소"라고 했다. 의인왕후는 "조카 아무개가 있는데 병
란 중에 호종한 공이 가장 뛰어나며, 고달픈 저의 늙은 몸을 오로지 이 아우
에게 맡기려고 합니다. 지금 그 딸이 이미 성장했으므로 시집갈 만합니다"라
고 대답했다. 선조께서는 끄덕이셨으니, 이미 말로 약조가 성립한 것이다.
그런데 의인왕후가 승하했고, 나의 누나도 역시 불행히 타계했다. 선조대왕
은 늘 말씀하시길, "돌아간 사람에게 한 약속을 어기고 싶지 않다"고 하셨다.

옹이 배필로 간택된 것은 실은 대왕의 결정에 따른 것이다.

옹은 어려서 그리 우둔하지가 않아서, 일곱 살에 벌써 스스로 편지를 적어 백사 선생이항복에게 올렸으니, 선생은 옹의 외할머니의 아우이시다. 열한 살 때 대략 경전經傳과 제자諸子와 문집을 읽고서 서울로 들어가 백사이항복 및 신현헌申玄軒, 신흠 두 선생의 문하에서 수업을 했다. 옹은 성격이 솔직하고 간솔해서 위의가 없었고, 옹주 또한 견개狷介하여 구차하게 남의 뜻에 맞추려 하지 않았다. 그래서 자못 엄격하면서도 또한 아주 화락했다.

옹은 본시 글로써 쓰임이 있다고 자부해왔으나, 지금 반백오십을 넘기고 보니, 근력이 거의 다하여서, 지난날을 돌이켜 생각하면 꿈속의 경지에 있는 듯이 여겨진다. 옹은 책을 읽어 의리를 얼추 알아, 일에 임해서 반드시 옳고 그름을 살폈다. 스스로 헤아려보니, 세상에 아무 쓸모가 없었고 세상도 나를 버렸다고 여겨, 오로지 문묵文墨을 스스로 즐겼다. 언젠가 한창려韓昌黎, 한유의 말을 따서, ‘문자시문 사이에서 죽고 살겠다’고 다짐했으니, 사실을 있는 그대로 한 말이다.

옹은 젊어서 점술가의 말을 전하는 것을 들었는데, 옹이 스물을 넘길 수 없다고 했고, 스물을 넘긴 뒤에는 또 서른을 넘길 수 없다고 했다. 서른을 넘긴 뒤로는 다시는 운명을 점치지 않았다. 지금 쉰이 넘어서, 동료들을 돌아보니 반나마 귀신의 명부에 들어 있다. 그러니 옹이 수명으로 얻은 것이 아주 넉넉하지 않은가!

옹은 남들과 어울리거나 유력자를 찾아가 청탁하려 하지 않았다. 그저 자기 뜻대로 평소 생각을 따라 살아나갔지, 신분이 고귀한 자의 태도를 짓지 않았다. 이 때문에 동료들에게 조금 칭찬을 받았으나, 지금은 도무지 옛날의 내가 아니다.

옹은 처음에 순의대부를 제수받았는데, 공신의 맏아들이라는 이유로 자의대부로 승품되었으며, 선조대왕께서 즉위하신 40년에 추은推恩으로 통헌대부의 품계로 승급되었다. 그리고 광해군 때 인목대비를 폐위시켜야 한다는 정청廷請에 참여하지 않았으므로, 인조반정 뒤에 봉헌대부로 승품되고, 공신회맹의 제례 때 숭덕대부로 승자되어 다시 오위도총관을 겸했다.

만년에는 혜민서의 제조를 겸대하고, 한 번 심양으로 사신 갔다가 왔다. 이것이 일생의 대략이다.

옹은 임진년1592, 선조 25에 태어나고 공주는 경인년1590, 선조 23에 태어났다. 아이들에게 엄명을 내려 합장하도록 하고, 미리 이 글을 지어 묘문의 돌에 새기도록 한다.

공주는 2남 1녀를 낳았는데, 아들 하나와 딸은 진작에 요절했다. 유일하게 성장한 아이가 세교世橋이다. 그의 자녀들은 기록할 필요가 없을 것이다.

부마로서 귀한 신분에 올랐지만 시문을 짓는 일로 죽고 살겠노라고 스스로 맹세한 사람이 반평생을 돌아보면서 쓴 글이다. 누가 썼는가? 선조대왕의 부마 박미朴瀰, 1592~1645이다.

박미는 자신과 정안옹주가 집안을 다스리는 방식에 대해 '학학이이이嗃嗃而怡怡'라 했다. 집안을 엄하게 다스리면서도 화기애애한 분위기를 유지했다는 뜻이다. 학학은 《주역》 가인괘家人卦 구삼九三 효사의 "가족을 호되게 다루었으나 엄격함을 뉘우치면 길하니라"에서 나왔고, 이이는 《논어》 〈자로〉의 "붕우 사이엔 간절하고 자상히 권면하고 형제간에는 화락해야 한다"에서 나왔다.

박미는 본관이 반남으로, 호는 분서汾西이다. 참찬의 벼슬을 지낸 박동량

朴東亮의 아들이자, 이항복의 문인이다. 그는 또한 선조의 원비 의인왕후의 외손이기도 하다. 의인왕후는 반성潘城부원군 박응순朴應順의 딸로, 1569년선조 2에 왕비로 책봉되어 가례를 행했고, 1590년에는 장성왕후章聖王后의 존호를 받았다. 죽은 뒤인 1604년에는 휘열徽烈이란 존호가, 1610년광해군 2에는 정헌貞憲이라는 존호를 추가로 받았다. 능의 이름은 목릉이다.

박미는 1603년선조 36에 인빈의 다섯째따님 정안옹주와 결혼하여 금양위가 되었다. 인빈은 수원김씨 한우漢佑의 따님이자, 능창군과 인조의 조모로, 능의 이름은 순강원이다. 1633년인조 11년에 작고하자 장유가 왕명에 따라 신도비명을 지었다.

인빈은 4남과 5녀를 두었다. 의안군은 일찍 죽었으나, 신성군 후珝는 신립申砬의 딸, 인조의 생부 정원군은 구사맹具思孟의 딸, 의창군 광珖은 허성許筬의 딸에게 장가들었다. 또 장녀 정신옹주는 달성위 서경주徐景霌, 정혜옹주는 해숭위 윤신지尹新之, 정숙옹주는 동양위 신익성申翊聖에게 출가했다. 그다음 정안옹주가 박미에게 출가했고, 아래로 정휘옹주가 전창군 유정량柳廷亮에게 출가했다. 그런데 인조의 둘째아들 봉림대군 호淏는 장유의 딸에게 장가들었으므로, 박미는 장유와 연척의 관계가 된다.

박미가 신접살림을 차린 도성 서쪽의 집은 본래 장유가 살던 옛집으로, 장유 어머니의 거처와 담장 하나 사이였다. 또 뒤에 장유의 어머니가 이사 간 도성 남쪽의 집도 박미의 친가와 가까웠다. 그래서 박미는 어려서부터 줄곧 장유에게서 시문을 배울 수 있었다. 박미는 이렇게 회고했다.

상군相君, 문단의 맹주로 일컬어지는 대제학이 된 것을 말함이 규구葵丘, 춘추시대 때 제나라 환공이 제후들을 모아 회맹을 주관한 곳. 여기서는 공신의 모임에서 맹약을 주관하며 손으로

소의 귀를 잡았을 적에, 문필에 종사하는 인사들 거의 모두가 공의 휘하에 있었다. 그런데 나는 때때로 공과 토론을 벌이는 일을 면하지 못했으니, 여기에는 나름대로 이유가 있다. 나는 일찍 부마가 되어 벼슬길이 막혀서 임금의 윤음을 받고 기쁘게 참여할 길이 없었으므로, 후세에 전할 문장에 대해서 스스로 생각해보게 되었고, 그러한 문장을 짓기 위해서는 장차 독특하게 구상을 하며 옛것에 뜻을 두고서 거기에서 소재를 찾고 법도를 취해야 한다는 주장 쪽에 기울어져 있었는데, 공은 그렇지 않다고 지적하면서 "글은 곧 말이니, 말이 마음에서 우러나와 글이 되는 것이다. 따라서 글을 지어도 마음에서 우러나온 것이 아니면 그것은 제대로 된 글이 아니다"라고 했다. 내가 공의 그 말에 대해서 삼가 고맙게 생각하면서도 내 생각을 버리지 못한 것은 실로 수릉壽陵 사람이 조나라 수도 한단에서 걸음을 배우다가 자기 고장의 걸음걸이마저 잊어버리는 격이 되지 않을까 두려웠기 때문이었다.

한나라 양웅揚雄의 《법언法言》에 "어려서부터 익혔어도 백발이 되도록 엉터리이다童而習之, 白紛如也"라는 말이 있다. 박미는 그 말을 끌어와, 자신이 장유에게서 시문을 배웠지만 늙도록 성취가 없음을 자조했다. 위나라 문제 조비曹조는 "문장이야말로 나라를 경륜하는 큰 사업經國之大業이요 영원히 썩어 없어지지 않을 성대한 일不朽之盛事이다"라고 했다. 수명도 때가 되면 다하고 영화도 자기 몸에 그치기에 그것들보다는 무궁히 전할 수 있는 문장이 낫다고 하되, 문장은 나라를 경륜하는 큰 사업일 때 비로소 불후의 성사로서 인정받을 수 있다고 한 것이다. 박미는 자신의 문장이 큰 사업이 되지 못하고, 벌레 모양이나 전서篆書를 새기듯 글이나 꾸미는 작은 기예로 그칠까봐 염려했다.

부마로서 동서 간이던 신익성과 박미는 여러모로 비교가 되었으나, 장유는 박미와 친했기 때문에 그를 더욱 호평했다. 박미의 조카 박세채朴世采는 박미의 문집에 발문을 적을 때, 지난날 홍무적洪茂績의 청으로 장유가 박미와 신익성의 문장을 비교했던 일화를 옮겨두었다. 장유는 "신익성은 어려서부터 제술에 마음을 다해 부지런해서 도철塗轍과 운용運用에서 이미 일가의 말을 이루었기에, 사람들이 그 때문에 높이 평가하는 것이 당연하다. 하지만 여전히 분서만 못 한 점이 있다. 만약 분서가 술작에 온 마음을 쏟아 잘된 것을 가지고 비교해본다면 분서가 결코 뒤진다고는 못 하겠다"라고 했다.

박미는 1605년선조 38에 친공신 적장자라는 이유로 두 품계를 건너뛰어 숭덕대부에 올랐으나 사간원의 탄핵을 받았다. 1613년광해군 5 인목대비를 폐위시키려는 논의가 있을 때 관작을 삭탈당했다. 당시 그의 부친은 극구 김제남과 친하다는 이유로 화를 입었다. 인조반정 뒤 1625년인조 3에 옛 공신 적장자의 자격으로 가자加資되었고, 혜민서 제조에 서용되었다. 1638년인조 16에는 동지사 겸 성절사로 청나라에 다녀오고, 금양군으로 개봉되었다.

박미가 죽은 지 29년이 지나, 박미의 장손 박태두朴泰斗는 송시열에게 비명을 청하려고 했는데, 그때 박세채에게 박미의 자찬묘지를 보완해달라고 했다. 박세채는 우선, 박미가 선조의 부마가 된 것은 선조와 의빈왕후와의 약속 때문만이 아니라, 박미 자신이 어려서부터 영특하였기 때문이라고 강조했다. 그리고 박미가 사우師友와 서로 뜻이 잘 맞았던 사실, 일에 임하여 의리를 지킴이 반드시 마땅했다는 사실, 문학과 서예에 일정한 재능이 있다고 자처했다는 사실, 평소 행동이 사대부의 모범이 되어 칭송을 받았다는 사실을 차례로 적었다.

박세채는 박미가 부마 간택 때부터 구차한 뜻을 보이지 않았기에 선조가 태도를 아름답게 여겨 사윗감으로 삼았다고 한다. 곧, 부마 간택의 날에 함께 선발에 들어간 사람이 박미와 나란히 계단에 오르기를 꺼려했다. 그러자 박미는 그를 놀리면서, "너는 부마가 되지 않을까봐 걱정하느냐?"라고 했다고 한다.

박세채가 추가로 적은 기록을 전부 소개하면 다음과 같다.

아아, 이는 돌아가신 나의 백부 분서공께서 그 묘에 스스로 기록한 자찬묘지다. 그 사이에 내가 개찬改竄해보려고 마음먹었으나 갑자기 병에 걸려 뜻을 이루지 못했다. 이후 29년이 지나 손자 태두泰斗 등이 우암 송시열 공을 뵙고, 그 비碑에 새겨 공의 시종을 게재하였는데 조금도 빠뜨린 내용이 없었다. 그래서 지문誌文이 정본定本이 아닐지 모른다고 의심했다. 내가 말하기를, "그러하나, 이렇다고 달리 구하기는 어렵다. 오직 마땅히 이어야 하는 것과 추론할 수밖에 없는 것이 후인의 책무다"라고 하였다.

공께서는 직을 받아 금양위가 되어 숭정 정축에 습봉襲封하여 금양군이 되었고, 을유년1645 정월 15일에 졸하였다. 옹주는 경자년1660 8월 23일 안산군 서쪽의 참찬공 선영 아래 묘향卯向, 동향을 끌어안은 벌에 안장했다. 곧 유언에 따라 합장한 것이다.

박씨는 본래 혁거세왕의 후예다. 고려 때 반남현의 호장 응주應珠가 원적에서 갈라져 나왔다. 삼대를 지나 판전교시사判典校寺事 상충尙衷이 있었는데, 글을 올려 원나라 섬기기를 그만두자고 간쟁하다가 유배 가게 되어, 가는 길에 몰하였다. 세상에서 반남 선생이라 일컫는 분이시다. 그 아들 은블이 우리 조선의 태종조에 처음으로 벼슬하여 좌의정에 이르렀으니, 추증된 시호는 평도공平度公으로 그 집안이 더욱 커졌다. 또 삼대를 지나 고조 정랑 휘 조년兆年을 낳고, 고조가 증조 사간 휘 소紹를 낳았는데, 일찍 학문과 행실로 명망이 있어서 조정에 이름이 났으나, 간사한 무리가 음해하여 그대로 졸하고 말았다. 증조는 조부 대사헌 휘 응복應福을 낳았는데, 증조와 조부는 함께 영의정에 추증되었다. 조부는 부친 우참찬 휘 동량東亮을 낳았는데, 충량한 신하로서 성군이신 선조와 만나 당시에 이름났다.

공이 처음에 의빈에 뽑혔는데 아주 나이가 어렸다. 우연히 함께 선발된 자의 어깨를 어루만지면서 섬돌을 오르게 되었는데, 그 사람이 꺼려하자 공이 이것을 놀리며, "너는 곧 부마가 되지 못함을 두려워하는 것인가?" 하니, 선조께서 들으시고 크게 기뻐하며, "이 사람을 과연 사위로 삼을 만하다" 하셨다.

공이 이실貳室에 거처하게 되자, 선조께서는 번번이 시문을 내어 화답하게 하셨는데, 왕왕 뜻에 맞아 마구간의 타시던 말을 내려 포상하셨다. 또 언젠가는 공이 발에 병이 나서 절게 되자 각별히 염려의 마음을 표시해주셨다. 이러한 사실을 보면 공이 공주를 부인으로 맞아들여 부마가 된 것이 오로지 선조께서 의빈왕후에게 약속하신 바가 있었기 때문만이 아님을 알 수가 있다.

백사 선생이항복을 섬기면서는 마음으로 진정 믿고 따르기를 대단히 돈독하게 해서, 항상 그 기거동정을 보고서 법으로 삼았다. 같은 문하의 선비 장문충공장유張維나 이충익공이시백李時白 등 여러분과 사이좋게 지내고 문학과 행실을 서로 닦아 태만하지 않았으니, 백사께서 더욱 애지중지하셔서, 정치를 논하고 글을 엮는 일을 비롯하여 모든 일에 의견을 물으셨다. 그리고 백사가 돌아가시자 그 공적을 기재하는 일은 공이 힘써서 실추시킨 것이 없었다. 이것을 보면 공이 사우師友와 서로 뜻이 잘 맞았음을 알 수가 있다.

인목대비가 폐위되는 화를 당하게 되었을 때 공의 부친 참찬공이 선묘선조의 유교遺敎를 그대로 받들어 유배 가는 사람의 열에 편입되어 매우 위태로웠는데, 공은 오히려 질병을 핑계대어 의론에 참여하지 않고 조정에 나가지 않았다. 그러자 흉인들이 공을 유배 보내라고 한 해가 넘도록 청했는데, 광해는 끝내 따르지 않았다. 인조께서 반정하여 생부에게 존호를 올릴 것을 의론하게 하자, 조정의 신하들이 힘써 간쟁하여 오래도록 결정되지 못했다. 그때 마침 내관이 와서 공의 뜻을 엿보았는데, 이는 상감의 뜻에서 나온 것이었다. 공의 대답은 끝내 굽히는 바가 없었다. 당시 참찬공은 공이 과격한 언론을 했다는 이유로 죄가 더해져 남쪽 변방에서 위리안치당하는 죄를 받았기 때문에, 공은 마음과 자취가 더욱 고단했지만, 조금도 자기 일신만 돌아보고 자기 몸만 소중하게 여기는 일이 없었으므로, 사람들이 그렇게 하기 어려운 일이라고 칭송했다. 사명을 받들어 후금으로 사신 갔을 때는 몸가짐이 아주 깨끗해서 오랑캐 역시 공경하고 예우할 줄을 알았다. 이것을 보면 공이 일에 임하여 의리를 지킴이 반드시 마땅했음을 알 수 있다.

문장에서는 남다르고 심오하여 스스로 터득한 바가 있었다. 일찍이 백사이항복, 현헌玄軒, 신흠을 따라 힘써 고문사古文辭를 지었는데, 이윽고 명나라 여러 대가의 말을 몹시 좋아하여 의미를 함축하고 글발이 한껏 뻗어나가 하나의 체제를 이루어냈으며, 고시와 근체시도 아울러 우아하면서 씩씩한 풍격으로 나아갔다. 요양遼陽의 백탑白塔을 두고 지은 시에, "정정한 백석탑, 말없이 석양 아래 서있네. 요동의 학에게 알리나니, 지금의 성곽은 옛것이 아니라고亭亭白石塔, 無語立斜暉. 爲報遼東鶴, 于今城郭非"라고 했다. 듣는 사람들이 눈물을 훔쳤다. 널리 배우고 힘써 기억하고, 겸하여 팔법八法에 뛰어났다. 장공張公, 장유이 일찍이 노수신盧守愼 재상이 송려성宋礪城, 송인宋寅을 거용한 예에 따르고자 하여, 공과 낙전樂全 신공신익성申翊聖에게 문원文苑을 제형提衡해줄 것을 청하였으나, 끝내 시의時議에 막히고 말았다. 여기에서 공이 문묵文墨으로 자처했음을 알 수 있다.

공은 천성이 진솔하고 영특하며 안과 겉이 맑고 투명했다. 진심으로 양친을 위해 효도하고 공경하며 자식들을 사랑하고 의리로 대하는 태도가 지극했으며, 다른 이와 사귐에서는 오래되어도 솔깃한 말과 행동으로 담담한 교우관계를 해치는 법이 없었다. 거처하는 집은 쓸쓸하고 의복과 기물은 낡고 수수했으나, 화려한 권세와 이익이 일찍이 한 번도 끼어들어오지 못했다. 손님이 오면 그저 몇 잔 돌리는 술자리를 마련하고, 그렇지 않으면 종일토록 담담하게 앉아서 현재의 일과 옛날의 역사를 토론할 뿐이었다. 비록 그 일생의 포부로 말하면 소위 '연도鉛刀의 쓰임'에 있지 않았다. 여기에서 공의 평소행동을 진신사대부搢紳士大夫들이 선망하고 칭송했음을 알 수 있다.

옹주의 모친은 인빈仁嬪 김씨다. 장중하고 온화해서 군자의 배필이 되어 부인으로서의 덕을 어김이 없었고, 시부모를 예로써 섬겼을 뿐 아니라, 가을과 겨울의 종묘제사를 지낼 때는 반드시 정성을 다하여 제향하였다. 집안일에서는 근검하여 일흔 살에도 오히려 직접 부인이 해야 할 일들을 몸소 했으니, 정말로 공경할 만하다.

세교世橋는 관직이 첨정에까지 이르렀다. 아들 일곱을 낳았는데 태두泰斗·태만泰萬·태성泰成은 모두 공의 덕과 지위에 미쳤다. 나머지는 태화泰華·태한泰韓·태길泰吉·태발泰發이다. 네 딸은 김만증金萬增·조지항趙持恒·윤세기尹世紀·안상진安相眞에게 시집갔다. 증손과 현손이 몹시 많지만 다 기록하지 않는다. 역시 공이 기록한 예를 본받아 그러는 것이다.

나 세채世采는 어려서 공의 가르침을 받았는데, 이제 머리가 벌써 희끗희끗해졌으니, 굽어보고 우러러봄에 더욱 슬프기 짝이 없다. 하지만 태두 등의 부탁을 거절할 수가 없어서 이에 감히 나머지 사실을 이와 같이 대략 적는다. 슬프도다.

박세채는 박미가 문형을 잡을 만한 능력이 있었으나 부마라는 이유로 시의에 막혀서 대제학이 될 수 없었던 것을 한스러워했다. 박미는 그 자신이 지은 묘표에서 그와 같은 말을 하지 않았으나, 박세채의 후기와 대조해볼 때 그가 그러한 문제를 전혀 언급하지 않은 사실 자체가, 그 울적한 심사를 엿볼 수 있게 한다.

박미는 자찬묘지에서 광해군 때 대비를 폐위시켜야 한다는 정청에 참여하지 않은 사실을 매우 간단하게 언급했을 따름이다. 하지만 박세채는 추기에서 그 전말을 상세하게 설명했다. 인목대비의 폐위 때 박미의 부친 박동량은 선조의 유교를 받은 일곱 신하 가운데 한 사람이었다는 이유에서 죄를 입었다. 박미는 폐비론에 반대하는 의론도 내지 않고 신하들이 폐비론을 결의하는 때에도 참여하지 않았다. 이에 한 해가 넘도록 박미를 귀양 보내라는 주장이 올라왔다. 광해군이 받아들이지 않았으므로 무사할 수 있었다.

박미는 재주가 많았으나 부마였기 때문에 뜻을 펼 수가 없었다. 그렇기에 자찬묘지에서 한유의 말을 인용해서 자신은 글이나 지으면서 한평생 살려고 했다고 말했다. 한유는 〈잡시雜詩〉에서 "예전의 과탈자들은, 만 개의 무덤이 되어 산봉우리를 누른다向者夸奪子, 萬墳厭其巔"라 했다. 과탈자는 명리만 좇는 사람을 말한다. 과거에 명리만 좇던 사람들은 지금 다 어디 있는가? 무덤이 되어 있을 뿐이 아닌가? 박미는 한유가 말했듯, "훨훨 드넓은 대지를 아래로 깔아보면서, 머리를 풀어헤치고 기린마를 타고 날아가련다翩然下大荒, 被髮騎騏驎"는 기상을 닮고자 했다.

생전에 박미는 스스로의 맹서를 〈자서명自誓銘〉으로 적어 남겼다.

병 때문에 스스로 쫓겨나
늙기도 전에 쇠잔해졌으니
마음과 힘의 쇠약함은
어린아이와 같구나.

몇 잔을 창자에 부어넣으면
번번이 미친 듯 술주정하니
처와 자식이 교대로 간하고
벗과 친척이 모두 싫어하네.

하물며 이 일곱 자 몸은
기름이 졸여지는 것과 같으니
술에 무슨 좋은 점이 있다고
이 흉한 허물을 밟는고?

두 번 절하고 몸을 구부려
하늘과 땅을 향해 마음으로 맹서하니
성聖과 광狂의 나뉨은
일순의 생각이 초래하는 법.

상유桑楡, 인생의 만년는 늦지 않았고

썩은 흙이긴 해도 무늬 새길 만하니
스스로 새로워짐에 길이 있어
신명神明이 크게 밝혀주시네.

정情이 나옴은 속을 통해서이니
말을 함에 있어서 조금도 꾸미지 말라.
만약 술 두 잔을 넘긴다면
신께서는 부디 죽음을 내리소서.

박미가 죽었을 때 이식李植은 만사 두 수를 지어, 박미가 문학에 재능이
뛰어났지만 영욕의 자리에서 초월할 수밖에 없어 사실상 뜻이 꺾이고 말았
던 것을 애도했다.

기름지고 화려한 자리를 안중에 두지 않고
너울너울 문단에서 소요하셨네.
자질이 맑고 뛰어남을 진작 어여삐 여겼다만
가지 꺾여 훼손됨을 그 누가 슬퍼하랴.
술에 대취한 채 영욕을 잊어버리고
높이 노래 부르며 세상 비평을 사양했네.
〈외척은택후표外戚恩澤侯表〉에 응했을 따름이니
청렴했던 진晉나라 부마 당양후當陽侯, 두예杜預에게 부끄럽지 않으리.

脫略膏華地 탈략고화지   婆娑翰墨場 파사한묵장

早知憐俊爽 조 지 련 준 상　　誰更惜摧傷 수 갱 석 최 상

熟醉忘榮辱 숙 취 망 영 욕　　高吟謝否臧 고 음 사 부 장

唯應恩澤表 유 응 은 택 표　　不愧杜當陽 불 괴 두 당 양

어지러운 세상에선 오복을 다 누리지 못하나니

이름난 가문도 운수가 길지 못했네.

시는 응당 귀골貴骨도 궁하게 만드는 법이요

술은 도리어 튼튼한 장을 그르쳤도다.

차례로 두 구슬이 묻혀

처량해라 한 집안이 굳게 닫혔구나.

헛되이 옛날의 빈객만 홀로 남아

일백 꽃 뜨락에서 눈물을 뿌리노라.

亂世無全福 난 세 무 전 복　　名家亦不長 명 가 역 불 장

詩應窮貴相 시 응 궁 귀 상　　酒却誤剛腸 주 각 오 강 장

次第埋雙璧 차 제 매 쌍 벽　　凄涼閉一堂 처 량 폐 일 당

空餘舊賓客 공 여 구 빈 객　　濺淚百花傍 천 루 백 화 방

　이식은 박미가 죽은 그해에 박미의 아우 박의朴漪도 함께 세상 떠난 것을 애도했다.

　박미는 부마라는 화려한 이름만 지녔지, 생활은 무척 검소했다. 송시열이 지은 그의 비문에 따르면, 박미의 자손들은 춥고 굶주림을 면치 못했다고 한다. 그가 죽고 난 뒤 효종은 옹주의 가난을 걱정하여 박미의 아들 세교世橋

를 특별히 군수로 임명했을 정도였다.

훗날 정조는 박미와 정안옹주의 묘소에 제사를 올리면서 다음 제문을 낭송하게 했다.

도위都尉 중 어진 이를 일컬을 때 반드시 분서를 말하노니,

문장과 행실이, 규장珪璋 같이 아름다웠네.

무성한 저 가성佳城, 무덤에

정안옹주 함께 묻혔으니,

친족에게 돈독히 하고 그 덕도 본받고자

술통 가득 술을 담아 바치노라.

사람은 때때로 자신의 옷이 무겁게 느껴질 때가 있다. 내 자신의 몸과 밀착되어야 할 직분과 명예가 바로 그렇다. 벼슬살이를하는 사람들보다도 부마들은 더욱 그런 위화감을 느꼈던 것같다. 그렇기에 그들은 귀인의 태도를 짓지 않고 뜻맞는 선비들과 어울리려고 했다. 실제로 그들은 선비들의 배후역을 자처했다. 선비들 사이에서 자신의 이름이 기억되고자 바란 것이니, 그 고뇌가 가련하다. 🍁

참고문헌

● 박미朴瀰, 〈유명조선 숭덕대부 금양군 오위도총부 도총관 박공 자지 병후서有明朝鮮崇德

大夫錦陽君五衛都摠府都摠管朴公自誌 并後敍〉, 《분서집汾西集》 부록, 한국고전번역원 한국

문집총간 속25, 2006. ; 〈계곡선생집서〉, 《계곡집谿谷集》, 한국고전번역원 한국문집총

간 92, 1988.

- 장유, 〈인빈 김씨 신도비명仁嬪金氏神道碑銘 병서〉, 《계곡집谿谷集》 제13권 비명碑銘, 한국고전번역원 한국문집총간 92, 1988. ; 민족문화추진회 국역, 1995~2002.

- 박세채朴世采, 〈발분서집跋汾西集〉, 《남계선생박문순공문정집南溪先生朴文純公文正集 2》 권69 제발題跋, 한국고전번역원 한국문집총간 139, 1994.

- 정조, 〈금양위錦陽尉 박미朴瀰와 정안옹주貞安翁主의 묘소에 치제한 글〉, 《홍재전서弘齋全書》 제24권 제문祭文 6, 한국고전번역원 한국문집총간 262, 2001. ; 민족문화추진회 국역, 1998.

- 이성민, 〈분서 박미의 삶과 문학적 지향〉, 《한문학보》 12, 우리한문학회, 2005. pp.143~179.

6

노새 타고 술병 들고 나가서 노닐어 돌아가는 것도 잊고는 했다

남학명南鶴鳴, 〈회은옹 자서묘지晦隱翁自序墓誌〉

옹이 태어난 것은 효종 5년 갑오 2월 7일이다. 처음에 선고 영의정 부군과 선비 정경부인 정씨는 자식들을 대부분 잃고, 다만 옹 한 사람만 거두었다. 옹도 또한 열 명의 자녀를 두었으나, 그 가운데 여섯을 잃었다.

열다섯 살에 동춘당 송문정공송준길이 관례를 올려주고, 자를 자문子聞이라고 붙여주셨다. 대개 선조고께서 어릴 적 이름을 학명으로 지어주셨는데, 그대로 써서 고치지 않은 것이다.

문강공 이민서李敏敍의 따님을 아내로 맞았다. 여섯 해가 되도록 후사가 없었고, 요절했다. 뒤이어 목사 이시현李時顯의 따님을 재취로 맞았다. 아들 극관克寬이 먼저 요절했다. 둘째는 처관處寬이고, 막내는 오관五寬이다. 두 딸은 각각 이창원李昌元과 이광의李匡誼에게 시집갔다.

죽게 되면 용인 화곡花谷 선영의 아래, 죽은 아내의 묘 왼쪽에 묻히고자 한다.

뒤이어 재취 이씨의 상이 있게 되면, 분묘 셋을 나란히 두어야 할 것이다.

옹은 어려서 병이 들어 거자업과거공부을 하지 않았다. 그리고 자식들이 번창하지 않는 것은 실로 복이 적기 때문이고, 또 부모에게 양육된 것이 지나치게 많은 까닭이라고 생각해서, 준절撙節, 스스로를 꺾어 절도를 지킴하고 겸억謙抑, 스스로를 눌러 겸손한 자세를 지님하고자 했다. 추천되어 주부의 벼슬을 받았으나 취직하지 않았으니, 감히 고위의 지위에 처할 수 없기 때문이었다.

중년에 수락산 서쪽 회운동晦雲洞에 꽃과 과실 천 그루를 씨 뿌려두고, 서너 칸 집을 쌓으니, 계수와 골짝의 아름다움을 차지하게 되었다. 상국 최석정崔錫鼎이 억지로 이름을 회은재晦隱齋라고 붙여주었으나, 감히 그것으로 호를 삼으려 하지는 않았다. 일반서적과 역사서와 금석문과 저서를 쌓아두는데 탐닉하여, 도서가 근 1만 축에 이르렀다. 세간에서 말하는 성색聲色과 취미臭味에 대해서는 담백하여 관심이 없고, 아름다운 산수를 좋아해서, 혹은 노새를 타고 술병을 들고 나가서 노닐어 돌아오는 것을 잊었다. 조상을 받들고 종족들을 돈독하게 하는 일에 대해서는 감히 소홀히 하지 않았다. 이것으로 일생을 마치려고 한다. 지금 일흔 살에 가까운데, 겨울잠 자는 벌레처럼 문을 닫아걸고 있다.

유언으로, 관은 연폭連幅을 쓰고, 심의深衣로 염습을 하며, 석회는 곽에 바로 뿌리며, 외관은 사용하지 말라고 명한다. 감여가풍수가에게 현혹되어 이장하지를 말 것이며, 흉례장례와 길례제사는 국가에서 정한 예식을 준용해야 한다. 의령남씨는 승국고려 때부터 대성이다. 학자들은 선부군을 약천선생남구만南九萬이라고 일컫는다.

숙종 때 문인인 남학명南鶴鳴, 1654~1722이 남긴 〈자서묘지自序墓誌〉다.

본관이 의령으로, 남구만南九萬의 아들이다. 음보로 주부에 천거되었으나, 임명되자마자 사퇴하고 오직 학문에 전념했다. 인조와 효종, 현종 3대에 걸쳐 벼슬한 원두표의 사위인 이민서李敏敍의 사위였다. 장남 남극관南克寬은 학문적 역량이 뛰어났으나 요절했으므로, 〈서망아유시사書亡兒幼時事〉를 적어 남겼다. 이민서의 아들은 이관명李觀命과 이건명李健命으로, 둘 다 좌의정에 올랐다. 특히 이건명은 노론 네 대신당시 노론의 영수였던 김창집·이이명·조태채·이건명을 가리킴의 한 사람이다. 이 이민서의 사위가 남학명이지만, 남학명의 후손들은 소론에 속했다.

남학명은 높은 관직에 오르지 않았기 때문에 국가의 정치제도에 관한 웅장한 글은 남기지 않았다. 그는 일찍 죽은 아들 남극관의 묘표나 막내 자부의 광지壙誌, 일족의 서얼들에 관한 기사 등, 가까운 인물들을 위한 글에서 따스한 인간미를 드러냈다. 또 예제·고사·풍토·언행·사한詞翰·쇄문鎖聞 등으로 분류한 《잡설》을 편집해서, 우리나라의 문화와 일화 등을 알렸다.

남학명은 또한 단종을 추모해서 《장릉지》에 발문을 적었다. 《장릉지》는 1663년에 윤선거가 편찬한 것을 1711년에 목판본으로 간행했는데, 간행 직전인 1709년에 남학명이 발문을 적은 것이다.

1709년숙종 35, 기축에 남학명은 〈석왕사비釋王寺碑〉라는 견문기를 적었다. 석왕사는 안변의 설봉산雪峯山에 있다. 전설에 따르면 조선 초에 창건한 것으로서 태조가 왕이 될 꿈을 꾸고 무학 스님을 토굴 속에서 만나 꿈풀이를 했었기 때문에 등극하고 나서 토굴 터에 사찰을 세우고 석왕이라 이름하고는 밭과 종을 대주어 불사에 쓰게 했다고 전한다. 태조가 동구의 소나무와 정원의 배나무를 손수 심었으며, 숙종이 지은 기記를 비에 새겼다. 뒷날 영조도 비문을 쓰고 또 정조도 비문을 썼다. 이 절은 왕운의 발상지라 하여 조선왕조는 대단히 중시했다. 정조의 비문에 따르면 "비구니들이 군지軍持와 녹낭漉囊을 들고 북적거렸으며, 건물로는 향실香室과 감원紺園 등이 빙 둘러 사방으로 뻗어 있었으며, 전후 몇 백 년간 독경소리와 범패소리가 구름 끝이나 나무 꼭대기까지 메아리치고 있다. 인목왕후와 인원왕후는 법상法相에 도금을 했다"라고 하였다. 하지만 남학명은 무학의 설을 전혀 언급하지 않았다. 허탄함에 가깝다고 여겼기 때문이다.

남학명은 이 절의 연기와 자신이 석비에 지識를 쓰게 된 이유에 대해 이렇게 말했다.

듣자니 지난 고려 말에, 우리 태조 대왕이 정 포은공정몽주 등 여러 사람과 함께 일을 도모해서, 사람을 시켜서 해양海陽에 있는 불경을 실어와 안변부 설봉산 석왕사에 옮겨 보관하게 했다고 한다. 해양은 곧 지금의 길주이다. 태조가 그 일을 기록하게 해서 판에 새겨 절 속에 남겨두었다. 그후 삼백년이 지나, 절의 승려가 그 판을 우리 전하숙종에게 진헌하자, 전하께서는 아득한 옛일을 추억하고 감흥을 일으켜 탄식하고는 판각의 이지러져 빠진 부분을 친필로 보완하고, 또 그 아래에 발문을 적고는, 다시 절에 걸라고 했다. 절의 승려는 그 글자가 가늘어서 오래 가도록 도모하기 어려움을 염려해서 베껴서 바위에 새겼다. 그리고 내게 그 뒷면에 표지를 부탁했다.

남학명은 통념을 부정하고, 과거의 기문과 비에 근거해서 석왕사의 연기緣起설화를 정정했다. 합리적인 사유태도를 엿볼 수 있다.

남학명은 자찬묘지에서 자신의 이름이 아명을 그대로 쓰는 것이고, 송준길은 그 이름과 의미상 연관이 있는 자문子聞이라는 자를 붙여주었다고 했다. 그의 이름과 자는 《시경》 소아 〈학명鶴鳴〉에서 "학이 구고九皐에서 우는 소리가 하늘에 들리다鶴鳴于九皐, 聲聞于天"라고 한 구절에서 따온 것이다. 언젠가 조정의 청환직에 올라 학문과 문장으로 일세를 울리기를 기대한 것이다.

남학명은 그렇게 이름과 자의 유래를 적고 난 뒤, 일흔이 가까운 나이에 동면하는 벌레처럼 문을 닫아걸고 있는 현재의 자신을 돌아보면서 자괴감을 느꼈다. 조부와 부친의 기대에 미치지 못하게 된 것은 자신의 무능 때문인가, 아니면 시대의 탓인가? 이에 대해서는 명료하게 밝히지 않았다.

남학명은 별도로 〈유훈遺訓〉을 남겨 사후의 일을 당부했다. 심지어 "관 안쪽과 천판天板은 모두 장지壯紙로 바르고, 옻칠은 세 차례 이상 해서는 안 된다"는 내용까지 있다. 장례와 제례에 호사스러운 물품을 쓰거나 넘치는 예를 행하지 못하도록 한 것이다.

일흔의 나이에 이르러, 조부나 부친의 사업을 잇지 못한 자신을 되돌아보면서 참 고통스러웠을 것이다. 선인들은 계지술사繼志述事를 일생의 사업으로 간주해 왔기에 더욱 그랬을 것이다. 계지는 어버이의 뜻을 잘 계승하는 것을 말하고, 술사는 어버이의 일을 잘 따라서 하는 것을 말한다. 《중용》에 보면 공자가 말하길 "문왕과 주공은 세상사람들이 모두 칭찬하는 효자일 것이다. 효라는 것은 어버이의 뜻을 잘 계승하고 어버이의 일 잘 따라 행하는 것일 뿐이다"라고 했다. '계지술사', 인생의 사업 가운데 가장 중요한 일이면서 가장 행하기 어려운 일이 아닌가. ✿

참고문헌

● 남학명南鶴鳴, 〈회은옹자서묘지晦隱翁自序墓誌〉, 《회은집晦隱集》, 한국역대문집총서 2389, 경인문화사, 1997. ; 한국고전번역원 한국문집총간 속51, 2008.

● 김주수, 〈회은晦隱 남학명南鶴鳴 시세계 연구 : 역易의 시학적 접근으로〉, 《한국한시연구》 13, 한국한시학회, 2005. pp.247~286.

7

으레 그러려니 하며 웃어넘겼다

강세황姜世晃, 〈표옹자지豹翁自誌〉

옹이 스스로 붙인 호는 표옹이다. 어려서 등에 있는 흰 얼룩무늬가 표범의 털무늬와 비슷하여 호로 삼았다. 대개 장난삼아 그렇게 호를 붙여본 것이다.

옹의 성은 강씨, 관향은 진주, 이름은 세황, 자는 광지光之이다. 아버지는 대제학 문안공 휘 현規이고 조부는 설봉雪峰 문성공 휘 백년栢年이며 증조부는 죽창공 첨지중추부사 휘 주籒이니, 고려조 은열공 휘 민첨民瞻의 후손이다. 외조부는 광주 이공 휘 익만翊晩이다.

옹은 숙묘숙종 계사년1713 윤5월 21일에 태어났다. 어려서부터 총명하여 열서너 살에 행서를 쓸 수 있어서 옹의 글씨를 구해다 병풍을 만든다는 사람도 있었다. 열다섯에 진주유씨의 딸에게 장가들었다. 그녀는 현숙하여 부인으로서의 덕이 있었다.

16세 되는 영조 4년1728의 이인좌 난 때 큰 형님 부사공강세윤姜世胤이 참소를 입어 유배가게 되자, 옹은 세상길이 험한 것을 알고 영예는 바랄 만하지 않다고 여겨 과거시험에 응시하려는 생각을 버리고 오로지 옛글에 전념하여 당송의 작품을 매우 많이 암송했다. 마음을 가라앉혀 익힌 지 수십 년에 식견과 이해가 차츰 투철해져서 깊은 조예와 홀로 얻은 견해가 있었다. 혹 작자의 이름을 가려도 어느 시대의 인물인지 가려낼 수 있을 정도였다. 다만 시 읊조리는 것을 달갑게 여기지 않아서 간혹 지은 것이 있어도 곧바로 버리고 거두지 않았다. 그래서 상자에는 한 권 분량의 원고도 남아 있지 않았다.

아버지 문안공強賢께서 64세에 불초한 나를 낳아 매우 기특하게 여기고 사랑하셔서 잠시도 곁을 떠나지 못하게 하시고, 가르치셨다. 계축년1733에 작은 형수가 죽었을 때 문안공께서는 팔순이 넘으셨는데도 장차 진천으로 가서 장사지내는 것을 친히 보려 하셨다. 불초자가 울면서, 가시는 것이 마땅치 않다고 간했으나 따르지 않으셨고, 모시고 가려 했으나 또한 허락하지 않으셨다. 그래서 몰래 시종과 말을 빌려서 알리지 않고 뒤를 따라갔다. 도중에야 문안공께서 처음으로 아시고는, 그 정성을 어여삐 여기시고, 나무라지 않으셨다. 진천에 이르러 끝내 아버지를 잃는 아픔을 겪게 되었으니 아아! 비통하다. 경신년1740에는 어머니의 상을 당했다.

상기가 끝나자 안산군에 터를 잡아 일곱, 여덟 칸의 낡은 집을 수리하니, 무척 조촐했다. 생계에 관한 일은 일체 묻지 않고 오로지 문학과 사서와 붓과 벼루를 가지고 스스로 즐겼다. 또 그림 그리는 일을 좋아하여 때로 혹 붓을 놀리면, 원기가 넘치고 고아하여 세속의 투를 벗어났다. 산수도는 대체로 왕몽王蒙과 황공망黃公望의 법이 있었고, 묵란이나 묵죽 그림은 아주 맑고도 굳세어 세상의 티끌을 끊었다. 하지만 세상에 깊이 알아주는 자가 없었고, 또 스스로도 잘하는 일이라 여기지 않았다. 다만 흥을 풀어내고 마음에 흡족할 따름이었다. 혹 내 그림을 구하는 자가 하도 추근거리면, 마음속으로 몹시 싫고 괴로웠지만, 그렇다고 결코 매정하게 물리치지는 않고 건성으로 응하여 남의 뜻을 거스르려 하지 않았다. 서법에서는 왕희지와 왕헌지의 필법에 미불과 조맹부의 서법을 섞어서 상당히 깊고 오묘한 경지에 나아갔다. 곁으로 전서와 예서에서도 옛 서법가의 뜻을 터득했다. 매번 흥이 이르러오면 옛날 법서 가운데 여러 줄을 임서함으로써 조촐하고 한가하면서도 맑고 원대한 취향을 부쳤다.

성품이 조용하고 담박해서 세속의 바깥으로 초월하여 삼베옷과 거친 밥에도 편안히 여기며 싫어하지 않아, 가난함과 군색함을 결코 마음속으로 켕겨하지 않았다. 마음은 어질고 관대하여 남의 근심을 근심하고 남의 즐거움을 즐거워하는 것에 얼추 뜻을 두었다. 깊이 아는 자들 가운데는 이 때문에 옹을 인정하는 사람도 있었다.

참의 임정任珽은 옹의 매형인데, 옹의 글씨가 홀로 왕희지나 왕헌지의 묘한 경지에 나아갔다고 언젠가 칭찬했다. 우연히 잔치자리에서 함께 두공부두보의 〈검무가劍舞歌〉에 화운했는데, 매형은 책상을 치며 옹의 글을 낭송하고는 "우리나라 백년 이래로 이런 시는 없었다"라고 했다. 승지 최성대崔成大가 어느 집에서 옹이 옛 그림에 작은 해서로 쓴 글씨를 보고 놀라 "중국사람을 따라갈 수가 없는 것이 이와 같다"고 하더니, 옹이 썼다는 것을 알고나서는 과찬하기를, "중국사람도 미칠 수 없는 경지다"라고 했다. 또 옹의 〈연강첩장도가煙江疊嶂圖歌〉를 보고는 탄식하기를, "시는 또 글씨보다 훨씬 낫다"고 했다. 두 공은 모두 문단의 원로인데 옹을 과도하게 추켜세움이 이와 같았다.

옹은 키가 작고 외모가 보잘 것 없었다. 그래서 갑자기 만나보는 자 가운데는, 옹의 마음속에 별스레 탁월한 식견과 오묘한 견해가 있으리라는 것을 모르고 만만히 보고 업신여기는 자가 간혹 있었으나, 그럴 적마다 옹은 으레 그러려니 하며 싱긋이 웃어넘겼다.

계미년1763에 작은 아들 혼俒이 급제했다. 이때 성상께서 옛 신하의 도타운 충정을 생각하시고 선왕의 융성한 대우를 추억하시고는 은혜로운 말씀이 정중하셨다. 경연의 신하들이 옹이 문장에 능하고 서화를 잘한다고 아뢰자, 성상께서는 특별히 교서를 내리시기를, "말세에는 시기하는 마음이 많으므로, 천한 기술 때문에 얕보는 자가 있을까 싶다. 다시는 그림을 잘 그린다 하지 말라" 하셨다. 대개 성상께서 미천한 신하를 사랑하고 아껴주시며 곡진하게 보살펴주시는 것이, 보통의 정도를 넘어 이러한 데까지 이르렀던 것이다.

옹이 이 말씀을 받들고는 땅에 엎드려 놀라 울기를 사흘 동안 하니, 눈이 그 때문에 통통 부었다. 오직 이나 서캐 같은 천한 이 사람이 어찌 일찍이 한 번이라도 성상의 빛나는 광채에 가까이 가기를 바랐을 것이리오. 그렇거늘 오로지 선신先臣 때문에 천고에 드문 은혜를 내리셨으니, 옛날 당나라 현종이 정건鄭虔의 재능을 사랑해서 광문관 박사로 삼고 시서화 삼절三絕이라고 친히 써준 일과 비교할지라도 훨씬 더 넘치는 영광이었다. 이로부터 마침내 그림붓을 태워버리고 다시 짓지 않기로 맹세했고, 사람들도 억지로 내 그림을 구하려 할 수가 없었다. 이때의 의론이 또한 옹에게 관직을 주려고도 했지만, 옹은 급급하게 나아갈 뜻이 전혀 없었다.

옹은 여러 대에 걸쳐 높은 벼슬을 지낸 가문이지만, 운명과 시기가 어그러져 실의에 빠져, 늘그막에 이르도록 시골에 물러나 살면서 시골 노인들과 자리나 다투었다. 만년에는 한양에 발길을 완전히 끊고 사람을 만나지 않으면서 때때로 대지팡이와 짚신으로 들판을 소요했다.

옹은 겉으로는 졸렬하고 순박한 듯하지만 속은 상당히 영험하고 지혜로워

남다른 견식과 오묘한 상상이 있었다. 음악과 율려의 은미하고 심오한 부분과 기물과 완상품의 기이하고 교묘한 것에 대해서도 한번 귀로 듣고 눈으로 접하기만 하면 또렷하게 해득하고 깨닫지 못하는 것이 없었다. 손으로는 바둑의 검은 돌과 흰돌을 잡지 않았고, 방술과 잡술을 결코 좋아하지 않았다. 결코 점술가와 더불어 성명星命을 논하거나 관상법을 이야기하지 않았으며, 감여가풍수가의 말은 결코 안 믿었다. 병자년1756에 안사람이 세상을 떴을 때도 술수가를 불러 명당자리를 살피지 않고, 스스로 과천果川의 한적한 땅을 가려서 무덤 자리로 썼다.

네 아들을 두어, 인寅, 혼俒, 관俔, 빈儐인데, 모두 얼추 문자만 읽을 줄 안다. 별다른 일을 하도록 가르치고 권하고 하지를 않고, 오로지 집안 대대로 내려오는 효孝와 우友의 전통을 지켜, 선대의 가르침을 욕보이지 말라고 권면했다.

내가 일찍 직접 초상화를 그렸는데 다만 그 정신의 본질만 파악해서 그린 것이라 속된 화공들이 그저 외모를 전하는 것과는 현저하게 달랐다. 그래서 혼자 생각하기를 "내가 죽은 뒤에 묘지나 행장을 다른 사람에게 구하느니 차라리 내 스스로 평소 경력의 대략을 적는 것이 그래도 방불함만 못하지 않겠는가?"라고 하고는, 마침내 붓 가는 대로 이렇게 써서 아이들에게 남긴다. 훗날 이 글을 보는 사람 가운데는 필시 옹이 살던 시대를 상상하고 그 사람됨을 논하다가 옹의 불우함을 슬퍼해서 옹을 위해 한숨쉬며 감개에 젖은 사람이 있을 것이다. 하지만 이것으로 어찌 옹을 충분히 알 수가 있겠는가.

옹은 이미 스스로 기쁜 듯이 즐거워해서, 가슴속이 드넓고도 광대해서, 털끝만큼도 서글퍼 탄식해서 자득해 하지 않은 바가 없다. 지금 성상영조 42년인 병술년1766 가을에 표옹이 스스로 쓴다. 이때 나이 쉰 셋이다.

이 글은 표암이라는 호로 널리 알려진 강세황姜世晃, 1713~1791이 54세 되던 1766년에 스스로 적은 묘지墓誌이다. 강세황은 조선 후기의 대표적 문인 화가이다.

이 글은 《정춘루첩靜春樓帖》에 자화상과 함께 실려 있었다. 벼슬에 대한 꿈을 버리고 안산에서 재야의 여러 인사와 교유하며 문예에 침잠하고 있을 때 작성한 것이다. 어려서부터 예술 방면에서 탁월한 재능을 발휘한 반면에 세상길이 험난하여 마음을 열 수가 없었던 사실을 교차시켜 이야기했다. 부친이 늘그막에 낳은 아들로서 부친의 각별한 사랑을 받은 일과, 작은 형수의 상 때 부친이 음택을 구하러 멀리 진천으로 가셨다가 유명을 달리하신 일을 가슴 아프게 추억했다. 예술과 관련해서는, 어려서부터 행서와 회화에 뛰어났던 점, 옛글에 전념해서 당송의 작품을 암송한 일, 영조의 명으로 한때 필묵의 기예를 중지하게 된 일 등을 부각시켰다.

강세황은 자신이 표옹이라는 호를 사용하는 것이, 등에 있는 하얀 반점문이 마치 표범의 무늬와 같아 그런 호를 썼으며, 장난삼아 그렇게 호를 지었다고 했다. 하지만 반드시 등의 반점문 때문에 그런 호를 쓴 것이라고는 보기 어렵다. 이렇게 호를 붙일 때 강세황은 《열선전》의 '도답자처陶答子妻'에 나오는 남산의 표범 이야기를 의식했으리라 생각된다.

옛날에 답자答子라는 사람이 도陶라는 고을을 다스렸는데, 명예는 없으면서 재산이 불어났다. 그러자 그의 아내가 간諫하기를, "남산에 사는 검은 표범이 7일 동안 비가 오는데도 먹을 것을 찾지 않는 것은 털을 윤택하게 하여 문채文彩를 이루기 위한 것입니다. 그러므로 숨어 있으면서 해를 멀리하는 것입니다" 했다. 즉, 남산의 표범은 함부로 세상에 나가지 않고 자신의 덕을 숨기면서 자신을 갈고닦는 존재를 상징한다.

〈자지〉에 나와 있듯이, 강세황의 본관은 진주, 자는 광지光之이다. 표옹 혹은 표암이라는 호 이외에 서실명으로 산향재山響齋를 사용했다.

강세황은 강현이 64세에 얻은 막내아들로, 남산기슭 남소동에서 3남 6녀 9남매의 막내로 태어났다. 그는 이미 여덟 살 때 숙종의 국상에 조문의 뜻을 표하는 시를 지어 주위를 놀라게 했다. 그리고 열 살 때는 예조판서인 아버지를 대신해서 도화서 생도들을 취재하는 등급을 매긴 적도 있었다. 15세 되던 해에 진주유씨를 부인으로 맞았다. 유씨와의 사이에 인·혼·관·빈 네 아들을 두었다. 강세황에게는 막내아들로 별도로 신信이 있는데, 이 아들은 유씨 부인의 소생이 아니다.

1728년영조 4에 일어난 무신난 때 이천부사로 있던 큰형 광윤世胤이 무고를 입고 정배되는 우환이 집안에 일어났다. 광윤은 10년 유배살이 끝에 겨우 풀려났으나, 곧 죽고 말았다. 큰형의 일은 강세황의 현실인식에 큰 영향을 끼쳤을 것이다. 강세황은 과거를 통해 벼슬살이의 험난한 길에 나가는데 주저하고, 오로지 고문의 학습과 연마에 전념했다. 〈자지〉에서는 그 상황을 직접 언급하지는 않지만, 세사의 험난함으로부터 벗어나려는 심사가 반영되어 있다.

또한 둘째형 세원世元의 부인이 죽자, 부친은 84세의 고령으로 몸소 묘지를 택하러 나섰다가 진천 부근에서 죽었다. 부친의 죽음은 강세황에게 큰 충격을 주어, 이 〈자지〉에서 그 경위를 자세히 적어두었다.

선영이 안산에 있었으므로, 아버지 상과 어머니 상 때는 안산에서 여막살이를 했다. 그리고 32세 되던 1744년 겨울에는 가난 때문에 안산으로 이주했다. 44세 때인 1756년에 부인 유씨를 잃었다. 유씨가 세상을 떠나자 그 비통한 심정을 강세황은 이렇게 토로했다.

아아, 나와 공인恭人, 내명부의 품계 명칭이 부부가 된 지 꼭 30년이었다.

내가 추우면 공인이 입혀주고, 내가 굶주리면 공인이 먹여주고, 내가 병이 들면 공인이 치료해주었다.

나의 부모님을 잘 섬겨서 효성스럽고 부지런했고, 또 나와 6년의 상복을 함께 입었다.

공인은 나에게 그 은혜를 지극히 했으며, 그 정을 극진히 하여 추호도 섭섭함이 없었다.

공인이 가난한 것은 내가 살림을 모른 잘못이며, 공인이 곤란하게 지낸 것은 내가 과거를 하지 못한 잘못이며, 공인이 병을 앓은 것은 내가 치료하는 방법을 모른 잘못이다. 공인이 죽기 전에 이르러 내가 공인에게 잘못한 것이 너무 많았다.

나는 또 무슨 마음으로 얼굴을 들고 이 세상에서 사람이란 소리를 할 수 있겠는가.

〈자지〉에는 언급이 없지만, 강세황은 매제인 유경종柳慶鍾과 각별한 사이였다. 강세황이 유씨에게 장가들 때 유경종은 14세였으므로, 강세황과는 한 살 차이로 친형제 이상의 관계가 되었다. 이들의 관계는 〈해암유공행장海岩柳公行狀〉에 잘 나타나 있다. 두 사람은 50년 이상 지기로 지냈다.

한편 자찬묘지에서 강세황이 언급한 그의 매형 임정1694~1750은 그보다는, 20세 연상이었다. 강세황이 38세 때 지은 〈임치재를 제사지내는 글祭任巵齋文〉에 보면, 그가 임정을 친형처럼 따랐음을 알려주는 표현이 나온다. 곧, "공은 나를 어릴 적부터 무양撫養해주었으므로, 나는 공을 친형제처럼 의지했다. 내 이제 믿고 의지할 사람을 잃었으니 너무도 가련케 되었다"고 했다.

강세황이 51세 되던 1763년에 둘째아들 강흔이 과거에 합격했다. 1773년에 강연이 주서의 직으로 있게 되고, 다시 강흔이 벼슬을 살게 되면서, 영조의 배려로 61세의 강세황에게도 벼슬을 주어 이때 사포서 별제·상의원 주부·사헌부 감찰·한성부 판윤 등을 역임했다. 64세 되는 1776년에 노인들을 대상으로 한 특별 과거인 기구과耆耉科에 합격했다.

정조가 등극한 뒤에는 정3품인 병조참의가 되었다. 66세 되던 1778년에는 문신정시에서 으뜸을 하여 종2품 당상관인 가의대부가 되었다. 1781년에는 호조참판을 제수받았다. 72세 때인 1784년 10월에 연행사의 부사로서 연경에 가서, 1785년 1월 6일 건륭제 천수연에 참석했다. 76세 때는 금강산유람을 하고 기행문과 사생화첩을 남겼다.

1791년정조 15, 신해 정월에 병이 들어 23일 술시에 붓을 달라 하여, "푸른 소나무는 늙지 않고, 학과 사슴이 일제히 운다蒼松不老, 鶴鹿齊鳴"라는 여덟 글자를 남기고 생을 마감했다. 푸른 솔과 학, 사슴은 청고한 그의 80년 삶을 상징한다.

강세황은 시에 대한 자부심이 컸다. 자찬묘지에 나타나 있듯이, 강세황의 자형 임정은 강세황의 〈차두공부검무가운次杜工部劍舞歌韻〉을 극찬하여 "우리나라 백년 이래로 이런 시는 없었다"고 했다. 그것을 두고 강세황은, "그는 문단의 노장인데 나를 이렇게 외람되게 칭찬했다"고 자랑스러워했다.

또 강세황은 소동파의 문학적 성취와 정신지향에 공감하였을 뿐 아니라 그와 생년 간지가 같다는 점에서도 각별한 친근감을 느꼈다. 강세황은 소동파의 〈연강첩장도시煙江疊嶂圖詩〉에 차운한 〈차동파연강첩장도次東坡煙江疊嶂圖〉를 남겼는데, 최성대崔成大는 강세황의 시가 그림보다도 낫고 시적 견해 또한 뛰어나 두 방면에서 모두 독자적인 경지를 개척했다고 평가했다.

자찬묘지에서 강세황은 자신의 글씨가 왕희지와 왕헌지 곧 이왕二王에 미불米芾과 조맹부趙盟頫를 섞어서 깊고 오묘한 경지로 나아갔다고 말했다. 강세황은 이왕二王을 비롯해서 이사李斯·이양빙李陽氷·유공권柳公權·회소懷素·채양蔡襄·소식·황정견·주희·미불·조맹부·축윤명祝允明·동기창董其昌·문징명文徵明 등 중국의 여러 서법가들은 물론, 안평대군을 비롯해서 백광훈白光勳·한호韓濩·이청선李聽蟬·윤순尹淳 등 조선의 서법가도 참고로 하면서 자신의 서체를 형성했다. 72세 때인 1784년에 연경에 갔을 때, 그의 글씨에 대해 건륭제는 '미하동상米下董上, 미불보다는 아래지만 동기창보다 위이다'이라고 평가하고, 청나라 문인 유석암劉石菴과 옹방강翁方綱은 '천골개장天骨開場, 천품이 그대로 드러난다'이라고 평하였다고 한다.

자찬묘지에 나와 있듯이 강세황은 영조의 생전에는 왕명을 어기지 않기 위해 그림을 그리지 않았다. 하지만 1782년에, 마침 손자가 그림을 그려달라고 하자 다시 그림을 그리기 시작했다. 작품으로는 《첨재화보添齋畫譜》 《벽오청서도》《표현연화첩》《송도기행첩》《삼청도》《난죽도》《피금정도》 등이 있다. 《송도기행첩》에 들어있는 '영통동구靈通洞口'는 "웅장하고 거대한 돌들이 어지럽게 널렸는데, 크기가 집채만 하고 푸른 이끼가 덮여서 보자마자 눈이 아찔한" 광경을 그린 것이다. 시점을 좁히지 않는 산점散點 투시법과 음양을 대조시키는 명암법을 통해 실제 경물에 혼을 불어넣었다.

만년에 강세황은 스스로 '오지五之'라고 일컬었다. 왕희지의 필筆, 고개지顧愷之의 화畫, 한유韓愈의 문文, 두목杜牧의 시詩 등 다섯 예술 장르의 특장을 겸비했다는 자긍심을 드러낸 것이다.

강세황은 사진寫眞 즉 초상화의 전신傳神을 매우 강조했다. 〈표옹자지豹翁自誌〉를 작성해서 본인의 생생한 모습을 그려보인 것도 전신의 방법을 확장

시킨 결과일 것이다. 특히 이 〈표옹자지〉는 54세 때 엮은 《정춘루첩靜春樓帖》에 자화상과 함께 수록되어 있다.

강세황은 일생 동안 여러 폭의 자화상을 남겼다. 그 가운데 가장 유명한 것은 70세 때인 1782년에 그린 것이다. 살결과 수염이 정밀하게 묘사되어 있고 눈동자가 살아 있다. 그 자찬에서 강세황은 자신의 정신경계를 다음과 같이 드러냈다.

저 사람은 어떤 사람인가?

수염과 눈썹은 하얗고,

머리에는 오사모烏紗帽의 모자에

야인 옷을 걸쳤구나.

여기서 볼 수 있다.

마음은 산림에 있고 이름은 관리명부에 있음을.

흉중은 이유二酉의 서적들을 간직하고

필력은 오악五嶽을 흔든다.

남이 어찌 알랴

나 혼자서 낙으로 삼는다.

옹의 나이는 일흔

옹의 호는 노죽露竹.

그 사진은 스스로 베끼고

그 찬은 스스로 지었다.

彼何人斯 피하인사　　鬚眉晧白 수미호백

頂烏帽 정 오 모　　披野服 피 야 복
於以見 어 이 견　　心山林而名朝籍 심 산 림 이 명 조 적
胸藏二酉 흉 장 이 유　　筆搖五嶽 필 요 오 악
人那得知 인 나 득 지　　我自爲樂 아 자 위 락
翁年七十 옹 년 칠 십　　翁號露竹 옹 호 로 죽
其眞自寫 기 진 자 사　　其贊自作 기 찬 자 작

오모烏帽는 오사모를 말하는데, 오사모에는 두 종류가 있다. 하나는 관리가 쓰는 것이고 하나는 야인이 쓰는 것이다. 여기서는 야인의 모자를 말한다. 흔히 관모로 오해되어 왔으나 시정되어야 한다. 《송사》〈두연전杜衍傳〉에 보면 두연이 이미 은퇴한 후 남도南都에 우거하면서 출입할 때 종자가 십여 명이었는데, 오모에 검은 신발, 두터운 비단 도포, 가죽 띠를 띠었다고 했다. 또 《소씨문견록邵氏聞見錄》에 보면, 소강절 즉 소옹邵雍이 은자의 복색을 하여, 오모를 쓰고 끈으로 엮은 갈옷을 입고 다니며, 경상卿相 벼슬의 귀인들을 만날 때도 바꿔 입지 않았다는 일화가 있다.

최근 강세왕의 셋째아들 강관이 1783년 음력 8월 7일에 적은 《계추기사癸秋記事》가 공개되었다. 이것은 강세황이 기로소耆老所. 정2품 이상 벼슬을 한 70세 이상 문신을 예우하기 위해 설치된 기구에 들어가게 된 것을 축하하기 위해 정조가 초상화를 그리라고 전교를 내림에 따라, 초상화가 이명기李命基가 '강세황 칠십일세상姜世晃七十一歲像 보물 590-2호. 국립중앙박물관 소장' 을 제작한 경위를 적은 노트이다. 그림과 그림을 넣는 궤를 완성하는 데 총 19일이 걸렸음을 알 수 있다.

강세황은 사진 즉 초상화에서 전신傳神의 예술창작과정을 중시했다. 전

신의 방법에는 두 가지가 있었다. 하나는 사물의 정신을 그 대상물의 형체를 정확하게 나타냄으로써 간접적으로 표현하는 형사形似의 방법이고, 다른 하나는 대상물의 형체를 간략화함으로써 창작 주체의 마음을 통해 사물의 정신을 직접 표현하는 사의寫意의 방법이다. 강세황은 전자를 중시했다. 이것은 성호 이익이 핍진한 형사를 통해 사물의 정신을 올바로 전할 수 있다고 본 창작방법론과 유사하다. 강세황도 김홍도와 김응환의 금강산 그림을 보고 다음과 같이 말했다.

혹자는 일컫기를 "산천의 정령이 있다면 반드시 그들이 세밀한 데까지 다 그려내어 거의 숨김없이 드러나는 것을 싫어할 것이다"라고 하지만, 이것은 절대 그렇지 않다. 무릇 사람들이 자신의 모습을 전신사조하기 위해 예를 갖추어 좋은 화가를 초빙할 때, 그가 그대로 모사하는 데 능하여 머리털 하나라도 닮지 않는 것이 없어야 만족하고 즐거워할 것이다. 산천의 정령도 있다면 반드시 그들이 그 모습대로 그려낸 것을 싫어하지 않고 꼭 닮게 되어 전신이 이루어져야 만족할 것이라고 나는 생각한다.

형사를 중시한 강세황의 예술창작론은 그가 스스로 지은 묘지에서도 잘 나타나 있다. 그는 과거의 전형에 자신을 맞추어 그리지 않고 자기의 외모와 지향과 독서편력, 관직생활 등을 있는 그대로 그리려고 했다. 그러면서 대화의 언어, 다른 사람의 평어, 자신의 심경, 과거를 바라보는 현재의 시선, 회상시의 느낌 등을 점철시킴으로써, 자신의 삶을 주체를 통해 재편성하는 방식을 사용한 것이다. 🍁

참고문헌

● 강세황姜世晃, 〈표옹자지豹翁自誌〉, 《표암유고豹菴遺稿》, 한국정신문화연구원 영인, 1979.

● 박동욱 외, 《표암 강세황 산문전집》, 소명출판, 2008.

● 이태호, 《조선후기 회화의 사실정신》, 학고재, 1996.

● 최완수 외, 《진경시대 예술과 예술가들》, 돌베개, 1998.

● 변영섭, 《표암 강세황 회화연구》, 일지사, 1988.

● 문영오, 〈표암 강세황론〉, 《조선시대한시작가론》, 이화문화사, 1996.

● 김은희, 《표암 강세황의 예술철학사상연구》, 성균관대학교 박사학위논문, 1991.

● 정은진, 《표암 강세황의 미의식과 시문창작》, 성균관대학교 박사학위논문, 2005.

● 이광표, 《한국 근대기의 자화상 연구》, 홍익대학교 대학원 석사학위논문, 2007.

8

나 죽은 뒤에 큰 비석을 세우지 말라

서명응徐命膺, 〈자표自表〉

송나라 정백온程伯溫, 程珦이 스스로 묘지墓誌를 짓고, 명나라 류시옹劉時雍이 스스로 수장기壽藏記를 지었으니, 모두 후인이 지나치게 찬미하는 것을 매우 부끄럽게 여겨서 그런 것이다. 그러나 옛날 조정에 나아가서 국군國君의 총애를 받고 물러나서 기물에 새기는 것은 군주의 은혜를 잊지 않으려는 것이니, 옹이 스스로 표表를 짓는 것도 또한 이 뜻에서다.

옹은 성이 서씨요, 이름이 명응命膺이요, 자字가 군수君受이며, 처음 호가 염계恬溪이니, 달성 사람이다. 조부 휘 문유文裕는 예조판서를 지낸 정간공貞簡公이고, 선고 先考 휘 종옥宗玉은 이조판서를 지낸 문민공文敏公이며, 선비先妣 정부인 덕수이씨는 좌의정을 지낸 충헌공忠憲公 휘 집㙫의 따님이시다.

옹은 숙종 병신년1716, 숙종 42 5월 2일에 태어나, 영종영조 을묘년1735, 영조 11에 생원시에 합격하고 갑술년1754, 영조 30에 문과에 급제한 뒤, 차례로 영조와 정조를 섬긴 것이 27년이었고, 금상 경자년1780, 정조 4에 치사致仕했다.

신축년1781, 정조 5에 옹의 아들 호수浩修가 직제학으로서 규장각에서 주상전하를 모시고 있었는데, 주상께서 조용히 하교하시기를 "경의 부친이 입조한 이래 만년의 절개 중에 특별히 드러나는 것이 셋이다. 정후겸鄭厚謙이 문원文苑에 추천한 것을 거절하여 위세로도 지조를 빼앗을 수 없었던 것이 첫째요, 홍국영洪國榮이 다시 조정에 들어오는 것을 저지하여 몸소 그 칼끝을 저촉한 것이 둘째요, 집안의 훌륭한 아우가 한결같이 사직을 호위하려는 마음으로 나라와 휴척休戚을 함께하는 것이 셋째다. 그러니 보만재保晩齋로 호를 바꾸는 것이 좋겠다."

옹이 말씀을 듣고 감동하여 눈물을 흘리며 말하기를, "옛사람이 보통의 작명爵命에 대해서도 오히려 살아서는 영명榮名을 부치고 죽어서는 묘도墓道에 쓰니, 하물며 성인의 한마디 말씀이 빛나기가 해와 별 같아 백세百世의 정론定論이 될 수 있음에랴. 내가 죽은 뒤에 풍비豐碑, 공덕을 기리는 큰 비석를 세우지 말고, 다만 단갈短碣에 쓰기를 '보만재 서 아무개의 묘'라고 하면 충분하다"라고 했다.

옹은 완산이씨 저촌선생樗村先生 정섭廷燮의 따님에게 장가가서 57년을 해로했으니, 옹의 작위를 따라 정경부인에 봉해졌다. 병오년1786, 정조 10 11월에 부인이 죽으니, 아들 호수浩修 등이 장단 금릉리金陵里의 정간공貞簡公의 묘 오른쪽 기슭 좌임원坐壬原에 묘 자리를 정하고, 그 오른쪽을 비워두어 옹의 수장壽藏으로 삼았는데, 옹이 "기록할 만하다"라고 하여 마침내 붓을 가져다가 이것을 지어 아들 호수 등에게 주노라.

장례지낸 해와 달을, 글자를 비워둔 정백온의 예처럼 하지 않은 것은, 아들 호수 등이 마땅히 뒤에 기록해야 하기 때문이다.

옹은 두 아들을 두었다. 호수는 문과에 급제하여 판서를 지내는데, 나가서 백형의 후사가 되었다. 형수澄修는 문과에 급제하여 승지를 지내는데, 나가서 막내아우의 후사가 되었다가, 마침내 종증조형삼종형이 장남 철수澈修를 명하여 아들이 되게 했다. 생원시에 급제하여 직장으로 있다. 네 딸을 두었으니, 참의 정문계鄭文啓·박상한朴相漢·이재진李宰鎭·송위재宋偉載가 사위들이다. 호수는 네 아들을 두었으니 유본有本과 유구有榘는 모두 생원시에 급제했고 나머지는 아직 어리다. 형수는 세 아들을 두었으니, 큰 아들은 유경有檠이고 나머지는 아직 어리다. 철수는 아들이 없으므로 유구를 데려와 아들로 삼았다. 박상한은 아들 시수蓍壽를 두었으니 문과에 급제하여 정자正字를 지내고 있다. 송위재는 두 아들을 두었으니 모두 어리다.

명銘은 이러하다.

학산鶴山 아래 언덕은 땅이 정결하고 샘이 달콤하니,

우리 서씨가 대대로 묻힌 곳이로다.

생전엔 성묘하며 이슬 밟고,

죽어서는 또 곁에서 모시도다.

생전에는 천명에 순종하고 편안했으며,

죽어서는 마침내 오래도록 묻혀있도다.

아름다운 칭호로 묘에 적음에 어찌 과장이 있으리오.

평범하지 않은 하사下賜에 평범하지 않은 것으로 보답하노라.

이것은 영조 말년부터 정조 초년에 걸쳐 국가의 편찬사업을 주도한 관료 학자 서명응徐命膺, 1716~1787이 남긴 〈자표自表〉다.

서명응은 스스로 묘표를 짓는 이유에 대해 조심스럽게 변명을 했다. 송나라 정백온이 스스로 묘지를 짓고 명나라 류시옹이 스스로 수장기를 지은 예가 있는데, 그것들은 모두 후인이 지나치게 찬미하는 것을 매우 부끄럽게 여겨서 그런 것이었다. 하지만 서명응이 이 글을 쓰는 것은 의미가 다르다고도 했다. 그것은 국군의 총애를 받고 그 총애를 입은 사실을 기물에 새겨 군주의 은혜를 잊지 않으려 했던 예를 따른다고 했다.

서명응이 이 〈자표〉를 지은 것은 신축년에 아들 서호수가 규장각 직제학으로서 정조를 모시고 있을 때, 정조가 특별히 서명응의 호로 보만재保晚齋를 지어준 것을 기념하기 위한 것이다. 특히 서명응은 정조가 자신의 만년의 덕을 다음의 세 가지로 규정해준 것에 대해 크게 감격했다.

첫째, 정후겸鄭厚謙이 문원文苑에 추천한 것을 거절하여 위세로도 지조를 빼앗을 수 없었다.
둘째, 홍국영洪國榮이 다시 조정에 들어오는 것을 저지하여 몸소 그 칼끝을 저촉했다.
셋째, 집안의 아우 즉 서명선徐命善이 영의정으로서 사직을 호위하려는 마음으로 나라와 휴척休戚을 함께하고 있다.

정조는 서명응이 만년에 겸손하게 물러나 사는 것을 아름답게 여겨 보만保晚이라는 호를 내린 것이다.

서명응의 본관은 달성이다. 집안은 소론이지만, 대개 국왕의 측근 신하여서 '국변인國邊人'이라 일컬어졌다. 서명응의 5대조인 서성徐渻은 선조·인조 연간에 명신이었고, 넷째아들 서경주徐景霌는 선조의 부마로 인조반정 이후의 정국에서 중요한 위치를 차지했다. 서경주의 첫째아들 서정리徐貞履가 서명응의 증조부이다. 조부 서문유徐文裕는 예조판서, 부친 서종옥徐宗玉은 이조판서를 역임했다. 서명응은 벼슬이 대제학에 이르고, 아우 서명선徐命善은 영의정에 이르렀다.

서명응 대의 네 형제, 서명익·서명응·서명선·서명성과 그들의 후손들이 모두 동원桐原의 선영을 중심으로 세거世居했다. 동원은 현재의 파주군 진동면 동파리이다. 서씨 집안사람들은 서울에 교거僑居하였지만, 시제 때면 모두 동원에 모여 친족의 결속을 확인했다.

서명응은 서울 중부 경행방에서 태어나, 1730년 공조좌랑 이정섭李廷燮의 따님에게 장가들었다. 1734년 식년 생원초시에 합격하고 관직에 나아가, 39세 되던 1754년영조 30 증광문과에 병과로 급제한 후 승지·대사헌·형조참판을 거쳐 비변사 당상에 올랐다. 1764년에 한성부 우윤을 지내고, 이조참판·도승지를 거쳐 1769년영조 45 한성부 판윤에 이르렀다. 1771년에는 이조와 예조의 판서를 거쳐, 홍문관·예문관 대제학과 지성균관사를 역임했다. 이때 정조가 세손으로 있었는데, 서명응은 그 빈객으로 있으면서 정조의 학문과 편찬사업을 도왔다. 이후 정조가 즉위하여 규장각을 세웠을 때 제일 먼저 제학提學에 임명되었다. 만년에 만산晩山에 거처했다. 경기도 장단 금릉리金陵里에 있다.

정조는 서명응을 총애했다. 이미 정조 원년 8월 28일신유의 《실록》에 보면, 당시 판중추부사였던 서명응이 차남 서형수徐瀅修가 역적 홍계능과 이웃한 일로 인피引避하자 우악하게 비답한 일도 있다. 서명응에 따르면, 갑신년 무렵에 교외인 신촌新村에 살 곳을 정했을 때 홍계능과 집이 가까워 서형수가 그를 숙사塾師로 삼았다. 하지만 5, 6년 이래 홍계능을 불편하게 여겨서 서찰을 보내거나 찾아가 만나는 일도 일체 하지 않되, 원망을 사지 않기 위해 차남 서형수가 그에게 구두 묻는 일은 중지시키지 않았다. 그러다가 관서關西의 관직에 있을 때 대신臺臣이 홍계능의 죄상을 논한 계사啓辭를 얻어 보고 서형수에게 서찰을 보내 그와의 왕래를 끊고 집을 옮기라고 했다. 그런데 서찰이 미처 닿기 전에 서형수는 귀양 가는 홍계능을 잠시 만나보았다는 것이다. 서형수는 이렇게 해명하고, 광해군 때 정온鄭蘊이 정인홍鄭仁弘을 배척하여 끊은 것과 숙종 때 민정중閔鼎重이 역적 윤휴尹鑴를 배척하여 끊은 예를 들어, 자신이 홍계능과의 관계를 청산했음을 강조했다. 이에 대해 정조는 "간신을 분별하기 어려움은 옛적부터 이미 그러했다. 우리나라에서는 오직 이후원李厚源 한 사람만이 잘했었으니, 경卿이 역적 홍계능의 흉악함을 일찍 분별해내지 못했음은 괴이할 것이 없다"고 하고 "마음을 안정하라"는 비답을 내렸다.

서명응은 경학과 사학은 물론 농학·천문·지리·음악·도가 등 여러 분야에서 많은 저술을 남겼다. 저술로《보만재집保晚齋集》《보만재총서保晚齋叢書》《보만재잉간保晚齋剩簡》등이 있는데, 정조는 내탕금을 내어 문집을 발간케 했다. 그밖에도 편서가 많다.

서명응은 1761년에 쓴〈여측편蠡測篇〉에서 학문과 문장에서 자득을 중시하다는 관점을 다음과 같이 밝혔다.

안으로 자득한 견해가 있으면 밖으로 자득의 말이 있게 된다. 노자·장자·관자·순자·신불해·한비자 같은 이들이 어찌 일찍이 붓을 잡아 문장을 지은 적이 있었는가마는, 각각 자기의 도에서 홀로 얻은 오묘한 바가 있었으므로 문사文辭로 발하여, 정채로운 빛이 찬란하여, 후인들이 얼추 비슷하게 그려내고 남의 흉내나 내되 도리어 생동하는 뜻이 없는 것과는 달랐다. 아아, 이단異端도 그러하거늘, 하물며 성인의 도에서 깊이 나아가고 자득한 자의 경우에야 더 말해 무엇 하겠는가!

그런데 서명응은 중국의 서광계徐光啓나 고염무顧炎武로부터 영향을 받고, 국왕 측근의 신하로서 실무를 담당하여, 학문의 실용성을 강조했다. 또한 그는 수數의 문제에 큰 관심을 두었다. 〈여측편〉에서 이렇게 말했다.

천지 만물은 이理와 기氣와 수數 세 가지에서 벗어나지 않는다. 태극은 이이고 음양오행은 기이며, 일삼오칠구와 이사육팔십은 수이다. 추뉴樞紐가 되고 주재主宰를 하는 것은 이가 그 이름이 되고, 움직이고 멈추며 열고 닫는 것은 기가 그 형을 이루며, 분한을 하고 절도를 갖는 것은 수가 그것을 성립하게 한다. 수는 기에서 나오고, 기는 이에서 명령을 받는다. 그러므로 군자는 이를 밝힐 따름이고, 기와 수의 학문에는 배우지 않음이 있는 것이다. 하지만 이에 아직 밝지 않은 것이 있으면 부득이 기와 수를 빌려서 그것을 밝게 하지 않을 수 없다.

기와 수의 학은 전통적으로는 역학의 상수학에서 다루는 것이었다. 서명응도 상수학을 중시했지만, 상수학의 범위에 머물지 않고 천문·역학·지리와 생활기구의 실용학에서 수의 문제를 깊이 있게 다루었다. 그렇기에 그는 〈북학의서北學議序〉에서, 성곽·실려室廬·거여車輿·기용器用이 모두 수의 법을 얻어 견고할 수 있다는 점을 환기시켰다.

서명응의 아들 서호수와 서형수는 부친의 학문관을 계승했다. 서형수는 유금柳琴을 위해 〈기하실기幾何室記〉를 적어, 수의 학문을 중시했다.

우리나라는 명나라를 섬겨 절기마다 조하朝賀를 하기 위해 사신을 보내어 방물을 바치기를 대단히 근실하게 했으므로 명나라 천자는 그 정성을 가상하게 여겨 모든 예악과 문헌을 취하여도 금하지 않았다. 이에 기하의 서적이 또한 동쪽으로 우리나라로 나오게 되었다. 하지만 글이 난합하고 뜻이 심오한데다가, 그 오묘한 이치를 아는 사람이 없었다. 근래에 교수의 직에 있는 문광도文光道가 홀로 그 종지宗旨를 얻어서 나의 큰형님 참판공에게 강론하고 전수하기를 마치 명나라의 서광계徐光啓처럼 했다. 내가 언젠가 참판공에게 여쭈었다. "도道는 형이상의 것이고 예藝는 형이하의 것입니다. 군자는 형이상을 말하지 형이하를 말하지 않는 법입니다. 공이 좋아하시는 것은 술術을 제대로 가리지 않는 것은 아닌가요?" 그러자 공은 이렇게 말했다. "옳네. 내가 정말로 알지 못하는 것은 아니네. 무릇 도道란 형체가 없어 현혹되기 쉽고 예藝는 상象이 있어 거짓되기 어렵다네. 나 역시 도를 싫어하는 것은 아니네. 다만 미워하는 것은, 명분으로는 도를 좋아한다고 하면서 사실상 도를 실천하지 않는 것과 또한 이른바 예란 것을 추구하면서 아무것도 얻음이 없는 것이라네." 그때 나는 비록 감히 다시 여쭙지 못했지만, 그 말을 믿지는 않았다. 그런데 나는 도를 주로 익힌 지 십여 년이 되었어도 끝내 성인의 울타리조차 엿보지 못했거늘, 공의 조예造詣한 바는 저와 같이 탁월하니, 애당초 공의 명철함에 탄식하고 공이 하나의 체를 얻은 사실에 탄복하지 않을 수 없다.

서형수는 큰형님 서호수의 말을 빌려, "도道란 형체가 없어 현혹되기 쉽고 예藝는 상象이 있어 거짓되기 어렵다"라고 함으로써 예藝의 가치를 높이 평가했다. 이렇게 예를 중시함으로써 서호수는 실용적인 학문을 추구하게 된 것이다. 서호수의 저술로 《해동농서海東農書》와 《열하기유熱河紀遊》가 있다. 또 문집 《사고私稿》에 수록된 15편 가운데 수리·천문·역상에 관해 저술한 〈비례약설서比例約說序〉 〈수리정온보해서數理精蘊補解序〉 〈신곤중성기범례新滾中星紀凡例〉 〈역상고성보해인曆象考成補解引〉 〈역상고성후편보해서曆象考成後編補解序〉 〈제도극고편도설諸道極高偏度說〉 등이 있다.

서명응의 저술은 그의 아들 서호수와 서형수, 손자 서유본과 서유구 등이 대를 이어 편집하고 교열했다. 서호수는 천문과 수리, 서형수와 서유구는 농학에서 각각 성과를 이루었다.

서명응은 스스로 지은 묘표에서 군주의 은혜를 각별히 강조하고, 묘표를 남기는 이유도 군주의 은혜를 잊지 않기 위해서라고 했다. 오늘날 보기에는 낯설고 기이할지 모르지만 군주에 대한 충성을 인간본연의 본성으로 간주했던 선인들에게는 당연스러운 일이었을 것이다. 또한 서명응이 묘표에서까지 군주의 은혜를 강조한 것은 자신의 집안이 말하자면 '국변인國邊人'으로서 군주와 매우 밀접한 관계에 있다는 사실을 자부하고, 대대로 후손들이 국가 사직과 운명을 같이하는 교목지가喬木之家로서 영광을 이어나가길 기대하는 뜻에서였다. 🍁

참고문헌

- 서명응徐命膺, 〈자표自表〉, 《보만재집保晩齋集》 권12, 한국고전번역원 한국문집총간 233, 1999. ; 〈여측편蠡測篇〉, 《보만재집》 권16.

- 서형수徐瀅修, 〈기하실기幾何室記〉, 《명고전집明皐全集》 권8, 한국고전번역원 한국문집 총간 261, 2001.

- 서호수徐浩修, 《사고私稿》, 이화여자대학교 도서관 소장.

- 서유구徐有榘, 《풍석전집楓石全集》, 보경문화사 영인, 1983.

- 문중양, 〈16, 17세기 조선 우주론의 상수학적 성격〉, 《역사와 현실》 34, 한국역사연구 회, 1999, pp. 95~124.

- 김문식, 〈서명응의 생애와 규장각 활동〉, 《정신문화연구》 75, 한국정신문화연구소, 1999, pp. 151~184.

- 유봉학, 《조선후기 학계와 지식인》, 신구문화사, 1998.

- 임유경, 〈서명응의 《보만재총서》에 대하여〉, 《계간 서지학보》 9, 한국서지학회, 1993, pp. 75~95.

- 조창록, 《풍석 서유구에 대한 한 연구》, 성균관대학교 박사학위논문, 2003.

9

사람됨이 보통사람보다 못했다

정일상鄭一祥, 〈자표自表〉

노부老夫의 성은 정鄭이고, 이름은 일상一祥이며, 자는 여성汝成이다. 글자 일부가 마멸되어 알아볼 수 없다 광필光弼이며, 임당공林塘公의 휘는 유길惟吉이고, 수죽공 水竹公의 휘는 창연昌衍이다. 3세에 걸쳐 국상國相이 되었다. 수죽공의 차자인 광경廣敬은 이조판서를 지냈는데, 이 분이 나의 5대조다. 고조는 지화至和인 데, 찰방을 지냈고 후에 이조참판에 증직되었다. 증조는 재후載厚로 목사를 지냈고 후에 증직되었다. 아버지는 형복亨復으로 판돈녕부사를 지냈으며, 어 머니는 정경부인인 여흥민씨로 학생 휘 항恒의 따님이다. 숙종 신축년1721, 실 제로는 경종 원년 2월 3일에 한경에서 노부를 낳았다.

나이 30세에 반시泮試, 성균관시에 응시하여 사마시에 급제했다. 다음해에 처 음으로 벼슬을 하여 동몽교관에 임명되고, 내섬시 봉사·선공감 봉사·의금 부 도사를 거쳐, 제용감 주부·선공감 주부·군자감 주부·사도시 주부·사옹원 주부·통례원 인의·사복시 판관·공조좌랑·공조정랑·호조정랑·장악원 첨정을 거쳤다. 외직으로 나가서는 포천현감과 함흥판관을 지냈다.

갑오년1774, 영조 50 겨울에 문과 증광시에 응시하여 석책射策, 경서의 의의疑義 또는 시무책에 관한 여러 문제를 여러 개의 댓조각에 하나씩 써서 늘어놓고, 응시자로 하여금 하나씩 쏘아 맞히게 하고, 그 댓조각에 나온 문제에 대하여 답안을 쓰도록 하는 과거科擧. 사책에서 일등으로 합격하고, 전시에 응시하여 병과 이등으로 합격했다. 이때의 나이가 54세였다. 응방방방의 날에 특별히 홍문관 교리를 제수하시고, 대궐에서 사판祠版을 받들어 보호하라는 명을 내리셨으니, 이는 특별한 은전이다.

을미년1775, 영조 51 8월에는 또 특별히 동부승지로 승진했고, 10월에는 호조참판 겸 비변사당상에 뽑혔다. 임인년1782, 정조6에는 북도 도과시관道科試官으로서 자헌대부에 올랐다. 갑진년1784, 정조8에는 도감都監을 관장했는데, 그 공로를 인정받아 정헌대부가 되고, 이어 숭정대부가 되었다. 경술년1790, 정조 14에는 숭록대부로 품계가 올라 비로소 기로소에 들어갔다.

관직에 처음 진출하였을 때부터 주로 청현의 직을 담당했다. 옥서홍문관에서는 수찬과 교리를 지냈고, 은대승정원에서는 여러 직을 거쳐 지신도승지에까지 이르렀다. 백부사헌부에서는 지평을 거쳐 대사헌에까지 이르렀다. 이 동안에 수차례에 걸쳐 사신의 부관으로 연경에 다녀오기도 했다.

의정부에서는 검상·사인·우참찬을 역임했으며, 추부중추원에서는 지중추부사를, 돈녕부에서는 지돈녕부사를, 경조한성부에서는 우윤을 지냈다. 이조와 병조에서는 참판을, 공조에서는 판서를, 호조와 형조에서는 참판을, 예조에서는 참의·참판·판서를 두루 역임했다. 동시에 금오의금부의 동지의금부사·지의금부사·판의금부사를 겸대하고, 총부도총부의 부총관과 도총관, 국자감성균관의 지성균관사, 동경연사와 지경연사, 동춘추관사와 지춘추관사, 비국비변사의 유사당상과 공시당상貢市堂上, 실록청의 실록당상을 지냈다. 또 승문원·내의원·사복시·사역원·전의감·종부시·예빈시·평시서·전생서·활인서 등의 제조를 지냈다. 외직으로는 광주부윤·경기도관찰사·전라도관찰사·평안도관찰사를 지냈다. 이상이 시종 거쳐온 경력의 대강이다.

노부는 사람됨이 중인보통사람 이하였으며, 성격은 담박하고 졸렬했다. 50세가 넘어서도 부모님 슬하를 떠나지 않고 모시기를 좋아했고, 가정의 가르침을 마음에 새겨 그대로 답습했다. 임금을 섬기는 데는 숨기고 은폐하는 일이 없었고, 관직을 맡아서는 공평함을 지켰다. 평소에 무리를 좇아 내달려가고 의론을 출입하는 일을 기뻐하지 않았다. 관직에 있을 때에는 부지런히 일에 힘썼으며, 휴식할 때는 문을 닫고 조용히 거처했다.

음덕으로 벼슬을 살기 시작해서부터 최고의 품계에 이르기까지 그 어느 하나도 스스로 구하려 하지 않았지만 모두 얻었다. 늦게 급제하여 서서히 벼슬이 높아져 두루 화려한 관직을 거쳐 분수를 벗어나니, 오직 두 성군의 각별하신 은혜에 밤낮으로 감사드릴 뿐이다.

첫째부인은 연안이씨로 현감을 지낸 성渻의 딸이다. 둘째부인은 청송심씨로 현감을 지낸 석주錫冑의 딸인데, 고양군 선영에 따로 장사지냈다. 두 부인 모두 정경부인에 추증되었다. 셋째부인은 광주이씨로, 유학幼學인 동연東淵의 딸로, 뒤이어 정경부인에 봉해졌다. 아들 하나를 낳았다. 이름이 존대存大인데, 진사가 되었으나 일찍 죽었다. 존대는 딸 하나가 있는데 아직 어리다. 후사가 없어 재종손인 관수觀綏를 후사로 삼았다.

노부는 집에서도 특이한 행적이 없고 조정에 나가서도 조그마한 착한 일도 없었다. 따라서 남의 과도한 칭송의 말을 빌려 묘석에 새긴다면 혼도 역시 부끄럽게 여길 것이다. 이에 평생의 사실을 서술해서 기로소의 당에 적어두고,

또 묘석에 새기게 한다.

이 묘표는 정일상鄭一祥, 1721~1792 본인이 71세 때 스스로 지은 것이다. 후손이 1792년정조 16에 경기도 고양의 분묘 앞에 비갈을 세울 때, 소식蘇軾의 글씨로 집자했다. 1980년대의 탁본이 경기도박물관에 소장되어 있다.

정일상은 1750년영조 26년의 반시에 응시하여 사마시에 급제했다. 이듬해 동몽교관에 임명되었고 내섬시봉사·의금부도사·제용감주부·사복시판관·호조정랑 등을 역임했으며 외직으로는 포천현감·함흥판관을 지냈다. 1774년 증광시와 전시에서 합격하여 홍문관교리를 제수했으며 1775년에 동부승지가 되었다. 1778년정조2에 연행사의 부사로서 중국에 갔다. 청나라 황제가 조선의 동지사가 올린 주문奏文의 구절을 문제삼자 이를 해명하기 위해 채제공蔡濟恭이 사은겸진주정사謝恩兼陳奏正使로 연경에 갈 때, 부사로서 동행한 것이다. 이후, 경기도·전라도·평안도의 관찰사와 호조판서 등 외직과 내직을 두루 거쳤다. 72세의 나이로 생을 마쳤다.

정일상은 이 자표에서 자신의 관력을 자세히 적고 관직에 있을 때 맡은 일에 힘썼다고 스스로 평했다. 늦게 급제했지만 청요직을 두루 거칠 수 있었던 것은 영조와 정조의 각별한 은총을 입었기 때문이라고 했다. 별다른 부침浮沈 없이 한평생을 보낸 것을 안도하는 심리가 잘 나타나 있다. 1792년에 비를 세울 때 종질 봉조하 정존겸鄭存謙의 추록을 비음에 새겼다. 글씨는 재종손인 사용원 첨정 정치수鄭致綏가 썼다. 그 비음의 추록은 이러하다.

아아! 오른쪽의 묘표는 공이 나이 71세 되시던 해에 스스로 지은 것이다. 다음해 임자년정조 16, 1792 2월 8일에 공이 돌아가시매, 4월 17일에 고양의 정발산正發山 선영 묘좌卯坐의 언덕에 장사지내고, 원비 연안이씨의 묘를 옮겨 공의 묘소 왼쪽에 합부했다.

공은 자애롭고 양순하며 화락하고 단아했고, 부모에게 효도하고 형제간에 우애가 있는 것이 마치 하늘에서 낳은 듯했다. 판돈녕공은 평온하고 조용하며 분별력이 있고 엄했으니, 그 청덕이 일세를 감복시켰다. 공이 나이 50세가 되어서도 부모님을 곁에서 모셔 부모의 뜻을 한 번도 어기지 않아 즐겁고 어여뻤으니, 남들이 그 사실에 대해 무어라 이의를 할 바가 없었다. 평소에 남들과의 부화한 교유를 끊었다. 늦은 나이에 과거에 급제하여 벼슬이 갑자기 최고의 품계에까지 올랐으니, 이것은 공의 평소 덕망이 가져온 것이다.

한 자 한 치도 굽히지 않고 가정의 규범을 지켰다. 여러 차례 풍요로운 고을을 맡았지만, 빙청벽고氷淸蘗苦, 깨끗한 얼음과 맛이 쓴 황벽나무같이 청고한 생활하여 스스로의 절개를 지켰다. 또한 두 번이나 탁지度支, 호조의 판서를 맡아 일을 총괄하고 처리하는 것이 상세하고 치밀해서 국가의 비용이 그 때문에 넉넉하게 되었다. 관서에 있을 때는 삼만 금의 봉급을 덜어 역민役民에게 부과될 세금을 덜어주었으므로, 지금도 칭송을 듣고 있다.

이상의 모든 것은 전부 공의 실제 업적이지만 공이 스스로 지은 묘표에는 적지 않은 내용이기에, 종질 봉조하 존겸存謙이 추가로 기록한다.

정존겸은 종부 정일상이 외직을 맡아 청렴했고, 호조판서로서 국가의 비용을 절감했으며, 평안도관찰사로서 애인愛人의 정치를 베푼 사실을 특별히 기록했다. 관리로서 달達의 경지에 올라 있었음을 부각시킨 것이다.

정일상은 1783년정조7에 정조가 망묘루에서 지은 시와 신하들이 갱재한 시를 현판에 써서 걸 때 의식 절차를 적은 글을 제대로 준비하지 않아 이듬해인 1784년 정월에 한 때 파직되기도 했다. 하지만 대체로 양심적인 관료로서 직분에 충실했다. 정조는 광주光州 진사 이창우李昌炡가 올린 농서에 대해 비변사에서 의론해서 결정한 일을 판정하여 보낸 판부判付에서, 이미 죽은 정일상이 전라도를 다스릴 때 검약하여 도내 수령들이 칭송하는 상소를 올렸던 일을 기억했다. 그만큼 정일상은 외직을 맡아 청렴했던 것이다.

그러고 보면 정일상 자신이 스스로 적은 묘표는 실기實記였다고 할 수 있다.

정일상은 정조 2년인 1778년에 채제공과 함께 연경에 사신으로 갔다왔지만, 채제공이 그에 관해 언급한 시문으로는 그의 문집 《번암집樊巖集》을 열람한다면, 연경사행 때 십삼산十三山에서 영조의 담제禫祭 때 망곡례望哭禮를 행하면서 지은 시뿐이다. 이는 연행을 마친 1740년에 파직되어 있을 때 경기도관찰사인 정일상의 내방을 받고 지은 것이다. 아마도 당색이 달라 깊이 교유하지는 않았던 것 같다. 정일상 자신의 문집이 아직 발견되지 않아 그의 일생도 재구성해보기 쉽지 않다. 그나마 묘역에 비석이 남아 그의 삶과 정신을 조금이나마 상상할 수 있다는 것은 여간 다행한 일이 아니다.

중국 진晉나라 때 무인이자 정치가였던 두예杜預는 그 자신의 이름을 영구히 전하기 위해 《춘추》를 해석한 《춘추좌씨전》에 주석을 달고, 낙양성 동쪽 수양산 남쪽에다 후일에 묻힐 무덤을 만들고 낙수 가에 있는 둥그런 돌을 묘표로 삼아, 거기 새길 글을 직접 지었다. 또한 그는 자기 공적을 기록한 비를 두 개 만들어, 하나는 현산峴山에 세우고 하나는 한수漢水에 빠뜨려 영원히 오래되도록 보존되기를 바랐다. 《춘추좌씨전》의 주석은 오늘날까지 남아 춘추학 분야에서 그의 이름이 빛나고 있다, 이에 비해 그가 수양산 남쪽에 세웠다고 하는 묘표는 물론, 자기 공적을 적어 현산에 세우고 한수에 빠뜨렸다고 하는 공적비는 오늘날까지 하나도 발견되지 않았다. 다만 그 비석이 발견된다면 두예는 자기 공적을 과장하고 왜곡한 사실이 드러나 욕을 먹을지도 모른다.

사마천은 《사기》 〈열전〉편 전체 70편의 맨 처음에 백이·숙제 형제의 전기를 두었다. 고죽국의 두 아들이었던 그 형제가 왕위를 마다하고 모국을 떠나 주나라에 몸을 의탁했지만, 은주혁명기에 주나라 무왕의 무력혁명을 말리다가 뜻대로 되지 않자 수양산에 들어가 고사리를 캐먹다가 죽었다는 이야기는 지금은 너무 잘 알려진 이야기다.

그 두 사람에 관해서는 《논어》 속에서 공자가 그들의 삶을 비평한 것이 있을 뿐, 인물과 사적에 관한 공식적 기록은 전혀 남아 있지 않다. 하지만 사마천은 지방에서 채집한 구비전설 따위를 근거로 〈백이열전〉을 작성했다. 그리고는 대도를 걸어나간 인물들이 비운의 죽음을 맞은 예들을 떠올리면서 '천도는 올바른가, 그른가'라는 심각한 질문을 던지기도 했다.

사마천은 백이·숙제가 비록 비운을 당했지만 공자의 칭송을 받아 《논어》에 그 이름이 거론되어 있기 때문에 불후의 이름을 남길 수 있었다는 사실을 다행으로 여겼다. 사실 세속에 영합하지 않은 까닭에 한 구석 암혈에 숨어 그 이름이 영원히 사라지고 말았던 현자가 얼마나 많았던가. 사마천은 망각되어가는 인물들을 《사기》의 열전 부분에서 되살려내었다.

역사 속의 인물을 망각의 골짜기에서 구해내는 것이 붓의 힘이다. 정일상은 다른 사람의 붓을 빌리지 않고, 자기의 붓으로 쓴 자신의 묘표 덕에 불후의 생명을 얻었다. 그에 관한 본격적인 조명이 그 묘표로부터 시작되리라. 🍁

참고문헌

- 《경기금석대관》 6, 경기도, 1992.

기쁨과 슬픔을 헛되이 쓰려 하지 않았다

유언호俞彦鎬, 〈자지自誌〉

즉지헌則止軒의 성姓은 유俞이고 이름은 아무개彦鎬이며 자字는 아무개士京다. 한번은 사람을 시켜 일생의 길흉을 점쳐 뇌천雷天 대장大壯괘를 얻었는데 그 단사彖辭에 "곧은 것이 이롭다"고 했다. 그래서 '크게 장대하면 그친다大壯則止'는 뜻을 취하여 그 집에 편액하고 자호로 삼았다.

사람됨은 별다르게 뛰어난 점은 없다. 다만 득실·영욕·생사에 대해 정해진 분수가 있음을 대강 알아 헛되이 기뻐한다거나 슬퍼한다거나 하지 않았다. 어려서부터 의복과 완호물玩好物에 마음을 빼앗기지 않았고 오직 옛사람들의 문장을 좋아하여 깊은 경지를 대략 엿보았다. 다만 병을 자주 앓았기 때문에 힘쓰지 못하여 이룬 것이 없었다. 요행히 급제하게 되어 적은 양의 봉급을 얻어 부모 봉양이나 하려고 했는데, 청화의 요직에 잘못 오르고 재상의 반열에 갑자기 오를 줄은 생각지도 못했다. 지위는 높으나 덕은 박하고 은혜는 후

중하나 보답함은 없었으므로 처음의 마음과 어그러지고 말았다. 지금 늙고 병들어 이제 죽을 날이 멀지 않다. 살아서 기록할 만한 좋은 점이 없는데 죽은 뒤에 다른 사람의 화려한 말을 빌려 사실을 왜곡한다면 그것은 나의 뜻이 아니다. 이에 스스로 나의 평생을 기술하여 후인에게 남긴다.

(중략)

처음 급제해 경연經筵에서 주상의 하문에 답변할 때, 당黨에는 군자의 당과 소인의 당이 있음을 말하여, 주상의 뜻을 크게 어겨, 주상께서 내 이름을 한 권翰圈, 홍문관 후보명단에서 삭출하라고 명하셨다가, 곧 그만두셨다. 이렇듯 처음 군부를 뵈면서 언론 때문에 앙화를 자초했으므로, 내 스스로 우활하고 어리석어 당대의 쓰임에 적합하지 않음을 알아 항상 한 치 앞으로 나아가면 한 자 뒤로 물러날 뜻을 가지고 있었다. 그러다가 처음 춘방春坊, 시강원에 들어가 동궁의 자질이 신성하신데다가 뜻을 공손히 하고 묻기를 부지런히 하심을 보고, 미천한 정성이나마 지닌 정성을 다 바쳐 보답하고자 생각했다. 오직 이 직분만이 그렇게 할 수 있기에 춘방에 있었던 것이 가장 횟수가 많았고 기간 역시 길었다. 매번 낮부터 밤까지 온화하게 토론하셨는데 동궁께서 《맹자》의 '하기 어려운 것을 요구함責難'과 '선善을 진술함陳善'이라는 말을 써서 내려주셨다. 마침 주상의 병환이 조금 차도가 있으셨으므로, 고사를 인용하여 동궁을 권면했다가, 연루되어 북쪽 변방으로 귀양을 가게 되었으나, 유배지에 도착하기 전에 소환되었다. 이후로 더욱 진취進取하려는 뜻을 가지지 않게 되었다. 호현湖縣에 돌아와 선영 아래에 거처를 잡고 관직을 제수하면 번번이 사양했는데 간혹 그만둘 수가 없어서 왕명을 따르기도 했다.

신묘년에 자의諮議 권진응權震應이 《유곤록裕昆錄》영조가 산림 세력을 배척하는 뜻에서 편찬한 《엄제방유곤록儼堤防裕昆錄》에 관해 상소하면서 스스로는 의리의 관점을 끌어왔다고 여겼으나, 엄한 하교로 해직시키고 그 소장疏章을 돌려보냈다. 나는 그때 마침 옥당玉堂, 홍문관에 숙직하고 있었는데 여러 동료를 거느리고 차자를 올려 간쟁했다. 주상께서는 내가 같은 당의 사람을 비호한다고 생각하셔서 남해로 유배보내셨으므로, 몇 달을 거기서 지내다가 풀려났다. 당시 주상께서 춘추가 높으시자 귀척과 권행권세 있고 총애받는 신하이 제멋대로 전횡하여 인사고과가 정상으로 이루어지지 않아서 마침내 남당南黨과 북당北黨이 갈라졌다. 남당은 왕실의 외척이므로 나는 평소처럼 그들과 왕래하지 않고, 다만 북당을 공격하는 그들의 논의에 동조했다. 그러자 북당의 사람들에게 더욱 공격을 받게 되었다. 임진년에 이르러 유언비어가 일어나자, 나는 청명당으로 지목되어 천청天聽을 두렵게 만들어, 마침내 체포되어 거의 불측지죄不測之罪에 빠지게 되었다. 가까스로 주상께서 맑고 어지신 덕택에 죽지 않을 수 있어서 흑산도에 유배되어 서민이 되었다. 하지만 조금이라도 정론正論을 견지하는 조정의 선비들이라면 계속하여 조정에서 쫓겨나거나 유배당하여, 소인배들이 중앙의 후원세력을 끼고 흉악한 생각을 마음대로 하여 조금도 거리낌이 없었으므로, 두려워하지 않는 사람이 없었으며, 또한 주상의 뜻이 어디에 있는지 감히 알지 못했다.

을미년 가을에 궁관宮官이 되어 조정에 달려가니, 십 년을 떠나 있다가 비로소 왕세자의 서연에 올라 친히 심복心腹의 말씀을 받들게 되고, 또 빨리 돌아와 해害를 멀리하게 하셨다. 그 일은 《명의록明義錄》에 실려 있다. 얼마 안 되어 동궁께서 즉위하시자 북당은 모두 역모로 처벌되고 남당도 역시 쫓겨났다. 그렇게 처분하실 때 승지로서 휴가를 청하였으나 겨우 며칠 만에 주상께서 돌아오도록 명하시고 또 경연의 신하들에게 말씀하시기를 "그를 특별히 부른 것은 그가 여기에도 저기에도 해당하지 않기 때문이다"라고 하셨다. 이로부터 더욱 융성하게 대우해주서서 한 해도 되지 않아 추천推遷하여 아경亞卿에 이르렀고 경연의 자리에서 매번 사류士流에 속한다고 일컬어주셨다. 군주의 우대를 입음이 정말로 성대하다고 할 만하다. 분수와 재주를 헤아려보면 지나치게 영화로움이 두렵기에 물러날 것을 생각하지 않은 적이 없었으나, 권간權奸이 나라의 정권을 마음대로 하여 밖에서는 충역忠逆의 대안大案을 잡고 안에서는 위복威福을 부려 한 시대의 인물들을 꾀고 협박하므로 일에 매우 처리하기 어려운 점이 있었다.

기해년에 서도西都로부터 돌아와 처음으로 상소하여 돌아가 노모를 봉양할 것을 청했다. 마침 권간이 물러나기를 고한 뒤여서 당시 사람들이 그 행적을 의심했다. 주상께서도 처음에는 엄한 비답을 내리셨으나 끝내는 사정을 살피시고 정중히 위로해주셨다. 그 다음해에 권간이 방해하려다가 일이 발각되었다. 삼사三司에서 번갈아 상소하여 죄를 성토했으나, 향리로 쫓겨나는 데 그쳤다. 이에 그 사람과 일을 같이하여 사람들에게 미움을 받은 자들이 차례대로 중상하여 거의 완전한 사람이 없었다. 그러나 당시 빈객들이 왕래하여 친하고 멀고 뜻이 같고 다르고를 따지고 하는 때에, 알지 못하는 자가 많았으되 오직 주상께서 낱낱이 비춰보셨다. 하루는 경연 시강관으로서 경연을 마쳤는데 주상께서 여러 대신을 나아오게 하여 그 사람의 공적과 죄의 본말을 분명하게 말씀하시면서 조정의 신료들이 그 공적은 알고 그 죄는 알지 못하여 잘못해서 함정에 빠진 것을 가지고 자신을 돌이켜 스스로를 탓하도록 하셨다. 또 말씀하시기를 "그 사람이 저 경연관과 사이가 좋은데, 그것은 내가 시킨 것이다"라고 하시니 이에 여러 의문이 분명해졌다. 이날에 형조의 장長으로 뽑혀 밤에 명을 받들고 입대하여 머리를 조아리고 죄를 주십사고 청하자, 주상께서 웃으시며 말씀하시길 "지나치도다. 내가 비록 궁궐 깊

숙이 거처하고 있으나 경이 근심하고 강개한다는 말을 들은 것이 오래다”라
고 하셨다. 그러나 당시 사람들은 여전히 공격하기를 그만두지 않았다.

한 해가 지나 권간의 치사致仕를 추론追論함에 내가 여덟 번이나 정명政命을
어겼는데도 즉시 비답이 내려지지 않았다. 나라의 기강과 관련 있다면서 삭
탈할 것을 청하자 주상께서 처음에는 어려워하시다가 마침내 윤허하셨다.
얼마 있다가 특별히 서용하여 다시 예전의 직임을 제수하셨다. 상소하여 사
양하자 비답하시기를 “내가 참으로 경을 잘못 대했다는 사실을 누군들 모르
겠는가?”라고 하시니 우악스러운 뜻이었다. 이 일을 기화로 중상하려는 자
들이 마침내 그만두었으므로, 다행스럽게도 온전할 수 있었다. 이것이 내가
조정에 들어가 24년 동안 벼슬하고 그만두며 움츠리고 몸을 폈던 대략이다.

스스로 생각해보면 못난 재주와 기이한 행적으로 과분하게 양조兩朝의 홍조
洪造를 입어, 두 분께서 함정과 돌팔매로부터 구원해주고 위해危害로부터 막
아주어 불식시키고 보호해주어 하늘처럼 높고 땅처럼 두터웠으나, 풍파와
위험을 겪은 것도 역시 매우 많았다. 크신 은혜 보답할 수 없고 무서운 길은
더욱 가기 어려우므로, 벼슬에 나아가 군주를 저버림이 벼슬에서 물러나 도
에 부합함만 못하다. 항상 분수를 지켜 스스로 편안하여 만년의 절개를 보전
해서 은혜를 직접 갚지 않음으로써 은혜를 갚을 것을 도모하려고 생각했다.
절실한 이 마음을 하늘이 진실로 살피셔서 만약 처음에 잘 만들어주셔서 유
종의 미를 이루게 해주시는 은혜를 입어 끝내 오랜 소원을 갚으면서 남은 생
을 마친다면 집에 이름을 붙인 뜻을 저버리지 않을 수 있지 않겠는가?

정조 때 문신인 유언호俞彦鎬, 1730~1796가 스스로 지은 묘지이다. 그는 구양수가 자찬묘지에서 그랬듯이, 생애의 중간에 성군을 만나 충과 의를 다한 스스로의 삶을 부각시켰다.

본관이 기계인 그는 호를 즉지헌이라고 했다. 호의 뜻은 《주역》의 대장大壯괘 단사에서 뜻을 취해 왔다. 대장이란 큰 것이 성하다는 뜻이다. 대장괘는 아래가 건乾, 위가 진震으로, 우레가 위에 있고 하늘이 아래에 있는 상이다. 강剛이 움직이므로 성하다고 하였고, 또 큰 것은 바르므로 곧으면 이롭다는 의미를 지닌다. 그래서 괘사에 "곧으면 이롭다利貞"고 했다. 그런데 〈잡괘전〉에는 "대장즉지大壯則止"라고 했다. 크게 성하기에 그치라고 경고한 것이다.

유언호의 자찬묘지에 대해서는 다른 사람들이 비평한 것이 있다.

조물주는 항상 사람들이 좋아하는 것을 미워하고 미워하는 것을 좋아한다. 공公이 만약 한 자 나아가고 한 치 물러나려는 마음이 있었다면 공과 명예가 반드시 이와 같이 크게 드러나지는 않았을 것이다.

이 한 편을 보면 세도世道가 완전히 바뀌었음을 알 수 있다.

중간에 성군을 만난 것은 송나라 때 신하들이 성군을 만난 것과 비슷하다. 그러므로 그 문장이 또 육일六一, 구양수의 자지自誌와 비슷하다.

유언호는 1761년영조 37에 정시문과에 병과로 급제하고 이후 사간원과 홍문관의 직책을 역임했다. 1765년 가을에는 박지원과 함께 금강산 일대를 유람하고 총석정에 이르러 동해의 해돋이를 보았다.

1771년영조 47에는 영조가 산림 세력을 당론의 온상이라 여겨 그들을 배척하는 《엄제방유곤록儼堤防裕昆錄》을 만들자, 권진응權震應·김문순金文淳 등과 함께 항의의 뜻을 글로 적어 올렸다가 경상도 남해로 유배되었다. 다음 해 노론 가운데 일부가 홍봉한의 척신 정치를 제거하는 것이 청의와 명분을 살리는 길이라고 생각해서 청명당을 결성했다. 유언호는 이 사건에 연루되어, 영조의 엄명으로 흑산도에 정배되었다가 돌아왔다. 1774년에는 홍산현감·부안현감 등의 외직으로 쫓겨나 있었다. 당시 이조판서로 있던 이담李潭이 유언호를 겸보덕兼輔德으로 의망擬望했다.

그런데 유언호는 영조 말년에 세손정조을 춘궁관으로서 보호했으므로 정조의 등극 후 홍국영·김종수金鍾秀와 함께 극진한 예우를 받았다. 우선 그는 정조 즉위년에 김구주·홍봉한 두 척신의 당을 제거하려는 정조의 뜻을 받들었다. 정조는 영조의 탕평 정국 때 통청권을 혁파하고 만들었던 한림회권법을 회천법으로 되돌리려고 했다. 유언호는 정조의 탕평책을 옹호했다. 그리고 《명의록名義錄》을 편찬할 때 총재관이 되어 자기 이름을 《명의록》에 올렸다.

하지만 1780년정조 4에 홍국영이 실각한 이후 김이소金履素·이명식李命植·서유린徐有隣·서유방徐有防 등이 진출하자, 유언호는 김종수와 함께 궁벽함을 자처하여 벽패僻牌라 일컫고 상대방을 시패時牌로 일컬었다. 이 때문에 당파의 분열이 아주 극심해졌다. 1795년에 벽파가 득세하여 유언호와 함께 심환지와 윤시동 등이 등용되었다. 당시 '심벽心僻·구벽口僻·면벽面僻·족벽足僻·천지개벽天地皆僻'이라는 풍자의 말까지 떠돌았다.

유언호는 이조참의·개성유수·규장각 직제학·평안감사를 거쳐, 1787년

정조 11에 우의정에 올랐다. 이듬해 경종과 희빈 장씨를 옹호했던 남인 조덕린趙德隣이 복관되자, 신임의리에 위배된다는 이유로 그를 공격했다. 정조는 그가 탕평을 부정한다고 비난하고 제주도 대정에 유배시켰다. 3년 뒤 풀려난 유언호는 향리에 칩거했다. 1795년에 잠시 좌의정으로 나왔으나, 다음해 사망했다. 정조는 유언호의 죽음을 애도하는 하교를 내렸다.

인정을 받음이 동료들 가운데 가장 앞섰고 칭찬을 받는 것도 끝내 변함이 없었으니, 이와 같은 사람을 어디에서 다시 쉽게 찾아올 수 있겠는가. 이제는 그만이다. 다시 볼 수 없으니 애석하고 슬픈 마음에 오랫동안 말을 하지 못했다. 조정에서의 행적과 나를 정성으로 섬긴 일에 이르러서는 자연 속일 수 없는 공의公議가 있다. 따라서 기리자니 지나친 칭찬에 가깝고 하지 않자니 또한 사실을 매몰시키게 될 듯하다. 내가 그 사이에서 말을 만들기 어려우나 어찌 3일에 명정銘旌을 쓰는 때에까지 늦추겠는가. 태사로 하여금 군신 간에 서로 만난 전말을 갖추어 기술하도록 하여 믿을 만한 증거로 삼을 수 있게 하라. 졸한 영돈녕부사 유언호의 상喪에 시호를 내리는 은전은 그 집안에서 시장諡狀을 올리거든 속히 시행하도록 하라.

1802년순조 2에 이르러 유언호는 김종수와 함께 정조의 묘정에 배향되었다. 하지만 순조 연간에 안동김씨 세도정치가 시작되자 노론 시파는 유언호가 김구주 당의 견해에 동조했다는 이유로 정조를 배신한 인물로 비판했다.

1790년 제주도 유배 때 환갑을 맞은 유언호는 아들에게 이런 편지를 보낸 일이 있다.

올해 내가 육십일 세이니 어느새 칠십을 바라보는 나이가 되었구나. 생각해보면 옛날 어릴 적에는 이 정도 나이가 든 사람을 보면 바싹 마르고 검버섯이 핀 늙은이로 알았건마는 세월이 흘러 내가 이 지경에 이르렀구나. 하지만 그 속마음을 들여다보면 팔팔한 소년의 마음뿐이다. 돌이켜보면, 세상에 나온 이래로 서른 해 동안 세파에 부침하고 고락을 겪은 일들이 번개같이 순식간에 지나가버려서, 아련히 몽롱하게 꾸는 봄날의 꿈보다도 못하다.

남들 눈으로 보면 나이가 육십을 넘겼고 지위가 정승에 올랐으므로, 나이에도 벼슬에도 아쉬울 것이 없다고 하겠다. 그렇지만 내 스스로 겪어온 일들을 점검해보니, 엉성하고 거칠기가 이보다 심할 수가 없구나. 평생토록 궁색하고 비천하게 지내다가 생을 마친 자들과 견주어보아, 낫고 못하며 좋고 나쁘고를 구분할 것이 무어 있겠느냐? 지금처럼 섬에 갇힌 몸으로 곤경과 괴로운 처지를 당하지 않고서 일백 세까지 살면서 편안하고 영화로운 복록을 누린다고 쳐보자. 그렇다고 강물처럼 흘러가고 저녁볕처럼 가라앉는 시간이 또 얼마나 되겠느냐? 신숙주 어른이 임종을 앞두고 "인생이란 모름지기 이처럼 그치고 마는 것을……"이라며 탄식했다고 전한다. 그 분의 말에는 어떻게 해볼 도리가 없는 잘못을 후회하고 죽음을 앞두고서 선량해지는 마음이 엿보인다.

사람이 세상에 태어나서 한 몸에 아무 일이 없고, 마음에 아무 걱정이 없이 하늘로부터 받은 수명을 온전하게 마치는 것은 그 이상 가는 것이 없는 복력福力이다. 다만 굶주림과 추위에 밀려서 과거를 치르고 벼슬에 오르기 위해 바쁘게 다니지 않을 수 없다. 형편상 그렇게 사는 것이므로 한 사람 한 사람 그 잘못을 꾸짖기도 어렵다. 그러나 이제 선친께서 남겨주신 논밭과 집이 있어서 죽거리를 장만하고 비바람을 막기에 충분하다. 그럼에도 불구하고 본분을 편안히 지키려 들지 않고 다른 것을 찾아서 바삐 돌아다니다가 명예를 실추하고 자신에게 재앙을 끼치는 처지에 이른다면, 이야말로 이로움과 해로움, 취할 것과 버릴 것을 전혀 분간할 줄 모르는 짓이다.

내가 지어야 할 농사를 내가 지어서 내 삶을 보살피고, 내가 가진 책을 내가 읽어서 내가 좋아하는 일을 추구하며, 내가 하고 싶은 일을 내 마음대로 하며 내 인생을 마치려 한다. 이것이 바로 옛 시에서 말한 '만약 70년을 산다면 140세를 산 셈이라'는 격이니 어찌 넉넉하고 편안치 않으랴? 나도 그런 삶을 살지 못하고서 네게 깊이 바라는 연유는 방덕공龐德公이 자손에게 편안함을 물려주려 한 고심과 다르지 않다.

유언호는 후한의 은사 방덕공을 닮고 싶다고 했다. 방덕공은 제갈량이 늘 그를 찾아가 뵙고 절을 할 정도로 인품이 있었다. 현산峴山의 남쪽, 면수沔水의 물가에 살았는데, 날마다 밭을 갈았다. 형주자사 유표劉表의 간곡한 요청을 뿌리치고 가족과 함께 양양의 녹문산에 들어가서 약초를 캐며 살았다.

유언호는 몸을 망칠 수 있는 관직에 자손이 음보로 오를 수 있도록 하기보다는 초야에 묻혀 살아 자손에게 편안함을 물려주겠다고 했다. 그는 "내가 지어야 할 농사를 내가 지어서 내 삶을 보살피고, 내가 가진 책을 내가 읽어서 내가 좋아하는 일을 추구하며, 내가 하고 싶은 일을 내 마음대로 하며 내 인생을 마치려 한다吾耕吾稼, 以養吾生, 吾讀吾書, 以從吾好, 吾適吾意, 以終吾世"고 했으며, 그것이 바로 70년의 나이를 곱절인 140세로 사는 방법이라고 했다.

북송 때의 소식蘇軾은 아우 소철蘇轍에게 "아무 일 없이 조용히 앉아 있으면, 곧 하루가 이틀인 것같이 느껴진다. 만약 이런 식으로 조처할 수 있다면 우리 삶은 늘 매일이 오늘인 듯 느끼게 될 것이니, 일흔 살까지 살 수 있다면 곧 140살을 사는 것이 된다. 인간 세상에서 무슨 약이 이런 효과를 가질 수 있겠는가?無事靜坐, 便覺一日似兩日. 若能處置, 此生常似今日. 得至七十, 便是百四十歲. 人世間何藥可能有此?"라고 했다. 유언호는 그 뜻을 실행하겠다고 생각했다.

실상 유언호는 하루도 아무 일 없이 조용히 앉아 있지는 못했다. 다만 그런 영일寧日을 꿈꾸었을 따름이다.

규장각 한국학연구원에 유언호의 초상이 있다. 58세로 우의정에 오른 직후, 1787년에 이명기가 그렸다. 얼굴과 몸의 길이와 폭은 원래 크기의 절반이다. 오사모에 흉배가 딸린 단령포 차림이며, 그림 윗부분에 정조의 어평御評이 있다. 유언호는 자찬묘지의 끝에서 "내각에 있을 때 화가가 왕명을 받아 나의 초상을 그려서 올렸는데, 그때 마침 어정御幀이 완성되어 초본草本에 몇 마디 적어놓은 것이 있다. 명銘에 그 말을 쓴다"고 했다. 그 명이 바로 이것이다.

관복을 보면

오사모에 수리 그려진 비단옷이요.

황금에 보석 장식이니

엄연히 경로卿老의 존귀함이로되

용모를 보면

신장은 접樸, 창문에 못 미치고

파리하여 옷을 이겨내지 못하니

쓸쓸하게 포의의 곤궁함이네.

외물이란 갑작스레 오고

시운이란 어쩌다 잘 만나는 것 아니냐.

일단의 고목槁木 같은 마음은

오직 아는 자만이 아나니

어찌 한 언덕 한 골짜기로 귀거래하지 않느냐.

觀其服 관기복　　　烏紗鵾錦 오사조금

黃金寶釘 황금보정　　　儼然卿老之尊也 엄연경로지존야

觀其容 관기용　　　大不及楪 대불급접

羸不勝衣 이불승의　　　蕭然布韋之窮也 소연포위지궁야

物之儻來歟 물지당래여　　　時之偶逢歟 시지우봉여

若其一段槁木之心 약기일단고목지심　　　惟知者知之 유지자지지

盍歸來兮一丘一壑之中 합귀래혜일구일학지중

고목사회枯木死灰라고 하면 적막하여 감정이 없는 것을 가리킨다. 유학에서는 마음이 마른 나무가 되지 않도록 해야 한다고 가르친다. 그렇거늘 이 사람은 어째서 스스로의 마음을 마른 나무와 같다고 했을까?

실은 《장자》〈제물론〉에 보면 남곽자기南郭子綦가 안석案席에 기대어 하늘을 우러러 숨을 길게 내쉬는데 그 모양이 마치 짝을 잃고 허망해하는 듯했다. 그를 모시고 있던 안성자유顔成子游가 "형체를 진실로 마른 나무와 같이 할 수 있고, 마음을 진실로 식은 재와 같이 할 수 있습니까?" 물었다. 여기서의 마른 나무와 식은 재는 마음이 외물로 인하여 조금도 흔들리지 않는 상태를 비유한다. 유언호가 스스로의 마음을 마른 나무와 같다고 한 것은 《장자》

의 뜻을 취한 것이다.

그러나 과연 살아 움직이는 인간이 스스로의 마음을 마른 나무와 같이 외물에 흔들리지 않는 상태로 유지할 수 있으랴. 기쁨과 슬픔을 헛되이 쓰려 하지 않아도 외물에 의해 일어나는 기쁨과 슬픔 때문에 마음이 뒤흔들리는 것이 인간이 아니겠는가. 🍁

참고문헌

- 유언호俞彦鎬, 〈자지自誌〉甲辰, 《연석燕石》 책6 묘지명墓誌銘, 한국고전번역원 한국문집총간 247, 2000. ; 〈여아서與兒書〉, 《연석燕石》 책5 서書.
- 정조, 〈영돈녕부사 유언호의 죽음을 애도하는 하교〉, 《홍재전서弘齋全書》 권35 교敎 6, 한국고전번역원 한국문집총간 262~7, 2001.

11

깨닫고 보니 죽음이 가깝도다

유한준俞漢雋, 〈저수자명著叟自銘〉

저수著叟의 이름은 한준漢雋이고, 자는 만천曼倩이니

기계杞溪 유俞는 신라와 고려를 거치면서 현달하여,

본조의 두 세대인 경안공景安公, 俞汝霖과 숙민공肅敏公, 俞絳이 뛰어났고

그 증손과 현손에 이르러, 거듭해서 모두 이공貳公, 찬성의 벼슬을 했으며

아아, 자교당慈敎堂, 俞命賚은 우옹尤翁, 宋時烈에게 집지執贄하고 수학했다.

왕고할아버지, 俞廣基는 그 후사로서, 기로耆老로 품계가 숭정대부의 반열에 이르렀으니

서너 대 이래로 계파와 자휘字諱, 관력과 행실은 비석에 상세히 기록되어 있도다.

고考 휘는 언일彦鎰로, 관직은 낮았지만 풍모는 높았으며

비妣는 창녕이 본관으로, 성씨成氏의 가문이며

그 고考는 필승必升인데, 규중 여성의 덕을 지켜 가정을 화목하게 했다.

저수가 태어난 것은 원릉元陵의 때로

그해는 두보가 태어난 사주와 부합하며, 그 날은 석가여래보다 하루 앞선다.

저수는 영종(영조) 임자년 4월 7일 생인데, 두보도 임자년에 태어났다. 석가의 욕불일은 4월 8일이다.

어려서 조급하고 경망스러워, 문리가 조금 트이자

나이 열예닐곱에 아버지도 돌아가시고 형도 죽어서

어린 고아로서 호서의 향리에 부쳐 살아큰 매형 김여행金礪行의 집이 덕산德山에 있었다. 모지라지는 것이 갑작스러웠으나,

안취범安取範 공이 저수의 곤궁하고 한미함을 불쌍하게 여겨 딸을 아내로 주고, 음식과 의복을 내려주었다.

장성하게 되어서는 문예가 조금 풍부하게 되고,

느즈막히 조금 성취하여 영릉참봉으로 벼슬을 살았네.

처음부터 끝까지 이리저리 굴러다녀 천주天廚, 사용원와 금오金吾, 의금부에서 일을 맡았으며

영고英考, 영조께서 승하하시자, 혼전魂殿의 일을 맡아보았다.

일을 마친 뒤에 승직하여, 마침내 내자시 주부를 맡았으며

좌랑에서 정랑에 이르기까지, 추부秋部, 형조에서 낭으로 있었다.

외직으로 나가 나산羅山, 경상도 군위의 현감이 되었으나, 삼 년 만에 인끈을 버렸는데영남 암행어사 황승원黃昇源의 서계에 따라 처벌받음

발탁이 가을 초에 있어서, 수양首陽, 해주의 전서篆書를 보고

남쪽 금마金馬, 익산로 옮겼다가 돌아오니, 자리도 채 덥혀지지 않았다.

뒤에 사도시 첨정이 되고, 다시 계양桂陽, 부평부사가 되었으며

승진해서 목사가 되어, 상당上黨, 청주 고을의 목사로서

향당의 무리가 된 지 한 돌에, 산직에 있기를 4년이나 하다가

금릉金陵을 다스리고, 경시京寺, 사복시 첨정으로 있었으며

내직을 떠나 실직悉直, 강릉의 수령이 되니, 바다로 둘러싸인 지역이 아름답고도 기이했다.

일곱 번 고을의 부절을 차매, 나이가 고희에 가까워졌으므로

돌아와 묘염廟琰, 조정의 선발에 들어서, 원자궁의 요속이 되니 참람함을 망각했다.

중간에 고공考工, 장작감에서, 낭부정으로 있은 것도 잠깐이었고

세자 책봉의 경사를 만나, 계사桂司, 원자궁로서 또 외람되이 참여했다.

하늘이 무너진군주가 돌아가신 이후에, 병으로 침령寢令의 벼슬을 사양하고

이후로는 주선周旋하여, 균역청均役廳의 낭郎, 정5품에서 종9품까지의 벼슬이 되고

선공감繕工監의 정正이 되었다가

장작감將作監, 토목공사와 궁권 및 관청의 영선榮繕을 담당한 관청의 부정副正이 되었고,

잠깐 심도沁都, 강화의 경력經歷벼슬로도 있었다.

이것이 그간의 전말로, 벼슬살이의 대강이다.

저수는 사람됨이, 온전한 것은 적고 결함이 많으며

둥 떠있으면서 활달하지가 않고, 소탈하면서 견실하지가 않으며

남들의 아래에 거처하기를 좋아하고, 남들의 앞장서기를 부끄러워한다.

욕망에 대해서는 한 치의 장점이 있어서, 욕심 없다 한다면 그렇다 할 만하다.

남이 짙은 술을 마신다면 나는 술지게미를 먹고, 세상이 저자 같다면 나는 담박한 물이다.

본성상 아무 기욕하는 바가 없고, 기욕은 문사文辭에 있었다.

처음에 손을 내려 글을 쓸 때에는, 진秦·한漢처럼 바깥으로 치달리고

《장자》의 해학과 굴원의 원망을 담으며, 사마천의 방자함과 한유의 기이함

을 드러내며

한입에 물어 삼키고 뚫고 가르고 하면서, 오십 년이 되었건만

결국 무엇을 얻었단 말인가, 서글프게 저녁나절에 돌아간다.

여우는 죽을 때 언덕으로 머리를 하고, 사람은 궁하면 근본으로 돌아가나니

도는 육경과 사서四書에 온축이 있도다.

처음에 헷갈려서 깨닫지를 못하다가, 깨닫고 보니 죽음이 가깝구나.

지혜는 투철하지도 심오하지도 못하고, 행실은 급수를 따라 나아가지 못하니

후회한들 어찌 뒤미칠 수 있으며, 정성을 발해도 노령에 미쳤도다.

밤이 고요한데 잠을 이루지 못하고, 이리저리 생각해보니

문도文道는 정수가 아니고, 저술은 그저 껍질일 따름이다.

이것을 끌어안고 길이 마친다면, 뒷날 누가 저수를 알아주랴.

저수는 이름도 지위도 없고, 저수는 자손도 없으니

다른 날 청산에 간다면, 누가 무덤에 띠를 묶어 표시를 해주랴.

명銘의 글을 스스로 지어, 광중에 넣을 날을 기다리니

혹여 후인으로 하여금, 저수의 무덤인 줄 알게 하노라.

글이야말로 자신의 이름을 영구히 썩지 않게 하는 사업이라고 자각했던

유한준俞漢雋, 1732~1811이 77세 되던 1808순조 8에 쓴 〈저수자명著叟自銘〉이

다. 산문으로 된 152자의 서문이 앞에 있고 운문으로 된 이 장편의 명銘이 이

어진다.

18세기 후반, 19세기 초에 걸쳐 활동했던 문장가인 그는, 박지원의 친구

이되 박지원을 라이벌로 의식했다. 비록 자신이 그토록 염원했던 문장가로서의 평가는 박지원에 비해 낮았지만, 그의 가계는 개화기를 거쳐 현대에 이르기까지 여러 명의 저명한 지식인을 배출한 것으로 유명하다.

유한준은 호를 저수著叟라고 했다. 이른바 삼불후 가운데 입언立言을 평생 사업으로 정한 그는 평소 자신의 글을 정리하는 데 많은 관심과 노력을 기울였다. 52세에 '자저自著'라는 이름으로 자신의 시문을 스스로 엮은 것을 시작으로 여러 차례 시문을 보충하고 재산정하고는 했다. 그래서 호에도 아예 '저著'라는 글자를 사용한 것이다.

유한준은 노론계에 속하여 박윤원朴胤源과 인척이었다. 곧 박지원의 집안과 혼인관계에 있었으며, 젊은 시절부터 박지원과 긴밀하게 사귀었다. 그러나 박지원 선친의 묘소문제로 양가에 갈등이 일어나고, 문학에 대한 관점이 달라 두 사람 사이의 관계가 악화되었다. 유한준은 정조가 《열하일기》를 을람하고 패관소설적인 신문체를 유행시킨 장본인으로 박지원을 지목하자, 그것을 기화로 박지원을 폄하했다.

유한준의 가계는 서울에 대대로 거처하는 노론계다. 고조부 유황俞榥은 이정구李廷龜의 문인으로 전라감사와 승지를 역임했으며 병자호란 때 척화파였다. 증조부 유명뢰俞命賚는 송시열의 문인으로 단양에 은거했다. 조부 유광기俞廣基는 영조 때 지중추부사에 이르렀다. 부친 유언일俞彦鎰은 선릉 직장을 지냈다. 아들 유만주俞晩柱는 조선후기 문화사에서 매우 중요한 위치를 차지하는 《흠영欽英》을 저술했으나 관직에는 나아가지 않았다. 개화기의 선각자로서 《서유견문》을 저술한 유길준俞吉濬은 바로 유한준의 현손이다.

유한준은 자신이 〈저수자명〉을 짓게 된 이유를 그 명의 서문으로 다음과 같이 서술했다.

내가 세상 사람들을 보니, 그 부모가 돌아가시면 이른바 행장이라는 것을 갖추는데, 나날의 사실과 행적, 음식, 들고 기거하는 일을 마치 터럭 하나 지푸라기 하나도 빠짐없이 적지 않는 것이 없이 해서, 그것을 가지고 나가 진신사대부들을 훑어보아 그 가운데 관직이 높고 권세가 있는 자를 골라서 명銘을 부탁한다. 명銘을 쓴다는 자가 어찌 능히 명 짓는 법에 통달해 있겠는가? 그저 망자 자제들의 뜻을 어기지나 않을까 두려워해서 그 자제들이 적어주기를 바라는 것을 전부 적어서 하나도 빠짐이 없게 한다. 그렇기에 그 글은 믿을 수가 없다. 나는, 빠짐없이 적는 행장을 근거로 믿을 수 없는 글을 빌려서 무궁하게 이름을 썩지 않도록 도모하기보다는 내가 내 일을 적고 내가 내 행실을 명銘으로 짓는 것이 차라리 진실하면서 정확하고 간결하면서 무람하지 않아 오히려 믿을 만하지 않겠는가 생각했다. 그래서 스스로의 명을 지었다. 명을 지은 해는 나이 일흔일곱 되는 무진년1808, 순조 8이다. 졸년과 장지는 뒷날 마땅히 추가로 적어 넣으면 된다.

유한준은 남유용의 문인으로 고문가로서 명성이 있었다. 하지만 부친을 여희고 생활이 순탄치 못했다. 1788년영조 44에 진사시에 합격하고 음보로 벼슬길에 나아갔으나, 벼슬살이에 뜻을 두지 않았다. 만년에는 송시열을 존숭하며 성리학에 몰두했다.

유한준은 1795년정조19에 쓴 〈석농石農 김광국金光國의 수장품에 부친 글 石農畵苑跋〉에서 "知則爲眞愛지즉위진애, 愛則爲眞看애즉위진간, 看則畜之간즉축지, 而非徒畜也이비도축야"라는 말을 남겼다. 이 말은 문화유산에 대한 안목을 얻는 방법을 말한 것으로 이해되어 최근 널리 유행했다. 대개 "사랑하면 알게 되고, 알면 보이나니, 그때에 보이는 것은 전과 같지 않으리라"라는 식으로 번역이 되어 전한다. 이것은 의역이라고 해야 하겠다.

유한준은 일생 문장에 공력을 쏟아서 한때는 자부심을 가졌지만, 만년에는 스스로의 성취에 만족할 수가 없었다. 그래서 〈저수자명〉에서 "본성상 아무 기욕하는 바가 없고, 기욕은 문사文辭에 있었다"고 말하고, "처음에 손을 내려 글을 쓸 때에는 진秦·한漢처럼 바깥으로 치달리고, 《장자》의 해학과 굴원의 원망을 담으며, 사마천의 방자함과 한유의 기이함을 드러내며, 한입에 물어 삼키고 뚫고 가르고 하면서 거의 오십 년이 되었건만, 결국 무엇을 얻었단 말인가, 서글프게 저녁나절에 돌아간다"고 했다.

유한준은 박지원의 법고창신法古創新의 문학론과 달리 법고에 치우진 문학론을 지녔다. 하지만 〈검객모소전劍客某小傳〉이나 〈열의홍익만전痴醫洪翼曼傳〉처럼 특이한 인물 유형을 소재로 글을 짓기도 했다.

유한준은 〈자명〉을 짓기 서너 해 전에 이미 〈자전〉을 지은 일이 있다. 곧, 55세 되던 1786년정조 10에 〈가전家傳〉을 작성해서 선조들과 부친의 전을 작성한 후, 〈자전〉을 첨부한 것이다. 〈자전〉에서 유한준은 주로 자신의 문학수업에 대해 상세하게 서술하고, 본인이 생각하는 고문론을 길게 설명했다. 어려서 문학수업을 하게 되는 과정까지를 적은 처음 부분을 보면 이러하다.

한준은 자字가 만천曼倩이고, 또 다른 자는 여성汝成이다. 처음 이름은 한경漢炅이었으나 뒤에 지금 이름으로 고쳤다. 나이 열여섯에 부친이 돌아가시고, 형이 있어 한병漢邴이라 했으나 그 이듬해 역시 돌아갔다. 그래서 어린 고아로서 호서지역으로 피신을 했다가, 얼마 뒤 돌아왔다. 한준은 사람됨이 깊이가 없이 이탕夷蕩하며, 속이 우원하고 세간사에 굼떴으며, 길든 짧든 능한 바가 없었다. 공령문과문을 연마했지만 이름을 이루지 못했다. 시 짓는 방법은 안동 김후재金厚哉 선생에게 배우고 글 짓는 기술은 태학사 남유용 공에게서 배웠으나 역시 성취하지 못했다. 하지만 한준은 젊어서 문장의 도에 얼추 통해서, 고인은 덕德과 언言과 공功을 모두 세워야 불후한 이름을 남기게 된다고 하면서 덕을 가장 최고라고 말했지만, 언言이란 몸을 꾸미는 문文이어서 공자는 '수사修辭하여 정성을 세운다'라고 했으니 언이 정말로 몸을 꾸미지 못한다면 덕은 역시 어디에 기탁해서 그 가치를 드러낼 것이고 공도 어디에 부착해서 드러날 것인가라고 생각했다. 그러므로 언이란 것은 위로는 덕을 바탕으로 하면서 공을 수식하는 것이므로, 이로서 말하자면 문사를 어찌 소홀히 할 수 있겠는가? 무릇 덕이 있는 사람은 언이 있으니, 성인은 너무 높아서 두말할 것이 없다. 《주역》의 〈대전大傳〉계사전·하에 "천하의 일을 보면 모두 하나로 돌아가는데 생각은 가지각색이어서, 귀결점은 같은데 가는 길이 다르다"라고 했다. 진秦·한漢 이래로 도술道術이 천하 때문에 분열되고 문장과 학문이 두 길로 갈라졌다. 이에 세상의 유학자들이 각각 흠모하는 바를 따르게 되어, 흠모하는 바가 도학에 있으면 도학을 숭상하고 흠모하는 바가 문장에 있으면 문장을 흠모하게 되었다. 근원에서부터 멀어지면서 더욱 분화가 되었으니, 그것은 정말로 그 형세상 필연적이었다.

《주역》〈계사전·하〉에 "천하의 일을 보면 귀결점은 같은데 가는 길이 다르고, 모두 하나로 돌아가는데 생각은 가지각색이다天下同歸而殊塗, 一致而百慮"라고 했다. 유한준은 그것을 "천하의 일을 보면 하나로 돌아가는데 생각은 가지각색이어서, 귀결점은 같은데 가는 길이 다르다天下一致而百慮, 同歸而殊塗"라는 식으로 바꾸어 인용했다. 일치보다는 차별상을 강조하려는 의도에서 그런 것이다. 그는 문장과 도학의 분리를 먼저 말한 뒤에 그 둘의 종합을 시도했다.

유한준은 〈자전〉에 친구 박윤원朴胤源이 서찰을 보내어 자신의 문장 분리론을 비판한 내용과 자신이 도학과 문장의 분리를 주장한 논거를 밝힌 서찰을 실어두었다. 그는 요순 때에는 도학과 문학이 일치했으나 삼대 이후로는 '스승마다 도가 다르고 사람마다 논論이 다르고 세대마다 교敎가 달라져서' 도학을 하는 사람과 문장을 하는 사람이 서로 간섭할 수 없게 된 역사적 현상에 더욱 주목했다.

그대는 도와 문이 합하여 일치한다고 했습니다만, 저는 도와 문이 분리해서 두 가닥을 이룬다고 말했습니다. 그래서 우리 둘의 설은 대동소이합니다. 비록 그렇지만 두 가닥으로 되었다는 설은 본래 일치한다는 설일 수가 없기 때문에, 저는 삼대 이상과 삼대 이하를 나누어보아야 한다고 말한 것입니다. (중략) 삼대 이하로는 스승마다 도를 달리하고 사람마다 논의를 달리하며 세상의 가르침이 다 달라지고 보니, 성인의 시대로부터 멀어지면서 그 말이 어두워져서 사람들의 문장이 드러나지 않게 되어, 서로 이끌어 이적과 금수의 영역으로 들어가게 되었습니다. 이에 송대의 여러 군자가 나와서 다른 것을 같게 하고 먼 것을 가깝게 하며 어두운 것을 드러나게 해서, 이적금수의 기풍을 바로잡아 사람다운 경지에 들어가게 하려고 했던 것입니다. 그러므로 도를 밝히려는 설이 장황하게 되어, 그 설이 장황해지자 문장이 번잡해졌습니다. 문장이 번잡하고 장황한 것은 오로지 도를 밝히고자 한 데서 비롯되었습니다만, 도를 분명하게 밝히지 않을 수 없었던 탓에 문사와는 멀어지게 된 것입니다. 말하자면 문사와 멀어지더라도 도를 바로잡지 않을 수 없었기에 문장이 번잡해진 이유입니다. 반면에 사마천과 반고의 부류는 문장이 거의 삼광三光해·달·별과 함께 강렬한 빛을 내는데 이르러갈 수 있다고 여겼기에, 변화를 궁극에까지 다하여 마침내 도학을 배반하기에 이르렀습니다. 정이 형제와 주자는 도학에 주력했고, 사마천과 반고는 문장에 주력했던 까닭에 '조금 다르다'고 했던 것입니다.

사마천과 반고의 문학이 이정과 주자의 도학에 영향을 끼칠 수 없듯이, 이정과 주자의 도학도 사마천과 반고의 문학에 영향을 끼칠 수가 없다. 문장과 도학은 서로 다른 길을 가고 있는 것이다. 유한준이라고 해서 문학이 도학을 바탕으로 삼아야 한다는 점을 몰랐던 것이 아니다. 그러나 그는 그 둘이 일치하고 있다고 주장하지도 않았고 일치해야 한다고 주장하지도 않았다. 문장 자체의 고유한 미학을 추구하는 속에서 도를 구현할 수 있다는 생각에 이른 것이다.

유한준은 문장으로 스스로 즐겼으며, 시운과 운명이 자기편이 아닌 것을 서글퍼했다. 동곽의 맹인 전田 선생을 찾아가 자신의 운명이 어째서 기구한지 물었다. 그러자 그는 척전법으로 점을 쳤다. 여섯 번 동전을 던져 건지리蹇之離를 얻었다. 즉 건乾괘가 본괘이고 리離괘가 지괘였다. 그 효사에 "구멍난 나무, 천년 된 사슴, 산속의 바위竅之木, 千歲之鹿, 山中之石"가 나왔다. 전 선생은 다음과 같이 풀었다.

구멍은 비어 있음이다. 사슴은 오래됨이다. 산속의 바위는 고요함이다. 그대가 비록 가난해 곤궁해지지 않으려고 해도 그럴 수가 없다. 무릇 사물에는 넉넉한 면도 있지만 역시 넉넉하지 못한 면도 있다. 운수에는 미치는 면도 있지만 역시 미치지 못하는 면도 있다. 어떻게 조제할 수 있겠는가? 사물을 어찌 갖출 수 있겠는가? 더군다나 그대는 사람에게는 상서롭지 못한 것이 네 가지가 있다는 말을 들어보지 못했는가? 첫째는 세勢, 둘째는 이利, 셋째는 영榮, 넷째는 명名이다. 세勢는 나를 욕되게 하고 이利는 내게 독이 되며, 영榮은 나를 가혹하게 하고 명名은 내게 질곡이 된다. 그렇기에 지혜로운 자는 흘겨보고 밝은 자는 그것들에 안주하지 않는다. 그대는 그만두게나.

전 선생은 이런 노래를 불렀다. "가난은 그대의 배를 곯게 하지만 그 옥자질은 주리게 하지 않으리. 가난은 그대의 살갗을 차갑게 하지만 그 구슬재능은 차갑게 하지 않으리. 그대는 무엇을 원망하는가, 가난과 동무하라."

이 말과 노래를 듣고 유한준은 망연자실하여, 다시는 운수를 묻지 않고서 남산 아래에 거처하며 사람을 물리치고는 공명에 대한 뜻을 끊어버리고 저서를 업으로 삼았다고 한다.

전 선생이라는 점쟁이가 실제로 존재했는지는 중요하지 않다. 전 선생의 말은 곧 유한준 자신의 말일 수 있기 때문이다.

글쓰기는 나의 운명이라고 자각했지만, 만년에 이르도록 문장가로서 이름을 얻지 못한 자신의 삶은 대체 어디에 가치가 있는 것일까? 남에게 성대한 박수갈채를 받지 못하는 글쓰기의 가치는 어디에 있단 말인가? 유한준은 규장각 직제학의 벼슬을 하고 있었던 남공철과의 대화 속에서 자신의 글쓰기가 지닌 의의를 변호했다. 남공철은 "고금의 시변時變, 앞 시대 현인들의 득실, 당시의 사적, 흩어져버린 옛 기록을 잘 정리해 동쪽나라에 전하고 후세에 전해서 스스로를 드러내지 않는가?"라고 물었다. 그러자 유한준은 이렇게 대답했다.

지난날 좌구명은 실명한 이후에 그가 엮은 《국어》가 세상에 전파되고, 태사공 사마천은 거세된 뒤에 《사기》가 세상에 나왔습니다. 반고는 《한서》를 지은 뒤 감옥 속에서 말라죽고, 진수는 《삼국사》를 엮어서 기용되었다가 폐기되었으며, 범엽은 후한의 사적을 기술했다가 일족이 죽임을 당했습니다. 이것들은 모두 인화人禍입니다. 저들은 재주로 보면 족히 포폄과 피휘避諱에 정통할 수 있고 문사의 면에서는 귀신을 감동시킬 수 있거늘, 역사책을 지어서 형벌과 앙화를 면하지 못했습니다. 하물며 나같이 견문이 적고 지식이 부족한 자가 함부로 시비를 따지고 선악을 논하게 되면, 신명이 꺼리는 것을 범하고 천인의 앙화를 밟게 되리란 것을 어찌 이루 다 말할 수 있겠습니까?

유한준은 자신의 글쓰기가 발분發憤하여 이루어지는 것과 다르다고 했다. 또 사실의 시비와 선악을 따지는 것도 목적이 아니라고 했다. 그렇다면 그의 글쓰기는 무엇인가? 글쓰기의 효용은 아무 것도 없고 그저 유희游戲하고 자사恣肆할 따름이라고 했다. 그리고 늙어갈수록 더욱 저술하면서 스스로 즐거움을 느꼈다. 그렇기에 그의 문장은 말끔하지 못하고 음조가 촉급했다.

그는 아들 유만주에게 큰 기대를 걸었다. 그리고 둘이서 문장을 짓는 즐거움을 누렸다. 유만주가 먼저 죽자 '하늘이 빼앗아갔다'고 통곡하지 않을 수 없었다. 영조 44년에 〈자전〉을 지으면서, 더 이상 문장에 공력을 들이지 않겠다고도 했다. 하지만 그는 글을 짓지 않고는 배기지 못하는 글쟁이였다.

유한준은 세간 사람들이 욕망하는 것들은 잊지 못하고 지켜야 할 의리는 망각하는 세태를 우려해서 1770년 39세 때 〈망해忘解〉라는 잡문을 지었다. 누님의 아들 김이홍金履弘이 건망증이 심한 것을 한탄하자, 유한준은 "잊는 것이 네게 병이 되고 잊지 않는 것이 네게 도움을 주는 것만 볼 뿐, 잊지 않는 것이 네게 걱정을 끼치고 잊는 것이 네게 복을 가져다주는 것은 보지 못하는 구나"라고 하면서 건망증을 굳이 고칠 필요가 없다고 했다. 김이홍이 이유를 묻자 유한준은 "천하의 걱정거리는 어디에서 나오겠느냐? 잊어도 좋을 것은 잊지 못하고 잊어서는 안 될 것은 잊는 데서 나온다"라고 전제한 후, "잊어도 좋을 것이 무엇인지를 알고, 잊어서는 안 되는 것이 무엇인지를 아는 사람은 내적인 것과 외적인 것을 서로 바꿀 능력이 있다. 내적인 것과 외적인 것을 서로 바꾸는 사람은, 다른 사람의 잊어도 좋을 것은 잊고 자신의 잊어서는 안 될 것은 잊지 않는다"라고 했다.

만년인 69세 되던 1800년에 유한준은 〈사영자찬寫影自贊〉을 지었다. 자기 초상화에 자기가 평어를 붙인 것이다.

이 노인이 아니면 뉘런가?
고요함에 처하는 기상을 지닌 듯하면서 성정이 침울하고
은근히 멀리 내다보는 사려를 지닌 듯하면서 마음이 성글다.
이것이 그가 평생의 거처로 삼은 바였도다.
고인古人도 아니고 금인今人도 아니며
실상實像도 아니요 허상虛像도 아니며
도가道家도 아니고 선가禪家도 아니며
은사隱士도 아니요 방사放士도 아니로구나.

非此翁而誰歟 비 차 옹 이 수 여
略似乎處靜之氣像而性則沈 약 사 호 처 정 지 기 상 이 성 즉 침

隱若有望遠之思慮而心也疏 은약유망원지사려이심야소

斯其所以平生之攸廬 사기소이평생지유려

非古非今 비고비금   非實非虛 비실비허

非道非禪 비도비선   非隱非放 비은비방

자기의 정체성을 반어적로 규정했다. 고요함 속에서 생각을 맑게 가라앉히며 마음의 참된 바탕을 내관內觀하는 기상은 선가禪家 수행자의 침착한 모습을 떠올리게 한다. 사물의 변화를 관찰하여 멀리 내다보는 긴 안목을 가진 사려는 도가풍道家風의 초월적인 모습을 연상케 한다. 그렇지만 자신은 '도가道家도 아니고 선가禪家도 아니다.'

유한준은 만년에 남산 아래 태창太倉 부근에 살며 시문을 짓는 것을 낙으로 삼았다. 그러면서 자신은 도가도 아니고 선가도 아니며, 은사도 방사도 아니라고 했다. 고인도 아니고 금인도 아니며 실상도 아니고 허상도 아니라고 했다. 모든 것을 부정함으로써 부정을 행하는 나 자신을 확인한 것이다. 🍁

참고문헌

● 유한준俞漢雋, 〈자전自傳〉, 《자저自著》 권14 전傳 가전家傳 丙午, 한국고전번역원 한국문집총간 249, 2000. ; 〈별호설別號說〉 辛丑, 《자저》 권27 잡저雜著. ; 〈저수자명著叟自銘〉 戊辰, 《자저》, 속집續集 책3 잡록雜錄. ; 〈망해忘解〉 庚寅, 《자저》 권27 잡저雜著. ; 〈자아自我〉 乙酉, 《자저》 고시古詩.

● 남공철南公徹, 〈제저암유공문祭著庵俞公文〉, 《금릉집金陵集》 권14, 한국고전번역원 한국

문집총간 272, 2001.

● 장원철, 〈저암집 해제〉, 《저암집》, 여강출판사 영인, 1987.

● 김명호, 〈박지원과 유한준〉, 《한국학보》 12~3, 일지사, 1986. pp. 3043~3070.

● 유동재, 〈저암 유한준의 문학관과 문장론 연구 ― 자전自傳과 문결文訣 중심으로 ―〉, 안
동대 교육대학원 석사학위논문, 2005.

12

나라의 은혜를 갚으려고 한다면
먼저 제 몸을 지켜야 한다

남공철南公轍, 〈사영거사자지思穎居士自誌〉

거사의 자호는 금릉金陵인데 나이가 들어 사영거사思穎居士라 호를 정했다. 거사는 평생 구양수歐陽脩의 사람됨을 사모하고, 그 문장과 절개를 흠모했는데, '사영思穎'을 사모함에 있어서 더욱 심했기 때문에 이렇게 호를 지은 것이다. 거사는 성품이 간정簡靜하고 욕심이 적어 사람에 대해서는 함부로 사귀지 않았고 물건에 대해서는 적게 취하고자 했다.

일찍이 스스로 다음과 같은 말을 되뇌었다. "선비가 나라에 은혜를 갚고자 할진댄 반드시 먼저 그 몸을 바르게 다잡아야 하니, 그 몸을 바르게 하지 못하면서 그저 기수機數와 공리功利를 중히 여겨 구차하다면 그것은 모두 거짓이다." 벼슬길에 있었던 40년 동안 한 번이라도 이 말은 바뀌지 않았다.

거사는 경經을 읽음에 있어서 제법 규범[法]이 있었다. 사자四子, 사서를 읽을 적에 오로지 정주程朱의 훈고訓詁를 위주로 했고, 경經에 있어서는 정주程朱의 의리義理로써 하되 한유漢儒의 주소註疏를 참고하여 (전자를) 지켜 따랐으나 (거기에 얽매이지 않고) 통변通變했다. 그 중 잡박한 것에 대해서는 내버려두고 의심하(여 따지)지 않았으며, 그 중 순수한 것에 대해서는 거의 대부분 따랐다. 일찍이 《시경》《서경》《춘추》《주역》〈계사전〉에 관계된 논論을 지었는데, 스스로 그 뜻을 드러내어 문장을 지었다. 태사공·한유·구양수의 글을 몹시 좋아했고, 패관소설을 힘써 배척하는 것을 자신의 임무로 삼았다.

글을 지을 때에는 그때마다 향을 사르고 벼루를 깨끗이 닦아 깊게 생각하고 심원한 의미까지 깊게 탐색하여 누차 원고를 바꾸고서야 내놓았으니, 보는 자들이 그것을 그르다 하고 비웃거나, 혹 지목하여 우활하다 여기면 더욱 기뻐하며 자부심을 가졌다. 관각館閣의 응제應製 및 장차章箚의 경우에는 사람들이 좋은 점을 칭찬하면서도 그 뛰어난 점을 그르다고 했다.

거사는 독서량이 풍부하지 않았고, 재주 또한 낮아 저술한 것이 결국 고인의 경지에는 미치지 못했으나 온 세상이 하지 않을 때에 스스로 창도唱導하고 일으켰으니, 후대의 사람 중에 반드시 이 점을 취하여 인정해주는 자가 있을 것이다.

거사는 정종正祖대왕이 다스리시는 성명聖明의 시절을 만나, 처음 벼슬할 때에 바로 내각에 들어가 세상에서 보기 드문 지우知遇를 입어 청현淸顯의 관직을 역임하고 여러 번 당저當宁, 지금의 임금를 섬겨, 은전恩典은 더욱 융숭하고 관직은 더욱 높아졌다. 대학사大學士로서 외람되이 상부相府를 담당한 이후로 경장更張을 좋아하지 않고 규도規度를 신중히 준수했고, 군주를 섬겨 정사에 복무한 이후로는 모두 공정한 길로 나아가고자 했다.

그러나 본디 경세제민經世濟民할 재주가 없었다. 때문에 공적과 능력에 있어서 하나라도 세상에 드러난 것이 없어, 매번 스스로 국조에 보탬이 되지 못하는데 한갓 높은 지위와 많은 봉록을 취하고만 있는 것을 슬프게 여겨 왕왕 강호와 산림의 사이에서 먼데를 바라보며 깊은 생각을 하기도 했다.

어떤 객이 거사에게 다음과 같이 물었다. "그대는 60세에 걸해장사직소을 올리려고 했는데 올해 60세가 되었거늘 어찌하여 떠나가기를 구하지 않는 것인가?" 거사가 다음과 같이 말했다. "그대의 말을 들어보니 몹시 부끄럽구려. 옛 적 구양수는 가우嘉祐, 1056~1063 연간의 치평治平한 시기에 국가에 일이 많아 영수潁水가로 돌아가지 못하였소. 나의 뜻 역시 이와 같다오."

객이 다음과 같이 말했다. "그렇다면 결국에는 떠날 수가 없단 말인가?" 거사가 다음과 같이 말했다. "다행이도 나는 조정이 무사한 때를 만났고 이 몸 또한 책임을 질 만한 위치에 해당되지 않소이다. 신하로서 사사로움을 말하더라도 혐의될 것이 없다면, 내 마땅히 벼슬에서 물러나 돌아가겠소. 그대는 (내가) 말을 늦게 실행하는 것을 나무라지 마시오."

그 객이 이 말을 듣고 (네, 네) 응답만 하고 물러났다.

정조 때 활약한 문신 남공철南公轍, 1760~1840이 1819년 순조19, 예순의 나이에 스스로 쓴 묘지다. 그는 같은 해에 〈자갈명自碣銘〉도 지었다.

남공철은 영·정조 때의 탕평정국에서부터 순조의 세도정국까지 활동한 문인이다. 정조 때는 초계문신으로 정조의 문체순정 정책에 호응했고, 순조 때는 세도정국의 중심인물이자 문단의 영수로 활약했다.

본관은 의령, 자는 원평元平, 호는 사영思潁이다. 이며, 죽은 후 문헌文憲의 시호를 받았다.

호를 사영이라고 한 것은 북송의 문인 구양수를 흠모했기 때문이다. 구양수는 한때 수령으로 있던 영주潁州를 매우 사랑해서 〈사영시思潁詩〉를 지었고, 마침내 영주로 돌아가 일생을 마쳤다. 이후 '사영'이라고 하면 벼슬을 그만두고 귀거래歸去來하고 싶어 하는 마음을 뜻한다.

허균도 구양수의 〈사영시〉를 읽고 운자를 그대로 쓰고 시의 취지를 따라 시를 짓는 화운和韻을 했다. 또 사영이라는 호를 사용한 사람도 많았다. 남공철은 조정에서 공식문서를 담당하고 국가의 승평을 장식하는 관각문인으로 성공했지만 늘 귀거래를 꿈꾸었기에 사영이라는 호를 사용한 것이다.

남공철의 묘는 경기도 성남에 있다. 그 묘비에는 이 〈사영거사자지〉가 아니라, 남공철이 최만년에 다시 지은 〈자갈명〉이 새겨져 있다. 이 비는 1835년헌종 원년에 건립되었는데, 전액은 '승상 태학사 규장각학사 치사 금릉 남공 자갈명'이라 되어 있고, 이양빙의 전자를 모방했다. 묘갈의 본문은 당나라 안진경의 글씨를 집자했다.

묘소 앞의 묘갈에 새겨져 있는 〈자갈명〉은 그의 문집 속에 들어있는 〈자갈명〉보다 훨씬 뒤에 지은 것이다. 곧 1819년에 문집 수록의 〈자갈명〉을 짓고나서 1821년에 좌의정으로 승진한 이후 1833년에 74의 나이에 벼슬을 내놓고 귀은歸隱의 편액을 당에 걸기까지의 사실을 추가했다. 그리고 명銘의 내용도, 은둔을 결행하려고 했지만 시절의 어려움을 만나 차마 결별하지 못했다는 원래의 내용이 아니라, "처음부터 끝까지 성은 입고는, 늙어서야 전원으로 돌아와 쉬노라"라는 내용으로 바꾸었다.

경기도 성남의 묘에 세워진 비갈에 새겨져 있는 〈자갈명〉에서 문집본 〈자갈명〉이 이루어진 1819년까지의 기록을 우선 보면 다음과 같다. 한국금석문종합영상정보 시스템에서 비갈의 판독문을 볼 수 있으며, 김남일 씨의 번역문은 다음과 같다.

공의 이름은 공철이고 자는 원평이다. 의령남씨는 신라 때 영의백英毅伯 민敏을 시조로 한다. 우리 조선에 들어와 재在는 개국공신으로 영의정을 지냈고 시호는 충경忠景이다. 고조부는 휘가 용익龍翼인데 이조판서와 대제학을 지냈고 시호는 문헌이니, 문장과 충절이 있어서 네 조정에 걸쳐 명신이었다. 증조부는 휘가 정중正重인데, 경상도관찰사를 지냈고 이조판서에 추증되었다. 조부는 휘가 한기漢紀인데, 동지돈녕부사를 지내고 의정부 좌찬성에 추증되었다. 아버지는 휘가 유용有容인데, 형조판서와 대제학을 지냈고 시호는 문청이니, 문장과 명덕은 조정이나 재야가 모두 태산북두처럼 우러러보았다. 어머니는 안동김씨로 정경부인에 봉해졌는데, 통덕랑 휘 석태錫泰의 따님이다.

공은 영종 36년 경진년1760 영조 36 11월 16일 자시에 태어났다. 모부인께서 막 회임하였을 때 밤에 자면서 상제께 절하는 꿈을 꾸었다.

공은 어려서 아버지를 여의었지만 스스로 책을 읽을 줄 알았다. 16세에 처음으로 고문 짓는 방법을 배웠는데, 창애 유한준은 그 문집에 '소한유小韓愈'라고 적어주었고, 문정공 순암 오재순吳載純은 공의 글을 보고 평하기를, "한유의 문법에 구양수의 취향을 지녔다"라고 했다. 공이 약관에 문집을 갖고 태학사인 강한 황경원黃景源을 찾아가 뵈니, 황공이 말하기를, "고문이 세상에 끊어진 지 오래이니, 자네는 고문에 힘을 쓰게"라고 했다.

공은 국자시성균관시에 응시해서 초시에 합격하고, 정종 8년 갑진년1784에 문음으로 세자세마에 보임되었다가 6품으로 승진하여 산청군수와 임실현감으로 나갔다. 임자년1792 정조 16에는 인일제人日製 대책對策에서 장원을 하고 전시殿試에서 병과로 뽑히니, 임금께서는 궁중에서 사용하는 고취鼓吹, 타악기와 관악기의 음악을 하사하는 동시에 일산을 펴고 말을 타고서 거리를 돌도록 명했다. 그리고서 병조정랑에 제수하고 특별히 별도로 춘추관 직책을 겸하게 하고 상화조어연賞花釣魚宴, 궁중에서 군신들이 꽃구경하고 낚시를 즐기는 연회에 참석케 하셨다. 임금께서는 공을 주시하여, "이 사람은 풍모가 난새나 봉황 같으니 참으로 태평성세의 상서로운 인물이다"라고 했다. 그리고 공을 규장각 직각과 지제교에 제수했는데, 옥당홍문관을 거치지 않고 곧장 내각규장각에 들어가는 것은 공으로부터 시작되었다.

임금께서는 공을 편전으로 불러보고 상아 홀과 조복 한 벌을 하사하셨다. 공은 이때부터 조석으로 임금을 모시고 국가 기밀을 의논하는 자리에 참여했다. 이어서 홍문관 부교리 겸 중학·한학교수에 제수되었으며, 사간원의 정언과 헌납으로 옮겼다가 응교로 승진했다. 금위영에서는 공을 불러다가 종사관으로 삼았다. 또 사복시 정에 제수되었고, 《규장전운》의 편찬사업에 참여했다.

계축년1793 정조 17에는 영종(영조)과 정성왕후의 존호를 정하고 진전眞殿에서 고유하는 대축大祝을 맡나본 일로 통정대부로 승진하고 승정원 우부승지에 제수되었다. 뒤에 여러 조의 참의에 임명되었다. 한때 징토懲討의 일로 인하여 강화에 유배되었다가 곧 풀려나서 성균관 대사성을 겸임했다.

을묘년1795 정조 19에는 임금께서 여러 규장각 각신에게 이르기를, "근일에 권세를 쥔 요망한 것들이 근열에서 나오기 때문에 조정 관원 중에는 그에 연루된 자가 많은데, 유독 남 아무개만이 하얄 정도로 깨끗하므로 진흙에서도 더럽혀지지 않는다"라고 했고, 또 전교하기를, "옥 같다고 하는 것은 이 사람을 말한다"라 하고는 공을 비변사 부제조에 임명했다. 또 공의 문집을 가져오게 해서 읽어보고는, 어찰을 내려서 "문장이 우아하고 고결하며 옛법을 취하고 있다"라고 하며 포상했다.

무오년1798 정조 22에는 가선대부에 발탁되고 금대를 하사받았다.

공은 여러 조의 참판과 여러 시의 제조를 역임하고, 다시 주사籌司, 비변사당상에 차임되어 그대로 유사有司, 해당 관리들을 관리했다. 외직으로 나아가 강원도관찰사가 되었는데, 공이 부임길에 오르자, 임금께서 시를 지어줌으로써 총애의 뜻을 표시했다. 다시 내직으로 들어와 홍문관 부제학이 되었는데, 그대로 연거푸 맡도록 명했다.

경신년1800 정조 24에 정순왕후가 수렴청정하면서 각신 가운데 다섯 사람을 뽑아 궐내로 들여보내 임금을 모시고 권강을 하도록 명했는데, 공이 거기에 끼었다. 이윽고 본직으로 돌아와서는 도승지와 동지경연사에 제수되었다. 다시 부제학 겸 규장각 직제학에 제수되고 《정조실록》의 편찬에 참여했다.

금상 2년인 임술년1802 순조 2에는 경상도관찰사에 제수되었으며, 갑자년1804 순조 4에는 모친상을 당하여 광릉으로 돌아갔다가 삼년상이 끝나자 조정으로 돌아왔다. 정묘년1807 순조 7에는 자헌대부로 발탁되어 공조판서와 예조판서를 역임했는데, 연이어 노고에 대한 상을 받고, 숭정대부가 더해지고 판의금부사와 지경연사에 제수되었다.

정사로 충원되어 연경에 갔을 때 청나라의 옥수玉水 조강曹江과 옥방玉方 진희조陳希祖, 그리고 형부주사 이임송李林松은 모두 문장으로 천하에 이름을 날리고 있었는데, 공의 글을 보고는 모두 서문을 지어주었다. 조강의 경우는 "그 문은 경술을 기본으로 해서 노련하게 법도가 있으니, 그 광채는 은은하고 그 의미는 유연하면서도 심장하다. 존숭하는 바는 구양공구양수에 있지만 구차하게 자구에 합치되는 것을 구하지 않았으니, 이것은 바로 구양공을 제대로 배운 것이다"라고 했다. 진희조의 경우는 "청묘淸廟의 거문고 소리처럼 한 번 노래하면 세 번 감탄한다"라고 했다. 이임송의 경우는 "시는 중당을 배우되 그 참뜻을 흐리지 않았다"라고 일컬었다. 이렇게 그들의 칭찬이 매우 성대했다.

공은 도중에서 이조판서에 제수되었고 그뒤 무려 아홉 번이나 제수받았는데, 혹은 출사하기도 하고 혹은 출사하지 않기도 했다. 이어서 예문관 제학에 제수되었고, 홍문관 대제학과 예문관 대제학 그리고 지성균관사에 제수되었으며, 또 병조판서 겸 규장각 제학에 제수되었다. 외직을 자청해서 서경유수로 나갔는데 원자유선元子諭善도 겸했다.

임금께서 공을 자정전으로 들어오게 해서 유시하기를, "경은 조정의 노사요 숙유이니, 세자를 보필하고 인도하는 책임에 대하여 모름지기 마음을 다하라"라고 했다. 이어 의정부 좌참찬을 역임했고, 청국 사신이 왔을 때는 관반사로 뽑혔다가 호조판서로 전직되고, 세자빈객에 제수되어 선혜청 제조와 주교사 제조를 겸했다. 병자년1816 순조 16에는 보국대부로 승품되고, 왕세자가 입학하자 박사가 되었다.

정축년1817 순조 17에는 특명으로 의정부 우의정에 제수되었는데, 유시하기를, "경은 예의바르고 온화하므로 여러 관리의 모범이 될 만하고, 지조 있고 욕심이 적으므로 무너지는 풍속을 바로잡을 수 있소"라고 했다.

공은 매번 늙기 전에 치사하고 싶었으나 주상의 은혜가 더욱 융숭하고 자신은 또 중임을 맡고 있는지라, 사직을 청하는 상소를 갑자기 올릴 수 없었다. 그래서 용산과 광릉 사이에 정자를 두고서 매화·국화·소나무·대나무를 많이 심어놓고 때때로 복건에 평상복 차림을 하고서 그곳에 가서 소요했으며, 손님이 오면 향을 피우고 조용히 앉아서 경전과 역사를 토론했다. 또 곁에는 고금의 법서와 명화 그리고 청동기와 옥기, 골동의 그릇과 세발솥들을 죽 나열해두고서 품평하고 구경했으니, 담박해서 영달이나 이익을 흠모하는 마음이 전혀 없었다. 그러나 임금을 사랑하고 나라를 걱정하는 생각은 자주

시가에 나타났으니, 후세의 군자 중에 그 글을 읽고 그 마음을 알아줄 자가 반드시 있을 것이다.

공은 60세 때부터 여러 번 치사를 요구했으나 임금께서 "내가 경에게 의지하는 것은 마치 천 휘斛의 곡식을 실은 배에서 부관을 맡긴 격이니, 경은 재상의 집무처에 누워 도를 논해도 좋다"라고 전교하고는 윤허하지 않았다.

한편 묘소 앞의 묘비에 새겨져 있는 〈자갈문〉에서 1819년의 문집본 〈자갈문〉 이후의 사적은 다음과 같다. 부인과 후사, 저술에 관한 서술은 문집본과 유사하다. 다만 자신의 저술로서 문집본에서 언급했던 《독례록讀禮錄》과 《서화발미書畫跋尾》는 제외시키고 최만년의 시문을 모았을 《귀은당집歸隱堂集》을 새로 추가했다. 김남일 씨의 번역을 참고로 한다.

신사년1821 순조 21에는 좌상으로 승진하고 세자사부를 겸임했으며, 임오년 1822 순조 22에야 비로소 정승의 직위에서 해면되었다. 계미년에는 영의정 겸 세자사에 제수되었다가 그 이듬해에 체직되었다.

정해년1827 순조 27에 왕세자가 대리청정하면서 다시 정승에 제수하고 연달아서 아경과 정경을 공에게 보내 이렇게 회유하셨다. "경은 나의 사부이니, 교도할 때에는 반드시 바른 도리로써 교도할 것이요, 협찬할 때에는 반드시 방도가 있어야 할 것이다. 국가의 형세가 위태로운 지경에 놓이고 민생이 위급한 상태에 빠졌으니, 경은 모름지기 어려움을 구제할 방도를 생각하여 견여를 타고 조정에 나오라" 왕세자는 친히 써서 내려주셨다. 공은 왕세자가 대리청정을 하는 초기에 이런 분부가 있었기 때문에 내몰려 마지못해서 조정에 나가 명을 받들었다. 그리고 묘궁·약원·사역원·금위영의 도제조를 겸했다.

기축년1829 순조 29에 기로사에 들어가면서 정승의 직위에서 체직되었다가, 경인년에 복직되었다. 그리고 세손이 책봉될 적에는 정사로 뽑혔다가 이듬해에 갈렸다.

임진년1832 순조 32에 다시 영상이 되었는데, 여러 번 상소를 올려서 굳이 사직하였더니, 임금께서는 연달아 정경을 보내서 "경은 한 나라의 안위를 쥔 원로이다. 시사에 어려움이 많은데 경을 놓아두고 누구와 더불어 국사를 의논하겠소?"라는 내용으로 회유하고, 게다가 '몸소 가서 맞이하겠다'는 명을 내리고는 행차에 따르는 노부와 위의를 모두 갖추게 했다. 그러자 공은 황공하여 부득이 나아가서 숙배를 하였더니, 호위대장을 제수했다.

계사년1833 순조 33에 공이 또 여러 번 상소를 올려서 치사를 빌었더니, 임금께서는 "옛날 선왕께서 경을 뽑아서 나에게 물려주셨는데, 경은 내가 어릴 적부터 도와주고 인도하여 나로 하여금 큰 허물을 모면하고 나라의 기반을 튼튼하게 다져서 태산반석 위에 올려놓을 수 있게 했으니, 경의 충성이 아니었다면 어떻게 여기에 이를 수 있었겠는가? 지금 만일 잘 다스려 만년에 선대의 아름다운 기업을 계승하고 세상을 바르게 교화할 수 있도록 도움을 줄 수 있다면 신하와 임금이 다 영광일 것이오"라고 비답하고는, 특별히 사직을 허락했다. 임금께서는 친히 납시어 조서를 쓰신 뒤 공을 편전으로 불러보고 어탑 위로 올라오게 하여 법주를 따라주며 마시도록 권하고 또 안주를 하사했다. 공이 물러가면서 성덕을 힘써 닦도록 권하는 말을 많이 하니 임금께서는 "경이 40여 년 동안 조정에 있으면서 보여준 충성스럽고 곧은 지조는 일찍이 존경하여 찬탄해 마지않았고, 진언한 바는 관직에 있건 없건 간에 모두 나라를 걱정하는 지극한 정성에서 나온 것들이니, 마땅히 명심하고 가슴에 간직할 것이오"라고 했다. 이때에 조정의 제공이 많이들 시와 서를 지어서

경하하기를 마치 한나라의 소광疏廣과 소수疏受의 고사처럼 했다.

이때에 공은 다음과 같은 시를 지었다.

산림에서 한가롭게 노닐 생각 일찍부터 가졌건만,

십 년을 경영해온 뒤에야 비로소 실천할 수 있게 되었네.

급류에서 용퇴를 하지 못한 건 부끄러운 일이지만,

백두에 산림으로 돌아와 눕는 것도 임금의 은혜일세.

그리고 공은 드디어 ‘귀은’ 이란 두 글자를 가지고 그 당의 편액을 했다. 또한 공은 노년이 되자 스스로 묘지와 묘갈을 짓고, 화려한 비를 세우지 말도록 명했다.

공은 청주한씨에게 장가들었는데, 정경부인에 봉해졌으니 감사를 지낸 용화의 딸이다. 공은 아들을 두지 못해서 조카인 지구를 데려다가 후사를 삼았다. 저술에는 《금릉집》 12권과 《영웅속고》《귀은당집》《고려명신전》 각각 몇 권씩이 있다. 다음과 같이 명을 한다.

양조에서 성은을 받고, 관직이 정승의 자리까지 올랐으니

시대를 잘 만났다고 해도 역시 옳은 말이다.

재주는 약하고 활약이 적어서, 쌓은 지식 다 펼치지 못했으니

시대를 잘 만나지 못했다고 해도 역시 틀린 말은 아니다.

일찍부터 영미潁尾, 영수 강변에 토지를 구하여, 구학에서 한가롭게 노닐려고 했었는데,

처음부터 끝까지 성은 입고는, 늙어서야 전원으로 돌아와 쉬노라.

한편 〈자갈문〉을 새긴 비갈의 뒷면에는 1841년헌종7에 이장할 때 아들 남지구南芝耉가 추록한 글이 있다.

선고께서는 스스로 묘갈을 짓고 이미 비석에 새긴 지 2년 후인 금상 정유년1837 헌종3에 가례정사에 차임되었고, 경자년1840 12월 30일에 정침에서 작고하니 향년 81세이다. 부음이 전해지자 임금께서 전교하기를, "이 대신은 단정하고 온화한 자질과 온순하고 청신한 지조를 가졌고, 게다가 학술은 조예가 깊고 문장은 운치가 뛰어나서 그 가문의 아름다움을 잘 계승하고, 일찍이 정조대왕의 총애를 받았다. 그리고 순조대왕께서 왕세자가 되신 초기부터 나의 몸에 이르기까지 3대 동안 보필하는 책임을 맡아 그 공이 매우 크니, 단지 낭묘에서 도와준 공로만 있는 것이 아니다"라고 했고, 성복하던 날 승지를 보내서 제수를 전하고 홍문관으로 하여금 문서를 기다리지 말고 장례 전에 시호를 의논하게 하여 문헌이라는 시호를 내렸다. 비로소 예장을 명했으므로 나는 유언에 따라 세 번이나 고사했으나 명을 얻지 못했다. 마침 대신이 공의 뜻을 아뢰니 중지의 명을 내리고 장례용품을 넉넉하게 하사했다.
신축년1841 헌종7 3월 15일에 광주 둔촌 조비 묘소 아래 임좌의 자리에 장사지냈으니, 이것은 공이 정신이 맑을 때 내린 명이기 때문이다.
불초자 지구는 피눈물을 흘리면서 삼가 기록한다.

남공철은 1760년 남유용南有容, 1698~1773이 장남 공보公輔이 죽은 뒤 63세의 늦은 나이에 셋째부인 안동김씨와의 사이에서 얻었다. 남유용은 곧 정조의 사부였다. 고조 남용익南龍翼도 문장으로 이름이 높았다. 단, 부친은 연로하였기 때문에 그의 학문 형성에 큰 영향을 주지는 못했다. 오히려 남공철은 10세 때 모친에게서 《시경》과 《논어》《맹자》 등을 익혔다. 16세 때는 고모부 김순택金純澤에게서 문학을 배웠다. 김순택은 김장생의 후손이다. 이무렵 유한준俞漢雋은 남공철의 습작집에 '소한유小韓愈'라고 써주었다. 작은한유라고 추어준 것이다. 또한 그는 오재순吳載純과 황경원黃景源으로부터도 인정을 받았다.

남공철은 1780년정조 4 초시에 합격하고, 1784년에 음보로 세마洗馬를 제수받았고, 이어 산청현감과 임실현감을 지냈다. 1792년에 친시문과에 병과로 급제했다. 곧 이어 홍문관 부교리·규장각 직각에 임명되어 《규장전운》의 편찬에 참여했다. 이어서 규장각의 초계문신에 선임되었다.

당시 정조가 문체순정의 정책을 펴자, 김조순金祖淳·심상규沈象奎와 함께 패관문체를 일신하고 순정한 육경고문을 연찬함으로써 정조의 정책에 부응했다. 또한 대사성으로 있으면서 교육에 전념했다.

정조는 세손으로 있던 시기에 남유용을 사부로 두어서, 그로부터 정치·학문 등 군주로서 갖춰야 할 덕목을 익히는 데 지대한 영향을 받았다. 그렇기에 정조는 남유용이 죽은 뒤 그의 문집을 간행해주고 손수 제문을 지어주었다. 그리고 정조는 옛 신하의 아들인 남공철에게 각별한 정을 쏟았다. 남공철이 1792년의 일로 전하는 정조와 그 사이의 일화는 다음과 같다.

정조께서 저에게 하교하셨다. "가까이 있는 신하들은 바로 멀리 있는 신하들이 본받는 대상이다. 하물며 내각은 지체와 명망이 청화하며 선임하기가 어렵고 신중하여 홍문관이나 한림원에 비해 더욱 차이가 있음에랴. 전후로 이직임에 부응한 사람은 겨우 30명뿐이다. 그대는 바로 그대 아버지의 아들이다. 만약 유파를 따라 방종하여 검속함이 없어서 근신에게 수치를 끼친다면

상의 간택을 욕되게 하고 가문의 덕을 더럽히는 것이 어떤 정도로 심하겠는
가. 그대는 힘쓸지어다.”

정조는 당대의 학풍을 진작시키기 위해 부심했다. 특히 정조는 이단·서
학·패관소품 등의 유행으로 이념적 통합성이 분해되지 않을까 우려했다.
그래서 정통의 주자학을 극極으로 세우고 사회생활과 학문이념이 모두 그
극으로 모여드는 회극會極이 이루어지길 기대했다. 남공철은 정조의 신임에
보답하기 위해 신하로서의 도리를 다했다. 1797년에 정민시鄭民始가 정조
의 언행을 기록한 내용에 남공철과 관련된 내용이 있다.

경연의 신하들에게 하교하셨다. “요사이 서양의 사학이 점차 성해지는 것에
대해 공격하고 배척하는 사람이 많은데, 이 또한 근본을 다스리는 방법을 모
르는 것이다. 비유하자면 만약 사람의 원기가 왕성하면 사악한 기운이 외부
에서 침범하지 못하는 것이다. 진실로 정학正學을 제대로 밝혀서 사람들로
하여금 정학은 매우 좋아할 만한 것이고 사학은 사모하여 본받을 만한 것이
못 된다는 사실을 모두들 알게 한다면, 비록 사학으로 그들로 하여금 사학에
귀의하게 하더라도 절대로 하지 않을 것이다. 지금 할 수 있는 제일 좋은 방
도는, 여러 사대부가 각자 자기 자제에게 주의를 주어서 경전을 많이 읽어 그
속에 침잠하고 바깥으로 치달리지 않게 하는 것이니, 이렇게 한다면 이른바
사학이라는 것이 공격하거나 배척하지 않아도 저절로 없어질 것이다.”

정조는 사학邪學을 견제하기 위해 정학을 바로 세우려고 했다. 그리고 패
사소품체 문장을 배척하기 위해 남공철 같은 근신의 문체를 순정하게 되돌

리려고 했던 것이다.

남공철은 스스로 지은 묘지에서 가학家學의 연원이 있음을 자부했다. 또한 그는 경학의 정통과 문장의 정통을 이었음을 자부했다. 그에 따르면 경전의 정통은 공자·맹자·정이·주희에게 있고 문장의 정통은 《육경》《사기》《한서》《당송팔가문》에 있다. 남공철은 유학의 근본 도리에 근거한 문장을 지어야 한다고 보고, 이른바 패관소품체 문장을 배격했다. 이러한 문학관은 정조의 이념과 유사했다.

순조 즉위 뒤 남공철은 《정조실록》의 편찬에 참가했다. 그리고 아홉 번이나 이조판서를 제수받았으며, 대제학을 역임했다. 1807년순조 7에는 동지정사로서 연경에 다녀왔다. 1817년에 일시 이조판서에서 체직된 후 용산으로 나가 있기는 했으나, 7월에는 예조판서가 되고 곧 우의정이 되었다. 1821년에는 좌의정, 1823년에는 영의정이 되었다. 1833년에 영의정으로 치사하여 봉조하가 되었다. 1817년에 우의정에 임명된 이후 14년간 재상의 직에 있었던 셈이다.

60세 때 지은 자찬묘지와 자갈문에서 남공철은 문장을 통해 나라의 은혜에 보답해온 것에 자부심을 드러냈다. 60 이후로도 그는 여전히 재상에 있으면서 역시 문장을 통해 나라의 은혜에 보답할 수 있었다. 그는 자기 생의 한가운데서 스스로의 묘지를 작성한 셈인데, 그럼에도 불구하고 일생을 정확하게 개괄할 수 있었다.

남공철이 우의정에 갓 임명되어 정치권력의 핵심에 나선 뒤 스스로의 묘지와 자갈문을 짓고 귀은의 뜻을 그 글에서 밝힌 것은 어떤 심리에서인가?

고전에는 교만하지 말고 항상 중도中道를 지키도록 자기 자신을 단속하라고 가르치는 말이 많다. 교만의 결과 몰락하는 것을, 물그릇이 가득차면 엎어지기 쉽다는 뜻에서, 만즉복滿則覆이라 한다. 춘추시대 노나라 환공桓公은 몸체가 기울어져 있는 그릇을 항상 옆에 두고 있었다. 뒷날 공자는 환공의 사당에서 그 의기를 보고는, "내가 듣건대 의기라는 그릇은 속이 비어 있으면 한쪽으로 기울어지고, 적당히 채워져 있으면 반듯하게 서 있고, 가득차면 엎어진다虛則欹, 中則正, 滿則覆고 하였다"라고 했다. 그러고서 제자들을 시켜서 물을 부어보라고 하니, "물이 중간 정도에 이르자 똑바로 섰던 그릇이, 물이 가득차니 엎어지고 말았습니다." 공자는 탄식하면서 "어찌 이 세상에 가득차고서도 엎어지지 않는 것이 있겠는가"라고 말했다고 《순자荀子》〈유좌宥坐〉에 나온다.

제자 자로가 "가득차고도 엎어지지 않도록 유지시키는 방법이 있습니까?"라고 묻자 공자는 이렇게 대답했다. "총명하고 지혜로운 사람이라면 바보의 어리석음으로 자기를 지키고, 천하에 공적이 두드러졌을 때에는 겸양의 자세로 자기를 지켜라. 세상에 용력이 뛰어날 때에는 겁쟁이의 태도로 자기를 지키고, 세계가 자기 것인 듯 재물을 많이 점유하고 있을 때에는 겸손의 행동으로 자기를 지켜라. 이것이 바로, 가득차서 제멋대로 행동하는 것을 억누르고, 가득차 있는 상태를 유지하는 방법이다." 바보의 어리석음, 겁쟁이의 태도, 겸손의 행동, 이것들은 모두 너무 가득차서 이제라도 곧 넘치게 되는 성만盛滿을 경계해서 자기 자신을 단속하는 읍손挹損의 방법들이다.

남공철이 가득차기 직전에 스스로 묘지와 자갈문을 지은 것은 곧 읍손의 한 방법이었던 것이다. 🍁

참고문헌

- 남공철南公轍, 〈사영거사자지思潁居士自誌〉, 《금릉집金陵集》 속고 권5, 한국고전번역원 한국문집총간 272, 2001. ; 〈자갈명自碣銘〉, 《금릉집》 속고 권5.

- 김남일 역, 〈남공철 묘갈〉, 국립문화재연구소, 한국금석문종합영상정보 시스템.

- 지교헌, 〈금릉 남공철의 생애와 학문〉, 한국사상문화학회, 《한국사상과 문화》 12, 2001. pp. 283~292.

- 《성남금석문대관》, 성남시, 성남문화원, 2003.

13

남들은 나를 늙은 농사꾼으로 대해주지 않는다

이유원李裕元, 〈자갈명自碣銘〉

이것은 해동의 귤산옹橘山翁 이유원李裕元 자는 경춘景春의 수장壽藏이다. 신라 때의 중신 휘 알평謁平이 비조이다. 본조조선의 백사白沙 선생 휘 항복恒福과 구천龜川 선생 휘 세필世弼이 각각 9대조와 6대조이시다. 대부조부의 휘는 석규錫奎, 부친의 휘는 계조啓朝로, 서로 이어서 대총재大冢宰, 이조판서를 지냈다. 외조부는 반남박씨로 승선 벼슬을 지낸 휘 종신宗臣이다.

귤산옹은 어려서 외숙인 봉조하 벼슬의 이탄재履坦齋 휘 기수綺壽에게서 수업을 했다. 하지만 자라서는 이리저리 떠도느라 성취한 바가 없었다. 글씨에 외곬의 취미를 두어 진·한 글씨의 연원을 담론할 수 있었다. 귤산의 도장圖章은 우리나라뿐만 아니라 중국에까지 내달렸다봉사로서의 도장을 지니고 국내 곳곳을 다닌 것은 물론, 사신으로서의 임무를 띠고 중국에까지 분주하게 다닌 것을 말한다 역자 주. 일찌감치 우리 헌종조의 대우를 입어, 마치 한 집안의 아버지와 아들 같았으나, 옹이 융통성이 없고 쓸모없음을 아셔서, 늘 책 마구리에 제목을 적고 족자 마구리를 검사하는 일을 맡겼다. 늘그막에는 양주 가오곡嘉梧谷에 집터를 가렸는데, 고을 사람들은 골짜기를 '실'이라 불렀으므로, 마침내 당호를 가오실可吾室이라 했다. 서쪽 언덕이 구불구불 이어져 하나의 밭두둑을 만들 만했는데, 땅을 개간하다가 옛 그릇의 관지款識를 얻었으므로, 마침내 거기에 상설象設, 묘소의 석물을 두어 훗날 사용하기로 했다. 날마다 남들과 그 위에서 술을 마시면서 즐겨 농사일에 대해 이야기를 했으나, 남들은 나를 늙은 농사꾼으로 대해주지 않았으니, 한스럽도다!

귤산옹은 순조 갑술년 8월 12일에 태어나, 동래정씨로 참판을 지낸 헌용憲容의 따님을 배필로 삼았는데, 문익공文翼公 휘 광필光弼의 먼 후손이다. 옹보다 한 해 더 뒤까지 살았다. 아들 하나를 두었는데 어리다. 맏사위는 한림 벼슬의 조연빈趙然斌인데 일찍 죽었으며, 양아들 숙墉은 성균관에 들어가 있다. 둘째사위는 조정섭趙定燮이다.

귤산옹이 죽은 뒤의 일을 너무 일찍 꾀하는 것을 두고 비판하는 사람이 있어, 웃으며 말하길, "옹은 연수가 아직 일백 세의 반도 차지 않고, 세월을 보낸 것이 아직 삼분의 이도 되지 않아서, 연수는 남아 있고 경력도 남아 있으니, 과거에 비교한다면 어떠하겠소?"라고 했다.

명銘은 다음과 같다.

"태어나 성인을 만나고, 돌아가 성인을 따르리라. 성인이란 사람은 이른바 그 사람을 가리킨다. 生逢聖人, 歸從聖人. 聖人之人, 所謂伊人."

글 끝의 명銘에서 "태어나 성인을 만나고, 돌아가 성인을 따르리라"라 하고, "성인이란 사람은 이른바 그 사람을 가리킨다"라고 했다. 그 사람이란 한자로 이인伊人이라 적는데, 만나고 싶은 사람을 만나지 못함을 비유한 말이다. 《시경》 진풍秦風 〈겸가蒹葭〉편에 "저기 저 사람이 물가에 분명 있도다. 물길 따라 좇아가려 하나 모래톱에 완연히 보이네所謂伊人, 在水之湄. 遡游從之, 宛在水中坻"한 데서 온 말이다.

이 글을 지은 이유원李裕元, 1814~1888은 조선말기의 문신이다. 1882년에 전권대신으로서 일본 판리공사 하나부사 요시모토花房義質와 제물포조약에 조인한 장본인이다.

본관은 경주, 자는 경춘京/景春, 호는 귤산橘山·묵농黙農·임하노인林下老人이다. 이항복이 9대조이다. 조부는 형조판서·한성부 판윤·판의금부사 등을 역임한 이석규李錫奎이고, 아버지는 이조판서를 역임한 이계조李啓朝다.

이유원은 귤산이라는 호를 애용했다. 그 이유에 대해 이렇게 적었다.

역사책에 보면 "종남산終南山은 일명 귤산이라고도 한다. 달이 을방乙方에 있으면 귤월橘月이 되는데, 종남산이 을방에 가깝기 때문에 그 산을 태을산太乙山이라고도 한다" 했다. 이는 《오경요의五經要義》에 상세히 나온다. 내가 그것을 자호를 삼았다.

이유원은 1882년고종 19 이후 경기도 양주의 천마산 아래 가오곡가오실의 임하려林下廬에 있으면서 〈자갈명〉을 지었다.

당시 이유원은 가오곡에 집을 짓고 살다가 어느 날 우연히 동네의 서쪽 산기슭에서 옛사람이 그릇을 묻어둔 곳을 발견하고서 이곳에다가 수장壽藏

을 만들었다. 생전에 자신이 훗날 들어갈 무덤을 만드는 풍습은 후한 때 시작되었다고 한다. 수壽는 구원久遠의 의미를 취한 것이다. 문원文苑의 여러 사람이 글을 지어 기념했다. 윤정현尹定鉉은 기문記文을 짓고, 김흥근金興根·조두순趙斗淳·김병학金炳學·김좌근金左根·남병철南秉哲이 발문을 지었으며, 정원용鄭元容이 명銘을 지어 붙였다. 어떤 사람이 말하기를, "흉사를 미리 준비하는 것은 예법이 아니오"라고 하자, 이유원은 이렇게 말했다. "이것은 속된 선비의 집요한 견해이지, 사리에 달관한 자의 말이 아니오. 옛날에 주자朱子도 수장을 두었고, 사공표성司空表聖, 사공도이 왕관곡王官谷에 살 때에 그곳에 유택幽宅을 만들고는 제붕諸鵬과 더불어 그 속에서 함께 술을 마셨으니, 이는 과연 어떠하오? 나도 비록 그렇게 하고 싶기는 하나, 아쉽게도 광중壙中에 함께 놀 만한 사람이 없소." 그러고서 돌에 이렇게 새겼 다.

이굴산 늙은이가 새로 표지를 두었으니
내게 맞는 가오可吾 복지가 참 얼굴을 드러내네.
늙은이는 가타부타 하는 말을 듣기 싫으니
타인은 어찌 나의 산을 비난할 필요가 있으랴.

李橘山翁新置標 이굴산옹신치표　　可吾福地現眞顔 가오복지현진안
翁不欲聞言可否 옹불욕문언가부　　他人何必過吾山 타인하필과오산

생전에 수장을 조성하는 일이 당시로서는 드문 일이었기에 많은 사람이 의아하게 생각했다. 이유원은 친구 김기찬金基纘을 위해 〈생갈명生碣銘〉을 지어준 일도 있다. 그 글에서 "일찍이 잠실을 차지하여 지리에 구애받지 않았

으나 아직 크게 짓지는 못하였네蚤占繭室, 不拘地理, 而堯竣則未”라고 했다.

이유원은 수장을 만들었을 뿐 아니라 자갈명을 지었다. 그리고는 절친한 문인들에게 수장비 후기를 부탁했다. 현재 이유원의 무덤은 경기도 남양주시 화도읍 수동면 송천리에 남아 있다. 수장을 만들 당시 이유원은 〈수장〉이라는 시도 지었다.

무덤과 영당은 예측치 못한 일을 염려하여 마련하니
옛사람도 또한 미리 수장을 계획함이 있었네.
나도 여기에 묻히고자 먼저 개오동나무 심었으니
천마산 서쪽 묘택에서 근심 잊을 수 있으리라.

繭室眞堂虞不備 견실진당우불비　　古人亦有豫營丘 고인역유예영구
我欲藏焉先種檟 아욕장언선종가　　天摩西宅可忘憂 천마서택가망우

젊어서 이유원은 외숙인 박기수朴綺壽에게서 수학했다. 그뒤 신위申緯·정원용鄭元容·서유구徐有榘로부터도 학문이나 정신자세 면에서 많은 영향을 받았다. 《임하필기》 외에 《가오고략嘉梧藁略》《귤산문고橘山文藁》를 남겼다.

박기수는 1834년순조 34에 순원 태모純元太母가 수렴청정할 때 예문관 제학으로서 교문을 지어 올렸다. 도승지를 겸대하고 있던 권이재權彝齋가 교문 가운데 ‘양성조兩聖朝’ 세 글자는 근거가 없으니 다른 말로 바꾸라고 했다. 박기수는 불쾌하게 여겨, “글로 꾸짖는다면 마땅히 편안한 마음으로 받아들일 것이지만, 이렇게 분부하는 것은 조정의 체모體貌에 관련된다. 어찌 이와 같이 할 수 있는가?” 했다. 결국 박기수는 곧바로 사직하여 체직하고는

시골로 내려갔다. 그후로는 경저리가 조정의 시책을 적어 각 고을에 보내는 저보 따위는 아예 보지 않았다. 박기수는 "남들은 다반사로 말하는 것들이 나는 모두가 처음 듣는 것들이어서 마치 딴 세상에 살다가온 자와 같다"고 스스로 소외되어 있는 심정을 말했다.

이유원은 만년에 가오실에 있으면서, "나는 박공의 말이 매우 핍절하다 는 것을 더욱 느끼게 되었다"고 술회했다. 이유원은 《임하필기》에서 박기수 의 고지식할 정도로 개결한 성품에 대해 회고했다. 그 자신이 박기수의 전형 을 따르고자 한 것이다. 하지만 저보를 아예 보지 않았던 박기수에게 비교한 다면 이유원은 대단히 정치적이었다.

이유원은 1841년현종 7 정시문과에 급제한 뒤, 예문관 검열·규장각 대교 를 거쳤으며, 1845년현종 11 동지사 서장관으로 청나라에 다녀와 의주 부 윤·함경도관찰사를 지냈다. 46세가 되던 1859년에 양주의 가오곡으로 이 사했다.

1861년철종 12에 해주 감영에 있을 때는 청나라 문종함풍제의 부음을 반포 하러 오는 칙사를 지공支供했고, 1863년철종 14 겨울에 철종이 승하하고 이 듬해 1864고종 원년에는 별위사의 임무를 맡아 조문사신을 영접했다. 사신 가 운데 상칙上勅인 화색본和色本은 귀국 후에도 연이어 안부를 묻는 서신을 보 내왔고, 이유원에게 '귤산의원橘山意園'이라는 액자를 써서 선물했다. 그만 큼 이유원은 중국의 사신들과도 교분을 깊이 다졌다.

뒤이어 좌의정에 올랐으나 대원군과 반목하여 1865년고종 2에 수원유수 로 좌천되었다. 그해 말 영중추부사로 전임되어 《대전회통》 편찬의 총재관 이 되었다. 1873년고종 10 대원군이 실각한 뒤 영의정이 되고, 영중추부사로 서임되었다. 이때 세자책봉 문제로 일본과 결탁했다. 1875년고종 12에는 주

청사로 청나라에 가서 이홍장李鴻章을 회견하고 세자책봉을 추진했다. 1879
년고종 16 영의정으로 있을 때 이홍장으로부터 서구열강과 통상수호하여 일
본과 러시아를 견제하라는 내용의 서한을 받았다. 이듬해 1880년에 치사하
여 봉조하가 되었으나 그 다음해인 1881년에 개화를 반대하는 유생 신섭申㰔
의 상소로 거제도에 유배되었다. 1882년고종 19에는 전권대신으로 제물포조
약에 조인했다. 이때 이후 가오곡가오실의 임하려林下廬에 있으면서 《임하필
기》를 엮었다. 1882년 가을부터 1884년 봄까지는 병으로 심하게 앓았으며
그 외중에 부인을 잃는 슬픔까지 더해져서 오랫동안 시름에 잠겨 있었다. 그
가 이 무렵에 〈자갈명〉을 지은 것은 죽음에 대해 깊이 사색한 결과인 듯하다.
　생전에 이유원은 자신의 도상圖像을 만들었는데, 사람들은 다들 "본모습
과 똑같다"고 했으나 그 스스로는 미덥지 않았다. 이에 스스로 '부지옹不知翁'
이라고 제題하고서, 이어 찬贊을 지었다.

남들은 알겠다고 하지만

나는 누구인지 모르겠소.

아는 자가 알겠다고 하니

이야말로 아는 것이로세.

人曰知之 인왈지지　　吾不知之 오불지지

知者知之 지자지지　　是謂知之 시위지지

또 하나의 전어轉語를 다음과 같이 지었다. 전어는 앞서의 뜻을 바꾸어 심
기일전해서 다시 말하는 것을 말한다.

내가 비록 스스로 알지라도

남들은 아직 알지 못하네.

정말 아는지 알지 못하는지

그 누가 알랴.

吾雖自知 오수자지　　人則未知 인즉미지

知與未知 지여미지　　云誰知之 운수지지

이유원은 고종 초엽에 흥선대원군과 대립하여 정치적으로 위기를 맞았으나, 조선이 개항할 때는 지대한 역할을 했다. 다만, 황현黃玹은 《매천야록梅泉野錄》에서 그를 파렴치한 소인배로 묘사해놓았다. 개화기의 정치가로서 그를 어떻게 평가해야 할 것인가? 간단치가 않다. 그 자신도 "남들은 알겠다고 하지만, 나는 누구인지 모르겠소"라 했고, 또 "내가 비록 스스로 알지라도, 남들은 알지 못하네"라고도 했다. "정말 아는지 알지 못하는지, 그 누가 알랴"라고 탄식하지 않을 수 없다. 자기 자신도 자기 자신을 제대로 알 수가 없는데, 한 사람의 글을 통해서 그의 내면세계를 탐색하는 일이 정말로 가능할까? 불가지론의 회의를 어떻게 떨어내야 할지 모르겠다. 🍁

참고문헌

● 이유원李裕元, 〈자갈명自碣銘〉, 《가오고략嘉梧藁略》, 한국고전번역원 한국문집총간 315~6, 2003.

● 이유원李裕元, 〈탄재坦齋의 경어警語〉, 《임하필기林下筆記》 제25권 춘명일사春明逸史,

1961년 성균관대학교 대동문화연구원 영인 ; 〈가오곡嘉梧谷의 수장壽藏〉, 《임하필기》

제25권 춘명일사春明逸史.

● 이유원李裕元, 《국역 임하필기》, 성균관대학교 대동문화연구원 영인, 1999~2000.

臨政府顏讚政乘領

經廷弘文館藝文館春秋館觀象監東苑殿仕奉

守爾辭世白位台垣妣與祖妣亡相門　顯宗已酉月建午十八之白

體王□長藻祐分隸槐院攝起居茷陳史華轉說書王署銓郎顚臺

宋遂所父養私制甫闕矢札天攙陛八座使勛燕重

顏意漸微首席重拈史禮刑牛耳漬主文苑盟戎衣纓上南演壇衰葛修

谷下虛啣焉用西柩假磨驢一任廣庭遣首輔　恩命增懇覿臣君西

兇羈縶重念席姿本無肖濫刷崇秩飽諫誚名旱位尊埋已乘守孙安命

淩酏一男普文有四妹名孫學祚有誚戒尔勿替讀書種玄獎春頁勖

巳毋四月六日年魚宋兩夫人莚先塋于楊州金村卯向原丟是宁其上

慝郎寅女也普文爸天學祚其繼子也四林黃楡金聖柱申光復洪禥甚

以有遺戎只樹短表仍以原銘所不載者補記于左

謹識幷書　前面集韓漢字

이제 나는
검은 빛을 그리워한다.

네 느린 피를 나에게 다오,
차가운
비를.
네 무서운 날개로 나를 덮어다오!
내가 간직하게
잠긴 문의 열쇠를
내게 돌려다오,
부서진 문의 열쇠를.
잠깐 동안
짧은 일생 동안
나의 빛을 치워다오 그리고 내가
버려지고, 비참하게 되어,
황혼의
거미줄 속에서 떨고 있다고
느끼게 놔두어다오,
비
의
떨리는
손들을
내 존재 속으로 받아들이며.

― 파블로 네루다, 〈슬픔에게 II〉, 《네루다 시집 ; 충만한 힘》,
  정현종 옮김, 문학동네, 2007.

웃어나 보련다

鄭僅 配 金氏 誌石 정근 배 김씨 지석
1122년, 231×320×19, 국립중앙박물관

1

모욕과 칭송도 없어지고
남은 것은 흙뿐이다

이홍준李弘準, 〈자명自銘〉

재주 없는데다

덕 또한 없으니

사람일 뿐.

살아서는 벼슬 없고

죽어서는 이름 없으니

혼일 뿐.

근심과 즐거움 다하고

모욕과 칭송도 없어지고

남은 것은 흙뿐.

旣無才 기무재   又無德 우무덕

人而已 _{인 이 이}　生無爵 _{생 무 작}

死無名 _{사 무 명}　魂而已 _{혼 이 이}

憂樂空 _{우 락 공}　毁譽息 _{훼 예 식}

土而已 _{토 이 이}

이 짧은 운문이 말하고자 하는 내용은 이렇다.

재주도 없고 덕도 없는 나는 그저 보통 사람일 따름이다. 성인도 현인도 아닌 존재이다. 살아서는 이렇다 할 관직에 있지 않았고 죽어서는 불후의 이름을 남기지도 못할 것이므로, 나라는 존재는 육신에 혼이 붙어 있어서 목숨을 유지하다가 육신과 혼이 분리되어 혼만 남게 될 것이다. 그리고 이제 혼이 떨어져나간 육신은 생전의 근심과 즐거움을 다 잊고 모욕과 칭송도 다 없어져 흙으로 돌아갈 따름이다.

이 짧은 운문은 조선전기의 진사 이홍준李弘準이 자기 묘갈명으로 남긴 글이다.

이홍준은 본관이 경주로 이종준李宗準의 아우이며, 정유일鄭惟一의 외조부다. 진사로 그쳤고 벼슬에 나가지 못했다. 1512년중종 7 4월 17일신묘의 《중종실록》 기사에 진사 이홍준이 생원 조맹겸과 함께 시폐에 관해 진언을 했고, 중종은 그것을 해당 관서에 내려보내 쓸 만한 사항을 채택하도록 명했다는 기록이 있다. 하지만 이것뿐이다. 적어도 《중종실록》의 기사를 기준으로 하는 한, 그는 생전에 이렇다 할 행적을 남기지 못했다.

다만 효종 때 안동에 세워진 백록리사에, 이종준·이홍준 형제와 정유일이 홍준형洪俊亨과 함께 제향되었다. 이 서원에는 김성구金聲久와 권두인權斗寅이 추가 제향되었다.

이홍준은 형 이종준에 비하면 정치적 활동이 뚜렷하지 않다.

형 이종준은 김종직의 문인으로서 역사상 행적이 뚜렷했다. 1485년_{성종 16} 별시문과에 갑과로 급제한 후 성종 때 의성현령으로 있으면서 경상도의 지도를 제작했다. 그후 서장관으로 명나라에 다녀왔으며, 1492년에는 사가독서하고, 사인 벼슬에 이르렀다. 1498년_{연산군 4}의 무오사화 때 부령으로 유배 가다가 단천 마곡역_{혹은 고산역}에서 "이사중의 외로운 충성을, 스스로는 허여해도 사람들은 인정하지 않네_{李師中孤忠, 自許衆不與}"라는 시를 벽에 썼다. 감사가 그 사실을 알리자 연산군은 시에 원망의 뜻이 있다고 보고 그를 체포해 오게 했다. 이종준은 서울로 압송되어 와서 이듬해 사형당했다.

이홍준은 스스로 작성한 짧은 묘지명에서 "재주 없는데다 덕 또한 없으니 사람일 뿐"이라고 스스로를 규정했다. 나면서부터 진리를 터득한 생지_{生知}의 성인도 아니고, 배워서 진리를 터득하는 학지_{學知}의 현인이나 철인도 못 되며, 시행착오의 곤란을 겪으면서 삶이 무엇인지를 터득해가는 곤지_{困知}의 보통사람이라는 뜻이다. 하지만 곤지_{困知}조차 하지 못하여 중인_{中人, 보통사람}만도 못하다는 냉혹한 자기비판이 필요한 것은 아닐까? 그렇기에 "살아서는 벼슬 없고 죽어서는 이름 없으니 혼일 뿐이다"라고 자조하여본다. 지각을 가진 혼령이 아니라 지각도 없는 어둑어둑한 명혼_{冥魂}으로 끝난다면 정말 서글플 따름이라고 두려워한다.

하지만 가만히 생각해보면 한 번 눈 감으면 "근심과 즐거움이 다하고 모욕과 칭송도 다 없어지고 남은 것은 흙일 뿐이다." 인간은 성현이든 평범한 사람이든 한 번 죽으면 살아서의 근심과 즐거움은 모두 잊게 되고 살아서의 모욕과 칭송도 모두 알 수 없게 되며, 모두가 흙으로 돌아갈 뿐이다.

그러나 이렇게 말하면서도 다시 두려움을 느끼지 않을 수 없다. 왜냐하면 지금의 나는 죽음을 자각하면서 살아가고 있기 때문이다. 생명체는 모두 죽음을 경험하지만, 생명체 가운데서도 인간만이 죽음을 자각한다. 비록 사후세계에 대한 의식을 갖지 않더라도 죽음을 담론하는 순간, 인간은 죽음을 살고 있는 것이 된다.

북송 때 대혜종고大慧宗杲 선사는 사대부들이 '발밑의 대사인연大事因緣'을 소홀히 하는 점을 가련하게 여겼다. 매일 잠자리에서 일어나 곧바로 세간과 수작하면서 일상의 삶을 달가워하는 이들은 이 세계가 결함계라는 사실을 의식조차 하지 못한다. 하지만 생사의 문제가 중대하다는 점을 환기하고 섣달그믐즉 임종의 날이 가까웠다는 사실을 깨닫는 순간, 나는 어디로부터 왔고 또 어느 곳으로 가는 것일까 하는 물음에 부딪히게 될 것이다. 그러할 때 인생을 낭비하지 않으려면 회광반조回光返照하여야 한다고 대혜종고는 촉구했다.

근대 이전의 지식인들은 죽음의 불가피성이나 필연성을 뚜렷하게 인식했다. 죽음은 우연한 사건이 아니라 인간의 책임이었다. 유학은 죽음을 완전한 소멸로 보지 않기도 하고 또 완전한 소멸로 보기도 하는 이중성을 지녔다. 유학자는 죽음의 뒤에 혼과 백이 나뉘어 혼은 하늘로 올라가 천지운행의 기와 합하고 백은 지하로 내려간다고 여겼다. 하지만 그 기와 백이 살아있는 인간의 삶에 간섭하는 일이 거의 없으며, 게다가 기와 백은 결코 다른 존재 형태로 변하여 하계로 내려가서 영원히 살리라고 믿지도 않았다. 유학자들은 경험적 관찰과 우주원리론을 토대로 혼백의 실재적 불멸성을 부정했다. 그렇기에 유학자들은 죽음을 인간의 운명으로 받아들였으며, 죽음에 대한 담론을 통해 삶의 가치를 다시 확인하고는 했다.

무명의 인물 이홍준이 남긴 〈자명〉은 그러한 고투의 모습을 어느 정도 보여주고 있다. 🍁

참고문헌

● 이유원李裕元, 〈눌재訥齋가 스스로 쓴 묘갈명〉, 《임하필기林下筆記》 권28 춘명일사春明逸史, 성균관대학교 대동문화연구원 영인, 1961.

● 이유원, 《국역 임하필기》, 민족문화추진회, 1999~2000.

● 권별權鼈, 〈이종준〉, 《해동잡록》 5 본조 5, 민족문화추진회 국역 《대동야승》 수록, 1971~1982.

● 조기영, 〈용재 이종준의 문학사상" 15세기 사림파 문학 연구의 일환으로" 〉, 《동양고전연구》 제2집, 동양고전학회, 1994. 3, pp. 1~34.

2

개미들은 내 입에 들어오고
파리 모기는 내 살을 물어뜯네

남효온南孝溫, 〈자만自挽〉 네 수 가운데 제1수

하늘과 땅이 나뉘기 전, 도는 무명無名의 질박함에 있었으나

태극이 이미 움직인 뒤로는, 온갖 일이 끝없이 펼쳐졌네.

이로부터 좋고 싫은 감정이 생겨나, 기심機心이 쌓여가서

누구나 빈천을 싫어하여, 죽도록 벼슬과 봉급 얻으려고 골몰한다만

생사의 관문으로 말하면, 달인이라도 면할 수 없도다.

제나라 경공은 우산에서 낙조 보며 삶을 탄식했고, 갈홍은 구루산에서 장생
약을 빚었으며

왕희지는 인간의 수요장단을 슬퍼했고, 굴원은 명리 좇는 세태를 슬퍼했으며

왕가王嘉는 죽음이 무서워 약사발 던졌고, 추양鄒陽도 양나라 감옥에서 죽음
을 두려워했으니,

삶을 탐내는 건 예로부터 그러하니, 나 또한 세속과 같이 한다.

《음부경》 속 술법들을, 하나하나 귀곡자에게 배워

부디 해·달·별이 다하도록, 상제와 나란히 살려 했거늘

가성무덤이 말 앞에 이르고, 이름이 귀신명부에 떨어져서

개미들은 내 입에 들어오고, 파리 모기는 내 살을 물어뜯으며

새로 꼰 새끼는 내 허리를 조르고, 헤진 거적은 내 배를 덮었다.

다섯 딸은 애비 찾아 울부짖고, 아들은 하늘 부르며 통곡하며

종 아이는 와서 막걸리를 올리고, 승려는 와서 명복을 비네.

독경하는 사람이 풀 베어 제 지내매, 지전이 숲의 나무 끝에 걸렸는데

향도꾼들은 삭은 뼈를 묻고, 달구질 가락 맞춰 봉토를 하는구나.

이때 내 마음이 어떠하랴, 일곱 구멍이 모두 막혔구나.

살아선 그토록 살고 싶더니만, 죽자마자 적막한 곳으로 돌아가다니.

리희孋姬는 후회하여 와서 울고, 약상弱喪은 고국으로 돌아가며

소문昭文은 거문고 뜯지 않고, 사광師曠도 장단을 맞추지 않네.

생전에는 입 벌려 웃더니, 죽은 뒤 누가 이 즐거움 아울러 지닐까.

다만 한스럽기는 세상 살았을 적, 끔찍하게 여섯 액운이 모였던 일.

용모가 추해서 여색을 가까이 못 한 것, 집이 가난해 술 충분히 못 마신 것.

행실이 더러워 미친놈 소리 들은 것, 허리 곧아서 높은 분을 화나게 한 것.

신이 뚫어져 뒤꿈치가 돌에 닿은 것, 집이 낮아 이마가 대들보에 부딪힌 것.

자기의 주검을 바라보면서 생전의 삶을 반추한 시이다. 모두 네 장으로 이루어져 있는데, 제1장만을 들었다.

죽음과 동시에 시신은 변하기 시작한다. 근육이 이완되어 대변과 소변이 배설되고 그 다음에는 대개 12시간에서 24시간에 걸쳐 사후강직이 시작된다. 그 사이에 시신의 체온은 주변 온도만큼 떨어지고, 혈액은 신체의 아랫부분으로 몰려 푸르스름한 반점이 생기기도 한다_{배리 앨빈 다이어·그렉 와츠 지음, 안종설 옮김, 《행복한 장의사》, 이가서, 155~6쪽}. 48시간이 지나면 시신의 얼굴에서 고통이 사라지고 표정이 부드럽고 편안해진다고 한다. 하지만 그것으로 끝이다. 새로 꼰 새끼가 허리를 조르고 헤진 거적이 배를 덮고 있는 시신의 입으로 개미들은 들어오고 파리와 모기는 그 살을 물어뜯는다.

이런 주검을 상상하면서 시인은 자기의 삶을 되돌아보았다. 그리고 깨달았다. 살아서 겪은 액운이 여섯 가지나 되지 않았던가! 용모가 추해서 여색을 가까이 못 한 것, 집이 가난해 술을 충분히 못 마신 것, 행실이 더러워 미친놈 소리를 들은 것, 허리가 곧아 높은 분을 화나게 한 것, 신이 뚫어져 뒤꿈치가 돌에 닿은 것, 집이 낮아 이마를 대들보에 부딪친 것 등이 그것이다.

인간의 삶은 즐거움보다 괴로움이 많고 그래서 슬프다. 즐거움을, 그 즐거움이 오래 가지 않으리란 것을 예상하면 서글퍼지기도 한다. 그런데 삶의 가장 큰 슬픔은 빛나는 몸의 뒷면에 붙어 있는 죽음이 환기될 때이다. 죽음은 내 힘으로 어쩔 수 없는 가장 강력한 것이요, 나의 외부 가운데 최대의 외부이다. 자각의 빛이 뚫고 들어가기 어려운 암흑이기에, 낯설기만 하다.

우리는 우주의 생생하는 천리를 느끼고 자신의 삶 속에서 환희를 경험하고 싶어한다. 하지만 현실은 우리를 배반한다. 현실의 이러저러한 일들은 우리로 하여금 천리를 느끼고 환희를 경험할 여유를 빼앗아간다. 아름다운 광경을 언뜻 보기도 하지만, 늘 되풀이하는 사소한 일들로 지쳐 있어서, 그 광경을 보아도 특별히 기뻐할 시간을 갖기 어렵다. 슬픔과 기쁨에서 벗어난 담박한 경지에 드는 일은 매우 드물기만 하다.

주검의 모습을 상상하고 지나간 삶을 반추하여 토해내는 이 시구에는 해학적인 측면도 있고 동시에 죽음에 대한 불안도 담겨 있다. 그러나 죽음을 미리 경험하는 일은 반드시 병적인 불안감 때문은 아니다. 죽음을 미리 경험하는 일은 자기 존재의 의미를 곰곰이 새겨보는 일이었다.

이 〈자만〉 네 장을, 조선 전기의 시인 남효온南孝溫, 1454~1492이 남겼다. 그는 이 만시를 지어 당시 사림파의 거두였던 김종직金宗直에게 보여주고 자신의 삶을 이해받고자 했다. 사실 만시를 지을 때만 해도 그는 자기에게 실제로 죽음이 급작스레 다가올 줄은 몰랐을 것이다. 그는 39세라는 이른 나이에 세상을 떴다. 분방한 삶을 살았던 그에게 세상은 너무 짐스러웠다.

〈자만〉 네 장과 함께 김종직에게 올린 편지에서 남효온은 이렇게 말했다.

제자는 마땅히 문하에 나아가 땅에 엎드려 절해야 하오나 삼동에 병을 앓은 나머지 두 다리가 말을 듣지 않아 말도 탈 수 없기에 감히 사람을 보내 안부를 여쭙니다. 엎드려 생각하건대 나라를 위하여 몸을 부중하소서. 이곳의 소자는 아직 병들기 전에 밖으로 여섯 맥을 짚어보고 안으로 오장을 살피고 곁으로 팔괘를 찾아보고 용호龍虎, 오행를 참작해보고는 큰 운수죽음가 경각에 달려 있음을 알게 되었습니다. 지난 가을 끝 무렵에는 집안에 흉액이 많은데 상사까지 겹쳐서 분주한 가운데 마음이 텅 비고 가슴이 두근거리는 병을 얻어, 요망한 말들을 절제 없이 마구 내뱉었습니다. 다행히 약의 힘으로 큰 병은 조금 나았지만 남은 독이 아직 풀리지 않았습니다. 그때 얻은 바가 헛되지 않아, 서울 셋집에 있으면서 〈만가〉 네 편을 지어 집 아이로 하여금 깨끗하게 쓰게 하여 선생의 좌하에 올립니다. 저는 세상의 맛을 탐내어 명리의 관문을 꿰뚫지 못했음을 잘 알고 있습니다. 어찌 옛사람이 남긴 생사일여生死一如와 물아일체物我一體의 뜻을 바랄 수 있겠습니까? 병중이라 정신이 소모되고 지기가 꺾여 거친 말일 뿐이고 필시 문리가 통하지 않을 것입니다. 부디 바로잡아주시기를 바랍니다.

생사일여와 물아일체의 관점에서 죽음의 두려움을 극복한다고 말하기는 쉽다. 하지만 세상의 맛을 탐내어 명리의 관문을 돌파하지 못하는 우리 평범한 인간은 죽음이 목전에 닥쳐온 것을 느낄 때 두려워하지 않을 수 없다. 그 두려움을 어떻게 극복할 수 있을까?

남효온의 부친 남금南恮은 생원으로 있다가 32세에 죽었으나, 증조 남간南簡과 조부 남준南俊은 모두 명신이었다. 남효온은 젊어서 김종직의 문하에 들어가 김굉필·정여창 등과 함께 학문을 닦았다. 또 수락산으로 김시습을 자주 찾아갔다. 그런데 25세 되던 성종 8년, 상소문을 올려 단종의 생모인 현덕왕후 권씨의 소릉을 복위시킬 것을 청했다. 소릉 복위는 세조의 즉위와 그 후사왕의 왕권을 부정하는 의미를 지니므로 정치적으로 매우 예민한 사안이었다. 영의정 정창손을 비롯하여 임사홍·서거정 등 훈구관료들은 소릉의 복위를 극력 반대했다. 세상 사람들은 그를 미치광이로 여겼다.

소릉 복위의 상소를 올린 이후 남효온은 산에 들어가 〈육신전〉을 지었다고 한다. 남들이 삼가라고 말하자, "내가 어찌 한 번 죽음이 두려워 충신의 이름을 묻어버릴 수 있겠는가?"라고 하면서 뜻을 굽히지 않았다. 뒷날 남공철은 그를 위해 묘갈명을 지으면서, "공은 인품이 청명하고 고매하여 뭇사람 가운데 우뚝해서 높은 선비의 기상이 있었고, 술을 즐겨서 때때로 크게 취하면 과격한 말과 괴이한 의론을 거침없이 했다”고 평했다.

김종직은 남효온으로부터 〈자만〉 네 장과 서찰을 받고 이듬해 정월에 이런 답장을 내었다.

이 만사를 보니 족히 도연명·진소유秦少游를 이어받았다할 만하오. 그러나 이로 인하여 또 족히 우리 추강의 수명이 한량없음을 알 수 있소. 저 두 사람의 노래는 모두 목숨이 끊어질 임시에 지은 것이기 때문에, 도연명은 세상을 달관하고 진소유는 인생을 슬퍼하는 것 등에 그쳐 다시 여운을 남긴 맛이 없는데, 우리 추강은 세상의 여섯 가지 액을 슬퍼한 것 같지만 마침내는 “36년을 지나는 동안에, 언제나 사람들의 시기를 받았다” 했으니, 그 자찬이 매우 깊다 하겠고, 또 못내 이 세상을 잊지 못하는 생각이 있으니 이를 어찌 갑자기 아침이슬처럼 사라질 사람의 소리라 하겠습니까. 추강 같은 이에 대해서는 이수二竪, 병의 이칭가 제아무리 육신을 괴롭힐망정 어찌 능히 그 수명을 조종할 수 있겠습니까. 다만 그 대수大數가 조석에 박두했단 말은 녹명錄命을 따지는 것과 근사하니 추강으로서 마땅히 믿을 바 아닌 듯싶습니다. 나는 일찍이 듣건대, 옛사람은 흔히 미리 자기가 묻힐 자리를 만들어놓은 일이 있었다 하고, 또 일찍이 보니 시골 노인이 스스로 관을 만들고 의금衣衾과 염습의 물건까지도 빠짐없이 다 준비하고, 항상 그 관 속에 누워도 보며 죽도록 그렇게 했는데, 이는 다만 미리 준비해둔다는 의미만이 아니라 더러는 은연히 오래 살기를 푸닥거리하는 것이라고 비웃는 자도 있습니다. 지금 추강의 자만시自挽詩도 이런 부류가 아닙니까. 이 말은 농담입니다.

남효온은 산림에서 수양만 하는 선비와 세상을 버리고 조롱하는 무리는 천하의 일과 후세의 일을 우려하지 않는다고 비판했다. 그러나 그는 〈대춘부大椿賦〉에서 《장자》〈소요유〉편의 대춘을 소재로 삼아 초월을 꿈꾸었다. 하루아침밖에 살지 못하는 땅강아지나 하루살이는 만고의 삶을 살아가는 대춘의 세계를 알 수 없다는 점을 환기시키면서, 세상 모든 것을 무가치한 것으로 돌리지 말고 성인의 견지에서 사물을 바라보아야 한다고 했다.

그러나 저 어리석은 자는 무지해서
곧은 것 버리고 굽은 것을 따라
자포자기를 달게 여겼으나
크게 세상으로부터 죽임을 당하고
초목과 함께 썩어서
후세에 이름이 전하지 못했다.
그렇기에 요임금의 죽음은 도척과 다르고
선행은 악행과 다르건만
그대는 그것을 다 같다고 하니
심하도다 어리석고 미혹함이여
아! 최상으로 덕을 세움은
이른바 대춘을 가리킴이요
가장 바보는 아무리 해도 바탕을 바꿀 수 없다 함은
이른바 하루살이를 가리킨다네.
그러면 대춘이 어이 장자의 소요와만 관계하랴
유학의 도와도 관계있도다.

〈애인생부哀人生賦〉에서 남효온은 자신의 인생을 서글퍼하는 것에 그치지 않고 한 시대의 종언을 애도했다. 곧, 성현들의 위대한 시대가 지나간 뒤로 도리가 행하지 않고 세상이 혼탁하게 되었음을 우려했다. 공자의 대론이 무너진 뒤로 위백양의 연단과, 사위세자의 벽곡, 구마라습의 불이문의 가르침이 나왔지만, 그것은 천에 하나도 효과가 없이 그저 낙엽처럼 떨어져 뒹굴고 말았다. 그러자 나라의 전통을 뒤집어 무공을 자랑하며 아첨하는 자들이 날뛰게 되었다. 남효온은 위대한 시대를 종료시킨 자들을 '창을 들고 군주를 협박한 자'로 규정함으로써 찬탈자 세조를 준엄하게 비판했다.

하지만 비판은 비판일 따름이다. 물론 남효온은 역사사실에 대한 평가를 통해서 현실의 모순을 간접적으로 비판했다. 〈육신전〉을 지어 인간의 행사를 포폄했으며 역사적 사건의 시비를 따져나갔다. 입언立言하여 가르침을 후세에 드린다는 의식을 버리지 않았다. 하지만 그 방법으로는 현실을 되돌릴 수 없었다. 상심한 남효온은 떠돌 수밖에 없었다. 그렇기에 그는 "세상에 나서 아무 짝에 쓸모없어, 교우도 끊고 홀로 혼돈을 벗 삼아 살아갈 것이다. 나를 위해 이 말을 남기니 어두운 방이 밝아지고 귀머리도 귀가 들렸다. 앞으로는 이것을 명심하여 잊지 않고 남은 생애를 몽중에다 부치노라"라고 자조했다.

〈애인생부〉를 읊은 뒤 〈득지락부得至樂賦〉에서는 잠시 방랑 속에서 자유인의 경지를 맛본다고 위로하기도 했다. "내 일찍이 멀리 노닐었나니, 지극한 즐거움을 찾았도다. 봇짐 지고 상하로 두루 다니며 발자취가 온 땅에 미쳤도다. 약화를 꺾어 반찬으로 삼음이여, 경실을 가려 끼니를 이으며 공동산과 엄자산을 지나, 달 뜨는 곳과 해 뜨는 곳을 넘어섬이여!" 하지만 방랑은 더욱 큰 공허감을 가져왔고 결국 탄식하게 만들었다.

동해 구석에 태어난 지 사십 년

어이 이렇게 뜻만 크고 헤아림은 성근가.

피리소리처럼 사람들 떠들어대니

처음에 품은 뜻 애당초 글렀도다.

춥고 배고픔이 마음을 어지럽히고

세상일 때문에 매일 연연해야 하다니.

하루도 웃을 날이 없고

한평생 근심과 노고만 있구나.

마음이 울적해도 풀 길 없기에

속으로 근심하며 안타까워라.

현실과 이념의 괴리를 논박해나가면서 스스로 비참함은 더욱 커져만 갔다. 현실의 구속을 벗어나고자 꿈꾸었던 남효온은 애써 얻은 자유 속에서 거꾸로 비애를 느꼈다. 삶 자체를 어떻게 긍정할 수 있을까? 돌파구는 있는가? 자신의 주검을 응시하면서 죽음을 선언함으로써 오히려 죽음을 눈앞에서 바라보는 명료한 삶의 의식을 회복할 수 있을 것인가?

그나저나 "개미들은 내 입에 들어오고, 파리 모기는 내 살을 물어뜯네"라니, 시신이 썩어들어가는 것만을 생각하여도 오싹하다. 이것이야말로 서양에서 말하는 메멘토모리의 강력한 어구가 아니고 무엇인가! 🍁

참고문헌

• 남효온南孝溫, 〈자만 네 장, 상점필재선생自挽四章 上佔畢齋先生〉, 《추강집秋江集》 권1 오

언고시, 한국고전번역원 한국문집총간 16, 1988.

- 김종직金宗直, 〈답남추강서答南秋江書〉, 《속동문선續東文選》 제12권 서書, 태학사 영인, 1975.

- 김성언, 《남효온의 삶과 시》, 태학사, 1997.

- 김승호, 〈남효온론–추강의 역사의식과 시적 대응–〉, 《조선시대한시작가론》, 이회문화사, 1996.

- 문범두, 〈추강 남효온의 사유양식과 '부'〉, 《어문학》 74, 한국어문학회, 2001, pp. 249~281.

3

선생의 수명은 어이 그리 긴가

정렴鄭磏, 〈자만自挽〉

일생 만 권의 책을 독파하고
하루에 천 잔 술을 마셨네.
복희씨 이전 일을 높이 담론하고
속설은 당초 입에도 담지 않았지.
안회는 서른에도 아성이라 칭송되었거늘
선생의 수명은 어이 그리 긴가.

一生讀破萬卷書 일생독파만권서　　一日飮盡千鍾酒 일일음진천종주
高談伏羲以上事 고담복희이상사　　俗說從來不掛口 속설종래불괘구
顔回三十稱亞聖 안회삼십칭아성　　先生之壽何其久 선생지수하기구

44세로 죽기 직전 정렴鄭磏, 1506~1549은 스스로 만시를 지어서, 자기 삶을 매우 간명하게 개괄했다. 각 구가 일곱 자씩으로 되어 있고 모두 여섯 구로 이루어진 고시의 형식이다.

우선, 일생 만 권의 책을 독파하고, 하루에 천 잔 술을 마셨다고 했다.

만 권 책을 독파했다는 것은 두보의 〈위좌승 어른에게 받들어 올림奉贈韋左丞丈〉 시에서 "글을 읽어 일만 권을 독파했나니, 붓을 잡으면 마치 신이 돕는 듯讀書破萬卷, 下筆如有神"이라고 한 말을 의식한 것이다. 끊임없이 지적 활동을 해왔다는 말일 것이다.

하루에 천 잔 술을 마셨다는 것은 《공총자孔叢子》에서 "요와 순은 한 자리에서 천 종의 술을 마셨고, 공자는 일백 고觚의 술을 마셨다"고 한 고사를 의식해서 한 말이다. 한나라 공융孔融의 〈조조에게 보내 금주법을 논한 서신與曹操論酒禁書〉에서도 "요 임금은 천 종의 술이 아니면 태평시대를 세울 수 없었고, 공자는 일백 고의 술이 아니면 지고의 성인이 될 수 없었다"라고 했다. 요와 순의 덕에 견주었다기보다는 취향醉鄉에서 호방하게 살았음을 과시한 표현이리라.

그 다음에 정렴은 세속과 달리 자기는 늘 복희씨 이전의 일을 높이 이야기했다고 했다. 흔히 복희시대를 상고, 신농시대를 중고, 오제시대를 하고라고 한다. 복희씨 이전의 일이란 상고의 이전, 인간의 간교한 지혜가 발달하기 이전을 말한다. 정렴은 순박한 시대의 일을 이야기하여 세속의 이해관계로부터 벗어나고자 했다.

정렴은 생명의 짧고 긴 것이 과연 어떤 의미를 지닐까 반문했다. 공자의 제자 안회는 스물아홉, 혹은 서른둘의 나이에 요절했다. 공자는 "하늘이 나를 버렸구나! 하늘이 나를 버렸구나!"라고 탄식할 정도로 애제자가 세상에 이름을 드날리지 못하고 죽어간 것을 애도하면서도 그가 학문적으로 성취한 바가 많음을 인정했다. 안회의 삶과 죽음에 비하면 나의 삶과 죽음은 너무도 하찮기만 하지 않은가! 그렇다면 마흔넷이라는 나의 나이는 오히려 "어째서 이렇게 오래 사냐?"라고 스스로 자조하지 않을 수 없다.

"안회는 서른을 살았어도 아성이라 칭송되었거늘, 선생의 수명은 어이 그리 긴가?" 참 뼈아픈 말이다. 인간의 수명은 짧다고 해서 슬퍼할 일이 아니고 길다고 해서 좋아할 일도 아니다. 살아서 온전한 자기를 완성하지 않았다면 오래 산다고 해서 누가 그 수명을 칭송할 것인가. 살아서 온전한 자기를 완성할 수만 있다면 짧은 생애를 살았다고 해서 누가 그 요절을 애처로워할 것인가. 이 말은 당나라 문인 한유韓愈가 친구 이원빈李元賓을 위한 묘지명에서 한 말이다.

정렴은 태어나면서부터 말을 했다고 한다. 어렸을 때 산속의 절에서 선종의 육통법을 시험하려고 3일 동안 마음을 가라앉히고 사물을 보니, 100리 바깥의 일도 보였다고 한다. 대낮에도 그림자가 없었다고 할 정도로 신기한 일을 많이 했다. 천문·지리·의약·복서점술·율려·산수·중국어 및 기타 외국어 등을 모두 배워서 스스로 통하지 않는 것이 없었다.

죽을 때 정렴은 좌화했다고 전한다. 좌화란 앉아서 죽었다는 뜻으로, 도인의 죽음을 말하며, 죽어서 그대로 신선이 되었을 것이라고 보는 것이다. 곧, 정렴은 도교 수련을 한 인물로, 우리나라 신선술의 대가이다. 그의 아우 정작鄭碏도 역시 이인이었다.

정렴은 이미 스무 살에도 〈자술自述〉의 시를 지어 단학수련의 정신 경계를 내비쳤다.

손으로 푸른 뱀을 붙잡아 세간 인연을 끊고

학 타고 피리 불며 푸른 하늘로 오르려 하였네.

일찍이 물외에서 삼천 겁을 보내다가

또한 인간세계에 귀양온 지 스무 해로다.

겨드랑이에 낀 단약 방술은 적적하게 탐색하고

뱃속에서는 황권이 도무지 현현하다.

봉래산에 복숭아 익는 일도 잠깐 사이의 일이니

진토가 바다 되고 바다가 진토 되어 아득히 몇 해를 겪었나.

手把靑蛇斷世緣 수 파 청 사 단 세 연　　幾從笙鶴上蒼天 기 종 생 학 상 창 천

曾經物外三千劫 증 경 물 외 삼 천 겁　　又謫人間二十年 우 적 인 간 이 십 년

肘後丹方探寂寂 주 후 단 방 탐 적 적　　腹中黃卷摠玄玄 복 중 황 권 총 현 현

蓬丘桃熟須臾事 봉 구 도 숙 수 유 사　　塵海茫茫歲屢遷 진 해 망 망 세 루 천

주후肘後는 진晉나라 갈홍葛洪이 겨드랑이에 끼고 다닐 수 있을 정도로 간편하게 만든 의학서로, 《주후비급방肘後備急方》의 준말이다. 복중황권腹中黃卷은 '복중서'란 말이다. 진晉나라 때 학륭郝隆이 칠석날 한낮에 밖으로 나가 배를 내놓고 누워있으므로, 어떤 이가 그 까닭을 물으니, 학륭이 뱃속에 든 책을 포쇄하려 한다고 대답했다고 한다.

정렴은 부친 정순붕鄭順朋이 북경에 사신으로 갈 때 따라갔다. 그런데 그는 중국인을 만나자마자 말이 통했으므로 모두 놀랐다. 봉천전에서 만난 도사가 "귀국에도 도사가 있습니까?" 물었다. 정렴은 "우리나라에는 삼신산이 있어 한낮에도 신선이 하늘로 올라가는 것을 항상 볼 수 있으니,

무엇이 그리 귀할 게 있겠소?"라고 했다. 도사가 놀라자, 정렴은 《황정경》《참동계》《도덕경》《음부경》 등의 도경을 인용하면서 신선이 되는 길을 밝게 설명했다. 도사는 굽실거리며 슬그머니 자리를 피했다.

당시 유구오키나와에서 온 사신은 정렴을 만나자마자 소스라치게 놀라며 절을 했다. 그는 자기 나라에서 헤아려보니 중국에 들어가 진인을 만날 것을 알았다고 하면서 행낭에서 책자를 꺼내 보여주었다. 거기에는 모년 모월 모일에 중국에 들어가면 진인을 만날 것이라고 기록되어 있었다.

유구 사신이 정렴에게 역학을 가르쳐달라고 청하자, 정렴은 유구어로 《주역》을 가르쳤다. 관저 안에 있던 여러 나라의 사신들이 다투어 와서 구경하자, 정렴은 각각 그 나라 말로 척척 응답했다. 모두 깜짝 놀라며 천인天人이라고 칭찬했다. 어떤 이가 "다른 나라의 말을 해득하는 것은 간혹 있을 수 있지만 그 말을 입으로 하는 것은 또한 다른 일이 아니겠습니까?" 했다. 정렴은 "난 듣고 해득한 것이 아니라 이미 오래전부터 알고 있었소" 했다.

관직의 차례를 뛰어나와 의학·산학·천문 세 학과의 교수를 겸하고, 포천현감에 임명되었다. 이 무렵 인종이 위독하였을 때 진찰해보고 상감의 병세가 위중함을 알았다.

그런데 아버지 정순붕이 을사년에 고변을 올리려 하자 극력 말렸다. 하지만 아버지가 받아들이지 않자, 과천 청계산이나 양주 괘라리에 나가 지냈다. 거기서 연단화후법을 수련해서, 약을 지어 새벽에 먹고 나서야 비로소 말을 했다. 정렴은 육식을 좋아하지 않았고, 술은 잘 마셔 두세 말을 마셔도 취하지 않았다. 또 휘파람을 잘 불었다. 일찍이 금강산 꼭대기에 올라가 소리를 내자 그 소리가 바위와 골짜기를 진동시켰으므로 산속의 스님들이 모두 놀랐다.

이렇게 기이한 행적이 많았지만 근본사상은 유학에 두었기에, 일찍이 다음과 같이 말했다고 한다. "성학은 인륜을 중시한다. 그러므로 긴요하고 오묘한 곳을 말하지 않는다. 그러나 선도와 불교는 오로지 마음을 닦고 본성을 깨달음을 근본으로 삼는다. 그러므로 높이 도달한 곳은 많고, 낮고 쉬운 것을 배움은 전혀 없다. 이것은 삼교가 다른 까닭이다. 선교와 불교는 대동소이하다."

도교에서 단약을 먹어 불로장생을 꾀하는 것을 외단이라고 한다. 갈홍의 《포박자》를 시원으로 삼는다. 이에 비해 수련을 중시하는 내단은 위백양의 《참동계》를 연원으로 삼는다. 우리나라의 도교는 당나라의 종리권鍾離權에서 연원하여 전진교와 관련이 있다고 한다. 단, 고려 말까지의 도맥은 분명하지 않다. 오히려 내단사상이 김시습 무렵부터 나타난다. 김시습 뒤로 정렴이 우리나라의 도맥을 이었다고 전한다.

정렴보다 27세 아래의 아우 정작은 호가 고옥古玉인데, 그도 형을 좇아 수련하는 학문을 배웠다. 36년간 독신으로 지내면서 여색을 가까이 하지 않았고, 술을 즐기며 시를 지었다. 의학에도 깊어서 신통한 효험이 많았다. 나이 70세에 병이 들어 좌화했다고 한다.

정렴은 숱한 이적을 남긴 것으로 되어 있다. 실상이야 어떻든, 그의 삶이 당시 매우 이질적이었음을 짐작하기 어렵지 않다. 더구나 그의 부친 정순붕은 을사사화에 적극 관여한 혐의로, 후일 율곡 이이에 의해 탄핵을 받았으며, 이로써 온양정씨 일족은 선조·광해 연간에 폐족이 되었다가, 인조반정 이후에야 복권되었다. 정렴이 현실적 삶과 동떨어진 방외인으로서 일생을 살아갔던 것은 이렇게 그 일족이 오랫동안 폐족이었던 것과 깊은 관련이 있다.

정렴은 어디에도 얽매이지 않고 자유롭게 살았으므로 뒷사람들로부터 흠모되었다. 남인의 학자 허목은 정렴의 자유로운 행적을 글로 적었다. 그 글에 정렴의 죽음에 관한 일화가 실려 있다.

정렴이 44세로 죽은 것에는 숨은 일화가 있다. 한 친구가 그를 찾아와, "내가 44세가 되는 모월 모일 죽는다는데, 무슨 좋은 수가 없겠는가?" 하자, "그렇게 죽고 싶지 않은가?" 하고는 잠시 생각하다가 말했다. "그러면 모월 모일 어느 마을 어느 곳에 가면 수레를 끄는 노인이 한 분 계실 걸세. 자네는 아무 이유 묻지 말고 그냥 노인에게 절을 하게나." 이 말을 들은 친구가 모월 모일 그 장소에 가니 마침 수레를 끄는 노인이 보였다. 그 친구가 절을 했으나 노인은 본 척도 하지 않았다. 하지만 친구는 노인을 졸졸 따라다니며 절을 했는데, 어느새 해가 넘어가고 있었다. 마을 밖을 벗어나게 되자 노인은 뒤를 돌아보며 가만히 보더니 "북창이 보내서 왔군!" 하고는 그냥 떠났다. 그후 그 친구는 44세를 넘기고도 건강하게 살았지만, 정렴은 44세에 세상을 떠났다. 이 일을 두고 사람들은 정렴이 친구와 수명을 바꾸었다고들 했다.

참으로 기이한 이야기다. 정렴은 어째서 자기 수명을 친구의 수명과 바꾸었을까? 수명을 남과 서로 바꿀 수 있다는 이야기를 믿어서가 아니다. 수명을 남과 바꾸었다는 이야기가 전한다는 사실이 의미심장하다. 나의 가장 외부에 있는 죽음까지도 자유자재로 할 수 있을 만큼 삶 자체가 자유로웠다는 뜻이 아닐까? 궁극의 자유는 죽음의 공포를 이겨내고 삶과 죽음을 전관全觀하는 일이다. 그것이 가능한 대인大人들의 모습을 선인들은 정렴에게서 확인하려고 했던 것이다. 🍁

참고문헌

- 정렴鄭磏, 〈자만自挽〉, 《북창선생시집北窓先生詩集》, 영남 감영 1785년 간행 《온성세고溫城世稿》 수록, 고려대학교 중앙도서관 소장.

- 김득신, 〈북창전北窓傳〉, 《백곡선조문집柏谷先祖文集》 책6 전傳, 한국고전번역원 한국문집총간 104, 1988.

- 양은용, 〈신출 〈단학지남〉과 북창 정렴의 양생사상〉, 《도교의 한국적 수용과 전이》, 아세아문화사, 1994.

- 손찬식, 《조선조 도가의 시문학 연구》, 국학자료원, 1995.

- 정재서, 《한국도교의 기원과 역사》, 이화여자대학교출판부, 2006.

벼슬에는 뜻을 끊고
농사에 마음을 기울였다

송남수宋枏壽, 〈자지문自誌文〉

송宋은 그의 성이고 남수枏壽는 그의 이름이며 영로靈老는 그의 자字다. 본관은 은진이다.

부친은 안악군수를 역임하고 호조참의를 추증받은 세훈世勛이고, 모친은 영일정씨鄭氏이다. 조부는 양근군수를 지낸 여림汝霖이고, 증조는 군자감정 겸 교서관 판교를 지낸 요년遙年이며, 고조는 사헌부 지평을 지낸 계사繼祀다. 5대조는 유愉니, 소시부터 벼슬을 사양하고 천석泉石에 혹하여 고질로 되었다. 호를 쌍청당雙淸堂이라 했다. 7대조 명의明誼는 사헌부 집단을 지냈으며, 정포은몽주과 명성을 나란히 했다. 그의 외조부 난년鸞年은 진사로, 정당문학 문정동 사도思道의 후손이다.

만력 무인1578, 선조 11에 음직으로 사포서 별제에 임명되고, 의영고 직장, 사헌부 감찰로 진급되었다. 병술년1586에 정산현감을 임명받고, 임진년1592에 다시 감찰을 제수받았다. 계사년1593에 종부시 주부에 제수되고, 이어 상의원 판관·평시서령·호조정랑으로 승진하고, 통천군수를 제수받았다.

정유년1597에 임천군수에 임명되었다가, 얼마 안 되어 그만두고 회덕 시골집으로 돌아왔다. 벼슬에는 뜻을 끊고 농사에 마음을 기울였다. 쌍청당 옛 별장을 수리하고 매일 서적 읽는 재미를 즐겼다. 또 고을 노인들과 더불어 산수의 즐거움을 탐색하기를 거의 30년 동안 했다.

병진년1616, 광해군 8에 여든 살의 고령이라는 이유로 가선대부를 제수받았다.

병인년1626, 인조 4에 가의대부로 승진했다.

이것이 나의 이력과 행사의 개략이다.

나는 일찍이 고인이 몸을 닦고 학문을 한 이야기를 듣고 개연히 공경하고 사모하는 뜻을 가졌으나, 성질이 지중하지 못한데다가, 소시에 가정의 교육을 지키지 못하고 자라서는 사우師友가 없어서 날로 혼명하게 되어 드디어 스스로 떨치지 못했다. 슬픈 일이다.

초취初娶는 이씨로, 현감 한㵎의 따님이다. 아들을 두지 못했다. 재취再娶는 유씨로, 형필亨弼의 따님이요, 고려 대승 차달車達의 후손이다. 금슬 좋게 한 집에 살기를 50년 동안 하다가, 경술년1610에 먼저 떠났다.

내가 평생 남이 지나치게 찬양하여 적어주는 것을 싫어해서 스스로 이렇게 기록한다.

90세의 송남수宋枏壽, 1537~1626가 스스로 지은 묘지이다. 죽은 뒤 묘주에게 찬양의 말을 늘어놓을까봐 자기 자신이 지은 것이다.

본관이 은진인 송남수는 회덕에서 태어나, 1578년선조 11에 음보로 사포서 별제가 되었다. 그는 청아한 지조를 지녀 평생 동안 거친 말과 조급한 기색을 보인 적이 없었다. 거자舉子의 공부를 일찍이 포기했으나 서사書史를 좋아하여 손에서 놓지 않았고 외모를 꾸미지 않고 능히 독실하게 실천했다. 선조에게 제향을 드릴 때는 그 정성을 다하고, 자제를 가르칠 때는 의로운 방도로 하고, 동기간을 대할 때는 지극한 정으로써 했으니, 효도와 우애가 가정에 드러난 것이 이와 같았다. 서울에 있을 때는 종남산終南山 아래에다 집터를 정하고 정자를 두어 상심헌賞心軒이라 편액을 달고서 도서를 좌우에 배치하고 향을 피우며 바르게 앉아 세상사에는 무관심했다.

이후 여러 벼슬을 거쳐 61세 되던 1597년선조 30에 임천군수가 되기까지의 관력은 아무 채색 없이 사실만 기록했다. 그런데 "정유년에 임천군수에 임명되었다가, 얼마 안 되어 그만두고 회덕 시골집으로 돌아왔다"라고 적은 행간에는 언급하지 않은 사실이 있다. 어째서 그만두었는가 하는 사유가 밝혀져 있지 않다. 실은 당시 그는 왜적의 침입 때 도망쳤다는 이유로 파직되었다. 곧바로 사면되었으나 더 이상 벼슬에 뜻을 두지 않게 되어 회덕으로 돌아간 것이다.

회덕의 생활은 어떠했나? 벼슬에는 뜻을 끊고 농사에 마음을 기울였으며, 쌍청당 옛 별장을 수리하고 매일 서적 읽는 재미를 즐겼다. 쌍청당은 현재 대전광역시 대덕구 중리동에 있다. 본래 조선 초기에 부사정 벼슬을 지낸 송유宋愉가 벼슬을 버리고 내려와 살던 중 1432년세종 14에 지은 별당이다. 쌍청은 맑은 바람과 밝은 달을 의미한다. 송유가 거처할 때 박연朴堧이 유성에 온천욕하러 가다가 이곳에 들러 쌍청이란 이름을 지어주고 시를 지었다. 안평대군이 그 시에 화답을 했다. 그리고 김수온金守溫이 기문을 지어주었다.

송남수가 쌍청당을 수리한 것은 조상의 삶을 잇겠다는 의지를 표현한 것이다. 선조의 삶을 다시 살아간다는 것은 부담스러운 일일 수도 있다. 탈각에의 의지도 꿈틀거렸을 것이다. 하지만 그는 자신의 선조가 그렇게 했듯이, 고을 노인들과 산수의 즐거움을 탐색하며 지내기로 했다. 그렇게 생활하기를 30년, 쌍청당 옛집에 소나무·국화·매화·대나무를 심어놓고 그 사이에서 흥얼거렸으며, 어느 강 어느 산에 아름다운 경치가 있다는 말을 들으면 술병을 들고 혼자 찾아가기도 하고 혹은 벗을 불러 함께 노닐었다.

실은 그 30년의 생활이 유유자적하기만 한 것은 아니었다. 선조의 삶을 살아간다는 것은 가문과 지역의 정맥을 현양하는 의무를 떠안는 것을 의미 했다. 그는 선조들의 영광을 드러내는 일로 항시 분주했다. 1583년에 숭현 서원을 중건하고, 1599년에 가문의 족보를 만들었다.

현재의 대전광역시 중구 용두동에 정광필·김정·송인수 등 세 현인을 배향하는 삼현서원이 있다. 정광필은 기묘사화 때 영의정으로서 사림을 보호했고, 김정은 기유명현의 한 사람이며, 송인수는 권신들과 싸우다가 희생된 인물이다. 그러나 이 서원이 임진왜란 때 불타자, 송남수는 현재의 대전광역시 유성구 원촌동에 숭현서원을 중건했다. 이 서원은 대전에서 최초로 창립되고 최초로 사액을 받았다. 그후 이시직의 상소로 액호를 하 사받았고, 인조반정 이후 김장생을 비롯한 이시직·송시영 등에 대한 추향 이 이루어지고, 이어 송준길·송시열 등이 추배되었다. 현재는 정광필·김 정·송인수·김장생·송준길·송시열·이시직·송시영 등 여덟 명을 배향하 고 있다.

송남수는 1606년선조 39, 일흔의 나이에 통정대부에 오르고 용양위 부 호군이 되었다. 1615년광해군 7에는 공주 사한리沙寒里 선대의 묘역 아래에 피운암披雲庵을 짓고, 작은 못을 파서 송담松潭이라 하고 호로 삼았다. 누대 바위에는 칠급대七級臺라는 이름을 붙였다. 1616년에는 여든 살 고령이라 우대되어 가선대부가 되었다.

90세 되던 1626년에 송남수는 가의대부의 품계에 올라 부호군이 되었다. 그가 자찬의 묘지를 지은 것은 바로 이해다. 단, 자찬의 묘지에서 스스로 만년의 삶을 개괄해서, 1616년에 여든 살의 고령이라는 이유로 가선대부를 제수받고, 1626년에 가의대부로 승진했다고 밝혔다.

송남수는 일생 평온하게 살았다. 《검신요결檢身要訣》을 엮어 스스로의 몸가짐을 조심하고, 후손에게도 그 가르침을 남겼다. 그 서문에서 송남수는 이렇게 말했다.

내가 들으니 공부하는 사람은 효도·우애·충신·예의·염치를 몸을 닦는 근본으로 삼았다. 또 들으니 선비의 모든 행실은 효도와 우애를 근본으로 삼았으며, 죄가 삼천 가지가 있는데 그 중에서도 불효죄가 가장 크다고 했다. 부모를 섬기는 데는 모름지기 평상시에는 공경을 다하고 봉양에서는 마음을 즐겁게 해드리고 병환이 나시면 근심을 다하고 상을 당하면 슬픔을 다하며 제사에는 엄숙히 하고 혼정신성에서도 한결같이 성현의 교훈을 따라야 한다. 또 고찰하건대 《주례》〈대사도〉편에 향삼물鄕三物, 六德·六行·六藝로 백성을 가르치고 향음례로 손님을 대접했다고 했다. 향삼물 가운데 첫째는 육덕이니, 지知·인仁·성聖·의義·충忠·화和이고, 둘째는 육행이니, 효도·우애·친척과의 화목·외척과의 융화·우정·애휼이며, 셋째는 육예이니, 곧 예禮·악樂·사射·어御·서書·수數이다. 이 책의 내용도 처음부터 끝까지 이 문제를 서술했다.

송남수는 단순히 시골에 은둔해 있었던 것이 아니다. 그는 향촌 공동체를 유가의 이념에 따라 재구축하려고 했던 것이다. 그가 사는 곳은 일체의 것과 절연된 공간이 아니라 자연과 연속되어 있으면서 공동체의 삶이 영위되는 공간이었다. 그곳을 이상적인 모습으로 구축하려는 계획은 실상 대단히 장대한 것이었다.

뒷날 신흠申欽은 〈송통천 묘갈명宋通川墓碣銘〉을 지어 송남수의 일상에 대해 이렇게 말했다.

시를 지을 때는 온화하고 소박하게 했으며 글씨를 쓸 때는 법도가 있어 8, 90 살이 된 뒤에도 남에게 보내는 간찰은 반드시 줄을 똑바로 잡아 잘게 썼으므로 보는 이들이 감탄했다. 사람을 대하고 외물을 접촉할 때는 자상하여 성심을 다했고 길흉과 경조사에는 각기 그 정례情禮에 맞게 했으므로 임종하던 날에 노소가 전부 찾아왔고 평소에 집에 온 적이 없는 자도 다 와서 곡하여 애도를 다했다. 임종하기 하루 전에 자제를 불러 영결하는 글을 지어서 멀리 따로 사는 친족에게 나누어 부치고 또한 간찰을 써서 앞에 앉아 있는 친족에게 보이기를 "불녕나이 부모에 대한 효성과 친족에 대한 화목하고 친근한 마음이 없는 것은 아니었으나 어려서는 배운 것이 없고 자란 뒤에는 더욱 방종하게 생활하여 일생을 헛되이 저버렸습니다" 하고 곧 숨이 끊겼다.

또한 신흠은 송남수의 삶을 한나라 애제 때의 고결한 선비 병단邴丹에 견주었다. 병단은 자가 만용曼容인데, 벼슬살이하면서 차츰 승진하여 한 해 동안 받는 녹이 600석이 넘기 전에 그냥 사직하고 떠났으므로 그 청렴한 명망이 그의 숙부 병한邴漢보다 더 높았다고 한다. 신흠은 송남수가 높은 봉록의 벼슬을 마다하고 산림에서 유유자적했던 것을 예찬하면서, 그러한 정신태도 때문에 3세의 시간만큼 장수할 수 있었던 것이 아닌가 생각해보았다.

옛날 병만용邢曼容, 병단은 벼슬살이하다가 천 석에서 그만두매, 담론하는 자들이 그 품격을 높이 평가했는데, 고 송담 송공 같은 이는 40세가 되어서야 벼슬살이하고 60세에는 그만두고 한 골짜기에서 즐기고 쉬면서 30년이 지나도록 그 뜻이 변치 않았으니, 혹시 병만용의 풍모를 듣고 떨쳐 일어난 이가 아닌가! 아, 보통 30년을 1세世로 따지는데 공은 곧 3세를 산 사람이다. 장수를 구하는 사람 중에는 단사丹砂를 제련하고 돌을 구워서 먹어 구하는 자도 있는가 하면 천지자연의 정기를 복용하여 구하는 자도 있으나 공처럼 통상적이며 덤덤하게 사는 것으로 그 하늘이 준 수명을 보전하여 그대로 누린 경우는 드물 것이다. 나는 병만용이 그 수명을 공처럼 누렸는지 모르겠다. 그에 관해서는 사가史家가 기록해두지 않았는데 만일 공과 같은 수명을 누리지 못했다면 만용은 그 수양이 공보다 조금 못하다 할 것이다.

이해 12월 30일, 회덕의 정침에서 졸했다. 이듬해 2월에 공주 사한리에 장사지내졌다. 묘는 현재 이사동 하사에 있다.
신흠은 그의 묘지명으로 다음 운문을 지었다.

한 언덕 한 골짝에 술 한 잔 시 한 수
자취는 전해도 정신은 전하지 못하나,
수레와 말을 몰며 겉은 강해도 속이 마른 자는
이름이 소멸되어 더 펴지 못하는 법.

득실을 따진다면

누가 가짜이고 누가 진짜인가.

만물의 변화 타고 돌아가 내 천기를 보전했으니

공 같은 이는 옛날 은자의 무리이니,

공의 묘 앞을 지나는 자가

어느 누가 존경하여 삼가지 않으리.

명을 쓰더라도 부끄러움 없으니

이로써 후인에게 고하노라.

　송남수의 자찬묘지에서 특히 눈에 들어오는 구절은 재취 유씨에 대해 언급한 구절이다. 유씨는 "금슬 좋게 한 집에 살기를 50년 동안 하다가, 경술년에 먼저 떠났다"고 했다. '금슬 좋게 한 집에 산다' 는 표현은 다른 사람들의 자찬묘지는 물론 남을 위한 묘지에서도 좀처럼 찾아보기 어렵다. 진정으로 50년의 긴 세월 동안 동고동락하지 않았더라면, 글쓰기의 관행을 벗어나 이러한 말을 결코 할 수는 없었을 것이다. 후손들은 그의 자찬묘지에 이어서 '유씨와 합폄' 이라는 사실을 더 적어넣었다. 🍁

참고문헌

- 송남수宋柟壽, 〈자지문自誌文〉, 《송담집松潭集》, 한국고전번역원 한국문집총간 속 4, 2005.
- 은진송씨송담공종중, 《국역 송담집》 권2, 은진송씨송담공종중, 1997.
- 신흠申欽, 〈송통천 묘갈명宋通川墓碣銘〉, 《상촌선생집》 제26권 묘갈명墓碣銘 8수, 한국고전번역원 한국문집총간.

5

맑은 이름이 세간 사람들을
술렁이게 할 만하다

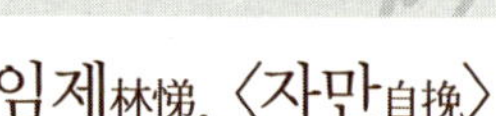

임제林悌, 〈자만自挽〉

강한에서 풍류로 마흔 봄을 지냈더니

맑은 이름이 세간 사람들을 술렁이게 할 만하다.

지금 학 수레를 타고 티끌 그물망을 벗어난다면

봉래섬 반도가 다시 새로 익었으리.

江漢風流四十春 강한풍류사십춘   淸名嬴得動時人 청명영득동시인

如今鶴駕超塵網 여금학가초진망   海上蟠桃子又新 해상반도자우신

임제林悌, 1549~1587가 1587년선조 20의 임종 때 스스로 지은 만시輓詩이다. 자신의 죽음을 애도하되, 첫 구와 둘째 구에서 자신의 일생을 매우 간결하게 개괄했다. 자서전적인 요소를 지니고 있는 것이다.

참으로 호협하다. 그러나 퇴폐적이지는 않다. 첫 구의 강한풍류는 흔히 강호풍류라는 뜻으로 읽힌다. 또 강한을 한강으로도 볼 수 있다. 한국한시에 그 용례가 많다. 강한은 곧 한강이며, 궁극적으로는 한강 북쪽에 위치한 서울 도성을 가리킨다. 마흔 일생을 서울에서만 보냈다는 뜻은 아니다. 삶을 살았던 공간 전체를 강한이란 말로 뭉뚱그린 것이다.

강한에서 풍류로 마흔 봄을 지낸 자신의 이름은 세간 사람들을 술렁이게 할 만했다고 자부했다. 이승의 삶을 낭비하지 않고 제대로 썼다는 자부이다. 휘황찬란한 세상에서 형제들과 자식들의 잘난 이름과 부귀가 가져다주는 안락에 기대지 않았던 자가 가질 수 있는 자부이다.

셋째 구 "지금 학 수레를 타고 티끌 그물망을 벗어난다면"은 "초연히 학 수레를 타고서 티끌 그물망을 벗어난다면超然鶴駕蟬塵網"으로도 전한다. 뜻은 차이가 없다. 신선이 학에게 멍에를 매어 타고다닌다는 수레를 타고서 나도 신선이 되어 먼지 세상의 바깥으로 나아갈 수 있다면, 삼신산의 하나인 봉래섬에 천년마다 열린다는 반도가 이제 새로 열매 맺어 새 천년이 시작될 것이라는 뜻이다.

임제는 본관이 나주이다. 전라도 나주의 회진에서 태어났는데, 회진은 지금의 나주시 다시면 회진리이다. 그래서 나주임씨를 회진임씨라고도 한다.

속리산에 들어가 성운成運의 문하에서 수학하다가 1576년선조 9에 생원시, 29세 때인 1577년에는 진사시에 합격하고 또 알성문과에 급제했다.

이로부터 32세 되는 1580년선조 13까지 홍문관직에 있었다. 당시 홍문관직의 젊은 문신들에게 정기적으로 부과하는 월과에서 〈전가원田家怨〉이라는 시를 지어, 농촌의 현실을 매우 사실적으로 그려보였다. 농부는 새벽부터 소를 몰고 밭 갈러 가고, 아낙은 옆집에서 쌀을 빌리지 못해 참을 가져가지 못한다. 그렇기에 농부는 주린 배를 참고 땡볕에 일하지만, 벌써 몇 해째 한발이 들어 가을 수확은 너무나 적다. 그런데도 또 관가는 조세를 재촉하므로 처자가 유리하지 않을 수 없다고 했다. "부잣집은 술과 고기에 돈을 흥청망청 쓴다만, 그대는 농민의 괴로움을 보지 못했는가朱門酒肉日萬錢, 君不見田家苦"라고 통분해했다.

이후 평안도 평사·함경도 평사를 거쳐 예조정랑 겸 지제교서로 군주의 문서를 작성하는 일을 맡았다. 그러나 의협심이 있는 데다가 남에게 얽매이질 않는 성격이어서 당쟁이 잦은 현실에 염증을 느꼈으므로 명산을 찾아다니면서 여생을 마쳤다.

임제는 풍류가 있고 호협하다는 명성이 있었다. 평안도 평사로 부임하는 길에 황진이 묘에 제사를 지내고 시조 한 수를 지어, 부임하기도 전에 파직당하기도 했다. 그가 평사로 부임할 때 평양의 기생들이 풍류와 문학으로 이름이 높은 그를 보게 되어 크게 기대했다. 그러나 막상 그가 평양에 왔을 때 기생들은 크게 실망해서 "조룡대로군", 하고 냉소했다고 한다. 조룡대는 부여 백마강 한가운데 있는 바위이다. 신라와 당나라 군사가 백제를 공략할 때 당나라 장수 소정방이 그곳에서 용을 낚았다는 전설이 있다. 용을 낚은 곳이라 하니 대단한 경승이리라 생각하기 쉽지만 실제 조룡대는 예상보다는 볼품이 없고 규모도 크지 않다. 평양 기생들은 임제가 멋진 풍모를 지녔으리라 기대했는데 실제보다 볼품이 없는 데 실망해서 그를 조룡대에 견준 것이다.

임제는 외견의 풍모가 그리 대단하지는 않았던 듯하다. 하지만 조룡대 일화가 후대에 전하는 것을 보면, 임제의 풍류와 문학이 대단히 널리 알려져 있었다는 것을 알 수 있다.

〈평사 이영李鍈을 보내는 시送李評事鍈詩〉에서 임제는 웅혼한 기상을 드러냈다.

북방 눈 내리는 흉노 용성의 길

음산한 바람 부는 발해 바닷가　.

원수의 서기를 맡은 이는

일대의 미남아.

칼집엔 별을 찌를 칼이 있고

주머니엔 귀신 울릴 시가 들었네.

변방 모래는 금 갑옷에 자욱하고

규방 창 비추던 달이 이제는 붉은 기를 비추네.

옥문관 행차는 응당 잘 마치시오

공신각 운대에 화상 걸기 멀지 않으리.

바라보매 장사의 머리카락 곤두서서

먼 길 가는 슬픈 빛을 짓지 않누나.

朔雪龍荒道 삭설용황도	陰風渤澥涯 음풍발해애
元戎掌書記 원융장서기	一代美男兒 일대미남아
匣有干星劍 갑유간성검	囊留泣鬼詩 낭류읍귀시

邊沙暗金甲 _{변 사 암 금 갑}　　閨月照紅旗 _{규 월 조 홍 기}

玉塞行應遍 _{옥 새 행 응 편}　　雲臺畫未遲 _{운 대 화 미 지}

相看豎壯髮 _{상 간 수 장 발}　　不作遠遊悲 _{불 작 원 유 비}

어느 날 임제가 말을 타고 나가려 할 때 하인은, 임제가 한쪽에는 가죽신 다른 한쪽에는 짚신을 신은 것을 보았다. 하인이 일러주자, 임제는 "길 오른쪽 사람들은 나를 보고 짚신을 신었다 할 것이고 길 왼쪽 사람들은 나를 보고 가죽신을 신었다 할 것이니, 무얼 걱정하겠느냐?"라고 태연히 말했다. 뒷날 박지원은 이 일화를 전하면서 다음 논술을 덧붙였다.

천하에서 가장 쉽게 볼 수 있는 것으로는 발만 한 것이 없는데도 보는 방향이 다르면 그 사람이 짚신을 신었는지 가죽신을 신었는지 분간하기가 어렵다. 그러므로 참되고 올바른 식견은 진실로 옳다고 여기는 것과 그르다고 여기는 것의 중간에 있다. 예를 들어 땀에서 이가 생기는 것은 지극히 은미하여 살피기 어렵기는 하지만, 옷과 살 사이에 본디 그 공간이 있는 것이다. 떨어져 있지도 않고 붙어 있지도 않으며, 오른쪽도 아니고 왼쪽도 아니라 할 것이니, 누가 그 중中을 알 수가 있겠는가?

박지원은 중의 인식태도를 강조하기 위해 임제의 일화를 끌어왔다. 왜 하필 임제인가? 임제야말로 오른쪽도 아니고 왼쪽도 아닌 중中을 추구한 인물이기 때문이 아니겠는가?

임제는 익살을 잘 부렸다. 그가 고산의 찰방_{중요한 도로에 마필과 관리를 두어 공문서를 전달하고 공적 여행자의 편리를 도모하기 위해 둔 역참}으로 있을 때, 양사언楊士彦

이 안변군수로 있었다. 임제는 그를 만나, 덕산역 벽에 북도의 장수가 지은 칠언절구 한 수가 붙어 있는데 자기가 외워 들려주겠다고 하면서 이런 시를 들려주었다.

오랑캐가 일찍 수십 고을을 엿보았는데
장군이 말을 달려 봉후가 되었구나.
이제 멀리 떨어진 요새에 전란이 그치면
장사들이 한가로이 옛 역루에서 잠들리라.

胡虜曾窺數十州 호로증규수십주　　將軍躍馬取封侯 장군약마취봉후
如今絶塞煙塵靜 여금절새연진정　　壯士閑眠古驛樓 장사한면고역루

양사언은 웃으면서, "이것은 무부가 지을 수 있는 시가 아니요. 당신의 솜씨요"라고 했다. 최경창崔慶昌이 '장군약마취봉후將軍躍馬取封侯'를 '당시약마취봉후當時躍馬取封侯'로 고쳐, 그 시가 회자되었다.

그러나 임제가 현실을 도외시한 것은 아니다. 현실 정치의 잘못을 시로 비판하고는 했다.

임제는 지방관 개인의 일시적인 선정이 오히려 해당 고을을 피폐하게 만들 수 있다는 사실에 주목했다. 당시 함경도 안절사 이후백李後白은 고을의 부세 수입을 삭제해버리는 선정을 베풀었다. 하지만 이 조처로 고을의 수입이 줄어들자 수령들이 다른 세들을 새로 징수하니 백성들이 더 심한 괴로움을 겪게 되었다. 임제는 시를 지어 그 사실을 풍자했다.

혜초는 서릿바람에 꺾이고 옥은 티끌에 버려졌는데

한때 맑은 덕이 벼슬아치들을 고무시켰네.

가련하다 맥국의 도는 결국 이어가기 어려워라

재상이 백성을 고친 것이 바로 백성에게 병을 안겼네.

蕙折霜風玉委塵 혜절상풍옥위진　一時淸德動簪紳 일시청덕동잠신
可矜貊道終難繼 가긍맥도종난계　相國醫民是病民 상국의민시병민

임제의 한문소설 《원생몽유록》도 심각한 주제를 담고 있다. 세조의 왕위 찬탈을 소재로 정치권력의 모순을 폭로하고, 신분제의 불합리와 숭문주의의 성리학을 비판하는 뜻을 담았기 때문이다. 이 소설은 원자허元子虛라는 인물이 꿈속에서 단종과 사육신을 만나 비분한 마음으로 흥망의 도를 토론한 내용을 적은 것이다.

원자허는 가을밤 달빛 아래 책을 읽다가, 어지러움을 느껴 책상에 기대어 잠이 든다. 그는 마치 신선이 된 듯, 어떤 강가에 이르러 휘파람을 불다가 시를 읊는데, 한 선비가 나타나 그를 맞이했다. 선비를 따라 정자 있는 곳으로 가니 왕의 옷차림을 한 사람이 앉아 있다. 바로 단종이었다. 곁에는 의관을 차려 입은 다섯 사람이 호위하고 있었는데, 그들은 박팽년·성삼문·하위지·이개·유성원이었다. 원자허는 왕에게 절하고 말석에 앉았다. 그런데 복건을 쓴 한 사람이 중국 고대의 성왕들이 선양을 통해 왕이 된 것을 비판했다. 단종은 그를 타이르며, 성왕들에게 죄가 있는 것이 아니라 선양을 빙자한 후대의 왕이 도적이라고 말했다. 그러자 박팽년·성삼문·하위지·이개·유성원이 차례로 비분강개조의 시를 읊었다. 그들을 이

어 복건 쓴 사람과 원자허가 애절한 마음을 시로 토로했다. 끝으로 뒤늦게 참석한 무신 유응부가 강개한 심정을 시로 읊었다. 그런데 돌연 벼락이 치더니 원자허는 꿈에서 깨어났다. 원자허가 꿈 이야기를 해월에게 하자, 해월은 단종과 신하들이 화를 당한 것을 애도하면서 하늘을 원망했다.

소설 속에서 유응부는 다른 신하들에게 "썩은 선비들과 함께 거사를 하는 것이 아니었다!"라고 말한다. 명나라 사신을 접견하는 날 왕의 호위 직책인 별운검을 맡게 된 성삼문의 아버지 성승과 유응부는 그 기회에 세조를 없애고 단종을 복위시킬 생각이었다. 하지만 김질이 배신한 사실을 알고, 성삼문은 유응부와 성승에게 거사를 그만두게 했다. 그후 복위운동의 사실이 알려져 여섯 신하가 모진 고문을 당하게 되었다. 유응부는 고문을 당하면서도 수양대군世祖을 향하여, "자네를 그때 못 죽인 것이 한이 된다. 옛날부터 선비놈들일랑 큰일을 도모하지 말라고 했는데 그 말이 맞구나. 저 선비놈들만 아니었으면 자네는 벌써 내 칼에 죽었을 것이네. 나는 할 말이 없으니 저놈들에게 물어보게"라고 했다. 쇠를 달구어 고문하자 "꼬챙이가 식었네, 다시 달구어오너라!"라고도 했다. 이 소설은 이렇게 유응부를 등장시켜, 선비들의 무기력함을 비판했다. 그 의식이 치열하다.

고경명高敬命은 임제가 죽은 뒤 이런 애도시를 지었다.

강한의 풍류로 마흔 해더니
이젠 아득하게 사람들 사물들을 머리부터 세겠네.
자새北方 변새의 푸른 유막軍幕을 사직하자마자
곧바로 청도달의 백옥루로 부임하다니.
검 기운이 더운 기운 토해내도 원한은 삭지 않고

시 주머니에 벌레 먹어 제값 받기 어려워라.

멀리 알겠네, 봉래섬에 반도 익어

난새와 백학을 채찍질하며 십 주 신선경에 놀리란 것을.

江漢風流四十秋 강한풍류사십추　　渺然人物數從頭 묘연인물수종두

紫塞初辭靑油幕 자새초사청유막　　旋赴淸都白玉樓 선부청도백옥루

劍氣吐氛冤未洩 검기토분원미설　　詩囊侵蠹價難酬 시낭침두가난수

遙知海上蟠桃熟 요지해상반도숙　　鸞鶴鞭笞戲十洲 난학편태희십주

고경명은 임제가 재능을 인정받지 못하고 죽어 이승에 원한을 남긴 것을 애도했다. 그래서 죽어서나마, 임제 자신이 말했듯이, 봉래섬에 반도 익는 새 천년을 즐기게 되기를 기원한 것이다. 🍁

참고문헌

● 임제林悌, 〈자만自挽〉, 《임백호집林白湖集》 권3 칠언절구, 한국고전번역원 한국문집총간 58, 1988.

● 신호열·임형택 공역, 《역주 백호전집》, 창작과비평사, 1997.

● 고경명高敬命, 〈애임자순哀林子順〉, 《제봉집霽峯集》 권5 시, 한국고전번역원 한국문집총간 42, 1988.

● 차천로車天輅, 《오산설림초고五山說林草藁》, 《대동야승大東野乘》, 조선고서간행회, 1909, 수록.

6

그 비루함이 나를
더럽히지나 않을까 염려했다

윤민헌尹民獻, 〈태비자지苔扉自誌〉

나는 본디 성품이 간솔하고 오만해서 세상과 원만한 관계를 이루지 못하다
가 늦게야 벼슬길에 나아갔다. 그러나 한사코 권세 있는 자들을 뒤쫓지 않았
다. 또한 온 세상 사람들이 탐욕스럽고 더러웠으므로 같은 대열에 서는 것을
부끄러이 여겼다. 그때 대북의 당파가 아주 기세를 펴고 있었는데, 전조銓曹,
이조에 천거된 것이 세 번이었으나, 임시직인 가랑假郎을 제수받았다. 그래서
머리를 굽히고 봉직했으나 마음속으로 울울하여 즐겁지가 않아 외직에 보해
지기를 구하여 괴산槐山으로 나갔다. 그러나 늦추고 조이는 나의 다스림을
토호들이 싫어했고, 마침 언관言官들이 저들과 같은 당이라서 그들의 위세를
빌려서 나를 모함했다. 그후에 성균관 사성이 되었으나, 간악한 당의 괴수의
자식이 대사간이라서, 내가 자신들과 다른 의견을 가진 점을 문제 삼아 알력
을 일으켜, 결국 배척을 당했다. 얼마 되지 않아 대동大同 찰방으로 나갔다.

그곳은 탐악한 관리가 연이어 거쳐간 터라서 몹시 시들고 병들어 있었으므로, 조목조목 진술하여 위로 조정에 보고하여 병폐를 제거하고 피폐한 백성을 구제하려고 했다. 하지만 마침 원수元帥가 대군을 이끌고 오랑캐의 굴혈로 향하면서 갑작스레 힐책하여 나를 욕보였으므로, 그 길로 관직을 그만두고 돌아왔다.

돌아와서 나는 가만히 생각했다. "재주는 옛사람에 미치지 못하면서도 뜻만은 옛 현인들을 흠모하여, 선비들 사이에 천리가 끊어지다시피 한 것을 분개하여 그 비루함이 마치 나를 더럽히지나 않을까 염려했다. 이와 같은 지조를 더욱 굳게 하여 변치 않는다면 가는 곳마다 패하기는 불 보듯 뻔하다. 벼슬 생각을 완전히 끊고 죽는 날까지 밭두둑에 숨어 지내야 하겠다."

이렇게 해서 벼슬길에 나선 것이 겨우 십여 년이었고, 녹봉을 받은 날은 거의 없었다. 무오년1618 봄에도 폐기되어 벼슬에 있지 않았으므로 다행히 화액을 면했다. 출처는 대략 이와 같았다. 이것이 어찌 내 스스로 득력得力한 곳이 있어서 그런 것이겠는가? 일찍이 우계 선생성혼의 문하에 나아가 공부했을 때 선생께서는 명리를 위해서는 안 된다고 매양 경계하셨다. 나는 그 말씀을 평생 가슴속에 품고 잊지 않았던 것이다.

가문과 족세族世는 선조들의 비지碑誌에 모두 기록되어 있다.

아! 덕행과 재능으로 말하면 선친만한 분이 없었지만, 선친께서는 천수도 관직도 모두 남들보다 낫지 못하셨다. 불초한 나는 한 치도 나은 점이 없으면서도 지위는 3품에 이르고 나이도 어느 정도 높은 연수에 이르렀다. 천도의 보시가 어찌 이렇게 어그러졌단 말인가!

지금 스스로 명銘을 쓰는 것은 자식과 손자로 하여금 다시는 빈말을 지어 후세에 허풍을 떨지 못하게 하려는 것이다.

이이와 성혼의 문인이었던 윤민헌尹民獻, 1562~1628이 스스로 쓴 묘비이다. 광해군 때인 1618년에 안산현재의 시흥으로 물러나 있으면서 작성한 글이다. 이 글은 이선李選, 1631~1692의 《지호집》에 실려 전한다. 윤민헌은 이선의 처조부에 해당한다.

윤민헌의 묘는 경기도 시흥시 산현동 산 53번지 파평윤씨 묘역 내에 있다. 1628년인조 6에 조성되었고, 묘갈은 1709년숙종 35에 세워졌다. 전액은 '증좌찬성 행공조참의 윤공 묘갈명'이라고 썼고, 전면에 '유명조선국 증숭록대부 의정부좌찬성 겸판의금부사 지경연춘추관성균관사 홍문관대제학 예문관대제학 오위도총부 도총관 행통정대부 공조참의 윤공 묘갈명'이라 새겼다. 전액은 조선 후기의 문신으로 글씨에 능해 사대부들의 비갈을 많이 남긴 윤덕준尹德駿이 썼다. 윤덕준은 당시 함흥부윤의 직함을 띠고 있었다. 최근 시흥시가 윤민헌의 후손가에서 교지 110여 점 등 조선 후기부터 일제강점기에 이르는 자료 천여 점을 발굴해내었다.

윤민헌의 자찬묘비에는 손자 윤지완尹趾完이 부기하고, 손자 윤지인尹趾仁이 글씨를 쓴 추록이 있다.

오른쪽의 기록은 바로 태창泰昌 경신년1620경에 돌아가신 할아버지가 스스로 지은 것이다. 부군의 관향은 파평이요 성은 윤씨이며, 휘는 민헌民獻, 자는 익세翼世, 호는 태비苔扉이다. 부군의 증조부인 휘 섭燮은 성종대왕의 딸인 정숙옹주에게 장가들어 영평위가 되었고, 조부인 휘 지함之諴은 생원으로서 이조참판에 추증되었다. 그리고 아버지인 휘 엄儼은 문과에 급제하여 좌랑을 지내고서 이조판서에 추증되었고, 어머니는 안동김씨로 화산군 주㴊의 딸이다. 부군은 광해조를 당하여 벼슬이 현달하지 못하고 시골에 묻혀 지내면서 당세에 뜻을 끊고 살았다. 경신庚申 후 4년은 인조 원년인 계해년1623이 되는데, 인조가 반정하여 왕위에 오르자마자 맨 먼저 군자감 정에 제수되었고, 곧이어 사헌부 장령에 이직되었다.

갑자년1624에 역신 이괄李适이 병력을 이끌고 반란하니 임금이 공주로 피난할 적에 부군은 어가를 호종한 공로로써 통정대부의 품계에 오르고 첨지중추부사에 제수되었다. 이어 공조참의에 이직되어 있던 중, 병 때문에 사직하고서 무덤 아래에 있던 옛집에 돌아왔다.

숭정崇禎 무진년1628 7월 22일에 세상을 하직하니 향년은 67세였다. 부군의 아내는 연안김씨로 감정을 지낸 찬선의 딸이며, 정해년1647 7월 9일에 작고했다. 부군은 처음에 안산 궤화동 선조의 무덤 곁에 장사지냈고, 부인도 또한 다른 산에 임시로 장사지냈다가 무자년1648봄에 모두 옮기어 선조의 무덤 오른쪽 산기슭 을좌의 언덕에 부군을 장사지내고 부인을 왼쪽에 부장했다.

나중에 누차 추증되어 부군은 의정부 좌찬성에 오르고 부인은 정경부인에 봉해졌는데 돌아가신 아버지의 신분이 귀해진 때문이었다. 부군은 1남 1녀를 두었는데 아들은 바로 나의 선고로서 휘는 강이고 벼슬은 총재를 지냈으며, 딸은 대제학을 지낸 채유후에게 출가했다.

이 뒤로 윤지완·지인의 항렬 및 그 아래 항렬, 그리고 윤민헌의 외손들을 적었다. 추록은 했으나, "유언을 어기기가 너무도 어려워서 감히 남에게 글을 구해 비석을 세울 수가 없으므로 삼가 스스로 지으신 글을 묘갈에 새겼다."

윤민헌은 자신의 부친과 자신을 비교해서, 부친의 덕을 잇지 못하지나 않을까 염려했다. 비문의 전반부는 윤민헌이 대북파가 득세하여 스스로 외직인 괴산군수로 나아갔으나 토호들의 미움을 사서 곧 파직되고, 다시 성균관사성으로 재직했지만 곧 파직되어 낙향한 사실을 적었다.

윤민헌의 아버지 윤엄尹儼은 영평위 섭燮과 정숙옹주의 손자로, 호조좌랑을 지냈다. 어머니는 예조판서 김주金澍의 따님이다. 윤엄은 1572년선조 5의 진사로 문과에 급제하여 승문원에 발탁된 뒤 호조좌랑을 거쳐 장수현감을 지냈다. 이때 선정을 베풀어 백성이 유임을 원했으나, 질병을 얻어 사직했었다.

윤민헌은 이이李珥와 성혼成渾의 문하생으로, 1588년선조 21에 사마시의 진사과와 생원과에 모두 합격하고 1609년광해군 원년의 증광별시문과에 병과로 급제하여 승정원에 들어가 권지부정자가 되었다. 1610년에는 도감의 일을 맡아본 공로로 전적에 승진했다. 1611년에는 형조좌랑에 제수되고 이조에서 가랑假郞으로도 있었다. 1612년에 전라도사가 되고, 1613년에 형조정랑 겸 춘추관기주관을 지냈다. 1613년에는 괴산군수로 나갔으나, 이듬해 탄핵을 받고 돌아왔다. 1615년에 서반의 직함을 지녔고, 1616년에 장악원첨정에 제수되고, 성균관사성이 되었으나, 사간원의 탄핵을 받고 체직되었다. 1617년에는 대동찰방에 제수되었으나, 얼마 안 있어 파직되었다.

윤민헌은 사마시 양과와 문과에 급제하고도 청요직을 거치지 못했다. 그가 말한 대로 권력자들의 뒤를 좇지 않았기 때문이다.

윤민헌은 선비들 사이에 천리가 끊어지다시피 한 것을 분개하고 그 비루함이 마치 나를 더럽히지나 않을까 염려했다고 했다. 선비들이 염치를 중시하지 않게 된 상황을 개탄한 것이다. 그러면서 마치 춘추시대 노나라의 대부 유하혜柳下惠가 그랬듯이, 남의 비루함이 자기를 더럽히지나 않을까 걱정했다. 《맹자》에 보면, 유하혜는 관모를 쓰지 않은 사람과 함께 있으면 자기 몸을 더럽히는 것과 같이 여겨 피하였다고 한다. 윤민헌은 그 고사를 환기시키면서, 자신이 현실에 타협하지 못하고 지나치게 개결함을 말한 것이다.

윤민헌은 안산에 돌아와 있으면서 호를 태비苔扉라고 했다. 이끼 낀 사립문이란 뜻이니, 남과의 왕래를 끊고 은둔하는 집을 상징한다.

1623년에 인조반정이 일어나자 윤민헌은 군자감정에 임명되고, 평안도절도사로 나갔다. 1624년인조 2 이괄의 난에 왕을 호종한 공으로 통정대부정3품에 오르고, 첨지중추부사를 거쳐 공조참의에 이르렀다. 병으로 사직한 뒤안산으로 돌아와 타계했다.

윤민헌은 자찬묘비로 일생을 개괄했으나, 그가 죽은 뒤 후손이 가계·이력·자손·묘소 등의 사실을 기록한 보편을 만들었다. 아들 윤강尹絳이 작성한 듯하다. 별도로 사위 채유후蔡裕後도 묘지명을 작성했다.

윤민헌은 권력자들을 추종하지 않은 것을 가장 자부했다. 광해군 시절 대북파에게 부화하지 않았고, 인조반정 이후에는 공신들에게 뇌동하지 않았다. 동문으로서 인조반정 후 노서老西의 영수였던 오윤겸吳允謙을 추종하지도 않았다. 묘지명의 보편은 그 사실을 이렇게 적었다.

공은 품성이 인후하고 변폭邊幅을 수식하지 않았으며, 순연히 옛사람의 풍모가 있었다. 형제간에는 우애가 있었으며 벗들과 사귐에는 신의가 있었다. 집안은 부유했으나 항상 소박하여 오로지 시 읊기를 좋아했고 필법에 능했으며, 권세 있고 부귀한 자들에게 가서 청하는 것은 평생 좋아하지 않았다. 또한 세상이 혼란하여졌다가 다시 성세를 만났을 때는 공이 이미 늙은 뒤라, 공의 지위가 그 덕에 차지 않아 군자들이 애석하게 여겼다.

윤민헌은 대북파의 집권자들과 거리를 두었지만, 허균의 재종형인 허적

許裔과 가까이 지냈다. 허적과 윤민헌은 정흠재鄭欽哉·정양일鄭養一·윤현세尹顯世 등과 떡을 차려놓고 담화를 즐기는 병회餠會를 자주 가졌다. 1618년광해군 10 무오년의 변을 만났을 때는 헌의獻議를 초했으나, 관직에서 물러나 있는 처지라 끝내 올리지는 않았다.

윤민헌은 선비의 염치를 중시했다. 《관자》에서는 예禮·의義·염廉·치恥가 국가를 지탱하게 하는 사유四維라고 했다. 염廉은 굽음 없이 정직한 염직廉直과 사욕 없이 맑은 청렴淸廉을 뜻한다. 한편 치恥는 마음에 부끄러워하는 바가 있으면 귀가 빨갛게 되는 데서 이 글자로 부끄러워한다는 뜻을 나타내게 되었다. 《논어》와 《맹자》는 사람이 수치를 알지 못하면 결백하지 않게 되고 사회에 수치의 마음이 없어지면 관습을 위반하거나 도덕률을 뒤흔드는 일이 일어난다고 했다. 곧 《맹자》〈진심·상〉에서는 "사람이 수치가 없으면 안 된다. 수치스런 마음이 없음을 수치스럽게 여기면 수치스런 행위가 없어진다"고 하고, 또 "수치는 사람에게 아주 중요하다. 교묘하게 임기응변하는 자는 수치스럽게 여길 줄을 모른다"고 했다. 《논어》〈공야장〉에서는 "교묘한 말, 남 보기 좋은 안색, 지나치게 공손함을 좌구명이 부끄러워했더니 나도 또한 부끄러워하고 원망을 숨기고서 그 사람을 벗하는 것을 좌구명이 부끄러워했는데, 나도 또한 부끄러워한다"라 했다.

윤민헌이 부끄러움을 강조한 것은 선비들이 지켜야 할 정신태도를 선명하게 드러내어 시대를 비판하는 뜻을 지녔던 것이다. 🍁

참고문헌

● 윤민헌尹民獻, 〈태비자지苔扉自誌〉 부附, 이선李選 《지호집芝湖集》 권7 묘지墓誌, 한국고

전번역원 한국문집총간 143, 1995. ; 〈태비윤공자지보苔屝尹公自誌補〉,《지호집》권7 묘지.

- 채유후蔡裕後, 〈증이조판서 행공조참의 윤공 묘지명贈吏曹判書行工曹參議尹公墓誌銘〉,《호주집湖洲集》권6 비명碑銘, 한국고전번역원 한국문집총간 101, 1988.

- 허적許禛, 〈첨지 정흠재鄭欽哉, 통례 정양일鄭養一, 윤정익세尹正翼世, 동래 윤현세尹顯世 등과 축일 담화를 했는데 모두 술은 마시지 않고 떡을 차려놓고 모였으므로 그 모임을 병회餠會라고 했다. 윤현세가 먼저 근체시 한 수를 짓자, 여러 벗이 화답했다. 나도 역시 그 운자를 그대로 밟아서 응수했다與鄭僉知欽哉 鄭通禮養一 尹正翼世 尹東萊顯世 逐日會話 皆不喜飮 爲設餠餌 遂名之日餠會 顯世先賦近體一首 諸友和之 余亦步韻以酬〉,《수색집水色集》권4, 한국고전번역원 한국문집총간69, 1988.

- 김우림, 〈조선시대 신도비·묘비 연구〉, 고려대학교, 석사학위논문, 1998.

- 시흥군지편찬위원회,《시흥금석총람》, 시흥군, 1988.

- 조연미, 〈조선시대 신도비 연구〉, 숙명여자대학교, 석사학위논문, 1999.

- 경기문화재단 기전문화재연구원,《시흥시의 역사와 문화유적》, 2000.

7

인간의 모든 계책은
그림자 잡으려는 것과 같다

김응조金應祖, 〈학사모옹자명 병서鶴沙耄翁自銘 并序〉

모옹耄翁, 늙어빠진 자의 성은 김으로, 풍산 사람이다. 만력 정해년1587에 태어났다. 고조이신 공조참판 휘 양진楊震 허백당虛白堂 부군께서 성화 정해년1467, 세조 13에 태어나셨으므로 이름을 응조應祖라고 하고, 자를 효징孝徵이라고 했다. 증조 휘는 의정義貞으로, 홍문관 수찬을 지내고 직제학에 추증되었다. 조부의 휘는 농農으로, 장예원 사의를 지내고 승정원 좌승지에 추증되었다. 고의 휘는 대현大賢으로, 산음현감을 지내고 이조참판에 추증되었으며 호는 유연당悠然堂이다. 어머니는 정부인 전주이씨로, 효녕대군의 7대손이다. 외조의 휘는 찬금贊金이고 외조모는 영인令人 해주정씨이다.

모옹은 일찍부터 학문을 업으로 삼았으나 늦게야 과거에 합격했다. 여러 벼슬을 거쳐 공조참의에 이르렀다. 그런데 갑진년에 일 때문에 삭탈관직되고 말았다. 스스로, 봉록을 훔치기만 했고 어버이를 봉양하지 못했으며, 지위를 헛되이 차고 앉아 있었지 국은을 갚지 못했다고 자책하여, 유언을 남겨 박장을 하라고 명했다.

언젠가 스스로 탄식하여 이렇게 말한 일이 있다.

"나는 본래 책 보기를 좋아하여 무한한 취미를 갖고 있거늘 눈이 어두워서 마음껏 찾아나가 옛사람이 끼친 끄트머리나마 엿볼 수가 없으니 이것이 첫번째 한스러움이다. 또 평소 산수 유람에 취미가 있어서 만년에 학사鶴沙에 마치 신선이라도 살 듯한 집터를 가려두고 그곳에 이를 때마다 번번이 흥이 일어나 즐거워서 주림도 잊어버리거늘 속인들에게는 그 즐거움을 말하기 어렵고 또 그 속에서 늙어 죽을 때까지 항시 거처하여 세월을 보내지도 못하니 이것이 두번째 한스러움이다. 손님을 좋아하기를 그저 주리고 목마르고 한 사람이 물과 먹을 것을 구하듯 하는 정도에 그치지 않거늘, 집이 가난해서 기장 넣은 닭요리를 대접하지 못하고 흰 망아지를 문간에 묶어둘 수도 없으니 이것이 세번째 한스러움이다."

이 말을 들은 사람이 측은하게 여겼다고 한다.

장유는 문소聞韶 김씨를 아내로 맞았으니, 학봉 선생 휘 성일誠一이 그 조부이고 종사랑 휘 굉浤이 그 아버지이다. 두 아들을 낳았으니, 시행時行과 시지時止이다. 네 딸을 두었는데, 김찬金鑽·권식權軾·김익중金益重·권수하權壽夏에게 시집을 갔다. 각각 자녀를 두었다. 다만 둘째딸이 일찍 과부가 되었다가 후사를 남기지 못하고 죽었고, 둘째아들이 일찍 죽은 것이 한스러워할 만하다.

노옹은 정미년 12월 1일에 졸했고, 그 다음해 2월 3일에 학가산 북쪽기슭 암랑동嚴廊洞 해향亥向 언덕에 장사지내졌다.

명銘은 이러하다.

학문을 업으로 했으나 천기를 알지 못했고

관직에 있었으나 시무에 통달하지 못했으되,

유모儒慕는 정말로 사람의 인륜에 뿌리를 두었고

규곽葵藿, 해바라기이 햇빛 향해 기우는 것은 본성 그대로였네.

사람의 삶이란 남가일몽南柯一夢에서 깨어남과 같고

인간의 일만 계책은 그림자 잡으려는 것과 같아라.

저 학사산을 바라보니 산은 푸르고 물은 맑아서

천추만세토록 혼백이 비추리라.

김응조金應祖, 1587~1667는 1664년현종 5, 갑진, 78세 때 고신을 빼앗기고 난 뒤 이 〈자명自銘〉을 지었다.

당시 사간원이 담양에서 사들인 쌀의 품질이 좋지 않다고 탄핵했으므로, 관아에 십여 명이 체포되었는데, 김응조도 그 속에 들어 있었다. 예조판서 홍중보洪重普가, 세 왕의 조정에서 근시한 신하에 대해서는 우대해야 한다고 논해서, 사정을 진술하고 방환되었으나, 고신은 돌려받지 못했다.

김응조는 〈자명〉의 운문 부분에서, 일생의 사적은 모두가 한바탕 꿈이고 그림자를 잡으려는 것과 같아 덧없다고 하면서도, 스스로 어버이에 대한 효성과 군주에 대한 충성을 자부했다. 순舜은 효성이 지극하여 50세가 되도록 부모에 대한 생각을, 어린아이가 어머니를 생각하듯이 하였다. 그것을 유모儒慕라고 한다. 김응조는 자신의 효성도 인륜에 뿌리를 둔 것이라고 했다. 한편 해바라기 꽃은 해를 보고 기울므로 신하가 임금을 따르는 것을 해바라기 꽃에 비유한다. 그래서 군주에 대한 충성을 규곽경양葵藿傾陽이라 하는데, 김응조는 자신의 충성이 바로 그러한 물성과 같다고 했다.

김응조는 본관이 풍산으로, 유성룡의 문인이다. 17세 되던 1613년광해군 5에 생원시에 합격했으나, 광해군의 난정을 혐오해서 대과를 포기하고 장현광의 문하에서 학문을 했다. 인조가 즉위하던 1623년의 알성문과에 급제한 후 벼슬길에 올랐다. 1626년인조 4 모친상을 당하고, 상기를 마친 뒤 병조정랑에 복직했다. 1635년 사헌부지평이 되었고, 이듬해 병자호란이 일어났을 때 둘째형 김영조金榮祖와 함께 인조를 남한산성에서 호종했다. 난리 후 사직하고 돌아와, 지금의 영주시 장수면 갈산葛山의 정사에 은둔했다. 1640년 사간원 헌납에 임명되자 사은하고 인동 도호부사로 부임했다. 이듬해 어떤 사건으로 벼슬에서 물러나와 학가산鶴駕山 북쪽기슭 사천沙川의 학사정사鶴沙精舍로 돌아왔다. 1643년 다시 장령에 취임하고 여러 벼슬을 거쳐 1646년 수찬에 오른 다음 부교리로 옮겼으며, 이듬해 세자시강원 보덕이 되었다. 그해 4월 다시 부교리가 되었을 때, 심한 가뭄으로 인조께서 언론을 구하므로 상소를 올려, 왕실과 세력가가 백성의 이익을 빼앗는 일, 관아와 감영에서 물건을 팔아 이득을 챙기는 일, 고을 수령이 백성들을 착취하는 일을 지적했다.

1649년 5월 인조가 승하하고 효종이 즉위한 후 사간원과 승정원의 여러 직을 거쳤다. 1652년효종 3 10월 밀양도호부사에 부임, 공진관拱辰館과 예림서원禮林書院의 강당을 새로 지었다. 이듬해 1653년 담양도호부사가 되었다. 11개월의 재임기간에 금성산성을 수축했다. 다만, 전후 다섯 고을을 거치는 동안 상사의 비위에 거슬려 어느 한 곳도 임기를 채우지 못했다.

1659년효종 10 공조참의로 불려져 상경하다가 효종이 승하하자 인산因山 뒤에 병을 이유로 고향에 돌아왔다. 1666년현종 7 12월 특명으로 품계가 가선대부에 올랐다. 이듬해 1667년 12월에 작고하니, 향년 81세이다. 묘소는 경북 안동시 북후면 석탑리_{암영골}에 있다.

김응조는 예천군수로 있을 때 선조 때의 권문해_{權文海}가 편찬한 운목별 어휘자료인 《대동운부군옥》을 간행하려고 했다. 권문해는 대구부사로 있던 1589년_{선조 22}에 《대동운부군옥》 20권 20책을 편찬 완료했다. 원고는 세 벌이 있었는데, 그 가운데 한 벌을 권문해의 아들 권별_{權鼈}이 원장으로 있는 정산서원_{鼎山書院}에 보관했다. 1655년_{효종 6}에는 김응조가 예천군수에게 청하여 간행을 도모했다. 이때 간행되지는 않았다. 1836년_{헌종 2}에 이르러서야 완간되었는데, 간행본의 권두에 김응조의 발문이 실려 있다. 〈대동운옥발〉이라는 이 글에서 김응조는 《대동운부군옥》을 감계의 서적으로 파악했다.

김응조는 평소 겸손한 태도를 지니고 너무 드러나지 않도록 힘썼다. 그런데 자신이 죽은 후에 혹 묘지명에서 과도하게 칭송할까봐 스스로 자명을 짓고 유서까지 남겼다. 그 유서에서는 이렇게 말했다.

상을 치를 때 절대로 무당을 불러서는 안 된다.

혹 눈을 감고 좌우 손을 끼고 관에 눕게 되더라도 절대로 비단을 써서는 안 된다.

칠을 바르지도 말고 석회를 넣지도 말라.

곽_槨은 야산의 얇은 널을 쓰도록 하고 절대로 송지_{松脂}는 사용하지 말라.

칠을 바르지도 말고 석회를 넣지도 말라.

높이와 너비는 세 치를 넘지 않게 하고 흙 계단을 쌓으면 된다.

석인과 상석을 사용하지 말라.

다만 짧은 비갈을 사용하라. 비갈의 앞면에는 '학사모옹풍산김공지묘_{鶴沙耄翁豐山金公之墓}'라고만 적고, 갈음_{碣陰}에는 자명_{自銘}을 적어라.

자손과 서족이 스스로 새길 것이지 석공에게 새기도록 하지 말라.

시제는 봄과 가을의 두 제사 가운데 한 번만 지내라.

묘제는 한식과 추석 때 성분成墳하라.

정월 초하루와 단오 때는 다례를 간단히 행하여 신의新儀를 바치듯이 해라.

절대로 남에게 돈을 꾸거나 가재를 팔아서 제수를 마련하지 말라.

만일 조금이라도 유언을 어겨서 혼령을 불안하게 한다면 신이 흠향하지 않을 것이다.

김응조의 집은 본래 청빈해서 아침에 진한 죽을 먹고 저녁에 묽은 죽을 먹되, 그것도 거르기 일쑤였다. 어떤 사람이 "노인께서는 최근 신관神觀이 평소보다 나으시니, 무슨 보양을 하셔서 그렇습니까?"라고 물었다. 김응조는 "내가 전에 들으니, 흰 죽은 사람의 기력을 보양해준다고 합디다. 최근에 쌀이 떨어져서 매일 흰 죽을 끓여먹고 있으니, 이 힘을 얻은 것이 아니겠소?"라고 하고는 〈백죽음白粥吟〉을 지어 이렇게 읊었다.

구슬을 날리고 옥을 쪄서 맑은 시내에 씻어

노구솥 끓자 불꽃은 사위어간다.

이 늙은이는 이즈음 힘을 많이 얻어

푸른 얼굴이 지금 다시 흰 얼굴로 변하누나.

揚珠擣玉洗淸瀾 양주도옥세청란　　鍋釜融融火欲殘 과부융융화욕잔

野老年來多得力 야로년래다득력　　蒼顔今復變韶顔 창안금부변소안

대체 김응조는 왜 자명을 지었을까? 자신의 빛나던 삶을 기억해주기를 바라서였는가?

우리는 누구나 빛나는 몸으로 태어났다. 정선아리랑에서 피나게 노래하듯, "강원도 금강산 일만이천 봉 팔만구 암자 유점사 법당 뒤 칠성단을 모으고_{쌓고} 팔자에 없는 아들딸 나달라고_{낳게 해달라고}" 빌었던 그 간절한 기도 속에 태어났다. 그러나 그 빛나는 몸은 죽음을 잉태하고 있다. 물리적 죽음의 뒤에도 나의 빛나는 몸을 남들이 기억하기를 바라서 자명을 지은 것이 아닌가?

그런데 근세의 시인 함형수는 〈해바라기의 비명碑銘, 청년화가 L을 위하여〉에서 이렇게 노래했다.

나의 무덤 앞에는 그 차가운 비碑ㅅ돌을 세우지 말라.
나의 무덤 주위에는 그 노오란 해바라기를 심어 달라.
그리고 해바라기의 긴 줄거리 사이로 끝없는 보리밭을 보여 달라.
노오란 해바라기는
늘 태양 같이 태양 같이 하던 화려한 나의 사랑이라고 생각하라.
푸른 보리밭 사이로 하늘을 쏘는 노고지리가 있거든
아직도 날아오르는 나의 꿈이라고 생각하라.

— 〈해바라기의 비명碑銘, 청년화가 L을 위하여〉, 함형수, 《시인부락》, 1936.

자신의 삶 가운데 어떠한 한 국면만이라도 우리는 남들에게 이해받고 싶어 한다. 모든 것이 먼지처럼 흩어진다고 해도 나의 빛나는 몸의 일부만은 잊히고 싶지 않은 것이다.

자명을 지은 것은 바로 그러한 심리의 반영이라고 할 수 있다. ✿

참고문헌

● 김응조金應祖, 〈학사모옹자명 병서鶴沙耄翁自銘 幷序〉, 《학사집鶴沙集》 권7 묘갈명墓碣銘,
한국고전번역원 한국문집총간 91, 1988.

뼈야 썩어도 좋다

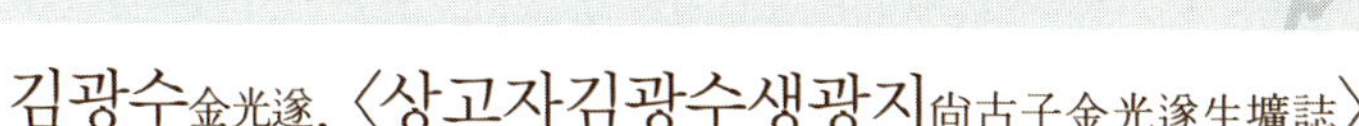

김광수金光遂, 〈상고자김광수생광지尚古子金光遂生壙誌〉

동해 동쪽 조선 땅, 상락上洛 은사 상고객尚古客이여

상산김씨 시조는 고려 보윤甫尹 수需가 이름 높고

세 원수가 고려 말에 뛰어난 자취 남겼네.

내려와 성옹醒翁, 김덕함金德諴은 어둑한 임금광해군에게 항거했고

수효粹孝 선생은 집안 터를 닦고 충혜공忠惠公, 김동필金東弼이 쌓았다.

화려한 가문의 번쩍거림을 싫어해서

규율과 단속에서 벗어나 우활하고 유벽幽僻하니

이상하고 야릇한 취미는 뼛속까지 버릇이 되어

옛 그릇과 글씨와 그림, 붓과 연적과 먹에 대해서는

깨달음의 가르침 없어도 능히 꿰뚫어 알고

진위를 감별해서 작은 착오도 없었다.

더러 밥도 못 짓고 방은 네 벽만 휑했으나

금석이나 서책으로 조석을 삼아서

기이한 골동이 닿기만 하면 주머니 쏟으니

벗들은 손가락질하고 양친과 식구는 꾸짖었다.

서른에 진사하여 하찮은 녹봉에 허릴 굽혀

우연히 관리되길 동령東嶺 곁에서 하게 되니

왼쪽은 금강산이요 오른쪽은 설악을 절하는 곳이라

우물 안 개구리마냥 가슴이 답답했다.

태산 꼭대기를 새벽꿈에 오르니

붉은 구름이 채색을 펴고 새벽빛이 어슴푸레하여

구연九煙이 아스라하게 푸른 하늘에 이어졌기에

움츠렸던 갇힌 새가 날갯짓을 생각했다.

늙은 이 몸은 죽음과 종이 한 장 사이이니

뼈야 썩어도 좋다만 마음은 궁극에 이르기 어렵기에 안타깝다.

하찮은 생졸년 따윈 다 부질 없는 것

이름과 자字 말 안 해도 응당 난 줄 알 테지.

김광수金光遂, 1696~?라는 인물이 살아 있을 때 스스로 쓴 묘지다. 곧 '생지'다. 뼈야 썩어도 좋다. 하지만 마음은 궁극에 이르기 어렵다. 김광수는 자신이 추구하는 최고의 정신경계에 도달하지 못하는 안타까움을 토로했다.

이 생지의 처음 6구에서 고려 때 보윤 벼슬을 한 김수金需로 시작하는 상산김씨의 계보를 언급했다. 그 17세손인 김덕함金德諴은 광해군의 인목대비 폐모에 반대하는 상소를 올렸다가 남북으로 10년간 귀양살이를 했다. 김광수는 김덕함의 절의를 특별히 강조하고, 이어 조부 김유金濡, 그리고 부친 김동필金東弼이 집안을 일으킨 사실을 적었다. 그뒤로 자신이 문벌의 신칙에 반발하여 골동품과 서화·필연에 취미를 두게 된 사연을 적어나갔다.

김광수는 상고당尙古堂이라는 호로 널리 알려져 있다. 그 호는 명나라 화상고華尙古의 삶과 예술비평을 흠모해서 그 이름에서 따온 것이다. 김광수는 주고周鼓·한갈漢碣 등의 탑본을 소장했다. 오경석의 《천죽재차록天竹齋箚錄》에 의하면 김광수는 중국의 임본유林本裕와 그 아들 임개林价와 절친하여, 중국의 탑본과 인장을 구할 수 있었다. 1729년에 진사가 되고, 이후 잠시 인제군수를 지냈으나, 골동서화의 구입에 재산을 털어, 말년에는 가난하게 되었다. 박지원은 김광수를 근세의 감상가로서 개창의 공이 있다고 인정했다.

김광수의 무덤은 장단 동강東岡의 선영에 썼다. 이 〈생광명生壙銘〉은 친우 이광사李匡師가 글씨를 써주었다. 전액은 〈유명조선상고자김광수생광有明朝鮮尙古子金光遂生壙〉이라고 했다. 그 탑본이 현재 서울대학교 도서관에 있다. 7절 13면의 한 첩으로, 크기는 30×22센티미터다. 탑본에는 이광사가 지識를 쓰고 또 글씨를 쓴 김광수의 형 김광우金光遇의 묘지墓誌를 탑본한 것이 합철되어 있다. 김광수의 〈자찬묘지명〉은 규장각에 별도로 호접장 한 첩4절 7면, 24.7×19.5센티미터이 있다.

김광수는 이광사와 마찬가지로 둥그재 부근에서 살았던 듯하다.

박지원의 〈광문자전〉에 보면, "광문이 아침나절 상고당에서 사람을 보내어 나에게 안부를 물어왔네. 듣자니 집을 둥그재圓嶠 아래로 옮기고 대청 앞에는 벽오동 나무를 심어놓고 그 아래에서 손수 차를 달이며 철돌鐵突을 시켜 거문고를 탄다고 하데"라고 말하는 대목이 있다. 철돌은 거문고의 명수로 알려진 김철석金哲石을 말한다. 가객 이세춘李世春, 가기 추월·매월·계섬 등과 한 그룹을 이루어 연예활동을 한 인물이다. 김광수와 이광사는 예인들과 어울리면서 낭만과 풍류의 삶을 즐겼다.

김광수는 아예 도보이광사를 오라고 청하는 서재라는 뜻에서 자신의 서재를 '내도재來道齋'라 이름 지었다. 명나라 왕세정王世貞의 내옥루來玉樓·동기창董其昌의 내중루來仲樓가 각각 친구의 이름을 부르며 오게 한다는 뜻을 사용한 것과 같다. 김광수는 이 서재에 기이한 서적과 이상한 글들을 모아두고 종정鍾鼎과 고비古碑의 탑본을 쌓아두었다. 또 이름난 향이며 고저산顧渚山에서 비오기 전에 딴 차를 두었고, 단계연端溪硯·흡주연歙州硯과 호주湖州 붓, 휘주徽州 먹을 모아두고는 이광사를 불렀다.

이광사는 〈김광수가 예안에 부임해가는 것을 전송하며送金光遂之任禮安〉라는 제목의 장편시에서, "진정으로 벗하여 흰머리까지 가자고, 친밀함이 쌍둥이 형제와 같았고, 또 구리거울과 구리비녀가 녹아서 팔찌로 됨과 같았지. 금강이 굳세고 날카롭다 하여도, 우리 사이는 뚫으려 해도 뚫지 못하지"라고, 두 사람의 우정을 매우 강렬한 언어로 묘사했다.

이광사와 김광수는 골동을 감상하면서 속세간의 탐욕을 잊고 서로의 우정을 확인했다. 이광사는 1743년 6월에 지은 〈내도재기來道齋記〉에서, 자신과 김광수가 생활과 성격 면에서 극단적으로 서로 다른데도 서로 마음이 계합契合하는 것은 어째서인가 되물었다.

성중김광수의 자은 남의 어려움을 가서 구하고 남의 궁색함을 가여워함이 마치 자신이 주리고 목 타듯 했는데 나는 그렇지를 못한다. 대개 성중은 스스로 그 육신을 절제하고 훼예毁譽에서 높이 벗어난 우주인이라면, 나는 기껏 졸법拙法 만을 고수하는 한갓 썩은 유학자일 뿐이다. 꼼꼼함精細과 거침粗率, 민첩함과 무딤, 우아함과 속됨이 서로 반대됨이 마치 서로 미워함과도 같아서 서로 어 긋날 것만 같다.

그렇거늘 성중은 세상에 달리 벗이 없고 유독 나하고만 친하고, 나 역시 친구 가 없는데 진실로 성중과만 친하다. 대개 사람들이 서로 좋아하는 까닭은 반 드시 그 높은 인품과 취미가 서로 맞는 자에게 나아가는 법인데 이제 서로 반 대가 되는데도 유독 친한 것은 실로 이치 밖의 일이다.

내가 의심쩍어 성중에게 물으니 성중도 그 까닭을 몰라 성중이 나에게 되물 었다. 나 역시 모른다. 나와 성중이 이미 알 수 없으니 세상 누가 능히 이를 알겠는가? 나나 성중이나 그리고 세상 사람들도 알 수 없는 것은 어쩌면 깊 이 계합契合되어 변치 않는 도道가 아닌지?

뒷날 신유한申維翰은 김광수의 〈생광명〉 뒤에 발문을 적었다. 곧 〈상고 당자서후제尚古堂自叙後題〉라는 글이다. 이 글에서 신유한은 우선, 상고당 주인 김광수가 명리의 장에서 벗어나 고고하게 살다가 집안이 영락하기까 지 했지만 호기를 잃지 않은 사실을 그려 보이고, 김광수가 서화골동에 남 다른 신광神光을 지니고 있었음을 말했다.

상고당 주인은 우리나라의 벼슬을 하는 집안에서 태어났는데, 어려서 독서 함에 빼어나게 두각을 드러내니, 그 명성이 성균관에 자자했다. 만약 상고당이 벼슬을 하여, 관직에 나아가 명령을 기다려, 공경 벼슬과 부귀를 취하여도 땅에 떨어진 가라지를 줍는 것보다 쉬웠으리라만, 상고당은 그것을 버리기를 헌신짝처럼 했으며, 집안의 형제와 종족이 화를 내고, 동문의 친구들이 나무라며, 저자의 아는 사람들이 헐뜯고 비웃어도, 상고당은 그것 보기를 뜬구름처럼 여겼다.

이윽고 세월이 흘러 집안이 날로 영락하고 친구는 날로 소원해지며 종복들은 날로 흩어져, 네 벽만 남은 방안이 쓸쓸하여 찬 서리 속에 서있는 것과 같았다. 하지만 상고당의 기운은 더욱 호걸스러워져, 나가서 나라 안의 여러 명산을 유람하며 말하기를, "아아, 나는 동이의 외진 땅에 거처하여 붕새의 등에 올라타고 멀리 날아가는 웅지를 기르지 못하고, 내 홑적삼과 한 짝 나막신 차림으로 애를 쓰며 다니더라도, 오히려 부상扶桑에 방해될까 두려운데, 하물며 나에게 포의褒衣, 선비가 입는 품이 넓은 옷와 법관法冠 차림으로, 올챙이의 우물과 초파리의 하늘을 활보하며 오르라 권유하니, 나의 숨막힘을 어찌 하겠는가"라고 했다.

용모는 준수하고 훤칠하며, 성정性情은 시원스럽고 베풀기를 좋아하며, 마음 맞는 사람들과 함께 즐길 때에는 시원하고 호탕하며 걸출하고 빼어나며, 산천의 기괴함, 국풍의 치란, 고금 영웅호걸의 문장과 기절氣節을 마음대로 담론할 때면, 바람이 일어나고 샘이 솟는 것과 같아 막을 수가 없고, 소리가 북을 치고 경쇠를 울림에 사방의 메아리가 진동하는 것과 같았다. 대체로 한나라 이후로 명나라를 침이 마르게 찬미하니, 존경하는 사람은 오직 중화의 준걸들이고, 우리나라 사람에 대해선 말이 없었다.

집안에 옛 서화와 골동을 쌓아놓고 있으니, 모두 천하의 명품이고, 옛 시문과 패승稗乘은 모두 천하의 기서다. 감식이 신묘하여, 한 물건이 마음에 들면 가

재를 터는 것을 아까워하지 않고 후하게 값을 치렀고, 마음에 들지 않으면 매번 밀어내며 말하기를 "현포곤륜산 꼭대기 신선의 거처와 요지서왕모의 거처에 흉한 숫돌을 둘 수 없다"라고 했다. 문장을 지음에는 진벌津筏에 구애받지 않아, 패연沛然하여 크게 과격하고 원기가 넘치며, 신광神光이 덮어 가려서, 멀리서 바라봄에 작은 기교의 말이 아님을 알 수 있었다.

이어서 신유한은 1743년영조 19, 계해에 김광수와 만나, 그의 정신세계를 이해할 수 있게 되었던 일화를 적었다.

계해년 가을에 내가 도성에서 세 들어 살 적에 상고당이 찾아와 함께 이야기했는데, 내 옆에 《금강경》《원각경》《유마경》 등 여러 책이 있는 것을 보고 호들갑을 떨며 손뼉 치고 말하기를, "이 길에는 속박도 없고 방종도 없으니, 세간법을 가장 잘 증시證視하여 쾌활하다"고 했다.
상고당이 불가를 좋아하는 이유는 세상의 얽매임에서 벗어나 있기 때문이다. 그가 산수를 좋아하고 물건을 아끼는 습성도 모두 이와 비슷한 이유이다. 사모하는 옛 현인이 많은데도 한 가지 비슷한 일을 들어 황조명나라의 명사 화상고華尙古에 견주어 그 당堂의 이름을 지은 것은, 자신을 낮춤으로써 스스로를 기르려고 해서였을 것이다. 아아, 지금 천하에 화상고가 다시 있다고는 들어보지 못했는데, 우리 동해의 나라에서 보니 얼마나 기이한가. 암혈 속에서 이러한 사람을 찾아도 볼 수 없었는데, 벼슬하는 집안에서 나왔으니 또 얼마나 기이한가. 내 나이 육십여에 처음 상고당을 보았는데, 그는 아직 오십이 안 되었으나, 즐겁기가 예전에 서로 알던 사이 같았으니, 내 남은 날이 얼마 안 되는 것이 한스럽다.

한 번은 조용히 그에게 말하기를 "그대는 진실로 훌훌 노니는 천하의 기이한 선비다. 그러나 기이함은 함께 말할 수 있으나 도는 함께 말할 수 없다. 옛날 도에서 노니는 자들은 진실한 데로 귀의하고 질박한 데로 돌아갔으니, 진실하면 망령됨이 없고, 질박하면 이름이 없으니, 주하사노자와 칠원리장자가 모두 이러한 자들이다"라고 하니, 상고당이 내 말에 동의했다.

신유한의 글에서 알 수 있듯이 김광수는 속박도 없고 방종도 없으면서 세간법을 증시證視하여 쾌활하고자 했던 것이다.

'훌훌 노니는 천하의 기이한 선비' 김광수는, 그러나 말년이 너무 쓸쓸했다. 박지원은 본래 김광수의 소유였다가 관재觀齋 서상수徐常修의 수장품이 된 〈청명상하도清明上河圖〉에 발문을 적으면서, 김광수의 불우한 삶에 대해 언급했다.

이 두루마리 그림은 상고당 김씨의 소장으로 구십주仇十洲의 진품이라 여겨 죽으면 묘에 같이 묻기로 다짐했던 것이다. 그런데 훗날 부당斧堂 김씨가 병이 들자 다시 관재觀齋 서씨徐氏의 소장품이 되었다. 당연히 묘품妙品에 속한다. 아무리 세심한 사람이 열 번 이상 완상했더라도 매양 다시 그림을 펼쳐 보면 문득 빠뜨린 것을 다시 보게 된다. 절대로 오래 완상해서는 안 된다. 자못 눈을 버릴까 두려워서다.

김씨는 골동품이나 서화의 감상에 정밀하여, 절묘한 작품을 만나면 보는 대로 집안에 있는 자금을 다 털고, 전택까지도 다 팔아서 보태었다. 이 때문에 국내의 진귀한 물건들은 모두 다 김씨에게 돌아갔다. 그렇게 하자니 집안은 날로 더욱 가난해졌다.

노경에 이르러서 하는 말이, "나는 이제 눈이 어두워졌으니 평생 눈에 갖다 바쳤던 것을 입에 갖다 바칠 수밖에 없다" 하면서 물건들을 내놓았으나, 팔리는 값은 산값의 10분의 2, 3도 되지 않았다. 이도 이미 다 빠져버린 상태라 이른바 '입에 갖다 바치는' 것이라곤 모두 국물이나 가루음식뿐이었다. 참으로 안타까운 일이라 하겠다.

골동서화에 미친 사람의 말로로서 당연하다고 생각할 일이 아니다. 김광수가 순수한 취미의 세계에 탐닉한 것은 세간명리를 잊는 한 방법이었기 때문이며, 그의 몰락은 순수세계의 몰락을 상징하는 것이기 때문이다. 🍁

참고문헌

- 김광수金光遂 〈유명조선상고자김광수생광有明朝鮮尚古子金光遂生壙〉, 서울대학교 도서관 소장.
- 신유한申維翰, 〈상고당자서후제尚古堂自叙後題〉, 《청천집靑泉集》 권6 잡저雜著, 한국고전번역원 한국문집총간 200, 1997.
- 심경호 외, 《정본 원교이광사 문집》, 시간의 물레, 2005.
- 최준호, 《원교와 창암, 글씨에 미치다》, 한얼미디어, 2005.
- 송병하, 〈청천 신유한의 산문론과 작품세계〉, 고려대학교 박사학위논문, 2004.
- 정민, 〈18세기 우정론의 맥락에서 본 이용휴의 생지명고〉, 《한국학논집》 34, 한양대학교 한국학연구소, 2000, pp.301~325.

9

이것이 거사가 반생 동안 겪은 영욕榮辱이다

이선李選, 〈지호거사자지芝湖居士自誌〉

을묘년1675, 숙종 원년 정월, 공로가 아직 한 자품資品, 품계에 인준되지 않은 상태였는데, 특명으로 승자陞資되어 부호군이 되었다. 당시 간악하고 흉포한 이들이 뜻을 얻어 조정이 매우 혼란해서 우암송시열은 이미 북관으로 유배되었다. 거사는 소장을 올려 새로운 자품을 힘써 사양하고, 이어 "예전에 송 아무개를 스승으로 섬겼으니 의당 함께 죄와 벌을 받아야만 합니다"라고 아뢰었다. 상께서 인준하지 않으셨다.

2월, 다시 어사가 되고, 순무사로서 제주로 부임할 것을 재촉받았다. 이어서 형조참의에 제수되었으므로, 궐하에 하직하는 날 처음 나아가 숙배하고 도중에 해직을 청했으나 상께서 종전의 직명을 그대로 띨 것을 명하셨다. 3월, 제주도로 들어갔는데, 비로소 비국備局의 계啓가 있어 형조참의로 체직되었다.

7월, 일을 마치고 복명하고, 곧 외직으로 나가 영흥부사가 되었다. 당시 윤휴

尹鑴가 이조를 도맡아 종성으로 출보시키려 하고 또 제주로 보임시키려 했으나 동료들에 의해 저지되었다. 이윽고 마침내 이 제수가 있게 되었다. 현고顯考의 국상國祥이 가까워졌거늘 묘당의정부은 또 동독하여 보내고 잠시라도 머무는 것을 허락하지 않았다. 조정에 사직하고 길을 떠났다가, 도중에 국상에 곡했다. 모친을 모시고 부임했다.

겨울, 당시 정승이 다음과 같이 계를 올렸다. "영흥에는 풍토병이 있고 아무개의 어버이가 당堂에 계시니 의당 청량한 땅으로 조금 옮겨야만 할 것입니다." 옮겨 삼척부사에 제수되었다.

병진년1676, 숙종 2 2월, 북관北關으로부터 판여板輿를 받들어 부임했다. 명년 가을, 백씨가 앞서 강서江西를 담당했을 때의 일 때문에 적의 함정에 빠지게 되니, 마침내 상경하여 병을 핑계대고 파직당했다.

무오년1678, 숙종 4 봄에 서용되어 서반의 직이 주어졌다. 가을, 개천군수에 의망擬望되었다. 아직 배수하지 않았는데 겨울에 또 옥천군수에 제수되었다. 질병을 핑계로 누차 사양하니 해당 관청에서 파직시킬 것을 아뢰었다. 승지 민취도閔就道는 조습燥濕을 가리는 것이라 간주해서 초기草記, 간략한 상주문를 환급할 것을 청하고 이어서 해당 관청에 고찰케 하니, 바로 민면黽勉, 억지로 함의 관직이었다.

기미년1679, 숙종 5 2월, 경상도 상주로 가서 황익성黃翼成, 황희의 남은 초상화를 알현했다.

3월에 우암의 문도인 진사 송상민宋尙敏이 대소大疏를 올려 우암의 원통함을 따졌고 이어서 시류배의 간악한 정상을 전부 폭로했다. 상이 크게 노하여 즉시 하옥하여 고살拷殺하고 난역亂逆의 죄로 다스리니, 동문의 여러 사람 가운데 공초에 연루되어 주살되거나 유배되는 자가 매우 많았다.

때마침 이유정李有禎이 강도江都에 흉서를 던졌는데, "종통을 제대로 지키지 못했으므로 왕손을 추대해야 한다宗統失守, 推戴王孫"는 말이 있었다. 수장守將 이우李藕가 그 글을 올렸다. 이유정이 법의 처벌을 받은 후, 종실인 이혼李焜과 이황李橫은 그들이 추대한 자소현세자의 손자 임창군臨昌君를 제주도로 유배 보내라 하고, 이우는 그 같은 당이므로 장살하라고 했다. 숙종 5년1679 3월 각도의 승군을 징발하여 강화도에 돈대를 쌓았는데, 이유정李有禎이란 자가 사람을 시켜 감독관 수사水使 이우李藕에게 봉서를 전했다. 그 내용은 소현세자의 손자인 임창군을 추대하여 반정하자는 것이었다. 《연려실기술》 권33 숙종조고사본말 '이유정투서지변'에 자세하다—역자 주 시류배가 다시 우암을 두고 "그 괴수는 외딴 섬으로 이찬移竄해야 한다"고 말하고 또 중한 법률에 따라 처벌할 것을 극력 청했다.

또 무인 이환李煥이란 자가 있었는데 윤휴와 절친한 족속이었다. 익명의 방서榜書를 걸어 "대적大賊이 여전히 도하에 있다" 하고 문인·무인 8, 9명을 낱낱이 거론했는데, 거사의 이름 역시 거기에 들어 있었다. 윤휴가 이에 묘당조정과 잠통하여 그 일을 드러내고 들어가 상에게 아뢰니, 장차 방서 중의 일인을 국문하여 치죄하려 했다. 방서가 이환에게서 나온 것임을 알게 된 연후에는 감히 그 옥사를 끝까지 추궁할 수가 없었다. 이환의 경우는 유배를 보내어야 한다고 호언號言했으나 실제로는 그 거처하는 곳의 곁 마을에 안치시켰다.

6월에 대사헌 이원정李元禎과 대사간 권대재權大載 등이 재상 권대운權大運, 민희閔熙, 허적許積과 의론하여 민정중閔鼎重·민유중閔維重·이숙李翻·이익李翊 및 거사를 지목하여 오신五臣이라 하고, 괴수의 복심腹心이므로 그 죄가 괴수와 조금도 다르지 않다고 했다. 양사에서 함께 의논을 발하여 원찬遠竄을 더할 것을 청했다. 대개 그들의 뜻은 여기에서 그치지 않았다. 모두 여섯 번에 걸쳐 계청했으나 상께서 따르지 않았다. 다시 승상 허적許積이 입대하여 힘써 청하자, 상께서 억지로 윤허하셨다. 거사는 서관西關의 구성龜城이 유배처로 정해져서 옥군沃郡으로부터 압행押行되어, 7월 초에 비로소 배소配所에 이르렀다.

이것이 바로 거사가 겪었던 반생의 영욕榮辱·유감流坎의 대략이다. 이후 유배자의 명부에 있는 것이 대개 얼마쯤 될지, 세상의 변화를 겪어 대개 얼마쯤 되어야 여생을 마칠 수 있을지 아직 알지 못하겠다.

우암 송시열의 문인이었던 이선李選, 1631~1692이 남긴 자찬묘지의 일부다. 이 부분에, 숙종 초 남인과 노론의 대립이 극렬했던 시기에 노론의 정치 이념을 관철시키기 위해 분투했던 모습이 잘 드러나 있다. 곧, 이 묘지는 이선이 1679년숙종 5 7월, 송상민宋尙敏의 상소에 연루되어 구성龜城에 유배된 뒤 10월에 유배처에서 쓴 것이다. 그는 유배지의 거처를 성와醒窩라고 했다. 세상 사람들이 모두 술에 취해 몽환 속에 빠져 있지만 나만은 홀로 깨어 나 자신을 다잡겠다는 뜻을 거처의 방 이름에 붙인 것이다.

이선은 세종의 별자 광평대군 장의공章懿公 이여李璵의 후손이다. 부친 이후원李厚源은 우의정 완남부원군으로 시호는 충정공이며, 모친은 사계 김장생金長生의 손녀, 이조참판 김반金槃의 따님이다. 이선은 단양관사에서 태어났다. 자찬묘지에서 이선은 자신의 유년과 청년 시절을 이렇게 회고했다.

나면서부터 체구가 몹시 작아 보통 아이들보다 10년이 지나서야 글을 배우기 시작했다. 14세에 관례를 하고 가정을 이루었다. 그후 5년이 지나 모친상을 당하고 또 10년이 지나 부친상을 당했다. 전후의 상사에 폐병에 걸려 거의 죽을 뻔했으나 다행히 소생하여 결국에는 병자가 되었다.

1657년 효종 8 진사시에 합격하여 성균관에 유학하다가, 1660년 현종 원년 2월 부친상을 당하여, 4월에 금천 일직리 삼석산에 장사지냈다. 1663년에는 성균관에 있으면서 이이와 성혼을 위해 변무하는 상소를 올리고 또 송시열을 비난한 서필원徐必遠의 죄를 따졌다. 1664년 정시에 을과로 합격하고, 1667년 가을에 홍문록에 피선되어 병조좌랑이 되었다. 1669년 수찬이 되었다가, 가을에 북도병마사가 되어 나갔다. 1670년 12월에 부수찬으로 조정에 돌아왔다. 1673년 9월, 응교로 있으면서 당론을 세운다는 이유로 이숙李翻과 함께 삭탈관직 되고 중도부처되었다. 1674년 7월, 제주순무사에 차임되었으나 현종의 승하로 빈전도감 낭청이 되어 산릉의 일을 맡아보았다. 1675년숙종 원년 1월, 산릉의 일로 가자加資받았으나 스승 송시열이 예송 때문에 삭탈관직되어 위리안치되자, 문인으로서 같은 죄를 받겠다고 청하며 사양했다. 2월에 형조참의에 제수되었다. 3월에 제주순무사로 나갔다가, 7월에 돌아와 제주도의 네 가지 폐단을 진달했다. 10월, 영흥부사가 되었다가 삼척부사로 옮겨 제수되었다. 49세 때인 1679년숙종 5 7월, 송상민의 상소에 연루되어 구성에 유배되자, 스스로 묘지를 적었다.

이 자찬묘지에서 이선은 자신의 마음가짐에 대해 다음과 같이 말했다.

거사는 품성이 가볍고 게을러 본시 침중한 바탕이 없고 또 견고한 지조가 없었다. 일찍부터 충렬지사의 행적을 좋아하지 않은 것이 아니지만 끝내 미치기를 바라지 못했고, 성현의 도를 깊게 흠모하지 않은 것이 아니지만 끝내 실천하지 못했다. 존경하여 스승으로 삼은 이들은 모두 세상의 현인이요 군자로되 여태껏 한 가지 일도 배워 터득한 것이 없고, 따라 노닌 사람들은 모두 당시의 명류요 길사로되 여태껏 한 사람도 나의 지기가 없었다. 요행으로 과거에 급제하여 외람되게도 분수에 맞지 않은 직위에 올라 오래도록 조정 신하의 반열에 끼어 있으면서 부질없이 시위소찬尸位素餐한다는 비난을 불러왔다. 다른 사람을 아끼고 포용했으나 더욱 꺼림과 증오를 받았고, 스스로 지키고 홀로 우뚝하게 섰으나 끝내 붕당에 엮이어 구렁에 빠졌다. 매양 강호에 고요히 거처하며 경전의 이치를 연구해서 일반一斑의 도리라도 보아 만년의 광경光景을 보유하려고 했으나, 사방을 돌아보니 몇 칸의 집, 몇 이랑의 밭조차도 없어서 몸을 비호할 수가 없다. 시세時世 때문에 동요되어 두려운 일을 겪은 뒤에도 여전히 서울에 머물러서 국가의 장학금을 허비하고 말았다. 행기行己와 처사處事로 말하면 대부분 방탕하고 전도되며 폐기되고 해이했다. 스스로 자신을 돌아보니 초심을 저버렸으며 아들로서 아버지의 가업을 잘 이어받지 못하고 앞으로 손쓸 도리도 없었다. 이는 거사가 부끄러움과 한스러움이 안에 쌓여 감개가 밖에 나타날 수밖에 없는 이유다.

이선은 거처하다가 죽어 안장될 곳으로 안산의 초지호草芝湖를 정했으나 끝내 경영하지 못한 것을 아쉬워했다. 부친이 호서의 단양군수로 있을 때 태어난 것을 잊지 않으려고 그곳 소백산의 이름에서 호를 삼는다고도 했다. 그러면서 다음 명銘을 적었다.

하늘에서 받은 것은 열렬劣劣함에까지 이르지는 않았고
속에 보존하고 있는 것은 녹록碌碌함에까지 이르지는 않았네.
오직 그 뜻이 병에 빼앗기고 배움에 폐기하여
끝내 소인으로 돌아가고 군자를 버리게 되었네.
아아! 거사여.

受於天者不至於劣劣 수 어 천 자 불 지 어 렬 렬

存諸中者不至於碌碌 존 저 중 자 불 지 어 록 록

惟其志奪於病而廢於學 유 기 지 탈 어 병 이 폐 어 학

終爲小人之歸而君子之棄 종 위 소 인 지 귀 이 군 자 지 기

吁嗟乎居士 우 차 호 거 사

구성龜城에 유배된 1679년, 그해 10월에 특별히 석방되었다. 10월 동지날은 양의 기운이 돌아오는 때로, 《주역》의 복괘復卦에 해당한다. 만일 이날 우레가 있다면 천리 운행에 변고가 생긴 것으로 보고, 그 변고는 군주의 잘못을 하늘이 질책하는 것이라고 보아, 군주가 자책을 하고 사면을 하는 것이 관례였다.

1680년숙종 6의 환국으로 허적許積과 윤휴尹鑴가 죽임을 당하자 서용의 명이 내렸다. 윤8월, 회맹제에 참석하여 가선대부에 올랐고, 판결사·대사성이 되었다. 보사원종공신 1등에 녹훈되었다. 11월, 동부승지 겸 교정청당상이 되었다. 1682년 1월, 대사간·대사헌이 되고 동지춘추를 겸하여 《현종실록》의 개수에 참가했다. 1683년 1월, 도승지가 되었다가 예조참판이 되었다. 1684년 4월, 산릉의 공로로 가의대부에 오르고, 곧 도승지가 되었다. 5월에 이조참판이 되었으며 다시 광주유수가 되었다. 1685년 4월, 휴가를 얻어 금천에 가서 부모의 묘소를 광주로 옮겼다. 11월에 예조참판이 되어, 동지사 겸 사은부사로 연경에 갔다. 1686년 4월에 복명했으나, 치욕스런 문서를 가져왔다 하여 대간이 삭탈관직을 청했다. 5월, 공조참판에 제수되었다가 곧 대사헌으로 옮겼다.

그런데 1689년숙종 15 기사환국으로 소론과 남인이 등용되자 송시열의

복심이라고 지목되어 경상도 기장에 유배되었다. 6월, 송시열의 부고를 듣고 성복했다. 그해 윤달에 〈자지보自誌補〉를 썼다. 62세 되던 1692년 2월 1일, 유배지에서 병으로 죽었다. 1694년 갑술환국으로 노론이 집권하자 이선은 신원되어 복관되었다. 1853년철종 4 12월에 조두순趙斗淳이 이선의 증시와 증직, 후손의 녹용을 청해, 다음해 정간正簡의 시호가 내렸다.

자찬묘지 이후 10년 만에 적은 〈자지보〉에서도 이선은 관력과 정쟁, 유배 사실들을 자세하게 적되, 자신에 대한 총평을 덧붙였다.

거사는 평소 교유를 일삼지 않아서 당우黨友가 전혀 없었으며, 지론은 정正과 사邪의 변별에 엄하기는 했지만 일찍이 평서平恕에 힘쓰고 보존하려고 했으므로 아주 심하지가 않았다. 혐원嫌怨의 처지를 당하더라도 한결같이 덕으로 보답했지, 부러 틈을 만들지 않았다. 오로지 자기의 견해를 스스로 지켰지, 시류배와 더불어 부앙俯仰하는 것을 부끄러이 여겼다. 하지만 좋지 못한 사람을 만나면 조금도 언사와 안색을 낮추지 않았으므로 끝내 이 때문에 함정에 빠져 오늘에 이르렀으니, 그 앙화는 하늘을 모독한 것보다 심하다.
아아, 정론正論은 종전에 심고 부지하던 것이거늘 지금은 도리어 그것을 강샘하고 질투함이라고 말한다. 사류士類는 종전에 어질다 여겨 존중하던 사람이거늘, 지금은 도리어 원수처럼 봄이라고 말한다. 어찌 거사의 정신과 지식이 노년에 이르러 혼몽해져서 정론과 사론도 구별하지 못한단 말인가? 아니면 오늘날의 정론과 사류라는 것은 내가 말하는 정론과 사류가 아니란 말인가? 사류와 정론인지의 여부는 지금 차치하고, 그것을 두고 강샘하고 질투함이라고 간주하고 원수처럼 봄이라고 여기는 것은 어찌 무함이 아니겠는가?
청백淸白의 한 가지 절개는 거사의 집안에 전해오는 옛 물건이거늘, 지금 도리어 탐욕스럽고 더럽다는 비난을 얻었으니, 만약 사람들의 말과 같다면, 가정의 가르침을 욕보이는 것이 크니, 장차 어찌 지하에서 선인을 뵐 수 있단 말인가? 옛사람의 말에, "처신하기를 백이처럼 하면 사람들이 탐악하다는 이름을 가할 수가 없다"고 했다. 이것을 근거로 말한다면, 거사가 이 탐악하다는 이름을 얻은 것은 정말로 마땅하다. 이것이 바로 거사가 자기도 모르는 사이에 두려워해서 부끄러워지는 이유이니, 남을 탓할 겨를이 없기에 스스로를 꾸짖는다. 하물며 지금은 군부에게 죄를 얻어 남만의 고장에서 귀신을 물리치고 있으니, 깊은 원통을 밝힐 길이 없다. 죽음이 조석에 달려 있으니, 어찌 소공하여 시마복인지 소공복인지 살필 겨를이 있겠는가? 요컨대 죽은 뒤에야 시비가 정해질 따름이다.

이어서 생각해보니 거사가 두 왕의 조정에서 두루 섬긴 것이 거의 삼십여 년이 되어, 조정의 의론에 참여한 것이 오래지 않음이 아니로되, 그 재주와 견식이 짧고 옅어서, 끝내 실오라기 하나만큼의 보익도 없었으니, 이것은 죄이도다! 이것은 죄이도다!

일찍이 거듭 상소하여 강도강화도의 내성을 쌓아 행궁을 견고하게 하도록 청했으나 시행을 보지 못했다. 또 진언하여 고려의 김진양金震陽과 이종학李種學, 우리 조선의 심현沈誢과 이시직李時稷 등 순국의 절개를 포상하도록 청하여, 채택되어 시행되었다. 또 이중로李重老와 이성부李聖符 등 적을 토벌하느라 목숨을 바친 일과 이확李廓과 나덕헌羅德憲 등이 사절로 가서 굴하지 않았던 절개를 포상하도록 청하여, 혹은 정려를 세워주기도 하고 혹은 작록을 올려주기도 했다. 또 승도들로 하여금 호국을 했던 조종의 신사 황희黃喜와 허조許稠 등의 묘를 보살피게 하라 청하고, 또 고 태학사 조석윤趙錫胤과 대사헌 윤문거尹文擧에게 직위를 내리라 청하여, 모두 윤허를 얻어 그대로 따르셨다.

그 논하고 청한 대상은 비단 노산조_{단종}에 죽기로 섬겼던 여러 신하에 그치는 것이 아니다. 이것은 비록 건백建白에 속한다고 논할 것은 못 되지만, 그 지상志尚이 어디에 있는지는 살필 수가 있을 것이다.

《실록》에 의하면 이선은 국조의 고사에 익숙하고 견문이 넓었다. 정호鄭澔가 지은 신도비명에 의하면 "저술로는 〈자가제의自家祭儀〉〈상장의喪葬儀〉〈대신연표大臣年表〉〈승국신서勝國新書〉 문집 17권이 집에 보관되어 있다"고 했는데, 대부분이 아직 확인되지 않았다. 다만 《시법총기諡法摠記》 1책의 필사본이 규장각에 소장되어 있다.

이선은 전傳을 지어 유가적 덕목을 구현한 인물의 전형을 제시했다. 1628년인조 6, 무진 9월에 〈임장군전林將軍傳〉을 지은 것은 그 일례이다. 또 1659년효종 10, 기해에는 부여의 효자에 대한 이야기를 〈와걸전臥傑傳〉으로 엮었다.

1644년인조 22에 남쪽에 큰 기근이 들어 많은 사람이 유랑했다. 이때 마흔 남짓의 와걸이란 자가 여든 노부를 등에 업고 부여 몽도촌蒙道村에 이르렀다. 그는 몸이 크고 장대한 데다가 다리가 길어 방언으로 '와걸왜가리'이라 불렸다. 와걸은 쟁기질·호미질·밭갈이·김매기 등의 품을 팔아서 아버지를 봉양했다. 아버지가 침상에서 볼일을 보도록 부축하였고, 아버지가 볼일을 마치면 스스로 더러운 옷을 빨았다. 아버지가 죽자 몸소 시신을 업고서 묘혈로 나아가 직접 봉분을 이루고 3년간 복상을 했다. 탈상한 후 아내를 맞이했다. 이윽고 함열咸悅로 옮겨가 살았는데 매번 세시歲時에 한 번씩 와서 아비의 봉분을 살피고 먹을 것을 진설하고서 떠나갔다.

이러한 사실을 적은 후, 이선은 "아비와 자식의 관계는 천성天性이니 어느 누가 이 사랑이 없으랴마는 그 성性을 능히 다 발휘할 수 있는 자는 드물다"고 논하고, 와걸이야말로 "능히 그 사랑을 다하여 그 천성의 본연을 잃지 않은 자가 어찌 아니겠는가?"라고 평했다.

이선이 일생 바란 것은 와걸처럼 본연의 마음을 잃지 않고 부모에게 효를 다하는 등 유가의 덕목을 실천하는 일이었을 것이다. 하지만 당쟁의 현실은 그를 황폐하게 만들었다.

흔히 인간은 자기 의지로 상황을 바꿔나갈 수 있다고 말하지만, 대개는 상황에 휘둘리고 만다. 상황을 주도하는 인물이 있기는 하다. 하지만 어떤 특정한 인물이 그 상황을 주도했다고 말하는 것은 해석적 추고推考일 경우가 많다. 더구나 인간 본성을 지키고 인륜의 덕목을 실천하고자 노력했던 인물들은 감히 상황을 주도하려고도 하지 않았고, 또 설령 그러한 정치적 임무가 주어진다고 해도 선뜻 그 임무를 자기 것으로 삼으려 하지 않았다. 그러다보니 스스로는 내 의지대로 살아간다고 하지만, 그 스스로 쓸려 내려가고는 했던 것이다. 속인이 아니라 평범한 인간이 된다고 하는 것이 어디 쉬운 일이겠는가. 스스로 지은 묘지에서 이선은 그 자신이 어쩔 수 없이 겪어야 했던 영욕과 유감流坎의 자취를 늘어놓고, 세상의 변화를 얼마나 겪어야 여생을 마칠 수 있을지 모르겠다고 탄식하지 않을 수 없었다. 🍁

참고문헌

● 이선李選, 〈지호거사자지芝湖居士自誌〉, 《지호집芝湖集》 권7 묘지墓誌, 한국고전번역원 한국문집총간 143, 1995. ; 〈자지보自誌補〉, 《지호집》 권7 묘지. ; 〈임장군전林將軍傳〉, 《지호집》 권13 전傳. ; 〈와걸전臥傑傳〉, 《지호집》 권13 전.

● 김성애, 〈지호집 해제〉, 한국고전번역원 http://www.itkc.or.kr

10

허물과 모욕이 산처럼 쌓여 있다

유척기俞拓基, 〈미음노인자명渼陰老人自銘〉

미음노부渼陰老夫는 기계유씨杞溪俞氏

이름은 척기拓基, 자字는 전보展甫다.

증조는 관찰사이시고 돌아가신 조부는 도헌대사헌이시며

돌아가신 부친은 목사이시니, 모두 이전貤典, 추증이 있어 그런 직위를 지니

셨다.

외할아버지는 정언 벼슬을 지냈고, 용인이씨로다.

미음노부는 신미년1691, 숙종 17에 태어나 갑오년1714, 숙종 40에 급제하고는

한원翰苑, 예문관과 춘방春坊, 세자시강원, 미원薇垣, 사간원과 옥당玉堂, 홍문관

전랑銓郎, 이조좌랑과 중서中書, 승지의 직을 거의 두루 역임하고

부친상을 만나 모친을 봉양하고자, 잠시 외직으로 나가 회양淮陽을 다스렸다.

연행사의 찬개贊价, 부사로 연행 길에 올라, 일 마친 후 품계가 올랐으나

흉한 무함誣陷이 연이어 일어나, 내산萊山에서 주려 있어야 했다.

을사년1725, 영조 원년에 군은으로 부름 받아, 국사편수에 참여하고

간장諫長, 대사간과 은대銀臺, 승정원의 직, 이조와 병조와 예조의 참의를 지냈네.

부절을 가지고 영남에 관찰하고 나갔다가, 한 해 만에 병으로 체직되고

괴원槐院과 주사籌司, 비변사의 직을 맡고, 빈 명함으로 부제학을 겸했으나

얼마 있어 대왕大往, 군왕의 서거을 만나, 자취를 감추어 강가에 우거했는데

군탄涒灘, 古甲子의 십이지의 하나인 申의 역란영조 4년인 1728년에 일어난 이인좌의 난, 무신

난에 동쪽 지방으로 나아가 진압하고 제어하고

다시 북얼北臬, 함경도관찰사에 발탁되었기에, 사직하자 문득 견책을 입었으니

백오白鰲가 짖어대어 근심스럽고 위태하여, 억지로 심약沁鑰, 심도 즉 강화도의 수

령 직책을 받들었다.

여러 번 제수하시는 왕지를 어겨, 견책을 입어 당성唐城에 외보外補되어

얼추 황정荒政을 마치자, 그대로 해영海營으로 이직되었다.

외람되이 세자를 보양輔養하는 직책을 맡아, 전직하여 궁빈宮賓에 차정되고

묘당의정부의 추천으로 경윤京尹, 한성 판윤이 되매, 더욱 머뭇거렸거늘

영남을 안찰하라고 명령하시니, 견책과 은영이 남달랐으며

돌아와서 사도司徒의 직을 배수하고, 마침내 금오金吾의 수장이 되었다.

명년에 태각台閣에 들어가매, 연치가 아직 오십旬도 되지 않아

등짐 지고 귀인 수레를 탄 듯해서 부차승負且乘 안일함에 빠질까 경계했으나,

질병으로 자빠지고 우려가 너무 컸나니.

미음渼陰의 전야에 퇴복退伏하여, 열 번의 여름과 겨울을 거치면서

간간이 군주의 탕약을 미리 맛보는 일로 나아가고, 때때로 국가의 경사를 축

하하는 일로 부임했으나

돌연 대고大故를 당하여, 거듭 임금님의 은혜로운 돌아보심을 입어서

어리석고 굼뜨며 융통성 없고 고루하거늘, 아침에 유배 보내셨다가 저녁이

면 용서해주시곤 했네.

심양으로 사행의 임무 받들어 가니, 의리가 지난날의 역할보다 무거웠고

홀연 외람되이 원보元輔, 영의정에 임명되었으나, 마침 간극艱棘, 어려움의 시

대를 만나

반 년 만에 끝내 복속覆餗, 솥 안의 국이 엎어짐, 실각함하고 말았다.

앞뒤로 두 번 쫓겨난 것은, 전적으로 내가 미혹되고 응체했기 때문이로다.

치사致仕의 나이가 이르자 쉴 것을 허락하셔서, 특이한 은총이 이 아랫사람

에게 미쳤도다.

세 분 임금의 조정을 두루 섬겨, 물방울 하나 먼지 하나 만큼의 보답도 하지

못하였거늘

중후하고 근신했다고, 상감께서 포상하심이 실정과 벗어나니

평소의 일을 찬찬히 생각해보면, 허물과 모욕이 산처럼 쌓여 있을 따름이다.

늙음과 질병이 나날이 깊어가서, 분묘의 문에 이를 날이 임박해 있기에

작은 돌에 스스로 기록하여, 광중에 표시하게 하련다.

신씨를 아내로 맞았으니, 본관은 평산으로

중승中丞 벼슬한 분의 장녀요, 충경공忠景公의 손녀로서,

나보다 두 살 많으며, 성품은 선량하고 공평했다.

살아서는 해로偕老하고, 죽게 되면 묘혈을 같이 하려 하노라.

아들과 딸, 손자와 증손자가 뒤에 남아 가문을 이어나가길 바란다.

노론의 학자이자 정치가였던 유척기俞拓基, 1691~1767가 70세로 벼슬을 그만둔 다음해인 1761년영조 37, 신사에 스스로 지은 묘지명이다. 유척기는 불과 49세에 재상이 되고, 재상의 직에 있으면서 치사致仕의 나이인 70세가 되었다고 해서 벼슬을 그만둔 것으로 유명하다.

그가 작성한 묘지명은 네 글자씩 하나의 구를 이루고 두 구마다 끝에 압운을 한 운문 형식이다. 운자는 네 구나 여섯 구마다 바꾸는 환운換韻의 형식을 사용했다. 한문 원문은 간결한 어구를 사용하고 고풍의 관명이나 용어를 사용해서 장중한 맛을 지닌다.

유척기는 자찬묘지명을 지은 6년 뒤 1767년영조 43, 정해 10월 29일에 춘추 77세로 작고하여, 1768년 정월에 철원 지혜동 신좌의 언덕에 안장되었다. 비는 1805년순조 5 10월에 아들 유언흠俞彦欽이 추록하여 세웠다. 글씨는 석봉 한호韓濩의 글자를 집자했다.

유척기는 본관이 기계杞溪로 목사 유명악俞命岳의 아들이다. 김창집金昌集에게 수학하고, 1714년숙종 40 증광문과에 병과로 급제한 뒤 벼슬길에 올랐다. 1721년경종 원년에는 책봉 주청사의 서장관으로 청나라에 다녀왔다.

유척기는 노론의 맹장으로 정계에서 큰 영향력을 행사했다. 1722년 신임사화 때 소론의 언관 이거원李巨源의 탄핵을 받고 섬에 유배되었다가 영조 원년인 1725년에 노론이 집권하자 풀려나서 요직에 올랐다. 1753년에는 우의정에 올라 신임사화 때 세자책봉 문제로 연좌되어 죽은 김창집 · 이이명李頤命의 관직을 회복시켜줄 것을 건의하여 관철시켰다. 하지만 소론의 대신 유봉휘柳鳳輝 · 조태구趙泰耉 등을 죄로 다스리라고 주청했다가 뜻을 이루지 못하고 사직했다. 그뒤 여러 차례 임관에 불응하여 삭직당하고 전리로 방축되었다. 1758년에 영의정이 되었으나 곧 사직했다. 이때

묘지명을 스스로 지었다. 1760년에 다시 등용되어 영중추부사가 되고 이어 봉조하가 되어 기로소에 들어갔다.

유척기의 자찬묘지명에는 두 번에 걸쳐 추록이 이루어졌다. 1805년순조 5 10월에 아들 유언흠이 비를 세우면서 추록한 것과, 1821년 2월에 증손 유춘주俞春柱가 추록한 것이다.

아들 유언흠은 선친의 가계와 후손을 자세하게 밝혔을 뿐 아니라 다음과 같은 사항을 덧붙였다.

부군은 집에 계실 때나 조정에 계실 때에 언행과 출처가 모두 본말이 있어서 나라 사람들에게 칭송과 흠모를 받았으니, 소자가 어찌 감히 사사로이 말을 할 수 있겠는가. 다만 찬선 김원행 공께서 부군의 유상에 찬讚을 쓰셨는데, 그 대략은 다음과 같다. "높은 관에 긴 패옥을 차고 위엄 있게 손을 맞잡아 서고 계심에 숭산과 거택 같아서 용호를 헤아릴 수 없도다. 지혜는 경륜을 맡을 만하고 행실은 진신의 의표가 될 만하였도다. 선한 말과 정의는 선류들이 기를 펴고, 몸을 굽혀 어전에 이르니 군주가 그를 위해 용모를 바꾸었다. 자취를 감추어 강호에 은거하시니 사방에서 훌륭한 일을 할 것을 바랐다네. 슬프다! 하늘이 대임을 내리심에 그 말씀을 다하지 못하게 한 것은 시대가 그러한 것인가!" 이를 두고 세상에서는 지언知言, 말을 제대로 할 줄 앎이라고 했다.

부군은 항상 "지위는 높은데 국가에 공효를 받친 것은 적다"고 말씀하셨는데, 유언하시기를 "시호를 청하지 말고, 의정함을 쓰지 말 것이며, 사대석과 곡장을 설치하지 말 것이며, 신도에 대비를 세우지 말라" 하여 스스로 폄하하는 뜻을 드러내셨으므로, 불초 등이 감히 어길 수 없었다. 다만 시호를 청하는 글을 기다리지 않았거늘 역명易名, 죽은 사람에게 시호를 내려 이름을 바꿈이 임

금의 특지에서부터 나와서 태상시에서 민이호학敏而好學과 사려심원思慮深遠
의 두 법을 취하여 시호를 문익文翼이라고 정했다.

유척기의 음택에는 1771년영조 47 5월 25일에 이르러 춘추 83세로 작고
한 부인 신씨가 왼쪽에 부좌되었다. 하지만 51년 뒤 1821년순조 21에 묘소
가 좋지 않아 산등성 너머 건좌의 언덕으로 묘자리를 옮기게 되었다. 이때
증손 유춘주가 자손에 관한 사항을 다시 상세하게 기록했다.

유척기는 노론에 속했지만 소론의 명사들로부터도 호감을 받았다.
1755년의 을해역옥 때 채제공蔡濟恭이 문사랑으로 선임되었는데, 말소리
가 우렁차고 글씨는 나는 듯했으며 질문을 함에 핵심을 빼놓지 않았고, 아
뢰는 계문啓文은 항상 정실情實에 맞았다. 재상이었던 이종성李宗城이 채제
공 한 사람이면 국문의 일을 충분히 감당할만하다고 영조에게 아뢰자, 재
상이었던 유척기도 역시 매우 좋게 말했다.

그보다 앞서 유척기는 경상도관찰사로 있을 때 공무의 여가에 여러 고
을의 곡물장부를 외워 줄줄 읽을 정도였다. 이에 대해 훗날 정조는 "이는
다만 기억력이 뛰어나서만이 아니라, 생각건대 관심을 가졌기 때문인 듯
하다"고 인정했다.

유척기는 경상도 관찰사의 임기를 마치고 돌아갈 때 장부 상의 남은 돈
을 가져가지 않고 영속營屬에게 다 나누어주니, 이로 인하여 그것이 관례
가 되었다. 그것을 체등례遞等例라고 했는데, 이후로 차츰 액수가 감소해
서 고종 때는 1만여 냥으로 되었다. 임기를 채우지 못하고 갈리게 되면 체
등례의 절반을 적용했다고 한다.

정조는 치제 때 제문을 친히 작성했다. 을묘년1735, 영조 11에 세자뒷날의

사도세자를 위한 보양의 관직을 설치할 때 유척기는 천망天網을 입어 병진년1736부터 빈료가 되었다. 그리고 23년이 흘러 1758년에 이르러 유척기는 영의정이 되었다. 정조는 제문의 첫머리에서 그 사실을 추억했다. 또한 정조는 사도세자가 대리청정을 할 때 유척기가 가정을 잊을 정도로 분주했던 일을 떠올리고, 그가 당나라 때 위모魏謨, 한나라 때 후파侯芭와 같은 인물이라고 칭송했다. 위모는 당나라 태종 때 사직지신社稷之臣으로 일컬어졌던 위징魏徵의 5세손인데, 재상으로서 정사를 의논할 때 곧은 자세로 실정에 부합한 의견을 내어, 황제의 면전이라 하여 두려워하거나 피하는 법이 없었다. 한편 후파는 양웅揚雄에게서 《태현경》과 《법언》을 배우고, 양웅이 죽자 그를 위해 심상心喪 삼 년의 예를 치뤘다. 정조의 치제문 가운데 마지막 부분은 이렇다.

벼슬에서 물러난 이후로는, 노성인으로서 더욱 추앙을 받았나니
이제 기로연을 기억해보매, 흰 머리에 푸른 패옥을 찼었다.
도를 보위하고 곧음을 장려하며, 적을 토벌하고 충성을 포상하라고
말로도 아뢰고 글로도 상소했기에, 결코 사공事功이 부족하지 않았다만
오직 내가 흠복하는 것은, 따로 있도다.
하물며 저 은택의 이로움은, 강하처럼 윤택하고 산처럼 높았나니.
태평성세의 현명한 재상으로서, 청사를 빛내기에 충분하도다.
수상에게 말하건대, 장인을 닮기 바라오.

정조는 당시 우의정으로 있던 윤시동尹蓍東에게 장인 유척기를 본받으라고 당부했다. 그런데 정조가 "오직 내가 흠복하는 것은, 따로 있도다"고

말한 것은 무엇인가? 그것은 유척기가 부친 현륭원사도세자을 위해 충성을
다한 사실을 기억하고 경모한 것이다. 🍁

참고문헌

- 유척기俞拓基, 〈미음노인자명渼陰老人自銘〉, 《지수재집知守齋集》 권9 묘갈墓碣, 한국 고전
  번역원 한국문집총간 213, 1998.
- 철원문화원, 《철원금석문대관》, 2004.
- 정조正租, 〈문익공文翼公 유척기俞拓基 치제문致祭文〉, 《홍재전서弘齋全書》 제24권 제문 6,
  한국 고전번역원 한국문집총간 262~7, 2001.

행적이 우뚝하고 마음이 허허로워
탕탕한 사람이 아닌가

김종수金鍾秀, 〈자표自表〉

산인山人의 이름은 종수鍾秀, 자字는 정부定夫, 김씨金氏로 청풍淸風 출신이며, 충헌공忠憲公 구構의 증손이다. 조부 희로希魯는 호조참판이었고 부친 치만致萬은 세자시직世子侍直이었다. 비妣 정경부인 풍산홍씨는 이조참판 석보錫輔의 따님이시다. 몽오산인夢梧山人이라 한 것은 몽夢과 오梧가 모두 선산의 명칭이기 때문이다.

산인은 영종영조 무신년1728에 태어났다. 어려서 일찍이 학문하는 것을 배웠으나, 큰 문장을 이루지는 못했다. 진사를 거쳐 세자세마世子洗馬에 보임되었다. 문과에 급제함에 이르러서는 곧 춘방春坊에 들어갔다. 당시 금상께서 동궁에 계셨는데, 시강侍講하여 부주敷奏함에 군주의 덕德을 바로잡고 의리를 밝히는 데에 뜻을 두니 상께서도 여기에 마음을 기울이셨다. 하지만 초야에 있다가 조정에 출사한 지 수십 일도 되지 않아서, 곧바로 당수黨首에 연좌되어, 바닷가로 유배되어 금고당하고 폐치되어 서민이 된 지가 6년이었다.

금상정조今上正祖께서 즉위하시자 우선 기용해주셨다. 교지를 받든 이후 한 해 만에 병조판서까지 올라갔으나, 수년이 지나 늙으신 어버이를 봉양하겠다고 사직을 구해서, 전원으로 돌아가 있은 지 모두 8년이 되었다. 그런데 상께서 대장大將의 부신符信으로 일정한 계급을 뛰어넘어 부르시고 전병銓柄과 문병文柄을 주셨다. 각신閣臣으로 때때로 전석前席에 출입하다가 결국 재상으로 발탁되었다. 매번 상감의 어전에서 번번이 춘방春坊 시절에 했던 옛말들을 거듭 말씀 올려서 제법 정성스럽고 간절했으나, 세워 밝힌 바는 없었다. 왕왕 여러 사람을 추수하여 부침浮沈하자, 사우士友들이 대부분 좋지 않게 여겼으므로, 재상이 된 지 몇 개월 만에 폄출당했다. 폄출된 지 몇 개월 만에 재상으로 복직되었으나 또 몇 개월이 지나 상사喪事를 당하여 벼슬을 그만두고 떠나가, 아무 해 아무 달 아무 날에 죽었다.

산인은 도성 안이든 근교이든 어느 곳에도 자신의 집이 없어, 태어나 자라고 늙어 죽음을 모두 종자宗子의 집에서 했다. 아무 달에 광주성廣州城 서쪽 정림靜林 좌오원坐午原 선공先公의 묘 오른쪽에 안장했다.

정경부인 해평윤씨는 홍문관 교리 득경得敬의 여식이다. 아들 약연若淵은 요절했고, 딸은 서유수徐有守에게 시집갔고, 서녀는 나이가 어리다. 약연의 계자繼子는 동선東善이다.

산인은 사람됨이 견개狷介하고 우활하여 말과 행위가 경솔하게 감정에 내맡기는 것이 많아서, 이 때문에 사람들이 그를 많이 원망했다. 조정에 출사해서는 음사陰邪를 막고 염치廉恥를 연마하여 조정을 맑게 하여 왕실을 높이고자 하는 데에 힘썼다. 이 때문에 기뻐하지 않는 사람이 더욱더 많아졌다. 일찍이 기장機張으로 유배되어 금갑도金甲島에 위리안치되었다. 또 부령富寧이나 울진蔚珍으로 찬축竄逐시키라는 어명이 있었는데 끝내 행해지지는 않았다. 이는 상께서도 그가 다른 뜻이 없음을 통찰하시고 또 지인들이 무리지어 구원해줌이 없음을 가련하게 여기셨기 때문이었다.

상께서 일찍이 산인의 상像에 다음과 같이 글을 적으셨다.

조정에 있을 때에는 홀로 대의大義를 맡았고, 초야草野에 있을 때에는 치진緇塵에 물들지 않았네.

이는 이른바 행적이 우뚝하고 마음이 허허로워 탕탕蕩蕩한 사람이 아닌가?

在朝獨任大義, 在野不染緇塵.

是所謂迹突兀, 心空蕩底人耶?

아아, "신하를 앎에 있어서 군주만한 사람이 없다"고 했으니, 어찌 참말이 아니겠는가?

산인이 일찍이 손자 동선에게 이렇게 말했다.

"나는 부모를 섬김에 자식의 도리를 다하지 못했다. 군주를 섬김에 좋은 때를 만나 은조恩遭가 저 옛적에도 여기에 견줄 만한 것이 없으나, 끝내 조금이라도 보탬이 없어 나의 군주에 대해 저버린 것이 많으니, 대신大臣이라 이르겠는가? 내가 죽을 때에 조정에 시호를 요청하지 말고 비석을 세우지 말라. 그저 편석片石을 세워 '몽오산인夢梧山人의 묘墓'라고 적으면 충분할 것이다."

이어서 비석의 배면背面에 이상에서 말한 것을 새기도록 했다.

몽오산인夢梧山人 김종수金鍾秀, 1728~1799가 스스로의 무덤에 쓸 묘표로 지은 글이다. 김종수는 영조 말에 노론의 청명당 곧 벽파에 속한 인물로, 정조 때 노론 재상으로서 활약했다.

묘는 경기도 하남시 광암동에 있는데 정경부인 해평윤씨가 부좌되어 있다. 비는 1800년정조 24에 세워졌다. 비문은 김종수의 자찬을 한석봉의 글자로 집자했다. 후면에 손자 김동선金東善의 글이 추록되어 있는데, 글자는 고려시대의 명필인 유공권柳公權의 글자를 집자했다. 1980년대의 탁본이 경기도박물관에 소장되어 있다.

김종수는 본관이 청풍으로, 자는 정부定夫 호는 몽오夢梧 혹은 진솔眞率이다.

1750년영조 26 생원시와 진사시에 합격하고, 1768년에 이르러 식년시 전시에서 병과로 합격했는데 영조가 을과로 올려주었다. 1772년 3월, 대사성에 의망된 일과 관련하여 청명당의 일파라는 이유로 기장현으로 유배되고, 4월에 금갑도로 이배되었다. 8월에는 서민이 되게 하고 자제를 종신토록 금고하는 처분을 받았다. 이후 서민이 되게 하는 처분은 취소되었다. 1773년 5월, 특명으로 석방되고 1774년 2월에는 직첩이 환급되었다. 이해 5월에 아들 김약연金若淵이 죽었다. 1776년 3월, 영조가 승하한 뒤, 대행대왕행장찬집청 당상이 되었으며, 7월에 우부승지·홍문관 부제학·우승지가 되었다. 이후 내직과 외직을 두루 맡았다.

1779년정조 3 10월, 형 김종후金鍾厚가 홍국영을 머물러둘 것을 청했는데, 훗날 이것이 김종수의 사주에 따른 것이라는 비판을 받았다. 1784년 11월에 세자우빈객이 되고 12월에 공조판서가 되었으나, 이노춘李魯春·윤득부尹得孚의 옥사와 관련해서 오대익吳大益의 소척疏斥을 받고 삭탈관직당하고 문외출송되었다.

1785년정조 9 2월, 서용되어 규장각 제학에 그대로 임명되었다. 이후 판의금부사·판돈녕부사·대제학·수어사·형조판서 등을 거쳐 1789년 우의정이 되었다. 1793년 1월, 이가환李家煥의 처벌을 소청疏請했다. 5월에는 좌의정이 되었다. 이때 영의정에 임명된 채제공蔡濟恭이 올린 금등金縢 사건 관련의 상소를 반시頒示하도록 청하고 사직했다. 이 때문에 6월에 채제공과 함께 파직되었다. 곧바로 그와 함께 판중추부사에 서용되었다. 1794년 2월, 삼사三司의 합계合啓가 있었고, 영의정 홍낙성洪樂性 등의 소청疏請이 있어서, 삭탈관작당하고 방귀전리放歸田里의 처분을 받았다가 곧 평해로 유배되었다. 3월, 남해현에 안치되었다가, 6월에 석방되어 광주 정림靜林으로 돌아왔다.

이해 12월에 판중추부사로 서용되었으나 곧 치사致仕하여 봉조하奉朝賀에 단부單付되었다. 1797년정조 21 1월, 기로사에 들어갔다. 5월에 손자 김동선의 포천 현아로 갔다가, 1799년 1월 7일에 포천 현아에서 운명했다. 광주 정림에 장사지내졌다.

손자 김동선은 김종후가 지은 묘표의 뒤에 추가로 다음 사실을 기록했다.

이상은 부군께서 임자년1792, 정조 16에 스스로 지으신 것이다. 그 이후 갑인년1794, 정조 18 봄에 상소하여 경모궁에서 재숙할 때의 정청에 잘못이 있음을 논했는데, 삼사가 합계하여 처음에 평해 기우도로 귀양 갔다가 남해로 이배되고 여름에 사면되어 돌아왔다. 겨울에 서추로 서용되었는데, 곧 사직을 청하여 윤허를 받았다. 정사년1797, 정조 21에 기로소에 들어가고 기미년1799, 정조 23 정월 7일에 불초의 포천 임소에서 돌아가시니, 향년 72세이다. 유명에 따라 시호를 청하지 않았으나 임금이 특명으로 문충文忠이라고 시호를 내려 주셨다. 시법에, '명민하면서도 배우기를 좋아함을 문文' 이라 하고, '임금을 섬김에 절의를 다함을 충忠’이라 한다고 나와 있다.

3월에 정림의 부인 묘 좌록에 따로 장사지냈다가, 다음해 3월에 부인의 묘와 합봉했다. 이는 곤좌의 언덕으로 남쪽으로 선공의 묘와 언덕 하나가 떨어져 있다. 부인은 경술년1730, 영조 6 7월 13일 태어나 임자년1792, 정조 16 9월 22일에 졸하셨다. 사위 서유수의 계자는 후보이고 서녀는 요절했다. 동선은 아들 하나를 두었는데 어리다.

불초손 동선은 눈물을 머금고 추가로 서술한다.

김종수는 영조 말년에 세손뒷날의 정조의 사부로 있었다. 하지만 노론 청명당의 수뇌여서 기장으로 유배되기도 했다. 정조가 즉위한 후에는 청류를 앞세우는 탕평책이 추진되는 데 힘입어 중용되어 정국을 주도했다. 영남 만인소 사건 이후 사도세자가 입은 무함을 풀어주는 일이 정국의 쟁점으로 부각되자, 영조의 임오 의리를 강조하는 벽파의 중심인물로서 시파의 박종악朴宗岳이나 남인의 채제공蔡濟恭과 갈등을 일으켜 정계에서 물러났다. 하지만 그후로도 수차례 규장각 제조와 양관 대제학 등을 역임하면서 《규장각지》를 편찬하고 《역대명신주의요략》과 《국조명신주의요략》 등을 편찬했고, 《열조보감》의 발문을 짓는 등, 국가의 편찬사업에서 중요한 역할을 했다.

1807년순조 7 7월에 시파 계열의 옥당玉堂 관원들이 연명 차자를 올리고 삼사三司가 합계하여 김종수에 대한 추율追律을 청했다. 8월에 대신大臣이 빈청賓廳에서 계사啓辭를 올림에 따라 김종수는 정조의 묘정에서 출향되고 관직을 추탈당했다. 이때 형 김종후에게도 추율이 가해졌다. 1866년고종 3에 이르러 다시 정조 묘정에 배향되었다. 1910년에 이르러 김종수의 문집이 연활자로 간행되었다.

김종수는 묘표에 '몽오산인의 묘'라 적어달라고 했는데, 몽오는 선산의 이름을 딴 것이다. 선대의 유업을 실추시키지 않았다는 안도감을 자기 호에 실은 것이고 또 묘표에도 적은 것이다.

김종수는 〈솔옹문답率翁問答〉이라는 글을 남겨, 객에게 자신이 탄솔坦率한 삶을 추구하여 진솔 혹은 솔옹이라는 호를 쓰기로 했다는 뜻을 밝히는 형식으로, 자기 자신의 지향의식을 드러낸 일이 있다. 그 글은 다음과 같다.

나는 어려서 서울에 집을 두고 있으면서 스스로 몽오산인이라고 일컬었다. 몽오란 것은 지명이다. 내 선조들의 분묘가 있는 곳이어서, 살면서 거처하고 죽어서 거기 묻히고자 해서 그렇게 이름한 것이다. 그러다가 내가 몽촌에 물러나 늘그막을 지내게 되었는데, 홀연히 스스로 솔옹이라고 일컬었다. 그러자 객이 그렇게 이름한 까닭을 물었다.

나는 응대하여 이렇게 말했다. "탄솔坦率하여 망발妄發하기를 잘하자 성상께서 제게 그 망발이라는 이름으로 저를 형용하셨습니다. 그런데 망발이라는 두 글자는 한나라 무제가 급암汲黯을 지목해서 한 말이므로 나는 정말로 감당할 수가 없습니다. 다만 솔率이라는 한 글자는 내가 스스로를 잘 알고 또 성상의 밝은 지감에 알려진 바입니다. 이래서 내가 스스로 솔옹이라고 이름을 붙이고 그것이 내게 해당되지 않는다고 의심하지 않는 것입니다."

객이 말했다. "솔이라는 것은 그대의 기질의 병이오. 학문은 기질을 변화시키는 것을 귀하게 여기고, 그대는 젊어서 학문에 뜻을 두었거늘, 지금은 스스로 솔에 편안히 여기고 심지어 그것으로 이름을 삼았으니, 어찌 그대가 늘그막에 마침내 스스로의 학문을 잊어버린단 말이오."

나는 말했다. "아아, 그대의 말이 옳소. 편벽됨을 교정하여 중용으로 나아가서 성인의 도에 합하려고 하는 것이 정말로 나의 오래된 바람이오. 하지만 지금은 늙어서 그렇게 할 수가 없소. 솔이라는 한 글자는 정말로 나의 일생의 단점인 바이지만, 장점도 역시 여기에 있소. 성상께서는 이미 그 사실을 알고 계시므로, 숨길 수가 없소. 전부터 성상께서 말씀하시길, "얼핏 자취를 보면 우뚝한데, 가만히 마음을 따져보면 사실은 팅 비어있구나" 하시고, "평소 규모를 보면 입에서 나오는 대로 말하는 것이 병이다" 하셨는데, 그 말씀은 모두 솔이란 글자의 의소義疏라고 할 것이오. 내가 이름을 책策에 써 임금 앞에 신하 노릇할 것을 선서하고 조정에 오른 지 20년에, 조정에서 벼슬한 날은 그리 많지 않거늘, 죄목을 범하여 죄의 구덩이에 빠진 것이 거의 하나 둘로 셀 수 없을 만큼 많소. 심지어는 혹 숨을 들이쉬고 내뱉는 짧은 순간에 생명이 왔다갔다할 판이었거늘, 우리 성상께서 제가 입에서 나오는 대로 말을 하고 마음에서 생각나는 대로 행동해서 함정과 덫에 스스로 저촉한 것이 모두 솔 때문이란 것을 아셨소. 그래서 문득 동정하시고 사면하여 주셨으며, 비단 사면해주실 뿐만 아니라 대우하시길 더욱 두텁게 하셨던 것이오. 그러니 이 솔이란 것은 내가 생명을 보위할 수 있게 된 보물이라고 말한다고 해도 옳을 것이니, 감히 스스로 병폐로 여길 수가 있겠으며, 그래서 그것을 교정하고 변화시키려고 할 수가 있겠소? 그러니 내가 가만히 이 글자를 가져다가 스스로의 이름으로 삼아서 남들에게 으스대며 보여주는 것이 마땅하지 않겠소?"
객이 웃으며 말했다. "그대 말이 일리가 있으나, 그 마음은 아무래도 너무 슬프군요. 나는 다시는 솔이란 것으로 그대에게 병폐가 있다고 탓하지 않으리다."
객이 간 뒤에 마침내 이 대화를 기록하여, 〈솔옹문답〉이라고 한다.

김종수는 지나치게 탄솔해서 망발을 한다는 비판을 받자, 거꾸로 탄솔을 자신의 본분으로 삼겠다는 뜻을 표명한 것이다. 하지만 '솔옹문답' 속의 객이 말했듯이, 그 마음은 아무래도 애처롭기만 하다.

대체 사람들은 자신의 뜻을 있는 그대로 말하면서 살아갈 수 있을까? 《논어》〈미자微子〉에 보면 "우중虞仲과 이일夷逸은 은거하여 방언放言 하였지만, 몸가짐이 청도淸道에 맞고 세상을 버리는 것이 권도에 맞는다"라고 하였다. 우중과 이일은 옛날에 자신의 의지로 세간의 명리장에서 떠난 일민逸民이었다. 그들은 방언을 했다. 방언은 곧 세상에 용납되지 못하는 사람들이 쏟아내는 분노의 언어이고, 위험한 생각을 담아내는 위언危言이다.

현실적으로 방언은 용납되기 어렵다. 대개의 사람들은 진晉나라 사람 은호殷浩가 그랬듯이, 원한의 말은 내뱉지 못하고 허공에 '돌돌괴사咄咄怪事'의 네 글자만 써댈 수 있을 뿐이다. 은호는 청담淸談의 인사들 사이에서 존경을 받았고 건무장군·중군장군으로서 다섯 주의 군사를 거느렸다. 하지만 한 지역에서 일어난 반란을 진압하지 못해서 폐위되어 서인으로 되자, 종일토록 허공에 '돌돌괴사' 네 글자만 쓰고 있었다고 한다.

결국은 삶이란 이런 것이 아닌가. 하고 싶은 말을 다 내뱉지 못하고 그저 '쯧쯧 괴이한 일이로다' 라고 허공에 적는 일에 불과한 것이 아니겠는가. 그렇거늘 그것을 어기고 망발을 하였다니, 동당벌이同黨伐異, 같은 당에는 동조하고 다른 당은 공격함의 살벌한 정치판에서 김종수는 하지 말아야 할 일을 한 셈이다. 다만 그가 성군으로서 모셨던 정조가 그를 '행적이 우뚝하고 마음이 허허로워 탕탕한 사람' 이라고 규정해주었기에 그나마 위로가 되었으리라. 그런 까닭에 그는 스스로의 묘표에서 정조의 평어를 특별히 기록했다. 이해해주는 사람이 없는데도 망발과 방언을 한다면 스스로 불구덩이로 뛰어드는 것과 같을 따름이다. 🍁

참고문헌

- 김종수金鍾秀, 〈자표自表〉, 《몽오집夢梧集》 권6 묘표墓表, 한국고전번역원 한국문집총간 245, 2000. ; 〈솔옹문답牽翁問答〉, 《몽오집》 권4.

- 하남문화원, 《하남금석문대관》, 2004.

썩은 흙과 함께 스러지리라

이만수李晚秀, 〈자지명自誌銘〉

극옹屐翁이라는 사람은 연안 이만수李晚秀 성중成仲으로, 좌의정 문정공文靖公 휘 복원福源의 둘째아들이다. 전비前妣는 정경부인에 추증된 파평윤씨로 진선進善 휘 동원東源의 따님이신데, 아이를 갖지 못했다. 후비後妣는 정경부인에 추증된 순흥안씨로 참봉 휘 수곤壽坤의 따님이시다.

옹은 외모나 성품이 남달라 일반사람과 달라서 아주 가소로웠다. 글을 읽었으나 이룬 바가 없고, 선善을 행하기 좋아했으나 그 의지를 채우지는 못했다. 젊어서는 세상 일을 담당할 생각이 없었는데 만년에 문학을 조금 한다는 이유로 정묘정조를 만나 관직이 아주 고위의 직에까지 이르렀다. 정묘께서는 그가 소탈하고 우활한 성격임을 아시고 한 번도 백성들을 직접 다스리거나 정사를 담임하지 못하게 하셨다.

선어仙馭가 서거함에 이르러, 조정에 들어가 추요樞要의 직을 맡았고 나아가 병한屛翰을 안무按撫했는데 마침내 서사西事, 홍경래의 난를 처리하는 문제를 크게 그르쳐 남쪽으로 유배되었다가 되돌아와 마침내 사람들과의 왕래를 끊고 금호琴湖에서 거처했다. 그러나 종신토록 다시 기용되지는 못했다.

정묘께서는 그가 집에 거처할 때 나막신을 신는다는 말을 들으시고 특별히 나무로 만든 나막신 한 켤레를 하사하시고 시를 새겨 총애하셨다. 옹은 이 나막신을 이유로 극옹을 자호로 삼았다. 그러자 왕왕 시골아이나 농부들도 극옹이라 불러 이 호가 마치 이름이나 자 같게 되었다.

그는 시문을 지을 적에 옛사람에게 미치지 못함을 부끄러워하여 지었던 글들을 던져버리고 원고를 남겨두지 않았다.

영종영조 임신년 12월 28일에 태어나 성상지금의 왕, 순조 아무 해 아무 달 아무 날에 죽어 남양南陽 동면 백학동白鶴洞 문정공의 묘 앞 좌향이 오午인 벌에 안장되었다. 배필은 달성서씨로 영의정 충문공 휘 명선命善의 여식이다. 갑술년 생으로 을해년에 세상을 떠났다. 옹의 오른편에 안장했다. 6남 3녀를 낳았는데 그 일곱번째는 요절했고 승관勝冠, 弱冠인 자는 두 명이었다. 장남 광우光愚는 백씨 급건공及健公의 후사가 되었다. 차남 원우元愚는 문학과 행실을 겸비했으나 이른 나이에 세상을 떠났다. 광우光愚는 공익公翼이 그 뒤를 이었고 원우元愚는 세익世翼이 그 뒤를 이었다.

옹은 살아서는 일컬을 만한 것이 없었고 죽어서는 전할 만한 것이 없었다. 썩은 흙과 함께 다해버렸으니 무엇이 한스럽겠는가? 외려 그 흙에서 밭가는 소와 방목되는 가축이 상할까 염려스럽다. 문文을 지어 그 장藏, 묘 자리에 지誌했으니 대방가大方家에게 비웃음을 받지 않을 수 있겠는가?

명銘은 다음과 같다.

삶이 있으면 반드시 죽음이 있으니, 백이와 도척·팽조와 상殤이여!

모두 하나의 개밋둑에 불과할 뿐이로다.

나는 지금 이후로 나의 참됨으로 되돌아갔으니

천년만년이 지나더라도 공고하고도 조용하리로다.

정조와 순조 때 활동한 소론계 문신인 이만수李晚秀, 1752~1820가 스스로 지은 묘지명이다. 이만수는 본관이 연안이며, 좌의정을 지낸 이복원李福源의 아들이다.

1783년정조 7 사마시에 합격하고 음보로 부사과를 지냈으며, 1789년 식년문과에 병과로 급제했다. 1795년 대사성으로 규장각 제학을 겸했으며, 이듬해 정리자 활자 만드는 일을 감독했다. 이듬해 대사간에 오르고 1799년에 대사성으로서 우유선右諭善을 겸했다. 1800년에 이조판서를 지내고 이어 공조판서가 되었다. 순조가 즉위한 뒤 수원부 유수가 되어 화령전을 완성한 공으로 숭정대부에 승진되었다. 1803년에 사은정사로 청나라에 다녀왔다. 1804년 광주부 유수, 1806년 함경도관찰사·판의금부사를 역임한 뒤 1808년 호조판서에 이르렀다.

1810년에 평안도관찰사가 되고나서 1811년 12월에 홍경래 난이 일어났다. 이듬해 정월, 치안을 유지하지 못했다는 죄로 파직되고 경주에 유배되었다.

홍경래는 서북민에 대한 차별에 불만을 품고, 상인인 우군칙, 명망 있는 양반가문 출신의 지식인 김사용金土用·김창시金昌始, 역노驛奴 출신의 부호로서 무과에 급제한 이희저李禧著, 평민 출신의 장사 홍총각洪總角과 몰락한 향족 출신의 이제초李濟初 등과 함께 봉기를 계획했다. 1811년순조 11 12월

15일에 평양 대동관을 불태우려고 했으나, 화약통이 불발하자 12월 18일에 다시 거병했다. 봉기군은 안주의 관군과 12월 29일 박천 송림에서 격돌하여 패하고는 그날 밤 정주성으로 퇴각했다. 관군은 땅굴을 파 들어가 성을 파괴하여 1812년 4월 19일에 봉기를 진압했다. 이때 2983명이 체포되어 여자와 소년을 제외한 1917명 전원이 일시에 처형되었고, 지도자들은 전사하거나 서울로 압송되어 참수되었다.

순조 12년1812 1월 16일경인의 《실록》에 평안도 관찰사 이만수를 삭직削職하고 절도사평안병사 이해우李海愚를 잡아다 문초한 사실이 기록되어 있다. 이날 비국에서는 평안병사 이만수의 삭직을 청했다.

관군이 정주定州에 바싹 진군한 것이 이제 벌써 10일이나 되었고, 송림에서 승리를 아뢴 뒤 형세가 대를 쪼개는 것 같았으므로 며칠 안 되어 성을 함락시켜야 마땅한데도 성 아래에 군사를 주둔시키고 아직 한 번도 교전하지 않아서 앞으로 점점 더 군사들을 지치게 할 염려가 없지 않으니, 너무나도 놀라운 일입니다. 그리고 수신帥臣의 경우, 적이 강 건너 땅에서 일어났는데도 애당초 기미를 보고 정탐해 알아내어 먼저 대비하지 않았습니다. 그런데다 지금 또 많은 사람이 오랫동안 지치도록 고립된 성 하나를 함락시키지 못했으니, 적에게 여유를 주어 토벌을 늦춘 죄는 '전진戰陣에 임하여 장수 바꾸기를 어렵게 여기고 신중히 해야 한다' 는 것을 구실로 삼을 수 없습니다. 청컨대 평안병사 이해우를 우선 삭직하고, 잡아다 문초하여 죄를 정하게 하소서. 그리고 도신道臣은 이미 능히 은혜로 무마하고 위엄으로 금즙禁戢하지 못하여 칭병稱兵하는 변고가 관할지역 내에서 발생하도록 만들었고, 능히 장사將士를 감독하고 독려해 빠른 시일 내에 평정하지 못하여 신충宸衷의 근심을 더욱 깊어지게 하고 백성의 뜻이 점차 소란스럽게 만들었습니다. 전자로 논하자면 직분을 다하지 못한 것이요, 후자로 논하자면 기회를 잃은 것이니, 청컨대 평안병사 이만수를 또한 삭직하소서.

순조가 이 청을 윤허했으므로, 이만수는 경주로 유배된 것이다.

이만수는 유배에서 풀려난 뒤 영원히 조정을 떠나려고 생각하여, "종신토록 다시 기용되지는 못했다"고 앞날의 어두운 전망을 그 묘지에 적었다.

그런데 이만수는 자찬묘지를 지은 뒤, 그해 7월에 공조판서와 판의금부사가 되었고 11월에는 병조판서가 되었다. 이듬해 1813년에는 공조판서, 판의금부사, 좌빈객, 판돈녕부사가 되었다. 1816년에는 병조판서가 되었으며, 1818년에 규장각 제학, 좌빈객, 수원부 유수가 되었다.

1818년의 7월 28일, 이만수는 낙산駱山 아래 옛집에서 죽었다. 향년 69세였다. 이해 남양 동면 백학동 선영 앞에 장사지내졌다. 1822년에 문헌文獻의 시호가 내렸다.

1818년의 장사 때 이시수는 이만수의 자찬묘지에 다음 글을 추가로 적었다.

이것은 옹의 자찬묘지다. 옹이 서사홍경래 난를 담당하여 공로는 있고 죄는 없었는데 조정의 의론은 끝내 유언비어에 의해 선동되는 바가 되었으니, 그 사건의 전말이 국사에 실려 있다. 남쪽으로 찬적竄謫되어 되돌아와 영원히 조적朝籍을 떠나려고 생각하여 화지化誌, 化는 변화로 죽음에 대한 완곡한 표현, 誌는 墓誌를 지었다. 묘지墓誌를 완성한 뒤 5년이 지난 무인년1818에 상께서 세자빈객으로 초치하시니 사지辭늘가 종래에는 없었던 것이었다. 옹은 감격하여 나아가 직위를 맡아 3년간 권강勸講, 임금을 모시고 강의함하여 지성至誠으로 사람들을 감동시켰다. 경진년 가을에 우연히 병에 걸려 정침正寢에서 고종考終했으니 향년 69세였다.

옹은 행실이 돈독한 사람이었다. 임금을 섬김에 충성에 돈독했고, 어버이를 받듦에 효에 돈독했고, 다른 사람과 교제함에 신의에 돈독했다. 그가 세상을 떠남에 위로는 높은 벼슬의 대부로부터 아래로는 하찮은 일을 하는 종복에 이르기까지 "어진 대부가 사라졌다!"고 말하며 탄식하지 않은 이가 없었다. 직위는 이공貳公, 의정부의 종일품 찬성과 정이품 참찬에까지 이르렀고 수명은 칠순에 까지 이르러서 영영 관화觀化, 죽음하니, 또다시 무엇을 한스럽게 여기겠는 가? 유독 80세의 병든 형님이 흰 머리로 살아계시는데 고단하여 의탁할 데가 없어, 옹은 반드시 바라보고 되돌아보아 잊지 못할 것이니 애달프도다! 예월 禮月로써 안장할 적에 옹의 형 급건수及健叟 시수時秀가 눈물을 닦으며 추기를 지어 묘혈의 곁에 함께 묻었다.

이시수는 1818년에 이르러 비로소 순조가 아우 이만수를 세자빈객으로 초치했으며, 그것은 '사지辭旨가 종래에는 없었던 것'이라고 감격했다. 이 것은 실제와 맞지 않는 것 같다. 아마 1818년에 규장각 제학이 된 사실을 특 별히 언급하고자 했던 듯하다.

당시 이만수의 친구 성정주成鼎柱도 533자의 〈자지추명自誌追銘〉을 지었다. 《극원유고屐園遺稿》 권11에 실린 〈성백상정주자지추명成伯象鼎柱自誌追銘〉에 서 그 사실을 알 수 있다.

이만수나 그의 친구 성정주는 각자 비명을 지은 후, 서로에게 보여, 자신 의 자기고백 혹은 자기서술에 추호도 거짓이 없음을 확인해 받은 듯하다. 그 렇게 자기고백의 글을 상대에게 보여줄 것을 예상하면서 그 고백이 거짓되지 않도록 스스로를 다잡았는지 모른다.

그렇다고는 해도, 이만수가 자기의 시문이 옛사람에게 못 미친다고 해서 그 시문들을 던져버린 일은 결벽증이 심한 것 같다. 저 김시습도 나뭇잎에 시를 적어 물에 흘려보내고는 했지만, 《사유록四遊錄》 같은 시집을 스스로 깨끗이 적어 후대에 남기려 하지 않았던가. 스스로 묘비명을 지어야 할 만큼 자신의 이야기를 남에게 들려주려 하고 또 여러 기록들을 남겨 후세에까지 전하려고 한 것은, 잊혀지는 것을 두려워하는 인간의 본능 때문이었다고 해야 하리라. 🍁

참고문헌

● 이만수李晩秀, 〈자지명自誌銘〉, 《극원유고屐園遺稿》 권11 옥국집玉局集 묘지명墓誌銘, 한국 고전번역원 한국문집총간 268, 2001.; 〈자지추기自誌追記〉, 《극원유고》 권15 부록附錄.

을 해주지 않는데, 처음부터 제공된 영역을 넘어서는 일을 할 생각을 가
지려면, 세상에 드문 영웅적이고 정신적인 고독과 자주성, 또는 건강한
생활력을 필요로 한다.

우리 주위의 초개인적인 것, 즉 시대 자체가 외견상으로는 아무리 눈부
시게 움직여도, 내부에 그 어떤 희망과 장래도 없어 어찌할 바를 모르는
심정을 남몰래 인식하고, 의식이든 무의식적이든 어떠한 형태의 시대로
향한 질문, 다시 말해서 우리의 모든 노력과 활동의 궁극적인 초개인적
이고 절대적인 의지에 관한 질문에 대해 시대가 공허한 침묵을 계속 지
키고 있다면, 그런 사태로 인한 마비적인 영향은 그 사태에 대한 질문을
하는 사람이 진지한 인간인 경우 거의 피할 수 없을 것이다. 그리고 이런
마비작용은 개인의 마음과 윤리적 부분에서 육체와 유기체의 부분으로
미치게 된다. '무엇 때문에' 라는 질문에 대해 시대가 납득이 가는 대답
을 해주지 않는데, 처음부터 제공된 영역을 넘어서는 일을 할 생각을 가
지려면, 세상에 드문 영웅적이고 정신적인 고독과 자주성, 또는 건강한
생활력을 필요로 한다.

— 토마스 만, 곽복록 옮김, 《마의 산》, 동서문화사, 2007

제5부

죽은 뒤에나 그만두련다

孺人 潭陽田氏 誌石 유인 담양전씨 지석

1906년, 둘레 650, 높이, 삼성출판박물관

1

시름 가운데 즐거움 있고
즐거움 속에 시름 있도다

이황李滉, 〈자명自銘〉

태어나 크게 어리석었고, 자라서는 병치레 많았다.

중간엔 배운 것이 얼마나 되었나, 늘그막엔 왜 외람되이 작록을 받았나?

배움은 추구할수록 아득해지고, 벼슬은 사양할수록 얽어들었다.

나아가면 가다가 발 접질리고, 물러나면 숨어서 올곧았다만,

깊이 나라은혜에 부끄럽고, 진실로 성인말씀이 두렵도다.

산은 아스라하고, 물은 끊임없나니,

너울너울 평복차림으로, 뭇사람 비방을 벗어났도다.

내 생각을 저가 막으니, 내 패옥을 누가 완상하랴.

옛사람을 그리워하나니, 실로 내 마음 미리 알았도다.

어찌 알랴 오는 세상에, 내 마음 알아줄 이 없다고.

시름 가운데 즐거움 있고, 즐거움 속에 시름 있도다.

승화하여 돌아가리니, 다시 무엇을 구하랴.

生而大癡 壯而多疾 생이대치 장이다질

中何嗜學 晩何叨爵 중하기학 만하도작

學求猶邈 爵辭愈嬰 학구유막 작사유영

進行之跲 退藏之貞 진행지겁 퇴장지정

深慙國恩 亶畏聖言 심참국은 단외성언

有山嶷嶷 有水源源 유산억억 유수원원

婆娑初服 脫略衆訕 파사초복 탈략중산

我懷伊阻 我佩誰玩 아회이조 아패수완

我思古人 實獲我心 아사고인 실획아심

寧知來世 不獲今兮 영지래세 불획금혜

憂中有樂 樂中有憂 우중유락 낙중유우

乘化歸盡 復何求兮 승화귀진 부하구혜

이황李滉, 1501~1570은 1570년선조 3 12월 5일 시신을 염습할 준비를 하도록 명하고, 12월 7일 제자 이덕홍에게 서적을 맡게 했으며, 그 이튿날 12월 8일신축 분매에 물을 주게 하고 한서암에서 고요히 세상을 떠났다.

이황의 묘소는 종택에서 남쪽으로 조금 떨어진 토계동 건지산 남쪽 산봉우리 위에 있다. 그 묘소에 있는 이 묘갈명은 흔히 묘전비墓前碑나 묘갈墓碣이라고 하지, 신도비라고 하지 않는다. 그것은 이황이 죽기 전에 자명自銘을 지어 묘표에 사용하도록 하고, 오늘날의 국장에 해당하는 예장을 치루지 않도록 유언을 남겼기 때문이다.

그 비석도, 통상 비석을 배치하는 방법과 달리 특이하게 동쪽을 등에 지고 서쪽을 바라보고 서있다. 다만 현재의 비석은 원래의 것이 아니라 1906년에 다시 세운 것이라고 한다. 이황은 별세하기 나흘 전인 1570년 음력 12월 4일, 조카 영甯을 불러 당부했다.

조정에서 예장을 하려고 하거든 사양하라. 비석을 세우지 말고, 단지 조그마한 돌에다 앞면에는 '퇴도만은진성이공지묘退陶晩隱眞城李公之墓'라고만 새기고, 뒷면에는 향리·세계世系·지행志行·출처를 간단히 쓰고, 내가 초를 잡아둔 명銘을 쓰도록 하라.

당시 이황은 종1품 정승의 지위에 있었으므로, 사후에 예조에서 예장을 치르게 되어 있었다. 그러나 이황은 생전에 예장을 사양했다. 그리고 단지 4언 24구의 〈자명〉으로 자신의 일생을 정리했다. 이황이 스스로 묘비명을 쓴 것은, 제자나 다른 사람이 쓸 경우엔 실상을 지나치게 미화하여 장황하게 쓸까 염려하였기 때문이다.

그러나 조정의 관례에 따라 장례를 성대하게 치르고 신도비를 세우지 않을 수 없었다. 그렇기에 문인들의 협의를 거쳐 기대승奇大升이 신도비를 적기로 했다. 단, 기대승은 이황이 적은 묘표를 자신이 지은 글 위에 전문 그대로 실어두어서 선생의 뜻을 그대로 알렸다.

생전에 이황은 행장과 비문을 공공의 기록물로서 중시했다. 그렇기에 이황은 남의 행장을 적을 때 '당시의 그 사람'을 있는 그대로 서술하여야 한다고 했다. 이황이 스스로 묘표를 지은 것은 바로 스스로에 대한 엄정한 평가를 스스로 내린 것이다.

〈자명〉에서 이황은 "늘그막엔 왜 외람되이 작록을 받았나?"라고 자책하되, "벼슬은 사양할수록 얽어들었다"고 술회했다. 자신은 마다했지만 조정에서 벼슬이 자꾸 내려왔기에 어쩔 수 없이 벼슬을 살아야 했다는 사실을 말한 것이다.

이황은 벼슬살이가 스스로의 바람과는 다르다는 점을 분명히 했다. 이황은 대과文科에 합격하여 관계에 들어섰지만 관직에 있는 것은 본성과 부합하지 않았다. 더구나 임금을 가까이 모시게 되면서 반대파의 모함을 입어, 처신이 어렵게 된 적도 있었다. 그렇기에 "나아가면 가다가 발 접질리고, 물러나면 숨어서 올곧았다"고 했다. 이황은 49세 때 벼슬을 버리고 도산으로 돌아와 글 읽고 후학들을 가르치며 여생을 보내기로 결심했다. 그리고 "너울너울 평복차림으로, 뭇사람 비방을 벗어났도다"라고 안도했다.

관직을 벗어던진 자유로움은 〈도산기〉에 잘 나타나 있다.

나는 항상 오랜 병에 시달려왔기 때문에, 비록 산에서 살더라도 마음을 다해 책을 읽지 못한다. 깊은 시름에 잠겼다가 조식調息한 뒤 때로 몸이 가뿐하고 마음이 상쾌하여, 우주宇宙를 굽어보고 우러러보아 감개한 마음이 생기면 책을 덮고 지팡이를 짚고 뜰 마루에 나가 연못을 구경하기도 하고 단에 올라 절우사를 찾기도 하며 밭을 돌면서 약초를 심기도 하고 숲을 헤치며 꽃을 따기도 한다. 또 혹은 바위에 앉아 샘물을 구경도 하고 대에 올라 구름을 바라보며, 여울에서 고기를 구경하고 배에서 갈매기와 친하면서 마음대로 시름없이 노닐다가, 좋은 경치 만나면 흥취가 절로 일어, 한껏 즐기다가 집으로 돌아오면 고요한 방안에 쌓인 책이 가득하다. 책상을 마주하여 잠자코 앉아 삼가 마음을 잡고 이치를 궁구할 때, 간혹 마음에 얻는 것이 있으면 흐뭇하여 밥 먹기도 잊어버린다. 생각하다가 통하지 못한 것이 있을 때는 좋은 벗을 찾아 물어보며, 그래도 알지 못할 때는 혼자서 분비憤悱한다. 그러나 감히 억지로 통하려 하지 않고 우선 한쪽에 밀쳐두었다가, 가끔 다시 그 문제를 끄집어내어 마음에 어떤 사념도 없애고 곰곰이 생각하면서 스스로 깨달아지기를 기다리며, 오늘도 그렇게 하고 내일도 그렇게 한다. 또 봄에는 산새가 즐거이 서로 울고 여름에는 초목이 우거져 무성하며, 가을에는 바람과 서리가 차갑고, 겨울에는 눈과 물이 서로 얼어 빛나며 사철의 경치가 서로 다르니 흥취 또한 끝이 없다. 그래서 너무 춥거나 덥거나, 또는 큰바람이 불거나 큰비가 올 때가 아니면, 어느 날이나 어느 때나 나가지 않는 날이 없고 나갈 때나 돌아올 때나 이와 같다.

이황은 성수침成守琛의 묘갈문에서, 출처에 시중時中을 얻었음과 동시에 겸퇴의 뜻이 일반인들이 알 수 없는 다른 데에 있다고 말했다. 그것은 바로 자기 자신의 겸퇴의 변이기도 하다.

일찍이 보건대, 예로부터 고상한 선비가 숨고 나오지 않아 편벽하여 중도를 잃은 이가 많으나, 선생의 사람됨은 가히 숨기도 하며 가히 나오기도 하여 편벽되지 않고 중도를 얻었으니, 그 벼슬하지 않음은 의義가 없어서 그런 것이 아니라 시절이 마침 그러했고, 또 즐기는 바가 여기에 있어서일 따름이니, 어찌 한쪽으로 기운 바가 있었겠는가? 그러나 선생이 일찍이 스스로 말하지 않았으니, 다른 사람이 능히 알 바가 아니다. 그러므로 혹은 이르기를, 선생의 숨는 것은 병이 많아 스스로 겸퇴하였을 따름이라 하니, 아아, 이 말이 어찌 족히 선생의 마음에 간직한 바를 다 안 것이랴!

이황은 내적 자유를 중요시했으며, 이 자유를 기초로 자아 및 세계와의 화해를 성취할 수 있다고 믿었다. 인간에게 타율적으로 작용하는 외적 운명과의 불협화를 경험하고 고통스러워하면서도 인간이 자신의 자유와 의지로써 제어할 수 있는 내적 운명을 자유로이 선택하여 마음의 평정을 찾았다. 그러나 그의 의지는 외적 운명과의 불협화를 경험했던 기억들과 현실적으로 외면할 수 없는 세계 속에 가득한 불협화의 공기 때문에 배반당한다. 내적 자유를 온전히 확보할 수 없을지 모른다는 불안이 매순간 엄습한다. 만년에 이르도록 '구도의 실질'에 대하여 반성하는 그야말로 진정한 구도자의 전형이었다.

〈자명〉의 마지막에서 이황은 "승화하여 돌아가리니, 다시 무엇을 구하랴"라고 했다. 도연명이 〈귀거래혜사〉의 말미에서 말한 것과 같은 달관의 경지를 드러낸 것이다. 〈귀거래혜사〉에서 도연명은 "짐짓 우주의 기를 타고 우주의 기로 화하여 돌아가리니, 聊乘化以歸盡"라고 하되, "천명을 즐길 것이지 무슨 의심이 있으랴 樂夫天命復奚疑"라고 하여 죽음 이후의 세계에 대한 두려움, 죽음 이후의 역사에 대한 의심을 애써 눌렀다. 하지만 이황은 "다시 무엇을 구하랴"라고만 했다. 평소 근원적인 생명이 저절로 나에게로 와서 개시되고 자신과 일체가 됨을 진정으로 체험하였기에 '섣달 그믐'의 절박한 순간에도 마음의 평정을 유지할 수 있었던 것인지 모른다.

물론 이황이라고 해서 이자도理自到를 현실에서 매순간 확신한 것은 아니다. 만년에 이르러서도 66세 때 동지중추부사의 사면장을 올렸으나 허락되지 않아 서울로 향한 일이나, 67세 때의 6월에는 접반사로 차출되어 도성에 들어가 명종이 승하하자 〈명종행장〉을 짓고 예조판서에 제수된 일, 68세 때 숭정대부·우찬성에 제수되나 〈사직소〉 4도를 올리고, 7월에

양관 대제학에 지경연·춘추관·성균관사를 임명받자 8월에 〈육조소六條疏〉
와 〈성학십도聖學十圖〉〈문소전의〉를 올린 일은, 결코 그가 정치에 무관심
할 수 없었던 사정을 잘 말해준다. 제자 우성전禹性傳이 지적했듯이, 이황
이 68세 때 조정에 나간 것은 정치에 뜻이 전혀 없었다고 할 수 없다. 하지
만 한계는 분명했다. 참여의 의지에도 불구하고 한 시대를 잡고 있는 무리
들은 선생이 하고자 하면 여러모로 방해했으므로 한 가지 시책도 이룰 수
없었다.

김성일은 이황의 〈실기〉에서, 〈육조소〉〈성학십도〉〈문소전의〉가 모두
재상의 반대로 뜻을 이루지 못했고, 당시의 묘당이나 관각은 걸핏하면 서
로 어긋나 조정에 불화가 생길 지경이었다고 했다. 이러한 만년의 경험은
현실을 더욱 어두운 것으로 여기게 했을 것이다. 이황으로서는 이자도를
자연물의 생기 속에서 발견하는 일에 치중하고, 일상의 하학일용응연처日用
應然處에서의 공부을 괄호 속에 넣어두고는 해야 했다.

70세에 도산에서 제생에게 《계몽역전》을 강의하고서 지은 시는, 이理
를 마중하는 안온한 주체가 여전히 티끌을 의식하고 있는 불안한 모습을
언뜻 노출시켰다.

일흔에 산에 살아 산이 더욱 사랑스럽고

하늘의 역상을 고요 속에 살펴본다.

한 시내 풍월이 다시금 한가하니

진애의 만사는 간여를 말자꾸나.

七十居山更愛山 칠십거산갱애산　　　天心易象靜中看 천심역상정중간

一川風月復閑管 일천풍월부한관　　　萬事塵埃莫浪干 만사진애막랑간

이황의 유언에도 불구하고 장례는 예장으로 치러졌지만 묘소는 매우 검약했다. 1576년 12월에 문순文純의 시호가 내렸고, 1596년 윤8월에 지석誌石이 묻혔다. 기대승이 지은 〈퇴계선생묘갈명〉은 이황의 〈자명〉을 앞에 실어, '퇴장退藏' 하신 뜻을 후세에 전했다.

성호 이익은 《해동악부》의 〈낙중우樂中憂〉에서 이황의 〈자명〉을 소개하고, 이황의 정신세계를 다음과 같이 노래했다.

하늘은 즐거이 만물의 바탕이 되어

만물을 낳고 또 낳는 마음이다.

땅은 즐거이 하늘을 받들어서

만물을 길러 무성하게 이룬다.

하늘과 땅은 하나의 이理로 관통하기에

고무하고 발동하여 얕고 깊음의 차이 없다.

군자는 천지와 더불어 즐거움을 같이하고

성인은 도를 전하느라 부지런히 추심推尋한다.

인산지수仁山智水라 손발이 춤출 줄 알고

사계절 멋진 흥취는 아양금에 실었다.

군주를 요순 만들고 백성을 요순 만들기는

기약하기 쉽지 않아

세상 연고가 일천 겹 산처럼 막았도다.

태평시절 큰 은혜를 다 갚지 못했기에

미간에 깊은 근심이 침범하니 견디기 어려워라

깊은 근심 침범함을 어찌할 수 없으며

참 즐거움이 마음 치는 것도 금할 수 없네.

알아주는 이는 탁영담의 용

친애하는 이는 천광운영대의 새.

태평세계는 광활하여 만년의 은거를 용납하나

산림에서의 독선獨善은 평소 마음이 아니로다.

하늘의 구름이 때때로 서북쪽에서 흘러오니

꿈속 영혼이 한강 가를 떠나지 않누나.

이황은 "시름 가운데 즐거움 있고, 즐거움 속에 시름 있도다"라고 했다. 시름은 상시우국傷時憂國의 시름이다. 즐거움은 요산요수樂山樂水의 즐거움이다. 그 둘은 모순이 아니다. 세상 연고의 장벽을 돌파하지 못한 처지에서 그 둘은 하나일 수밖에 없었던 것이다. 🍁

참고문헌

● 이황李滉, 〈묘갈명墓碣銘〉, 《퇴계선생연보退溪先生年譜》 권 3 부록, 한국고전번역원 한국
　　문집총간 29~31, 1988.

● 권별權鼈, 〈이황李滉〉, 《해동잡록》 권5 본조本朝 '이황李滉', 《국역 대동야승》, 민족문화
　　추진회, 1971~1982.

● 이익李瀷, 〈낙중우樂中憂〉, 《성호집星湖集》 권8 해동악부海東樂府, 한국고전번역원 한국
　　문집총간 198~9, 1997.

- 이종호, 〈퇴계의 비지문자론 연구서설〉, 《퇴계학》2, 안동대학교 퇴계학연구소, 1990, pp.127~163.
- 이종호, 〈퇴계의 갈문수사碣文修辭에 대하여〉, 《퇴계학》3, 안동대학교 퇴계학연구소, 1991, pp.29~60.
- 이승수 편역, 《옥 같은 너를 어이 묻으랴》, 태학사, 2001.
- 이민홍 역, 《해동악부》, 문자향, 2008.

2

대의가 분명하기에
스스로 믿어 부끄럼이 없도다

노수신盧守愼, 〈암실선생자명暗室先生自銘〉

선생은 해양海陽, 전라도 광주의 옛이름노씨이니

수신守愼은 그 이름이고 과회寡悔는 자字라네.

호를 상촌桑村, 고려 말 조선 초의 문신 노숭이라 한 분이 바로 그 선조이니

문형文衡, 대제학과 정승을 지내고 다섯 아들을 낳았도다.

증조부의 휘는 경장敬長이니 참봉을 지내고 판서에 증직되었고

조부의 휘는 후珝이니 수守, 풍저창수를 지내고 찬성에 증직되었네.

부친의 휘는 홍鴻이니 별제를 지내고 정승에 추증되었고

외조부는 대사헌 이자화李自華라네.

정덕 을해년1515, 중종 10 4월

16일 미시에 태어나서

갑오년1534 백일장에서 진사와 생원에 오르고

계묘년1543 10월에는 문과에 장원으로 올랐네.

바로 겨울에 수찬이 되고 봄에는 사서가 되었으며

가을에는 병조에 들어가서 번갈아 숙직하였다.

인종대왕 재위하신 지 반년 남짓에

오랫동안 정언과 이조의 낭관에 있었구나.

인산因山, 인종대왕의 국장에 참석하지도 못하고 상주로 쫓겨나

정미년1547, 명종 2에 승평昇平, 순천을 거쳐 옥주沃州, 진도에 유배되었네.

절조를 지키며 돌아보니 또한 귀양살이도 비로소 편하구나

지금의 임금선조께서 즉위하자 시독관으로 부르셨네.

홍문관 직제학과 참찬관에 특진되고

대사간을 잠시 지내고 다시 부제학이 되었다.

다음해에 양친을 봉양하기를 구하여 청주목사가 되었고

감사로 바꾸는 명령이 있었으나 곧이어 부친상을 당하였구나.

신미년1571, 선조 4 2월에 거상을 끝내고

수십 일 동안에 번갈아 사간원과 사헌부의 수장이 되었네.

두 번 홍문관에 들어가고 두 번 이조참판이 되었고

곧이어 명을 받아 이조판서가 되었다.

여러 사람이 추대해 중국사신 한세능韓世能과 진삼모陳三謨의 원접사가 되었으나

모친의 병이 있어 관반館伴, 사신 접대를 책임지는 사람의 준비를 받들었다.

7월에는 대제학이 되니 바야흐로 근심스럽고

계유년1573에 정승이 되어 국정을 의논하니 도리어 부끄럽네.

잠깐 중추부에 있다가 다시 우상으로 돌아오고 무인년1578에 자리를 옮겼다.

신사년 9월에 어머니의 상이 닥치니

보살펴주시는 특별한 은총이 외람됨이 많구나.

벼슬을 그만둘 때를 알고 고민을 더하니

병든 몸 고향에 묻히기를 빈 것도 한두 번이 아니며

승정원에 아룀도 서너 차례.

근심걱정으로 황송함과 애통함으로 70평생을 하직하니

살아서 행하고 죽어서 돌아감을 차마 하랴.

붙들고 이끌어도 짐승 같은 천한 성품이 세상과 어긋나니

을유년1585에 어찌하여 영의정에 올랐던고.

작은 일은 모호하여 혹 끝내는 허물이 되었으나

대의에는 분명하여 정녕 부끄러움이 없도다.

아무 해 아무 달 아무 날에 죽었고

아무 해 아무 달 아무 날에 묻혔다.

이 몸에 흠 없이 온전하게 돌아가니

편안하구나! 선산의 서쪽 가에 누움이여.

넉 자 높이 비석에 암실暗室이라 이름 붙이니

바라건대 더불어 제물의 향기를 흠향하시라.

광릉노사이연경의 딸을 아내로 삼았고

동생인 양성현감노극신의 아들을 후사로 삼았다.

순후하고 공손한 후손 있어 집안을 보전하고 유지하리니

이에 《시》와 《예》의 가학을 그에게 맡기었네.

백대토록 사당에 노씨향화 끊어지지 않을 것이니

지금 이후로는 죄인 됨을 면하리다.

노수신盧守愼, 1515~1590이 스스로 지은 묘표다. 그가 죽은 뒤 서너 해 지나 1596년선조 29에 비가 세워질 때 비에 새겨졌다. 노수신은 명종과 선조 때 활동한 저명한 시인이자 학자다.

노수신은 본관이 광주로, 자는 과회寡悔, 호는 소재蘇齋·암실暗室이다. 활인서 별제를 지낸 노홍盧鴻의 아들로, 17세에 탄수灘叟 이연경李延慶의 딸과 결혼하고, 장인의 문하생이 되었다.

어려서부터 총명하여 13세 때 지은 시가 동호의 독서당에 모인 학사들을 놀라게 했다. 29세 되던 1543년중종 38에는 문과의 초시·회시·전시에 모두 장원했다. 곧이어 홍문관 수찬에 제수되고 사가독서를 했으며, 31세에는 사간원 정언을 거쳐 이조좌랑에 임명되었다. 청요직을 두루 거치면서 전도가 순탄한 듯했다.

그런데 인종 즉위 초 정언으로 있으면서 대윤 윤임편에서 이기를 탄핵하여 파직시킨 것이 그의 일생을 뒤틀리게 만들었다. 인종이 갑자기 승하하고 명종이 즉위하면서 소윤 윤원형이 이기와 함께 을사사화를 일으킨 것이다. 그는 이조좌랑의 직에서 쫓겨나 충주로 귀향하게 되고, 2년 뒤인 1547년정미에는 양재역 벽서사건에 연루되어 그해 3월에 순천으로 귀양을 갔다. 9월에는 다시 진도로 이배되었다. 이후 19년, 그 긴 세월 동안 섬을 떠나지 못했다. 52세 때에야 비로소 육지로 유배지가 옮겨져, 괴산으로 이배되었다.

진도에 유배된 지 약 6개월이 되는 1548년무신 2월의 어느 날, 책을 읽다가 죽음은 임박하고 어버이는 늙은 데에 생각이 미치자 마음이 안정되지 않아 드디어 두보의 〈동곡칠가同谷七哥〉를 모방해 여덟 수를 지었다. 첫째 수는 자기 삶을 돌아보았고, 둘째 수부터 일곱째 수까지는 부모, 외조모,

스승이자 장인이었던 이연경李延慶, 아우 노극신盧克愼, 함열현감 이요빈李
堯賓에게 시집간 여동생, 그리고 부인에 대한 그리움을 토로했다. 여덟째
수에서는 절개를 지키기로 다짐했다. 첫째 수를 보면 다음과 같다.

나그네, 그 나그네, 호는 암실이니

바다 섬에서 가진 것은 두 무릎뿐.

어째서 무용의 칠나무를 스스로 베었던가.

관 뚜껑이 덮여야 인생사 끝나는 것

뱃속의 기개는 아직 사라지지 않았네.

아, 첫째 노래여! 나의 노래 절규하는데

희미하던 등불 나를 위해 불꽃 다시 피우네.

有客有客號暗室 유객유객호암실　　海上隨身但兩膝 해상수신단양슬
胡爲自割無用漆 호위자할무용칠　　蓋棺悠悠事且了 개관유유사차료
腹裏規模未全失 복리규모미전실　　嗚呼一歌兮歌則狂 오호일가혜가즉광
微燈爲我回其光 미등위아회기광

두보의 〈동곡칠가〉란 〈건원 연간에 동곡현에 부쳐 살면서 지은 노래 일
곱 수乾元中寓居同谷縣作歌七首〉를 말한다. 두보가 전란을 피하여 서남방을
떠돌던, 가장 어려운 처지에서 지은 시로, 비애의 감정을 절제 없이 드러
냈다. 그것을 줄여서 〈동곡칠가〉라고 한다. 송나라 말의 지사였던 문천상
文天祥이 그것을 모방해 〈육가六歌〉를 지은 뒤로, 앞서 보았듯, 우리나라의
김시습이 〈동봉육가〉를 지었다.

　19년에 걸친 진도에서의 유배생활은 삶이 아니라 '죽음'이었다. 노수신은 어느 날 자신의 시신을 본 듯한 환각에 사로잡혔다. 그래서 〈자만自挽〉의 시를 지었다.

다섯 해를 섬에 나그네 되고 보니
하룻밤에 가지 않는 곳이 없네.
종복은 내 검은 머리를 덮어주고
관리는 석시石屍를 검안하겠지.
불혹의 나이이니 요절은 아니오
자신을 속인 일 없어 형벌로 죽지는 않았도다.
통곡할 바는 늙으신 양친을
살아 이별해야 한다는 사실.

五年客海上 오 년 객 해 상	一夕無不之 일 석 무 불 지
奴敢憮黔首 노 감 무 검 수·	官須檢石屍 관 수 검 석 시
非殤當不惑 비 상 당 불 혹	免戮爲毋欺 면 륙 위 무 기
所慟雙親老 소 통 쌍 친 로	相離在世時 상 리 재 세 시

　젊은 시절 노수신은 주희의 격물치지론을 지지했다. 곧, 25세 때 〈시습잠時習箴〉을 지어 앎을 먼저 하고 행을 뒤에 하는 공부의 순서는 변할 수 없다고 했다. 그런데 그는 인종의 동궁 시절에 시강으로 있었지만, 인종이 갑작스럽게 서거하고 명종이 즉위한 직후 을사사화가 일어나자 크게 실망했다. 그 과정에서, 천리에 대한 인식이 인간의 도덕적인 행위를 보장하지

못하며, 선은 인간 내면에서 자발적으로 흘러나와야 한다고 생각하기에
이르렀다. 주자학에서 말하는 유정유일惟精惟一의 공부는 이발己發 이후의
‘택선고집擇善固執’만을 중시하는 것이 아닌가? 주체의 공부는 ‘계신공구
戒愼恐懼’의 ‘신독愼獨’이어야 하지 않겠는가? 그는 회의했다. 그리고 나흠
순羅欽順의 《곤지기困知記》를 읽고 도심과 인심을 체와 용으로 파악하는 설
에 관심을 두었다.

나흠순은 왕수인왕양명과 같은 시대를 살면서 양명학을 비판한 학자다.
심과 성을 구분하고 천리의 객관적 실재를 확신해서 주희의 격물치지설을
지지했지만, 기철학의 영향을 받아 이와 기는 하나이고 도심과 인심은 같
은 것이되 도심은 체이고 인심은 용이라고 주장했다. 이로써 인심에서 기
인하는 인간의 욕망을 긍정하는 결과로 되었다. 이 점은 주자학의 설과 다
르다.

유배지에서 노수신은 사색의 결과를 〈인심도심변〉과 〈집중설執中說〉 두
논문으로 표명했다. 이황은 나흠순이 선학양명학을 포함하여 비판하는 말에 물들
었다고 비난하고 노수신에게는 주자학으로 돌아오라고 촉구했다. 노수신
이 충고를 따르지 않자 이황은 그를 이단에 물든 자로 규정했다.

1567년 선조가 즉위한 뒤 풀려나와 교리에 기용되었다. 하지만 1581년
선조 14 9월, 노수신은 모친의 상을 당했다. 67세의 나이였지만, 중문 밖 한
구석에 세운 여막에 거처하면서 거적자리에서 자고 거친 밥을 먹었다. 이
때 좌의정 자리가 비었고 붕당은 서로 공격을 일삼았다. 선조는 노수신이
상기를 마치기를 기다려 좌의정에 제수했다. 노수신은 면직을 청했으나
윤허하지 않았다. 1585년에도 늙음을 이유로 면직을 빌었으나 허락받지
못했다. 선조는 안석과 지팡이를 하사하고 영의정에 제수했다. 1586년 4

월에 흰 무지개가 해를 꿰자 상소하여 면직을 빌었으나 윤허하지 않았다. 그해 겨울에 집 안에 석가산을 만들고 주위에 송松·백柏·회檜·삼杉·진송眞松·적목赤木·비자榧子·두충杜沖·해송海松·황양黃楊 열 가지 나무를 두었다. 그리고 그 방을 십청정十靑亭이라 했다. 이 나무들을 보면서 세한歲寒의 지절志節을 지키겠다는 뜻을 부친 것이다.

이렇게 지절을 지키겠다고 결심한 시기에 노수신은 스스로 암실선생이라는 호를 사용하기 시작했다. 그리고 〈암실선생자명〉을 지었다. 남이 안 보는 어두운 방에 처하더라도 자신의 격률을 지켜나가겠다는 신독愼獨의 뜻을 말한 것이다.

후주後周 때 단희요段希堯는 평생의 행동을 바르게 해서 암실이라 하여도 속인 일이 없었다고 전한다. 단희요만이 아니다. 중국과 우리나라의 많은 지식인이 암실에 거처해도 격률을 어기지 않겠다는 신독의 뜻을 굳힌 예가 많다. 노수신은 나아가 자신의 수장壽藏, 즉 살아 있을 때 만든 자기 무덤을 암실이라고 했다. 죽어서도 신독의 자세를 버리지 않겠다는 지독한 결의를 드러낸 것이다. 그렇기에 그가 스스로 지은 비명에 남기고 싶은 말은 "작은 일은 흐리멍덩하여 혹 끝내 누가 되겠지만, 대의는 분명하기에 스스로 믿어 부끄럼이 없다"는 말이었다.

일흔 살이 되자 노수신은 면직의 상소를 올렸으나 허락을 받지 못했다. 그해갑신년, 1584 정월 초하루에 시를 지어 이렇게 말했다.

벼슬을 그만두고 전원에 돌아오니
슬그머니 찾는 사람 드물구나.
누가 성인이 원하던 바대로 따르리오

오래도록 큰 벼슬의 그른 것에 어두웠네.

한 번 맺은 군신의 계분

깊은 충심 노병으로 어긋났네.

다만 매화와 버들 빛만이

예전처럼 들어와서 옷깃 적시리라.

寄也歸而免 기야귀이면　　居然到者稀 거연도자희

誰從聖人欲 수종성인욕　　久昧大夫非 구매대부비

一理君臣契 일리군신계　　深衷老病違 심충로병위

只應梅柳色 지응매류색　　依舊入霑衣 의구입점의

1588년 영중추부사를 지냈으나, 이듬해 정여립의 모반사건으로 기축옥사가 일어나자 과거에 정여립을 천거했던 이유로 파직되었다.

1596년에 비를 세울 때 노수신이 생전에 스스로 써둔 명을 새기고 뒤에 유성룡柳成龍이 노수신의 간략한 행적과 내력을 적었다. 글씨는 병조판서 허성許筬이 예서로 썼다.

만력 경인년1590, 선조 23 4월 무인일에 전 의정부 영의정 암실暗室 노 선생이 한성 동문東門의 집에서 별세하시니 자질들이 상여를 모시고 돌아가 이해 7월 병오일로 날을 정해 상주 사곡沙谷 원천遠川의 서남방향 언덕에 있는 선영에 장사지냈으니 유언을 따른 것이다. 선생은 29세에 급제하시고 얼마 후 바다 가운데의 섬에 19년간 유배되어 있다가 돌아왔다. 만년에 임금의 지우를 입어 정승의 지위에 전후 14년간을 있었고 병으로 중추부에 또 1년을 있다가 작은 견책을 당해 자리를 떠나 마침내 별세했다. 선생은 일찍이 스스로 명銘을 지었고 돌아가신 뒤에 상자 속에서 찾았는데 처음부터 끝까지 다 갖춰져 있으니 감히 다른 말로 다시 덧붙일 수가 없다. 삼가 묘표의 뒤에 새기고 그 대략을 위와 같이 서술하여 후세인들이 참고로 삼게 한다.

노수신은 사상적으로 정치적으로 큰 고통을 겪었다. 그러나 그는 〈암실 선생자명〉에서 "이 몸에 흠 없이 온전하게 돌아가니 편안하구나! 선산의 서쪽 가에 누움이여"라고 온전한 몸으로 세상 마치길 염원했다.

선인들은 온전한 몸으로 생명의 시원으로 되돌아가는 전귀全歸를 바랐다. 전귀는 곧 부모가 끼쳐준 몸을 온전히 보전하고 죽는다는 뜻이다. 본래 증자曾子가 "부모가 온전히 낳아주셨으므로, 자식으로서는 그 몸을 온전히 보전하고 돌아가야 한다父母全而生之, 子全而歸之"고 한 말에서 나왔다.

증자의 제자 악정자춘樂正子春이란 사람은 집에서 마루를 내려오다가 발을 다쳤는데, 다 낫고도 여러 달 동안 밖으로 나가지를 않고서 근심스러운 낯으로 있었다. 그러자 제자가 물었다. "선생님께서는 발이 다 나으셨는데도 벌써 서너 달 동안 밖으로 나오지 않으시고 여전히 근심스러운 기색을 띠시고 계시니, 무슨 까닭이십니까?" 악정자춘은 이렇게 대답했다. "참 좋은 질문이다. 나는 이런 말을 내 선생님 증자께 들었고 내 선생님 증자는 공자께 들었네. '하늘이 낳고 땅이 기른 것 가운데 사람보다 큰 것이 없으니, 자식으로서는 부모가 낳아주신 몸을 온전히 지켜서 돌아가야 효孝라 이를 만하다. 몸을 욕되게 하지 않아야 온전하다고 이를 만하다' 라고 말일세. 그렇기에 군자는 반걸음을 떼는 사이에도 효를 잊지 않거늘, 지금 나는 효의 도리를 잊고 말았기에 근심스런 기색을 띤 것이네."

악정자춘은 이런 말을 덧붙였다. "한 번 발을 드는 사이에도 감히 부모를 잊지 말아야 한다. 샛길로 다니지 않고 큰길로 다니고, 물을 헤엄쳐 건너지 않고 배를 타고 건너서, 부모가 물려준 몸으로 감히 위태로운 행동을 하지 않아야 하네. 한 번 말을 할 때에도 감히 부모를 잊지 말아야 한다. 나쁜 말을 입 밖에 내지 말아야 하고 또 성난 말이 자신에게 돌아오지 않게 해야 하네. 이렇게 자기 자신을 욕되게 하지 않게 하고 부모에게 수치를 끼치지 않는다면, 효를 다했다고 이를 만하네."

이 이야기는 사람은 누구나 지금 내가 가지고 있는 내 몸을 소중하게 여겨서, 범죄에 빠져들어 자기 몸을 상하게 하는 일이 없어야 참된 효도를 다했다고 할 수 있다고 환기시킨다. 노수신은 유달리 정치적 고통을 많이 겪었기에 전귀全歸를 절박하게 염원했으리라. 인간은 누구든 그 부모가 준 소중한 몸을 지니고 있다. 그 점을 진지하게 생각한다면 전귀를 의식하지 않을 수 있겠는가. 🍁

참고문헌

● 노수신盧守愼, 〈암실선생자명병술십일월십오일작暗室先生自銘丙戌十一月十五日作〉, 《소재집蘇齋集》 권10 비갈碑碣, 한국고전번역원 한국문집총간 35, 1988. ; 〈자만自挽〉, 《소재집》 권3. ; 〈자만自挽〉, 《소재집》 권4.

● 류성룡柳成龍, 〈노소재자명발盧蘇齋自銘跋〉, 《서애집西厓集》 별집 권4 발跋, 한국고전번역원 한국문집총간 52, 1988.

● 김광순·문경현·최승호 공저, 《소재 노수신 연구》, 경북대학교 퇴계학연구소, 1990.

● 이의강, 〈조선조 문인의 두시 '동곡칠가' 수용과 해석〉, 《한국한문학연구》34, 한국한

문학회, 2004, pp.157~188.

● 신향림, 《노수신 시에 나타난 연구 : 주자학에서 양명학으로의 정변》, 고려대학교 박사

학위논문, 2005.

3

죽은 뒤에나 그만두리라

이준李埈, 〈자명自銘〉

아아 시독侍讀 벼슬 지낸 군은
이름은 아무개, 성은 이씨,
향상의 공부에는 효과가 없고
성격은 협애하기만 하다.
공부하지 않고 벼슬을 살아서
나아가는 데 이롭지 못했기에,
훼손당한 뒤에 와서
유계酉溪에 이르렀다.
바위에 앉아 책을 보고
샘물 떠서 티끌 씻으니,
도에 대해 말하기는 어려워도

얼추 몸에는 적합하다.

거울을 대하니 서글퍼라

얼음 밟듯 조심함이 시도 때도 없으리.

어찌 감히 게으르랴

죽은 뒤에나 그만두리라.

惟侍讀君 유시독군	名某李姓 명모이성
向上無功 향상무공	狹中有性 협중유성
未學而仕 미학이사	不利攸往 불리유왕
因毀而來 인훼이래	于酉之上 우유지상
坐石觀書 좌석관서	挹泉濯塵 읍천탁진
難語乎道 난어호도	粗適於身 조적어신
臨鏡悵然 임경창연	履氷無幾 이빙무기
豈敢自懈 기감자해	死而後已 사이후이

죽은 뒤에나 그만둘 수 있을 뿐, 어느 한 순간도 게으를 수가 없다고 했다. 이 말은 스스로에게 다짐하는 것이면서 동시에 자손에게 당부하는 말이기도 하다. 이 말을 스스로의 비명에 적어 둔 인물은 조선 인조 때의 문신 이준李埈, 1560~1635이다.

이준은 본관이 흥양이다. 임오년1582, 선조15에 사마시에 합격하고 신묘년1591, 선조24의 대과에 급제했다. 1632년인조 10에 예조참의로 임명되었다가 이듬해 휴가를 얻어 고향인 상주 청리면으로 내려간 뒤, 1635년에 사은의 예를 올리러 서울로 올라오다가 충주에 이르러 병이 났다. 그는 다시 시골로 돌아가 그해 6월에 세상을 떠났다. 향년 76세였다. 살아 있을 때 적은 두 편의 〈자명〉이 문집에 남아 있는데, 이것은 그 가운데 한 편이다.

이 글에서 이준은 자기의 성격이 좁아서 큰 도로 나아가는 공부에서 효과를 보지 못한 것을 자책하되, "어찌 감히 게으르랴, 죽은 뒤에나 그만두리라"라고 했다. '죽은 뒤에나 그만둔다'는 말은 《논어》 〈옹야〉편에서 나왔다. 제자 염구冉求가 "선생님께서 말씀하시는 도道를 좋아하지 않는 것이 아닙니다만, 저는 힘이 부족합니다"라고 말하자, 공자는 "힘이 부족한 사람은 길을 가다가 쓰러지나니, 지금 너는 금을 긋고 있다力不足者, 中道而廢, 今女畫"라고 엄하게 꾸짖었다. 금여획今女畫, 이 세 글자는 배우는 사람을 질책하는 아픈 말이다. 길을 가다가 쓰러진다는 뜻의 중도이폐中道而廢는 중간에 그만두는 포기가 아니다. '길을 가다가 중간에 기력이 모자라 쓰러진다'는 뜻이니, 의지는 있지만 힘이 다해 어쩔 수 없이 쓰러지게 된다는 말이다. 《시경》 소아 〈거할車舝〉편에 "높은 산을 우러러보고 큰 길을 걷노라"라는 구절이 있는 것을 두고 공자는 "시를 지은 이가 인仁을 좋아함이 이와 같구나! 도를 향하여 걷다가 중도에서 쓰러지는 한이 있더라도 자신의 늙음도 잊은 채 나이가 부족한 것조차 알지 못한 채 나날이 힘껏 부지런히 행하다가 죽은 후에야 그만두는 것이다"라고 했다. 죽은 후에야 그만둔다는 '사이후이死而後已'야말로 자기완성을 위해 노력하는 인간의 참모습이다.

이준은 자손들에게 들려주는 유언을 자신의 묘표로 삼게 하고, 백세 뒤까지 이 유언의 묘표를 지닌 봉분이 사라지지 않게 하라고 했다. 선대로부터 이어져오는 가업을 후손들이 지켜나가길 기대한 것이다. 따라서 이 유언의 묘표는 계왕개래繼往開來의 상징이다. 이준이 작성한 두번째 〈자명〉

의 뒷부분만 보면 다음과 같다.

작디작은 내가 어이 가문의 명성을 이어

그해 아무 마을에 미약한 자질로 내려오게 되었나.

때는 경신년 3월 6일 진시辰時

천지운행의 도에 순응해서 아름다운 이름을 처음으로 주셨다.

어려서 가정교육이 근실하고 하늘부친은 다만 선량했거늘

어리석고 고집스러워 효과보지 못하고 세월이 흐르다가

과거에서 선발되어 어린나이에 녹명의 노래에 화답한 후

그릇된 계산으로 고래 끌어당기는 힘을 시에 쏟으려 했다.

외직에 보임되어 네 번 청동인장을 받았으며

청관반열에 들어 일곱 번이나 성대하게 옥당홍문관에 끼였으며

사악함을 물리치려 외롭게 분발했으나 미얀마재비가 팔을 휘두른 격이었기에

군주를 사모해서 홀로 개나 말 같은 충정을 품어

근실하게 나를 지켜 애당초 원망하지 않았으니

규모를 시험받았지만 본시 넓지 않았다.

궁한 길에서 공명 이루려던 상념이 옅어져

수석 탐방하자던 시사의 맹약을 지키려 하니

마음에 지극한 아픔이 있어 피눈물이 옷깃을 적시고

만년의 병치레로 구레나룻에 흰 실 생겼도다.

정신을 즐겁게 하여 다스리거늘 가난을 무어 서글퍼하랴

세상을 잊고 나자 거듭 차츰 가벼이 여기게 되니

관 뚜껑 덮을 시기라고 서글퍼한들 무엇하랴

마감하는 결국처結局處에서 넉넉하다 할 만하다.

몸에 지녀 효과를 보았기에 벼루를 무덤에 묻어다오

뜻을 손상하면서 금전을 상자 가득 남겨두지 않았다.

봉황 조각의 거문고는 소리가 떫어 먼지 속에 버려두고

용 아로새긴 검은 기운이 번득여 북두칠성에 비끼네.

입을 세 번 동여매어 남의 허물을 말하지 말고

한 번 영결의 말을 너희 형제에게 끼쳐주노라.

문호가 이미 쇠미하니 분발할 생각을 하고

길이 험하고 굽이 많으니 어둠속을 가듯 두려워하라.

경전의 골수는 그 맛을 탐색하고

의義와 이利는 미세한 차이를 정밀하게 변별해라.

너희는 가득 찼다 여기지 말고 억제하고 겸손해야 하며

어두워 나를 보지 않으리라 말하지 말고 신명이 있음을 생각하라.

정성스레 집안 대대로 지녀온 담요가업를 삼가 받아서

엄숙하게 고반考槃의 물 마시던 일을 잊지 말라.

유계酉溪의 한 조각 땅 작은 기슭을 차지하여

천추토록 봉분이 선영 가까이 있게 하고

그 경개를 대략 적어 묘표에 거나니

백세토록 혹여 농부가 갈아엎지 않게 하거라.

이 〈자명〉에서 이준은 조상들의 찬란한 공적을 차례로 나열한 뒤, 자신
이 그 빛나는 가계를 이어 탄생한 사실을 말했다. 하지만 스스로 삶을 돌
아보면 자기 자신은 초라하기 짝이 없다는 생각에 서글퍼지기 시작했다.

지필을 가지고 글을 끼적이는 사업을 하였건만 그 성과도 보잘 것이 없다. 그렇기에 자신의 일생사업을 황황하게 적지 않았다.

그 대신에 이준은 자손들에게 많은 것을 당부했다. 특히 이준은 "문호가 이미 쇠미하니 분발할 생각을 해라, 길이 험하고 굽이 많으니 어둠속을 가듯 두려워하라"고 당부했다. 학문을 통해서 집안을 일으키라고 한 것이다.

양웅의 《법언》〈수신〉편에 보면, "지팡이로 땅을 더듬어서 길을 찾아 어둠속으로 나아갈 따름이다擿埴尋途, 實行而已矣"했다. 식埴은 땅을 말한 것인데, 맹인이 지팡이로 땅을 더듬어서 길을 찾는 것은 보통사람이 밤길을 걷는 것과 같다고 했다. 밤길은 깜깜하다는 뜻이다. 그래서 학문의 길을 모르는 것을 명행冥行이라 한다.

또 이준은 자손들에게 "어두워 나를 보지 않으리라 말하지 말라"고 하여 신독愼獨의 공부를 강조했다. 《시경》 대아 〈억抑〉편에 나오는 "어두우니까 아무도 나를 보지 않을 것이라고 생각하지 말라. 신령이 내림하심은 헤아릴 수가 없는 것인데, 더구나 게을리 할 수가 있겠는가無曰不顯, 莫予云覯, 神之格思, 不可度思, 矧可射思"라는 구절을 외워 들려준 것이다.

이준은 형 이전李㻺과 우애가 깊어 왜란 때 '형제급난'의 고사를 남겼다.

곧, 이전과 이준은 유성룡의 문하생으로, 임진왜란과 정유재란 때 의병으로 활동했다. 이준은 1591년선조 24 별시문과에 병과로 급제, 교서관 정자가 되었다. 이듬해 임진왜란이 일어나자 이준은 상주의 진사 김각金覺과 함께 의병을 일으켰다. 당시의 격문은 서두가 다음과 같았다.

엎드려 생각하건대, 임금께서는 서쪽으로 파천하시어 돌아오지 못하시고 세상은 몹시 어지러우니, 적개심을 분발할 책임은 신하된 도리상 당연히 져야 한다. 묻노니, 밤낮으로 와신상담하는 나머지에 가슴속에 계획하는 여러 가지 일이 족히 흉한 적의 심장을 쳐부술 수 있겠는가. 지금 여러분이 다스리고 있는 두어 고을만은 적의 부대가 이미 물러갔으나 그밖에는 아직도 가득 차 있으니, 국가에 보답하는 의거와 울타리를 굳건히 할 계책을 마련하는 것이 타는 불길을 잡는 것보다 급한데 같은 배에 풍파를 만났으니 어찌 구원을 늦출 수 있겠는가. 함께 협조하고 성의를 다하여 각기 부족한 힘을 합쳐서 방휼蚌鷸의 형세어부지리를 좌절시킴이 오직 이때이다.

하지만 고모담에서 적과 싸워 패하고 말았다. 1594년에 다시 의병을 일으켰다. 그 공으로 형조좌랑에 임명되었으나 사양했다. 이듬해 경상도도사로 나갔다. 지평의 벼슬로 있던 1597년에 유성룡과 함께 탄핵을 받아 물러났다. 그해 정유재란이 일어나자 소모관이 되었다.

이준 형제는 우애가 각별하여, 〈형제급난도〉를 남겼다. 장유張維가 그 시말始末을 시로 적었다. 현재 상주 청리면 가천리에 이준 형제가 거처했던 체화당棣華堂이 있다.

칼날이 천지에 가득한 날
형제의 고난은 너무도 서러웠다.
서로 먼저 죽으려 한 일을 옛날에 칭송했다만
둘 다 온전할 수 있었음은 참으로 기이하다.
기러기 날듯 항상 붙어 다니고

봉오리 활짝 피듯 둘 다 영진榮進했네.

인륜을 이로써 중하게 했으니

새 그림에 시 몇 수를 적는다.

이준은 1604년 주청사 서장관으로 명나라에 다녀왔다. 광해군 때 교리가 되었으나 대북의 횡포가 심하자, 사직한 뒤 전식全湜·정경세鄭經世와 시주詩酒로 어울렸다. 세상에서 그 세 사람을 상사삼로商社三老라고 했다.

1623년 인조반정으로 다시 기용되고, 명나라에 인조반정의 정당성을 밝히려고 〈정사관문呈査官文〉을 작성할 때 주도했다. 1627년인조 5에 정묘호란이 일어나자 이준은 의병을 모집했다. 또 왕명을 받들어 전주에 가서 수만 섬의 군량미를 모은 공으로 중추부첨지사가 되었다.

선조 때 학덕 높은 원로대신인 이원익李元翼은 살아 있을 때 이준에게 자신의 묘비를 미리 지어놓도록 부탁했다. 자신을 너무 미화시키지 못하게 하려는 의도에서였다. 하지만 이준은 그 뜻을 지키지 못하고 칭찬의 말을 늘어놓았다. 다만 자신의 만시를 스스로 지을 때는 미사여구를 일체 쓰지 않았다. 자기 삶을 냉정하게 되돌아본 것이다. 🍁

참고문헌

● 이준李埈, 〈자명自銘〉, 《창석집蒼石集》 권15 명銘, 한국고전번역원 한국문집총간 64~5, 1988.; 〈자명自銘〉, 《창석집蒼石集》 권16 명銘.

● 장유張維, 《계곡만필谿谷漫筆》 제2권, 《계곡집谿谷集》, 한국고전번역원 한국문집총간 92, 1988. ; 《국역 계곡집》 민족문화추진회, 1995~2002.

• 이식李植, 〈이창석李蒼石 준埈에 대한 만사 3수〉, 《택당집澤堂集》 제6권 시詩, 한국고전번
역원 한국문집총간 88, 1988 ; 《국역 택당집》, 민족문화추진회, 1996~2002.

• 임노직, 〈창석 이준 연구〉, 안동대학교 석사논문, 1996.

• 이신성, 〈창석 이준과 '형제급난도'〉, 《한국인물사연구》 3, 한국인물사연구소, 2005.
pp.271~301.

• 이승수 편역, 《옥 같은 너를 어이 묻으랴》, 태학사, 2001.

• 이종호, 〈17~18세기 갈암학파 제현들의 산문창작〉, 《퇴계학》9, 안동대학교 퇴계학연
구소, 1991, pp. 207~233.

• 이종호, 〈안동의 선비문화 연구 ; 16~17세기 순수처사를 중심으로〉, 《한국사상사학》
7, 한국사상학회, 1995, pp.9~68.

4

허물을 줄이려 했지만 잘되지 않았다

허목許穆, 〈자명비自銘碑〉

늙은이는 허목으로, 자가 문보文甫라는 사람이다. 본래는 공암 사람인데 한양의 동쪽 성곽 아래 살았다. 늙은이는 눈썹이 길어 눈을 덮었으므로 스스로 호를 미수眉叟라 했다. 또 나면서부터 손에 '문文' 자 무늬가 있었으므로 스스로 자를 문보라고도 한 것이다.

늙은이는 평소 고문을 독실하게 좋아하여 일찍이 자봉紫峯 산중에 들어가 고문으로 된 공자의 글을 읽었다. 늦게야 문장가로 성공했는데, 그 글이 제멋대로이기는 하되 방탕하지는 않았다.

혼자 지내며 내키는 대로 즐기되 옛사람들이 남긴 교훈을 좋아해서 마음으로 따랐다. 하지만 평소 자기 자신을 다잡아 일신의 허물을 줄이려 했지만 잘되지 않았다.

스스로 명銘을 지어 이렇게 말했다.

말은 행동을 덮지 못하고

행동은 말을 실천하지 못하며

한갓 요란하게 성현의 글을 읽기만 좋아했지

허물을 하나도 보완하지 못했기에

돌에 새겨 뒷사람들을 경계하노라.

言不掩其行 언불엄기행　　行不踐其言 행불천기언

徒嘐嘐然說讀聖賢 도교교연열독성현　　無一補其愆 무일보기건

書諸石以戒後之人 서저석이계후지인

허목許穆, 1595~1682이 86세 때 지은 130글자의 〈자명비〉다. "말은 행동을 덮지 못하고, 행동은 말을 실천하지 못했다"고 일생을 자책하는 말이 준엄하다.

허목은 산림으로서 정계에 진출한 인물이다. 을사사화 때 홍원으로 귀양 간 좌찬성 자磁의 증손으로, 조부와 부친은 현달하지 못했다. 어머니는 임제林悌의 외손이다.

젊어서 부친의 임지를 따라 영남의 고을을 왕래하다가 23세 때인 1617년광해군 9 거창에 머물 때 성주로 가서 정구鄭逑의 문하에 들었다. 그해에 허목은 덕유산을 유람하고 〈덕유산기德裕山記〉를 지어 자연을 사랑하고 사물에 대한 탐구를 즐기는 성품을 고스란히 드러냈다.

남방에 위치한 명산의 절정으로는 덕유산이 가장 기이하다. 구천뢰九千磊 위에 칠봉이 있고 칠봉 위에 향적봉이 있다. 산은 감음感陰·고택高澤·경양景陽

의 서너 고을 땅에 걸쳐 있다. 남쪽으로는 천령天嶺과 운봉雲峯이 천왕산 절정과 나란히 맞서 있으며, 안개 끼고 노을 지는 열 지은 봉우리들이 삼백 리에 걸쳐 뻗어 있다. 봉우리 위에는 못이 있고, 못 가에는 흰 모래가 깔려 있다. 그곳의 나무는 기이한 향을 많이 풍긴다. 겨울에도 푸르고 몸통이 붉으며, 잎은 삼나무 같다. 높이는 서너 장丈에 달한다. 못은 맑고 깨끗하며, 모래밭 위에는 수목이 깊어 신이한 향이 난다. 산에 오르는 길은 두 갈래다. 하나는 감음에서부터 혼천渾川을 거쳐 구천뢰까지 60리다. 또 하나는 경양에서부터 수력水礫을 거쳐 사자령獅子嶺으로 올라간다.

산의 지맥을 하나하나 탐사하듯이 써내려간 이 글은 그의 탐구정신을 잘 드러내준다. 또한 간결한 서술과 명료한 묘사는 강인한 사고를 반영하고 있다.

허목은 30대에 동학재임東學齋任으로 있었다. 이때 서인의 박지계朴知誡가 당시 국왕의 생부 계운궁을 추숭하려는 의론을 일으키자, '임금에게 아첨하여 예를 문란하게 만든 자'라고 비판하고 그의 이름을 유학자의 명부에서 삭제했다. 이것이 문제가 되어 과거 볼 자격을 박탈당했다.

허목은 연구와 저술을 일삼는 한편, 여러 지방으로 여행을 다녔다. 〈감유부서感游賦序〉에서 스스로 "나는 심산 대택에서 노니는 것을 좋아해서, 아무리 큰 들과 깊은 바다라 해도 멀다 하여 그 끝까지 가지 않은 곳이 없다"고 술회할 정도였다. 여행을 한 뒤에는 반드시 여행기를 남겼다.

56세 되던 효종 원년에 비로소 정릉참봉에 제수되었다. 64세에는 지평으로, 그리고 65세에는 장령으로 임명되었다. 현종 원년부터는 경연에 참가하게 되어 그 기회를 빌려 정치적 견해를 피력했다. 81세 되던 숙종 원년에 남인이 집권하자, 이조판서를 거쳐 우의정에 제수되었다. 84세 때인 1678년숙종 4년에 이르러 경기도 연천漣川 군영촌軍營村으로 내려가 은거당 恩居堂에 은거했다. 허목은 군영촌의 이름을 녹봉촌鹿峰村이라고 고쳤다.

허목은 〈자명비〉의 뒤에 음기陰記를 남겨, 스스로 출처出處, 세상에 나오는 것과 집에 있는 것와 사수辭受, 벼슬을 사양하거나 받음에서 옛 성현을 닮으려 했다고 밝혔다. 강태공姜太公, 관중管仲, 오吳나라의 연릉延陵과 주래州來에 봉해졌 던 계찰季札, 위衛나라의 대부 거원蘧瑗, 진秦나라의 정백井伯, 공자, 안회顔 回, 증삼曾參, 공자의 손자 공급孔伋 등 옛 성현들을 대상으로 출처와 사수 에 관한 글을 지어, 그들을 본받으려고 했다.

〈자명비〉의 음기는 다음과 같다.

공암 허씨는 본래 가락국 수로왕의 자손이다. 외사外史에 '임금이 나라를 통 치해온 지 158년인 신라 말엽에 허선문許宣文이란 분이 있었는데, 나이 90여 세에 고려 태조를 섬기면서 견훤을 칠 때 특히 군량을 조달한 공이 많았기 때 문에 공암의 촌주가 되었으며, 자손이 그대로 공암의 씨족이 되었다'고 했 다. 촌주가 된 이후에, 상의국 봉어 현玄, 내사사인 원元, 예부 시랑 정正, 치 사致仕한 태위 재載, 공부상서 순純, 직사관 이섭利涉, 예빈성 소경 경京, 예부 상서 수遂, 첨의중찬 공珙, 판조좌랑 관冠, 도첨의찬성 백伯, 지신사 경絅, 전 리사판서 금錦, 판봉상시사 기愭, 양양도호부사 비扉, 합천군수 훈薰, 의영고 영 원瑗, 좌찬성 자磁, 전함사별제 강橿, 포천현감 교喬가 있었다. 목穆까지 23 대가 된다.

효종 8년에 63세로 소명召命을 받아 지평에 제수되고 이듬해에 장령으로 전 임했으며, 현종께서 즉위한 뒤 예송논쟁 때문에 실직悉直, 강릉의 부사로 좌천되었는데, 실직은 동해 가의 궁벽한 곳으로 옛날 예맥의 땅이었다. 2년 뒤 또 안렴사에 의해 쫓겨났다. 12년 만인 금상 원년에 이르러 다시 부름을 받아 대사헌이 되었다가, 한 해 동안에 다섯 번이나 전임하여 삼공의 벼슬이 되었다. 나이 81세였다. 4년째 되던 해에 사직하고 떠났다가, 3년째 되던 해에 죄를 얻었다. 이로써 방출되어 다시는 부름을 받지 못했다. 이때 나이 86세였다. 그러나 지난날 용사用事하던 사람들이 모두 다시 조정을 채웠다.

이제 나는 늙어서 자서自序를 짓는다. 또한 태공 망, 관이오, 연주래延州來의 계자季子, 거백옥蘧伯玉, 백리해百里奚와 중니 및 그 제자 안자·증자 및 자사 같은 성현들의 출처出處와 사수辭受에 관한 일을 고찰하여 서술했으니, 모두 13편이다.

허목은 국가 전례에 관한 이론에서 서인계 관료 및 학자들과 대립했다. 효종의 초상에 대한 모후의 복상기간을 정하는 문제로 논란이 일었을 때, 서인계 학자들이 기년설을 주장하여 관철시키자 허목은 남인들의 선두에 서서 삼년설을 주장하고 서인들이 왕위 계승의 정통성을 훼손시켰다고 공격했다. 이 때문에 삼척부사로 좌천되었다. 그러다가 숙종 초에 남인들이 집권하자 우의정에 취임했다. 하지만 그는 노병을 이유로 사직을 청해서 연천으로 돌아가고는 했다. 1676년숙종 2 7월에는 은퇴하면서 일생의 사적을 75글자로 표현했다. 〈늙어서 은퇴하면서 자술한 칠십오 언〉이다.

노인은 평소 책을 좋아하여, 요·순·주공·공자의 도와 육예육경의 글을 돈독하게 믿었으며, 곁으로 창힐·사주·이사의 문자학도 모두 공부했다. 그런데 주나라 도가 쇠하자 제자백가가 서로 다른 설을 제창해서 겸애·위아爲我·비

겸飛箝 · 비합裨闔 · 형명刑名 · 술수術數 · 기궤奇詭 · 휼사譎詐의 설을 일으켜 천하가 마침내 크게 어지러워진 사실을 한탄했다.

나가 노닐기를 좋아해서 동쪽으로 일출의 곳에 이르고, 단군의 유허, 기자가 팔정八政을 폈던 유적·숙신·말갈·예맥·석삭石素·변락노弁樂奴·진번眞番의 풍속 산물과 명산대천을 오십 년간 편력하여 모두 돌아보았다.

늙어서 무능하건만 탁용되어 천승지국의 재상이 되었으니, 이것은 포의布衣 출신으로서는 극히 영광이었다.

그런데 노인은 지금 나이가 팔십여 세다. 예법에 따르면 칠십이면 벼슬을 그만두고, 팔십이면 궤장을 주고 달마다 근황을 묻게 되어 있다. 지금 노인은 벼슬 그만두는 해를 십 년이나 넘겼고 궤장을 받는 해도 두 해나 넘겼다. 게다가 혼몽할 정도로 늙었으므로, 권서倦舒함이 옳다. 부디 향리로 돌아가 나의 연수를 마치게 된다면 그것으로 족하다.

그뒤 경신대출척庚申大黜陟으로 남인이 몰락하자 허목도 관직을 삭탈당하고, 한 해 뒤 세상을 떴다.

이익은 허목의 일생 업적을 논평하여, 그가 정인홍을 성균관의 유적儒籍에서 제명시킨 일, 조대비의 복제에서 기년설을 배척한 일, 말년에 같은 남인의 허적許積과 절교한 일을 세 가지 큰 절개라고 했다.

일생토록 허목은 인간사의 현실에서 유학의 이치를 구현해야 한다고 주장했다. 그렇기에 《기언》 제1권의 〈배우는 이에게 답한다答學子〉라는 글에서 지행병진의 공부를 중시하여 이렇게 말했다.

학자는 모름지기 인간사에서 이치를 구한 다음이라야 지知와 행行이 함께 나아간다고 말할 수 있다. 인간사의 공부가 지극해지기도 전에 먼저 성명性命의 근본을 구하면, 근본이 서지 않고 실심實心도 완전하지 않아서, 언뜻 터득했다가도 곧바로 잃어버리게 되어, 두루뭉수리가 될 뿐 아무런 이익이 없다. 또 단계를 뛰어넘어 높고 깊은 이치를 엿보아도 안 된다. 샘이 풍풍 솟아나고 불이 훨훨 타오르는 데서 자연의 질서를 볼 수 있는 것이다.

1682년숙종 8 4월에 병이 나자 조카를 시켜 남에게서 빌린 책을 돌려주고, 남이 행장·묘지문·전액을 써달라며 보내왔던 종이들을 되돌려주도록 했다. 또 다른 책들은 치우고 《주역》만 책상 곁에 두도록 하고는 자리에 누워 가끔씩 펴보았다. 그리고 며칠 뒤 절명시 한 수를 손수 썼다.

옛사람 글 즐거이 읽으면서
어느덧 팔십여 세.
해온 일 하나도 뜻 맞지 않으니
옹졸하고 어리석음 나 같은 이 없으리.

說讀古人書 열독고인서   行年八十餘 행년팔십여
所爲百無如 소위백무여   拙戇無如余 졸당무여여

유학을 공부한 지식인으로서 무언가 의미 있는 일을 하려고 나름대로 애썼지만, 돌아보면 어느 하나도 뜻에 맞는 것이 없었다. 그렇기에 스스로의 삶은 지극히 옹졸하고 어리석었다고 자평할 수밖에 없다. 그렇다고 스스로의 구도 생활에 대해 자부심이 없는 것은 아니다. 며칠 뒤 허목은 절구 한 수를 다시 썼다.

느낌이 있으면 응함이 있다더니
이 이치 본디 거짓이 아니로다.
은나라 사람은 귀신을 엄하게 여겼나니
귀신이 날 어찌 속이랴.

有感必有應 유감필유응　　此理本不虛 차리본불허
殷人嚴鬼神 은인엄귀신　　鬼神豈欺余 귀신기기여

수양의 결과 정신이 신명과 통하게 되었다는 확신을 표명한 것이다. 허목은 서동생을 시켜 손톱을 깎게 하고 또 머리도 빗기도록 했다.

6, 7일 전부터 허목은 약을 그만두도록 하며 "사람의 생명은 한이 있는 법인데 약을 먹은들 무엇 하겠느냐?" 했다. 자제들이 친구분께서 보냈다면서 인삼차를 드시라 청하자 "소용이 없는 줄 알지만, 친구의 후한 정의를 저버릴 수 없다" 하면서 조금 맛보았다. 문하의 여러 제자가 밖에서 들어와 문안을 드리자, "제군들 왔나. 부디 잘 있게나" 하고서 편안히 운명했다. 88세였다. 자제들은 유언에 따라 염습에 심의와 폭건을 입혔고, 명정에는 '미수 허공지구眉叟許公之柩'라고 썼다. 묘는 은거당에서 멀지 않은 곳에 썼다.

1704년숙종 30에 이르러 용인현감 한숙이 허목의 묘에 허목의 〈자명비〉를 세우자, 허목의 문인 이서우李瑞雨가 음기를 적었다. 1739년영조 15에 신유한申維翰은 은거당에 들러 허목의 47세 때 초상을 알현했다. 무덤은 은거당에서 백여 걸음 떨어진 곳에 있고, 묘 앞에는 허목의 〈자명문〉을 새긴 묘갈이 있을 뿐 석물은 없었다고 했다. 뒷날 성호 이익이 신도비를 지었다. 🍁

참고문헌

- 허목許穆, 〈자서自序〉, 《국역 기언記言》 제65~66권, 민족문화추진회, 1978~1982. ; 〈이로걸퇴자술백칠십오언以老乞退自述百七十五言〉, 《기언》 권55 속집 수고壽考. 한국고전번역원 한국문집총간 99, 1988. ; 〈자명비自銘碑〉, 《기언연보》 권2 부록, 한국고전번역원 한국문집총간 99, 1988. ; 〈자명비自銘碑 음기陰記〉, 《기언연보》 권2 부록, 한국고전번역원 한국문집총간 99, 1988.

- 이익李瀷, 〈신도비명 병서神道碑銘 幷序〉, 《기언연보》 권2 부록, 한국고전번역원 한국문집총간 99, 1988.

- 이서우李瑞雨, 〈허문정공미수선생자명서기비후지許文正公眉叟先生自銘序記碑後識〉, 《송파집松坡集》 권11, 한국고전번역원 한국문집총간 속41, 2007.

- 신유한申維翰, 〈관허상국은거당원기觀許相國恩居堂園記〉, 《청천집靑泉集》 권4 기記, 한국고전번역원 한국문집총간 200, 1997.

- 이승수 편역, 《옥 같은 너를 어이 물으랴》, 태학사, 2001.

- 심경호, 《산문기행》, 이가서, 2007.

5

마음으로 항복하지 않겠다

박세당朴世堂, 〈서계초수묘표西溪樵叟墓表〉

초수樵叟의 성은 박이고, 세당世堂은 그의 이름이다. 선조 중 정헌공貞憲公, 박동선朴東善과 충숙공忠肅公, 금주錦洲 박정朴炡 두 분께서 나란히 인조 임금 때에 명성이 드러났다. 초수는 네 살 때 아버지 충숙공을 여의었고, 여덟 살 때 병난병자호란을 만났다. 어려서 가난하여 배울 기회를 잃었다. 십여 세에 이르러 비로소 둘째형님 아래서 수업을 했지만 스스로 노력하지는 않았다.

서른둘의 나이인 현종 원년1660년에 과거에 응시하여 벼슬길에 나아가 8, 9년간 봉직했다. 하지만 스스로 재주가 짧고 능력이 부족하여 세상에 무슨 일을 하기에는 모자란다고 생각했다. 또 세상은 자꾸 무너져가서 바로잡을 수 없는 상태였다. 이에 관직을 내놓고 물러났다. 동문 밖 도성에서 30리 떨어진 수락산 서쪽 골짝에 터잡고 살면서 그 골짝을 석천石泉이라 하고, 그 김에 스스로 서계초수西溪樵叟라 일컬었다. 물가에 작은 집을 지었는데 울타리는 만들지 않고 복숭아·살구·배·밤나무 등을 집둘레에 심었다. 오이를 심고 논을 갈았으며 땔나무를 팔아 생계를 꾸렸다. 농사철이 되면 언제나 밭에 있으면서, 가래 멘 사람들과 앞서거니 뒤서거니 함께 행동했다.

초기에 간혹 조정의 부름에 나아간 일이 있었지만 후반에는 자주 불러도 일어나지 않았다. 30여 년을 살다가 죽었으니, 일흔의 나이를 넘겼다. 살던 집 뒤 백수십 발자국 떨어진 곳에 장사지냈다.

일찍이 《통설》을 지어 《시》 《서》 및 사서의 뜻을 밝혔고, 《노자》와 《장자》 두 책을 주석하여 자기의 뜻을 보였다. 《맹자》〈진심·하〉의 말에 깊이 감복하여, 차라리 외로이 살면서 세상에 구차하게 부합하지 않을지언정, '이 세상에 태어났으므로 이 세상 사람답게 살면서 남들로부터 좋은 사람이라고 여겨지면 그걸로 옳다'고 하는 자에게는 끝내 머리 숙이지 않겠으며 마음으로 항복하지 않겠다고 여겼다. 이것은 그 지향이 그랬기 때문이다.

은둔을 결행한 학자의 자기 변론으로 어조가 단호하다.

박세당朴世堂, 1629~1703이 지은 〈서계초수묘표西溪樵叟墓表〉다. '이 세상에 태어났으므로 이 세상 사람답게 살면서 남들로부터 좋은 사람이라고 여겨지면 그걸로 옳다'는 향원鄕原에게는 머리를 숙이지 않겠으며 마음으로 항복하지 않겠다고 했다.

박세당은 서울 동북쪽 수락산 골짝에 작은 집을 두고 울타리는 만들지 않았다. 삶이 자연과 연속되어 있는 열려진 공간을 설정한 것이다. 또한 오이를 심고 논을 갈았으며 땔나무를 팔아 생계를 꾸림으로써 근로하는 삶을 살았다. 이것은 김시습이 수락산에 살 때 밭을 빌려 콩과 조를 수확하고 후원에서 토란을 거두면서 직접 노동을 한 삶과 매우 흡사하다. 김시습金時習은 도연명의 〈권농〉 시에 화운해서 지은 시에서 한산우족閑散右足이나 무료좌도無聊左道를 질타했다. 그러한 심경을 박세당도 지니고 있었다.

그는 '농사철이 되면 언제나 밭에 있으면서, 가래 멘 사람들과 앞서거니 뒤서거니 함께 행동했다'고 했다. 근로하는 사람들과는 경계를 허물어 '쟁석爭席'을 실천한 것이다. 쟁석이란 말은 《장자》〈우언〉에 나온다. 곧 춘추시대 양자거陽子居란 사람이 여관에 묵을 적에 처음에는 법을 엄하게 차려 다른 사람들이 모두 그를 조심스럽게 대했는데, 그가 노자老子의 가르침을 받고나서 소탈한 태도를 보인 이후로는 다른 사람들이 그와의 신분 차이를 잊고 그와 윗자리를 다툴 정도로 친숙해졌다고 한다. 서민들과 꾸밈없이 순박한 태도로 어울리는 것을 의미한다.

박세당은 1660년현종 원년 증광문과에 장원하고 여러 벼슬을 역임하다가, 1666년에 이조좌랑에 임명되었으나, 취임하지 않아 장형을 받았다. 관료로 재직하던 시절에 박세당은 〈논궁가절수계論宮家折受啓〉에서 왕실의 토지 점유를 비판하고 절손折損을 건의했다. 〈예송변禮訟辨〉에서는 효종의 생모 인열왕후의 복제服制에 관하여 삼년설이든 일년설이든 문헌적 근거가 불충분하므로 그 두 설의 차이로 당파들이 서로 대립하는 것은 옳지 않다고 지적했다. 그곳은 김시습이 중년에 은둔한 곳이다. 박세당은 김시습을 추모하여 매월당 영당을 짓는 권연문勸緣文을 만들고, 김시습의 초상에 〈청한자진찬淸寒子眞贊〉을 적었다. 박세당은 권연문에서 김시습을 '부자夫子'라 일컫고, 여말선초의 길재吉再보다 지조가 뛰어나다고도 칭송했다. 말세의 풍속을 떨쳐 일으키려고 고심했던 박세당 자신이 바로 김시습과 닮은 면이 있다.

이후 당쟁에 혐오를 느껴 관료생활을 그만두고 경기도 양주 석천동으

로 물러난 것이다. 1697년숙종 23에 한성부 판윤 등 서너 차례 관직이 주어
졌지만 부임하지 않았다.

박세당은 〈덕장상인을 이별하면서別德藏上人〉라는 시에서 "급류를 만나
거든 물러설지니, 바윗돌로 하여금 머리 끄덕이게 만든 사람을 저버리지
말라 唯應急流退, 不負點頭人"고 했다. 머리를 끄덕이게 한다는 뜻의 점두點頭
는 남북조 때 생공生公의 고사에서 나온 말이다. 생공은 호구산虎丘山에서
불경을 강론했으나 믿는 자가 없자 돌을 모아놓고 강론하였는데, 돌들이
머리를 끄덕였다고 한다. 세속을 교화시키고 세인을 감화시키는 일이 불
가능한 시대에는 차라리 세속의 분잡함, 무의미함과 결연히 단절해야 한
다는 충고이다. 그만큼 당시에 바로 그 자신이 세속과의 결연을 의도했던
것이다.

그런데 박세당은 스스로 〈묘표〉에서 자신이 《시》 《서》 및 사서의 뜻을
밝히는 한편 《노자》와 《장자》 두 책을 주석했다고 했다. 유학사상과 노장
사상의 소통 내지 절충을 시도한 사실을 밝힌 것이다. 이것은 김시습이 유
학자로서의 정체성을 지키면서도 유가와 불가사상을 넘나들었던 것과 유
사하다. 〈서계초수묘표〉에서 "《통설》을 지어 《시》 《서》 및 사서의 뜻을 밝
혔다"고 한 것은 52세 때인 1680년숙종 6에 편찬한 《대학사변록》 등의 《사
변록思辨錄》을 가리킨다. 그리고 "《노자》와 《장자》 두 책을 주석하여 자기
의 뜻을 보였다"는 것은 53세 때인 1681년에 엮은 《신주도덕경》 1책과
《남화경주해산보》 6책을 가리킨다.

박세당은 1702년에는 이경석李景奭의 신도비명에서 송시열을 비판하
였다고 해서 반대파의 공박으로 고통을 받았다. 1703년에는 《사변록》에
서 주자학을 비판했다고 해서 사문난적의 죄로 관작을 삭탈당하고 유배

도중 옥과에서 죽었다. 임종 때 그는 아들 박태유朴泰維와 박태보朴泰輔에게, 장례를 마친 뒤 조석의 상식을 올리지 말라고 했다.

박세당은 진리가 특정인의 전유물일 수 없다고 보아, 진리의 공공성에 주목했다. 《맹자사변록》에서 그는 "천하의 선善은 홀로 독점할 것이 아니라 반드시 남과 더불어 함께해야 하니, 이것이 이른바 공정하되 사사롭지 아니하다고 하는 것이다"라고 말하고, "천하의 모든 일이란 방향이 하나요 결과도 마찬가지이지만 방법이 다르며 생각하는 방식도 다양하다"고 진리의 현실적 차별상에 주목했다. 그리고 차별적 진리는 차별상 때문에 오히려 각자의 완성에 도움을 주는 매개항으로 사용할 수가 있다고 보았다. "천하의 모든 사람이 장차 각기 그의 선한 것을 가지고 와서, 이것을 나에게 제공하면 내가 선을 행함에 많은 도움이 될 것이다. 그 천하의 미를 모두 취합하여 부지런하여 그칠 줄을 몰랐으니, 순舜이 선을 행함이 얼마나 광대했겠는가?"라고 했다. 그가 말한 '천하의 미'는 도덕적 판단 명제를 뜻하지만, 객관 진리의 공공성이라는 의미도 함축되어 있다.

박세당의 친우 윤증尹拯은 노자나 장자의 서적에 주석을 하지 말라고 권했으나, 박세당은 "노자와 장자의 본래 의도를 분명하게 파악하는 작업을 통해서 성인의 법도와의 차이를 이해할 수 있을 뿐 아니라 그 취사선택의 분명한 기준을 마련하는 계기로 삼을 수 있다"고 했다.

박세당은 유가와 묵가가 각기 상대방의 오류와 자신의 무오류를 주장하지만, 그 주장들은 하나의 온전한 전체인 대전大全에 근원하되 개별적 입론인 소성小成에서 분열된 결과라고 보고, 시비 판단의 바른 기준을 잃지 않으려면 천리의 밝음에 비추어보아야 한다고 주장했다.

박세당은 종파성의 관점을 극복하기 위해 동심원의 중앙인 환중環中을 지향하는 방식을 중시했다. 즉, 《장자》를 주석한 《남화경주해산보》에서 환중 지향의 상대주의를 다음과 같이 주창했다.

> 피차 시비를 하여 왕복하고 서로 오고가면, 저쪽과 이것의 유무를 끝내 정할 수가 없다. 끝내 정할 수가 없게 되면, 끝내 짝을 얻을 수가 없다. 짝이란 대대待對를 가리킨다. 저것이 만일 그 짝을 얻지 못하게 되면, 내가 시비의 사이에서 응대하는 바에 거취하는 것이 있을 수 없다. 도의 돌쩌귀는 바로 여기에 있다. 돌쩌귀란 환 가운데의 것환중지물環中之物으로, 도道의 돌쩌귀를 얻어 환중環中으로 삼아 무궁한 시비에 응한다면, 비록 시비가 무궁하더라도 거기에 대응하는 것은 넉넉하게 여유가 있을 것이다.

환중 지향의 상대주의는 복수의 인식체계나 가치체계를 동시에 존중하면서, 그 둘의 어디에도 중심을 놓지 않고 동심원의 중심을 향해 판단을 미루어나가는 방식이다. 그렇더라도 판단이 무한히 연기되는 것이 아니라, 천리의 밝음에 의해 돌연히 시비가 판정된다. 따라서 환중 지향의 상대주의는 판단중지가 아니다.

박세당은 상대주의적 관점을 지니고 있으면서도 지식체계인 대체大體를 수립해야 한다고 보았다. 그는 학문에서 대체大體와 소절小節을 구분하고 대체를 더욱 중시했다. 이러한 지식체계론에 입각해서, 이단이라 불리던 여러 사상의 소절들을 대체 속에 포섭하려고 기획했다. 그 기획을 위해 그는 《중용》의 박학博學·심문審問·명변明辨·신사愼思·독행篤行 다섯 과정 가운데 신사와 명변을 특히 중시했다. '사변록'의 명칭은 여기에서 기원한다.

그런데 지식체계를 구축하려면 방법상 상설詳說과 요약要約이 필요하다고 보아, 그는 《맹자사변록》에서 이렇게 말했다.

상설詳說하게 되면, 세밀하게 묻고審問 신중히 생각하고愼思 분명하게 변별하는 것明辨이 모두 그 과정 속에 있게 된다. 박학하지 않으면 좁고 고루하여 사물의 실정을 알아서 그 변동되는 것을 관찰하지 못하게 되고, 상설하지 못하면 너무 소루하여 의리의 분변을 살펴 그것을 명확하게 할 수 없다. 이미 박학·상설하면 도道로 돌려서 그 요령要領을 집약約하여야 한다. 설명한다說는 것은 강명講明하는 것이다. 대개 박학했으되 집약할 줄을 모르면, 함부로 치달려 귀일점所歸을 잃게 되고, 상세히 할 줄만 알고 요약할 줄을 모르면 번세하게 되어 종합所統에 어두울 것이니, 실수하기는 매한가지이다.

상설은 추솔·소략한 것도 유실시키지 않고 얕고 가까운 것도 누락시키지 않음으로써 깊고 심원하고 정세하고 구비한 체제가 비로소 완전하게 할 수 있다. 곧 소절을 폐기하지 않으면서도 체제를 지향하는 지적 활동을 의미한다. 그가 말하는 상설은 문맥을 주체적으로 전유하는 해석학과 통한다. 그것은 초록抄錄과 주석 집성에 의존하는 학문방법을 한 단계 발전시킨 것이기도 하다.

이를테면 박세당은 《장자》의 성론性論에 주목해서, 〈제물론〉 원문에 나오는 '성심成心'에 대해 "성심은 하늘이 선험적으로 정한 이치가 있어서 나에게 부여된 것을 뜻한다. (……) 심자취心自取는 마음이 능히 지극한 이치에 부합될 수 있음을 의미하니, 현명한 사람이든 어리석은 사람이든 이 마음을 보편적으로 본유하고 있음을 뜻한다"라고 상설했다. 이로써 박세당은 《장자》에서 유학의 성선론을 지지할 이론을 추출해낸 것이다.

상설의 방법은 '통'을 지향하는 거대한 기획이다. 박세당이 스스로 지은 묘표에서 《사변록》을 '통설通說'이라 이름 지은 것은 그 기획의 일단을 스스로 언표한 것이었다. 특히 육경은 '곡사구유曲士拘儒가 옅은 식량과 누추한 지식으로 밝힐 수 있는 것이 아니다'라고 단언함으로써 박세당은 '통유'를 지향하는 결의를 표명했다.

박세당은 수락산 시절에 지적 체계를 구축하고 내면의 완성을 기획하는 한편, 수락산의 자연을 사랑하여 유산유수를 즐겼다. 특히 〈취승대기聚勝臺記〉의 취승은 박이약博而約의 지적 활동을 미학적으로 표현한 알레고리다. 박세당은 외경外境의 객관 존재보다도 '인용人用' 곧 주체의 수용과 활용에 더욱 의미가 있음을 말하고, 그 '인용人用'에는 또한 도가 있어야 외경을 자유자재로 수용할 수 있다고 했다.

비록 그렇지만 어찌 동대라고 해서 달이 없고 서대라고 해서 꽃이 없겠으며, 남대라고 해서 눈이 없고 북대라고 해서 바람이 없겠는가? 내가 이를 쓰는 것은 방소方所를 따르는 것일 따름이다. 경치는 사람이 쓰는 데 달려 있다. 그런데 사람이 이를 쓸 때에는 도道가 없을 수 없으니, 네 개의 대를 사계절에 배속시킨 것은 대개 이러한 이유에서일 따름이다. 아침저녁에 지팡이와 짚신이 미치는 곳으로 말하면 동서를 가리지 않고 남북을 따지지 않으니, 눈과 마음에 들어오는 것이나 입으로 읊조리는 것이 또한 한 대에서 사계절의 즐거움을 누리고 한 계절에 네 대의 경치를 다 볼 수 있다. 그렇다고 보면 요컨대 명과 실이 어긋나지 않는다고 할 수 있을 듯하다.

외경과 시간, 그리고 주체는 '중중무진重重無盡'의 관계로 연결되어 있다. 이때 주체가 외경을 수용하면서 자유자재할 수 있는 것은 위기지학爲己之學, 자신의 인간성을 고양하기 위한 주체적 학문에 충실하여 세간의 시비에 휘둘리지 않는 정신경계를 지니기 때문이라는 것이다.

박세당은 고려 때 이달충李達衷이 지은 〈애오잠愛惡箴〉을 본받아 지은 〈효애오잠效愛惡箴〉에서 부구공浮丘公이라는 인물을 설정하여, "나를 군자라고 하는 이가 정말 군자라면 기뻐하고 나를 군자라고 하는 이가 정말 소인이라면 근심하지 않을 수 없지만, 소인이 나를 군자라고 하거나 소인이 나를 소인이라고 한다면 나는 근심할 것이 없다"고 말한다. 그것은 군자는 호오가 공정하고 시비가 분명한데 비해 소인은 호오가 사사롭고 시비가 모호하기 때문이다. 여기까지는 이달충의 〈애오잠〉과 같다. 그런데 박세당은 "대체 내가 군자인지 소인인지를 남의 판단에 맡겨야 할 것인가?"라고 반문하고 "그렇지 않다"고 스스로 답했다.

그리고 그대는 자기 자신이 군자인지 소인인지를 진실로 일체 남의 말에서 결정하는가? 아니면 그렇게 하지 않고 자신이 결정하는가? 내 자신이 군자인데 남들이 나를 소인이라고 하는 것은 내가 근심할 바가 아니요, 내 자신이 소인인데 남들이 나를 군자라고 하는 것은 내가 기뻐할 바가 아니다. 기뻐할 만하고 근심할 만한 것은 나 자신에게 있을 뿐이니, 남들이 어떻게 간여할 수 있겠는가? 그렇긴 하지만 선한 사람이 자신을 좋아하고 불선한 사람이 자신을 미워한다면 기뻐할 만한 실상이 있다는 것을 밖에서 알 수 있고, 불선한 사람이 자신을 좋아하고 선한 사람이 자신을 미워한다면 근심할 만한 실상이 있다는 것을 밖에서 알 수 있을 것이다. 근본은 나에게 있지만 실상을 아는 것은 남에게 있으니, 역시 가릴 바와 힘쓸 바를 알지 않아서야 되겠는가?

내가 군자인지 소인인지는 내 내면의 판단에 의거할 따름이라고 선언했다. 나의 내면을 오로지하고 나 자신을 충실히 하는 전내실기專內實己의 공부를 하는 사람만이 할 수 있는 말이다. 이 점에서 박세당의 공부는 강화학파의 공부와 무척 닮아 있다.

박세당은 젊어서 염색한 옷을 입지 않고 무명으로 만든 흰 옷을 입었고, 높은 관직에 오른 뒤에도 해진 가죽신을 그대로 신고 다닐 만큼 검소하게 살았다.

박세당에 대해 숙종은 〈별유別諭〉에서 그의 '염퇴청고恬退淸苦의 절조'를 높이 평가했다. 한편, 최석정崔錫鼎은 〈시장諡狀〉에서 박세당의 학문과 행실을 더욱 적극적으로 평가했다. 최석정의 평론을 소개하면 이러하다.

나라에서 이 분을 표창하는 바는, '한 시대의 존숭할 만한 인물'이라는 말과 '담백하게 물러남恬退'이라는 한 구절에서 벗어나지 못한다. 그리하여 이 분이 학문에서 이룬 깊은 조예와 독창적으로 체득한 견해, 참되고 올곧으며 독실한 공부, 경전의 해석에 대한 침잠, 심오한 이치에 대한 연찬 등에 대해서는 잘 알지 못한다. 또한 평소의 몸가짐은 결코 법도에서 어긋난 적이 없어서, 언행의 겉과 속이 참되었고, 일의 시작과 마침이 한결같았다. 진실로 위기지학爲己之學을 깊이 이해하고, 대도大道의 원천을 통찰하지 않고서야 어떻게 이와 같을 수 있겠는가?

박세당은 깊은 조예와 독창적인 견해를 지니고, 경전 해석과 노자와 장자의 재해석을 시도하여 진정한 학문을 수립하고자 했다. 그의 그 고투의 외관과 내면 풍경이 그가 스스로 남긴 〈묘표〉에 고스란히 녹아 있다. 🍁

참고문헌

- 박세당朴世堂, 〈서계초수묘표西溪樵叟墓表〉 《서계집西溪集》 권14, 한국고전번역원 한국문집총간 속 59, 2008.
- 이승수 편역, 《옥 같은 너를 어이 묻으랴》, 태학사, 2001.
- 최윤정, 《서계 박세당 문학의 연구》, 이화여자대학교 박사학위논문, 2007.
- 최윤정, 〈서계 박세당 문학의 연구〉, 《어문연구》 134, 한국어문학연구회, 2007, pp. 351~376.
- 심경호, 〈서계 박세당의 수락산 은거와 학문 기획〉, 《어문연구》, 한국어문교육회, 2009.

6

감암에서 야위어감이 참으로 마땅하다

이재李栽, 〈자명自銘〉

세상에 드문 기인奇人이 바다 한 모퉁이에서 났으니
성은 이李, 이름은 재栽, 자는 유재幼材.
뜻은 있었으되 재주도 없고 시운時運도 없으니
감암嵌巖에서 말라 야위어감이 참으로 마땅하다.
빛나도다 내 마음가짐이여 전철前哲을 뒤따르고
나의 즐거움을 즐기도다 다시 무엇을 구하리오.

鮮有畸人生海隈 선 유 기 인 생 해 외   姓李名栽字幼材 성 이 명 재 자 유 재
有志無才又無時 유 지 무 재 우 무 시   枯癯嵌巖固其宜 고 구 감 암 고 기 의
光余佩兮趾前休 광 여 패 혜 지 전 휴   樂吾樂兮又奚求 낙 오 락 혜 우 혜 구

17세기 후반과 18세기 초에 영남 유학을 대표했던 남인학자 이재李栽, 1657~1730가 56세 되는 1712년숙종 38, 임진에 지은 자명自銘이다. 조기趙岐의 자명自銘을 보고 나이가 서로 비슷한 데에 마음이 움직여 그가 했던 것처럼 명을 지은 것이다.

본관은 재령載寧이다. 이조판서 이현일李玄逸의 아들로, 1657년효종 8에 경상북도 영양 수비면 반곡리에서 태어났다. 아버지 현일과 숙부 휘일徽逸·숭일嵩逸 밑에서 수학했다. 1694년숙종 20의 정변으로 부친이 유배처를 전전하자 배종하면서 효도를 다했다. 이현일은 이황의 제자 김성일로부터 학통을 전수받은 장흥효張興孝의 외손자이다. 이재는 부친을 통해 이황의 학통을 이었다. 그 학문은 외조카 이상정李象靖 그리고 남한조南漢朝·유치명柳致明에게 이어졌다.

이재는 1723년경종 3, 계묘에 〈자서〉를 지었다. 이미 1694년숙종 20의 갑술환국 때《일록日錄》한 편을 지었다. 이 〈자서〉에서 이재는 전후의 대장臺章과 사림의 신변소伸辨疏를 부기하고 당시 일의 전말을 갖추어 기록해서 백년 이후에 의론이 정해질 날을 기다리고자 했다.

이재는 〈자서〉에서 가문의 내원을 먼저 이야기했다. 곧, "신라가 천명을 받은 처음에 하늘에서 월성月城의 표암瓢巖으로 내려와 개국開國의 원신元臣이 되신 분은 이알평李謁平이셨으니, 이씨로서 본관이 월성인 자들이 모두 그를 시조로 삼는다"로 시작했다. 그리고 부친 이현일李玄逸이 유학으로 현달하여 여러 관직을 두루 거쳐 이조판서에까지 이르렀던 사적을 서술한 후, 이와 같이 자신의 탄생에 대해 이야기하기 시작했다.

태어나려고 할 때 큰 호랑이가 마당가에 엎드려 있다가 내가 태어나자 그제야 갔다고 하는데 닭은 오히려 울지 않았다고 한다. 조모 태정부인太貞夫人 장씨가 해산을 보러 왔다가 이를 이상하게 여기고는 선친에게 다음과 같이 당부하셨다고 한다. "이는 길상吉祥이네. 후일 찬란하게 빛날 징험이 있을지 모르네. 꼭 기억해두게." 아기 때에 미간은 넓고 눈은 밝고 이마는 넓었으므로 판서공이 이를 헤아려 아명을 성급聖及이라 지어주셨다.

돌이 지나지 않아 돌림병을 얻어 죽을 고비를 넘겼다. 네 살 때에 걷기 시작했고 다섯 살 때에 말을 올바르게 하기 시작했다. 어려서는 많이 미련하여 사정事情에 밝지 못했으나 유독 서책에서만은 그리 막힘이 없었다. 고문사古文辭를 매우 좋아했는데, 비록 구두句讀를 떼어가며 읽지는 못했으나 서적에 대한 탐음貪淫은 기욕嗜欲과도 같았다. 당시에 지은 글 중에 사람들을 놀라게 한 것은 없었지만 종종 한껏 내달리고 난만하게 무르익은 기세가 있기도 했다. 존재存齋 선생께서 당시에 나를 데려다가 가르치시면서 이 아이는 훗날 우리 집안의 문종文種을 끊어지지 않게 할 것이라 하셨다. 선친께서는 가시는 곳마다 반드시 나를 함께 데리고 다니셨는데, 천인성명天人性命의 설, 치란흥망治亂興亡의 종적에서부터 고금古今 문장의 체體와 격格의 고하高下와 같은 것에 이르기까지 미상불 자상하게 가르쳐주시지 않은 적이 없었다. 내가 비록 어리석어 그 말이 무슨 말인지는 알지 못했으나 어른의 말을 듣기를 즐겁게 여겼기에 한 번 들은 말은 어지간히 잊는 법이 없었다.

특이하게도 이재는 모친의 훈도를 입은 사실을 밝혀두었다. 모친 장씨는 본시 규범閨範을 바로잡았는데, 이재가 열셋일 때 절구 한 수를 지어 "아이가 이미 학문에 뜻을 두었으니, 참된 유자儒者가 될 수 있으리"라고 하여 참된 유자가 되라고 격려했다.

부인 장씨는 규범閨範이 매우 발랐으며 여러 손자가 비록 어리더라도 감히 그 앞에서 비속한 말을 내는 법이 없으셨다. 열셋이 되어 겨우 《소학》《논어》《좌씨전》에 통하고 개연慨然히 옛사람을 흠모하여서는 '신세자경문新歲自警文'을 지었더니, 부인께서는 다음과 같이 절구 한 수를 지어 나를 장려하셨다. "새해에 자경문自警文을 지었으니, 너의 뜻이 요즘 사람에 있지 않구나. 아이가 이미 학문에 뜻을 두었으니, 참된 유자儒者가 될 수 있으리新歲作戒文, 汝志非今人, 童子已向學, 可成儒者眞."

조선조의 사대부 여성은 수동적 삶을 살지 않았다. 오히려 일부 여성들은 스스로의 학문세계를 구축하고 문학적으로 높은 성취를 이루었다. 이를테면 유희柳僖의 모친인 사주당 이씨는 《태교신기胎敎新記》를 엮었고, 서유본徐有本의 부인 빙허각 이씨는 《규합총서》를 엮었다. 한편 윤지당과 정일당은 여성이 성리학을 통해 완성에 이를 수 있다는 주장을 했다. 이재의 모친은 바로 이러한 여성 지성사에서 한 자리를 차지할 인물이라고 할 만하다.

이재는 젊어서 우환이 계속 이어지는 속에서도 학문에 뜻을 두고 서책에 잠심했던 일을 상세하게 회고했다.

집 안팎에서의 촉망이 얕지 않았는데, 천성이 우둔한 데다가 나이가 들어가며 차츰 사정을 살피게 되면서는 이곳저곳에서 따다 쓰기를 지나치게 좋아하는 병통이 있어 부범浮泛하여 전일하지 못했고, 부모의 상을 당하는 우환이 이어져서 어린시절의 지업志業을 거의 열에 여덟아홉은 잃어버리고 말았다. 그러나 서책을 지나치게 탐내고 거기에 빠지는 일은 예전 그대로였다. 그때 항재 숙부에게 질의하고 가르침을 청해서 《태극도설해太極圖說解》《중용

장구中庸章句》《의례儀禮》〈사상례士喪禮〉 등 여러 편을 모두 배웠다. 장성하면서 매우 궁핍하여 마음이 어지럽기도 했으나 더더욱 독서에 힘썼으므로 서른이 되었을 즈음에는 옛사람의 필묵筆墨과 혜경蹊徑, 문리을 조금 알게 되어 선친과 항재 숙부께서 편찬編剗, 글을 엮고 깎아내는 문필의 사업을 이으리라고 인정하셨다. 경저京邸에서 부모님을 봉양하면서는 어떤 날은 먼지 나고 시끄러운 성시城市에 가보기도 하고 어떤 날은 사방의 인물들을 만나보기도 했으며 또 아침저녁으로 번쇄한 인사人事가 있기도 하여, 생각은 황망해지고 지업志業은 피폐해져 도심道心을 손상하는 바가 적지 않았다.

선친께서 함경도로 유배당하시어 선친을 모시고 가면서 수륙만리水陸萬里 길을 허둥거리고 갈팡질팡했는데, 선친께서 내가 울부짖으며 어찌할 바를 몰라 하는 것을 보시고 천천히 내 손을 잡으시고는 이렇게 말씀하셨다.

"본디 환란이란 환란에 어떻게 행동하는가에 달린 것이니, 평소의 공부는 어디에 써야 할 것이더냐. 너는 그러지 말거라. 너의 아비는 성왕의 지우知遇를 입어 지위가 열경列卿에까지 이르렀으나, 뜻한 바는 하나도 행하지 못하고 끝내는 문망文罔, 법망에 걸리고 말았구나. 그러하나 평소 지업의 본말은 너도 잘 알고 있는 것이니, 부디 잊지 말고 내 논저를 수습해주기 바란다."

지금까지도 유음遺音이 전한다. 아! 불초한 자식으로서 어찌 차마 말할 수 있으리오. 변방으로 나왔으니, 땅은 고한苦寒하고 풍속은 비속했다. 비록 벼슬살이에 오히려 낯빛이 덜어지셨지만, 선친께서는 이곳 생활을 편안히 여기시기를 천명인 듯하시며 조금도 근심스러움을 언면言面에 드러내지 않으시고 매일 힘써 독서하고 글을 쓰셨다. 나 역시도 선친을 봉양하는 틈틈이 두서頭緖를 저록하고 경사經史를 읽었다. 선친께서 기뻐하시며, "너는 나의 채중묵蔡仲默, 채침이 되거라. 유배지 생활의 고통을 잊기에 족하도다"라고 하셨다.

한 번은 나의 서투른 문장을 전하는 자가 있어서 일시에 문망文望을 얻은 명공名公이 된 적이 있었다. 추차推借가 혹 과분하기도 했으나 당시에는 아직 어려서 자못 기이한 것을 좋아했던 것이었다. 그런데 진이상陳履常이 "양자운揚子雲은 기이한 것을 좋아한 까닭에 끝내 기이하게 될 수 없었다"고 논한 것을 보고서 문장 역시도 저절로 정격이 있음을 알게 되어, 비로소 전칙典則을 지니어 글을 속되게 하지 않는 것을 주로 삼게 되었다.

선친께서 북쪽으로는 함경도로 남쪽으로는 전라도로 옮겨 다니신 7년간의 유배생활을 끝내시고 경진년1700 봄에 복주福州, 안동 금소역琴韶驛으로 돌아와 우거하셨다. 그곳 산천이 드넓고도 그윽한 것을 좋아하시어 그 곁에 자리를 정하여 집을 지었다. 그 땅이 금수錦水라 칭하여지기도 했는데, 이를 금양錦陽이라 이름 짓고 유연悠然히 그곳에서 생을 마감하려는 뜻을 가지셨다. 이를 알고 원근遠近에서 많은 학자學子가 옷자락을 부여잡고 찾아와 배우기를 청했다. 나는 어려서 일찍이 다른 사람들을 좇아 정문程文을 닦았으나 과거에 합격하지는 못했고, 누차 가난家難을 만나 이를 다시 마음에 두지 않았었다. 그때부터 사우士友들 사이를 주선周旋하여 자못 관선觀善, 친구들끼리 서로 좋은 점을 보고 배움의 보탬이 있었다.

갑신년1704에 선친께서 돌아가셨다. 불초한 형제들은 금양錦陽의 새로 지은 집에서 상기를 보냈다. 그리고 가전家傳을 엮어서 입언立言의 군자에게 필삭筆削을 청하고 유문遺文을 모아 뜻을 같이하는 제인諸人들과 교감하여 한 질의 책을 이루었다. 후세의 지언知言을 기다린다. 기사년1689 이후 은지恩旨가 연이었으니 이는 상례常例에서 매우 벗어난 일이었으나 문집 속에는 기재되지 않았으므로, 양문정楊文貞과 유문충공柳文忠公, 유성룡의 고사를 본떠 《성유록聖諭錄》을 편차하여 당시의 융성했던 예권睿眷을 보였다.

애혹哀酷함을 만나 궁벽한 산골에서 허둥대며 살다가, 몇 년 후에 금수錦水로 돌아와 우거寓居를 지었으니, 옛 집터와는 겨우 수십 걸음 떨어진 곳이었다. 선친께서는 내가 불초함을 알지 못하시고 일찍이 우리 집안이 너에게 달려있다 일러주셨는데, 지금 최잔摧殘함이 이와 같으니 그 옛날 선친께서 당부하신 뜻에 부응할 바가 없게 되었다. 매일 한밤중에 이런 생각이 들 때마다 깜짝 놀라 두렵기가 이만저만이 아니어서, 자신에 이르러 가문이 쇠하여져 이를 통탄했던 두독杜篤의 슬픔이 있었다. 그래서 가만히 생각해보았다. 선비가 세상에 태어나매 그 포부란 너무나 큰 것이므로, 대행大行으로 인하여 궁핍하게 거주함이 가손加損이 되지는 않는다. 하물며 장재張載의 말에 빈천과 우척憂戚은 너를 옥처럼 갈고닦아 이루게 하기 위함이라 하지 않았던가! 지금 근심스러운 속에 유리流離하고 있는 일로 저상沮喪되고 낙담하여서 구업舊業을 온축하고 선덕先德을 좇을 것은 생각지도 않고 있으니 이 어찌 슬픈 일이 아니랴! 또 내가 듣기로, 장례 때 죽은 분을 섬기기를 살아 있을 때처럼 하고, 제사 때 사망한 분을 섬기기를 생존하였을 때처럼 하는 것이 효의 지극함이라 했다. 내가 불초하여 어버이가 살아계실 때는 산 분을 섬기는 도리를 다하지 못했는데, 돌아가신 후에 돌아가신 분을 섬기는 도리를 생각하지 않을 수 있겠는가! 사람의 자식으로서 살아있는 분을 섬기는 날은 짧고 돌아가신 분을 섬기는 날은 길다. 한 번 발을 내딛을 때에도 부모를 감히 잊지 않고 한 마디 말을 낼 때에도 부모를 감히 잊지 않다가 죽은 이후에나 그치는 것이니, 그런 뒤라야 온전치 못하나마 앞의 허물을 속죄받고 자식 된 직분을 다하게 되는 것이다. 이에 선친께서 나를 경계하시며 "다시금 침밀沈密하고서 공정工程에 착수하기를"이라 지어주신 시구에서 취하여 나의 거처하는 방을 밀암密菴이라 이름 하여, 서문표西門豹가 성질이 급하여 가죽을 차고 스스로 느긋하기를 경계하였듯이 나를 경계하고 선친의 유훈을 따른다는 뜻을 부쳤다.

내가 향정鄕井에서 멀리 떨어져 있고부터 어린 손孫들이 세덕世德과 가풍家風을 거의 알지 못하게 되었다. 이에 가세家世와 구사舊事를 찬纂하여 근본을 잊어서는 안 된다는 뜻을 보였다.

일찍이 나는 다음과 같이 생각한 적이 있다.

"옛사람들이 책읽기를 귀하게 여긴 것은 몸으로 그를 체득하기 위함이었다. 요즘 사람들은 책을 읽으매 대개 책은 책이고 사람은 사람이니 그 까닭은 무엇인가? 그저 귀로 들어 입으로 내기만 하고, 마음속에 새기어 이를 몸소 실천하지 않기 때문이 아니겠는가? 연평延平, 李侗 선생께서는 '이 도리는 모두 일용처숙日用處熟 간에 있는 것이다' 라고 하셨고 주자께서는 '강의가 끝나거든 몸소 실천하라. 그러면 비로소 귀숙歸宿할 곳이 생긴다' 라고 하셨으니, 이것이 책을 읽어 자신을 돌아보는 가장 긴요한 법이다."

그래서 매사 일용日用 간에 이를 점검하여 해가 뉘엿뉘엿 져가는 늘그막에 결루缺漏를 채워 막는 공을 거두려 하되, 맹자의 말처럼 사람의 마음이란 잃지 않으면 조장하게 되므로 이러한 마음이 중간에 끊어질까봐 늘 염려했다.

또 다음과 같이 생각한다.

"나의 몸은 내가 소유하는 것이요 나의 마음도 내가 소유하는 것이다. 그러나 몸은 때때로 없을 수도 있되 마음은 하루라도 없어서는 안 된다. 이것이 옛날 군자들이 자신의 몸은 없어질지언정 자신의 본심은 잃지 않으려 했던 까닭이다. 이 뜻을 분명하게 본다면 '뜻 있는 선비는 죽어서 구학에 버려질 것을 잊지 않는다' 는 말, '자신을 죽이어 인仁을 이룬다' 는 말, '생生을 버리고 의義를 취한다' 는 말, '사설邪說의 횡류橫流가 홍수와 맹수보다 심하다' 는 말의 참뜻을 참으로 터득할 수 있을 것이다."

이에 선친의 유훈 중에 "이치를 주로 하면 마음은 넓어지고 뜻은 공정하게 되며, 나를 주로 하면 마음은 협소해지고 뜻은 삿되게 된다"와 같은 말을 취하여 자리의 오른쪽에 걸어두어, 옛사람들이 반우盤盂나 궤장几杖에 명銘을 새겨두고 이를 힘써 행하려 한 것과 같이했다.

선친께서는 일찍이 《홍범연의洪範衍義》 편찬에 참여하셨다. 그런데 앞부분을 다듬으려 하실 때에 우환에 핍박되어 손쓸 틈도 없이 병이 깊어졌다. 선친께서는 불초한 나에게 말씀하셨다. "이 책은 두서만이 대략 이루어졌을 뿐이다. 주소註疏의 번문繁文이 아직 모두 다 정리되고 바로잡히지 못했다. 너는 명심하거라." 나는 고개를 숙이고 눈물을 흘리며 감히 잊지 않겠노라 말씀드렸다. 선친의 유훈이 있은 후 조금씩 산정刪正하기 시작하여 간약簡約하도록 했다. 선친의 언행의 대강은 이미 행장 중에 모두 기록되어 있었으나 자세한 시일에 미비한 곳이 있었으므로 전례典例를 살펴 연보를 편차하여 뜻을 같이 하는 이들에게 윤색을 청했다.

대대로 경학으로 전하여 왔는데 나에게서 끊어져서야 되겠는가! 어찌 늘그막이라 하여 스스로 이를 폐할 수 있겠는가! 이에 남은 생을 빌어 경적經籍에 엄류淹留, 죽치고 눌러 있음하여 선철先哲의 미지微旨를 궁구하고 가지런하지 못한 백가百家의 설을 정리하려 마음먹었다. 비록 심목心目이 쇠잔하여 연구를 관철시키지는 못했으나, 오래도록 끊임없이 침잠한 중에 때때로 한두 조박糟粕이라도 얻게 되면 그때마다 흔연히 기뻐하며 배고픔도 잊었다. 그러나 성품이 졸렬하고 자랑하기를 부끄러워하여 물어보지 않으면 일러주지 않았고 지리한 말을 늘어놓아 다른 사람들에게 인정받고자 하지도 않았다. 매사에 선대의 법도를 삼가 지켜 실추되는 바가 없고자 했고, 감히 나의 주장을 앞세워 가벼이 고치려 하지도 않았다.

이재는 자신의 편저에 대해 자부심을 갖고 다음과 같이 그 업적을 밝혔다.

어려서 시 읊기를 좋아했으나 그리 공교로워지기를 구하지는 않았고, 늦게
야 그것이 무익함을 알고 나서부터는 다시는 시 짓는 일에 공력을 들이지 않
았으며 저술은 더더욱 좋아하지 않았다. 그러나 책을 읽다가 회심처會心處가
있으면 그때마다 손 가는 대로 차록箚錄해두었는데, 이를 《금수기문錦水記聞》
이라 이름했다. 그리고 《주서강록朱書講錄》이 세간에 두루 읽히면서 실로 만
은 문인門人들이 기록의 잘못을 기록해두었으므로 《주서강록간보朱書講錄刊
補》를 지어 이를 바로잡았다. 또한 《주자대전집람朱子大全集覽》을 편수하려
했으나 기식記識이 강고強固하지 못하여 오래도록 일을 완수하지 못했다. 안
자顏子와 증자曾子의 말씀이 전하는 문헌들에 나오지만 책으로 이루어진 것
이 없었다. 송나라 유청지劉淸之, 子澄가 《증자서曾子書》 7편을 편수하였다는
것은 주부자께서 칭송하며 추켜세우신 바이고, 명나라 반부潘府, 자가 孔脩가
《안자서顏子書》를 편찬하였다는 것은 《공자통기孔子通紀》에 보이나, 지금 모
두 세상에 전하지 않으니 개탄할 만한 일이었다. 이에 경經과 전傳에서 뽑아
내어 《안증전서顏曾全書》 내·외·잡편을 편수하여 내가 사사로이 고열考閱하
기에 편리하도록 했다.

이재는 영조 때 장악원 주부를 제수받았으나 취임하지 않았다. 이기동정
理氣動靜의 이론에서 스스로 일가를 이룬 그는 이 〈자서〉에서도 자신의 학설
을 당당하게 개진했다. 그 내용은 생략한다.

이재는 일생 행적을 연도별로 자세하게 적었다. 단, 관력이나 행사만을
간단하게 적는 데 그치지 않고 자신의 감회를 덧붙였다. 그 감회는 당시의

사건이나 사실에 대해 그때그때 반응한 것일 수도 있지만, 1723년에 〈자서〉를 적을 때 사건이나 사실을 회상하면서 얻은 감회일 수도 있다. 글의 전체 짜임으로 보면 후자일 가능성이 높다.

예순을 넘어 일흔을 바라보게 되었을 때 예문禮文에 의거하여 정강성鄭康成, 鄭玄 같이 가장家長의 지위를 전하려 했으나 여러 손자들이 아직 장성하지 않았고 두 젊은 며느리들이 오로지 나에게 의지하고 있어 끊으려고 해도 차마 그럴 수가 없었다.

전인前人들이 한가로이 거처하며 뜻을 기르고 깊이 사색하며 학업을 닦은 것을 생각할 때마다, 궁핍하여 여기저기 이사하며 떠돌아다니는 처지를 스스로 애도하고, 생계가 더욱 영락零落하고 집안사람이 끼니 걸러야 함을 알려올 때면 옛사람들도 삼순구식三旬九食했었지 않느냐고 스스로 위로하기도 했다. 그러나 대부분 호구糊口에 누가 되어 때로는 입을 열어 다른 사람에게 꾸어옴을 면치 못했으니, 곤궁하되 변함없이 도를 잃지 않았던 호강후胡康侯, 胡安國와 같지 못함을 다시금 부끄러이 여겼다.

중년 이전에는 사방으로 분주히 다녀 관방關防의 험준함, 변새의 풍요風謠, 고금古今의 물정物情의 시변時變 등을 많이 경험하여 자세히 알았다. 하지만 나이가 들어 기력이 쇠하여지고서는 궁벽진 여염에서 묵묵히 거처하여, 시속의 유행과 더불어 오고감에 익숙하지 않아, 수석水石이 맑게 소리 내는 곳을 얻어 띠 지붕을 가지런히 자르고 서까래를 새끼로 묶고는 휘파람 불며 유유자적하려 했으나, 이번에는 그럴만한 재력과 형세가 미치지 못했다. 일찍이 옛사람의 전형을 보고서 부귀를 구하여 얻지 못할 바에야 바위 사이에 서식하며 골짜기 물을 길으면서 지내려 했으나, 이 또한 그러지 못했다. 그 사람의 매우 곤궁함을 슬퍼한다는 말은 참으로 나를 일러 하는 말이로다.

소싯적에 무사無事하여, 옛날에 세속에서 벗어나 은둔하여 살며 고상한 운치를 지녔던 자들을 보게 되면 마음속으로 즐거워하며 그들의 일을 채록하여 책으로 만들어 《상우편尙友編》이라 이름했다. 선친께서는 한편으로는 웃으시고 한편으로는 경계하시며 말씀하셨다. "나이가 아직 약관이 되지도 않았는데 어찌 이리도 갑자기 구학상丘壑相이 있는 것이냐. 군자는 세상에 도가 있으면 나타나고 도가 없으면 은둔하는 법이다. 나는 비록 네가 빨리 변신하는 것도 원치 않지만 조수鳥獸들과 함께 무리를 이루는 것 또한 원치 않는다. 부디 유념하거라." 그러나 재주가 없어 끝내 세상에 드러나지 못했으니, 어찌 궁통窮通과 영욕榮辱이란 이전에 본디 정해져 있는 것이 아니겠는가. 아, 늘상 궁핍하고 비천한 것이 선비의 본분일진대 다시금 무엇을 한스러이 여기리오!

가장 나의 뼈를 깊숙이 찌르는 일이 있다. 선친께서 기사년1689 여름과 가을에 올린 두 상소는 고심하시어 완곡한 표현을 사용하여 다른 사람들이 감히 말하지 못하던 것을 말씀하신 내용이었다. 그런데 부친과 가장 틈을 벌리고 있던 무리들이 도리어 트집을 잡아 잘못을 끄집어내어 변환을 부려 흰 것을 가리켜 검은 것이라 했다. 2, 30년만에 한 번 복관復官 처분을 받는 적이 있었지만, 저들이 곧바로 한껏 추욕醜辱을 주며 이를 저지했다. 사왕嗣王께서 밝음을 이으시어 누천漏泉의 은택이 다시 내려졌으나 당시의 정승 때문에 금고형을 받았다. 하늘이 정함은 기약이 없고 세상의 변화는 헤아릴 수가 없었다. 불초한 자식은 원통함을 품고 코를 막고 숨을 참아, 가만히 스스로를 슬퍼하며 하루아침에 구학溝壑을 뒹굴게 되더라도 이 눈만은 만세가 지나도록 감지 못할 것이다.

이재는 1694년 4월의 갑술환국 때 부친 이현일이 실각하여 함경도로 유배되었던 사실을 통한해하였다. 이현일은 1689년의 기사환국으로 남인이 집권할 때 정치적이나 학문적으로 큰 역할을 하고, 유현儒賢으로 천거되어 여러 청직淸職을 거치면서 정책결정과 인사문제에 깊이 간여했으나, 갑술환국으로 실각했던 것이다.

1723년 〈자서〉에서 밝혔듯이 이재는 만년의 거처를 밀암密菴이라 이름 지어, 자신을 경계하고 선친의 유훈을 따른다는 뜻을 부쳤다. 《한비자》〈관행觀行〉편에 보면, 전국시대 때 위魏나라 서문표西門豹가 성격이 급한 것을 고치려고 무두질한 가죽韋을 차고 다녔고, 춘추시대 진晉나라 동안우董安于가 성격이 느슨한 것을 고치려고 활줄弦을 차고 다니며 반성의 자료로 삼았던 고사가 있다. 이재는 특히 서문표를 닮으려 했다.

조현명趙顯命과 오광운吳光運은 이재를 영남 제일인자로 천거하여 크게 등용하고자 했으나 정국이 변하여 뜻을 이루지 못했다.

만일 조정에 높이 등용되었다고 해도 그 일이 이재의 인간적인 매력을 더 중하게 하지는 않았을 것이다. 이재는 자신의 몸은 없어질지언정 자신의 본심은 잃지 않으려 고투했던 생활 속의 철학자다. 가학으로 전해 내려온 경학 연구의 전통을 자기 대에서 끊어지게 해서는 안 된다고 생각하여 평생 경전의 공부에 죽치고 눌러 있어 몸과 마음이 지쳐 있을 때도 공부를 계속했다. 자자흘흘孜孜仡仡, 이것으로 됐지 않은가. 🍁

참고문헌

● 이재李栽, 〈자명自銘〉, 《밀암집密菴集》 권14 잠명箴銘, 한국고전번역원 한국문집총간

173, 1996. ; 〈밀암자서密菴自序〉, 《밀암집》 권23 행장行狀, 한국고전번역원 한국문집총간 173, 1996.

- 정만조鄭萬祚, 〈숙종 후반~영조 초의 정국과 밀암 이재의 정치론〉, 《밀암 이재 연구》, 영남대학교 민족문화연구소, 2001.

- 김언종金彦鍾, 〈밀암 이재의 시문학〉, 《밀암 이재 연구》, 영남대학교 민족문화연구소, 2001, pp153~171.

- 민족문화연구소 편, 《밀암 이재 연구》, 영남대학교출판부, 2001.

7

천명을 즐기거늘 무엇을 의심하랴

조림曺霖, 〈자명 병서自銘 幷序〉

조선국 창녕 조림이란 자는 자字가 상보商輔인데, 도서陶西의 신재新齋에 살았다. 바탕이 본시 노둔하고 비루한데다가, 밝은 스승과 엄한 벗도 없었다. 그러나 나이가 약관이 못 되어서 이미 발분해서 글을 읽었다. 그리고 책을 읽어서 비로소 고인이 말한 수신과 제가의 학문을 알게 되어, 개연히 흠모해서 경서를 궁구하고 완상하고 정주학程朱學의 여러 책까지 읽어나갔다. 허물과 후회가 적도록 하고자 했으나 그러지를 못했지만, 말래야 말 수가 없어서 감히 스스로 그만두지 못했다. 비록 소득이 있다고는 말할 수 없지만, 소득이 없다고도 말할 수가 없었다.

과거 응시를 쉬고, 교제를 그치며, 자취를 강호 사이에 숨겼다. 사람들은 혹 그가 한가하게 거처하면서 뜻을 기르는가보다 했지만, 사실은 그런 대단한 뜻은 지니지 않았다. 만년에는 《주역》을 공부해서, 공자가 끼친 낙행우위樂行

憂違, 행하면 마음 즐겁고 어기면 걱정함의 가르침을 음미하면서, 늙음이 장차 이르러옴과 시절이 불리함을 알지 못한 채, 스스로 즐겼다. 그리고 명銘을 이어두었다. 명은 이러하다.

어려선 공부를 제대로 못하고

커서는 더욱 스러져 미약했다가

늙어서야 글을 읽어

비로소 위기지학을 알게 되어

밤낮으로 부여잡고 올라가서

미세한 양을 쌓고 쌓았다만

바탕이 본시 범용하고

공부는 실천을 잘하지 못해서

세모의 늘그막에 성취가 없어

그쳐야 할 곳에 편안히 그치지 못하니

극복하기 어려운 것은 사욕이요

갈수록 미미한 것은 이理로다.

번번이 생각하면 고인은

서있는 것이 우뚝하기에

부디 그를 따르려 했지만

말미암을 길이 없었으나

우람하기는 저 높은 산과 같고

흘러가기는 저 강물과 같아

효효연囂囂然하게 스스로 즐기고

유유悠悠하게 스스로 생각하나니

내 생각이 유유하거늘

그 누가 알아주랴.

기쁨과 슬픔이 이르러 오는 것은

분수의 적절함에 따른 것이거늘

노년에 외람되이 작위를 받은 것은

실로 분수를 넘은 일이었기에

은혜를 갚고자 하나 방도가 없어

크나큰 군은에 감격할 따름이라

원시반종原始反終을 하며

천명을 즐기거늘 무엇을 의심하랴.

후세의 묘도문자는 대부분 글을 지나치게 아로새겨 무르기만 하다. 그 점을 두려워해서 대강의 내용을 위와 같이 적었으니, 마땅히 이것을 써서 하나는 광壙의 남쪽에 두고 하나는 묘도에 표해두기 바란다. 가계와 자손에 관한 기록 및 생졸한 연월일, 관직명과 이력은 마땅히 이 아래에 첨부해야 할 것이다.

《주역》에 원시반종原始反終이라 했다. "만물의 시초를 고찰하여 삶의 원리를 알고, 만물의 마지막을 궁구하여 죽음의 원리를 안다"는 말이다. 이 글을 쓴 조림曺霖, 1711~1790도 삶의 원리를 이해함으로써 죽음의 두려움을 극복할 수 있으리라고 보았다.

이 글은 조림의 〈자찬묘지명〉이다. 조림은 산림학자로, 정조의 각별한 지우를 입은 인물이다. 정조는 "대궐 안 풀에서 우는 귀뚜라미의 맑은 소리를 들으니 더욱더 높은 풍모를 그리게 된다"고 하면서, 그의 출사를 간곡히 청한 일화가 있다. 조림은 부평에 거처하다 죽었는데, 죽기 전날 정조는 특별히 형조참의에 임명했으나 교령이 내려왔을 때는 이미 죽은 뒤였다고 한다. 무덤은 장단부 서곡瑞谷에 썼다. 1938년무인 3월에 이르러 6세손 조의승曺宜承이 새로 표석을 세울 때, 일제 조선총독부 참의를 지낸 서상훈徐相勛이 새로 묘갈명을 지었다.

본관은 창녕, 호는 신재新齋다. 조위曺偉의 7세손으로, 아버지는 세맹世孟이며, 어머니는 반남박씨다. 큰아버지 세안世顔에게 입양되었으나, 생부에게 수학하여 경서와 역사서는 물론 제자백가서를 섭렵했다.

1784년정조 8 계방桂坊에 천거되어 경연관·시강원자의를 거쳐 특명으로 6품에 올라 통정대부 형조참의에 제수되었으나 모두 사퇴했다.

조림은 산림에 묻혀 후진을 가르치고 향약을 만들어 풍속을 순화시키려 했다.

《정조실록》의 정조 14년 경술1790 1월 27일무신의 조항에 조림의 졸기가 실려 있다. 졸기가 실록에 실릴 만큼 산림으로서 명망이 높았던 것이다.

부사직 조림이 졸하였다. 조림은 고故 교리 조위曺偉의 후손이다. 경서에 밝고 행실이 뛰어나다는 이유로 선발되어 경연관과 사헌부 벼슬을 지냈다. 세상 사람들은 그가 가난한 생활을 참으며 글을 읽어서 늙도록 해이하지 않았다고 칭송하였다.

조림은 생전에 〈슬픔에 대하여〉라는 글을 남겼다.

아아, 나의 슬픔은 어느 때나 다하려나. 이 나의 슬픔은 어느 때나 다하려나. 마음을 다스려 세상을 피해 숨어살며 슬픔을 털어버리려 하지만, 슬픔이 나고 또 나서 그치지 않으며 면면이 이어져 끊어지지 않는구나. 억지로 산에 올라 슬픔을 억누르려 하지만 보이는 것이 드넓어서 슬픔도 더욱 드넓어지기만 한다. 호수와 산악의 경승에 소회를 부치려고 하지만 구름과 안개가 밝았다가 어두워지는 변화가 나의 슬픔을 더하고, 강과 시내의 아득히 출렁거림이 나의 슬픔을 더한다. 잠자리에 들어서 가슴속의 슬픔을 잊으려고 하지만 수마睡魔가 감히 가까이 오려 하지 않고, 어쩌다 잠이 들어도 금세 깨어나고는 한다. 어제는 베개에 기대어 잠이 들었으니, 네가 필시 곁에 있어서 내게 밤이 깊었다고 알렸으련만, 지금 잠에서 깨어나니 곁에 한 사람도 없어 방안의 벽만 몽롱하더니 슬픔이 홀연 일천 장, 일만 장의 높이로 일어나니, 부술 수가 없다. 책을 펼쳐서 내 마음을 느긋하게 가지려고 하지만, 지난날에 가축류의 고기보다 기쁘게 해주던 것이 이제는 맛이 두엄풀 맛과 같고, 슬픔이 가만히 불어나고 몰래 길어져서, 마음과 정신을 흐트러뜨리고 어지럽히기를 마치 불길이 활활 타듯이 하고 물이 깊듯이 한다. 마실 것을 마시고 먹을 것을 먹으려 하지만 속을 틀어막아 내려가지 않는다. 길을 걷고 거리를 다니려고 하면 동쪽에서 비틀대고 서쪽에서 비실댄다. 산과 강 사이에서 내려놓으려고 하면 모두 지난날 네가 나와 함께 소요하던 바라서, 슬픔이 또한 시선 닿는 그대로 즉시 일어난다. 지난날 보지 못한 곳에서 너울너울 노닐려 하면, 슬픔이 또한 새로운 경물을 만날 때마다 더욱 새로워져서, 마음을 찌르고 가슴을 뒤흔들어 온몸을 칭칭 동여매어, 잠깐 사이의 바쁘고 위급한 상황에도 잠시도 곁을 떠나지 않는다. 하늘은 만물을 뒤덮어주고 있건만 나의 슬픔은 하늘에 달하고 있기에 하늘이 덮어주지 못한다. 땅은 화산도 지고 있건만 나의 슬픔은 땅에 서리어 있기에 땅이 실어주지 못한다. 동쪽으로 쏟으려고 하면 바다를 준칙으로 삼고, 서쪽으로 쏟으려고 하면 바다에 가득하니, 어찌 이 작은 몸뚱이와 이 작은 마음에 슬픔이 그리도 커서, 이렇게 그 바깥이 더 없을 정도란 말인가. 저 큰 하늘도 덮어주지도 못하고 저 땅도 실어주지도 못하는데다가, 해와 달이 교대로 낮과 밤을 밝히건만, 그것들도 역시 빛을 쬐어주지 못한다. 슬픔이 지극하게 되면 하늘과 땅이 제 위치를 바꾸고 해와 달이 침식을 당하고 만다. 아아, 하늘과 땅의 높고 두터운 덕으로 어찌 나에게 이다지도 인자하지 못하단 말인가. 귀신과 신령의 환하고 밝은 덕으로 어찌 나를 밝혀주지 못한단 말인가. 슬픔이여 슬픔이여, 어느 때나 다하려나, 어느 때나 그치려나.

조림이 이토록 비통해한 것은 아내의 죽음과 아들의 죽음을 겪은 때문일 것이다. 그는 그러한 일을 겪으면서 인간의 슬픔이 너무도 광대하고 너무도 지속적이라는 사실을 절절이 깨달았다. 그래서 인간의 삶은 슬픔과는 떼래야 뗄 수 없는 관계에 있음을 이렇게 처절하게 말한 것이다. 스스로 지은 묘지명에서 비록 그는 천명을 즐겨 아무것도 의심할 것이 없다고 했지만, 내면의 광경은 그렇게 평온했다고 할 수 없다. 인간은 결국 슬픔의 그릇이 아닌가. 🍁

참고문헌

● 조림曺林, 〈자명병서自銘并序〉, 《신재선생문집新齋先生文集》 권4, 한국역대문집총서 2860, 경인문화사, 1999.; 조림, 〈비설悲說〉, 《신재선생문집》 권3.

● 서상훈徐相勛, 〈신재선생묘갈명〉, 《신재선생문집》 권5 부록, 한국역대문집총서 2860, 경인문화사, 1999.

8

나 역시 세속적인 것을 면치 못했다

조경趙璥, 〈자명自銘〉

거사가 아내의 묘갈에 글을 새기고 나서 또 스스로 명銘을 지어 왼쪽에 다음과 같이 새겨 넣었다.

"거사는 풍양豊壤 사람이다. 시조 휘 맹孟은 고려에서 시중 벼슬로 있다가 본조에 들어와 여러 왕 때에 홍문관 학사를 지냈다. 고조 휘 흡潝은 인조를 보좌하여 사직을 안정시켜 관직은 좌윤에 이르렀고, 시호는 경목景穆이었다. 부친 휘 상기尚紀는 관직이 원주 목사에까지 이르렀고, 사후에 이조판서로 추증되었다. 비妣 정부인 장흥임씨長興任氏는 고려 태사 의懿의 후예이시다.

거사는 태어나면서부터 영특하고 지혜로워, 문자를 볼 적에 마치 본디 알고 있는 것 같았다. 선군께서는 그 기질이 청명하여 장수하기 어려우리라 걱정해서 학문을 권하지 않았다. 하지만 거사는 다른 사람이 글 읽는 것을 들으면 곁에서 외워 잊지 않았으며, 다섯 살에는 스스로 글을 지을 수 있게 되었다.

유년기에 이르러는 시가 더욱 맑고 우아했다. 언젠가

조각배 광나루에 매어있는데
성근 비 가을 강에 떨어지누나.
나룻가 텅 비어 사람 보이지 않는데
흰 새만 내려앉길 쌍쌍으로 하네.

扁舟繫廣津 편주계광진　　疎雨落秋江 소우락추강
汀空不見人 정공불견인　　白鳥下雙雙 백조하쌍쌍

라는 시를 지으니, 백부 상서공이 그 머리를 어루만지며, "이 아이는 우리 집안의 천리구千里駒다"라고 했다.

차츰 성장하여 대략 공령功令, 科文을 익히고 중관中竅, 적중하여 정곡을 찌름. 合當·適合의 의미에 능통하자, 속마음으로 몹시 쉽게 여겨, 힘들이지 않고도 할 수 있을 것이라 생각했다. 결국에는 이치를 궁구하고 원리를 파악하는 학문에 뜻을 두어, 성性과 명命의 인식, 은미한 도심을 정일精一하게 추구하는 일로부터, 도교·불교·의술·점복·음양·술수·기오奇奧에 이르기까지의 서적들을 전부 연구하고자 했다. 시에 대해서는 더욱 혹애하였다. 마침내 크기만 하고 텅 비어 요지를 얻지 못했고 갖가지 질병에 걸려 거의 죽을 뻔하여, 심령이 이 때문에 급격히 감소하고 의지는 날로 더욱 변질되었다.

이윽고 선군께서 별세하시자 거사는 몹시 애통하여 살지 못할 것 같았으나 선비先妣의 보살핌에 힘입어 죽지 않을 수 있었다. 6년이 지나자 마음이 차츰 안정되어 비로소 공거公車, 과거의 글을 전공하여, 3년이 지나 을과에 뽑혀 관직이 이에 현달하게 되었다.

거사가 비록 영달의 길에 나아갔으나, 평소의 의지와 사업 중에 한 가지도 이룬 것은 아니었다. 그래서 마음이 즐겁지 않고 너무나 슬퍼서 매번 제명除命이 이르러오면 번번이 굳이 사양하고 취직하지 않았고, 취직하더라도 오래지 않아 스스로 면직하고 떠났다. 그러나 조정은 그의 재주 없음을 모르고 함부로 추천推遷하여 숭반崇班에까지 이르게 하니, 그 동안 받은 고신告身, 직첩이 백百의 단위로 헤아릴 정도였다. 내직으로는 대사간·대사성·부제학·양관 대제학·대사헌·대사마·대사구를 지냈고, 외직으로는 유수·관찰사를 지낸 것이 역임했던 직책 중에 큰 것들이다. 옛적에 일컬은 '행도行道의 직임'이 바로 이것이었다. 그러나 그가 벼슬로 나아감과 벼슬에서 물러남, 현달함과 곤궁함이 조처로 나타난 것은 모두 억지로 세상 인연에 맞춘 것이지 기실 그가 원한 바는 아니었다.

일찍이 개연히 탄식하며, "세상 사람들은 오직 한 해의 회계를 장부에 기입해서 기일 안으로 조정에 보고하는 일만을 일삼아 여기에 힘쓰고 힘써 지칠 정도이니 어떻게 도가 절로 행해지겠는가? 나 역시 세속적인 것을 면치 못하고 그저 그런 대로 다시 그러할 뿐이다"라고 말했다. 이를 듣는 자가 불쌍하게 여겼다.

병이 심해진 뒤로는 집안사람들에게 다음과 같이 말했다. "나는 학문에 있어서는 아직 도를 듣지 못했고, 효에 있어서는 자식 된 직분의 책임을 다하지 못했으니, 그 잘못이 크거늘 하물며 임금을 잘 섬김에 있어서는 어떻겠는가? 내가 죽거든 사士의 복服으로 염습하고 한 달이 지난 뒤 하관할 것이며, 현훈玄纁 따위의 패물을 증여하지 말고 정삽旌翣을 설치하지 말 것이며, 이금侇衾과 곽槨도 제거하고 제사에 있어서는 밥·국·떡·면·생선·고기·채소·과일 각각 한 접楪이면 충분하다. 예는 화려하기보다는 차라리 간소하게 해야 하거늘, 하물며 내가 나의 잘못 때문에 스스로를 낮추고자 하는데 화려한 것이 옳겠는가?”

또 입으로 다음과 같은 〈사운시四韻詩〉를 읊었다.

내 삶은 보기에는 이러하나
옛일은 그대로임을 재확인하나니,
백옥에 대해선 마음속에 계율을 지니고
청산은 꿈에서 연緣을 만든 그대로다.
정정하여 마치 비춰줌이 있는 듯하지만
막막하여 점점 현묘玄妙한 곳으로 돌아가니,
그 누가 말했던가, 구름은 자취가 없이
다만 응당 저 하늘에 있을 뿐이라고.

我生觀卽是 아 생 관 즉 시 　　舊事認依然 구 사 인 의 연
白玉心持戒 백 옥 심 지 계 　　靑山夢作緣 청 산 몽 작 연
亭亭如有照 정 정 여 유 조 　　漠漠漸歸玄 막 막 점 귀 현
誰謂雲無跡 수 위 운 무 적 　　祇應在彼天 지 응 재 피 천

거사가 젊었을 적에 꿈속에서 백옥의 규圭를 잡고 입산하여 참선한 것이 여러 번이었다. 풍악을 노닐게 되어 꿈속에서 본 바가 아득하게 마치 전생의 일과 같음을 처음으로 깨달았으니, 시에서 드러났던 것은 그런 까닭에서다.

이는 거사의 자명自銘이다.

명銘이 완성되자 병이 갑자기 차도가 있게 되었다. 얼마 지나지 않아 은혜를 입고 경조윤한성 부윤·대종백예조판서이 되었으나 모두 출사하지 않았다. 탁지호조의 장長으로 특지特旨를 입고, 발탁되어 판금오判金吾 겸 규장각 제학에 제수되었으며, 나아가서는 관서백關西伯, 평양감사이 되었고 우의정에 진배進拜되었다.

은혜는 더욱 중후했으나 보은은 더욱 하잘것없었으니, 이는 그 죄가 옛날 스스로 명銘을 지었던 때와 비교해볼 때 또한 더욱 갑절이 되었다. 아아, 석씨불가에게 삼생에 관한 설이 있는데 과연 그렇다면 내가 속죄할 방법은 아마도 여기에 있을 것이다.

거사의 옛 이름은 준埈인데, 준埈을 경璥으로 바꾸었으니, 이는 회갑부터 시작했다.

이 비명은 남인의 정치가 조경趙璥, 1727~1787이 아내의 죽음 때 지은 뒤, 몰년인 1787년에 추가한 것이다.

조경은 자신이 행도行道의 직임을 많이 맡았지만, 벼슬로 나아감과 벼슬에서 물러남, 현달함과 곤궁함이 조처로 나타난 것은 모두 자기가 원한 것이 아니라 억지로 세상 인연에 맞춘 것이었다고 술회했다. 지식인으로서는 행도와 명도明道의 책임이 있다. 이를테면 조선후기의 최한기는 행도와 명도의 상호의존성에 대해 이렇게 말했다.

덕이 있고 지위가 있어 몸소 도를 행하는 사람과 덕이 있으나 지위가 없어 서적을 저술하여 도를 밝히는 사람에 대해, 등분을 논하자면 도를 행함은 한 나라와 한 시대에 지나지 않고 도를 밝힘은 천하만세에 이르는 것이다. 그러나 도를 행하는 사람이 없으면 도를 밝히는 사람이 의거할 데가 없고 도를 밝히는 사람이 없으면 후세에 도를 행하는 데에 경유해야 할 길이 없다. 행하는 자와 밝히는 자는 때와 장소에 따라 언제나 없는 적이 없다. 선악을 행하는 자가 있으면 반드시 그 선악을 밝히는 자가 있고 차오差誤를 행하는 자가 있으면 반드시 그 차오를 밝히는 자가 있어, 수천 년에 이르도록 민간의 포폄褒貶과 현준賢俊의 수명修明이 의거하는 준적準的이 된다. 이것이 점차로 실다운 데로 옮겨져 말하지 않고 알지 못하는 가운데에도, 수천 년의 경험이 치란혼명治亂昏明에 빼앗기지 않고 편견偏見과 천식淺識에 구애되지 않아, 저절로 일통의 변하지 않는 운화運化의 도리가 있게 되었으니, 이것이 고금의 사람들이 의거하는 준적이다. 총명이 여기에 이르면 과거와 미래의 존귀하고 비천한 사람들의 행동이 모두 권징의 가르침이 아닌 것이 없게 된다.

조경은 초명이 준埈이었다. 회갑을 맞은 1786년정조 10에 역적 이준李濬의 이름과 같다는 이유로 준埈에서 경璥으로 이름을 바꾸었다. 본관은 풍양, 자는 경서景瑞, 호는 하서荷棲이다. 서울 연방동蓮坊洞에서 태어나서, 14세 되던 1740년영조 16 이천보李天輔의 따님과 결혼했다. 이천보는 연안이 본관으로, 박지원의 스승이다.

조경은 비명에 다섯 살 무렵에 지은 동몽시童蒙詩를 실어둘 정도로, 조숙했다. 그러나 과거에 합격한 것은 늦은 편이다. 부친의 갑작스런 죽음 이후 슬픔이 지나쳐 몸을 훼상했기 때문이다. 어머니의 보살핌으로 간신히 건강을 찾을 수 있었다. 그리하여 36세 되는 1763년영조 39 10월, 증광문과에 을과로 급제하고 승정원 가주서가 되었다. 그리고 그해 11월의 친림시親臨試에서 수석을 차지하여 검열이 되었다.

1766년영조 42 5월, 홍문록에 뽑혔으나 종형인 조돈趙暾에 연루되어 삭제되었다. 9월, 수찬이 되어 진계하는 소를 올렸다가 엄명을 받아 고풍산古豐山 만호에 제수되었다. 곧바로 수찬이 되었다. 1771년 12월, 통정대부로 올라 광주 부윤이 되었다. 이후 영조 말년에 대사성·동지춘추관사가 되고 승문원 제조에 차임되었다.

51세 되는 1777년정조 원년에 좌승지로서 증광 문과의 시관이 되었다. 이어 대사헌으로 있다가 함경도관찰사로 나갔다. 1779년 자헌대부의 품계에 올라 지돈녕부사가 되어 내직으로 들어왔다. 1781년 7월, 《영조실록》을 완성한 공으로 정헌대부에 오르고 《국조보감》 찬수당상이 되었다.

지중추부사로 있던 1782년정조 6 1월, 채제공蔡濟恭을 비호한다는 이명식李命植의 무고를 받자 소를 올리고 도성을 나갔다. 그뒤 병조판서·형조판서·지의금부사 등에 제수되었으나 나가지 않았다. 11월, 《국조보감》이 완성되자 숭정대부에 올랐다.

1786년정조 10 2월, 규장각 제학이 되고, 3월에 평안도 관찰사가 되었다. 이해 말에 호조판서 겸 규장각 검교제학에 제수되었다.

1787년정조 11 정월에 조정으로 돌아와 역적 이담李湛과 이인李裀을 징토하는 토역소討逆疏를 올렸다. 이때 이후 역적 이준李濬의 이름과 음이 같다는 이유로 준埈에서 경璥으로 이름을 바꾸었다.

숭록대부로 올라 우의정이 되었으나 문효세자의 역적을 징토하지 못했다는 이유로 사직소를 올리고 양주 천천泉川의 추사楸舍로 돌아갔다. 3월, 판중추부사에 제수되자 입시하여 숙배했다.

1787년에 〈자명自銘〉을 작성했다. 12월 6일, 병으로 흥인문 밖 교사僑舍

에서 졸했다. 상이 부고를 듣고 효자로 정려하고 충정忠定의 시호를 내렸다. 양주 진전향陳田鄕 괘현리卦峴里에 장사지냈다.

조경이 졸한 지 얼마 안 되어, 그 아들 조진구趙鎭球와 조카 조진명趙鎭明이 문집을 간행하기 위해 준비했다. 조진구는 저자가 지은 부인의 묘명墓銘과 자명自銘을 실어 묘갈을 세우고, 저자에게 내렸던 윤음綸音 다섯 편을 모아 은륜비恩綸碑를 세웠다. 조진명이 평양 서윤으로 있으면서 장례 당시 조정에서 내려준 제수비용으로 문집의 공역을 진행했다. 원집 11권을 1789년 5월 목판으로 간행한 뒤 책판을 평양부에 보관했다.

한편 장례 때 조진구는 가계와 사적을 다시 적어 광壙에 넣고 별도로 연보도 찬술했다. 이 연보는 정유자의 활자로 간행했다. 🍁

참고문헌

● 조경趙璥, 〈자명自銘〉, 《하서집荷棲集》 권9 묘표墓表, 한국고전번역원 한국문집총간 245, 2000.
● 《하서조충정공연보荷棲趙忠定公年譜》, 서울대학교 규장각 소장 임진자본.

9

이름이나 자취나 모두 스러지게 하련다

신작申綽, 〈자서전自敍傳〉

신작의 자字는 재중在中으로, 해서황해도 평산부 사람이다. 아버지 대우大羽는 유림의 오랜 명망이 있어, 문학과 견식, 위의와 행실로 세상에서 존중을 받았다. 원자궁의 요속으로 뽑히고 벼슬은 호조참판에 이르렀다.

신작은 어려서부터 곧고 깨끗한 지조를 지녔고, 자라서는 고요하고도 먼 뜻을 품어 기이한 것을 높이고 옛것을 좋아했으며, 학문의 세계를 사랑하여 경전을 섭렵해서 본 바가 많았다. 일찍이 모시毛詩의 학을 전공하고, 아울러 제자백가를 종합해서 《시차고詩次故》22권과 외잡外雜 1권, 이문異文 1권을 지어, 그것들이 집에 전한다.

처음에 작綽은 형 진縉, 아우 현絢과 함께 집에서 어른의 뜻을 기쁘시도록 맞추어드렸다. 하지만 형은 집안 범절을 다잡고, 아우는 몸소 봉록으로 어버이를 봉양하였지만, 작은 재주가 영리에 뛰어나지 못한데다가 본성 또한 담담하여 오직 문묵文墨과 장궤杖几를 부친의 슬하에서 주선했고, 종복과 자제를 거느리는 일, 신을 나르고 띠를 받드는 일, 베개와 이불을 거두는 일, 방과 대청을 두루 쓰는 일을 하고, 아울러 편지 쓰는 일로 어버이의 뜻을 보필하고, 감상이 어버이의 뜻에 맞도록 했다. 그래서 이 갈 나이7, 8세부터 수염이 휠 나이에 이르기까지 마치 잠시라도 떨어져서는 안 되는 것 같이 했다.

금상 9년1809, 순조 9 아버지를 따라 성천도호부에 갔는데, 성천도호부는 현絢이 어버이를 봉양키 위해 외직에 보임된 곳으로, 서울로부터 700리나 떨어져 있었다. 그 11월에 증광시 경과원자 탄생으로 말미암음를 시행하게 되자 부친께서 권하여 보내시면서, "내 생각에 이번에 가면 꼭 붙을 것이다. 그러나 너는 인간사에 익숙치 않으니 결국은 너하고 싶은 대로 하거라" 하셨다.

작이 서울에 간 지 한 달 남짓하여 유사有司에게 나아가 대책對策을 시험하여 제1등이 되었다. 하지만 부친의 병환이 갑자기 위중하심을 듣고 이틀 길을 하루에 달렸건만, 도착하기 전에 부음을 들었다. 이것은 산 사람의 다시없는 슬픔이며, 씀바귀독 같은 극도의 슬픔이다. 작이 생각하기를 자식으로 하잘 것이 없으니 편찮으실 때 약 한 번 못 써보고, 염습할 때 옷 늘어놓은 것을 보지 못했고, 유언도 듣지 못했으며, 관은 이미 굳게 덮이고 말았다. 그 허물을 뒤에 생각해보니, 그것은 실로 과거 탓이었다.

삼년상을 마치자 근심을 머금고 아버지의 무덤에 과거합격을 아뢰고, 다시 생존 시의 말씀으로 내리 슬픔을 고하고 필부의 뜻을 펴기를 빌고 마침내 영리의 길에서 뜻을 끊고 묘 아래에 머물렀다. 그때 형은 익위사 부솔로부터 신녕현경상도의 원이 되었고, 아우의 벼슬은 재상의 반열에 올라 벼슬하면 승진했고 내쳐지면 물러났다. 나이 또한 모두 예순 줄 안팎으로, 서로 한 집에서 살았으며, 상자에 제 것을 감추는 일이 없고, 일은 한 사람이 늘 주관함이 없었으며, 한 몸 같이 고루 사랑하여, 마치 한 몸의 손이 스스로 돕듯 했다.

집안에 고대 서적이 수천 권인데 대부분 비밀스런 전적이요, 세상에 없는 문헌이다. 한가히 지내면서, 여러 경전과 공문서를 뒤적이고 역사서와 문예서를 내키는 대로 보고, 명물학과 수리학을 종합하여 읊고, 앞 시대의 기이한 자취를 담화하고 토론하면서 세상에 영화와 치욕이 있음을 몰랐다. 이조에서 직첩의 예에 따라 자리를 옮기기 전에 승진하여 홍문관 응교에 이르니, 전후로 군주의 명령이 모두 여남은 차례 내렸으나 모두 나아가지 않았다.

혹자가 말하기를 "그대는 벼슬살이 명부에 이름이 오른 사람인데 어찌 끝내 안 갈 수 있겠는가?" 하기에, 작이 "예전에 벼슬했다가 그만둔 사람이 어찌 벼슬살이 명부에 이름이 올랐다고 해서 구애받은 적이 있습니까? 게다가 선인께서 이미 세상에 쓰이기 적당치 않음을 아셨기에, 벼슬을 버리고 하고 싶은 대로 하라고 하셨습니다. 진실로 사전에 미리 아셔서 벼슬을 버리고 편안히 하라고 하셨으니, 이대로 돌아가 뵙더라도 좋지 않겠습니까?" 했다.

작이 이미 숲 언덕에 뜻을 맡겼으니 혹 일 년 내내 서울에 들어가지 않고, 대지팡이에 삿갓 쓰고 맑은 물에서 물장난치고 우거진 숲에서 나무새를 가리며, 때때로 넘치고 출렁거리는 물가에서 낚시질하고, 작은 배로 고기잡이 하는 일을 속세가 이르지 않는 곳에서 했다. 혹자는 나를 가리켜, 벼슬과 봉록의 문제를 마음에 들이지 않으니 이는 고인에게 부끄러울 게 없다고 한다.

작은 평소 말을 잘할 줄 몰랐으되 말하지 않음을 능사로 삼아, 손님이 오더라도 간단히 인사를 주고받을 뿐이다. 집에 있으면서 어떤 때는 종일토록 말 한마디 없이 묵묵하여, 맑고 평안하며 간솔하고 태평하여 함부로 남과 사귀지 않았다. 때로 도가의 서적을 즐겨, 비록 신명과 부합함도 없고 진인과 동무함도 없지만, 화락하여 홀로 흔쾌했다. 무릇 사물은 만 품이나 되지만 몸보다

중한 것이 없고, 몸은 온갖 몸체로 이루어졌으되 마음보다 귀한 것이 없다. 따라서 마음을 수고롭게 하여, 외물에 부림을 당하는 일은 어진 이라면 하지 않는 법이다. 이 때문에 구함도 없고 바람도 없이 맑디맑게 스스로 편안하다. 요컨대 오욕도 명예도 미치지 못하게 함으로써, 이름이나 자취나 모두 스러지게 하련다. 내 평소 심회는 이와 같을 따름이다.

금상 19년1819 납월12월 갑자의 날에 적다.

신작申綽, 1760~1828은 판서를 지낸 신현申絢의 형이다. 마흔다섯에야 사마시에 합격했고, 쉰하나에 비로소 문과에 합격했다. 그의 부친 신대우申大羽는 문장으로 세상에 알려졌다. 그런데 신현이 성천도호부로 부임하자 노년의 몸을 맡기려고 그리로 갔다가 우화문羽化門에 들어서면서 크게 놀라며 말하기를, "나는 집에 돌아가지 못하겠구나" 했다. 그의 이름이 '대우大羽'였기 때문이었다. 얼마 안 되어 작고했다. 신작은 이때 서울에 있으면서 과거에 급제했는데, 그 날짜를 계산해보니 급제한 것이 상을 당한 뒤의 일이었다. 신작은 그 사실을 애통해하여 〈선부군사장〉 즉 돌아가신 아버지의 행장에서도 상세하게 전말을 기록하고 오열했다.

이해 가을에 원자가 태어나는 나라의 큰 경사가 있어 해와 달이 함께 빛을 발했다. 그 11월에 그 일을 경하해서 선비를 시험하니 부친께서 나로 하여금 과거에 응시하도록 명하여 "이제 가서 너는 반드시 급제하여야 하니 힘쓰도록 해라. 하지만 너의 성격은 세속과 맞지 않으니 급제한들 무슨 소용이 있겠느냐. 급제한 다음에 좋아하는 대로 함만 못 하다"라고 하셨다. 내가 명을 받들어 입경하여 성균관의 책문시험에 응하니 제1등으로 급제하게 되었다. 그러나 이때 부친께서 병환이 나신 지 여러 날이었다. 소식을 듣고 달려갔으나, 운명하심에는 임하지 못했다. 아아, 이것이 천명이란 말인가! 이 분이 어떠한 분이더냐.

부친께서는 병환중에도 정신과 기운은 여전히 맑고 밝으셔서 창밖의 달빛이 차고 기우는 것을 보시고는 진縉과 현絢에게 이르시길, "강선루의 광경이 무척 아름답겠지. 함께 가서 올라보고 싶구나. 나는 너희를 따라가 함께 구경하겠다"고 하셨다. 그러시고는 곧 남녀죽여를 재촉하셨으나, 끝내 말씀을 더 내시지는 못했다. 삼일 지난 정축의 날에 병환이 더욱 심해지셔서, 새벽에 초심지를 자르시고 일어나 앉으시고 손녀 손부들을 부르시어, "몇 해 동안 너희와 마음 편히 즐기고 기쁘게 놀았는데, 내 이제 돌아가련다. 각자 잘 지내어, 사내애를 낳아라"고 하셨다. 말씀을 다 마치시고 물러가라고 명하시고, 진縉과 현絢에게 이르시길, "너희에겐 부탁할 게 없다. 죽음에 임하여 나와 같이 여한이 없는 사람이 또 있겠느냐!"고 하셨다. 그 다음날 무인의 날에, 성천 관아의 동헌에서 운명하셨으니, 11월 22일이었다.

1819년순조 19 12월 갑진에 신작은 이 〈자서전〉을 지었다. 60세 때이다. 이 자서전은 문집에도 실려 있고, 경기도 광주 무갑산의 묘택에 〈자표自表〉로서 돌에 새겨져 있다.

신작은 1818년순조 18에 18년의 유배를 마치고 고향 마현으로 돌아온 정약용과 학문적 교류를 맺었다. 정약용은 1819년 8월 초, 경기도 광주 사촌社村으로 신작을 방문했다. 신작은 정약용의 《상례사전喪禮四箋》 7책에 대해서는 "소견이 투명할 뿐만 아니라 문장도 마음대로 섬세하고 통창하여 굽힘이 없으며, 조례가 엄정하고 치밀하다"고 평했으나, 정약용이 "가

벼이 선배들을 비난하고 자기 견해를 세우는 병이 있다"고 비판했다. 정약용은 신작의 경학연구 태도를 존경하되, 세세하게 고훈詁訓을 캐고 전장典章을 고증하는 데 쏠려 충어지학蟲魚之學의 테를 벗어나지 못하였다고 경계하고, 《주례》의 해석에서 후한의 경학가 정현鄭玄의 설을 존신하여 공평성을 잃기까지 한다고 비판했다. 정약용과 신작의 교유는 1828년순조 28 5월 계해25일에 신작이 죽기까지 계속되었다. 신작은 정약용과 교유하면서 《서차고》와 《역차고》를 편찬했다.

신작이 1819년에 〈자서전〉을 지은 후, 정약용은 1822년에 이르러 〈자찬묘지명〉을 지었다. 두 글의 취지의 상이점은 두 사람의 지향의 차이를 극명하게 보여준다. 신작이 오욕과 명예가 미치지 않는 무위의 삶을 추구한 데 비하여, 정약용은 만년에 이르도록 자자흘흘孜孜仡仡하는 태도를 버리지 않았다. 곧, 정약용은 〈자찬묘지명〉에서 "육경과 사서에 관한 연구로 자신을 수양하고, 1표와 2서로 천하국가를 다스리니, 그렇게 함으로써 본말을 갖추었다"고 하여, 전체 학문이 수기修己와 성물成物의 완정한 체계를 지향하고 있다고 밝힌 바 있다.

이에 비해 신작은 지知와 행行의 문제에서조차 초연하고자 했다. 경전을 파는 생활을 통해, 부화함을 버리고 거짓됨을 쓸어내려는 태도를 견지했다.

특히 신작은 말하지 않음을 능사로 여겼다고 했다. 침묵의 언어를 익힌 것이다. 메아리 없는 언어를 피하고 내면으로 침잠하는 생활이 그의 영혼을 살지게 했다고 할 수 있다.

신작은 하곡 정제두에서 비롯된 강화학의 맥을 이어 신독愼獨과 진실무위眞實無僞를 강조하는 '내면을 오로지 하고 자기를 실되게 하는 학문專內實

己之學'을 추구했다. 그리고 경학에서는 주자학의 주석이 아니라 한나라·당나라 때의 옛 주석들을 모아 주석들의 배열만으로도 그 속에서 진위가 드러나도록 하는 방법을 통해서 경전의 원뜻을 이해하려고 했다. 그것은 중국 청나라의 고증학과 유사한 방법을 우리나라에서 독자적으로 발전시킨 것이라고도 말할 수 있다. 고증학은 경전에 대해 요란스럽게 자기 자신의 견해를 드러내는 것이 아니라 원문에 충실하여 원문의 자구와 음, 주요 개념들을 해설하는 소박한 자세를 중시하므로 흔히 박학樸學이라고 이름한다. 그렇다면 신작은 조선 박학의 으뜸으로 추대될 만하다. 곧, 그는 한나라·당나라 때의 옛 주석들을 모아 《시경》《서경》《주역》에 대한 전문적인 해설서인 《시차고》《서차고》《역차고》를 남겼다.

이 가운데서도 《시차고》는 두 번에 걸쳐 이루어진 역작이었다. 《시차고》의 초고는 27세 되던 1786년정조 10 무렵에 시작하여 1789년 7월에 31권 12책으로 완성했다. 이것은 모전毛傳·정전鄭箋은 물론 공영달의 소疏까지도 인용하였으리라 추정된다. 그런데 이 초고는 1798년 2월의 화재로 소실되었다. 신작은 다시 1809년순조 9에 《일시逸詩》와 《시경이문詩經異文》을 편찬하고, 1811년 4월부터 7월까지 《시경고훈급이의詩經故訓及異議》 5책을 편찬했다. 이것은 현전한다.

신작은 선험적 준거가 되어버린 주자주희의 설을 거부하고 경전의 참의미에 접근하고자 했다. 이것은 참된 나를 각성하고 삶 속에서 참된 나를 확충하고자 했던 강화학파의 정신지향을 예시적으로 드러낸 것이다.

신작 그 자신은 벼슬에 나가지는 않았으나, 관리의 자세에 대해 깊이 생각하여 청렴함과 강직함을 강조했다. '어사 박문수'로 유명한 바로 그 박문수朴文秀의 행장을 지은 사람이 신작이다. 1824년 9월 14일 형님에게 올린 서한에서는 박문수의 사후에 그 집안이 쓸쓸함을 안타까워하기도 했다. 신작이 지은 박문수의 행장은 〈영성부원군박공사장靈城府院君朴公事狀〉이란 제목으로 남아 있다. 그 가운데 박문수가 암행할 때의 일화를 적은 부분을 보면 이렇다.

영종영조 3년1727, 정미에 영남이 크게 가물자 공을 안집어사安集御使로 보내게 되니, 편의로 십여 가지 현안을 아뢰고 이에 조령을 넘어오는데, 가는 곳마다 백성들이 열씩 백씩 떼를 지어 말을 에워싸고 울며 호소했다. 공은 고삐를 당기며 위로하고 깨우치며 임금의 뜻을 선포하고, 은덕을 베풀 마음과 기민을 먹여 살릴 방책을 실행하기를 마치 불에 타고 물에 빠진 이를 건지듯이 했다. 또 미늘 있는 낚시를 띄운 듯이 은밀한 실정을 탐지하여, 더러운 자를 규탄하고 교활한 자를 잡아내고 어진 이를 드러내고 궁한 자를 구제하는 데 남다른 업적이 많았다.

그때 양산梁山 수령이 거염스럽고 포악하여, 담을 뚫고 닭을 받는데 닭의 크기가 구멍에 차지 않으면 받지를 않고 물리쳤다. 공은 해지고 낡은 옷에 갓을 쓰고 병아리 한 마리를 들고 부들부들 떨며 앞으로 가서 "가난한 집의 닭은 살찔 수가 없사와, 감히 이것을 바치나이다" 하자 원이 성내며 내쳤다. 공이 다시 들이밀며 굳이 청하자, 원은 몹시 성을 내며 장차 곤장을 치려 했다. 공이 병아리를 안고 물러나며, "어사의 닭이라면 받을 테냐?" 하고 바로 그 원을 내어쫓았다. 양산 백성이 돌에 새겨 칭송하기를 "범이 뿔이 있고 날개까지 있어 우리 피를 빨아먹더니만, 박문수 공이 형구刑具를 가지고서 이를 쫓아내어주었기에 만세토록 잊을 수 없다" 했다.

언젠가 암행을 하면서 나그네를 따라 한 험한 고개를 넘는데, 오솔길은 아스라하고 돌 뿌리 치솟은 바윗길을 감에 나그네는 수정과 같은 땀을 흘렸다. 공이 "저기 큰 길이 있는데 무슨 고생으로 이 길을 넘소?" 하자 "큰 길은 에도는데다가 저자에 이르지 않기 때문에 예로부터 행인은 이 지름길을 가느라 그 수고로움을 따지지 않는답니다" 했다. 공이 바로 산 안팎 수령에게 전령을 보내어 "아무 날 어사가 이 길을 넘어야 하니, 돌을 뽑아내고 열흘 안에 길을 통하게 하라" 했다. 그러자 산고개가 평평하게 닦여 가기 쉬워져, 장사치며 나그네가 크게 기뻐하며 공을 위해 성황당을 세워두고, 지나면서 문득 경의를 표했다.

신작은 박문수가 탐관오리를 매섭게 징벌하고 민중의 편의를 도모하되, 뾰족하기보다 너글너글한 성품을 지닌 인물로 그려 보였다. 박문수가 우리에게 친숙하게 느껴지는 것은 신작의 이 글이 후세에 일정한 영향을 주었기 때문일 것이다. 신작은 바로 어사 박문수라는 청렴하고 공정한 인물 전형을 그려내면서, 그 스스로의 청정한 정신세계를 가탁한 것이다.

신작은 삶의 자주성을 추구하였기에, 〈자서전〉에서 "사물은 만 품이나 되지만 몸보다 중한 것이 없고, 몸은 온갖 몸체로 이루어졌으되 마음보다 귀한 것이 없다"고 했다. 마음을 수고롭게 하여 외물에 부림을 당하는 일은 어진 이라면 하지 않는 법이라고 그는 스스로에게 다짐했다.

《논어》〈술이〉편에 "군자탄탕탕君子坦蕩蕩하고 소인장척척小人長戚戚하니라"라는 말이 있다. 군자는 마음이 평탄하여 넓디넓고 소인은 길이 근심만 한다는 뜻이다. 탄탕탕坦蕩蕩은 외물外物에 의지하지 않고 집착하지 않기에 마음이 평정하고 외모가 느긋함을 말한다. 《대학》에서 마음이 넓고 몸이 편안함을 가리켜 심광체반心廣體胖이라 한 것에 해당한다. 소인은 부귀에 급급汲汲하고 가난에 척척戚戚해서 영구히 마음속 근심이 떠나지 않는다. 외물에 휘둘리고 명命의 존재를 모르기 때문에 마음이 늘 불안하다. 삶의 자주성이 없기 때문에 불안해한다.

그런데 군자의 탕탕은 세상을 내리깔아보는 오만함이 결코 아니다. 주자주희는 "진정한 대 영웅은 두려워 조심하며 깊은 못에 임한 듯이 하고 얇은 얼음을 밟는 듯이 하는 데서 나온다"고 했다. 군자의 탕탕함은 깊은 못에 임하고 얇은 얼음을 밟듯이 계신공구戒愼恐懼하는 자세에서 우러나온다. 신작이 숲 언덕에 뜻을 맡겨 일 년 내내 서울에 들어가지 않은 것은 세간의 유혹으로부터 아예 거리를 두고자 한 것이다. 대지팡이에 삿갓 쓰고 맑은 물에서 물장난치고 우거진 숲에서 나무새를 가리며, 때때로 넘치고 출렁거리는 물가에서 낚시질하고, 작은 배로 고기잡이하던 그의 삶은 정녕 벼슬과 봉록을 마음에 걸어두지 않았기에 고인에게 부끄러울 게 없었을 것이다.

신작은 방방과거합격자 발표을 기다리느라 부친의 임종을 지키지 못한 것을 평생의 한으로 여기고 종신토록 자정自靖했다. 비록 관직에 임명되는 일이 있더라도 한 번도 나아가지 않았다. 조정에서는 그를 어질게 여기어 관직을 올려주어 부제학에 이르렀다.

벼슬길에 대한 관심을 아예 끊어버린 신작의 삶은 남이 쉽게 따라 하기 어려운 일이었다. 🍁

참고문헌

● 신작申綽, 〈자서전自敍傳〉, 《석천유집石泉遺集》 전집前集 권2, 《조선학보朝鮮學報》 29, 일

본 조선학회, 1963. ; 〈영성부원군박공사장靈城府院君朴公事狀〉, 《석천유집》 전집 권3.

- 심경호, 〈석천 신작의 학문〉, 정양완·심경호 공저, 《강화학파의 문학과 사상⑷》, 한국
  학중앙연구원한국정신문화연구원, 1999.

10

하늘은 나를 버리지 않고
곱게 다듬으려 했다

정약용丁若鏞, 〈자찬묘지명自撰墓誌銘〉

이것은 열수洌水 정용丁鏞의 무덤이다. 본 이름은 약용若鏞 자는 미용美鏞, 호는 사암俟菴이다.

아버지의 휘諱는 재원載遠인데 음사蔭仕로 진주목사에 이르렀다. 어머니는 숙인 해남윤씨인데, 영종 임오년1762, 영조5 6월 16일에 열수 언저리 마현리馬峴里, 현재의 남양주군 와부면 능내리에서 약용을 낳았다.

약용은 어려서 머리가 영특했고, 자라면서 학문을 좋아했다. 스물두 살1763, 정조 7에 열린 증광감시에서 경의經義로 초시初試에 합격한 후 회시會試에서 진사가 된 뒤로, 변려문대과시험의 문체을 오로지 연마해서 스물여덟1769, 정조 13의 문과에서 갑과 2등으로 급제했다. 대신들이 선발해서 초계招啓하여 규장각의 월과 문신달마다 과제를 내려 글을 시험받는 문신에 예속해 있다가, 얼마 안 있어 한림원에 들어가 예문관 검열정9품이 되었다. 승진해서 사헌부 지평정5품, 사간원 정언정2품 홍문관 수찬, 교리, 성균관 직강정5품, 비변사 낭관정5품이 되었다. 외직으로 나가 경기도 암행어사가 되었다.

을묘년1795 봄에 경모궁사도세자와 그의 비 헌경왕후의 사당에 시호를 올리는 도감의 낭관으로서 사간원 사간종3품을 거쳐, 발탁되어 통정대부로서 승정원 동부승지정3품를 제수받았다. 우부승지에서부터 좌부승지에 이르고, 병조참의정3품가 되었다. 가경嘉慶 정사년1797에 외직으로 나가 곡산 도호부사종3품가 되어 은혜로운 정치를 많이 시행했다.

기미년1799에 다시 내직으로 들어와 승지가 되었으며, 형조참의가 되어서 억울한 옥사를 처리했다. 경신년1800 6월에는 임금으로부터 《한서선漢書選》을 하사받는 영광을 입었지만, 이 달에 정종대왕께서 돌아가시자 이에 앙화가 일어났다.

열다섯 살 때 풍산홍씨를 아내로 맞았는데, 홍씨는 무과를 통해 승지 벼슬을 지낸 홍화보洪和輔의 딸이다. 장가든 뒤부터 서울로 가서 지내다가, 성호 이익李瀷 선생의 학문이 순정하고 행실이 독실하다는 말을 들었다. 이가환이승훈의 숙부과 이승훈정약용의 매부 등을 따라 성호 선생의 남기신 저술들을 얻어보게 되었으며, 이때부터 경학의 서적에 마음을 두게 되었다.

진사로서 성균관에 들어간 뒤 이벽李檗, 정약용의 맏형 정약현의 처남을 따라 놀며 서교천주교에 대하여 듣고 서교의 책을 보았다. 정미년1787 이후로 4, 5년 동안은 매우 열심히 서교에 마음을 기울였다. 하지만 신해년1791, 진산 사건. 정약용의 외사촌인 윤지충과 윤지충의 외사촌인 권상연이 천주교 교리에 따라 신주를 불사르고 제사를 지내지 않다가 반대 당파의 탄핵을 받고 처형당했음 이후부터 나라에서 천주교를 금지함이 엄중했으므로 마침내 천주교에 대한 마음을 끊었다. 을묘년1795 여름에 소주蘇州 사람 주문모가 들어와 나라 안의 분위기가 흉흉하자 외직으로 나가 금정 찰방에 보임補任되어서는 왕명의 뜻을 받아서 천주교도들을 유인해 교화시키고 제거했다.

신유년1801 봄에 사헌부 관료인 민명혁閔命赫 등이 서교의 일을 처음 문제삼아 계문啓聞하여, 이가환·이승훈 등과 함께 투옥되었다. 얼마 있다가 나의 두 형인 약전若銓과 약종若鍾도 모두 체포되었는데, 한 사람정약종은 죽고 두 사람정약전과 나은 살아났다. 여러 대신들이 의론해서 석방하도록 건의했지만 유독 서용보徐龍輔가 안 된다고 고집하여, 약용은 장기현으로 유배되고 약전은 신지도로 유배되었다. 그해 가을에 역적 황사영맏형 정약현의 사위이 체포되자, 흉악한 인물인 홍희운洪羲運과 이기경李基慶 등이 모의하여 약용을 죽이려고 해서 백 가지 계책을 써서 임금의 허락을 얻어내어, 약용과 약전은 또다시 체포되어 조사를 받았다. 그러나 황사영과 서로 알고 지낸 정상情狀이 없었기 때문에, 옥사獄事가 이뤄지지 않았다. 태비太妃, 정순왕후 김씨, 영조의 계비이자 사도세자의 계모께서 감안하여 처분해주심을 입어, 약용은 강진현으로 유배되고, 약전은 흑산도로 유배되었다.

계해년1803 겨울에 태비께서 약용을 풀어주라고 명하셨지만, 정승 서용보가 막았다. 경오년1810 가을에 아들 학연이 억울하다고 호소하자, 고향으로 방축放逐하라고 명하셨으나. 사헌부가 다시 조사하자고 계사啓辭를 올렸으므로 의금부가 막았다. 그로부터 9년 뒤인 무인년1818 가을에야 비로소 고향에 돌아왔다. 기묘년1819 겨울에 조정의 의론으로 다시 약용을 등용하여 백성을 편안케 하려고 했지만, 서용보가 또 저지했다.

약용은 유배되어 있던 십 년하고도 팔 년이나 되는 기간에 경전 연구에 마음을 기울였다. 시·서·예·악·역·춘추·사서에 관한 저술이 모두 230권인데, 정밀하게 연구하고 오묘하게 깨우쳐 옛 성인의 근본 뜻을 제대로 파악했다.

시문집으로 엮어놓은 것은 모두 70권인데, 대부분 벼슬살이할 때 지은 것들이다. 그밖에도 나라의 전장典章 및 목민牧民하는 일, 옥사를 심리하는 일, 무력을 갖춰 방비하는 일, 국토의 강역에 관한 일, 의약에 관한 일, 문자의 분석에 관한 일 등에 관해 편찬한 것이 거의 200권이다. 이것은 모두 성인의 경전에 근본을 두면서, 이 시대의 문제에 적용할 수 있도록 힘썼으므로, 없어지지 않는다면 더러 인용해서 쓸 내용이 있을 것이다.

약용은 벼슬하기 전부터 임금께서 알아주시는 인연을 맺었다. 정종대왕정조께서 각별히 사랑하시고 예뻐하여 추어주신 것은 동료들과 비교하여 훨씬 지나쳤다. 그간에 받은 상품이나 하사해주신 책, 마굿간에 기르는 말, 호랑이 가죽, 그리고 진귀하고 기이한 물건들이 하도 많아서 이루 다 기록하지 못할 정도다. 국가 기밀에 참여할 때에는, 품은 생각이 있으면 필찰로 적어 조목조목 진술하도록 임금님께서 허락하시어, 그때마다 모두 윤허하시고 따르겠다는 비답批答을 내려주셨다. 일찍이 규영부규장각에서 서적을 교정할 때에는, 직무의 일을 독촉하시고 채근하지 않으시고 밤마다 맛있는 음식을 보내주셔서 배불리 먹게 해주시고, 궁중 내부에 비장되어 있는 모든 책을 내각규장각의 감독을 통해서 언제든지 열람을 청할 수 있게 해주셨다. 모두가 남다른 대우였다.

약용의 사람됨은 착한 일을 즐겨하고, 옛것을 좋아했으며, 행동하고 실천하는 데 과감했다. 그러다가 마침내 이 때문에 앙화를 불러들였으니, 이것은 운명이다. 평소 죄악이 아주 많아서, 가슴속에 후회가 가득 쌓였다.

금년1822에 이르러 임오년정약용은 1762년에 태어남을 다시 맞게 되었으니, 세상에서 말하는 회갑이니, 마치 다시 태어난 것 같다. 마침내 긴요치 않은 잡무들을 죄다 제거하고 깨끗이 씻어 없애어 아침저녁으로 자기 성찰에 힘써서 하늘이 내려주신 본성을 회복하여, 지금부터 죽을 때까지 어그러짐이 없기를 바란다.

정씨의 본관은 압해전라도 나주에 소속된 섬. 신안군 압해면이다. 고려의 말엽에는 배천白川에서 살았고, 우리 조선 왕조가 설 때부터는 마침내 서울에 살았다. 처음으로 벼슬한 조상은 교리를 지낸 자급子伋이다. 이로부터 쭉 이어져 부제학을 지낸 수강壽崗, 병조판서를 지낸 옥형玉亨, 좌찬성을 지낸 응두應斗, 대사헌을 지낸 윤복胤福, 관찰사를 지낸 호선好善, 교리를 지낸 언벽彦壁, 병조참의를 지낸 시윤時潤이 모두 옥당홍문관에 들어갔다. 이로부터 시절의 운수가 나빠져서, 마현으로 이사해 살았으며, 고조부, 증조부, 조부의 삼대가 모두 포의로 세상을 마쳤다. 고조의 휘는 도태道泰, 증조의 휘는 항신恒愼, 조부의 휘는 지해志諧인데, 오직 증조부만 진사를 하셨을 뿐이다.

아내 홍씨는 아들 여섯과 딸 셋을 낳았지만, 요절한 아이들이 3분의 2이고 오직 아들 둘과 딸 하나만 제대로 컸다. 아들은 학연學淵과 학유學游이고, 딸은 윤창모尹昌謨에게 시집갔다.

나의 무덤은 집안 뒤란에 있는 자좌子坐의 언덕에 정했다. 부디 바라던 바와 같게 되었으면 한다.

명銘은 이렇다.

임금의 은총을 한 몸에 안고

궁궐 깊은 곳에 들어가 모셨으니

참으로 임금의 심복이 되어

아침저녁으로 가까이 섬겼네.

하늘의 은총을 한 몸에 받아

못난 충심衷心을 납유納牖, 차근차근 말씀드리면 받아들여줌하셨고,

육경을 정밀하게 연구하여

오묘하게 해석하고 은미한 데 통했네.

간사하고 아첨하는 무리들이 기세를 폈지만

하늘은 그로써 너를 곱게 다듬었으니,

잘 거두어 속에 갖추어 두면

장차 아득하게 멀리까지 들려 올리리라.

1822년에 정약용丁若鏞, 1762~1836은 스스로 묘지를 지어 부단히 자신의 본래성을 추구하는 정신태도를 드러냈다. 그는 무덤에 묻을 묘지와 문집에 실을 묘지를 따로따로 작성했는데, 그 두 글의 끝에는 각각 명銘을 붙였다. 무덤에 묻기를 바란 자찬묘지는 경기도 조안면 능내리 다산 유적지 내에 게시되어 있다. 그는 묘지에서 자신의 호를 열수洌水라 했다. 열수는 본래 고조선의 강역을 가로질러 흘렀다고 하는 강물 이름이다. 그런데 조선의 학자들은 대부분 열수가 한강에 해당한다고 믿었다. 정약용은 특히 그러했다. 그는 한강에 애착을 가졌으며, 한강을 고조선의 열수로 확신했기에, 자신의 호로 열수를 끌어온 것이다. 정약용이 묘지명을 스스로 지은 것은 후대의 사람들이 자신의 일생을 왜곡하지 않도록 하기 위해서였다. 이 묘지명에서 정약용은 자기를 시기한 사람의 이름을 명확히 밝혀서 단죄했다.

정조의 재위기간 중에 정약용은 기재奇才라고 일컬어졌다. 28세로 1789년 3월의 식년시에 갑과 2위로 합격하여 초계문신으로 있던 정약용에게, 11월 어느 날 '태평만세'라는 말을 넣어 시를 지어 올리라는 어명이 내렸다. 정약용이 응제시를 짓자 정조는 "담배 피우는 사이에 붓을 놀려 금방 쓰니, 어찌 기재가 아니냐"고 평가했다. 며칠 뒤의 응제에서도 서영보徐榮輔 등과 함께 다시 '기재'로서 포창褒彰을 받았다. 정조가 정약용을 기재라고 포창한 것은 정약용을 높이 등용하겠다는 뜻을 담고 있었다. 1795년 윤2월 9일에는 병조참의로 있던 정약용이 군호를 잘못 정했다는 것을 이유로 아흔아홉 번이나 개정을 명하여 특별한 사랑을 표시했다. 그리고 그 죄를 속량하려면 '폐하수만세陛下壽萬歲 신위이천석臣爲二千石'이라는 시제로 100운 1400언의 칠언배율 〈왕길사오사王吉射烏詞〉를 지어 올리라고 명했다. 정약용이 불과 세 시간 만에 장편시를 지어 올리자, 정조는 "이런 참된 재주實才는 다시 보기 어렵다"는 어비御批를 내렸다. 규장각 제학 심환지沈煥之도 정약용을 '문원文苑의 기재'라고 칭송했다.

하지만 정약용은 정조 말년에 천주교 사건에 연루되고 벽파의 탄핵으로 부침을 겪기 시작했다. 마침내 순조 즉위년의 탄핵과 이듬해의 신유사옥으로 오랫동안 유배되어 있어야 했다. 시는 강개한 뜻과 현실비판 정신을 담았다. 그 가운데 탐진악부 수십 편이 서울에 전해지자, 사대부들은 그를 헐뜯어 "이 자는 정말로 이재異才가 있다. 이재가 있어서 상서롭지 못하니, 침 튀기며 논할 가치도 없다"고 혹평했다. 촉망받던 기재가 상서롭지 못한 이재로 소외당한 것이다.

18년의 유배생활 중에도 정약용은 실은 재야의 정치인이었다. 유배에서 돌아와 결국 정계에 다시 진입하지는 못했지만 그는 여전히 정치인이었다. 자찬묘지명에서 그는 자신의 정치 인생을 막았던 서영보에 대한 원망을 직접 표출했다. 한편 정약용은 자찬묘지명에서 자신의 학문적 성과를 자부했다. 하지만 당시 학자들은 그의 학문을 크게 인정하지는 않았다.

김정희는 서찰을 보내, 정약용이 경학연구에서 한나라 경학의 설을 제대로 인정하지 않았다고 비판했다. 김정희는 육경에 관한 전傳과 주注는 정문正文과 함께 계승되어야 하며, 전주傳注 가운데 '경학대사經學大師'로 칭송을 받는 정현鄭玄의 주注는 공안국孔安國의 전傳, 두예杜預의 주注, 하안何晏의 주注보다 우위이므로 더욱 중시해야 한다고 보았다.

정현의 주注가 의심나는 곳이 매우 많지만 이는 다 사설師說이요 가법家法이니, 비록 지금 사람의 견문에 합당하지 않은 점이 있을지라도 만약 성화명나라 헌종의 연호의 자磁나 만력명나라 신종의 연호의 요窯를 근거로 삼아 봉황이 훨훨 춤추는 형상을 그려둔 희준犧尊을 의심한다면 너무도 잘못된 것입니다. 뒷사람이 정현을 반박하는 까닭은 자기의 한 가지 반 토막에 지나지 않는 식해識解를 가지고서 어쩌다 새롭고 기특하여 기뻐할 만한 곳을 발견하게 되면 의연히 떨치고 일어나 공격하여 있는 힘을 남기지 않곤 했으나 돌이켜 생각하면 자기가 공격한 그 자체는 특별히 사설師說도 없고 또 가법도 아닌 것입니다.

김정희는 정현의 학설이 사설師說과 가법家法을 지키고 있으며, 따라서 그것을 골동에 비유하자면 《예기》에 나오는 '희준'과 같다고 했다.
정약용은 《주례》에 나오는 여섯 향鄕이 본래 왕성에 있다고 보아 정현의 설을 비판하고, 자신의 주장을 자찬묘지명에 부기했다. 그런데 김정희는 "뒷사람의 관점에서 어떻게 허공에 매달아두고 부연하여 추측하기를 마치 몸소 그 땅에 다다라 그 일을 눈으로 본 듯이 착착 말하는 것입니까?"라고 반문했다. 그리고 이렇게 비판했다.

설사 옛사람과 암암리에 합하는 것이 있을지라도 자기 의견을 스스로 세우고 자기 말을 스스로 만들어내는 것은, 경經을 설명하는 처지로서는 감히 못할 바입니다. 만일 그렇게 한다면, 갈수록 갈등만 더하여 뒷사람의 안목을 어지럽힐 따름이요 경전을 보익하지는 못할 것입니다. 관자管子의 시대에도 육향은 벌써 주나라 제도가 없어져서 증거를 삼을 수 없었습니다. 이를테면 "제후는 삼향三鄕인데 송宋은 유독 사향四鄕이다"한 것은, 주나라의 제도에 대하여 참고 자료로 삼을 수는 있지만, 향鄕이 어디에 있었느냐에 대해서는 이제 와서 억지로 말할 수는 없습니다.

김정희는 정약용이 자기 견해를 내세우는 태도를 못마땅해 했다. 그러나 정약용은 학문의 내용이 사회적 실천을 매개할 수 있어야 한다고 보았다. 그러한 의미에서 그의 학문연구는 진위의 문제로 재단할 성질이 아니다.

사실 정약용은 구도자다. 그는 유배에서 풀려나 고향에 돌아온 뒤 4언시 〈가는 세월徂年〉을 지어, 스스로의 허물을 반성했다. 이 시의 소서小序에서 그는 " '가는 해' 란 늙음을 애석히 여긴 것이다. 허물과 후회가 깊이 쌓이기만 하고 선善으로 옮아갈 날은 남아 있지 않으니, 근심스레 스스로 애도하고 벗에게 불쌍히 여겨주길 바라는 바다"라고 했다. 모두 3장이고, 장마다 12구로 되어 있다. 첫 장만 보면 이러하다.

내달려가는 세월이여, 홀홀 해가 저물었네.
눈과 얼음 켜로 쌓여, 평지를 막았구나.
총각 때 명성 있더니, 흰머리에는 명예 없어라.
저녁에도 잘못 저지르니, 아침에 어찌 깨달았으랴.
깨닫고도 고치지 않음은, 진흙에다 진흙 더함이라.
저 어진 선비를 생각노라, 가서 진정으로 하소하리라.

駸駸徂年 침침조년　欻焉旣暮 훌언기모
氷雪凌凌 빙설릉릉　阻玆平路 조자평로
總角有聞 총각유문　白首無譽 백수무예
夕而造愆 석이조건　朝焉已悟 조언이오
悟而不改 오이불개　如塗塗附 여도도부
念彼良士 념피양사　怛焉往愬 달언왕소

내달려가는 세월이여, 훌훌 달려가는구나.
옹옹 우는 저 홍곡새는, 못가에 모여 있도다.
이 흰머릴 매만지며, 슬피 홀로 생각하노라.
저녁에야 근심하고 후회하지만, 아침에 이미 저지른 것을.
우뚝하여라 안연顔淵이여, 후회가 없고자 하였다지.
어찌 벗님이 없을까만, 말똥말똥 홀로 슬퍼라.

駸駸徂年 침침조년　欻焉其馳 훌언기치
噰彼鳴鴻 옹피명홍　集于澤陂 집우택피
撫玆華髮 무자화발　慨獨永思 개독영사
夕惕攸悔 석척유회　朝已蹈之 조이도지
巍哉顔氏 외재안씨　悔斯无祇 회사무지
豈無友朋 기무우붕　耿耿自悲 경경자비

내달려가는 세월이여, 흐르는 물 같구나.
온깃 꽃 다 이울고, 눈 쌓인 산만 드높아라.

쇠한 이 얼굴 돌아보니, 햇빛이 경각이듯 하여라.

묵은 걸 맑히지 못하고, 깨어 탄식하고 또 노래할 뿐.

인민이 후회 않는 것은, 그래도 의리에 부합한다만,

나는 후회하고 안 고치면, 그 일을 어쩔 건가.

駸駸徂年 침 침 조 년　　如彼逝波 여 피 서 파

百卉潛蹙 백 훼 잠 축　　山雪嵯峨 산 설 차 아

顧玆衰頹 고 자 쇠 퇴　　如景旣俄 여 경 기 아

蓁薉弗淸 진 예 불 청　　寤歎且歌 오 탄 차 가

民之弗悔 민 지 불 회　　尙亦有義 상 역 유 의

悔而不改 회 이 불 개　　云如之何 운 여 지 하

《시경》 소아 〈각궁角弓〉편에 "원숭이에게 나무 올라가는 법을 가르치지 말라, 진흙에다 진흙을 더하는 셈이다毋敎猱升木, 如塗塗附"라고 했다. 원숭이에게 나무 올라가는 법을 가르칠 필요가 없는 것처럼, 착하지 못한 사람에게는 착하지 못하다고 가르칠 것도 없다. 왜냐하면 가르친다는 것은 더러운 진흙에다 진흙을 바르는 것과 같기 때문이란 것이다.

정약용이 이 시에서 그토록 뉘우치고 마음 아파한 것은 무엇 때문일까? 늙마에 찾아드는 막연한 뉘우침이었을까? 나라에 죄를 얻었던 사실에 대한 뉘우침이었을까? 벗님에게조차 하소할 수 없을 만큼 깊은 내면에서 우러나오는 절절한 그 뉘우침은 종교적 색채를 띠고 있는 듯하다.

정약용은 문집에 남긴 자찬묘지명에서 자신의 삶을 이렇게 자평했다.

너는 너의 착함을 기록하여, 서너 장에 이르고

숨겨진 악을 기록하여, 누락 없이 하려고 한다.

너는 말하지, 나는 아노라, 사서와 육경이라고.

하지만 행한 바를 살펴보면, 어찌 부끄럽지 않으랴.

너는 명예를 바라겠지만, 찬양할 것 하나 없다.

어찌 몸으로 증명하여, 덕을 드러내고 밝히지 않느냐.

네 번다함을 거두고, 네 미친 짓을 베어내어

힘써 하늘을 섬긴다면, 마침내 경사 있으리라.

爾紀爾善	이기이선	至於累牘	지어루독
紀爾隱慝	기이은특	將無罄竹	장무경죽
爾曰子知	일왈여지	書四經六	서사경육
考厥攸行	고궐유행	能不愧忸	능불괴뉴
爾則延譽	이즉연예	而罔贊揚	이망찬양
盍以身證	합이신증	以顯以章	이현이장
斂爾紛紜	염이분운	戢爾猖狂	집이창광
俛焉昭事	면언소사	乃終有慶	내종유경

이 명銘에서 정약용은 남은 생애 동안 소사昭事에 힘쓰겠다고 했다. 분명하게 하늘을 섬기겠다는 말인데, 조물주를 믿는다는 뜻이 아니라 천명의 존재를 믿고 천명에 순응한다는 말이다. 하지만 이 말은 본래 《시경》 대아大雅 〈대명大明〉의 "오직 문왕만이, 조심하고 삼가되, 상제를 밝게 섬겨 많은 복을 누리시네文王, 小心翼翼, 昭事上帝, 聿懷多福"에서 나온 말이다.

정약용은 젊어서 《중용》을 연구할 때부터 상제의 관념을 중시했다. 그는 '대월상제對越上帝'의 의미에 깊은 관심을 보여, 원시유교의 상제 관념과 천주교의 신 개념을 조정하려고 했다. 비록 그는 천주교의 신앙을 버렸다고 했지만, 인간 존재가 신적인 것과 마주함으로써 그 본래성을 찾아나갈 수 있다는 종교적 태도를 결코 버리지 않은 듯하다.

공자는 군자의 덕목으로 '허물이 있으면 고치는 것을 꺼리지 말라'고 가르쳤고, 제자 가운데 증자는 '매일 거듭거듭 스스로를 반성하였다'고 말했다. '스스로에게서 모든 원인을 찾는다反求諸己'는 반성을 대단히 중시한 것이다. 하지만 선인들이 남긴 자전적 시문에서는 스스로를 뉘우치거나 삶의 변화를 응시한 글이 의외로 적다. 물론 스스로의 잘못을 인정하는 듯한 어투가 없는 것은 아니지만 그것은 대개 자신의 불우함을 한탄하는 심사와 연계되어 있다. 그런데 정약용은 종교적이라고까지 말할 수 있는 자기반성과 자기고백을 시문 속에 담은 것이다. 🍁

참고문헌

- 정약용丁若鏞, 〈자찬묘지명自撰墓誌銘〉 광중본壙中本, 《여유당전서與猶堂全書》 제1집 제16권, 한국고전번역원 한국문집총간 281, 2002.; 〈자찬묘지명〉 집중본集中本, 《여유당전서》 제1집 제16권.
- 심경호, 《다산과 춘천》, 강원대학교 출판부, 1995.
- 심경호, 〈석천石泉과 다산茶山〉, 정양완·심경호 공저, 《강화학파의 문학과 사상(4)》 제5장, 한국학중앙연구원한국정신문화연구원, 1999.

여적 餘滴

그들의 초라한 무덤을 장식하기가 부끄러운가?

그들의 삶을 위로하고 싶다면, 그들의 죽음을 영예롭게 해다오.

조금은 투박한 묘석으로 그의 무덤을 영예롭게 해다오.

거기에 그의 덕성과 고향마을의 애도를 새겨다오….

— 자크 들릴Jaeques Delille, 〈정원〉, 필립 아리에스Philippe Ariès, 고선일 옮김,
〈죽음 앞의 인간〉, 새물결, 2004.

자찬묘표·묘지와 자찬 만시

후한 때는 생전에 자신이 훗날 들어갈 무덤을 만드는 풍습이 있어서, 생전에 만든 무덤인 생광生壙을 수장壽藏 혹은 춘추장春秋藏이라 했다. 《후한서》〈조기전趙岐傳〉에 보면, "조기가 손수 춘추장수장을 만든 다음 계찰季札·자산子産·안영晏嬰·숙향叔向 등 네 사람의 초상을 그려서 빈위賓位에 두고 자신의 초상을 그려서 주위主位에 두니, 모두 찬송讚頌의 글을 주었다. 이것이 생광의 시초다"라고 했다.

진晉나라 두예杜預도 스스로의 무덤을 만들고 또 스스로 돌에 묘표를 새겼다는 기록이 《진서晉書》〈두예전杜預傳〉에 나온다. 수장을 만들고 묘표를 스스로 작성하는 풍습은 두예 때부터 있게 된 셈이다.

수장을 만들고 스스로 묘표를 짓는 풍습은 당나라 이후로도 계속되었다. 《당서》에 의하면, 요욱姚勗이 손수 수장壽藏을 만안산萬安山에 만들어놓고 광중은 '적거혈寂居穴'이라 하고 봉분은 '복진당復眞堂'이라 하였으며, 또한 흙을 깎아 상牀을 만들고 '화대化臺'라 일컬었는가 하면 돌에 글을 새겨서 후세에 알렸다.

노조린盧照隣은 구자산具茨山 아래에 숨어 살면서 미리 묘구墓區를 만들어 그 속에서 편안히 누워 지냈고, 이적李適은 무덤을 만들고 소나무 열 그루를 심은 다음 미처 병이 나기도 전에 그 무덤으로 가서 석탑石榻 위에서 잠을 자고 그가 지은 《구경요구九經要句》와 소금素琴을 앞에 늘어놓았다 하였다. 사공도司空圖도 생광을 만들어놓고 매년 봄과 가을의 가일佳日에 빈우賓友를 맞아 그 옆에서 놀았다고 한다.

남송의 학자 주희朱熹도 수장을 만들었다. 주희는 수장壽藏의 암자를 만들고, 그 이름을 순녕順寧이라 했다. 그 명칭은 횡거선생 장재張載가 〈서명西銘〉에서 '存吾順事존오순사, 沒吾寧也몰오녕야'라고 했던 뜻을 취한 것이다. 곧, 살고 있을 때는 천리天理에 순응하여 일을 행하고 죽을 때는 마음이 편안하여 부끄러움이 없다는 뜻이다. 장재와 주희는 군자가 천리의 올바름을 극도로 다함으로써 마음에 부끄러움이 없고 죽어서도 역시 편안하리라는 것을 말한 것이니, 대개 《논어》에서 말한 "아침에 도를 들으면 저녁에 죽어도 좋다朝聞道夕死可"는 뜻을 부연한 것이다.

원·명·청 때도 지식인들이 수장을 만드는 풍조가 있었다. 우리나라에서도 고려 때 이미 김훤金晅이 스스로 묘지를 남겨 그것이 금석문으로 현전한다. 그런데 조선시대에 들어와 우리 지식인들은 특히 주희의 사례를 모방해서 수장을 만든 사람들이 많았다. 생갈生碣과 생뢰生誄도 있다. 조선 말의 이유원은 산 사람의 무덤인 생광生壙과 수장기에 대해 언급했다.[1]

수장을 마련하면 그 기념으로 수장기壽藏記를 남에게 부탁하거나 스스로 지었다. 이 수장기는 종이 위의 글로 남기는 일이 많았지만, 동시에 돌에 새겨 묘표나 묘지로 삼기도 했다. 살아 있을 때 적는 묘비를 생갈生碣이라고도 부른다. 대개 후인의 '일미溢美, 분에 넘치는 찬미'를 막기 위해 간단한 이력 사항만을 적었다. 또한 자기의 죽음을 애도하는 만시인 생뢰生誄도 지었다.

원·명나라 때는 수장이 성하면서, 남이 수장기를 써주는 경우가 많았으나,[2] 스스로 수장기를 지은 사람도 여럿 있었다. 원나라 왕운王惲의 〈혼원유씨세덕비명병서渾源劉氏世德碑銘幷序〉를 보면 유급劉汲이란 사람에 대해 서술한 내용 중에 유급이 수장기를 작성한 사실을 밝혀두었다. 또 원나라 진려陳旅는 스스로 〈진고사수장기陳高士壽藏記〉를 지어, 그 글이 문집 《안아당집安雅堂集》에 전한다. 명나라의 유대하劉大夏도 스스로 수장기를 지어서 돌에 새겼다는 기록이 있다. 소보邵寶는 〈동산공전전東山公前傳〉《容春堂集》前集 권15에서 유劉 아무개자 時雍가 수장기를 지은 사실을 언급했다.

우리나라에서도 남유용南有容이 정형복鄭亨復을 위한 묘표를 지어준 예가 있다. 〈묘표자제墓表自題〉[3]가 그것이다. 이용휴李用休도 살아있는 친구

---

1 이유원李裕元, 〈산 사람의 무덤生壙〉, 《임하필기林下筆記》 제33권 화동옥삼편華東玉糝編.

2 명나라의 예만을 들면 다음과 같다. 王行, 〈跂韓處士壽藏記〉《半軒集》 권8), 胡儼, 〈永嘉大羅山黃公壽藏記〉少保戶部尙書武英殿大學士永嘉黃公〉《頤庵文選》 上), 王直, 〈曾先生壽藏記〉《抑菴文後集》 권3), 李時勉, 〈胡氏壽藏記〉《古廉文集》 권3), 徐有貞, 〈前禮部主事湯公壽藏記〉《武功集》 권4 史館稿), 沈魯, 〈鄭介菴先生壽藏記〉《鄭文康, 《平橋藁》 부록), 程敏政, 〈太監鄭公壽藏記〉《篁墩文集》 권21), 程敏政, 〈太監何公壽藏記〉《篁墩文集》 권20), 吳寬, 〈逸晩翁壽藏記〉《家藏集》 권63), 邵寶, 〈華氏佘山壽藏記〉《容春堂》 속집 권10), 顧淸, 〈張東園壽藏記〉《東江家藏集》 권38 후집 5), 王世貞, 〈翰林院侍讀學士鴻山華公壽藏記〉《弇州四部稿》 권77 文部 記), 屠隆, 〈國泰光祿壽藏記〉《賀復徵編, 《文章辨體彙選》 권611 記52 雜記) 등이다.

3 현재 탁본은 경기도박물관에 소장되어 있으며, 탁본한 연대는 1980년대로 추정된다. (단행본)경기도, 《경기금석대관》 6, 경기도, 1992.

의 묘지를 써주었고,[4] 윤정현은 이유원을 위해 수장기를 지어주었다.[5]

후한 때 수장에 묻을 묘지墓誌도 미리 작성하는 풍조가 있었는지는 알 수 없다. 수장을 마련하든 안 하든, 아직 살아 있는 사람을 위해 작성하는 묘지를 생지生誌라고 한다. 스스로 자신의 생지를 작성한 것은 자지自誌라고 한다.

(1) 자지自誌

옛사람들은 만년에 죽음을 의식하고 스스로의 광중에 함께 묻을 묘지를 작성하였다. 이렇게 묘지를 자찬한 것은 죽은 뒤에 실없는 명예로 해서 묘도墓道를 사치스럽게 꾸미는 것을 심히 부끄럽게 여겼기 때문이다. 우리나라의 현존하는 자찬 묘도문자로서 가장 오래된 것은 고려시대 김훤金晅의 〈자찬묘지自撰墓誌〉다.

또한 고인들은 묘지는 자찬하고 명을 다른 사람에게 부탁하기도 했다. 율촌栗村 한장韓丈이 묘지를 스스로 짓고 이경석李景奭에게 명을 부탁한 예가 그것이다. 이경석은 자지自誌나 자만自輓을 지은 사례가 있지만 '객습지열客習之列'에 있는 사람이 미리 명을 지어주는 것은 비례非禮일 뿐만 아니라 의義로 보아서도 불가하여 옛날에 없던 일이라고 하면서, 대신 〈율헌사栗軒詞〉를 지어 올린다고 했다.[6]

현재 전하는 자찬묘지의 예는 다음과 같다.

---

4 정민, 〈이용휴의 생지명 2편〉, 《문헌과 해석》 11호, 문헌과해석사, 2000. pp.223~230.

5 이유원, 〈침계(梣溪)가 지은 글〉, 《임하필기林下筆記》 제26권 춘명일사春明逸史.

성혼成渾, 1535~1598, 〈자지自誌〉

송남수宋枏壽, 1537~1626, 〈자지문自誌文〉

권기權紀, 1546~1624, 〈자지自誌〉[7]

윤민헌尹民獻, 1562~1628, 〈자지自誌〉

박미朴瀰, 1592~1645, 〈자지自誌〉

이신하李紳夏, 1623~1690, 〈자지문自誌文〉[이여李畲, 1645~1718, 〈선부군자지문속록先府君自誌文續錄〉]

이선李選, 1632~1692, 〈지호거사자지芝湖居士自誌〉

남학명南鶴鳴, 1654~1722, 〈자서묘지自序墓誌〉

김주신金柱臣, 1661~1721, 〈수장자지壽葬自誌〉

박필주朴弼周, 1665~1748, 〈자지自誌〉

이의현李宜顯, 1669~1745, 〈자지自誌〉

김광수金光遂, 1696~?, 〈유명조선 상고자 김광수 생광지有明朝鮮尙古子金光遂生壙誌〉

남유용南有容, 1698~1773, 〈자지自誌〉

강세황姜世晃, 1713~1791, 〈표옹자지豹翁自誌〉

유언호俞彦鎬, 1730~1796, 〈자지自誌〉

남공철南公轍, 1760~1840, 〈자지自誌〉

---

6 李景奭, 〈栗軒詞〉(栗村一號),《白軒先生集》권14 詩稿 詞附. "栗軒韓令丈自爲之誌, 屬余銘之. 蓋古之人, 往往有自誌者, 亦有自爲輓者, 而其在客習之列, 預爲之銘者, 非惟非禮, 於義亦不可也. 是以古無有焉. 豈可以無於古者, 爲吾慕古之人之長者爲之乎. 玆不敢惟命, 爲賦栗軒詞以呈之. 如使琴者琴之, 歌者歌之, 則其長短之律, 高下之韻, 或有以叶焉, 而庶供閑中之一樂云爾."

7 이 책에서는 다루지 못했다. 이종호, 〈조선중기 안동처사의 전형과 현재적 의미: 용만 권기의 향촌활동과 한시 창작〉,《안동한문학논집》6, 안동한문학회, 1997. 12, pp.251~284.

이건승李建昇, 1858~1924, 〈자지自誌〉

기록에는 자찬의 사실이 나오지만 현전하지 않는 〈자지〉도 많은 듯하다. 이를테면 오원吳瑗, 1700~1740은 을사년에 〈본생고자술묘지후기本生考自述墓誌後記〉를 남겼으나, 생부 오진주吳晉周가 자술한 묘지에 대해서 언급했을 뿐, 오진주의 〈자지〉는 함께 실어두지 않았다.[8] 이만수李晩秀의 친구 성정주成鼎柱도 533자의 〈자지自誌〉를 지었다. 이만수는 추가로 명을 지어주었다. 단, 《극원유고屐園遺稿》 권11 옥국집玉局集에는 〈성백상정주자지추명成伯象鼎柱自誌追銘〉만을 실었고, 성정주의 〈자지〉는 실어두지 않았다.

(2) 자표自表

스스로의 무덤 앞에 쓸 표에 스스로 글을 적는 것은 자표自表라고 한다. 송나라 문인 구양수歐陽脩는 〈자표自表〉를 지었고, 유학자 정향程珦, 자伯溫은 스스로의 묘지를 적었다. 정향은 묘표에서, 관직이나 품계 및 경력, 졸년과 장사 일자는 글자를 비워두어, 그가 죽은 뒤 자제들이나 문도들이 그러한 사항을 추가로 채워넣도록 유언했다.

선인들이 지은 자표로는 다음과 같은 예들이 있다.

박영朴英, 1471~1540, 〈묘표자찬墓表自撰〉

조상치曺尚治, 〈자표自表〉

---

8 《月谷集》 권11 墓誌銘 〈本生考自述墓誌後記〉(乙巳). 오원(吳瑗, 1700~1740)은 오진주吳晉周의 아들인데 해창위海昌衛 오태주吳泰周의 후사로 갔다.

박세당朴世堂, 1629~1703, 〈서계초수묘표西溪樵叟墓表〉

서명응徐命膺, 1716~1787, 〈자표自表〉

김종수金鍾秀, 1728~1799, 〈자표自表〉

서유구徐有榘, 1764~1845, 〈오비거사생광자표五費居士生壙自表〉

서기수徐淇修, 1771~1834, 〈자표自表〉

(3) 자명自銘

한문고전에는 자신의 무덤에 묻거나 무덤 앞에 세울 비명碑銘을 미리 지은 것들이 상당수 전한다. 자명은 자지나 자표와 같되, 운문으로 지은 것을 말한다. 이를테면 진요좌陳堯佐는 82세에 자명自誌를 지었는데, 상진尙震은 그를 본받되 운문으로 된 〈자명自銘〉을 지었다. 또한 동한 때 조기趙岐, 자 邠卿는 나이 56세에 〈자명〉을 지었는데, 숙종 38년임진에 당시 56세였던 이재李栽, 1657~1730는 조기의 예를 따라 이 해에 〈자명〉을 지었다.[9]

자명 가운데는 현전하지 않는 것들도 많다. 이를테면 《퇴우당집退憂堂集》 권10 〈좌참찬김공묘지명左參贊金公墓誌銘〉에 보면, 묘주 김광욱金光煜이 일찍이 묘명墓銘을 스스로 서술했다고 되어 있다. 그러나 김광욱이 자술한 묘명은 현전하지 않는다.

선인들이 지은 〈자명〉으로서 현전하는 것으로 다음과 같은 예들이 있다.

조운흘趙云仡, 1332~1404, 〈자명自銘〉

---

9 이재, 〈밀암자서密菴自序〉, 《밀암집密菴集》 권23 행장行狀. ; 〈자명自銘〉, 《밀암집》 권14 잠명箴銘. "東漢趙邠卿年五十六作自銘, 至是感年歲相當, 效而爲之日: '鮮有畸人生海隈, 姓李名栽字幼材, 有志無才又無時, 枯釐嵌巖固其宜, 光余佩兮趾前休, 樂吾樂兮又奚求.'"

이홍준李弘準, 〈자명自銘〉

상진尙震, 1493~1564, 〈자명自銘〉

이황李滉, 1501~1570, 〈자명自銘〉

노수신盧守愼, 1515~1590, 〈암실선생자명暗室先生自銘〉

홍가신洪可臣, 1541~1615, 〈자명自銘〉

이준李埈, 1560~1635, 〈자명自銘〉

김상용金尙容, 1561~1637, 〈자술묘명自述墓銘〉

금각琴恪, 1569~1586, 〈자명自銘〉

김응조金應祖, 1587~1667, 〈자명自銘〉

허목許穆, 1595~1682, 〈자명비自銘碑〉

유척기俞拓基, 1691~1767, 〈미음노인자명渼陰老人自銘〉

조림曺霖, 1711~1790, 〈자명병서自銘幷序〉

임희성任希聖, 1712~1783, 〈재간노인자명 병서在澗老人自銘 幷序〉

조경趙璥, 1727~1789, 〈자명自銘〉

이유원 李裕元, 1814~1888, 〈자갈명自碣銘〉

또한 선인들은 비명에 산문의 서문을 지닌 묘지명도 스스로 짓는 일이
많았다. 다음의 예들이 있다.

김훤金晅, 1234~1305, 〈자찬묘지自撰墓誌〉

권섭權燮, 1671~1759, 〈자술묘명自述墓銘〉

이만수李晩秀, 1752~1820, 〈자지명自誌銘〉

정약용丁若鏞, 1762~1836, 〈자찬묘지명自撰墓誌銘〉

김택영_{金澤榮, 1850~1927}, 〈자제묘지명_{自製墓誌銘}〉

현계환_{玄啓煥}, 〈자찬묘지명_{自撰墓誌銘}〉

(4) 자만_{自輓} 계열

동진 때 도잠_{陶潛, 자 淵明}과 송_宋나라 진관_{秦觀, 자 秦少游}은 자기의 죽음을 사색하면서 스스로 만장_{輓章}을 지었다. 또한 송나라 임포_{林逋, 자 和靖}도 자만_{自挽}의 시를 남겼다. 그들을 본떠서 스스로의 죽음을 애도하여 미리 적는 자만_{自挽, 自輓}의 글 가운데도 자신의 일생을 개괄하는 자전적 글쓰기가 들어 있는 것들이 있다.

자만 계열의 글로는 자만_{自挽, 自輓}, 자작뇌문_{自作誄文}이 있다. 또한 임종에 운문으로 노래를 지어 유장_{遺狀}으로 삼은 예가 있다. 그 속에 간혹 자서전적 요소가 포함되어 있기도 한 것이다.

자만_{自挽, 自輓}

스스로의 죽음을 애도하여 작성한 자만_{自挽, 自輓}의 글 가운데 자서전적 요소가 들어 있다고 말할 수 있는 예로는 다음과 같은 것들이 있다.

남효온_{南孝溫, 1454~1492}, 〈자만_{自挽}〉

이정암_{李廷馣, 1541~1600}, 〈자만_{自挽}〉

임제_{林悌 1549~1587}, 〈자만_{自挽}〉

정렴_{鄭磏, 1505~1549}, 〈자만_{自挽}〉

자작뇌문自作誄文

본래 뇌誄는 병이 위중한 사람을 위해 천지신명에게 기도하거나 삶을
마친 사람을 애도하는 글이다. 스스로 지은 뇌誄 속에도 자서전적 요소
가 들어 있을 수 있다. 다음의 예를 들 수 있다.

윤기尹愭, 1741~1826, 〈자작뇌문自作誄文〉

운문 유장遺狀

임상원任相元의 친우 이필진李必進은 장가長歌를 지어 유장遺狀으로 삼았
다고 한다. 그 사실은 임상원이 작성한 묘지명을 통해서 추측할 수가 있
다.[10] 다만 그 묘지명에 장가가 수록되어 있지 않아서, 구체적 내용을 알
수는 없다.

---

10 任相元, 《恬軒集》 권33 〈李處士墓誌銘〉.

◈ 참고문헌

기본자료

- 《국역 국조보감》, 민족문화추진회, 2006.
- 《국역 해동역사海東繹史》, 민족문화추진회, 1996~2004.
- 《우옹실기迂翁實紀》, 한국학중앙연구원 소장.
- 《하서조충정공연보荷棲趙忠定公年譜》, 임진자본, 서울대학교 국장각 소장.
- 동아대학교 석당학술원 역, 《국역 고려사高麗史》, 경인문화사, 2004.
- 경기도, 《경기금석대관京畿金石大觀》 5, 1992.
- 경기도, 《경기금석대관》 6, 1992.
- 김용선, 《고려묘지명집성》, 한림대학교 아시아문화연구소, 2001.
- 김용선, 《역주 고려묘지명집성하》, 한림대학교 아시아문화연구소, 2001.
- 성남문화원, 《성남금석문대관》, 2003.
- 시흥군지편찬위원회, 《시흥금석총람》, 1988.
- 철원문화원, 《철원금석문대관》, 2004.
- 하남문화원, 《하남금석문대관》, 2004.

- 강세황姜世晃, 《표암유고豹菴遺稿》, 한국정신문화연구원 영인, 1979.
- 고경명高敬命, 《제봉집霽峯集》, 한국고전번역원 한국문집총간 42, 1988.
- 권기權紀, 《용만집龍巒集》, 간년 미상, 규장각 소장.
- 권별權鼈, 《해동잡록海東雜錄》, 《국역 대동야승》, 민족문화추진회, 1971~1982, 수록.
- 문경새재박물관 역, 《유행록권섭》, 민속원, 2008.
- 권섭權燮, 《옥소고玉所集》 석인본石印本, 연세대학교 중앙도서관 소장.
- 기대승奇大升, 《고봉집高峯集》, 한국고전번역원 한국문집총간 40, 1988.
- 기대승, 《국역 고봉집》, 민족문화추진회, 1988~9.
- 김득신金得臣, 《백곡선조문집柏谷先祖文集》, 한국고전번역원 한국문집총간 104, 1988.
- 김상용金尙容, 《선원유고仙源遺稿》, 한국고전번역원 한국문집총간 65, 1988.

- 김시습金時習, 《국역 매월당집》, 성균관대학교 대동문화연구원 영인, 1973.
- 김응조金應祖, 《학사집鶴沙集》, 한국고전번역원 한국문집총간 91, 1988.
- 김정국金正國, 《기묘록己卯錄》, 《국역 대동야승》, 민족문화추진회, 1971~5, 수록.
- 김종수金鍾秀, 《몽오집夢梧集》, 한국고전번역원 한국문집총간 245, 2000.
- 김종직金宗直, 《속동문선續東文選》, 태학사, 1975.
- 김주신金柱臣, 《수곡집壽谷集》, 한국고전번역원 한국문집총간 176, 1996.
- 김택영金澤榮, 《소호당문집정본韶濩堂文集定本》, 아세아문화사 영인 김택영전집, 1978.
- 남공철南公轍, 《금릉집金陵集》, 한국고전번역원 한국문집총간 272, 2001.
- 남유용南有容, 《뇌연집雷淵集》, 한국고전번역원 한국문집총간 218, 1998.
- 남학명南鶴鳴, 《회은집晦隱集》, 한국역대문집총서 2389, 경인문화사, 1997.
- 남학명, 《회은집》, 한국고전번역원 한국문집총간 속51, 2008.
- 남효온南孝溫, 《추강집秋江集》, 한국고전번역원 한국문집총간 16, 1988.
- 노수신盧守愼, 《소재집蘇齋集》, 한국고전번역원 한국문집총간 35, 1988.
- 박동량朴東亮, 《기재잡기寄齋雜記》, 《국역 대동야승》, 민족문화추진회, 1971~5, 수록.
- 박미朴瀰, 《분서집汾西集》, 한국고전번역원 한국문집총간 속25, 2006.
- 박세당朴世堂, 《서계집西溪集》, 한국고전번역원 한국문집총간 속59, 2008.
- 박세채朴世采, 《남계선생박문순공정집南溪先生朴文純公文正集》, 한국고전번역원 한국문집총간 138~9, 1984.
- 박영朴英, 《송당집松堂集》, 한국고전번역원 한국문집총간 18, 1988.
- 박필주朴弼周, 《여호집黎湖集》, 한국고전번역원 한국문집총간 196~7, 1997.
- 상진尙震, 《범허정집泛虛亭集》, 한국고전번역원 한국문집총간 26, 1988.
- 서기수徐淇修, 《소재유고篠齋遺稿》, 한국학중앙연구원 소장.
- 서명응徐命膺, 《보만재집保晚齋集》, 한국고전번역원 한국문집총간 233, 1999.
- 서유구徐有榘, 《임원경제지林園經濟志》, 보경문화사 영인 풍석전집, 1983.
- 서유구, 《풍석전집楓石全集》, 보경문화사 영인, 1983.
- 서유구, 《풍석전집》, 한국고전번역원 한국문집총간 288, 2002.
- 서형수徐瀅修, 《명고전집明皐全集》, 한국고전번역원 한국문집총간 261, 2001.

● 서호수徐浩修, 《사고私稿》, 이화여자대학교 도서관 소장.

● 성대중成大中, 《국역 청성잡기靑城雜記》, 민족문화추진회, 2006.

● 성문준成文濬, 《창랑선생문집滄浪先生文集》, 고려대학교 중앙도서관 소장.

● 성해응成海應, 《연경재전집研經齋全集》, 한국고전번역원 한국문집총간 273~9, 2001.

● 성혼成渾, 《우계집牛溪集》, 한국고전번역원 한국문집총간 43, 1988.

● 성혼, 《국역 우계집》, 민족문화추진회, 2000~4.

● 송남수宋枏壽, 《송담집松潭集》, 한국고전번역원 한국문집총간 속 4, 2005.

● 송시열宋時烈, 《국역 송자대전》, 민족문화추진회, 1980~8.

● 송시열, 《송자대전宋子大全》, 한국고전번역원 한국문집총간 108~116, 1988.

● 신유한申維翰, 《청천집靑泉集》, 한국고전번역원 한국문집총간 200, 1997.

● 신익성申翊聖, 《낙전당집樂全堂集》, 한국고전번역원 한국문집총간 93, 1988.

● 신작申綽, 《석천유집石泉遺集》 전집前集, 《조선학보朝鮮學報》 29, 1963, 수록.

● 신흠申欽, 《상촌집象忖集》, 한국고전번역원 한국문집총간 71, 1988.

● 오재순吳載純, 《순암집醇庵集》, 한국고전번역원 한국문집총간 242, 2000.

● 오희상吳熙常, 《노주집老洲集》, 한국고전번역원 한국문집총간 280, 2001.

● 원경하元景夏, 《창하선생문집蒼霞先生文集》, 한국역대문집총서 2435~6, 경인문화사, 1997.

● 유성룡柳成龍, 《서애집西厓集》, 한국고전번역원 한국문집총간 52, 1988.

● 유언호俞彦鎬, 《연석燕石》, 한국고전번역원 한국문집총간 247, 2000.

● 유척기俞拓基, 《지수재집知守齋集》, 한국고전번역원 한국문집총간 213, 1998 .

● 유한준俞漢雋, 《자저自著》, 한국고전번역원 한국문집총간 249, 2000.

● 윤국형尹國馨, 《갑진만록甲辰漫錄》, 세이카도본 대동패림靜嘉堂本大東稗林, 국학자료원 영인, 1991.

● 윤기尹愭, 《무명자집無名子集》, 한국고전번역원 한국문집총간 256, 2000.

● 은진송씨송담공종중, 《국역 송담집》, 은진송씨송담공종중, 1997.

● 이건방李建芳, 《난곡존고蘭谷存稿》, 청구문화사, 1971.

● 이건승李建昇, 《해경당수초海耕堂收草》, 한국학중앙연구원, 1992.

● 이건승, 〈계명의숙취지서啓明義塾趣旨書〉, 《한국학보》 6, 일지사, 1977. ; 신용하愼鏞夏 해제.

● 이경석李景奭, 《백헌집白軒集》, 한국고전번역원 한국문집총간 95~6, 1988.

● 이긍익李肯翊, 《국역 연려실기술》, 민족문화추진회, 1966~7.

● 이만수李晚秀, 《극원유고屐園遺稿》, 한국고전번역원 한국문집총간 268, 2001.

● 이서우李瑞雨, 《송파집松坡集》, 한국고전번역원 한국문집총간 속41, 2007.

● 이선李選, 《지호집芝湖集》, 한국고전번역원 한국문집총간 143, 1995.

● 이식李植, 《국역 택당집》, 민족문화추진회, 1996~2002.

● 이식, 《택당집澤堂集》, 한국고전번역원 한국문집총간 88, 1988.

● 이여李畬, 《수곡선생집睡谷先生集》, 한국고전번역원 한국문집총간 153, 1995.

● 이유원李裕元, 《임하필기林下筆記》, 성균관대학교 대동문화연구원, 1961.

● 이유원, 《가오고략嘉梧藁略》, 한국고전번역원 한국문집총간 315~6, 2003.

● 이유원, 《국역 열하일기》, 민족문화추진회, 1999~2000.

● 이의현李宜顯, 《도곡집陶谷集》, 한국고전번역원 한국문집총간 221~222, 1999.

● 이익李瀷, 《국역 성호사설星湖僿說》, 민족문화추진회, 1977~9.

● 이익, 《성호집星湖集》, 한국고전번역원 한국문집총간 198~9, 1997.

● 이재李栽, 《밀암집密菴集》, 한국고전번역원 한국문집총간 173, 1996.

● 이정암李廷馣, 《사류재집四留齋集》, 한국고전번역원 한국문집총간 51, 1988.

● 이준李埈, 《창석집蒼石集》, 한국고전번역원 한국문집총간 64~5, 1988.

● 임보신任輔臣, 《병진정사록丙辰丁巳錄》, 《국역 대동야승》, 민족문화추진회, 1971~5, 수록.

● 임제林悌, 《임백호집林白湖集》, 한국고전번역원 한국문집총간 58, 1988.

● 임희성任希聖, 《재간집在澗集》, 한국고전번역원 한국문집총간 230, 1999.

● 장유張維, 《계곡집谿谷集》, 한국고전번역원 한국문집총간 92, 1988.

● 장유, 《국역 계곡집》, 민족문화추진회, 1995~2002.

● 정렴鄭磏, 《북창선생시집北窓先生詩集》, 《온성세고溫城世稿》, 영남 감영 간행, 1785, 수록, 고려대학교 중앙도서관 소장.

● 정약용丁若鏞, 《여유당전서與猶堂全書》, 한국고전번역원 한국문집총간 281~6, 2002.

- 정조正祖, 《국역 홍재전서》, 민족문화추진회, 1998.
- 정조, 《홍재전서弘齋全書》, 한국고전번역원 한국문집총간 262~7, 2001.
- 조경趙璥, 《하서집荷棲集》, 한국고전번역원 한국문집총간 245, 2000.
- 조림曺林, 《신재선생문집新齋先生文集》, 한국역대문집총서 2860, 경인문화사, 1999.
- 조태억趙泰億, 《겸재집謙齋集》, 한국고전번역원 한국문집 총간 189~190, 1997.
- 차용주 역주, 《영원유집/해학유서/명미당집/소호당집/심재집》, 연강학술도서 한국고전문학전집 9, 고려대학교 민족문화연구소, 1993.
- 차천로車天輅, 《오산설림초고五山說林草藁》, 《대동야승大東野乘》 조선고서간행회, 1909, 수록.
- 채유후蔡裕後, 《호주집湖洲集》, 한국고전번역원 한국문집총간 101, 1988.
- 허균許筠, 《국역 성소부부고》, 민족문화추진회, 1981.
- 허균, 《성소부부고惺所覆瓿稿》, 한국고전번역원 한국문집총간 74, 1988.
- 허목許穆, 《국역 기언》, 민족문화추진회, 1978~1982.
- 허목, 《기언記言》, 한국고전번역원 한국문집총간 98~99, 1988.
- 허적許䙗, 《수색집水色集》, 한국고전번역원 한국문집총간 69, 1988.
- 홍가신洪可臣, 《만전집晚全集》, 한국고전번역원 한국문집총간 51, 1988.

- 국립문화재연구소, 한국금석문종합영상정보 시스템, http://gsm.nricp.go.kr
- 국사편찬위원회, 한국사데이터베이스, http://db.history.go.kr
- 한국고전번역원, 한국고전종합 데이터베이스, http://www.itkc.or.kr

단행본

- 경기문화재단 기전문화재연구원, 《시흥시의 역사와 문화유적》, 2000.
- 성남시사편찬위원회, 《성남시사城南市史》, 1993.

- 김광순·문경현·최승호 공저, 《소재 노수신 연구》, 경북대학교 퇴계학연구소, 1990.

- 김성언, 《남효온의 삶과 시》, 태학사, 1997.
- 김열규, 《메멘토 모리, 죽음을 기억하라》, 궁리, 2001.
- 김은희, 《표암 강세황의 예술철학사상연구》, 성균관대학교 박사학위논문, 1991.
- 남윤수, 《한국의 화도사 연구》, 역락, 2004.
- 남윤수, 《한국의 화도사 연구속》, 수서원, 2006.
- 민영규, 《강화학 최후의 광경》, 우반, 1994.
- 박동욱 외, 《표암 강세황 산문전집》, 소명출판, 2008.
- 박을수, 《만전당 홍가신 연구》, 글익는들, 2006.
- 변영섭, 《표암 강세황 회화연구》, 일지사, 1988.
- 상동규, 《상진의 생애와 사상》, 오늘의문학사, 2004.
- 손찬식, 《조선조 도가의 시문학 연구》, 국학자료원, 1995.
- 송병하, 《청천 신유한의 산문론과 작품세계》, 고려대학교 박사학위논문, 2004.
- 신경숙 외, 《18세기 예술·사회사와 옥소 권섭》, 다운샘, 2007.
- 신경숙 외, 《옥소 권섭과 18세기 조선 문화 》, 다운샘, 2009.
- 신향림, 《노수신 시에 나타난 연구 : 주자학에서 양명학으로의 정변》, 고려대학교 박사학위논문, 2005.
- 신호열·임형택 공역, 《역주 백호전집》, 창작과비평사, 1997.
- 심경호 외, 《정본 원교 이광사 문집》, 시간의물레, 2005.
- 심경호, 《다산과 춘천》, 강원대학교 출판부, 1995.
- 심경호, 《김시습 평전》, 돌베개, 2003.
- 심경호, 《산문기행》, 이가서, 2007.
- 오윤희, 《창강 김택영 시문학의 연구》, 동국대학교 박사학위논문, 1988.
- 유봉학, 《조선후기 학계와 지식인》, 신구문화사, 1998.
- 유희수, 《중세말 프랑스에서의 죽음과 저승에 대한 의식》, 고려대학교 박사학위논문, 1991.
- 이민홍 역, 《해동악부》, 문자향, 2008.
- 이승수 편역, 《옥 같은 너를 어이 묻으랴》, 태학사, 2001.

● 이종찬 외, 《조선시대한시작가론》, 이회문화사, 1996.

● 이창희 역주, 《내 사는 곳이 마치 그림 같은데》, 문경새재박물관, 2003.

● 이태호, 《조선후기 회화의 사실정신》, 학고재, 1996.

● 임완혁 역, 《윤기 산문선 : 차라리 벙어리로 살리라》, 태학사, 2009.

● 임유경, 《영조조 사가四家의 문학론 연구》, 이화여자대학교 국문학과 박사논문, 1991.

● 정양완·심경호, 《강화학파의 문학과 사상4》, 한국정신문화연구원, 1999.

● 정은진, 《표암 강세황의 미의식과 시문창작》, 성균관대학교 박사학위논문, 2005.

● 정재서, 《한국도교의 기원과 역사》, 이화여자대학교출판부, 2006.

● 조창록, 《풍석 서유구에 대한 한 연구》, 성균관대학교 박사학위논문, 2003.

● 최완수 외, 《진경시대2-예술과 예술가들》, 돌베개, 1998.

● 최윤정, 《서계 박세당 문학의 연구》, 이화여자대학교 박사학위논문, 2007.

● 최준호, 《원교와 창암, 글씨에 미치다》, 한얼미디어, 2005.

● 허경진, 《허균 평전》, 돌베개, 2002.

● 허흥식, 《한국금석전문中世·下》, 아세아문화사, 1984.

● 필립 아리에스Philippe Ariès, 고선일 역, 《죽음 앞의 인간》, 새물결, 2004.

● フィリップ・アリエス, 伊藤晃, 成瀬駒男 共譯, 《死と歷史》, みすず書房, 2006.

논문, 단편 역주 및 해제
● 권진옥, 〈택당 이식의 산문 일고〉, 고려대학교 석사학위논문, 2007.

● 김남일 역, 〈남공철 묘갈〉, 국립문화재연구소, 한국금석문종합영상정보 시스템.

● 김명호, 〈박지원과 유한준〉, 《한국학보》12-3, 일지사, 1986.

● 김문식, 〈서명응의 생애와 규장각 활동〉, 《정신문화연구》 75, 한국정신문화연구원, 1999.

● 김성애, 〈지호집 해제〉, 한국고전번역원 한국고전종합 데이터베이스, http://www.itkc.or.kr

● 김언종, 〈밀암 이재의 시문학〉, 《밀암 이재 연구》, 영남대학교 민족문화연구소, 2001.

- 김우림, 〈조선시대 신도비·묘비 연구〉, 고려대학교 석사학위논문, 1998.
- 김주수, 〈회은 남학명 시세계 연구 : 《역易》의 시학적 접근으로〉, 《한국한시연구》 13, 한국한시학회, 2005.
- 김현일, 〈선원 김상용의 삶과 시〉, 《안동한문학논집》 6, 안동한문학회, 1997.
- 남윤수, 〈한국의 화도사和陶辭 연구〉, 《한국동방문학비교연구총서》, 한국동방문학비교연구회, 1992.
- 문범두, 〈추강 남효온의 사유양식과 '부'〉, 《어문학》 74, 한국어문학회, 2001.
- 문중양, 〈16~17세기 조선 우주론의 상수학적 성격〉, 《역사와 현실》 34, 한국역사연구회, 1999.
- 박이정, 〈18세기 예술사 및 사상사의 흐름과 권섭權燮의 황강구곡가黃江九曲歌〉, 《관악어문연구》 27, 2002.
- 심경호, 〈서계 박세당의 수락산 은거와 학문 기획〉, 《어문연구》 37, 한국어문교육회, 2009.
- 심경호, 〈임원경제지의 문명사적 가치〉, 《쌀과 문명》, 전북대학교, 2009.
- 안계복, 〈옥소 권섭의 꿈의 세계에 나타난 경관 특징〉, 《한국전통조경학회지》 22~3, 한국전통조경학회, 2004.
- 안대회, 〈조선후기 자찬묘지명 연구〉, 《한국한문학》 31, 한국한문학회, 2003.
- 양은용, 〈신출 '단학지남' 과 북창 정렴의 양생사상〉, 《도교의 한국적 수용과 전이》, 아세아문화사, 1994.
- 유동재, 〈저암 유한준의 문학관과 문장론 연구 : 자전自傳과 문결文訣 중심으로〉, 안동대학교 석사학위논문, 2005.
- 유봉학, 〈서유구의 학문과 농업정책론〉, 《규장각》 9, 서울대도서관, 1985.
- 이광표, 〈한국 근대기의 자화상 연구〉, 홍익대학교 석사학위논문, 2007.
- 이구의, 〈송당 박영 시에 나타난 정신세계〉, 《한국사상과 문화》 33, 한국사상문화학회, 2006.1.
- 이상배, 〈택당 이식의 삶과 현실인식〉, 《백산학보》 83, 백산학회, 2009.
- 이성민, 〈분서 박미의 삶과 문학적 지향〉, 《한문학보》 12, 우리한문학회, 2005.

● 이신성, 〈창석 이준과 '형제급난도'〉, 《한국인물사연구》 3, 한국인물사연구소, 2005.

● 이의강, 〈조선조 문인의 두시 '동곡칠가' 수용과 해석〉, 《한국한문학연구》 34, 한국한문학회, 2004.

● 이종호, 〈퇴계의 비지문자론 연구서설〉, 《퇴계학》 2, 안동대학교 퇴계학연구소, 1990.

● 이종호, 〈퇴계의 갈문수사碣文修辭에 대하여〉, 《퇴계학》 3, 안동대학교 퇴계학연구소, 1991.

● 이종호, 〈17~18세기 갈암학파 제현들의 산문창작〉, 《퇴계학》 9, 안동대학교 퇴계학연구소, 1991.

● 이종호, 〈안동의 선비문화 연구 : 16~17세기 순수처사를 중심으로〉, 《한국사상사학》 7, 한국사상학회, 1995.

● 이종호, 〈조선 중기 안동처사의 전형과 현재적 의미 : 용만 권기의 향촌 활동과 한시 창작〉, 《안동한문학회》 6, 안동한문학회, 1997.

● 임노직, 〈창석 이준 연구〉, 안동대학교 석사학위논문, 1996.

● 임유경, 〈서명응의 《보만재총서》에 대하여〉, 《계간 서지학보》 9, 한국서지학회, 1993.

● 장원철, 〈저암집 해제〉, 《저암집》, 여강출판사, 1987.

● 정만조, 〈숙종 후반~영조 초의 정국과 밀암 이재의 정치론〉, 《밀암 이재 연구》, 영남대학교 민족문화연구소, 2001.

● 정양완, 〈겸재 이건승 선생의 《해경당수초》에 대하여〉, 한국양명학회 학술대회 논문집, 한국양명학회, 2008.

● 정민, 〈18세기 우정론의 맥락에서 본 이용휴의 생지명고〉, 《한국학논집》 34, 한양대학교 한국학연구소, 2000.

● 정민, 〈이용휴의 생지명 2편〉, 《문헌과해석》 11, 문헌과해석사, 2000.

● 정학성, 〈우언·패러디·여행기 형식에 의한 고소설〉, 《인하어문연구》 1, 1994.

● 정학성, 〈주유천하기론〉, 《택민김광순선생 정년기념논총》, 새문사, 2004.

● 조기영, 〈용재 이종준의 문학사상 : 15세기 사림파 문학 연구의 일환으로〉, 《동양고전연구》 2, 동양고전학회, 1994.

● 조성산, 〈옥소 권섭의 학풍과 현실관〉, 《동양학》 41, 단국대학교 동양학연구소, 2007.

- 조연미, 〈조선시대 신도비 연구〉, 숙명여자대학교 석사학위논문, 1999.
- 지교헌, 〈금릉 남공철의 생애와 학문〉, 《한국사상과 문화》 12, 한국사상문화학회, 2001.
- 최윤정, 〈서계 박세당 문학의 연구〉, 《어문연구》 134, 한국어문교육연구회, 2007.
- 황의동, 〈우계학의 전승과 그 학풍〉, 《범한철학》 28, 범한철학회, 2003.